历史选择了
毛泽东

叶永烈 | 著 |

天地出版社 | TIANDI PRESS

图书在版编目（CIP）数据

历史选择了毛泽东 / 叶永烈著．—成都：天地出版社，2019.4（2025 年 9 月重印）

ISBN 978-7-5455-3658-4

Ⅰ．①历… Ⅱ．①叶… Ⅲ．①报告文学—中国—当代 Ⅳ．①I25

中国版本图书馆CIP数据核字（2018）第030179号

历史选择了毛泽东

LISHI XUANZELE MAO ZEDONG

出品人　杨　政
著　者　叶永烈
责任编辑　杨永龙　李建波
封面设计　尹　冰
内文排版　九章文化
责任印制　王学锋

出版发行　天地出版社
（成都市锦江区三色路 238 号　邮政编码：610023）
（北京市方庄芳群园 3 区 3 号　邮政编码：100078）
网　址　http://www.tiandiph.com
电子邮箱　tianditg@163.com
经　销　新华文轩出版传媒股份有限公司

印　刷　北京文昌阁彩色印刷有限责任公司
版　次　2019年4月第1版
印　次　2025年9月第14次印刷
成品尺寸　170mm×240mm　1/16
印　张　29.25
字　数　526千
定　价　68.00元
书　号　ISBN 978-7-5455-3658-4

咨询电话：（028）86361282（总编室）
购书热线：（010）67693207（营销中心）

如有印装错误，请与本社联系调换。

序

《红色的起点》出版后，收到众多的读者来信。读者们热忱地鼓励我继续写下去。

《红色的起点》写的是“中国有了共产党”。那么，接下去该写什么呢？不言而喻，应该是“共产党有了领袖毛泽东”。

巧真巧，就在这时，上海电影制片厂筹拍关于遵义会议的上下集大型故事片。上海电影制片厂文学部编辑程泽民前来我家，约我写这一电影剧本。我以为，遵义会议的重要意义，用一句话来概括，就是“历史选择了毛泽东”。也就是说，“共产党有了领袖毛泽东”。这一约稿，和我的写作计划不谋而合，于是，我也就答应下来。我在完成关于遵义会议的十几万字的电影文学剧本《历史选择了毛泽东》之后，完成了同名纪实长篇《历史选择了毛泽东》。

毛泽东是中国20世纪的伟人、巨人。有关他的传记，从《青年毛泽东》到《晚年毛泽东》，已经有了好多本。本书从领袖史的特殊视角写毛泽东，从历史对中共领袖人物的选择写毛泽东，却是未曾有过的。我选择了这样的角度来写毛泽东，一方面希望写出新意，另一方面也是希望跟《红色的起点》衔接——因为在中国共产党建立之后，便面临着选择正确而成熟的领袖的问题。

领袖是党的旗帜、革命的舵手。列宁曾说：“历史上，任何一个阶级，如果不推举自己善于组织运动和领导运动的政治领袖和先进代表，就不可能取得统治地位。”[1] 他又说：“政党通常是由最有威信、最有影响、最有经

---

[1] 列宁：《我们运动的迫切任务》，《列宁选集》第1卷。

验、被选出担任最重要职务而称为领袖的人们所组成的比较稳定的集团来主持。”[1]

领袖的选择，对诞生不久、尚处于幼年时期的中国共产党尤为重要。在一定的条件下，领袖决定一切。在毛泽东之前，一右三“左”，即陈独秀的右倾机会主义、瞿秋白的“左”倾盲动主义、李立三的“左”倾冒险主义和王明、博古的“左”倾教条主义、宗派主义，正是领袖的错误，导致党走上错误路线。

正因为这样，我认为值得从领袖史的角度，去写毛泽东。

《红色的起点》采用“T”形结构：既着重写1921年前后中国共产党诞生的历史横断面，也写及中共一大代表们的后来。

《历史选择了毛泽东》则采用椭圆形结构，即两头小、中间大。两头，分别是第一章和第八章。第一章《毛泽东之前》，以粗线条描述在毛泽东以前的中共领袖史，描述了历史对他们的走马灯般的淘汰。如列宁所说：“他们当领袖是不合格的，看来他们在革命期间将不得不由领袖变为下属，否则就会被抛弃。”[2] 第八章《党的领袖》则同样以粗线条描述从遵义会议确立毛泽东的领袖地位之后，面临张国焘和王明两次严重的挑战，直至中共七大把毛泽东思想作为指导方针写入中共党章。

中间的六章，即第二章至第七章，是本书的核心——历史如何选择了毛泽东。从八七会议写起，写井冈山的斗争，写红都瑞金的艰难岁月，写长征中血的教训，写遵义城里那场举世闻名的会议。在这些日子里，毛泽东曾经几度被撤职，几度遭批判，一次被捕，几番病重，真可谓：“天将降大任于斯人也，必先苦其心志，劳其筋骨，饿其体肤，空乏其身，行拂乱其所为。”（《孟子·告子下》）正是在这历史的角逐之中，毛泽东以其正确的思想、策略和路线，脱颖而出，一跃而为中共领袖，从此领导中共达41年之久。

我曾说，我的作品是“跑”出来的。在看了大量的历史文献、档案之后，有了总体构思，我便开始“跑”——行程万里，到实地去采访，以尽量掌握丰富的第一手资料。

本来在1990年冬就应该外出采访。由于我患目疾，动了手术，医嘱不能外出，不论乘飞机、火车或是汽车，都会使刚刚动了手术的眼睛受到震动，造成不良后果。静养了半年之后，尽管医生仍劝我要继续静养，我还是行程万里，

[1] 列宁：《共产主义运动中的“左派”幼稚病》，《列宁选集》第4卷。

[2] 列宁：《两个世界》，《列宁全集》第16卷。

外出工作了。

1991年的夏日，我差不多是在羁旅中度过，为的是进行众多的采访，以写好这部新的长篇。

先是从上海飞往成都，在那里访问了中共中央办公厅前副主任张耀祠。他是瑞金沙洲坝人，当年曾为中华苏维埃共和国中央政府站岗，常常见到进出那里的中央政府主席毛泽东。后来他在毛泽东身边工作多年，成为中南海警卫部队的负责人。

接着坐火车在凌晨二时到达遵义。我来到遵义会议纪念馆，纪念馆工作人员出于“职业习惯”，对我说红军占领遵义也是凌晨二时！在纪念馆参观、采访及查阅档案材料，我得到副馆长费侃如、田兴咏以及郑心棻的许多帮助。在遵义，我访问了老红军李小侠，她跟邓颖超、康克清、李伯钊、贺子珍，跟毛泽东、周恩来都熟悉。陈云在1935年秋写的《随军西行见闻录》中，便提及她：“尤有一事可记者，当红军在遵义成立革命委员会时，有一女学生名李小侠，年约二十，同情红军，在大会上演讲，后被举为革命委员之一。”我也访问了遵义会议会址的原主——国民党柏辉章师长的胞弟柏锦章。

在贵阳，国民党贵州省主席王家烈的老部下万式炯，后来成为贵州省政协常委。万老先生是王家烈夫人万淑芬之侄。王家烈当师长时，他是团长。他很详尽地回忆了王家烈追堵红军的经过。

接着我前往北京，访问刘少奇夫人王光美，张闻天夫人刘英，王稼祥夫人朱仲丽。有关共产国际的一些问题，我请教了中国人民大学杨云若教授。

在气温高达40摄氏度的日子里，我来到“火炉”南昌。中共江西省委党史办公室马骏给我很多指点。接着，我在井冈山、在红都瑞金采访，分别得到那里革命博物馆负责人朱本良、钟书棋以及李蕊珍、李春祥、黄仲芳的帮助，中共井冈山市委宣传部和中共瑞金县委宣传部给我提供了工作的方便。我一一实地访问毛泽东当年战斗过的地方，使我对他有了比较深入的了解。

在采访中，我发觉，中共党史专家们的研究有很大的偏颇，即对所谓“反面人物”（其实只是一时犯了错误的人）不大加以研究：我几乎查不到一篇关于博古、凯丰的详细介绍文章；关于李德，因为他写了回忆录《中国纪事》，因而比对博古、凯丰的研究稍微多一点。

我求助于博古的亲属。我寻访了博古的长女秦摩娅、女婿刘家农，又寻访了博古的小女儿秦吉玛、女婿李海渊，才使我对博古有了一些了解。我又访问了曾在博古手下工作多年的温济泽，他谈笑风生，向我说及博古的性格、形象、为人，使我对博古的了解深入一步。

关于凯丰，更鲜为人知。在一份党史杂志上，我甚至查到一篇题为《王克全、何克全是一个人吗？》的文章。凯丰本名何克全，在中共六届五中全会上被选为中央政治局候补委员，好几部中共党史著作都把两人混为一谈，以为“王克全即何克全”，以至于出现了《王克全、何克全是一个人吗？》这样的文章。这恰恰表明，凯丰长期以来处于“被遗忘的角落”。在南昌，一个闷热的夜晚，一个僻远的地方，我得以访问了凯丰的长女何裕清及女婿张慈瑞。不巧，偏遇停电，在烛光之下，听他们长谈凯丰，才使我详细了解了凯丰的身世。

对于李德，在中共中央党校，我得到从事李德研究的周文琪的帮助。我访问了年事已高的当年李德的翻译王智涛，访问了亲自接李德进入中央苏区的中共福建省委前书记卓雄。李德的另一位翻译伍修权因病住院，我请他的亲属洪庐介绍了有关李德的情况。

三位“历史老人”向我讲述自己亲历的故事，使本书增色不少：

一位是前已提及的张闻天夫人刘英，86岁，却有着极好的记忆力。早在江西中央苏区，刘英就认识毛泽东。在长征途中，她接替邓小平，担任中央秘书长。刘英花了许多时间，向我讲述了她知道的毛泽东、朱德、周恩来、张闻天、博古、李德、聂荣臻、邓小平、刘伯承、任弼时、邓发……

另一位是古柏夫人曾碧漪，也已86岁。当年，古柏担任过毛泽东秘书，所以曾碧漪早在江西中央苏区时期，就在毛泽东身边工作，与贺子珍、贺怡有着很深的友情。她向我讲述“邓、毛、谢、古”受打击的情形，讲述富田事变亲历记，这些将近60年前的重要往事，健在的当事人已所剩无几了。

还有一位是九旬老人郑超麟，他是当年八七会议的出席者，与中共早期的领导人陈独秀、瞿秋白、李立三都有过许多交往。

本来，还计划访问陆定一、康克清，经电话联系，他们正因病住在医院，未能访问。另外，经与任弼时女儿联系，计划访问任弼时夫人陈琮英，因她正在北戴河休养，不在北京，未能采访，后来才得以采访。与“刘伯承传记组”联系，访问刘伯承夫人，也因路远未能实现。

当秋风秋雨吹打我书房的钢窗时，我开始埋头于写作。三四个月的广泛采访，为这次的创作打下了扎实的基础。我先是完成了电影剧本《历史选择了毛泽东》，接着，完成了这部同名长篇纪实文学作品。如果说，电影剧本为了加强戏剧矛盾冲突和着力塑造人物形象，在史实的基础上作了必要的许多虚构，纪实文学作品则不同。纪实文学属于“非虚构文学”，它的特点便在于“实”，也就是要符合真实、事实、史实。

本书完成后，我沿着“《红色的起点》——《历史选择了毛泽东》——”这样的中国共产党发展史写下去，再写一部《毛泽东与蒋介石》。这三本书，构成了“红色三部曲”：

《红色的起点》写的是“中国有了共产党”；

《历史选择了毛泽东》写的是“中国共产党有了领袖毛泽东”；

《毛泽东与蒋介石》写的是“毛泽东领导中国共产党和中国人民打败蒋介石”。

用文学笔调去表现中国共产党的历史，是一种新的尝试，希望能得到社会各界的支持。

《历史选择了毛泽东》曾作为作家出版社在1993年出版的“叶永烈自选集”中的一卷，改名《毛泽东之初》，由作家出版社出版。

《羊城晚报》连载本书时，改名为《毛泽东的崛起》。

我感谢中共党史界对本书的关注和宝贵意见，对本书作了许多修改和补充，对有关史实作了订正。

2013年1月，波兰马尔沙维克出版社出版了《历史选择了毛泽东》英文版 *HISTORY CHOSE MAO ZEDONG*。

接着，在2013年，美国全球按需出版公司Demand Global出版了《历史选择了毛泽东》法文版 *L'HISTOIRE CHOISIT MAO ZEDONG*。

叶永烈

1991年12月26日　初稿

1998年6月19日　修改

2014年6月24日　改定

目录

第一章　毛泽东之前

第二章 井冈风云

第三章 驰骋赣南

第一章
毛泽东之前

◎ 不过，共产国际的代表们再三斟酌，还是建议仍由陈独秀担任总书记。这样，在中共五大，陈独秀再度当选总书记——他连任了5届。这大抵是考虑到他毕竟是五四运动的“总司令”、《新青年》杂志创办人、中国共产党的创建人，具有很大的社会影响。

“赤色人物”从上海涌向武汉

像钟摆似的，长江轮船从上游到下游，又从下游回到上游，来来回回，终年不息。

忽地，从 1927 年 4 月 12 日那天开始，上海的大批乘客涌向码头，往武汉的船票顿时成了抢手货，票价暴涨。十天之后，由上海驶往武汉的几艘轮船，前后有两艘挂着“米”字旗的英国轮船护航，船票更是翻了几个“跟斗”，连统舱票都涨到 45 元一张——比普通职员一个月的薪水还高。

虽说如此，仍有许许多多“生意人”把船票抢购一空，匆匆登上长江轮船，前往武汉。

这些“生意人”做着各式各样的“生意”，有的“买卖茶叶”，有的“开鱼行”，有的据称“卖水果”，还有的说是“贩盐的”。天晓得，武汉怎么有这么多的“生意”可做？

不过，这些“生意人”大都文质彬彬，很多人戴着圆形镜片眼镜。刚上船时，他们“黄牛角，水牛角，各归各”，似乎素不相识。

照例，长江轮船途经南京时，要靠岸上下客。这时，“生意人”们大都躲进客舱，上床闷头睡觉。从码头上来了一批特殊人物，腰间鼓鼓囊囊，那不是钱包，却是铁家伙——手枪。他们用锐利的目光扫视着旅客们，竭力想从中查出“红色人物”。可惜，那些“红色人物”脸不红、衣不红，跟普通旅客一模一样。

直到那些特殊人物下了船，直到轮船离开了南京码头，“生意人”们才渐渐活跃，踱上甲板，三三两两窃窃私语。也有个别的竟高谈政治，说出跟“生意人”身份毫不相干的话来……

这些“生意人”，其实是一些“红色人物”。据年已九旬的郑超麟（当时任中共中央宣传部秘书）回忆，光是跟他坐同一条船前往武汉的共产党重要人物便有陈绍禹（王明）、李立三、罗亦农（罗觉）、王荷波、陆定一……甚至连共产国际代表维经斯基，也在这条船上。在此之前，中共中央总书记陈独秀已和汪精卫一起秘密乘长江轮船西行，由沪抵汉。

这么多的中国共产党人（还包括许多国民党左派人士）为什么“定向运动”，纷纷由上海奔赴武汉？

那是因为上海刀光剑影，笼罩着一片白色恐怖气氛……

上海，中国共产党的摇篮。六年前，1921 年 7 月，中共一大便在上海举行，因此，上海成了中共中央的所在地。大批中共高层人物，或明或暗，落脚在这座中国最大的工业城市。

孙中山

中国共产党诞生后不久，决定联合中国国民党，携手共同反对军阀。

中国国民党也作出了友善的反应。1924 年 1 月，在广州召开的中国国民党“一全”大会，孙中山以总理身份担任主席，提出并确立了“联俄、联共、扶助农工”三大政策。从此，国共两党结为盟友，众多的中国共产党人加入了中国国民党。李大钊、谭平山等中共党员当选为国民党中央委员，毛泽东、瞿秋白、张国焘等当选为国民党中央候补委员。

1925 年 3 月 12 日上午 9 时 30 分，孙中山因肝癌不治，长逝于北京。随后，国民党内二雄并立：汪精卫成为国民政府主席，蒋介石担任国民革命军总司令。

最初，蒋介石沿着孙中山“三大政策”的轨道运行。1925 年 9 月，当蒋介石作为东征军总指挥率领兵马从广州出发征讨军阀陈炯明时，他的东征军总政治部主任便是共产党人周恩来。而且，苏联顾问还帮助他制订了周密的东征作战计划……

国共两党又携手北伐。自从 1926 年 7 月 9 日国民革命军从广州出师北伐，一路势如破竹，才三个月工夫，便拿下武汉。

武汉，辛亥革命的第一枪在这里打响。自从国民革命军占领武汉，这里便成了中国革命的中心。于是，国民政府迁都武汉。

蒋介石却把他的总司令部迁往南昌，他要国民政府迁往南昌，遭到拒绝。共产党和国民党左派在武汉联合起来，跟南昌的蒋介石相对抗。

在上海，共产党有着颇好的基础。在陈独秀、周恩来、罗亦农、赵世炎领导下，上海工人举行第三次武装起义，在 1927 年 3 月 21 日经过 30 个小时的激战，全歼北洋军阀部队 3000 人和警察 2000 人，占领了上海。共产党声势大振。

1926 年的蒋介石

蒋介石闻讯急急进军上海，又迅即占领南京。

蒋介石把共产党领导下的工人纠察队视为眼中钉。

4 月 12 日凌晨 1 时，上海还在沉睡，一队队全副武装、臂缠“工”字符号的人马，看上去像工人纠察队，却突然袭击了上海闸北、南市、沪西、吴淞、虹口等区的工人纠察队队部，拉开了“四一二”反革命政变的序幕。

世上最危险的事，不是“盲人骑瞎马，夜半临深池”，却是原本的朋友突然翻脸，掉转了枪口。从“四一二”反革命政变这天开始，在共产党人猝不及防的情况下，蒋介石血洗工人纠察队，血洗中国共产党。

于是，大批中国共产党人和国民党左派人士，涌向码头，涌向长江轮船……

“四一二”反革命政变后的第六天，蒋介石在南京也建立了一个国民政府，跟武汉的国民政府唱起了对台戏。

于是，国民党一分为二：国民党右派集结在国民革命军总司令蒋介石麾下，拥护南京国民政府；国民党左派集结在国民党中央主席汪精卫的大旗下，拥戴武汉国民政府。

宁汉分庭抗礼，蒋介石和汪精卫各霸一方，加上北京的张作霖北洋军阀政府，中国一时间有着三个政府，唱起 20 世纪 20 年代的“三国志”。

面对着这三足鼎立的错综复杂的政治局面，共产党人思忖着该怎么办。

陈独秀的领袖地位动摇了

武汉的气氛，全然不同于上海。

“赤色人物”们刚刚踏上武汉码头，便见到墙头到处贴着“打倒蒋介石”的标语。街上还贴着各式各样的声明、通电，痛骂蒋介石。

中共中央 4 月 20 日的声明，斥责蒋介石“业已变为国民革命公开的敌人，业已变为帝国主义的工具”。

由国民党左派邓演达、宋庆龄、何香凝等和共产党人恽代英、林伯渠、董必武等联名发表的《讨蒋通电》，咒责蒋介石为"民众之蟊贼"。

由毛泽东领导的全国农民协会，也发出《讨蒋通电》，振臂高呼："此贼不除，革命群众无幸存之理，国民革命亦无成功之望。"

在武汉，蒋介石简直成了过街老鼠，人人喊打。

一时间，报界称武汉为"赤都武汉"。

从上海白色恐怖中逃奔出来的"赤色人物"来到"赤都"，顿时扬眉吐气。

就在"四一二"反革命政变后整整半个月——4 月 27 日——武昌第一小学变得热闹非凡，校长王觉新早早穿上笔挺的西装，站在校门口迎候贵客。

来的不是小学生，也不是小学教师，却是一大群"赤色人物"。陈独秀来了，出席过中共一大的毛泽东、董必武、陈潭秋、张国焘来了，蔡和森、瞿秋白、罗章龙、罗亦农、邓中夏、任弼时、方志敏、项英、杨匏安 、王荷波、向警予、恽代英、蔡畅、苏兆征等也来了。

此外，五辆黄包车鱼贯而来，车上坐着共产国际的三员"大将"和另外两个外国人：

首席代表，40 岁的印度人罗易，他在两个多月前受斯大林的指派前来中国。他在共产国际工作多年，担任颇高的职务——共产国际执行委员会委员、共产国际主席团候补委员。

共产国际代表，43 岁的俄国人鲍罗廷，前来中国已经四年。他担任过孙中山的顾问，不论在中国国民党还是中国共产党内，都享有很高的威信。

共产国际代表、33 岁的维经斯基，更是一位"中国通"。1920 年 4 月，第一个受俄共（布）和共产国际远东书记处派遣，前来中国帮助建立中国共产党的便是他。

在共产国际的三位正式代表之后的那辆黄包车上，坐着一位年方 26 岁的俄国小伙子，名叫米夫。虽说年纪轻轻，却不可等闲视之。此人在 24 岁时便出任莫斯科中山

宋庆龄（左）与何香凝

大学副校长。这所大学培训了大批中共干部，可以说是一所设立在莫斯科的中共党校。米夫是以“联共（布）宣传家代表团”成员的身份于1927年年初来到中国的，他先是到上海，然后去广州，再来到武汉。

在第五辆黄包车上，坐着俄国人罗卓夫斯基，他是赤色职工国际的代表。罗卓夫斯基是老资格的工运领袖，原是苏俄工会负责人，1921年，当赤色职工国际在莫斯科成立时，他便当选为赤色职工国际中央执行委员会总书记。以后，在历次代表大会上，他一直被选为总书记，直至1938年赤色职工国际解散。

如此众多的共产党高层人物，会聚在武汉一所小学里，干什么呢？

哦，主席台上高悬着留着络腮胡子的马克思和留着小胡子的列宁的画像。中共中央总书记陈独秀是大会的当然主席，他大声宣布：“中国共产党全国第五次代表大会现在开幕！”

六年前，当中共一大在上海召开时，极端秘密。那时，全国只有中共党员50多人。六年中，中共党员猛增了一千倍，达5.79万人。出席中共五大的代表有80多人。虽说规定对外保密——这不过是指不在报上报道——但大会在“赤都”武汉几乎是公开举行的。主席台上，甚至还坐着国民党的代表徐谦、谭延闿以及孙中山之子孙科，他们是来向中共表示祝贺的。

在陈独秀致开幕词之后，共产国际三位代表一一讲话，徐谦代表国民党中央致贺词。接着，还有工会、学生会、共青团以至童子军代表致贺词。湖北的织布工人、京汉铁路二七罢工领袖之一项英，领着一队湖北工会纠察队入场，向大会表示祝贺。

大会的秘书长，是蔡畅之兄、毛泽东的密友蔡和森。

湖北代表团的主席，则是罗章龙。

开幕式十分热闹，陈独秀的脸上一直挂着笑容。可是，那笑容看起来有点不自然。

翌日，大会转入秘密状态，代表们前往汉口近郊的黄陂会馆开会。陈独秀手中拿着一大沓稿纸，代表中共中央作了长达五小时的政治报告。从那一天起，直至5月9日大会闭幕，陈独秀的脸色一直是阴沉的——这位中共的建党领袖，受到了前所未有的猛烈批评。30位代表在大会上发言，一致强烈地批判陈独秀，批判他的政治报告！

六年以来，陈独秀一直是中共领袖，虽说那称谓不时变化着：

陈独秀没有出席中共一大，却被一致推举为“中央局书记”，成为中共最早的最高领袖。

在1922年的中共二大上，中央局改称“中央执行委员会”，陈独秀当选为“中央执行委员会委员长”，依然是最高领袖。

在1923年的中共三大上，陈独秀连任中央执行委员会委员长。

1925年年初召开的中共四大，改设总书记，还是陈独秀当选。

这一回，陈独秀的领袖地位受到了猛烈的冲击，彻底动摇了。代表们对陈独秀的批评，归结起来，那就是后来由大会通过的《政治形势与党的任务决议案》中一句结论性的话：“我们的党，只注意了反帝国主义反军阀斗争，而忽略了与资产阶级争取革命领导权的斗争。”

陈独秀的错误，被定为“右倾机会主义”——因为他在国共两党结成统一战线时，只求团结，不讲斗争，对蒋介石一味退让……

中国共产党最初的总书记是陈独秀。从1921年的中共一大起，到1922年的中共二大、1923年的中共三大、1925年的中共四大，直到1927年的中共五大，陈独秀连任五届中共中央总负责人

就在陈独秀的脸越拉越长的时候，一位28岁、戴着一副黑框圆形镜片近视眼镜的瘦弱青年，成为大会中最活跃的人物。他叫瞿秋白，忙着向代表们分发他在1927年2月写的小册子，书名颇怪，叫作《第三国际还是第零国际》（后来改名《中国革命中之争论问题》）。小册子批判的是“彭述之主义”。彭述之其人，在中共四大上，经陈独秀一手提拔，当选中共中央宣传部部长，成了陈独秀的心腹助手。瞿秋白的小册子批的是“彭述之主义”，其实矛头所向，乃陈独秀也！写这本小册子时，党内尚未公开批判陈独秀，碍着总书记的面子，瞿秋白便拿彭述之开刀。那时，瞿秋白称病，说自己肺病复发，其实他躲了起来，埋头写这本小册子。如今，他在大会上分发这本小册子，无疑给了陈独秀重重一击。在小册子里，他批判了彭述之（也就是陈独秀）的17条错误。他尖锐指出，对于党的病症，“必须赶快施手术，暴露其病根”。

随着陈独秀在共产党内声望的急剧下降，瞿秋白的声望在日益上升。

忽地一天，黄陂会馆主席台上的马克思、列宁像从正中移到两侧，当中挂起了孙中山像。在一片热烈的掌声中，在贴身警卫的簇拥下，一个西装革履、小分头油光发亮的人物登上主席台。此人便是国民党主席兼武汉国民政府主席汪精卫，他特地前来祝贺中共五大召开。陪同汪精卫一起登上主席台的，不是

中共五大政治局委员：（上排左起）陈独秀、蔡和森、李维汉、瞿秋白，（下排左起）张国焘、谭平山、李立三、周恩来

陈独秀，却是穿了一身中山装的瞿秋白。这一历史镜头似乎表明，瞿秋白即将取代陈独秀，成为中共领袖。

会场里还流传“小道消息”：“莫斯科有个决议，要撤换陈独秀！”据说，那是“庄文恭的弟弟韩白聘说的，他才从莫斯科回来，知道这个消息”（据郑超麟的回忆）。

不过，共产国际的代表们再三斟酌，还是建议仍由陈独秀担任总书记。这样，在中共五大，陈独秀再度当选总书记——他连任了五届。这大抵是考虑到他毕竟是五四运动的“总司令”、《新青年》杂志创办人、中国共产党的创建人，具有很大的社会影响。

中共五大选出了 31 人为中央执行委员，14 人为候补中央执行委员。

在中央委员会上，选出 8 人为中央政治局委员：陈独秀、蔡和森、周恩来、李立三、李维汉、瞿秋白、谭平山、张国焘。

另外，还选出 3 名中央政治局候补委员：苏兆征、张太雷、陈延年。

在 8 位政治局委员之中，又选出 3 人为中央政治局常委：陈独秀、张国焘、蔡和森。另外，选举周恩来为中共中央秘书长。

瞿秋白没有进入常委之列！

毛泽东呢？他只是当选为候补中央执行委员，尚未显山露水……

总书记“不光荣地结束”

中共五大之后，形势越发险峻——“赤都武汉”在日益转“黑”！中国共产党正在失去最后的立足点：

5 月 17 日，唐生智手下第十四师师长夏斗寅叛变武汉政府，发表反共通电，说共产党“借口总理[1]容共，而喧宾夺主，以暴君政治扰乱我两湖”。显然，这是一颗信号弹，意味着武汉开始动荡。

汪精卫

紧接着，5月21日，唐生智手下第三十五军第三十三团团长许克祥在长沙叛变，屠杀共产党员。

6月10日，形势紧急，汪精卫去郑州和冯玉祥、唐生智举行秘密反共会谈。九天之后，冯玉祥则与蒋介石在徐州秘密会议。幕后的交易表明，汪精卫要和蒋介石携手反共、反苏，宁汉合流！

在如此危急的时刻，共产国际驻华首席代表罗易还对汪精卫坚信不疑：“汪精卫是国民党主要领导人中唯一努力同共产党保持友好关系的人。”

陈独秀也把“合作”的希望全部押在汪精卫身上。

汪精卫其人，也确实有点迷人的“革命”油彩：早年，他曾潜入北京，策划谋刺清朝摄政王载沣，事泄被捕，为他赢得英雄声望。接着，他追随于孙中山左右。孙中山病危之际，他代孙中山起草遗嘱。在蒋介石“四一二”反革命政变之后，他却“容共”，让武汉变成了“赤都”……

可是，汪精卫“变脸”了！他在《武汉分共之经过》中，十分形象地勾画出他自己当时的见解：

> 已经到了争船的时候了，已经到了争把舵的时候了。要将国民革命带往共产主义那条路去的，不能不将国民党变成共产党，否则只有消灭国民党之一法。要将国民革命带往三民主义那条路去的，不能不将共产党变做国民党，否则只有消灭共产党之法。正如一只船，有两个把舵的，有两个不同的方向。除了赶去一个，更无他法。

6月17日，汪精卫的武汉国民党政府正式通知鲍罗廷，解除他的顾问合同。这是汪精卫决心实行“消灭共产党之法”迈出的第一步。

在这样的时候，陈独秀还在念念叨叨：共产党“必须采取让步政策，必须

[1] 指孙中山。

纠正过火行为”……

历史到了急转弯的时刻，陈独秀终于被从车子上甩了出去。

已经在中共五大上受到尖锐批判的陈独秀，此时更是不孚众望。他结束了他在中国共产党内的领袖生涯，“不视事”了！

关于陈独秀“不视事”的经过，蔡和森在《党的机会主义史》中这样写及：

> 不知道是七月初几（和森于七月二日大发旧病，三日由国焘通知说常委决定将和森送入医院养病，愈后即去九江有事），老鲍[1]提议独秀、平山去莫斯科与国际[2]讨论中国革命问题，秋白、和森赴海参崴办党校，新指定国焘、太雷、维汉、立三、恩来五人组织政治局兼常委。自此独秀即不视事……[3]

蔡和森是当时的政治局委员，《党的机会主义史》是他 1927 年 9 月 22 日在中共顺直省委作的报告。[4]他报告中的这段话，是迄今关于陈独秀“不视事”的最清楚、最详细、最权威的原始文献。

令人费解的是：在千钧一发的紧要关头，怎么忽地派陈独秀、谭平山去莫斯科“讨论中国革命问题”？更奇怪的是，怎么又把瞿秋白、蔡和森派到苏联海参崴去“办党校”？莫斯科不是已经有一所培训中国共产党人的中山大学了吗？为什么还要去海参崴再办一个？即使再办一个，又何必要瞿秋白、蔡和森去办？

共产国际代表鲍罗廷作出如此奇特的决定，其实是为了顾全陈独秀的面子，让他体面地下台。因为陈独秀毕竟是连任五届的中共领袖，在社会上有着广泛的影响，不便直截了当地宣布撤职。至于说派瞿秋白、蔡和森去海参崴“办党校”，全然是“虚晃一枪”而已。

诚如蔡和森所言：“鲍之提议改组五人政治局及独秀、平山赴莫斯科等皆系敷衍国际的；又恐独秀、平山知道此情，故又提出秋白、和森赴海参崴陪衬。这种用心，至八七会议时才有人说出。”

李立三在 1930 年 2 月 1 日所作的《党史报告》，同样道出了鲍罗廷的“秘密”：

---

[1] 指共产国际代表鲍罗廷。

[2] 当时习惯把共产国际简称为“国际”。本书后文中还多次用及，不另注。

[3] 蔡和森：《党的机会主义史》，《二大和三大》，中国社会科学出版社 1985 年版，第 508 页。

[4] 1928 年 7 月经整理后全文发表于《顺直通讯》第 2 期。

> 他宣布改造中央也是用手段，找我们五人去，说形势非常紧迫，要主要负责人走开，陈独秀、谭平山到莫斯科，和森、秋白到海参崴办党报（校），另组织五人的中央，五次大会的中央是这样不光荣地结束。[1]

其实，更准确地说，在鲍罗廷的“手段”之下，陈独秀的总书记之职“不光荣地结束”。

经中共党史专家考证，作出这一决定的日子是7月12日。《中共党史大事年表》作了如下表述：

> 7月12日，根据共产国际执行委员会的指示，中共中央改组，临时中央常务委员会成立，陈独秀停职。[2]

从此，中共的第一任领袖陈独秀下台——虽然当时还只是“停职”，不是撤职。

新的临时中央常务委员会的五名常委之中，张国焘和李维汉是两个多月前在中共五大上当选的，新增的是张太雷、李立三、周恩来三人。

奇怪的是，五常委之中，依然没有瞿秋白——虽然他当时大有取陈独秀而代之的趋势。

五常委没有明确以谁为首。

与陈独秀同时被停职的，还有他的得力助手彭述之。

中共临时中央常委会诞生的翌日，便发表了与陈独秀退让政策明显不同的《对政局宣言》，揭露了汪精卫武汉国民政府“已在公开准备政变，以反对中国人民绝大多数的利益及孙中山先生之根本主义与政策”，宣布“决定撤回参加国民政府的共产党员”。从此，国共公开决裂。

在中共《对政局宣言》发表的次日，孙中山夫人宋庆龄发表声明，脱离国民政府，谴责蒋、汪：“他们不再是孙中山的真实信徒；党也就不再是革命的党，而不过是这个或那个军阀的工具而已。”

当天夜里，汪精卫下达了“分共”密令。

第二天（7月15日）武汉一片腥风血雨。“宁可枉杀千人，不可使一人漏

---

[1] 李立三：《党史报告》（1930年2月1日），《中共中央报告选编》，中共中央党校出版社1982年版，第234页。

[2] 中共中央党史研究室编：《中共党史大事年表》，人民出版社1981年版，第24页。

网。”大批的共产党人倒在血泊之中。

“赤都”武汉顿时变成了“白都”！

“四一二”“七一五”，从此被作为不祥的日子，载入中国现代史史册。

瞿秋白崭露头角

“七一五”反革命政变之后，中国共产党完全转入了秘密地下活动。

陈独秀拒绝赴苏，他躲在武昌一个偏僻的工人住宅区里。和他住在一起的，只有他的私人秘书黄文容。已“不视事”的他，不再参与中共中央的工作。

中共中央临时常委会在7月18日作出重要决定：在南昌组织武装起义！

于是，7月20日，五常委之一的李立三和谭平山、恽代英、邓中夏、叶挺来到江西九江。26日，另一常委周恩来在陈赓陪同下到达九江。紧接着，常委张国焘也来到这里。这么一来，五常委之中，三常委前往江西，忙于组织南昌起义。

蔡和森在汉口医院养病，留在武汉秘密活动的常委是李维汉和张太雷。那时候，李维汉用的是化名罗迈。

行踪最为奇特的是瞿秋白。7月12日，他出席了由鲍罗廷主持的那次临时政治局会议，鲍罗廷所宣布的新的五常委之中没有他，并声称他要去海参崴。当天夜里，他就从武汉消失了！

瞿秋白到哪里去了呢？

在长江轮船上，出现他瘦削的身影。他的身边，正坐着鲍罗廷！

据云，鲍罗廷要去庐山“休养”，瞿秋白和他同往！一路上，他俩用俄语低声地交谈着。

鲍罗廷的心境是复杂的：他作为共产国际代表来华四年，曾在中国共产党内受到普遍的尊敬；他又曾和孙中山密切合作，出任国民政府顾问，在国民党内也享有很高声誉。可是，蒋介石“四一二”反革命政变之后发出的通缉令，捉拿两名“首犯”，一名是陈独秀，另一名便是他；汪精卫如今也解除了他的顾问合同，并要缉捕他；最令他痛心的是，共产国际鉴于蒋、汪的反叛，中共的危机，把责任归咎于他。在这样三重的压力之下，他本想卸任回国，无奈他的妻子范娅在北京落到军阀张作霖手中，被押作人质，又使他无意独自回去。总算在7月12日这天，他接到北京来电，范娅已获释，来到苏联驻华大使馆。这样，他回国之心已定。他想在回国之前找个安静的地方，跟中共领导人细细商议下一步的工作计划。

于是，他选中了庐山作为“休养”之地。

至于他为什么撇开新当选的五位中共政治局常委，偏偏只带瞿秋白一人上山，乃是一个历史之谜。

显然，熟知中共内情的这位“老鲍”，已选中瞿秋白接替陈独秀，在离华之前，要把领导担子移交给瞿秋白。

山下风云变幻，而在云遮雾障的庐山，“老鲍”跟瞿秋白彻夜长谈，研究着中共下一步的暴动计划，中共新的战略方针和工作原则。

鲍、瞿密谈持续了一个多星期，7 月 21 日，他俩从庐山悄然返回武汉。当天，鲍罗廷便宣布：增加一名中共政治局常委，这位新常委就是瞿秋白。

虽说鲍罗廷没有明确指定六常委中以谁为首，而实际上他安排了新常委瞿秋白主持中共中央工作，可谓“后来居上”。从此，瞿秋白成为中共的第二任领袖，虽然他当时的名义只是中共中央政治局常委……

这位 28 岁的常州人，是中共的后起之秀。他在 21 岁时（1920 年）作为北京《晨报》的记者前往苏俄，日渐接受红色影响。他见过列宁。后来，他经他的同乡张太雷介绍，于 1922 年加入中国共产党。

其实他的本名并不叫瞿秋白。在中国共产党人之中，他的笔名、化名恐怕是最多的一个，多达 100 来个！“秋白”原是他的笔名。他有时叫“维它”，用“瞿”的谐音化名“屈维它”，也用过“陶畏巨”“狄康”“之夫”“美夫”“董龙”“樊梓生”“陈笑峰”“司马今”“史铁儿”“林复”“宋阳”“魏凝”“范易”“何苦”等笔名、化名。他在苏俄化名“斯特拉霍夫”。这也难怪，因为他记者出身，文章满天飞，又长期在秘密状态下工作，不得不“打一枪”换一个名字。

瞿秋白

如今，他的传世之名叫“瞿秋白”。这名字很容易使人误以为他生于秋天，联想到“月落乌啼霜满天”。其实他出生于新年之初——1899 年 1 月 29 日。由于他与众不同（常人头顶只有一个发旋，他却有两个），刚生下便得了个奶名“阿双”。父亲瞿世玮喜欢咬文嚼字，给他取名“瞿雙”，以纪念他头上那两个发旋。“艭”是冷僻的汉字，小船之意，与“舸”相对应，“舸”即大船，所谓“百舸争流”。

他长大了，嫌“艭”字过分冷僻，自己改名“瞿爽”“瞿霜”，依然是“双”字音。不过“爽”“霜”都与秋天紧相连，所谓“秋高气爽”，所谓“万类霜天竞自由”。他由此衍义，取了笔名“秋白”，亦即“霜”的含义。倘若不是这么细细考证，人们很难知道“秋白”竟出典于他头发的双旋！

瞿秋白聪颖机敏，又擅长文笔。21 岁至 24 岁在苏俄采访，写下大量报道，写出《赤都心史》等著作，在中国产生广泛影响。1923 年年初他回国之后，很快成了中共一支笔，成为中共中央三家机关刊物《新青年》《向导》和《前锋》的主要撰稿人。1923 年他出席中共三大，便主持起草了党纲。1924 年出席国民党“一全”大会，又参与大会宣言的起草。

瞿秋白在中共担任的职务逐年上升：刚回国时，担任由中共主办的上海大学教务长兼社会学系主任。1925 年，在中共四大当选中央委员。在中共五大，进入中共中央政治局。

瞿秋白被选中接替陈独秀，可能基于这两点原因：

第一，他在苏俄三年，出席过共产国际大会，跟共产国际关系不错。当时，中国共产党是共产国际的支部，受共产国际领导。因此，能否成为中共领袖，在当时首先要得到共产国际的信任和支持。

第二，他写过反对彭述之主义的小册子，明确表达了反对陈独秀的立场。共产国际否定了陈独秀，起用作为陈独秀的反对派的他，就不奇怪了。

就在鲍罗廷和瞿秋白回到武汉的第三日——7 月 23 日——共产国际派出的新的代表秘密抵达武汉。当天夜里，新任代表便和以瞿秋白为首的中共新政治局常委们通宵长谈……紧接着，7 月 27 日，原先的共产国际三位代表奉调回去。

鲍罗廷回去后的命运是很不幸的。中国共产党在大革命中的失败的责任，归结到他头上。斯大林拒见他，他被安排在莫斯科外文出版社工作。1949 年鲍罗廷被捕，据说是有“特务”嫌疑。1951 年 5 月 29 日，67 岁的他，惨死于流放地——西伯利亚伊尔库茨克。直至斯大林死后，1956 年，苏共才为他恢复了名誉。

罗易回去后，由于参加反对派活动，于 1929 年被共产国际开除。他从苏联返回祖国印度，1954 年 1 月 25 日病逝。

三人之中唯有维经斯基还算不错，未遭厄运，先后从事农业、工会、教育工作，成了教授，1953 年病逝于莫斯科。

共产国际新代表带来莫斯科新的指令，并与瞿秋白等中共新政治局常委决定召开紧急会议，在中共贯彻新的指令……

“火炉”里的紧急会议

8 月的武汉三镇，热得如同火炉，即使一动不动躺在那里，全身的皮肤也会像漏了似的，汗水不住地汩汩而出。就连树上的知了，也懒得叫唤。

在汉口的俄租界，一幢西式公寓的二楼，29 个中国人却不顾蒸笼般的闷热，聚集在一个房间里，侧耳倾听着一个俄国人的长篇讲话。大约是因为骤然增加了那么多的人，屋里方凳、圆凳、长板凳相杂，显然是临时从别的房间里搬过来的。

那个讲话的俄国人，皮肤格外白净，29 岁。他便是共产国际新派来的代表，他自我介绍说名叫“尼古拉”。据会议的出席者郑超麟回忆：“在文件中也就用他名字英文开头字母‘N’作为他的代称。”[1]

其实，他的本名叫维萨里昂·罗明纳兹。1898 年，他出生于俄国高加索格鲁吉亚，1917 年加入俄共（布）。1926 年，他当选为共产国际主席团成员。奉共产国际紧急指派，他千里迢迢、星夜兼程，赶到“火炉”武汉，接替罗易、鲍罗廷和维经斯基。他的身份是共产国际全权代表。这“全权”两字，表明他非同小可。

郑超麟

罗明纳兹的两侧，坐着另两个外国人，是和他一起抵达武汉的。

他的一侧是一个德国小伙子，25 岁，名叫纽曼。纽曼是德国共产党党员，23 岁出任德共驻共产国际的代表。虽说年纪轻轻，却有着“暴动专家”之誉，因为他 20 来岁时，曾成功地领导过德国工人暴动。据云，派这位“暴动专家”前来中国，是考虑到中共正需要组织暴动——南昌暴动、广州暴动……

罗明纳兹的另一侧，是一位俄国女人，名叫洛蜀莫娃。她是罗明纳兹的助手。

[1]《郑超麟回忆录》，现代史料编刊社 1986 年 1 月版，第 150 页。

八七会议会场

罗明纳兹手中拿着厚厚一叠俄文稿，一边念稿子，一边不时离开文稿“发挥”几句。担任翻译的文弱青年，穿白色短袖纺绸衫，脸色苍白，肺病正在折磨着他。他便是瞿秋白。此时，他的手中也拿着一叠厚厚的纸头——他事先把罗明纳兹的俄文稿译成了中文。当罗明纳兹离开稿子“发挥”几句时，他的目光也离开了中文稿补译几句。

瞿秋白扮演的不仅仅是翻译的角色。罗明纳兹的报告，长达 3 万多字，是瞿秋白参与起草的。这个报告，是“罗明纳兹—瞿秋白”的登台宣言，从此正式取代了“鲍罗廷—陈独秀”在中共的领导地位。

会议是在极度匆忙、万分紧急的情况下秘密召开的。会议最初定于 1927 年 7 月 28 日召开，可是，外省代表们来不及赶到武汉。推迟到 8 月 3 日，仍然来不及。可是，再等下去不行了。这样，当外地代表来了一部分之后，就决定在 8 月 7 日开会。会议非常紧凑，从早到晚，开了一天就结束了。

这次会议，由于代表不齐，无法叫“中共中央全会”，也不是“中共中央政治局会议”，于是称“中共中央紧急会议”。由于在 8 月 7 日这天开的，史称“八七会议”。

六常委中的一半——张国焘、周恩来、李立三——在南昌前线，未出席会议，留在武汉的三常委——瞿秋白、李维汉、张太雷——及病中的蔡和森出席了会议。

大会的主席是一位大高个子，31 岁，湖南口音，他便是常委李维汉。当年，李维汉是毛泽东发起的新民学会会员，后来留学法国，在那里加入“旅欧少年共产党”（中国社会主义青年团旅欧支部前身）。1922 年年底李维汉回国，由毛泽东和蔡和森做介绍人，加入中国共产党。李维汉跟毛泽东、蔡和森很早便认识，他在湖南省立第一师范学校第二部求学时，毛泽东、蔡和森则在第一部读书。李维汉在 1923 年出任中共湘区委员会（亦即后来的中共湖南省委）书记，在中共四大当选中央委员，在中共五大当选中央政治局委员。

八七会议的透明度，要比中共一大高得多，因为当年会议的详尽记录，现

杨匏安

王荷波

李维汉

今保存在中央档案馆里，查阅会议的原始记录，便能得知会议的真实情况。

会议的出席者有：

中央委员：罗迈（即李维汉）、瞿秋白、张太雷、邓中夏、任弼时、苏兆征、顾顺章、罗亦农、陈乔年、蔡和森。

候补中央委员：李震瀛、陆沉、毛泽东。

监察委员：杨匏安、王荷波。

共青团代表：李子芬、杨善南、陆定一。

湖南代表：彭公达。

河北代表：郑超麟。

军委代表：王一飞。

中央秘书：邓小平。

共产国际代表：罗明纳兹、纽曼、洛蜀莫娃。[1]

在会议记录上，发言者用简称，如“迈”即罗迈（李维汉），“东”即毛泽东，“亦”即罗亦农……内中不时出现一个代号“D”字。经查证，“D”即罗明纳兹。

在原始记录上，大会主席李维汉的开场白中这么说及：

在7月4日（12日？）以后，国民党政府背叛。以前常委之组成为

[1] 中国人民解放军政治学院党史教研室编：《中共党史教学参考资料》第14册，《“八七”中央紧急会议》1985年版，第12页。

特恩立迈太五人（注：张国焘、周恩来、李立三、李维汉、张太雷），后特恩立到前方，现留的仅迈太二人。

在国际代表未来以前，国际曾有一训令，对中央提出许多错误，指明中国共产党有机会主义，并要中党[1]开一紧急会议，指出此倾向并改组中央。后国际代表到，对此亦谈很多，并决定召集紧急会议。此会议原定7月28日开，后因为种种关系不果，直至今日才实现。[2]

李维汉的开场白，说明了这次会议的任务是批判机会主义倾向并改组中央。

李维汉开宗明义，指出大会的任务在于纠正“错得太远”的中国共产党的“指导机关”，亦即以陈独秀为首的前一任领导机关。

已经“不视事”的陈独秀，仍是名义上的党的总书记，仍是中央委员、政治局委员，虽在汉口，却不能出席会议——虽然这次会议是为了纠正他的错误而召开的。

在李维汉讲话之后，共产国际代表罗明纳兹致辞：

在未开始报告之先，我以国际名义向大家致一敬礼。此敬礼非平常的敬礼。国际要中国共产党召集此会的原因是因中国共产党的指导错得太远，不召集此会来纠正则CP[3]将不成其为CP了。现在中国共产党的错误已经很深了，非召集此会不可。过去的错误是在指导机关，国际对于群众方面的英勇的行为仍是非常满意的……[4]

罗明纳兹的长篇报告，经大会讨论，后来稍作修改，以《中国共产党中央执行委员会告全党党员书》发出。报告批判了陈独秀的右倾投降主义，扭转了中国共产党的“指导错误”，结束了陈独秀路线。

在会议记录上写着，罗明纳兹报告结束之后，“休息半小时吃饭”，然后继续开会，讨论报告。

---

[1] 即中国共产党。

[2] 中国人民解放军政治学院党史教研室编：《中共党史教学参考资料》第14册，《“八七”中央紧急会议》1985年版，第1页。

[3] 共产党英文开头字母。

[4] 中国人民解放军政治学院党史教研室编：《中共党史教学参考资料》第14册，《“八七”中央紧急会议》1985年版，第2页。

引人瞩目的是，第一个发言者是“东”，亦即毛泽东。原始记录上，毛泽东的发言，约为一千字。

毛泽东的话，保持着他幽默辛辣的风格。他是这样批判陈独秀在国共合作上的右倾错误的：

> 当时大家的根本观念都以为国民党是人家的，不知他是一架空房子等人去住。其后像新姑娘上花轿一样勉强搬到此空房子去了，但始终无当此房子主人的决心。我认为这是一大错误。[1]

毛泽东的发言，有一段话极为重要，那便是他的著名的“枪杆子里面出政权”的见解。记录原文如下：

> 对军事方面，从前我们骂孙中山专做军事运动，我们则恰恰相反，不做军事运动专做民众运动，蒋唐[2]都是拿枪杆子起（家）的，我们独不管。现在虽已注意但仍无坚决的概念，比如秋收起义非军事不可，此次会议应重视此问题，新政治局的常委要更加坚强起来注意此问题。[3]

参加八七会议的主要人物：（上排左起）毛泽东、邓小平、瞿秋白、任弼时、张太雷，（下排左起）邓中夏、苏兆征、李维汉、罗亦农、陆定一

[1] 中国人民解放军政治学院党史教研室编：《中共党史教学参考资料》第 14 册，《“八七”中央紧急会议》1985 年版，第 5 页。

[2] 即蒋介石、唐生智。

[3] 中国人民解放军政治学院党史教研室编：《中共党史教学参考资料》第 14 册，《“八七”中央紧急会议》1985 年版，第 5 页。

当时的毛泽东在中共党内的地位在第十以外，尚未显要，然而他的这段话大有“众人皆醉吾独醒”的意味，超过了他的同时代人。

其实，毛泽东在一个多月前（7 月 4 日）的中共执委会扩大会议上，已经说过类似的意见：“不保存武力，则将来一到事变，我们则无办法。”他主张“上山”，预料“上山可造成军事势力的基础”。

毛泽东是这么说的，也是这么做的。后来他走的便是“枪杆子里面出政权”之路，“上山”之路。

瞿秋白取代了陈独秀

中国在大动荡，中共在大动荡，中共领导层也在大动荡之中。

中共中央政治局在频繁地改选、换动着：5 月 9 日中共五大闭幕时选过一回，选出政治局委员七人，常委三人；才两个来月，7 月 12 日，又一次换班、改组，确定新的五常委；这一次，还不到一个月，再一次换班、改组。

共产国际全权代表罗明纳兹在八七会议上这么说：“此会为‘紧急讨论会’。此会虽无权改组中央，但有权选举临时中央局。”

罗明纳兹带来莫斯科新的指令，认为前任中共领袖陈独秀犯右倾错误，在于知识分子的“动摇性”，因此必须加强中共领导层的工人成分。

罗明纳兹指出：

> 我们可以说上海工人领袖的意识比中央的意识高百倍，他们的理论比中央的理论正确得多。工人阶级的经济斗争，无论何人都不及由工人出身的人来领导正确。[1]

罗明纳兹的意见，受到许多中共代表的赞同。

邓中夏指出：

> 我们党的书生气概也非常之重，因此，中央自然要犹豫动摇，发生机会主义了。产业工人加入党的指导机关工作说了好几年，但未实行，大

---

[1] 中国人民解放军政治学院党史教研室编：《中共党史教学参考资料》第 14 册，《“八七”中央紧急会议》1985 年版，第 4 页。

家总以为工人的政治观点不清楚。自然工人同志不能如知识分子那样开口数万言，但我们要知道上海工人的政治意识比中央要高百倍。[1]

邓中夏

罗亦农指出：

湖南代表及其他同志说：要将群众意识作为党的指导和要吸收工人来作指导这是很对的。[2]

任弼时说得更直截了当：

现在党要改变过去的错误原则，要实行，非有新的领导机关不可，并须吸引下级做实际工作的工人同志来做领导。老头子可去莫。[3]

苏兆征

任弼时所说的“老头子”，指的是陈独秀；“去莫”，也就是去莫斯科。

这样，工人出身的工人领袖们一下子备受重视，被列入中共新领导班子候选名单。

其中有42岁的苏兆征。他是广东香山县淇澳岛（今属珠海市）人，从小在海轮上做工，道地的海员工人出身。1921年1月，他领导了香港海员大罢工，同年3月，创立中华海员联合总会，1925年加入中国共产党，1926年出任中华全国总工会委员长，在中

[1] 中国人民解放军政治学院党史教研室编：《中共党史教学参考资料》第14册，《“八七”中央紧急会议》1985年版，第4页。

[2] 中国人民解放军政治学院党史教研室编：《中共党史教学参考资料》第14册，《“八七”中央紧急会议》1985年版，第7页。

[3] 同上。

共五大上当选中央政治局委员。

另一名受到青睐的是23岁的湖北人顾顺章。他原本是南洋兄弟烟草公司的事务员，也算是工人出身。他曾留学德国，回国后加入中国共产党，在上海工人第三次武装起义时期担任工人纠察队总指挥，在中共五大上当选中央委员。

还有一名受到垂青的是47岁的湖北汉川人向忠发。论出身，此人“根子正”，“标准”的工人。他青年时期先在汉阳兵工厂当学徒，后来做过水手、码头工人。他1922年加入中国共产党，被派到湖北省工会工作，担任汉冶萍总工会副委员长。此后，他历任武汉工人纠察队总指挥、武汉工会委员长、中华全国总工会执委会委员。他当选过中共三大、四大、五大代表，并在中共五大当选中央委员。

于是，罗明纳兹拿出事先拟好的政治局委员候选人名单。他念道：“提议政治局委员七人，候补委员七人。正式委员七人——张国焘、瞿秋白、苏兆征、李维汉、任弼时、罗亦农、邓中夏；候补委员七人——李立三、周恩来、彭湃、张太雷、顾顺章、向忠发、蔡和森。”

大家七嘴八舌地讨论着名单。

经过投票选举，产生的新的政治局委员名单，跟瞿秋白预拟的人选颇多差别。

根据会议记录，最后的名单连同得票数如下：

> 正式委员——苏兆征（20票）、向忠发（20票）、瞿秋白（19票）、罗亦农（18票）、顾顺章（17票）、王荷波（17票）、李维汉（17票）、彭湃（16票）、任弼时（14票）；
>
> 候补委员——邓中夏（13票）、周恩来（12票）、毛泽东（12票）、彭公达（11票）、张太雷（11票）、张国焘（9票）、李立三（7票）。[1]

票数颇为耐人寻味。由于共产国际全权代表强调了工人成分，苏兆征、向忠发一下子得了全票（邓小平作为中央秘书没有参加投票，所以实际参加选举的是20人），超过了瞿秋白。

7月12日产生的五常委中的四位——周恩来、张太雷、张国焘、李立

[1] 中国人民解放军政治学院党史教研室编：《中共党史教学参考资料》第14册，《“八七”中央紧急会议》1985年版，第12页。

三——票数居末，全成了候补委员！

毛泽东得票数与周恩来相同，并列第11位。

按得票数，中央的新领袖当是苏兆征或向忠发。

对此，罗明纳兹作了如下说明：

> 至于指导[1]成分问题，大家的要求是选出工人来做领导。但有一困难，此会无权改选中央[2]。还有一层，选出此等人还须得从事调查一下是否他能执行此新政策。[3]

这样，在8月9日召开的中央政治局会议上，确定了三常委为中共新领袖。这三常委是瞿秋白、李维汉、苏兆征。名义上三人都是常委，实际上以瞿秋白为首。

八七会议之后的瞿秋白

从5月9日中共五大闭幕式到8月9日，正好三个月。从三个月来常委名单的三变，足见中共领导核心的大变动：

5月9日，三常委，即陈独秀、李维汉、张国焘；

7月12日，五常委，即张国焘、周恩来、李立三、李维汉、张太雷（7月21日增加瞿秋白）；

8月9日，三常委，即瞿秋白、李维汉、苏兆征。

在三变中唯一不变的是李维汉，一直担任常委。

八七会议结束了陈独秀右倾路线，诚如毛泽东后来所言："1927年8月7日党中央的紧急会议反对了政治上的右倾机会主义，使党大进了一步。"[4]

如今，在召开八七会议的那幢房子设立了纪念馆，坐落在汉口鄱阳街139号（原俄租界三教街41号），那是根据李维汉、邓小平、陆定一认定后确证的。

---

[1] 即领导。

[2] 指总书记。

[3] 中国人民解放军政治学院党史教研室编：《中共党史教学参考资料》第14册，《"八七"中央紧急会议》1985年版，第8页。

[4]《战争和战略问题》，《毛泽东选集》第2卷，人民出版社1991年版，第548页。

不过，1983 年郑超麟应邀去武汉，却认定鄱阳街的 123 号是原会址。那座房子跟 139 号模样很像。郑超麟的记忆力向来是很不错的，只是他的意见，未被接受。

在八七会议的记录中，任弼时曾说过一句话："老头子可去莫。"

"老头子"陈独秀后来没有"去莫"。他和彭述之、郑超麟等组织了党内反对派，于 1931 年 5 月任"中国'托派'统一组织"的中委，兼宣传部主任。因此，他被中国共产党开除了党籍。

中共由右向"左"偏航

矫枉容易过正。瞿秋白取代陈独秀成为中国共产党的舵手，由右朝"左"偏航。

作为三常委之一的李维汉，晚年写下《回忆与研究》一书，很深刻地道出当年批右出"左"的原因：

> 由于对国民党屠杀政策的仇恨和对陈独秀投降主义的愤怒而加强起来的革命急性病，使党内的"左"倾情绪很快地发展起来。
>
> 除了这种"'左'倾情绪"外，还有一个认识问题，即所谓"左"比右好。"'左'是站着斗，右是跪着降"，当时在党内（一定范围内）已经形成了舆论。而"左"倾情绪和"左"倾认识（理智）结合起来，就成为盲动主义发展的动力……于是，盲动主义代替了投降主义。[1]

28 岁的瞿秋白上台之后，深感共产党在武汉的基础太差，便于 9 月底和郑超麟一起坐长江轮船返回上海。瞿秋白隐居在福煦路（今金陵西路、延安中路）民厚南里。从此，中共中央也随瞿秋白迁回上海。

"四一二"反革命政变的阴影依然浓重地笼罩着上海，处处谈"共"色变，密探的眼睛，日夜在那里"扫描"，巴不得盯住每一个"赤色人物"。

全国中共党员锐减，从中共五大时近 6 万人，直线下降到 1 万多人。

心急似火的瞿秋白却这样深信不疑："在较短期内，新的革命高涨将取代革命的暂时失败。"

---

[1] 李维汉：《回忆与研究》上册，中共党史资料出版社 1986 年版。

瞿秋白要在中国点起暴动之火。他的头脑在膨胀、在发热，急于求胜的情绪在迅速滋长。

1927年11月9日至10日，瞿秋白在上海召集了中央临时政治局扩大会议，全面贯彻自己的“左”倾路线。

会议作出《中国现状与共产党的任务决议案》，强调了“暴动”的重要性：

> 城市工人暴动的发动非常之重要；轻视城市工人，仅仅当做一种响应农民的力量，是很错误的，党的责任是努力领导工人日常斗争，发展广大群众的革命高潮，组织暴动，领导他们到武装暴动，使暴动的城市能成为自发的农民暴动的中心及指导者。城市工人的暴动是革命的胜利在巨大暴动内得以巩固而发展的先决条件。[1]

这样，瞿秋白把全党的工作中心，转移到领导工人组织城市暴动上去了。

当然，最激烈地主张暴动的，是共产国际新任全权代表罗明纳兹。难怪他来华时，带来了德国的“暴动专家”纽曼。

这次扩大会议，增选了两名政治局常委，即罗亦农和周恩来，使三常委增至五常委。这样，周恩来又重新进入了常委之列。

以瞿秋白为首的中共新中央，向各地党组织发出了一系列要求组织暴动的指令，但都一一痛遭失败：

武汉暴动——原定11月13日上午8时武汉三镇工人总罢工，举行暴动，进攻友益街，结果因响应者寥寥而作罢。

长沙暴动——12月10日晚7时，湖南省委组织200人敢死队举行暴动，企图占领长沙。敌人连夜调来一个师，一下子就把暴动压下去了。

广州起义——12月11日凌晨，在张太雷、叶挺、叶剑英、周文雍、恽代英、聂荣臻领导下，举行广州暴动。暴动的翌日，中共中央政治局候补委员张太雷当场牺牲，暴

在“广州暴动”中牺牲的张太雷

[1]《中共中央文件选集》第3卷，中共中央党校出版社1989年版，第457页。

动也迅即失败。

此外，上海暴动、北方顺直暴动，也都惨遭败北。

暴动的一次次惨败，使新上台的中共领袖瞿秋白威信扫地，陷入了困境。看来，他在领袖的座椅上席不暇暖，就得另易他人了……

谁将替换瞿秋白呢？

一个出乎意料的机遇，使一个并不具备领袖才华的人物成了中共正儿八经的总书记！

那是八七会议结束不久，共产国际忽地发来通知：苏联的十月革命纪念日即将到来。1927 年的十月革命节非同往常，乃是 10 年大庆，各国共产党都派了代表团。这样，中国共产党也要派出代表团前往苏联庆贺。为了表示对工农干部的重视，此次所派的是“中国工农代表团”。由谁率领呢？自然应当派工农出身的干部。

最合适的人选，应是苏兆征。他是政治局常委，又是工人出身。不巧，他正生病，不能远行。

于是，选中了向忠发。在八七会议上，他跟苏兆征一样，都得了全票。

另外，还指派了李震瀛作为向忠发的副手。李震瀛又名李宝森，天津人，1921 年加入中共，一直从事工人运动。他在 1922 年领导了郑州铁路工人大罢工，出任京汉铁路总工会秘书长。

1925 年，李震瀛在上海领导五卅运动，后来，又成为上海第三次工人武装起义的领导者之一。在中共五大上，李震瀛当选为中央候补委员。八七会议时，他是与会者之一。后来李震瀛参加罗章龙派，于 1931 年 7 月被中共中央开除党籍。此后他在上海被捕，发表声明不再参加革命活动，获释后在天津敦庆隆绸缎庄当店员，后来下落不明。

历史把机遇给了向忠发。他和李震瀛于 1927 年 10 月来到了莫斯科，这是他头一回出国，使他有机会直接接触共产国际的高层领导。这时，共产国际恰巧在物色工人出身的中共高级干部，以担任中共的领袖。此时出现的向忠发——这位 47 岁的老工人——正适合共产国际的需要！

这样，当向忠发和李震瀛在参加了十月革命 10 周年庆祝盛典之后，共产国际为了加以培养，又派他们前往德国和比利时，出席了“反对帝国主义大同盟”理事会扩大会议。向忠发在会上作了中国革命和反对帝国主义运动的报告，并与德国共产党、比利时共产党领导人举行了会谈。另外，还参加了组建在“反对帝国主义大同盟”领导之下的“反对中国白色委员会”。共产国际的着意培养，使向忠发大长见识。

就在向忠发和李震瀛结束了欧洲之行时，他们又应邀前往莫斯科，出席重要的会议——1928 年 2 月 9 日至 25 日，共产国际执委第九次全会在那里举行。斯大林和布哈林出席会议，着重讨论了中国革命问题。

那时，共产国际内部对于中国革命有两派不同的意见：一派是瞿秋白的“后台”罗明纳兹，他认为中国革命已经到了“中国共产党立即行动夺取政权，实现一省数省乃至全国胜利的时候了”！正因为这样，他主张不断地在中国组织暴动。瞿秋白忠实地执行了这位共产国际驻华全权代表的指示。另一派则以米夫为首，他激烈地批评罗明纳兹关于中国革命性质和中国社会性质的分析。米夫在《中国革命的争论问题》一文中批评罗明纳兹：“中国资产阶级不算做一种政治力量，这样他就犯了一个错误，轻视中国目前革命斗争的一切困难。”[1] 罗明纳兹反唇相讥，嘲笑米夫“右倾”。

瞿秋白组织的一系列暴动的失败，特别是广州暴动的失败，使罗明纳兹面临被“查办”的危险。虽然他在 1927 年年底回到莫斯科，但还一再鼓吹他的主张。

斯大林和共产国际政治书记处第一书记布哈林否定了罗明纳兹，批评了他的极“左”主张。

斯大林、布哈林会见了向忠发、李震瀛，以联共代表团和中共代表团的名义，联合起草了《关于中国问题决议案》，由共产国际执委第九次全会通过。这个决议案，否定了罗明纳兹对于中国革命的“左”的主张。

这下子，猛然抬高了向忠发的声望。因为跟斯大林、布哈林共同起草关于中国革命的文件，在当时可是一件了不起的事！

罗明纳兹从此一蹶不振，不久被调离共产国际，前往高加索。1930 年 12 月，他在高加索被指控组织“反党集团”。1934 年年底，36 岁的他自杀身亡。他自杀后，被联共（布）中央开除出党。

向忠发当上总书记

上海天蟾舞台，坐落在最繁华的市中心，是个热闹的所在，看戏的、演戏的，终日进进出出。

一位 42 岁的“老板”，住进了紧挨天蟾舞台的两间房。看来，这位“老板”

[1]《布尔什维克》1928 年第 4 期。

手里有钱——他的“太太”是那样的年轻，只有 20 岁。那年月，“老夫少妻”是有钱的象征。“老板”是做湖南土布土纱生意的，挂起“福兴字庄”招牌。

然而，外人莫知，每当夜深人静，这对“夫妻”却分床而眠……

这位手头阔绰的“老板”，便是熊瑾玎，又名熊楚雄，湖南长沙人，中共地下党员。1918 年 8 月，他在长沙参加了毛泽东创建的新民学会，1927 年 10 月加入中共。他以“老板”身份，在这人头攒动的地方，为中共中央建立秘密机关。

那位“太太”，是奉中共组织之命为他做掩护工作的，并非真是他的妻子。“太太”叫朱端绶，也是长沙人。虽说她比“老板”小 22 岁，入党却比他早两年——1925 年入党。

这对假夫妻主持的秘密机关，是当年中共最重要的机关。李维汉在《回忆与研究》中，曾这样忆及：

> 开会的地方在上海四马路[1]天蟾舞台后面楼上的两间房子里。这个秘密机关是 1927 年冬或 1928 年初建立的作为中央常委开会的地方。房子是租赁来的，由熊瑾玎、朱端绶夫妇[2]住守（熊瑾玎任中央会计）。那时，开会的同志从天蟾舞台西侧云南路的一个楼梯上去，就可以直到开会的房间。房间内朝西的窗下有一张小桌子，开会时，小平就在小桌子上记录。这个机关从建立起一直到 1931 年冬六届四中全会以后，都没有遭到破坏……1952 年毛泽东在杭州主持起草宪法时，通知小平和我到他那里去。路过上海时，小平和我去看过那个老地方，那时房间结构和形式如旧，里面设了一个卫生间。

来自莫斯科的秘密文件，通过地下交通线，传到了上海这个秘密机关。

就在这个时候，中共失去了一位重要的人物——罗亦农。他在八七会议上当选政治局委员时，得票数仅比瞿秋白少一票。

罗亦农是湖南湘潭县人。1920 年，他才 18 岁，便加入中国社会主义青年团，被派往莫斯科东方大学学习。1921 年，罗亦农转入中国共产党，在苏俄学习五年后回国，任中共江浙区委书记，并参加领导了上海工人第三次武装起义。此后，他又担任中共江西省委书记、湖北省委书记。八七会议之后，在

[1] 今福州路。

[2] 后来弄假成真，他俩结为夫妇，历经风雨而情深意切，直至 1973 年熊瑾玎去世，长达 45 个春秋。

1928 年 4 月 21 日，罗亦农在上海英勇就义，年仅 26 岁

1927 年 11 月，他被增补为中共中央政治局常委。

罗亦农虽说也非常年轻，却比瞿秋白冷静。正因为这样，在“暴动热”之中，作为中共长江局书记的他却阻止进行武汉暴动，明确指出：“目前绝非继续暴动时期。”

据罗亦农之子罗西北[1]告诉笔者，罗亦农是在上海被叛徒何芝华出卖的。当时，蒋介石悬赏 5 万大洋，捉拿“匪首”罗亦农。在上海法租界“坐机关”的何芝华看中了这笔巨赏，打算用这笔赏金出国，便出卖了罗亦农。这样，1928 年 4 月 15 日，罗亦农在上海被捕。六天之后，他就死于刑场，当时只有 26 岁！

罗亦农本是中共很有作为的年轻领袖，很可惜英年早逝。他的遗孀李文宜后来随瞿秋白夫人杨之华一起赴苏。

就在罗亦农就义后一星期（4 月 28 日），中共政治局三常委瞿秋白、李维汉、周恩来，以及邓中夏、项英聚集在上海天蟾舞台后的小屋里。他们逐字逐句研读着由斯大林、布哈林、向忠发、李震瀛共同起草的《关于中国问题决议案》。他们立即感到，莫斯科的指令，批评了罗明纳兹—瞿秋白的“左”倾盲动主义。

从现存的中共中央第十二次政治局会议记录（1928 年 4 月 28 日）上，可以见到这样的反响：“国际决议显然同（11 月）扩大会议决议有几点不同！”

“国际决议”指出：“中国工农广大的革命运动之第一个浪潮……已经过去。”眼下，中共应“准备革命之新的浪潮之高潮”，“党的工作之中心，是在争取千百万的工农群众”。

共产国际的决议，明确地反对无准备无组织的城乡暴动。

这就是说，那一系列头脑发热的“暴动”计划，应紧急刹车！

瞿秋白意识到自己犯了严重错误。

[1] 罗西北曾为全国政协委员，笔者于 1991 年 7 月 2 日在北京采访了他。

中共中央政治局在两天之后——4月30日——发布了《中国共产党中央政治局关于共产国际决议案的通告》，表示："接受这一决议案之一般方针，并且认为在最短期内，于本党第六次代表大会之前，必须切实执行这一决议案必要的具体步骤。"

以瞿秋白为首的中央政治局，作了这样的检讨：

> 中央政治局认为自己过去的工作，正是一面与机会主义余毒奋斗，一面即尽自己的力量指正党内各地所表现出来的盲动主义。这种盲动主义的倾向，不但表现于无产阶级的工商业中心玩弄暴动，而且反映着小资产阶级式的农民原始暴动的情绪，如杀烧主义，忽视城市工人阶级的倾向，等等。[1]

就在发布"通告"的当天，瞿秋白从上海消失了。他怀着沉重的心情踏上远途，前往苏联参加中共六大的筹备工作。

周恩来和邓颖超，则是5月1日一起离沪赴莫斯科的。

此后，在5月上旬、中旬，中共中央许多负责人纷纷经沪前往苏联。

5月9日，中共中央在国内指定李维汉、任弼时、罗登贤三人临时主持留守工作。

对于中国共产党来说，六大在国外召开，是特殊的例外：一大、二大、四大在上海召开，三大在广州召开，五大在武汉召开。六大改在莫斯科召开，是由于国内一片白色恐怖。弄得不好，会在开全国代表大会时被一网打尽，所以不得不在当时的"红色堡垒"苏联召开。一百多名中共代表陆续来到苏联。

中共六大自1928年6月18日至7月11日，在莫斯科郊区兹维尼果德镇银光别墅（原先的一座贵族庄园）开了差不多一个月。由于制止了"左"倾盲动主义，这时的中共党员增至4万多人。

大会之前，6月12日，斯大林接见了中共主要负责人。斯大林的谈话，为中共六大定下了基调，即批判瞿秋白的"左"倾盲动主义——一年前的中共五大，则是批判陈独秀的右倾投降主义。

陈独秀和瞿秋白都是知识分子，一个右，一个"左"，被视为知识分子的"动摇性"。共产国际再一次强调，必须由工人成分的人物担当中共领袖。最终共产国际选中了向忠发——除了向忠发是位老工人之外，还由于他率领中国工

---

[1]《布尔什维克》第1卷，第24期。

农代表团以来，跟共产国际，跟斯大林、布哈林有了密切的接触。向忠发当选为中共中央总书记！

斯大林

中共六大选出的政治局委员有向忠发、苏兆征、项英、周恩来、蔡和森、瞿秋白、张国焘。前五人为常委。这样，瞿秋白被排除在常委之外。

政治局候补委员为李立三、关向应、罗登贤、彭湃、杨殷、徐锡根、卢福坦。

项英进入政治局，因为他当年是织布工人。他原名项德隆，1922 年加入中共，是京汉铁路“二七”大罢工的领导人之一，从事工人运动。他担任过上海总工会党团书记、全国总工会副委员长、中共中央职工运动委员会书记。

布哈林

进入政治局候补委员的罗登贤，也是从事工人运动的，曾参与领导了香港工人大罢工。杨殷 1922 年加入中共，领导了粤汉铁路总工会、广九铁路总工会、广三铁路总工会。1925 年，他参加领导了省港大罢工。

斯大林批评说，中共还是瞿秋白、张国焘等几个“大知识分子”起领导作用，应当更多地选拔工人到中央来。于是，中共六大选出的中央委员和候补委员 36 人中（其中中央委员 23 人，候补中央委员 13 人），有 21 人是工人。连恽代英、刘少奇这样的知识分子干部都未能入选！

共产国际也意识到自身工作中的失误，因为中共领袖的错误，很大程度上是由于共产国际派往中国的代表犯了错误，诚如陈独秀之右倾跟罗易、鲍罗廷的右倾大有关系，而瞿秋白的“左”倾很大程度上是由于罗明纳兹的“左”倾。

布哈林这么指出：

> 共产国际的代表并不是个个都经过考试的，在指导中国大革命中，他们有这样那样的错误。共产国际执委会讨论了这个问题，认为不派代表比派那些犯错误的代表好些。[1]

这样，共产国际作出了新的决定，即由中国共产党派两个代表到莫斯科，共产国际通过这两个代表与中国共产党进行联系。

经过研究，把瞿秋白、张国焘这两位“大知识分子”留在莫斯科，作为中共驻共产国际的代表。这样，已被排除在政治局常委之外的瞿秋白，又完全脱离了国内的领导岗位，从此结束了他在中共党内的第一把手地位。

除了瞿、张两人之外，邓中夏、余飞任中华全国总工会驻赤色职工国际代表；王若飞任中国农会驻农民国际代表；不久，陆定一又出任中国共青团驻少共国际代表。他们在莫斯科组成了中共代表团。

后来，共产国际还是派出代表前来中国。不过，共产国际声称，代表不再对中共起领导作用，而是起联系人和传达者的作用。

李立三日渐掌握实权

李立三

上海，忽地来了个三十来岁、湖南口音的古董商，租了房子，落脚做生意。

他自称名唤“萧柏山”。不过，这位古董商仿佛是个戏迷，常往天蟾舞台跑。

在中共中央的秘密机关里，这位“古董商”变得非常忙碌，不断地向全党发出指示，大有总书记的派头。

“萧柏山”，便是李立三。

这是一种颇为奇特的现象：尽管中共六大选出了向忠发当总书记，可是，中共的实权却操在李立三手中！李立三，既不是政治局常委，也不是政治局委员，而只是政治局候补委员！

[1] 杨云若，杨奎松：《共产国际和中国革命》，上海人民出版社 1988 年版，第 243 页。

李立三成为中共实际上的领袖，其实就跟向忠发忽然成为中共总书记一样。那时的中国共产党非常年轻，没有成熟的领袖人物。

李立三也有他的机遇：

中共六大之后的第六天，共产国际六大在莫斯科开幕，而且一开就开了两个月。周恩来、苏兆征、项英三常委留在莫斯科开会。另两位常委，即向忠发和蔡和森，再加上李立三，先行回国，主持中央工作。

于是，在 1928 年 9 月 2 日，向、蔡、李三人回到了上海。

向忠发其人，理论水平低，工作能力也差，不具备当领袖的才能，仅仗着老工人牌子才被捧上总书记的位子。这样，他也就成了名义上的总书记。

最初，掌握中共领导实权的是蔡和森，他是政治局常委兼中央宣传部部长。

32 岁的蔡和森具备领袖之才，本来，他跟罗亦农一样，很有希望成为中共新一代的领袖。他原名蔡林彬，湖南湘乡县（今双峰县）人氏。1918 年他和毛泽东共同发起新民学会。翌年，他留学法国，猛看猛译法文版马克思著作，很快领悟到马克思主义真髓。1920 年 9 月 16 日，他在写给毛泽东的长信中清楚地阐述了中国必须建立共产党：“我认为首先要组织党——共产党。因为它是革命运动的发动者、宣传者、先锋队、作战部。以中国现在的情形看来，须先组织它……”他的马克思主义理论水平，高于他同时代的许多人。

蔡和森于 1921 年年底加入中共，在中共二大至六大，均当选中央委员；在五大成为政治局委员，在六大则进入政治局常委。他的一支笔，写下大量宣传马克思主义的文章，因此，他成为政治局常委时，还兼任中央宣传部部长。

蔡和森回到上海才十来天，却因顺直省委的一些问题牵涉到他，要他向中央常委检查错误。加上气喘病发作，他不得不离开中央机关去养病。不久，他被指责为右倾，撤销了政治局常委、政治局委员及中央宣传部部长的职务。1929 年 1 月，他被调往莫斯科，参加中共驻共产国际代表团的工作。

蔡和森犯了“错误”，李立三便取而代之。11 月 20 日，李立三取代了蔡和森的地位，被增补为中共中央政治局委员、常委兼中央宣传部部长。这样，中共中央政治局五常委改为向忠发、周恩来、苏兆征、李立三、项英。其中苏兆征于 1929 年 2 月才从苏联回国，并且回来的当月就病逝了。

李立三是个趣事颇多的人物。

他曾是毛泽东的“半个朋友”。那是 1915 年夏秋之间，正在长沙湖南第一师范学校读书的毛泽东，化名“二十八画生”（“毛泽东”三字繁体汉字笔画正好 28 画）张贴《征友启事》，欲求志同道合之友。第一个响应的是从浏阳来长沙读书的罗璈阶（后来叫罗章龙），跟毛泽东结交。

那时，李立三叫李隆郅，从醴陵来到长沙上中学，认识罗章龙。于是，罗章龙便把李立三介绍给毛泽东。

毛泽东后来这样忆及往事：

> 我这时感到心情舒畅，需要结交一些亲密的同伴。有一天，我就在长沙一家报纸上登了一个广告，邀请有志于爱国工作的青年和我联系。我指明要结交能刻苦耐劳、意志坚定、随时准备为国捐躯的青年。我从这个广告得到的回答一共有三个半人。一个回答来自罗章龙，他后来参加了共产党，接着又转向了。两个回答来自后来变成极端反动的青年。“半”个回答来自一个没有明白表示意见的青年，名叫李立三。李立三听了我说的话之后，没有提出任何具体建议就走了。我们的友谊始终没有发展起来。[1]

据李立三说，他当时“没有明白表示意见”，是因为他才 16 岁，又刚从小县城来到长沙，见识少，一下子答不上毛泽东的提问，所以只成了毛泽东的“半个朋友”。

1917 年，18 岁的李立三中学毕业了，回到故乡醴陵当了几个月的小学教师，便投奔到护法战争时任湘军总司令的程潜麾下，当了一名小兵。不久，他这个“小知识分子”当上差遣（相当于连队文书）。一天，他送文书到司令部来，见程司令正在与人下象棋，也就站在一旁看了起来。看着，看着，他忽地漏出一句“应回马拦卒”。程潜抬头，见是一名小兵，便问李立三：“看样子，你会下棋！”于是，程潜与李立三对弈，总司令竟败在这小兵手下。程潜跟他攀谈起来，才知彼此是同乡，李立三之父李冒珪（字镜蓉）还是程潜清末同场考中秀才的“同年”。

李立三能诗善文，深得程潜喜欢。1919 年春，程潜资助李立三进京，进入法文专修馆。这年秋天，李立三便到法国留学。1921 年冬，他从法国回来，在上海加入中国共产党。

李立三加入中共之后，从事工运。1922 年，他领导了安源路矿工人大罢工，1923 年任中共武汉区委书记，翌年任中共上海区委职委会书记。1925 年他在上海一家工厂参加选举，李隆郅三字笔画太多，工人不易写，刘少奇建议他改名。正巧迎面站着三个工人，刘少奇说：“就叫李三立吧！”他思索了一下说：

---

[1] 斯诺：《西行漫记》，三联书店 1979 年版，第 121~123 页。

“叫李立三吧！”从此他竟以“李立三”这名字传世。这年，他任上海总工会委员长，赴苏出席赤色职工国际大会。1927年，李立三任中共中央工人部部长，全国总工会驻汉办事处主任，然后又兼任中共湖北区委书记。那时，向忠发是他的部下。后来，他参加了南昌起义，旋即又任中共广东省委书记。

李立三在蔡和森遭贬之后当即取而代之。不过，1928年11月上旬，周恩来从苏联回到上海，李立三在党内的威望不及周恩来，中共的领导工作实际上由周恩来主持。11月9日，中共中央政治局常委会决定，由周恩来起草新的中央的工作计划。此后，许多中央通告、文件皆出自周恩来之手，而李立三则成为周恩来的副手，向忠发不过是名义上的领袖。向忠发、周恩来、李立三成了当时中共的“三驾马车”。

“三驾马车”的局面，持续了一年多。

1929年8月下旬，中共失去了两位重要人物：政治局委员彭湃和政治局候补委员、中央军事部部长杨殷。因叛徒告密，二人被捕牺牲。

1930年3月3日的中共中央政治局会议记录上，出现一行奇特的暗语：

> 冠生病入院。决：准假两月。

“冠”何人？周恩来的化名！周恩来生了什么病，要入院休病假两个月？原来，“病”是他去苏联的暗语。也就是说，政治局批准周恩来赴苏两个月，向共产国际汇报工作。

周恩来一走，李立三便成了中共的主持人。李立三原来是个性情急躁的人，由他掌舵，一下子把中共推向了“左”的航线。

李立三火暴的脾气，是颇为“著名”的。1921年冬，他和一百多位留法勤工俭学的学生被法国政府遣送回国。轮船在海上悠悠而进，为了打发时光，学生们举行围棋赛。四川队推出了陈毅，湖南队推出了李立三。李立三急于求胜，被陈毅抓住了弱

李立三和他的苏联妻子李莎以及孩子

处，一举击败。李立三一气，把棋子连同棋盘一起甩进了大海！[1] 此事一直在中共党内传为笑谈，因为当时在场的许多留法学生后来都加入了中国共产党。

当他跟朋友聚谈，别人说及军阀之腐败和凶暴，他每每在一侧大声呼喊“打倒”“推翻”“杀掉”。

他恨不得把旧世界在一个早上推翻掉。正因为这样，他的同志们都熟知他的火急的脾气，竟为他开过两次追悼会：一次是在安源，谣传罢工失败，李立三去刺杀军阀赵恒惕未遂而牺牲，他的同志们很快信以为真，周恩来主持了他的追悼会！又一次，他参加南昌起义，传说他跟敌人拼杀，血染战场。于是，又为他开追悼会，主持人依然是周恩来！

在批判了陈独秀的“跪着降”之后，李立三越发激动起来，日渐“左”倾。

1928 年 6 月 12 日，斯大林会见前来莫斯科出席中共六大的负责人时，便和李立三有过小小的争论。

那天，斯大林穿了一身军装，一双肥大的皮靴，在莫斯科一间小型会议室里，会见中共领导向忠发、周恩来、苏兆征、蔡和森、项英、瞿秋白、张国焘、李立三。

斯大林在分析中国形势时说：“中国革命形势现在还是退潮而不是高潮，但正走向高潮。现在处于两个高潮之间。”

可是，李立三发言时，却说：“中国还是处于高潮。”

斯大林摇头，拿起一张纸，用红铅笔画了两个波浪，指着波浪间的低凹处说：“中国革命正处于这个地方。在低潮时也会有几个浪花的，别把这浪花当成高潮！”

这一历史性的小插曲，准确地折射出李立三的“左”的急性病。

那个年月，“左”是流行病。共产国际也“左”，周恩来有时也“左”。不过，周恩来毕竟稳健，经验远比李立三丰富，李立三的“左”病常受周恩来约束。诚如李维汉所言：“恩来走后，立三更加独断专行，政策越来越‘左’。有关中国革命的重大问题的决策，往往由他个人决定，党的政治生活处于极不正常的状态。”[2]

周恩来刚走，李立三便发表《准备建立革命政权与无产阶级的领导》一文，鼓吹道：乡村是统治阶级的四肢，城市才是它的头脑与心腹，单只斩断了它的

---

[1] 唐纯良：《李立三传》，黑龙江人民出版社 1989 年版。

[2] 李维汉：《回忆与研究》上册，中共党史资料出版社 1986 年版，第 304 页。

四肢，而没有斩断它的头脑，炸裂它的心腹，还不能置它于死命。要达到此目的，就要靠工人阶级最后的激烈的武装暴动。

李立三下令迎接“红五月”，各地中共组织要举行工人总罢工、总示威。5月1日是国际劳动节，那天，光是上海，便组织了1万多人涌上南京路游行，结果使许多人被捕。可是，李立三却以为“中国革命的高潮已经到来”，再不是斯大林红铅笔所画的波谷。他声称：“现在的革命好比干柴，一根火柴就可以点燃，准备武装暴动的时候到了！”

李立三重蹈瞿秋白的覆辙，又一次在中国掀起“左”的浪潮。他的“登峰造极”之作，是那篇《新的革命高潮与一省数省首先胜利》。这个文件由中共中央政治局于1930年6月11日通过，后来被称为“立三路线”的“纲领性文件”。

李立三以发烫的头脑，写下发烫的字句：

> 新的革命高潮已经逼近我们的面前！
> 暴动的时候要到了，大家组织起来！
> 革命可以在一省或几省区首先胜利！
> 准备一省或几省首先胜利，建立全国革命政权，成为党目前战略的总方针！

向忠发对李立三言听计从，支持他的暴动计划。有了总书记的支持，李立三也就“名正言顺”地动用中共中央的名义，对各地下达暴动计划：

> 组织武昌暴动！
> 组织南京暴动！
> 组织上海总同盟罢工！

李立三甚至异想天开，要把苏联西伯利亚的10万华工武装起来，投入战斗！甚至“蒙古在中国暴动胜利时，应在政治上立即发表宣言，与中国苏维埃政权联合，承认蒙古是中国苏维埃联邦之一，紧接着大批出兵进攻北方”！

李立三这一系列“左”倾暴动计划，又一次使中共蒙受了惨重损失！

常言道：吃一堑，长一智。犯过“左”倾盲动主义错误的瞿秋白，此时的头脑倒是清醒的。

当他在莫斯科读到李立三的《新的革命高潮与一省数省首先胜利》时，当即说了一句一针见血的话：“李立三发痴了！”

瞿秋白的复出和再度挨批

莫斯科车站，两名中国男子匆匆踏上了西去的列车。他俩急于回国，照理是应当乘东去的列车，但他俩却一反往日的路线，取道德国而行。

两名中国男子，一个叫“斯特拉霍夫”，一个叫“伍豪”，亦即瞿秋白和周恩来。他们心急如焚要赶回去，制止李立三的“左”倾冒险主义。

一接到李立三的《新的革命高潮与一省数省首先胜利》，不光是他俩着急，共产国际执委会也着急了。于是，立即与他俩一起起草了《共产国际执行委员会关于中国问题的决议》。

由于这份决议是在 1930 年 7 月 23 日作出的，又称“七月决议”。

他俩带着“七月决议”，踏上归程。

为了避免万一的意外使两人同时被捕，在德国，周恩来先走一步，这样，他于 8 月 19 日先回到上海。8 月 26 日，瞿秋白也来到他阔别两年多的上海。

瞿秋白和周恩来给头脑正热的李立三带来了清凉剂——共产国际执委会的“七月决议”。中共来了个急刹车，结束了“立三路线”。

紧接着，9 月 24 日至 28 日，中共召开六届三中全会，贯彻共产国际“七月决议”。

现存的会议记录上称，此会是在“避暑的庐山”上召开的。其实那是隐语，所谓“庐山”，是指上海麦达赫司脱路（今泰兴路）的一幢豪华洋楼，真的有点“庐山”气派。

会议是由瞿秋白主持的。关于这一点，列席会议的聂荣臻（他当时在中共特科工作，负责会场的保卫工作）回忆道：

> 恩来是这次全会的实际主持人，但他很谦虚，总是把秋白推到前台，让他主持会议，作报告，发表结论性意见。因此，三中全会使瞿秋白同志成为党中央实际上的主要领导人。恩来这种没有个人私心的谦让精神，令人钦佩。[1]

在会上作《中央政治局工作报告》的是“特生”，即向忠发。他承认，中央政治局“犯了‘左’的个别冒险倾向的错误”。这“个别”两字，自然是为

[1] 聂荣臻：《学习恩来的优秀品德，继承他的遗愿》，《不尽的思念》，中央文献出版社 1987 年版。

他自己掩饰。

“少山”传达了共产国际“七月决议”。“少山”，即周恩来。

“之夫”作了大会结论。“之夫”，亦即瞿秋白，取义于“杨之华之夫”，杨之华是他的妻子。

“柏山”承认了“策略上有‘左’倾冒险主义倾向”，“我是应当负更多的责任”。“柏山”，亦即李立三。

会议选举的政治局委员，保持原有的阵势，只是补选关向应代替已去世的苏兆征。七位政治局委员是向忠发、周恩来、瞿秋白、项英、李立三、关向应、张国焘。

政治局三常委改成了向忠发、周恩来、瞿秋白。[1]也就是原先的“三驾马车”中的李立三，换成了瞿秋白。

瞿秋白复出了，有了错误的教训，又有了两年的冷静反思，比过去显得成熟很多。不过，大抵由于瞿秋白有过类似于李立三的“左”倾经历，他对李立三的批评是温和的，只是说他“犯有‘左’的冒险主义倾向的错误”，而不是说他犯了路线错误。对李立三的处理也是温和的，只是撤销他的常委职务，仍保持政治局委员职务。

大会结束不久，共产国际远东局给中共中央政治局写信，肯定了中共六届三中全会：“柏山同志在他的自我批评中显明地正确地指出了自己的错误，它的来源及其对于这些错误的责任。”信中还斥责了“共产主义的叛徒”和“党内的右倾分子”，称他们“总是竭力地利用政治局和柏山同志的这些错误，来进攻党的整个路线，把党的路线拿来和国际的路线对立”。可是，风云变幻。1930 年 10 月共产国际从莫斯科发出新的指令，突然升高了批判李立三的调子，等于在政治上宣判李立三“死刑”：

> 在中国革命最重要的时机，曾经有两个在原则上根本不同的政治路线彼此对立着。立三同志的路线，就是反国际的政治路线。
>
> 这条路线的结果，就是消极，就是失败，就是极危险的冒险。(是站在)反马克思主义、反列宁主义、反共产国际的立场上，产生了他的敌视布尔什维克主义和敌视共产国际的行为。

这封题为《给中共中央关于立三路线问题的信》，经过秘密交通线传递，

[1] 众多的文献上均这样记载，但金冲及主编的《周恩来传》称三常委为向忠发、周恩来、徐锡根。

中共中央于 11 月 16 日收到。瞿秋白看了信，全身发凉！他敏感地意识到，这封信将会带来一场政治风暴，因为他在收到信之前已风闻，有人在说瞿秋白“庇护”李立三，六届三中全会是搞“调和”。

对李立三批判的升级，意味着他将面临新的批判……

按照那时的“惯例”：犯了错误的中共高级领导人，要前往莫斯科检查。陈独秀是如此，只不过他坚决拒绝了；瞿秋白是如此；蔡和森也是如此；如今，轮到了李立三。

在共产国际的“七月决议”中，就已经要求李立三到莫斯科作检查，瞿秋白以“工作需要”为理由，请共产国际准许李立三“暂不去国际”。

当共产国际“十月来信”一到，李立三再也无法拖延了。那时，他的妻子正临产。他深知共产国际不会轻饶他，此行不知何日能归，妻又从事地下工作，将来很难照料孩子。他写下条子，把未出生的孩子嘱托给一个老工人。就这样，1930 年 12 月 5 日，他怀着沉重的心情，踏上远途。

李立三这一去，在苏联竟检查了 15 年！他甚至被押上军事法庭，投入监狱……

对李立三批判的升级，马上把回国不久的瞿秋白牵涉了进去。

风暴来得那么的迅猛：就在共产国际“十月来信”送抵上海中共中央秘密机关的翌日（11 月 17 日），一封措辞激烈的信便送达中共中央政治局。此信是由两人联名写的。那是两个小伙子，连中央委员都不是，却领导了中共党内推倒瞿秋白的运动。此后，他俩竟夺得了中共中央的领导权，成为中共新领袖。

这两名年轻人，一个名唤陈韶玉（陈绍禹），另一个叫秦邦宪。后来，他们以他们的化名——王明和博古——载入中国共产党党史。

王明、博古跟瞿秋白有过怎样的矛盾？连中央委员都不是的他们，怎么能够一下子攫取中共领导权？这得从头说起……

米夫和他的得意门生王明

莫斯科沃尔洪卡大街，一座俄罗斯大教堂对面，有一所颇具神秘色彩的院落。门口没有挂牌，但站着警卫，闲人莫入。从不断进出大门的黄皮肤、黑眼珠的中国青年可以判定，这儿是一所华人俄语学校。

这所学校里，果真开办俄语班，只是教俄语是为了使学生听懂俄国教师讲课而已。

这所学校的全称，叫作“莫斯科中国劳动者中山大学”，简称“莫斯科中山大学”。

第一次公开宣布建立这所学校，是1925年9月7日。鲍罗廷在国民党中央第六十六次政治会议上说，在莫斯科建立这所学校，是为中国革命培养人才。同年11月，这所学校便正式开学。

最初，学生是由中共中央和国民党中央执行委员会共同选派的，所以学生中既有中共党员，又有国民党要人子女——既有邓小平、廖承志、乌兰夫，也有蒋经国。后来，国共分裂，那里便成了专门培养中国共产党干部的学校。

莫斯科中山大学刚建立时，任命拉狄克为校长。他是波兰人，国际共产主义运动的著名人物。

副校长非常年轻，才24岁，年岁比有的学生还小，他不得不终日板起面孔，力求显得老成一点。这个小伙子原名亚历山大罗维奇·弗尔图斯。1917年，他16岁时加入俄共（布），化名米夫，从此就一直用这个化名。

莫斯科中山大学校长对于中共的影响，其深刻性不亚于黄埔军校校长对于国民党的影响。自从成为莫斯科中山大学副校长，米夫就专心研究中国革命问题，并由此发迹。特别是校长拉狄克后来倾向托洛茨基，斯大林在1927年5月13日到中山大学发表讲话时，批评了拉狄克。

不久，拉狄克被撤职，米夫就任校长。紧接着，在1928年3月，米夫担任共产国际东方部副部长（也有的说是担任共产国际中国部部长、中国科负责人），从此他主管共产国际中共事务，成了中共的“上司”。

1927年年初，米夫头一回访问中国，当时是以率领“宣传家代表团”的名义前来中国的。从年初至8月回国，他访问了上海、广州、武汉，目击了中共在1927年的大动荡，而且出席了中央五大。这一段经历，成为这位“中国专家”的很重要的政治资本。

米夫来华时，配备了四个翻译，其中的一个，便是他的得意门生王明。

王明其人，五短身材，工于心计，擅长文笔，讲起话来却大舌头，口齿不清。他姓陈，名绍禹，字露清。他的“禹”字

共产国际东方部负责人米夫

原是带有“火”字旁的，诚如他的弟弟叫陈绍炜。不过，“炳”字毕竟太冷僻，他后来改用“陈绍禹”，又用“绍禹”的谐音，取了笔名“韶玉”。至于王明这化名，是他1931年到苏联担任中共驻共产国际代表时用的，后来，竟以此名传世。为了照顾读者的阅读习惯，本书提及1931年前的他也称王明。

王明是安徽六安县金家寨（今属金寨县）人，生于1904年，比米夫小3岁。1925年由上海大学去莫斯科中山大学，成为这所大学开张后的第一批学生中的一个，改名“波波维奇”，又叫“马马维奇”。很巧，给王明那个班教列宁主义课程的，便是米夫。王明聪颖，也很用功，迅速掌握了俄语，钻研列宁主义理论，得到了米夫的赞赏。这样，不到一年，王明就加入了中国共产党，并担任中山大学“学生公社”主席。“学生公社”相当于学生会。这是王明政治生涯的起点。

米夫访华，王明成了他的翻译，那八个来月朝夕相处，使王明跟米夫变得亲密无间。于是，王明成了米夫的心腹。

就在米夫离开中山大学的八个来月中，那里发生了重大的变化：由于斯大林的批评，校长拉狄克下了台，教务长阿古尔被任命为代理校长。他和学校联共（布）党支部书记谢德尼可夫相对抗，各拉一批教师、学生，形成“教务派”和“支部派”。不过，大部分中国学生不愿参与两派之争，形成了校内的第三势力。

米夫和王明回来之后，把第三势力拉在自己身边。随着米夫联合“支部派”压垮“教务派”，米夫也就成了中山大学校长，王明出任支部局宣传干事。这样，米夫掌握了中山大学大权，王明成了中国学生中的领导人物。

恰恰在这个时候，联共（布）开展反对托洛茨基反对派的斗争。本来，这纯属联共（布）内部事务，跟中国学生关系不大。可是，一件偶然发生的事，一下子使中山大学成了“反托运动”的重点：在1927年11月7日十月革命十周年庆典时，中山大学中国学生队伍参加盛大的游行。队伍经过红场检阅台时，学生们高呼“十月革命万岁”“斯大林万岁”，可是忽然有中国学生高呼“托洛茨基万岁”！

斯大林勃然大怒，指令米夫在中山大学开展“反托”“肃托”运动。王明借助这场运动，“肃”掉了自己的敌手（很多人并非是托派）。王明以原有的第三势力为基础，日渐形成自己的小宗派。这小宗派自命是真正的布尔什维克，共28个人，后来被人们称为“二十八个布尔什维克”。“二十八个布尔什维克”是一个松散的集体，其中有不少人后来对中国革命作出过有益的贡献。他们通常是指：王保礼、王盛荣、王云程、王稼祥、朱阿根、朱子纯（女）、孙济民、宋潘民、杜作祥（陈昌浩之妻）、陈绍禹（王明）、陈昌浩、陈原道、何克全（凯丰）、何子述、李竹声、李元杰、沈泽民、汪盛荻、萧特甫、张琴秋（沈泽民之妻）、张闻天（洛甫）、孟庆树（王明之妻）、夏曦、秦邦宪（博古）、殷鉴、袁家庸、盛忠亮、杨尚昆等。据说，还有一个小同学徐以新，当时只有十七八岁，也支持王明，可是观点常动摇，算是“半个”，故又被人戏称为“二十八个半布尔什维克”。

王明

不过，那时的王明，还只是在莫斯科中山大学小打小闹而已。

他头一回在中共高层“露脸”，那是中共六大在莫斯科召开的时候。米夫成为中共六大的幕后操纵者，王明作为米夫的翻译，广泛接触了中共高层人物，就连斯大林接见中共领导人时，翻译也由王明担任。米夫参与了扶植向忠发的行动，让他担任中共总书记。不过，当米夫提议王明为中共中央委员时，受到了代表们的抵制——因为王明连代表都不是，况且又未曾在国内做过实际工作，怎么可以选他作为中央委员呢？

王明终于下决心回国了。那是 1929 年 3 月，他回到了上海。怀着雄心壮志的他，最初被分配到上海沪西区，为中央秘密党报做送报员兼采访员，使他大有怀才不遇之感。四个月后，他担任中共沪东区委宣传干事。又过了三个月，调任中共中央机关报《红旗》任编辑。

地下工作毕竟不像在莫斯科高谈阔论，被捕的危险时时在头顶盘旋着。他于 1930 年 1 月 12 日上午在上海英租界被捕。王明十分紧张，当天下午托巡捕送信给中共中央宣传部秘书潘问友，请求营救。此事完全违反了地下工作的纪律，为此，中共中央立即通知所有王明知道住址的人员迅速转移。

此事很快传到共产国际，米夫委托“赤色救难会”驻沪代表、瑞士人牛兰出面营救。牛兰花了一笔钱，总算使王明在 2 月 28 日获释。

出狱后，王明受到了党内警告处分，被调往全国总工会宣传部当《劳动报》编辑。

惊魂甫定之后，王明又开始钻营。1930 年 6 月，他得以担任中共中央宣传部秘书，使他有机会接近中央。当时的中共中央宣传部部长，由主持中共中央工作的李立三兼任。他在李立三身边工作，变得消息灵通。

这时，莫斯科中山大学的学生不断派回国内，其中包括“二十八个半布尔什维克”中的人物。

王明常在他们之中走动，私下议论。王明根本瞧不起向忠发，骂他是傀儡。王明也看不起李立三，质疑他“懂多少马克思主义”，大有取而代之的口气。王明当时他还只是李立三手下的秘书，在伺机而动。

机会终于来了。1930年6月11日，当中共中央政治局在李立三的主持下，通过那个《新的革命高潮与一省数省首先胜利》的决议之后，王明很快获知，共产国际远东局的代表罗伯特对决议有意见，反对下发这一决议。李立三大骂罗伯特“右倾”，以总书记向忠发的名义于6月20日向共产国际远东局发出抗议信。信中说：“我们觉得罗伯特同志有一贯的右倾路线，他在远东局的工作，的确妨害中国党领导革命的工作，妨害中国党与远东局的关系，我们要求远东局停止罗伯特的工作。”

王明风闻此事，便找“二十八个半布尔什维克”中的博古、王稼祥、何子述“随便聊聊”，但渐渐把话题引到李立三和罗伯特产生矛盾之事。他们四人原本就有共同的思想基础，一拍即合，都认为应当趁机发动对李立三的批判。不过，王明并不认为李立三“左”，却认为李立三是“用‘左’倾的空谈掩盖着右倾的消极”！那时，斯大林作了《论联共（布）党内的右倾》的长篇演说，批判布哈林，并要求各国共产党都开展反右倾。正因为这样，“右倾”成了很可怕的罪名，李立三指责罗伯特“右倾”，王明又说李立三“右倾”！

几天之后（7月9日），中共中央机关举行政治讨论会。博古第一个站出来批评李立三，接着是何子述、王稼祥发言支持博古，最后王明作了长篇发言批判李立三，声称李立三犯了“托洛茨基主义、陈独秀主义和布朗茨基主义的混合错误”。这一突然袭击，使李立三十分震惊，当场气呼呼地说道：“我知道你们几个莫斯科回来的要搞什么名堂！”

大权毕竟握在李立三手中。没几天，总书记向忠发便出面找王明等四人谈话，宣布他们四人的发言是反对中央决议和中央领导人的，因而是违反党纪的。向忠发还宣布，中央决定给四人以纪律处分：给为首的王明留党察看六个月的处分，给博古、王稼祥、何子述以党内最后严重警告处分。四人同时调离中央机关，王明调往中共江苏省委另行分配工作，博古调往工会组织，何子述调往天津，王稼祥调往香港当党报记者。

何子述、王稼祥不得不离开上海。王明仗着有米夫做后台，不服气……

六届三中全会之后，在10月底，“二十八个半布尔什维克”中的沈泽民、凯丰、陈昌浩、夏曦从莫斯科回来，向王明透露了来自米夫的重要信息：共产国际要对李立三升级为“路线斗争”，同时要批判瞿秋白的调和主义。

王明顿时活跃起来。机不可失，时不再来，这正是他夺取中共领导权的大好时机！这时，中共中央尚未收到共产国际的“十月来信”，还不知道一股北方寒流即将袭来……

王明成为中共新领袖

历史经过时间的沉淀，才慢慢变得透明起来。

共产国际在“十月来信”中突然提高了批判李立三的调子，那是因为他们得知，李立三分别在 8 月 1 日、3 日，说了一些对共产国际甚为不逊的话：“共产国际不了解中国革命的实际情形”“对共产国际的忠实不等于对中国革命的忠实”“等占领武汉之后，就可以用另外的方式去和共产国际说话了”……那时，共产国际和中国共产党是上下级关系，领导和被领导关系，岂容李立三如此“目无领导”，所以一下子把李立三的话说成是那些反对共产国际的“‘左’、右叛徒所爱用的”，一下子升高了对李立三批判的调门。

至于此事一下子涉及瞿秋白，也“事出有因”：那是因为瞿秋白在担任中国共产党驻共产国际代表团团长时，曾与米夫产生矛盾，在 1930 年春被撤掉团长之职，并被派回国。不料，瞿秋白回国之后，由于周恩来的谦让，反而使他成为中共领袖，这完全违反了共产国际和米夫本来的意愿。用当时共产国际领导库西宁的话来说，瞿秋白在中国反而得到了“奖赏”！

米夫绝对不允许瞿秋白成为中共负责人，他指责瞿秋白“包庇”李立三，犯了“调和主义”错误……

看来，瞿秋白的地位已岌岌可危，谁将取而代之？

26 岁的王明，显得异常忙碌。他几度给中共中央写信，要求坚决为他平反——须知，他如今已成了反对“立三路线”的“英雄”！他以未来的中共领袖自命，正在忙着起草他上台后的政治纲领——《为中共更加布尔塞维克化而斗争》。

就个人私事而言，王明也忙得够呛。他在莫斯科中山大学时苦苦追求的女同学孟庆树总算回国，总算也被分配在上海工作。不料，她在 1930 年 7 月 30 日突然被捕，关押在龙华。王明以惆怅之情，写下一首七绝：

天上当然织女好，
星间难怪牛郎痴。
真情岂受银河隔，
有限长空无限思。[1]

好不容易，孟庆树在11月22日出狱。“刚出班房进洞房”，翌日，她便与王明结婚了。

当然，最使王明兴奋的是来自莫斯科的消息，他的“后台老板”米夫即将动身来沪，主持召开中共六届四中全会，对中共的领导班子进行大调整。

王明“不失时机”地抛出了他赶写的那本小册子《为中共更加布尔塞维克化而斗争》（初名《两条路线》），其中以近3万字的篇幅批判“维它”，亦即瞿秋白。王明说，是到了“根本改造党的领导”的时候了，并明确地要瞿秋白下台：

> 现有中央政治局领导同志维它等没有保障执行国际路线的可能。现有领导同志维它等不能解决目前革命紧急任务，不能领导全党工作……

日日盼，夜夜盼，王明盼望着主子米夫早日来到上海。米夫却姗姗来迟，原来他“公私兼顾”，顺道到欧洲整容，使他那鹰钩鼻得以美化，不那么讨人嫌了。

12月10日，米夫容光焕发，出现在上海。这是他第二次来到上海，如今，他的身份是共产国际代表。虽然中共六大之后，共产国际曾决定，共产国际来华代表只起联系人和传达者的作用，可是米夫却不然，他仗着自己是共产国际东方部副部长，俨然以上级自居，他要对中共指挥一切！

米夫一到上海，便采取了一系列更新的措施：

12月14日，在中共中央政治局会议上，传达了共产国际执委会的指示，提出召开中共六届四中全会。

12月16日，根据他的指令，中共中央政治局通过《关于取消陈韶玉、秦邦宪、王稼祥、何子述四同志处分问题的决议》，为王明平反。

12月26日，又根据他的指令，任命王明为中共江南省委书记。这是王明头一回在中共党内担任重要职务。江南省委是在中共六届三中全会之后设立

---

[1] 周国全，郭德宏，李明三：《王明评传》，安徽人民出版社1989年版，第119页。

的，管辖浙江、安徽、江苏三省，是中共地方组织中最为重要的一个。王明的前任是李维汉——中共六大之后，李维汉不再是政治局常委，调任中共江苏省委书记。后来，中共江南省委成立，李维汉被撤职。

就在任命王明新职的同时，博古被任命为团中央宣传部部长。

米夫简直成了中共的“太上皇”，他的包办代替超过了他的任何一位前任：会议还没有召开，他越俎代庖，已事先起草好了《中共（六届）四中全会决议案》，并以共产国际远东局的名义，拟好了新的政治局委员、候补委员以及候补中央委员名单！

令人不可思议的是，会议的出席者 37 人中，有 14 人不是中央委员（包括王明），所以会议改称“扩大的四中全会”[1]。

1931 年 1 月 7 日上午 8 时半，在上海武定路修德坊 6 号，召开了中共六届四中全会。米夫深知有许多人反对王明，为了使反对者措手不及，没有准备，他来了个突然袭击。罗章龙说：“我和一些中委是在会前 20 分钟才接到开会通知的。”[2] 有的人来到会场，还不知道要开什么会！

这次会议的基调，是否定三个多月前召开的中共六届三中全会。这是一次非常短暂的中共中央全会，只开了一天——准确地讲，是 15 小时，即从上午 8 时半至晚上 11 时半。[3] 因为“在四中全会之前，远东局与中共中央共同致信国际，保证扩大的四中全会安全地举行。因此今晚10时半钟必须结束”[4]。但是，由于发言的人很多，会议不得不比预计的结束时间延迟了一小时。

会议依然由中共中央总书记向忠发代表中央政治局作报告——六届三中全会的政治局报告也是此人作的，就连半年多以前中共中央政治局通过李立三起草的《新的革命高潮与一省数省首先胜利》，也是此人主持的。反正支持李立三“左”倾冒险主义是他，支持瞿秋白是他，此刻倒瞿也是他，半年之中变了三次！凭借着“工人出身”的金字招牌，他仿佛成了不倒翁。

向忠发特别强调必须尊重共产国际代表：“中央政治局对于共产国际代表的不尊重态度，是不容许的。”[5]

30 多人在会上发言，进行了激烈的争论。代表发言限制在 15 分钟之内——

[1] 据 1931 年 2 月 22 日《中共中央致共产国际执行委员会电——报告四中全会经过》记载，出席会议的“中央委员 22 人，非中央委员 15 人”。

[2] 据 1998 年 1 月 18 日罗章龙之孙女罗星元寄给笔者的罗章龙生前回忆笔录。

[3] 据罗章龙称是在上午 11 时半结束，只开了三小时。

[4]《中共中央文件选集》第 7 卷，中共中央党校出版社 1989 年版，第 28 页。

[5]《中共中央文件选集》第 7 卷，中共中央党校出版社 1989 年版，第 10 页。

但是许多人的发言超过了限定的时间。

共产国际的代表参加了会议，并在会议结束时候作了结论式的长篇发言。中共六届四中全会的会议记录，现存于中央档案馆。共产国际代表的发言记录也完整地保存着。但是，记录上只写着《共产国际代表在四中全会上的结论》，并未写明共产国际代表是谁。

这位共产国际代表，最大的可能性是米夫。

据会议的出席者罗章龙回忆，米夫出席了四中全会，并作了长篇结论。罗章龙还记得，京奉铁路总工会主席袁乃祥在会上拍桌子与米夫发生非常激烈的当面争论。[1]

另外，中共中央党史研究室所著《中国共产党历史大事记》一书中也写明："共产国际代表米夫出席了会议[2]。"[3]

还有，《王明评传》一书也详细记述了米夫出席并操纵中共六届四中全会的情况。[4]

但是，也有人查证，米夫没有出席六届四中全会，而是居于幕后。出席会议的共产国际代表是共产国际远东局的德国人艾伯特，艾伯特忠实地执行了米夫的意见。

不论出席中共六届四中全会的共产国际代表是谁，都是体现了米夫的意见，这是无疑的。

据记录，共产国际代表在会上作结论时，这么谈及向忠发和周恩来：

> 忠发、锡根、向应、温裕成他们是工人同志，他们虽有错误，我们现在决不让他们滚蛋，要在工作中教育他们，看他们是否在工作中纠正自己的错误。
>
> 恩来同志自然应该打他的屁股，但也不是要他滚蛋，而是在工作中纠正他，看他是否在工作中改正他的错误。

这样，向忠发因是"工人同志"，仍保持了总书记的职务；周恩来在"打他的屁股"之后，也算是留了下来。至于李立三和瞿秋白，那当然毫无疑问要

[1] 据1998年2月6日罗章龙之孙女罗星元寄给笔者的罗章龙生前回忆笔录《六届四中全会侧记》。

[2] 即中共六届四中全会。

[3] 中共中央党史研究室：《中国共产党历史大事记》，人民出版社1989年版，第65页。

[4] 周国全，郭德宏，李明三：《王明评传》，安徽人民出版社1989年版。

“滚蛋”。

中共的新领袖应该是谁？会议的幕后操纵者米夫早已圈定——王明！

米夫的“改造”方案，终于在大会上亮相：

> 立三、秋白、罗迈3同志退出政治局。
>
> 陈郁、弼时、韶玉、少奇、王克全5同志加入政治局。
>
> 中央委员会亦退出了罗迈、贺昌两同志，而补选了韩麟（连）会、沈先定、徐畏三、王尽仁、黄苏、陈韶玉、沈泽民、夏曦、曾炳春9同志，其中5个是工人同志，中央政治局成分中，16人中10人是工人出身。[1]

也就是说，原先中共的主要领导李立三、瞿秋白、李维汉退出了政治局，李维汉连中央委员都没保住。

米夫拟定的中共中央政治局名单如下：

政治局委员9人：向忠发、项英、徐锡根、张国焘、陈郁、周恩来、卢福坦、任弼时、陈绍禹（王明）。

候补政治局委员7人：罗登贤、关向应、王克全、刘少奇、温裕成、毛泽东、顾顺章。

名单刚一宣布，全场哗然。

此时忽地杀出一彪人马，坚决反对米夫所拟的名单。反对者不是瞿秋白，却是罗章龙！罗章龙所代表的不只是他一个人，而是一群人。他们居然当众念了另一份也是事先拟好的政治局名单，与米夫针锋相对，分庭抗礼！这样的对抗局面，使会场变得一片混乱。

为首者罗章龙，颇有资历：当年，第一个响应“二十八画生”（毛泽东）的《征友启事》的就是他。那时他是长沙长群中学的学生。后来，他参加了新民学会。中学毕业后，罗章龙进入北京大学，成为五四运动的积极参加者、北京大学马克思学说研究会成员。1920年，他参加了北京共产主义小组，成为最早的中共党员之一。不久，他担任中国劳动组合书记部北方分部主任。在中共三大上，他当选为中央委员。

罗章龙也激烈地反对李立三“左”倾冒险主义，反对六届三中全会以后以瞿秋白为首的中央。他曾指责“（六届）三中全会及其后的补充决议是立三主

[1]《中共中央总书记向忠发给共产国际的报告》（1931年2月22日）。

罗章龙

义的变本加厉”，坚决要求“立即停止中央政治局的职权，由国际代表领导组织临时中央机关，速即召集紧急会议，正式宣布废除三中全会的不正确决议及因此而产生的补选”。

罗章龙他们好不容易盼来了共产国际代表米夫，却想不到米夫并未看中他们，而是选中了王明！这样，在六届四中全会上，罗章龙和他的支持者与米夫、王明发生了正面冲突。

罗章龙一派的史文彬站起来，宣读了一张补充中央委员名单：“刘成章、吴雨铭、李震瀛、袁乃祥、孟宪章。”

显然，罗章龙要与王明争夺中共中央的领导权——尽管他们反对李立三、反对瞿秋白是一致的。

两派的斗争白热化。罗章龙扬言要退出会场，以示抗议米夫操纵会议。共产国际远东局代表艾伯特高叫：“应当安静地解决问题，捣乱会场是不许可的。”

解决问题的办法，当然只有投票表决。

这时，有人提出了一个重要问题：“什么人有表决权？”

照理，中央委员会会议只有中央委员才有表决权。然而，出席会议的许多代表并非中央委员，却强烈要求拥有表决权。如果不同意这些非中央委员拥有表决权，会议会吵得更厉害。共产国际远东局代表艾伯特决定：“参加会议的都有表决权。”

这么一来，那14个不是中央委员的代表，都拥有表决权。

表决的结果，当然是胳膊拧不过大腿，米夫提出的名单得到了多数票。

罗章龙一派失败了！

王明，在12天前跃为中共江南省委代理书记，此时一下子跃为中共中央政治局委员！

中共六届四中全会开了一天，在吵闹声中结束。

罗章龙并不就此罢休，他联合何孟雄、徐锡根、陈郁、王克全、王凤飞、史文彬、李震瀛、韩连会、唐宏锦、余飞、徐畏三、张金保、袁乃祥等，召开“反对四中全会代表团”会议，成立“非常委员会”。

会上，通过了罗章龙起草的《力争紧急会议反对四中全会的报告大纲》，推举了罗章龙、徐锡根、王克全、何孟雄、王凤飞成立“临时中央干事会”。

据罗章龙回忆，以他为首成立的“非常委员会”成员如下：

罗章龙（中共中央工委书记，“全总”党团书记）
史文彬（中共六大监委主席，“铁总”主席兼总党团书记）
林育南（上海总工会常委，“苏准会”秘书长）
何孟雄（曾任江苏省委书记，后任江苏省委委员、沪东区委书记）
李求实（曾任中共中央书记，上海反帝同盟书记）
唐鸿景（宏锦，东北区党委书记）
李震瀛（上海总工会主席兼党团书记）
王仲一（北方局书记，“铁总”组织部部长）
张金保（“全总”女工部主任）
袁乃强（乃祥，京奉铁路总工会主席，后任唐山市委书记）
沈先定（上海总工会组织部部长）
徐渭珊（上海“纱总”主任）
张昆弟（北方局特派员，“铁总”北方办事处主任）
王凤飞（凡乙，凡一，原九江市委书记，后任上海闸北区书记）
谭寿林（“全总”秘书长）
陈　郁（“海总”党团书记）
吴汝铭（雨铭，“铁总”秘书长兼中共顺直省委书记）
刘峻山（江西省委书记）
孙秀峰（陇海铁路总工会主席）
童昌荣（湖北省工委书记）
霍锟镛（湖北省委工委书记）
韩麟符（北方局农民部部长）
萧道德（“苏准会”主席，江西中央苏区代表）
罗章凤（“苏准会”副主任兼保卫科科长）
陶　兰（女，江西中央苏区代表）
徐朋云（豫鄂皖苏区代表）
郑芹瑞（豫鄂皖苏区代表）
陈之昆（洪湖苏区代表）
王士青（青岛市委书记）

卢福坦（胶济铁路工会主席）
马人骥（天津海员工会主席）
姜　英（东北军委书记）
还有：李进、刘郿（刘炎，女）、李梅羹（李墨耕）、徐彬如、伍仲文（女）、王春熙（女）[1]

后来，罗章龙走上了成立“第二中央”“第二省委”“第二区委”“第二工会党团”之路，进行分裂活动。周恩来出面找他谈话，无效。

1931 年 1 月 27 日，中共中央政治局通过《关于开除罗章龙中央委员及党籍的决议案》。

此后，罗章龙在湖北、湖南等地大学任教授。解放后任全国政协委员、中国革命博物馆顾问，生活在北京。笔者曾两度访问过他，当时他虽年已九旬，但记忆力仍然很好。

罗章龙曾风趣地对笔者说：

毛泽东在中共九大上扳着手指头历数党内的“机会主义头子”：第一个是陈独秀，第二个是瞿秋白，第三个是李立三，第四个是我……其实，说来也有“缘分”，陈独秀有个“独”字，“一”的意思；瞿秋白的瞿字有“双”目，也就是“二”；李立三有个“三”；我呢，那罗字头上顶着个“四”！

六届四中全会之后，瞿秋白离开了中共中央领导岗位。他在《多余的话》中，曾以沉重的笔触，写下这样一段悲怆无比的话：

我第二次回国是 1930 年 8 月中旬，到 1931 年 1 月 7 日，我就离开了中央政治局领导机关，这期间只有半年不到的时间。可是这半年对于我几乎比 50 年还长！人的精力已经像完全用尽了似的。我告了长假休养医病——事实上从此脱离了政治舞台。

1931 年 1 月 10 日，中共中央政治局开会，决定向忠发、周恩来、张国焘三人为常委。此时，张国焘和妻子杨子烈尚在从莫斯科返回上海途中，至 1 月中旬才到达上海。王明虽未进入常委，但这颗“新星”在米夫支持下已掌握了

[1] 据 1998 年 1 月 18 日罗章龙之孙女罗星元寄给笔者的罗章龙生前回忆笔录。

中共中央的实权。

论资历，作为中共一大主持人的张国焘，本来就不把王明放在眼里。在莫斯科时，张国焘还曾跟王明闹过矛盾。而此时，张国焘见王明踌躇满志，便在党内刊物《实话》第13期上发表文章，吹嘘起王明来："陈绍禹同志等是坚持执行国际和党的路线的最好同志……我们党内还存在着许多小资产阶级无原则性的派别成见……他们或明或暗地反对所谓的陈绍禹派，这是借反对所谓陈绍禹派为名，反对党和国际却是实。"字里行间，透露出当时的"陈绍禹派"亦即"王明派"，是何等的得意，何等的不可一世。

"铲共专家"诱使顾顺章叛变

在陈独秀1927年7月12日"不视事"之后，至毛泽东1943年3月20日担任中共中央政治局主席兼中央书记处书记之前，漫长的16年间，虽然曾更换过许多中共领袖，但正儿八经有着领袖职务的只有向忠发——他在中共六大当选为总书记。

生死考验是最为严峻的。向忠发被捕之后，马上跪了下来，这才将他的本性暴露无遗……

向忠发被捕的起因，是顾顺章被捕。也是由于片面强调工人出身，顾顺章被选为中共中央政治局候补委员。

关于顾顺章，瞿秋白夫人杨之华曾这样生动地描述过：

顾顺章的特点：

1. 人矮、精干、多计谋、滑头、勇敢，变戏法的技术很高明（引者注：顾顺章本名顾凤鸣，上海吴淞人，入过青帮，过去耍过魔术，在上海多次演出）。

2. 不多说话，他不曾对同志说过自己的履历和社会关系。

顾顺章（前排中）

3. 平日不看文件，开

会不常说话。

4. 生活浪漫（引者注：顾顺章吃喝嫖赌，还抽大烟）。[1]

顾顺章是1931年4月中旬由上海护送张国焘、陈昌浩前往鄂豫皖苏区后，于4月24日在武汉被捕的。

关于顾顺章的被捕经过，有着各种各样的传说。

据聂荣臻回忆："4月，顾顺章由鄂豫皖返回，路过武汉时，竟登台表演魔术，被叛徒发现逮捕。"[2]当时，聂荣臻和顾顺章同在中共中央特科工作，他的回忆是当时中共特科方面得到的信息。不过，顾顺章被捕时，聂荣臻不在武汉，显然，他是间接听说的。

国民党中统的当事人是蔡孟坚。蔡孟坚是当时中统武汉特派员，公开的职务是国民党武汉警备司令部稽查处副处长，时年24岁，江西萍乡人。他曾说及，"我奉命赴武汉主持铲共，系在民国十九年秋"[3]。民国十九年，亦即1930年。这位"铲共专家"，先是化装成渔人进入中共控制的洪湖地区，拍了许多侦查照片。1931年春，他又接连在武汉侦破中共湖北省委和中共长江局机关，逮捕了两个机关的负责人。中共湖北省委书记被杀害，而中共长江局负责人尤崇新则叛变。

正在这时，顾顺章撞在蔡孟坚手里。这位"铲共专家"，正忙着搜捕中共长江局的一些成员。他要尤崇新把帽子压得低低的，在武汉街头搜寻着。

顾顺章行经汉口江汉关附近轮渡码头时，遇上了一位帽子压得低低的人。见到顾顺章，那人把帽子摘下来一挥，大喊"抓住他""抓住他"。中统特务们当即一拥而上，逮住了顾顺章。

蔡孟坚得知抓住的是一条"大鱼"，大喜过望，亲自劝降顾顺章。起初，顾顺章沉默以对。

当蔡孟坚点明了顾顺章的身份——中共中央政治局候补委员、特科负责人——而且晓以利害之后，顾顺章开口了。顾顺章卖身求荣，道出了中共重要机密："中央调查科[4]主任徐恩曾的私人秘书钱壮飞是中共地下党员！"顾顺章此言使蔡孟坚大惊。

---

[1] 杜宁（杨之华）：《叛徒顾顺章叛变的经过和教训》，1938年11月28日写于苏联。载《党的文献》1991年第3期。

[2]《聂荣臻回忆录》上册，战士出版社1983年版，第126页。

[3] 蔡孟坚：《张岳公是"孰不可忍"的大勇者》，台湾《传记文学》1991年第1期。

[4] 即中统局前身。

顾顺章迅即被用船押往南京。就在顾顺章到达南京前十几小时，钱壮飞截获电报后，立即跳上开往上海的列车。

钱壮飞来到上海，飞速向中共中央报告了顾顺章叛变的消息。由于顾顺章在特科工作，知道许多中共高级领导人的住址。

聂荣臻回忆道：

中共特工钱壮飞

我得到情报后，急忙赶到恩来同志家里，不巧，他出去了，我就告诉邓大姐，顾顺章叛变了，你们要赶快搬家。

当时情况是非常严重的，必须赶在敌人动手之前采取妥善措施。恩来同志亲自领导了这一工作，把中央所有的办事机关进行了转移，所有与顾顺章熟悉的领导同志都搬了家，所有与顾顺章有联系的关系都切断。两三天里面，我们紧张极了，夜以继日地战斗，终于把一切该做的工作都做完了。等敌人动手的时候，我们都已转移，结果，他们一一扑空，什么也没有捞着。[1]

1990年，台湾传记文学出版社出版蔡孟坚所著回忆录《蔡孟坚传真集》，其中的“可能改写中国近代历史的故事”一章写道：“作者诱捕中共首脑顾顺章案，顾案关系中共命运甚大，设非共谍钱壮飞截留电报，则周恩来及潜伏上海之共党分子必一网成擒，而予中共以致命之打击。”

周恩来及时转移了，瞿秋白及时转移了，原设在天蟾舞台旁由熊瑾玎苦心经营了几年的中共中央秘密机关，也从此再不使用。

遭难的是恽代英。当时，恽代英关押在南京江东门外“中央军人监狱”[2]（以《恽代英》[3]一文考证较准确，认为关在南京“中央军人监狱”），化名“王作林”，未被识破。顾顺章告密，说出“王作林”即恽代英。恽代英系黄埔军校第四期政治教官，黄埔军校同学录上登载着他的照片。经查对，“王作林”果真是恽

[1]《聂荣臻回忆录》上册，战士出版社1983年版，第126—127页。

[2] 据《聂荣臻回忆录》称是苏州监狱，《中统内幕》一书称“上海提篮桥狱中”。

[3]《中共党史人物》第5卷。

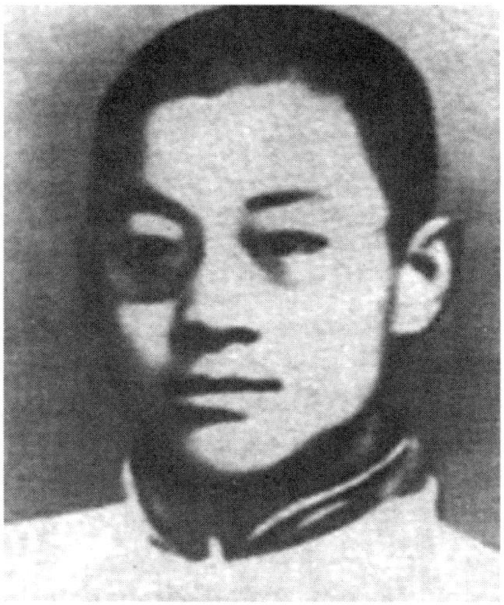
恽代英

代英。劝降失败，恽代英被押往刑场，于1931年4月29日中午枪决，年仅36岁！

关于顾顺章叛变，还有另一种说法，即他在被捕前已准备叛变。最早见于文献的，是杜宁在1938年11月28日所写的那篇《叛徒顾顺章叛变的经过和教训》，其中提及中共中央获知顾顺章叛变之后，当即派人查抄顾顺章在上海的家："在他老婆房间内被我们抄了顾顺章亲手写给蒋介石的一封未发出的信。内容大致说'如果蒋介石相信他，他可以把共产党、第三党、取消派等的各种组织关系——自中央到支部——一概交给蒋介石……'因此，他的叛党动机不在被捕之后，而在被捕之前。但此信尚未寄出，料他经过了一个动摇的时期。"

顾顺章叛变之后，急于向国民党邀功。他无法带人追捕周恩来、瞿秋白，便设计侦查向忠发。虽说向忠发当时接到中共中央紧急通知，也转移了住处，但是顾顺章仍下工夫追踪这位总书记。

向忠发的节操还不如一个妓女

向忠发其人，上什么山唱什么歌，一会儿听李立三的，一会儿听瞿秋白的，后来又听王明的，连他自己也对总书记职务厌倦了，追求起生活的安乐。他跟妓女杨秀贞姘居。那时，顾顺章曾介绍过一个女佣给杨秀贞。虽然向忠发搬家后，那女佣被解雇了，但顾顺章找着了女佣，从她口中掏线索。女佣说及一个重要情况：杨秀贞在一家裁缝店做了一件衣服，尚未做好，可能过几天会来取。

顾顺章当即许以重赏，要那女佣在裁缝店附近静候，"守株待兔"。

果真，过了些天，杨秀贞前来取衣。取走后，那女佣在后面跟踪，跟到了向忠发新的住处。当女佣出现在门口，向忠发知道事情不妙，赶忙从后面逃走。

向忠发立即转移了。

杨秀贞也转移了，和任弼时夫人陈林（陈琮英）住在一起。当时，任弼时已经前往江西中央苏区（1931年3月离沪）。

向忠发从中统特务们的眼皮底下溜走，中统特务们深为遗憾。他们加紧追踪这条“大鱼”。

中共中央考虑到向忠发的处境已很危险，决定让他赶紧离开上海，前往江西中央苏区。

临走前夕，向忠发无论如何要见杨秀贞一面。他说：“不见不走！”

毕竟是总书记，总得尊重他的意愿。不过，中共中央负责人跟他说定：“见一面马上就走，不能在外过夜，以免出危险。”

被枪决前的向忠发

向忠发在1931年6月21日上午来到杨秀贞那里，过了一夜才走。第二天清早，当他来到静安寺英商“探勒”汽车行叫出租汽车时，忽地一群人一拥而上，把他逮住，当即用汽车押往善钟路（今常熟路）捕房。

向忠发被捕，是由于被车行的会计叶荣生认出。叶荣生是“探勒”汽车行会计，过去在上海互济会听过向忠发的报告，认得他。叶伙同他的姐夫范梦菊以及范的堂弟范忠一起向国民党淞沪警备司令部告密。知道向忠发常到“探勒”车行租车，于是，淞沪警备司令部在那里布下了罗网。

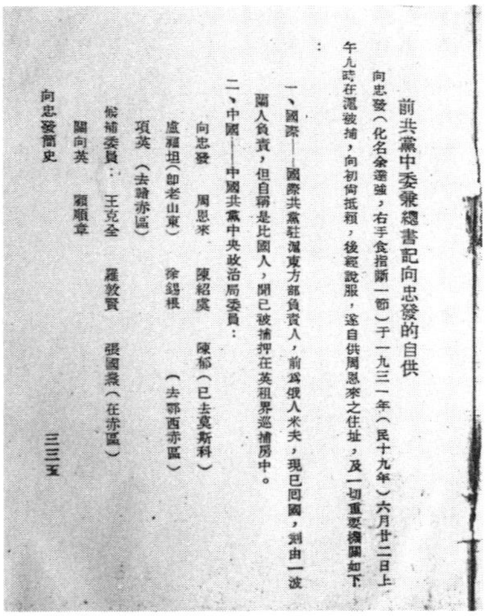

前共黨中委兼總書記向忠發的自供

向忠發（化名余達強，右手食指斷一節）于一九三一年（民十九年）六月廿二日上午九時在滬被捕，向初尚抵賴，後經說服，遂自供周恩來之住址，及一切重要機關如下：

一、國際——國際共黨駐滬東方部負責人，前為俄人米夫，現已回國，刻由一波蘭人負責，但自稱是比國人，聞已被捕押在英租界巡捕房中。

二、中國——中國共黨中央政治局委員：

向忠發　周恩來　陳紹禹　陳郁（已去莫斯科）

盧福坦（即老山東）　徐錫根　（去鄂西赤區）

項英（去贛赤區）

候補委員：王克全　羅登賢　張國燾（在赤區）

關向英　顧順章

向忠發簡史　　三三五

国民党苏州反省院所印向忠发自供状

向忠发是个软骨虫。被捕后，他就供出了陈琮英和杨秀贞的住址，使她俩马上被捕。

向忠发又供出了设在戈登路（今江宁路）恒吉里1141号的中共秘密机关，使那里的中共工作人员张纪恩、张越霞[1]被捕。

向忠发带着特务们去抓周恩来、瞿秋白，扑了个空。因为周恩来、瞿秋白闻讯已经转移。

[1] 张越霞后来进入延安，和博古结婚。1946年4月20日博古死于空难时，张越霞在延安《解放日报》发表《怀博古》一文。

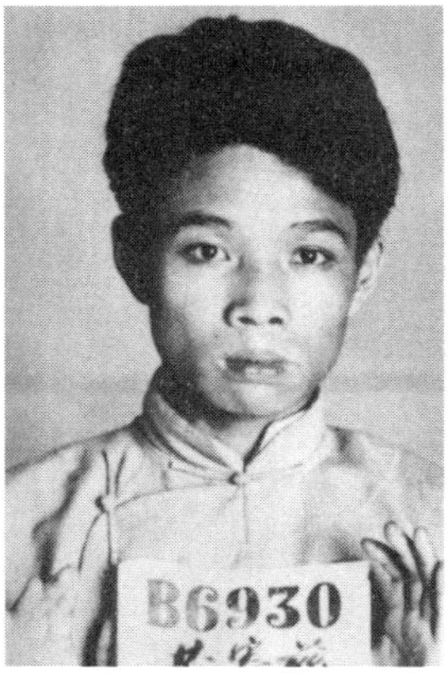

与向忠发同时被捕的有“同案犯”黄寄慈（张纪恩）

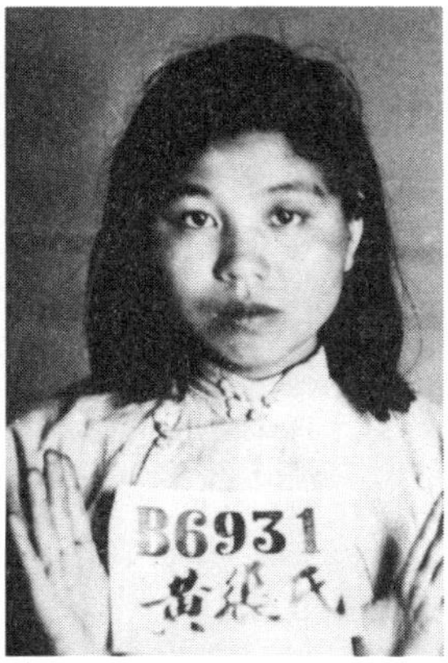

与向忠发同时被捕的有“同案犯”黄张氏（张越霞）

特务们审讯陈琮英，向忠发居然出面对质：“你不要编口供了，有什么就讲吧，我们是什么人，他们都知道！”

杨秀贞并非中共党员，虽说她知道向忠发的政治身份，受审讯时一开始并不承认向忠发是中共党员。也是向忠发出面对质。所以，后来周恩来曾这样说及：“他[1]的节操还不如一个妓女！”[2]

尽管向忠发在被捕后屈膝投降，但是国民党并没有放过他。被捕的第三天（1931年6月24日），向忠发在位于上海龙华的“淞沪警备司令部”内被枪决

在被捕后的第二天，向忠发被引渡到淞沪警备司令部。警备司令熊式辉即电告正在庐山上的蒋介石。由于向忠发已供不出别的中共秘密机关，蒋介石下令就地枪决。

这样，向忠发在被捕后的第三天——6月24日——便被押上刑场。行刑前，他跪在地上，苦苦哀求饶他一命，但无情的子弹还是照样结束了他的生命。

那个顾顺章因在中共中央特科工作，知道的中共机密比挂着总书记空衔的向忠发多，被徐恩曾留在中统工作。顾顺章不仅使恽代英丧生，而且还在香港抓获了蔡和森：那是1931年6月10日中午，在香港海员的一次会议上，蔡和森刚刚露面，顾顺章便和四个便衣特务一

[1] 指向忠发。

[2] 1972年6月23日，周恩来在人民大会堂东大厅举行的批林整风汇报会上的讲话。

起扑上去，抓住了蔡和森。

蔡和森在狱中坚不吐实，遭到酷刑毒打。最后，他被用铁钉钉在墙上，仍不屈不挠，直至刺刀刺进他的胸脯，鲜血喷涌而死。

顾顺章叛变“有功”，却并未得到重用。在中统头子徐恩曾看来，他毕竟是从中共叛变而来，不委以重任，不赋予重要实权，招致顾顺章不满。顾顺章跟军统头目戴笠眉来眼去，更使徐恩曾恼怒。这样，在1935年，徐恩曾以“不服从命令，企图别树一帜”的理由，下令处死了顾顺章。[1]

张越霞出狱后，辗转到了延安，后来成为博古的妻子。这是张越霞在解放后拍摄的照片

那位“迭破中共巨案”的蔡孟坚，由密捕顾顺章起家，升为武汉警察局局长，当时只有25岁而已。1941年，蔡孟坚出任兰州市市长。接着，又“主持江西善后救济与建设”“出入日本十年”。去台湾后，因与蒋经国有隙，在“中影任挂名常董”。后来，蔡孟坚迁居美国，写出两卷回忆录《蔡孟坚传真集》，其中最为津津乐道的，便是他一手经办的“顾顺章案”。在书中，他仍为当时未能利用顾顺章抓捕周恩来扼腕而叹！

卢福坦想当总书记

王明手中的权力不断膨胀。总书记向忠发挂名不干事，直至被捕、叛变。照理，王明取向忠发而代之早已不成问题，可是，此时王明却另打主意——溜！他不愿待在上海，筹划着重回莫斯科。

那时接二连三的人头落地使王明心惊胆战——在敌人的刺刀下的上海干秘密工作，毕竟时时刻刻都存在着丧生的危险。

除了顾顺章、向忠发落入敌人之手外，在中共六届四中全会结束10天后（1月17日及18日），国民党上海市党部、上海市公安局、英租界闸北捕房突然大规模出动，一下子在上海天津路275号、中山旅社6号房间、三马路（今汉口路）东方旅社31号房间等处，密捕了共产党干部30多人，其中有10位是

[1] 张文：《中统头子徐恩曾》，中国文史出版社1989年版。

中共省、市委书记，包括何孟雄、林育南等，也包括作家李求实、柔石、冯铿、胡也频、殷夫等。2月7日，其中的24人饮弹于上海龙华刑场！

这次大搜捕，据查是《红旗日报》交通唐虞（又名王掘夫、唐禹）告密引发的。但当时王克全则说是“中央告密”[1]。此处“中央”即指王明——因为被捕者大多数是反对六届四中全会、反对王明的人。究竟是谁，迄今仍未最后查清。

这一系列惊心动魄的事件，使王明丧魂落魄，他和妻子孟庆树躲进上海郊区的疗养院，惶惶不可终日。

向忠发之死，造成中共中央总书记空缺。谁来出任中共中央新的总书记呢？

六届四中全会确定的三位中共中央政治局常委——向忠发已死，张国焘去了鄂豫皖苏区，留在上海的只有周恩来。

留在上海的中共中央政治局委员，除周恩来外，只有王明和卢福坦。

看来，新的总书记，要在周恩来、王明和卢福坦三人中选择。

最合适的人选，当然是周恩来。周恩来在党内具有很高的威信，有很高的马克思主义理论水平，又富有组织才华。可是，他向来谦逊，六届三中全会本应由他主持，他却把瞿秋白推了上去。显然，此时此际，他不会出任总书记，更何况他早已觉察王明咄咄逼人、野心勃勃。

最可能的人选，自然是王明。虽说此时米夫已经返回苏联，但米夫扶植王明上台之意在六届四中全会上明明白白表露出来，王明本人也早想成为总书记。不过，当上总书记，务必要留在国内领导中国共产党。向忠发被捕才两天就毙命——尽管他跪在地上向敌人求饶也无济于事，这不能不使王明顾虑重重。何况他有过被捕的经历，尝过铁窗的滋味。就连营救他出狱的赤色职工国际驻上海代表、瑞士人牛兰也在向忠发被捕前一周入狱。

这么一来，周恩来不想当，王明不敢当，剩下的人选便是卢福坦了。

卢福坦其人，实在知名度太差，现今的读者几乎很少听说过这一名字。他当时在中共党内的知名度也很有限，以致在中共六大的中央委员名单上，他被写成“鲁福坦”！

此时，卢福坦却十分“勇敢”，明确表示想当总书记！

卢福坦是何等人物？他是山东淄博市人，工人出身，1926年加入中国共产党，1927年担任中共青岛市委书记、山东省委书记。1928年，他作为山东

---

[1] 见《中共中央致共产国际执行委员会电》（1931年2月22日）。

省代表，到莫斯科出席中共六大，正遇上过分强调工人成分，于是他不仅被选为中央委员，而且成为政治局候补委员，一下子进入中共高层。在中共六届四中全会上，他成了政治局委员。

王明跟卢福坦没有很深的关系，他不愿让此人出任总书记。他早已选好了接班人——博古！

博古跟他一起在莫斯科中山大学留学，同为“二十八个半布尔什维克”中的人物，回国后一起反对过“立三路线”，一起反对瞿秋白……博古成了他最亲密、最可信任的伙伴。

不过，即便在米夫、王明控制的中共六届四中全会上，博古也未能得以进入中央委员之列。

博古的党内地位比卢福坦要低得多，一下子使博古成为总书记，显然不孚众望。王明的最后抉择是让总书记一职空缺，而指定博古负总的责任。这样，一旦他有机会从苏联回国，便可担任总书记。

现存于中央档案馆的原始记录，有关当事人的谈话，透露了中共中央当年如何“婉拒”了卢福坦想当总书记的要求：

张闻天于 1943 年 12 月 16 日在自述材料中说，王明、周恩来决定离开上海时，提出新中央的名单，“当时卢福坦想当总书记，所以我记得当时特别提到无总书记问题”[1]。

周恩来于 1943 年 11 月 27 日在政治局会议上谈及：“在分配工作时，曾向卢福坦解释不设总书记。”[2]

由王明提出，经共产国际东方部批准，新的中共中央临时政治局由六人组成，即博古、张闻天、卢福坦、李竹声、康生、陈云。其中常委三人，即博古、张闻天、卢福坦，由博古负总责。

这么一来，不是中共中央委员的博古和张闻天，一下子被擢为中共中央临时政治局的常委，而且排名于原政治局委员卢福坦之前！

1943 年 11 月 13 日，博古在政治局会议上曾这么谈及他成为“负总责”的经过：向忠发被捕后，王明、周恩来、卢福坦、博古“到酒店开会决定不设总书记。当时决定我为书记，我的实权是总书记，但是在中央会议并没有决定

[1] 据中央档案馆 1983 年 4 月 1 日复中共中央党史资料征集委员会函，见《中共党史资料》第 6 辑，中共中央党史资料出版社出版。

[2] 据中央档案馆 1983 年 3 月 3 日复中共中央党史资料征集委员会函，见《中共党史资料》第 6 辑，中共中央党史资料出版社出版。

我是总书记”。

就这样，在那不知名的酒店里的四人聚会，决定了中国共产党权力的移交——交给了博古，而不是交给“想当总书记的卢福坦”。

张闻天后来的自述以及周恩来、博古后来的谈话，不仅说明了当时如何“婉拒”了卢福坦想当总书记的要求，而且说明了从1931年6月中共中央总书记向忠发被捕、叛变后，中共中央“无总书记”“不设总书记”的情况。

直至1956年9月28日，中共八届一中全会才重新设立了总书记。

也就是说，从1931年6月至1956年9月这25年零3个月的漫长岁月，中共中央“无总书记”“不设总书记”。

当本书——《历史选择了毛泽东》——初版出版后，1993年第6期《上海党史研究》发表了吴景平对本书的书评《以文现史的佳作——〈历史选择了毛泽东〉一书的成功尝试和若干不足之处》。吴景平在书评中对本书的观点提出不同看法：

> 中共是在1937年12月的政治局会议上改组了中央书记处后，才决定不设总书记的，在此之前设有总书记，并由张闻天担任。

中共中央党史研究室钱听涛则同意笔者的意见，对吴景平的文章表示不同看法。他写了《张闻天担任过党的总书记吗——兼谈1931年至七大党的最高领导核心演变情况》一文，指出：

> 《上海党史研究》1993年第6期发表的吴景平为叶永烈所著《历史选择了毛泽东》一书所写的书评中提到：“中共是在1937年12月的政治局会议上改组了中央书记处后才决定不设总书记的，在此之前设有总书记，并由张闻天担任。”笔者认为上述说法是不确切的……
>
> 1931年4月、6月，顾顺章、向忠发先后被捕叛变，周恩来被迫将赴江西苏区，王明则将赴莫斯科担任中共驻共产国际代表。9月下旬经共产国际远东局提议，补选博古、张闻天、康生为中央委员、政治局委员，中央委员陈云补选为政治局委员，再加原政治局委员卢福坦和另一个李竹声组成临时中央政治局，博古、张闻天、卢福坦任中央常委，博古负总的责任，未再设总书记。

1931年10月18日，随着黄浦江上一艘日本轮船汽笛长鸣，徐徐起航，王明和他的妻子孟庆树，以及吴克坚、卢镜如，离开了上海。

王明于同年 11 月 7 日——十月革命节那天——赶到莫斯科，出任中国共产党驻共产国际代表。

从此，他在那安全的“红色保险箱”里，和米夫一起遥控着中国共产党。

就在王明离沪一个月后的一天，暮色笼罩着上海滩，华灯初上，从海宁路与山西路交叉口的一家烟纸杂货店里走出两名男子，他们跳上两辆人力车，直奔黄浦江畔的十六铺码头。其中一个男子，穿对襟哔叽中式短上衣、蓝色哔叽中式裤子，广东工人模样，车上放一只手提箱。另一男子为他送行，送他登上一艘小火轮。

那广东工人模样的男子，便是周恩来。他朝广东汕头进发，特意打扮成广东工人。临行时，邓颖超在那杂货铺楼上，只是为了不引人注目，没有下楼送行。

周恩来奉中共中央之命，前往江西中央苏区。这使命和中共中央派张国焘前往鄂豫皖苏区一样，是为了加强那里的领导工作。周恩来取道汕头，沿着一条秘密交通线进入江西。他一上船，一个绰号叫“小广东”的地下交通员便跟他接上了头。

死了向忠发，走了王明、张国焘、周恩来，留在上海的中共临时中央，便由博古负总责，张闻天和卢福坦成为他的副手。

在这里要特别指出，“负总责”与“总负责”，只是两个字颠倒了一下，含义不完全相同：

“负总责”只是表明肩负的责任，而“总负责”除了包含“负总责”的意思之外，还多一层意思，是一种职务的名称。早些时候的中共党史书籍中大都写作“总负责”，现在都改用“负总责”一词。

后来，博古于 1933 年 1 月 19 日进入江西中央苏区，张闻天比他早几天到达那里，留在上海的中共临时中央便由卢福坦任负总责。

卢福坦出任中共临时中央负总责的时间非常短暂，只有三个多月——因为在 1933 年 4 月（也有人说是 2 月，如中统特务庄祖方的回忆），他就落进了国民党中统特务手中。

当年的中统上海行动区副区长陈蔚如（又名陈俊德），后来在其回忆录《我的特务生涯》中，这么写及卢福坦被捕后的情景：

> 中共临时中央负总责卢福坦于 1933 年 4 月被密捕后，临时关押在小东门东方旅馆内。这里环境比较好，不像在上海市警察局里面那样阴森、

恐怖。根据卢福坦在中共党内的历史和地位，其意志应该是比较坚定的，可是在劝降特务和他谈话之后，他很快表示愿意自首，并为中统上海区对中共江苏省委的连续破坏提供了很多情报，成为可耻的叛徒特务。[1]

卢福坦这么快就叛变，连中统特务也感到意外！

由于卢福坦提供了线索，位于上海北四川路天潼路的中共江苏省委处于中统特务的监视之中。两个不满 18 岁的中统特务蒋某和吴某在马路上踢皮球，故意把皮球踢进三楼的房间中。

借口进屋捡皮球，他们侦查了中共江苏省委机关，紧接着，便来了一个大搜捕……

卢福坦叛变后，居然摇身一变，加入了国民党中统特务组织，担任中统徐州特区行动股股长、上海区情报行动股股长。

上海解放后，卢福坦被捕，1969 年被处决。[2]

24 岁的博古出任中共中央负总责

博古出任中共中央负总责时，年仅 24 岁，被人笑称为“中共中央的小伙子”！

连博古本人也觉得自己太年轻，资历太浅，难孚众望。王明这么劝导他：“24 岁不小了，米夫当莫斯科中山大学副校长还不是 24 岁？”

听王明这么一说，博古心定了。

博古是绿豆芽式的青年，高而瘦，头发硬，竖立在头顶，而两鬓的头发却被剃掉，所以他的“博古式”发型颇怪，像一顶黑色的法兰西帽压在头顶。博古近视，戴一副圆镜片眼镜，皮肤白皙，文弱书生模样。不过，博古是一位天生的宣传鼓动家，声音响亮，配上大幅度的手势，他的演讲富有煽动力。虽说听得出南方口音，但他的普通话在那个年代算是不错的。

博古是个热情、直率、头脑聪颖的人。

---

[1]《江苏文史资料选辑》第 23 辑，《中统内幕》，江苏古籍出版社 1987 年版。

[2] 1969 年 11 月，由北京派人到上海监狱，持时任中央政治局常委康生亲笔签字和时任公安部部长谢富治批准的处决命令，处决了 79 岁高龄、关押近 30 年的卢福坦。他之所以此时被处决，据说与他在 1968 年交代康生曾经变节有关。——编者注

博古（秦邦宪）

博古是个化名，很多人以为取义于“博古通今”，其实真正的含义却是“上帝”！

博古怎么会是“上帝”呢？那是他到莫斯科中山大学学习时，按照校方的规定，每个人都要取一个俄文名字。他取名*Богунов*，音译为“博古诺夫”。回国后，他以“博古”为化名。“*Бог*”，俄文原意为“上帝”！

博古原名秦邦宪，乳名长林，字则民，1907 年 6 月 24 日出生于江苏无锡城中耆英里（今中市桥巷）23 号。他的父亲秦肇煌是清朝秀才，在宣统年间当过浙江温州地方审判庭刑事庭庭长。他是长子。母亲朱氏是续弦。他属“邦”字辈，弟弟叫秦邦礼，妹妹叫秦邦范。

最初，他在无锡的“秦氏公学”就学，14 岁时，进入苏州省立第二工业专门学校，便开始从事政治活动。他参加了“锡社”，并成为“锡社”苏州支部的负责人。18 岁时，博古加入中国国民党。这年 5 月，正患肺病的他，参加五卅运动，并加入中国共产主义青年团。这时，他已是政治活动的活跃分子。

这年 7 月，他负责编辑《无锡评论》，陆定一也是编辑部的成员。

这年 9 月，博古考入上海大学社会系。这所大学原名“东南高等师范专科学校”，本来很不起眼。1922 年 10 月，国民党元老于右任出任校长，改校名为“上海大学”，国共合作办校，大批共产党人在该校执教。1923 年 4 月，中共党员邓中夏出任该校教务长，掌握了实权，瞿秋白、恽代英、萧楚女、张太雷、李达、陈望道、施存统、沈雁冰等中共党员担任教员。

这样，上海大学成了培养共产党干部的学校。该校建有中共组织，博古入学不久，便加入了中国共产党，并结识了许多著名共产党人。

翌年 10 月，19 岁的博古突然被淞沪警察厅逮捕，但因查不到什么证据，第二天获释。不久，中共党组织决定派他前往莫斯科学习。

于是，博古进入了莫斯科中山大学，成了米夫的学生，成了王明的同学，成了“二十八个半布尔什维克”之一。在莫斯科的四年留学生涯，为他后来成为中共中央负总责打下了基础。

就在这时，一个偶然的机会，一位年轻的中国女性出现在博古面前。

博古、刘群先在苏联合影

这位女性原名刘琴仙，参加革命后，她嫌这名字不够“革命”，取其谐音，改为刘群先，“群众先锋”之意。她是博古的同乡，无锡的女工。她的出身颇苦，从小死了父母，自己做童工维持生活。她先是织发网，后来成为纺织工人，投身工人运动，以至成为“群众先锋”——女工领袖。于是，她作为中国工会代表之一，前往莫斯科，出席赤色职工国际大会。

刘群先不懂俄语，中共党组织指派了一名留学生充当她的翻译。这位留学生，正是博古。

异国遇同乡，他俩用无锡话交谈，一下子缩短了彼此的距离，一见如故。

就这样，他们彼此深深相爱了。

1930 年 5 月，博古回国不久，就和刘群先结为伉俪。那时，刘群先在中华全国总工会担任宣传干事。

翌年，24 岁的博古，由于历史的机缘成为中共中央负总责：倘若不是米夫出任共产国际代表，王明不可能上台；倘若不是博古和王明在莫斯科中山大学有过“共同战斗”的友谊，王明也就不会视他为心腹，不会把夺得的中共中央大权交给这位无锡小伙子。

博古，只在上海大学学习了一年，在莫斯科中山大学学习了四年，没有多少实际工作的经验。

这样一位“嘴上没毛”的小伙子，出于王明小宗派的需要，才被推上了中共新领袖的地位。

政党的成熟，首先要有成熟的领袖。中国共产党才“十岁”，还是一个幼年的党。

纵观中国共产党的“领袖史”，可以看到，自从 1927 年 7 月 12 日陈独秀“不视事”起，至 1931 年 10 月 18 日博古上台，频繁地在更换领袖，简直像走马灯一般：陈独秀、瞿秋白、向忠发、李立三、瞿秋白、王明、博古。在这中间，曾经一度主持过中共中央工作的还有周恩来、蔡和森和李维汉。

另外，曾经角逐中共领袖而未能如愿的有罗章龙和卢福坦。

历史在沉思，历史也在选择。领袖是政党的旗帜，领袖是政党的舵手。列宁曾如此说过："政党通常是由最有威信、最有影响、最有经验、被选出担任最重要职务而称为领袖的人们所组成的比较稳定的集团来主持的。"[1]

频繁更换着的中共领袖，缺乏威信、缺乏影响、缺乏经验，因而也就无法稳定。

1927 年"四一二"反革命政变之后的中国，风高浪急，错综复杂，把好中共之舵并非易事。何况，舵手还需听命于共产国际的指令。

当博古上台掌舵之时，他的前任已使中共经历了一右二"左"的曲折：陈独秀的右倾投降主义，瞿秋白的"左"倾盲动主义，李立三的"左"倾冒险主义。

王明握别博古之际，作过如此嘱咐："万事都得请示共产国际，决不可擅自行动，更不得听信他人。"

博古有个绰号曰"黑面木偶"，含义是双重的：不光是他身材瘦长而动作僵硬的形象如同木偶，还因为他受着坐镇莫斯科的米夫和王明的"遥控"，幕后牵线。

自身缺乏经验，又得听命于"遥控"，博古这位新"舵手"的命运可想而知。

历史是一面筛子，正在筛选着、筛选着……

[1] 列宁：《共产主义运动中的"左派"幼稚病》，《列宁选集》第 4 卷，人民出版社 1995 年版，第 151 页。

第二章
井冈风云

◎ **毛泽东胸有成竹：他要把部队带上井冈山！**

◎ **井冈山，在中国众多的大山之中不算出众，可是，在当时的中国，却是具有特殊战略意义的大山。毛泽东选中了井冈山，不能不说是天才的选择！**

历史老人并未偏爱毛泽东

话分两头，各表一枝。

那位在八七会议上，说了一通“政权是由枪杆子中取得的”的醒世名言之后的毛泽东，从此便在中共中央消失了。

此后在上海、在莫斯科那一次又一次中共中央会议上，在激烈的争夺中央领导权的斗争中，也不见毛泽东的身影。

历数毛泽东在中共早期的党内地位，可以发觉历史老人并未偏爱毛泽东。他时浮时沉，未曾担任显要之职（除中共三大外）：

1921 年 7 月，他出席中共一大，是 15 位代表之一，在大会上担任记录。

1922 年 7 月，中共二大在上海召开时，他也正在上海，照理他必定出席。可是，他“忘记了开会的地点，又找不到任何同志”，竟失之交臂。[1]

1923 年 6 月，中共三大在广州召开时，毛泽东一下子跃居要职。他不仅成为 9 名中央执行委员会委员之一，而且成为 5 名中央局成员（相当于后来的政治局委员）中的一个——陈独秀、毛泽东、罗章龙、蔡和森、谭平山。他又兼任中央执行委员会秘书，在党内的地位，仅次于陈独秀。

可是，在 1925 年 1 月的中共四大上，毛泽东连中央候补执行委员也未选上——当时的中央执行委员会设委员 9 人，候补委员 5 人。

1927 年 4 月底至 5 月初在武汉召开的中共五大，设中央委员 31 人，候补委员 14 人。毛泽东先是作为候补代表出席大会，只有发言权，没有选举权。最后，终于被选入中央候补委员。

毛泽东在 1956 年 9 月 10 日中共八大预备会议第二次全体会议上回忆往事，说过一段颇为风趣的话：

[1] 斯诺：《西行漫记》，三联出版社 1979 年版，第 134 页。

1927年的毛泽东

第一次代表大会[1]我到了。第二次代表大会没有到。第三次代表大会又到了，被选为中央委员。第四次代表大会又没有到，丢了中央委员。大概我这个人逢双不吉利。第五次代表大会到了，当候补代表，也很好，被选为候补中央委员。[2]

在八七会议上，事先拟定的政治局委员、候补委员候选人名单上，并没有毛泽东，后来是蔡和森提议，应当补入毛泽东。

会议的原始记录如下：

和[3]：要求不加入自己。因：1. 过去错误；2. 已决定去湖南，正式名单去张加入东、沉、达[4]。因要吸收新的分子。

东：我现在担任土匪工作不能加入。

迈[5]：赞成加入东取消自己。

东：不同意迈的提议，自己非外面去工作不可。

沉：主东加入，沉、达都不加入。

达：不能担任此工作。

顺[6]：自己适宜做下层工作，不要挂一虚名。

秋[7]：现在不是法律问题是工作问题、事实的问题，大家不能如此。

经大会表决，毛泽东被选为政治局候补委员。

---

[1] 指中共一大。

[2]《党的文献》1991年第3期，第7页。

[3] 即蔡和森。

[4] 张即张国焘，东即毛泽东，沉为陆沉，达为彭公达。

[5] 即罗迈，亦即李维汉。

[6] 即顾顺章。

[7] 即瞿秋白。

毛泽东推辞的原因，颇为费解："我现在担任土匪工作不能加入。"

毛泽东所说的"担任土匪工作"，其实是指他正担负着改造土匪的工作。

会议记录上有一段讨论农民运动的话，毛泽东如此说：

> 土匪问题是非常大的问题，因此种会党土匪非常之多，我们应有策略。有些同志以为可以利用他们，这是中山[1]的办法，我们不应如此。只要我们实行土地革命，那一定能领导他们的。我们应（该）当他们是我们自己的弟兄，不应看作客人。

在八七会议之后，毛泽东远离中央，不再出席中央会议。他在党内的地位，依然浮沉无定。

在1928年6月至7月召开的中共六大上，毛泽东当选为中央委员，失去了政治局候补委员之职。

在1930年9月的中共六届三中全会上，毛泽东又成为政治局候补委员，排名于政治局候补委员末位，次于顾顺章。此次设政治局委员7人、候补委员7人，因此毛泽东在党内排名第14位，可谓"忝居末座"。

在王明上台的中共六届四中全会上，毛泽东仍为政治局候补委员，只是跟顾顺章换了一下顺序，顾顺章居末位，他为倒数第二。此次设政治局委员9人、候补委员7人，因此毛泽东在党内排名第15位。

然而，当历史淘汰了王明、博古时，却选择了这位在中共中央政治局中近乎末座的毛泽东——此是后话。

八七会议之后，毛泽东究竟走过怎样的道路？

农民运动的"王"差一点被处死

八七会议制订了"四省秋暴计划"，亦即粤、湘、鄂、赣四省秋收起义计划。选择秋收起义，是考虑到那时农民结束农忙，可以离开土地；选择粤、湘、鄂、赣四省，是考虑到中共在这四省的基础较好。毛泽东奉中共中央之命，前往湖南，发动秋收起义。

毛泽东是农民的儿子，熟悉农村，擅长领导农民运动。瞿秋白便曾这么称

[1] 指孙中山。

赞过，中国有两个“农民运动的王”那就是彭湃和毛泽东。[1]

彭湃

毛泽东说过，中国四万万人口之中，农民占了三万万两千万以上，亦即占80%，所以中国革命一定要依靠农民，发动农民。1926年，他在广州主持了广州农民运动讲习所。

1926年年底，毛泽东回到故乡湖南考察农民运动。翌年2月中旬，他在武汉给中共中央写出了那篇著名的《湖南农民运动考察报告》。此文不仅在中共党内刊物上刊载，而且在汉口的《中央日报》上连载，甚至共产国际的机关刊物《共产国际》上亦以英文、俄文转载此文，足见此文在当时影响之广。

此文被收入《湖南农民运动》一书，在汉口印行。瞿秋白称毛泽东为中国“农民运动的王”，便出自他为此书所作的序言。

瞿秋白写道：

> “匪徒，惰农，痞子……”这些都是反动绅士谩骂农民协会的称号，但是真正能解放中国的却正是这些“匪徒……”
>
> 中国革命家都要代表三万万九千万农民[2]。说话做事，到战线奋斗，毛泽东不过开始罢了。中国的革命者个个都应该读一读毛泽东这本书，和读彭湃的《海丰农民运动》一样。

八七会议时，彭湃在南昌起义前线，不久前往故乡广东海丰，组织海陆丰农民暴动。于是，农民运动的两个“王”一个在湖南，一个在广东，开足马力干了起来。

毛泽东是在8月12日离开武汉，作为中央特派员来到长沙的。

8月18日，在长沙市郊沈家大屋，毛泽东出席了中共湖南省委会议，担

[1]《湖南农民革命》序言，汉口长江书店1927年4月版。

[2] 瞿秋白当时对中国农民的统计数字与毛泽东有些出入。

任省委委员、常委。

会议详细制订了湖南的秋收起义计划。

8 月 20 日，毛泽东起草了《湖南致中央函》，表达了中共湖南省委的雄心壮志：

> 中国客观上早已到了 1917 年，但以前总以为这是在 1905 年。这是以前极大的错误。工农兵苏维埃完全与客观环境适合，我们此刻应有决心立即在粤湘鄂赣四省建立工农兵政权；此政权既建设，必且迅速地取得全国的胜利。[1]

这番话表明，毛泽东的头脑最初也有点“热”。他不是神，最初也受着瞿秋白发“热”的头脑的影响。他在斗争实践中，慢慢变得冷静起来。何况，连他自己也在八七会议上说：“我素以为领袖同志的意见是对的。”[2]当他还不是领袖时，他颇为尊重“领袖同志”，直至他后来觉察“领袖同志”的意见未必对，他独立自主走自己的路。

毛泽东为了组织秋收起义，在湖南四处奔走。他从长沙来到了株洲，又从

1937 年，毛泽东（后排左三）与参加秋收起义的部分成员在延安合影

[1] 中央档案馆编：《中共中央文件选集》第 3 集，第 303 页。

[2]《“八七”中央紧急会议》。

株洲前往安源。安源是煤矿工人集中之处，他要发动工人参加暴动。9月5日，他在安源写给中共湖南省委的信中说：“约定11日安源发动,18日进攻长沙。”[1]这时的他，受“领袖同志”瞿秋白的影响，也想进攻大城市。

就在毛泽东从安源前往铜鼓县途中，他落入了敌军手中，这是毛泽东漫长的一生中唯一的一次被捕。他差一点被处死！倘若不是他逃出了险境，中国的现代史和中共党史要另写了！

据考证，毛泽东被捕的地点是在湖南浏阳县和铜鼓县交界处的张家坊。

后来，毛泽东面对美国记者斯诺，如此饶有兴味地叙述他当时的“历险记”：

> 当我正在组织军队、奔走于汉阳矿工和农民赤卫队之间的时候，我被一些同国民党勾结的民团抓到了。那时候，国民党的恐怖达到顶点，好几百共产党嫌疑分子被枪杀。那些民团奉命把我押到民团总部去处死。但是我从一个同志那里借了几十块钱，打算贿赂押送的人释放我。普通的士兵都是雇佣兵，我遭到枪决，于他们并没有特别的好处，他们同意释放我，可是负责的队长不允许。于是我决定逃跑。但是直到离民团总部大约200码的地方，我才得到了机会。我在那地方挣脱出来，跑到田野里去。
>
> 我跑到一个高地，下面是一个水塘，周围长了很高的草，我在那里躲到太阳落山。士兵们追捕我，还强迫一些农民帮助他们搜寻。有好多次他们走得很近，有一两次我几乎可以碰到他们。虽然有五六次我已经放弃希望，觉得我一定会再被抓到，可是我还是没有被发现。最后，天黑了，他们放弃了搜寻。我马上翻山越岭，连夜赶路。我没有鞋，我的脚损伤得很厉害。路上我遇到一个农民，他同我交了朋友，给我地方住，又领我到了下一乡。我身边有七块钱，买了一双鞋、一把伞和一些吃的。当我最后安全地走到农民赤卫队那里的时候，我的口袋里只剩下两个铜板了。[2]

所幸毛泽东所遇上的是民团，不是国民党特务。这次死里逃生后，毛泽东在湖南发动了秋收起义……

---

[1]《彭公达关于湖南秋暴经过的报告》，1927年10月8日。

[2] 斯诺：《西行漫记》，三联书店1979年版，第141—142页。

秋收起义总指挥卢德铭捐躯沙场

军叫工农革命，
旗号镰刀斧头。
修铜[1]一带不停留，
要向平浏[2]直进。
地主重重压迫，
农民个个同仇。
秋收时节暮云愁，
霹雳一声暴动。

毛泽东在1927年写的这首词《西江月·秋收起义》，勾勒了湖南秋收起义的情景。

对于毛泽东来说，秋收起义是他第一次实践他"枪杆子里面出政权"的理论。

不过，毛泽东自知光依靠农民的长矛、梭镖是难以"出政权"的。他在8月18日的中共湖南省委会议上，便讲得很明确：

> 秋收起义的发展，是解决农民的土地问题，这是谁都不能否认的。但要发动暴动，单靠农民的力量是不行的，必须有一军事的帮助。要有一两团兵力，否则终归于失败。暴动的发展是要夺取政权，没有兵力的护卫或去夺取，这是自欺的话。我们党从前的错误，就是忽略了军事，现在应以百分之六十的精力注意军事运动，实行在枪杆子上夺取政权，建设政权。[3]

毛泽东要寻找"枪杆子"，要寻找"一两团兵力"，正巧，一支正规军正驻扎在江西和湖南交界不远处的修水县。这支正规军是一个警卫团，团长居然是中共党员！正因为这样，毛泽东穿过湖南和江西的边界，朝江西进发，才在半途发生那番"历险记"……

这个团自武汉来，原本是守卫武汉国民政府的警卫团，可谓精兵，隶属于

[1] 修铜即修水、铜鼓，均系江西县名，后来作者改为"匡庐"。
[2] 平浏即平江、浏阳，湖南县名，后来作者改为"潇湘"。
[3]《彭公达关于湖南秋暴经过的报告》，1927年10月8日。

国民革命军第二方面军总指挥部。中共指派了叶挺独立团的一位团参谋长出任警卫团团长。这位团参谋长既是黄埔军校第二期毕业生，又是中共党员，名唤卢德铭。卢德铭成了警卫团团长，便使这个团处于中共领导之下。

秋收起义总指挥卢德铭

中共在南昌发动“八一起义”时，卢德铭奉命率部开赴南昌，参加起义。当他们从武汉东下到达黄石时，得知起义部队已退出南昌，而九江又被张发奎部队控制，只得率部来到鄂湘赣三省交界处“三不管”的修水县暂且栖驻。这支精兵，马上被正在寻觅“枪杆子”的毛泽东看中。

于是，22 岁的卢德铭被任命为秋收起义总指挥，毛泽东则任前敌委员会书记。卢德铭成了毛泽东最初的战友。

卢德铭这个“四川娃儿”，在上中学时就读《新青年》，思想日趋进步。19 岁那年，他千里迢迢去报考黄埔军校。离家时，正值春节，他挥毫写下一副春联，贴在家门两侧：“问客何来想是仙风吹到，留君不住须当明月照归。”

当他不远千里来到广州，黄埔军校招生考试已过。他求见孙中山。孙中山见他小小年纪，革命愿望如此强烈，便召见他，当场面试，十分满意。这样，孙中山介绍他进入黄埔军校，成了第二期学生。

在黄埔军校，卢德铭加入了中国共产党。

毕业后，卢德铭来到中共领导之下的叶挺独立团，担任连长。

独立团成了北伐先锋，一路过关斩将，屡建奇功。卢德铭从连长升为营长，又升为团参谋长。进入武汉后，调任警卫团团长。

1927 年 9 月 9 日，作为秋收起义总指挥，卢德铭在江西修水县渣津宣布：“现在我们起义了！”他领导的警卫团，成为起义部队的第一团。

第二团由安源工人和醴陵农民组成。

第三团是由平江、浏阳农民义勇军组成。

第四团是经过改编的夏斗寅残部。

宣布秋收起义时，毛泽东正在江西铜鼓县城萧家祠——第三团团部。

秋收起义最初的行动计划是攻取长沙：第一团、第四团打平江，第二团、

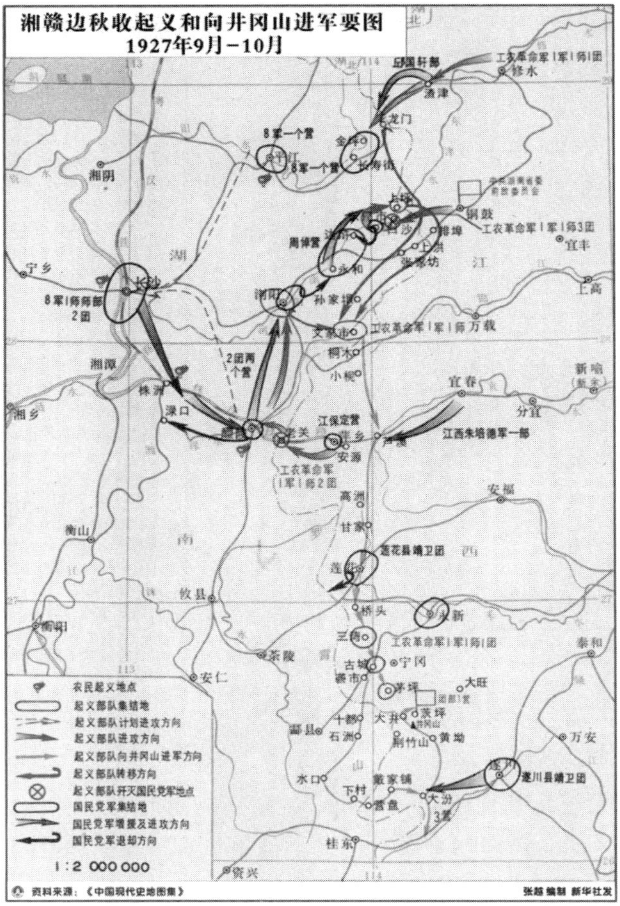

秋收起义及向井冈山进军图示

第三团打浏阳，然后分两路包抄长沙。

第一团、第四团在朝平江县城进军途中，第四团突然哗变，袭击第一团，使进攻平江的计划受挫。

第二团、第三团先克醴陵县城，才占领了两天，不得不在强敌面前退出。部队改取浏阳县城，不料占领后陷入重围。

两路兵马均出师失利，攻打长沙无望，起义部队遂退至浏阳文家市。

9 月 19 日夜，文家市的里仁学校里像开了锅似的。各路兵马的首脑人物齐聚于那儿，前敌委员会会议在书记毛泽东主持下召开，讨论的主题是“向何处去”。

虽说从 9 月 9 日至 19 日不过十天光景，毛泽东的头脑已变得冷静。原先他受“领袖同志”瞿秋白的影响，以为“中国客观上早已到了 1917 年”，而“秋暴”的受挫，使他清醒，意识到长沙“啃不动”，连醴陵、浏阳这样的县城都“吃不了”。毛泽东审时度势，知道绝不可与强敌硬拼。他在会上提出，向“萍乡方向退却”，以求避开强敌的锋芒，保存自己的实力。

长沙城内有 9000 敌军驻守，攻长沙势必败北。

头脑发热的人，依然在会上嚷嚷：“进攻长沙！进攻长沙！”

一时间，两种意见针锋相对。

总指挥卢德铭是位精明聪颖的人，他认为毛泽东的话在理，投了赞成票。卢德铭在军队里威信甚高，他倒向毛泽东，使进攻长沙的主张遭到会议的否定。

翌日，这支打着“中国工农革命军”旗号的队伍，朝江西萍乡方向前进。

行军的第四日——9 月 23 日——清晨，当部队从萍乡东侧的芦溪镇出发不久，突然枪声如同炒豆般响起。

原来，那是江西军阀朱培德部队的一个特务营和一个保安团布下了伏击圈，当毛泽东、卢德铭率部进入伏击圈时，一声口令，伏兵倾巢而出。

在激战中，22 岁的总指挥卢德铭饮弹而亡，毛泽东痛失他最初的得力战友。卢德铭倘若不是过早地牺牲，很可能会成为元帅级的中共军界领袖人物。

毛泽东幸免于难，且战且走，带领着受惊的队伍绕开萍乡南进……

毛泽东要把队伍带向何方？

当革命的“山大王”

毛泽东胸有成竹：他要把部队带上井冈山！

井冈山，在中国众多的大山之中不算出众，可是，在当时的中国，却是具有特殊战略意义的大山。毛泽东选中了井冈山，不能不说是天才的选择！

井冈山位于罗霄山脉的中段，山高林密，翠竹长青，山泉淙淙，地势险峻。它处于两省四县的交界处，两省即湖南、江西，四县即遂川、永新、宁冈、酃县[1]，在那军阀割据的年月，交界处最容易求得生存。何况那儿离长沙、武汉、南昌都远，乃穷乡僻壤的所在。

井冈山远眺

[1] 酃县：战国时开始设立，1994 年改名为炎陵县。——编者注

井冈山最大的优势，在于易守难攻。在崇山峻岭之中，唯有通过五个险峻的哨口，方可上山。守住了哨口，也就守住了大山。可谓一夫当关，万夫莫开。何况井冈山四周，那时没有公路，要想调兵遣将前来攻山，辎重难行，只得靠两条腿和轻武器。

井冈山的“井”，其实并非水井，而是指天然的泉水。井冈山有“五井”，即大井、中井、小井、上井、下井，乃是山中五口泉水罢了。泉水之处有人家，有“井”也就有村，山上五个小村，就以井命名。山上有一条小溪，叫“井江”，于是山得名“井江山”。又因土语中“江”与“岗”音近，人称“井岗山”。1954 年第一批简化汉字把“岗”简化为“冈”，于是今名“井冈山”。

毛泽东深知当时湘、赣军阀各自为政，他带领兵马朝井冈山进发时，故意走“S”形路线，时而进湖南，时而回江西，在两省交界的夹缝之中钻行，甩掉了尾追的敌军。

毛泽东此前并未上过井冈山，他怎么会作出如此“天才的选择”呢？笔者在井冈山采访时，求教于原井冈山革命博物馆馆长朱本良。据他了解，那是毛泽东写《湖南农民运动考察报告》时，在 1927 年 2 月 20 日至 23 日来到湖南衡山县城，访问过当地的妇女会干部张琼。张琼说起她有个表兄，受国民党追捕，无处可逃，逃进了井冈山。那儿山高皇帝远，国民党鞭长莫及。她的表兄在井冈山上躲了几个月，知道山上的详细情形，知道山上有“山大王”（土匪）盘踞。毛泽东很注意张琼提供的信息，从此井冈山存储在了他脑海的“信息库”里……

正因为这样，毛泽东在 1927 年 7 月 4 日的中共中央执委会扩大会议上就提出了“上山”的主张，认为“上山可造成军事势力的基础”。

在八七会议上，毛泽东谈得更明确，说要“担任土匪工作”。

也正因为这样，9 月 19 日晚上，在文家市里仁学校，当毛泽东提出放弃进攻长沙的计划，南下萍乡，向井冈山进军，便有人说他是想当“山大王”。毛泽东站起来反驳，说了这么一番话：“历代都有‘山大王’。‘山大王’凭借山势，官兵总是没有办法消灭他。如果说我们也要当‘山大王’，那么这个‘山大王’是从未有过的‘山大王’，是共产党领导的，有主义、有政策、有办法、闹革命的‘山大王’。我们不是不想要长沙，而是现在我们的力量太弱，打不了长沙。中国地方大，政治不统一，经济不平衡，我们要找敌人势力最薄弱的地方去站住脚跟。井冈山就是敌人势力最薄弱的地方。”

毛泽东从学校里借了一张地图，那罗霄山脉弯得像眉毛，他指着中段的井冈山说：“我们要到眉毛画得最浓的地方去当‘山大王’！”

秋收起义之时，四个团有2000多人，一个师的兵力。几次失利，损失了1000多人。毛泽东率部向井冈山前进时，一路上又有不少人开小差。一位营长派人去追逃兵，毛泽东知道了，马上阻止道：“强扭的瓜不甜。他们要走，让他们走。我相信总有一部分人不走，跟我们走到底！”毛泽东甚至提出，给走的士兵发路费，以使他们能够平安回到家乡。

一位名叫陈三崽的贫苦农民说，家有老母，必须回去照料。离开部队时，他领到五元路费。可是，他走了才一天，却又回来了。毛泽东见到他问道：“你怎么又回来啦？”陈三崽诉说了自己离开部队后的遭遇，说是半路上遇见国民党部队，不仅抄走了那五元路费，而且还把他当壮丁抓去当兵。陈三崽说：“我不回家了，家乡也是国民党的天下。我就是回到老家，也无法侍奉老母，也会被抓壮丁。我想来想去，还是回自己的部队！”毛泽东表扬了陈三崽。许多思乡之心甚切的士兵，听了陈三崽的话，也打消了回家的念头。

秋收起义的第20日（9月29日），毛泽东带领队伍来到江西永新县三湾村，仔细清点一下人数，尚剩700多人。

不过，这700多人，倒是经历大浪淘沙之后的精兵，那些意志不坚定者，早已在半途散去。

这700多人中的精华，是原先卢德铭手下的警卫团，毕竟是正规军，除了战死者之外，很少有人半途离去。此外，另两部分人则是安源工人和浏阳农民。

这支700多人的队伍，成了毛泽东毕生事业的最初基础，成了燎原之火最初的火星。

这支队伍的核心是一批大学生，他们成了毛泽东手下的骨干。这其中有：

何挺颖，1925年入上海大学，同年加入中共，参加过北伐战争，22岁。

伍中豪，也是22岁，1922年入北京大学，同年加入中国社会主义青年团，1925年考入黄埔军校，1926年加入中共，参加过北伐。

何长工，27岁，1922年留法勤工俭学时加入少年共产党，同年转为中共党员，1924年任中共湖南省委华容地委常委兼军事部部长。

此外，大学生中还有不少英才，如罗

何挺颖参加毛泽东领导的湘赣边秋收起义、三湾改编后，参加开创井冈山革命根据地的斗争。1929年牺牲，时年24岁

战争年代的罗荣桓

荣桓，中山大学学生，后来成为中国人民解放军元帅。宛希先，黄埔军校毕业生。张子清，湖南讲武学堂毕业生。

秋收起义时，毛泽东手下是一个师的兵力，下辖四个团。到了三湾镇，毛泽东手下只剩一个团的兵力，遂缩编为团，称“中国工农革命军第一军第一师第一团”，团长为陈浩，党代表何挺颖。第一团下辖两个营及特务连、军官连、卫生队和辎重队。

在三湾改编时，毛泽东确定了一项重要原则，即“党指挥枪”，把军队置于中国共产党的绝对领导之下。他在每一个连队设立中共党支部，设党代表。当时十个连队的党代表，有七人是大学生。毛泽东曾说：“红军所以艰难奋战而不溃散，‘支部建在连上’是一个重要原因。”[1]

收编“绿林”袁文才

毛泽东完成“三湾改编”之后，10月3日，率部到达宁冈县古城。宁冈县就在井冈山下，再跨一步，就可以进入井冈山了。

此时，一道棘手的难题摆在毛泽东面前：井冈山上下，有两股土匪，怎么办？

只有两种方法，一是力取，二是智取。很多人主张力取。这两股土匪，不过百把人，几十条枪，倘若用武力解决，轻而易举。

毛泽东表现出他的过人之处，他力主智取文攻。毛泽东少时熟读《水浒传》，同情劫富济贫的绿林好汉，在他看来，这些“山大王”可以引作同盟军。再说，那两股土匪是本地人，消灭了他们，也就埋下仇恨的种子，使工农革命军在井冈山立足不稳。

毛泽东初显他的统战才略……

[1] 毛泽东：《井冈山的斗争》，《毛泽东选集》第1卷，人民出版社1991年版，第65—66页。

那两股土匪，头目分别为袁文才和王佐。袁文才驻扎在山下的宁冈茅坪，王佐则在山上的井冈山茨坪，山下山上互相呼应，成为犄角之势。两人结为拜把兄弟，唇齿相依。

袁文才

袁文才其人，29 岁，宁冈茅坪马源坑人。他幼时念过私塾，有点文化。宁冈茅坪附近有座半冈山，袁文才 19 岁那年，半冈山上的胡亚春等人啸聚山林，组成一支“马刀队”。所谓“马刀队”，是因为他们没有枪，只有梭镖马刀。

“马刀队”以“吊羊”为生。“羊”，土豪也，“吊羊”，也就是绑架土豪作为人质，索以巨款。

袁文才也参与“马刀队”的“吊羊”，加入绿林。他有文化，后来成了“马刀队”的参谋长，以至成为首领。

毛泽东来到宁冈古城，一位特殊的人物前来求见。此人穿着一身西装，只是未系领带。在那山沟沟里，此等洋派的人物极为鲜见。他年仅 22 岁，本地人，名唤龙超清。此人乃富家子弟，曾由小县城宁冈到江西省会南昌求学。两年前，他在南昌加入了中国社会主义青年团，不久转为中共党员，出任国民党南昌市党部组织部部长。北伐开始时，他受中共派遣回乡发动群众，迎接北伐，而他回乡的公开身份却是国民党特派员。他回到宁冈后，担任中共宁冈支部书记。

龙超清跟袁文才有旧，曾与袁文才结拜生死之交。1926 年 9 月，他策动袁文才在宁冈举行暴动，任命袁文才为“宁冈县农民自卫军总指挥”，并吸收袁文才加入中国共产党。

毛泽东率部抵达宁冈，自然使龙超清欢天喜地。经过这位穿西装的青年介绍，毛泽东得知袁文才原是中共党员，收编他的部队也就容易得多。

龙超清说及，袁文才眼下最缺的是枪，毛泽东当即慷慨答应，送 108 支枪给袁文才！

龙超清当即把喜讯转告袁文才。“投之以桃，报之以李”，向来讲究义气的袁文才，也就答应送给毛泽东的部队 600 块大洋。

如此这般，“山大王”袁文才投靠毛泽东，毛泽东的“文攻”取得了第一步胜利。

袁文才主动请求毛泽东派中共党员前去训练他的部队，于是毛泽东派出了徐彦刚、游雪程、陈伯钧前往袁部。

几个月后，袁文才部队接受改编，加入了中国工农革命军。

不过，收编另一个“山大王”——王佐——要比袁文才曲折……

毛泽东智服王佐，进军井冈山

王佐跟袁文才同庚，也是29岁。他身材不高，白净面孔，是井冈山附近遂川下庄人，裁缝出身。

王佐识字不多，身手不凡。据云，他骑在马上，一枪射去，可击中野鸡。有一回，他突然遭围，操起一根竹竿一撑，跃身上了屋脊，一个跟斗翻了过去，便不见踪影。他曾跟拳师王冬文学过几年武功，所以论武艺有两下子。

1920年，湖南军阀部队里的一个连长由于不满上司克扣军饷，带了20来个弟兄到井冈山当绿林。这个连长名叫朱孔阳，广东人，他的耳朵不好，得了个绰号“朱聋子”。

朱聋子在井冈山上“吊羊”，弄到了钱，买了一批布，给手下的弟兄做新衣，请来了裁缝王佐。

王佐上了山，见朱聋子他们靠“吊羊”把日子过得挺舒畅，就有点眼热。朱聋子呢，见王佐机警聪明，又有武艺，有意招他入伙。

王佐

最初，朱聋子要王佐当“水客”。所谓“水客”，也就是侦探。因为朱聋子是外地人，人头不熟，不知“羊”在何方，需要“水客”报告线索。

当过一阵“水客”，王佐也就正式落草。

王佐出自贫寒之家，对土豪劣绅有一股子仇恨，所以他落草之后，“打富不打贫”，而朱聋子有时欺侮穷人。

王佐对朱聋子日渐不满，终于自立门户，另聚山头。

王佐的队伍在“打富不打贫”的口号之下慢慢兴旺起来，成了井冈山的“山大王”。

袁文才比王佐活跃。袁文才加入了中国

共产党，参加种种社会活动。王佐不然，蹲在井冈山上守老窝，轻易不下山。

毛泽东的部队在山下安营扎寨的消息飞快地传到山上，王佐头一回听说中国工农革命军，不知道这是什么样的军队——这也难怪，中国工农革命军打出这旗号，也不过个把月。

毛泽东不急于上山。他要做通“山大王”王佐的思想工作。

“把兄弟”袁文才派人上山，诉说了毛泽东的队伍专跟土豪劣绅作对，跟他们“劫富济贫”走在一起。又听说毛泽东给了袁文才108条枪，使王佐颇为震惊，因为他在井冈山上那么多年，也只弄到60来条枪，何况这些枪好多是土枪。他手下的兵，两个人摊不到一支枪。毛泽东既然把那么多的枪给了袁文才，这就清楚地表明，中国工农革命军不会“吃”掉他们。

这样，10月24日，当毛泽东率部来到井冈山西侧的荆竹山，一个穿长袍、戴礼帽、个子不高自称朱持柳的人便前来拜谒。原来，此人是王佐派来的代表，专程来迎接毛泽东上山。

毛泽东在荆竹山村的大道旁集合队伍，向战士们介绍了王佐派来的代表朱持柳，并宣布马上随他上山。毛泽东特别强调，上山以后要搞好和山上群众的关系，搞好和王佐部队的关系，特地制定了“三大纪律”：

第一，行动听指挥。

第二，不拿老百姓一个红薯。

第三，打土豪要归公。

今日中国人民解放军的“三大纪律”，最初便是这么来的。

在朱持柳的带领下，毛泽东率部队上山。山道如羊肠，在密林中穿越。渐渐的，山势越发陡峭。

这井冈山，果真是个据险易守的所在。

王佐和毛泽东约定在双马石见面。所谓双马石，是两块天然巨石，一上一下，叠在一起，成为井冈山奇景之一。双马石乃井冈山五大哨口中的一个，那里山势格外陡峭，山林茂密，王佐已在那里布好队伍，以防不测。

毛泽东似乎早已料到王佐的心思，未到双马石，便下令部队停止前进。他只带随从数人前往双马石，跟王佐会面。

王佐见毛泽东“单刀赴会”，也就放下心来，下了哨口，跟毛泽东见面。

毛泽东极善言辞，向王佐说明了中国工农革命军是老百姓的子弟兵，是土豪劣绅的死对头，共产党是穷苦百姓的救星……经毛泽东这么一番宣传，王佐心中明白了许多。

毛泽东说："我们打土豪，跟你们'吊羊'是一致的，都是要跟土豪作对。你们是我们的战友，你们需要枪，我们给！"

毛泽东这句话，正中王佐下怀。

毛泽东问："你们需要多少枪？"

王佐不敢答，说少了怕失去机会，说多了怕毛泽东不答应。

毛泽东很爽快："给你们70支枪，够不够？"

70支枪！这数字大大出乎王佐的意料，他紧紧握着毛泽东的手说道："走，我带你们上山！"

于是，毛泽东部队在给了王佐70条枪（据云，王佐部队多拿了好几支枪）之后，顺利地通过双马石哨口，上了井冈山，当天便在大井住下。

王佐也很讲义气，一下子给了毛泽东部队5万斤谷（500担），使毛泽东部队有了军粮。

三天之后（10月27日），在王佐亲自带领下，毛泽东部队进入井冈山的中心茨坪。从此，毛泽东在军阀各霸一方的中国，找到了一块可以立稳脚跟的地方，虽说这地方是在大山深处，却使毛泽东部队得以生存、发展、壮大，成了中国革命的摇篮。

王佐见到毛泽东部队纪律严明，十分欢欣。不过，他却一直怀着戒心，因为毛泽东部队远比他的部队强大，随时可以"吃"掉他。

毛泽东知道王佐的心思，让王佐部队保持他的独立性，从未有"吞并"之意。毛泽东非常看重搞好和王佐的关系，因为只有稳住这位"山大王"，中国工农革命军才能在井冈山有稳固的根基。

毛泽东在山上安顿毕，11月上旬便下山去了。在他看来，光是有了井冈山还不行，要在井冈山四周扩大红色区域。山下军务正忙。11月中旬，毛泽东部队攻取了茶陵县城，在那里建立了"茶陵县工农兵政府"，由谭震林任主席。茶陵红色政权的建立，震动四方。12月下旬，国民党军队围攻茶陵，在激战中陈浩叛变——此人是中国工农革命军第一师第一团团长。毛泽东火速赶去，处决了陈浩……

毛泽东人在山下，心在山上，他挂牵着王佐，生怕王佐有变。一旦王佐转向，后院起火，那就不堪设想。于是，在1928年年初，毛泽东把手下一员得力人物派往王佐部队，去做王佐的工作。

此人便是"三何"之一的何长工。何长工喝过洋墨水，会讲法语、俄语，见过大世面，能言善辩，头脑灵活。毛泽东十分看重他，屡屡委派他做重要的联络工作，犹如“外交部长”，尽管他在三湾改编时担任的职务只是卫生队党代表。

何长工

何长工这名字很易使人误会，以为他是扛长工出身。其实，他原名何坤，“何长工”这名字是毛泽东给他取的。那是“马日事变”之后，湖南军阀许克祥把他列入了“大暴徒”的名单，他不得不改名以求隐蔽。毛泽东为他起名“何长工”，是因为他当年曾在北京长辛店铁路工厂做过工，“长工”即“长辛店工人”之意。毛泽东说：“为革命扛‘长工’嘛！”

何长工原在卢德铭的警卫团当团参谋。卢德铭在修水宣布起义时，那“工农革命军第一军第一师”的军旗，便是何长工设计的——在一块红布上，缝了黄色的五角星和镰刀、斧头。毛泽东的词《西江月·秋收起义》那句“旗号镰刀斧头”，便是这么来的。

三湾改编后，毛泽东派何长工秘密前往长沙，向中共湖南省委汇报秋收起义的情况。接着，何长工又奉命前去寻觅南昌起义后的朱德部队，并取得联系。当他风尘仆仆来到江西遂川县城天主堂，见到毛泽东，立即接到新的使命，前往王佐部队，担任党代表。

王佐见了何长工，知道是毛泽东派来的党代表，也就以礼相待，设宴为他接风。

表面上客客气气，暗地里处处设防，王佐生怕党代表夺了他的权。

何长工在王佐那里细细察访，得知王佐心上压着一块石头，那就是尹道一。

尹道一何许人？原来，王佐在井冈山上当“山大王”时，东、南、西、北有四股地主武装跟他作对，东为尹道一，南为萧家璧，西为贾少提，北为萧跟光，号称“四大屠夫”。

在这“四大屠夫”之中，为首的是尹道一。此人是井冈山七县民团总指挥，王佐的宿敌。王佐跟尹道一打了多年，屡遭败北，连他的侄女也被尹道一所杀。

何长工知道，倘若帮助王佐拔掉尹道一这眼中钉，王佐对共产党就会心悦诚服。于是，他跟王佐提起消灭尹道一之事，王佐大喜。

王佐跟尹道一是老对手，交战多次，知道尹道一的脾气：一旦王佐败退，尹道一就会穷追不舍。因为在尹道一看来，王佐部队不过几十条破枪而已，不在话下。

何长工心中暗喜，对付这样的敌人，用伏击法，效果最妙。他选中了旗锣坳这个地方作为伏击点。旗锣坳是罗霄山后山的山坳，地势险峻，是一个天然的“口袋”，打伏击战的好地方。

何长工交给王佐的任务是，前去诱战尹道一，只要尹道一追来，掉头就走，只要把尹道一的部队引入旗锣坳，便完成任务。其余的事，都不必劳驾王佐。

这样的任务轻轻松松，王佐一口答应下来。拂晓时分，王佐带领他的队伍突袭尹道一。天刚亮，王佐扭头便撤。尹道一不知是计，穷追而来，进入了旗锣坳那“口袋”。

中国工农革命军早已守候在那里。在一阵排枪射击之后，尹道一的兵纷纷倒下。何长工带领部队冲过去，活捉了尹道一，割下他的脑袋送给王佐。

王佐见了尹道一的脑袋，连扇几个耳光，方才解气。

从此，王佐跟党代表何长工心贴心，表示愿意服从共产党的领导，加入毛泽东的队伍。

1928 年 2 月上旬，袁文才和王佐两支队伍接受改编，成为“中国工农革命军第一军第一师第二团”，正团长为袁文才，副团长为王佐，何长工为团的党代表。

后来，王佐还主动申请，加入了中国共产党。

毛泽东成功地改造了袁、王，体现了他很高的策略和才智。这么一来，他在井冈山的根基稳固了，兵力也扩大了。

受到打击，毛泽东成了“民主人士”

正当毛泽东节节胜利之际，1928 年 3 月上旬，一个板起面孔的人物来到宁冈砻市的龙江书院。

此人名叫周鲁，一副钦差大臣的架势。他是中共湖南特委派来的，算是毛泽东的“顶头上司”。他批评毛泽东“行动太右”“烧杀太少”，宣布取消前敌委员会，等于撤了前敌委员会书记毛泽东之职。更令人震惊的是，周鲁居然宣布开除毛泽东的党籍。这么一来，毛泽东连中共党员都不是了！

周鲁哪有那么大的权力，能够开除中共中央政治局候补委员毛泽东的党籍？据周鲁说，他是看了中共中央文件，中共中央决定开除毛泽东党籍，他只不过是前来执行中共中央的决定。

作为中共一大代表、中国共产党的创始人之一，毛泽东被开除党籍，心情自然是十分沉重。

后来，事隔将近30年，1956年9月10日，毛泽东在中共八大预备会议第二次全体会议上，还说及这一段难忘的往事：

> “开除党籍”了，又不能不安个职务，就让我当师长。我这个人当师长，就不那么能干，没有学过军事，因为你是个党外民主人士了。没有办法，我就当了一阵师长。你说开除党籍对于一个人是高兴呀，我就不相信，我就不高兴……中央开除了我的党籍，这就不能过党的生活了，只能当师长，开支部会我也不能去。[1]

就这样，毛泽东成了中国工农革命军第一师师长，而何挺颖被任命为师党委书记。

那时候的中共湖南省委，正迷醉于全省大暴动。1928年2月21日中共湖南省委作出的《湖南政治任务与工作方针决议案》指出，蒋介石与桂系军阀在湖南混战，使湖南的“总暴动”变得“日益迫切”。他们制订了“总暴动”计划：长沙要暴动，醴陵要暴动，湘潭要暴动，衡阳要暴动，常德要暴动……

中共湖南省委命令毛泽东率部从江西进入湘南，支援那里的暴动。已经被开除党籍的毛泽东，岂敢不从？

4月上旬，毛泽东率部来到湘南，却有了意想不到的发现：那特派员周鲁前来宁冈时，要通过白区，不能随身携带中共中央文件，只能凭记忆进行传达。毛泽东来到湘南，在湘南特委见到了中共中央文件，方知那个周鲁误传了中央文件！

那时的中共中央文件，是通过秘密地下交通员传递的，从上海传到湖南，颇费时日。毛泽东在中共湘南特委所见到的中共中央文件，是半年之前——1927年11月9日至10日——中共中央临时政治局扩大会议作出的决议。会议由瞿秋白主持，共产国际代表罗明纳兹作政治报告。这是瞿秋白“左”倾盲动主义发展到高峰的会议。会议狠狠地批评毛泽东放弃进攻长沙、转向井冈山是“完全违背中央策略”，是“单纯的军事投机”。

---

[1] 毛泽东：《在八大预备会议第二次全体会议上的讲话》，《党的文献》1991年第3期。

会议作出的《政治纪律决议案》，有一段对毛泽东作出的处分，原文如下：

湖南省委委员彭公达、毛泽东、易礼容、夏明翰，应撤销其现在省委委员资格。彭公达同志应开除其中央政治局候补委员资格，并留党察看半年。毛泽东同志为八七紧急会议后中央派赴湖南改组省委执行中央秋暴政策的特派员，事实上为湖南省委中心，湖南省委所作（犯）的错误，毛同志应负严重的责任，应予开除中央临时政治局候补委员。

井冈山时期的毛泽东

原来，那个周鲁把“开除中央临时政治局候补委员”，误记成“开除党籍”！

虽说开除政治局候补委员的处分已经够沉重的了，但毕竟还不是“开除党籍”。自从见到这份中共中央文件，毛泽东的党籍也就随之恢复了，为时一个月的“党外民主人士”生活从此结束。幸亏毛泽东及时见到这份文件，倘若听从那位特派员误传，他一直作为“党外民主人士”，就会丧失在井冈山的领导地位。

毛泽东在1956年9月10日的中共八大预备会议第二次全体会议上，如此回忆往事：

后头又说这是谣传，是开除出政治局，不是开除党籍。啊呀，我这才松了一口气！那个时候，给我安了一个名字叫“枪杆子主义”，因为我说了一句“枪杆子里头出政权”。他们说政权哪里是枪杆子里头出来的呢？马克思没有讲过，书上没有那么一句现成的话，因此就说我犯了错误，就封我一个“枪杆子主义”。的确，马克思没有这么讲过，但是马克思讲过“武装夺取政权”，我那个意思也就是武装夺取政权，并不是讲步枪、机关枪那里跑出一个政权来。[1]

[1] 毛泽东：《在八大预备会议第二次全体会议上的讲话》，《党的文献》1991年第3期。

其实，对于毛泽东的批评，不光见诸当时的中共中央决议，也见诸中共中央给中共湖南省委的指示信。1927 年 12 月 31 日，中共中央致中共湖南省委的信，规定“这个信要转到各级党部”，其中又一次批评毛泽东：

> 关于毛泽东同志所部工农的工作，中央认为未能实现党的新的策略，在政治上确犯了极严重的错误。中央特命令湖南省委按照实际需要决定该部工作计划，连同中央扩大会议的决议及最近种种策略上的决定和材料，派一负责同志前去召集军中同志大会讨论，并由大会改造党的组织，在必要时，派一勇敢明白的工人同志去任党代表。依中央的意思，该部应在湘赣边境或湘南创造一个深入土地革命的割据局面——海陆丰第二。这才算是尽了该部的革命的责任。[1]

幸亏中共湖南省委未派出“一勇敢明白的工人同志去任党代表”，毛泽东才未被夺去大权。虽说周鲁作为特派员来了，他只是传达、执行了中央的决议，并未以他取代毛泽东。

朱德和毛泽东胜利会师

毛泽东一直在关注着那支南昌起义部队，企望着跟那支部队会合。无奈，大山阻隔了信息，双方都不知对方在哪里……

1927 年 11 月中旬，在湖南离井冈山不远的茶陵县坑口镇，来了一个 22 岁的军人。此人穿一身整齐的国民党军官制服，向驻守在那里的靖卫团亮出了“国民革命军”证件。证件上写着他的身份——国民革命军第十六军副官，姓名叫“谭泽”。

靖卫团团长罗克绍得知此事，立即设宴款待这位年轻的副官。在跟罗克绍边吃边聊之中，谭泽得知附近驻扎着袁文才的一个连队。

谭泽悄然来到那个连队，见到连队战士游雪程，这才说了实话。原来，他是毛泽东的小弟弟，名叫毛泽覃。“谭泽”是他的化名。

游雪程一端详，果真，这青年的面目酷似毛泽东，便送他去见毛泽东。

---

[1]《中央致湖南省委信》，《井冈山革命根据地》上册，中共党史资料出版社 1987 年版，第 64—65 页。

毛泽东的大弟毛泽民

毛泽东的二弟毛泽覃

坑口镇在茶陵县和宁冈县交界之处。毛泽覃进入宁冈县，见到了分手几个月的大哥毛泽东。

原来，毛家有兄弟三人，长兄毛泽东，二哥毛泽民，小弟毛泽覃。毛泽东字润芝，毛泽民字润莲，毛泽覃字润菊。

毛泽覃是大哥毛泽东把他从韶山带往长沙读书的，长沙五年，他生活在大哥身边，跟大哥格外亲密。在大哥的影响下，他 18 岁加入中国共产党。根据中共的指派，他曾在国民党的国民革命军第四军政治部担任上尉。

这一回，毛泽覃负有特殊使命，前来寻访大哥毛泽东。一路上，他要穿过国民党统治区，所以穿上国民党军服，用了化名，倒是通行无阻。

兄弟相见，说及别后情形，真是各有一番历险记：毛泽覃奉命参加南昌起义，当他赶到南昌时，起义部队已经离开南昌南下。毛泽覃也就南下追寻。追到江西临川时，他突然被哨兵抓住。他一见那是起义军的哨兵，无比欢欣，而哨兵见他穿一身国民党军官制服，以为是敌军，任他怎么解释，也无济于事。所幸哨兵押他去见周恩来，周恩来认得他是毛泽东之弟，连说“大水冲了龙王庙啦”，随即派他到叶挺为军长的第十一军政治部工作……

这一回，毛泽覃奉朱德之命，前来找寻毛泽东，期望着两军能够会师，合力征战——这正是毛泽东日夜期盼的。兄弟相会，倍加欢愉。

据毛泽覃说，南昌 8 月 1 日起义之后，起义部队在 8 月 3 日便离开南昌南下。当时的目的是想南下广东，认为广东的革命基础好，想在那里站稳脚跟，再徐图北伐。一路南下，一路激战。攻打瑞金时，陈赓负了重伤。各路军阀，夹击起义军。在这最困难的时候，起义军领袖之一贺龙，在瑞金宣誓加入中国共产党……

朱德

在激战之中，起义军被迫分成几路。由周恩来、贺龙、叶挺、刘伯承等率第二十军及第十一军第二十四师直下潮汕。后来贺龙率第二十军向广东海陆丰前进。周恩来此时得了重病，发烧、昏迷，由一艘小船送往香港，同船而行的是叶挺和聂荣臻。朱德、陈毅则率第十一军第二十五师于 10 月 2 日在汀江、梅江、梅潭河三河汇流处的三河坝，跟国民党钱大钧部队激战三天三夜，不得不转往湖南南部。毛泽覃随朱德部队前进。

朱德在湘南听说毛泽东领导了秋收起义，极想跟毛泽东取得联系。无奈兵荒马乱，不知毛泽东在何方，朱德部队只好且战且走。

11 月初，朱德部队在赣南崇义上堡整训时，忽闻毛泽东部队就在附近。

激动万分的陈毅自告奋勇，化装成老百姓，前往侦探虚实。到了那里一看，果真是中国工农革命军，有一营兵力！原来，那是秋收起义时的第三营，由营长张子清、副营长伍中豪率领。不过，他们在战斗中被敌人冲散，失去了与毛泽东的联系，驻扎在那里。张子清、伍中豪率第三营，加入了朱德部队。这下子，朱德更有信心寻找毛泽东，派出了“特使”——毛泽东的弟弟毛泽覃。

毛泽覃的到来，使毛泽东详细知道了朱德部队的情况，万分欢喜。

其实，就在毛泽覃到来之前，毛泽东也派出了自己的“特使”，前去寻找朱德。

毛泽东的“特使”，便是何长工。

何长工是 1927 年 10 月上旬出发的，毛泽东交给他的使命是先到长沙向中共湖南省委汇报，再去寻找朱德部队。

何长工刚刚出发，便在井冈山西侧的湖南酃县沔渡被民团抓了起来。民团要杀他，何长工却说自己是从毛泽东部队开小差出来的。这么一来，总算免于一死，民团放了他。这时，何长工却不走。民团团长贾威觉得奇怪：“我放你走，你还不走？”何长工说道：“我是想到长沙找哥哥去，可是，一路上你们的关卡多得很，我过了你这一关，过不了下一关。求求团长，给我开个路条吧！”

那饭桶团长，果真给他开了路条。于是，何长工一路绿灯，来到了长沙。

何长工在长沙向中共湖南省委作了汇报之后，拿到路费56块银圆来到了广州，由广州来到韶关。

后来，何长工这样回忆他在韶关的奇遇：

> 几个月的奔波，身上脏得很，我一下车就住进旅馆，就忙着去洗澡。韶关驻扎着云南军阀范石生的第十六军。恰好有几个军官和我一起洗澡，水汽蒙蒙的，谁也看不清谁。只听见他们在谈论："王楷的队伍到犁铺头了，听说他原来叫朱德，是范军长的老同学。"另一个说："同学是同学，听说那是一支暴徒集中的队伍，我们对他有严密的戒备。"这个无意中听来的消息真使我兴奋极了，踏破铁鞋无觅处，得来全不费工夫，南昌起义保留下来的部队，原来在这里！我匆忙洗了澡，看看钟，已经下半夜1点了。我心急如火，顾不得天黑路远，马上离开韶关向西北走去。[1]

这一回，手上没有路条，何长工特意穿起西装，外面套一件黄色呢大衣，脚下一双黄皮鞋，一副绅士派头。从韶关到犁铺头有40多里路，何长工连夜赶去。他在部队待过，知道部队行动如闪电，所以他一则是兴奋，一则是要及时赶上，在一片昏黑之中步行。五更时分，万籁俱寂，一路上唯闻脚下皮鞋在索索作响。

赶到犁铺头，遇见哨兵，何长工被带到司令部。巧上加巧，一进门，他便认出了熟人，大声喊道："老蔡！"

原来，接待他的，是曾与他一起在洞庭湖做过秘密工作的蔡协民。这下子，不必费任何口舌自我介绍，蔡协民马上带他见了朱德和参谋长王尔琢。当何长工跟陈毅见面时，两人拥抱起来，因为他俩在法国勤工俭学时就认识，想不到在此地重逢。

这么一来，朱德这儿来了毛泽东派的"特使"何长工，毛泽东那儿去了朱德派的"特使"毛泽覃。双方互通音讯，会师的日子渐渐逼近。

这一天，终于到来——1928年4月28日。

那时，朱德部队已经抵达宁冈县砻市（宁冈县城），来到那个龙江书院。

毛泽东在这一天率工农革命军第一团回到了宁冈砻市，住在刘德胜药店。他刚放下行李，就在何长工的陪同下，朝龙江书院走来。

---

[1] 何长工：《伟大的会师》，《井冈山革命根据地》上册，中共党史资料出版社1987年版。

毛泽东与朱德会面的龙江书院

油画《井冈山会师》（林岗作）

听说毛泽东来了，朱德和陈毅赶紧来到龙江书院大门口。远远地，何长工就告诉毛泽东：“站在最前面的那位，就是朱德同志，左边是陈毅同志。”

毛泽东走过来了，跟朱德久久地、久久地握手。这是35岁的毛泽东跟41岁的朱德的第一次见面。这是历史性的会面，从此，朱德一直成为毛泽东的亲密战友，直至1976年两人相隔两个来月相继去世，保持了长达将近半个世纪的友谊。

毛泽东也和27岁的陈毅紧紧握手。

双方握手之后，带着各自的部下步入龙江书院，登上三楼文星阁。参加这次历史性会见的双方部下有张子清、蔡协民、何挺颖、王尔琢、伍中豪、胡少海、龚楚、何长工、袁文才、朱云卿、王佐。

在“文革”中，《井冈山会师》的油画，被改画成毛泽东跟林彪握手。其实，林彪当时任朱德手下的第十一军军部特务连连长，连登上文星阁的资格都没有。难怪陈毅骂这位“林副统帅”为“灵牌”。“灵牌”的谐音即“林排”，因为林彪在陈毅手下当过排长！

另外，朱毛会师的油画，往往把背景画成井冈山。那是出于艺术夸张的需要，其实，他俩的第一次握手，是在宁冈县砻市。

在文星阁，毛泽东说：“过几天就是五四，我们开个大会，庆贺一下。”

朱德当即赞同。

5月4日那天，砻市河东的广场上，红旗招展，鞭炮齐鸣，人头攒动，热闹非凡。毛泽东、朱德两支部队，加上方圆几十里赶来庆贺的人们，1万多人聚集在那里。对于那个山区小镇来说，这是空前的盛会。

大会的主席台是临时搭建的。就地取材，农民搬来一只只禾桶（打稻时用的大木桶），再铺上门板，很快搭成主席台。上午10时，在万众欢呼声中，毛泽东、朱德等登上了主席台。那天，毛泽东佩了一支匣子枪，很神气地出现在主席台上。不过，他只佩了一天枪，这一辈子也只这天佩着枪。这位“枪杆子里面出政权”的提出者，却不愿身上挂着枪。

大会的主持人是何长工，执行主席为陈毅。

陈毅当众宣布了重要决定，即毛泽东、朱德两支队伍合并，改编成“中国工农革命军第四军”，下辖三个师、九个团。军的领导成员为——

军长：朱德。

党代表：毛泽东。

参谋长：王尔琢。

三个师的领导为——

第十师师长：朱德（兼）。

第十一师师长：张子清（因负伤，由毛泽东代）。

第十二师师长：陈毅。

所用番号“第四军”“第十师”之类，为的是虚张声势。敌人听说了“第四军”，以为起码有“第一军”“第二军”和“第三军”。师亦如此，团亦如此。九个团，从“第二十八团”至“第三十六团”。光是凭这“第四军第十二师第三十六团”的番号，也够吓唬人的。

朱德部队，其中参加过南昌起义的精兵，有1500多人。后来，转战各地，特别是在湘南发动暴动，队伍壮大到8000多人。加上毛泽东的队伍，一下子达 1 万多人，声势大多了。自从毛泽东担任军党代表，人们就称他“党代表”或“毛党代表”。

朱德在大会上演说，称这次会师是中国革命的新起点。他说：“我们为会师而高兴，可是敌人却在那里难过。那么，就让敌人难过吧，我们不能照顾他们的情绪，我们将来还要彻底消灭他们呢！”

毛泽东上台演说时，依然保持他那幽默风趣的风格，使全场不时爆发出笑声。据何长工回忆，毛泽东当时说了这么一段话：

> 现在我们虽然在数量上和装备上不如敌人，但是我们有马列主义，有群众的支持，不怕打不败敌人。敌人并没有孙悟空的本事，即使有孙悟空的本事，我们也有办法对付他们，因为我们有如来佛的本事，他们总逃不出如来佛的手掌！我们要专找敌人的弱点，然后集中兵力打这一部分。十个指头有长短，荷花出水有高低，敌人也有强有弱，兵力分布也难保没有不周到的地方，我们要抓住敌人的弱点，狠狠地打一顿，打胜了，立刻分散躲到敌人背后去玩“捉迷藏”。这样我们就掌握了主动权，把敌人放在我们手心里玩。[1]

“三大纪律八项注意”的来历

朱德和毛泽东会师之后，井冈山猛然红火起来。朱毛以井冈山为中心，把势力扩展到山下宁冈、永新、遂川、莲花、酃县五县，在这些地方都建立了红色政权。这些地方，也就成了红色区域，用了一个新名词来命名，叫作“根据地”。这样，毛泽东创造了两个“中国第一”：中国第一个红色政权，中国第一块农村革命根据地。

井冈山，成了中国革命新的起点。

会师之后，毛泽东在宁冈茅坪主持召开了中共湘赣边界第一次代表大会，成立了中共湘赣边界第一届特委会。毛泽东任书记，毛泽东、宛希先、刘真、谭震林、谢桂标为常委，朱德、陈毅、刘辉霄、龙高桂为候补常委。

中共中央于 1928 年 5 月 25 日发出第 51 号《中央通知》，其中规定：

---

[1] 何长工：《伟大的会师》，《井冈山革命根据地》上册，中共党史资料出版社 1987 年版。

在割据区域所建立之军队，可正式定名为红军，取消以前工农革命的名义，唯在暴动各县有工农革命独立团的，仍可听其存在。[1]

据此，毛泽东、朱德所率的部队由“中国工农革命军”改称为“中国工农红军”。“红军”一词，显然是受苏联的影响，因为苏联的军队叫红军。

毛泽东十分注重军队的纪律。除了在上井冈山时提出“三大纪律”之外，1928年年初，毛泽东又补充了“六项注意”：

一、上门板；二、捆铺草；三、说话和气；四、买卖公平；五、借东西要还；六、损坏东西要赔。

其中的第一条和第二条，和“三大纪律”中“不拿老百姓一个红薯”一样，是根据当时的具体情况而定的：上井冈山时正是秋季，红薯成熟时节，故规定“不拿老百姓一个红薯”。至于“上门板”“捆铺草”，是因为当时部队住宿时，常借用老百姓门板做铺板，借用稻草做铺草。各家的门高矮大小不一，部队撤走时不“物归原主”，一大堆门板就对不上榫，故规定了“上门板”“捆铺草”。

毛泽东深知，老百姓痛恨那些烧、杀、掠、抢的旧军队，骂他们是“丘八”（“兵”字拆成“丘八”），流传着“好铁不打钉，好男不当兵”这样的话。毛泽东要使红军取信于民，所以他下决心整肃军纪。

“三大纪律八项注意”影响之深远，以致后来征战中的中国人民解放军宁肯在屋外受冻睡觉，也绝不打搅老百姓

“三大纪律六项注意”的内容，后来经不断修改、补充。1928年4月，“不拿老百姓一个红薯”改成了“不拿工人农民一点东西”。

为了容易记住，部队开始教唱《红军

[1]《中共中央文件选集》第4卷，中共中央党校出版社1989年版，第222页。

纪律歌》。最初的歌词是：

上门板，捆铺草，房子扫干净。
说话要和气，买卖要公平。
损坏东西要赔偿，借人东西要还清。

后来，“六项注意”又增加了两项注意，即“洗澡避女人，不搜俘虏腰包”。这样，变成了“八项注意”。

“三大纪律八项注意”受到井冈山老百姓的欢迎。老百姓编了这样的顺口溜：

红军纪律真严明，
行动听命令，
爱护老百姓，
到处受欢迎。

这“三大纪律八项注意”后来又经过多次修改，至1947年10月10日中国人民解放军总部重新颁布时，改为以下内容。

三大纪律如下：

（一）一切行动听指挥；（二）不拿群众一针一线；（三）一切缴获要归公。

八项注意如下：

（一）说话和气；（二）买卖公平；（三）借东西要还；（四）损坏东西要赔；（五）不打人骂人；（六）不损坏庄稼；（七）不调戏妇女；（八）不虐待俘虏。

毛泽东制定的“三大纪律八项注意”，是这样一步步发展、充实而来，从“不拿老百姓一个红薯”到“不拿群众一针一线”，从“上门板”到“借东西要还”，逐渐完善。其实，毛泽东思想，也是这样一步步发展、充实而来。

游击战“十六字诀”的诞生

1958年，在古巴的密林中，一个穿紧身衣的阿根廷人，正在给古巴游击队员们讲述游击战术。他的讲课内容，用这样一句口诀概括：“敌进我退，敌驻我扰，敌疲我打，敌退我追。”

这位“游击战专家”，叫格瓦拉。他1952年参加了反对阿根廷庇隆政府的暴动。1954年，他在墨西哥和卡斯特罗相识，便投身于反对古巴巴蒂斯塔独裁政权的斗争，在古巴开展游击战争。

格瓦拉著有《游击战》等书。古巴建立了卡斯特罗新政权之后，格瓦拉辞去在古巴的一切职务，到非洲的扎伊尔、拉丁美洲的玻利维亚开展游击战争。1967年死于玻利维亚游击战，时年39岁。

格瓦拉对那“十六字诀”推崇备至，奉为游击战争的经典。他说，这“经典”来自中国，来自毛泽东。

游击战争时期的毛泽东与朱德

“十六字诀”的发明者确是毛泽东，他是在井冈山创立了他的游击理论。毛泽东原本是个文人，“激扬文字，指点江山”，他行。可是，“时势”逼着他，非成为一员武将不可。

当毛泽东遭受打击，被“开除党籍”，不得不去当师长的时候，曾十分感叹地说过这么一番话：“军旅之事，未知学也。我不是个武人，文人只能运笔杆子，不能动枪。秀才造反三年不成，当师长有点玄乎。”[1]

虽说“有点玄乎”，毛泽东毕竟还是学会了“军旅之事”，而且后来居然博得了“无产阶级军事家、战略家”的美誉。用毛泽东自己的话来说，他是“在游泳中学会游泳”。

[1] 何长工：《伟大的会师》，《井冈山革命根据地》上册，中共党史资料出版社1987年版。

据毛泽东当年的警卫员回忆，毛泽东在井冈山上最珍贵的“家产”，是两个竹编的书篓，不论他走到哪里，总让警卫员带着这两个书篓。

1928 年 5 月，毛泽东的书篓里多了一套他爱不释手的书。那是他的部队攻打井冈山附近茶陵县的高陇圩，闯进谭延闿的老家时获得的。谭延闿曾是清末进士，后来出任湖南省都督、湘军总司令。在谭家的藏书中，毛泽东得到了一套《三国演义》。虽说他早年多次读过《三国演义》，眼下再读，却别有新意，从中可以学习许多作战的经验。所以，毛泽东曾言：“这真是拨开云雾见青天，快乐不可言。”《三国演义》成了毛泽东自学军事的“课本”。

没有带过兵，没有打过仗，往往不知天高地厚，头脑容易发热，动不动就来个“一省或数省胜利”。当时，那么多中国共产党人迷醉于在大城市举行暴动，无非是想照搬苏俄模式——1917 年，列宁便是在彼得格勒举行武装暴动，攻下克伦斯基临时政府所在地冬宫，一举夺得了全国政权的。

毛泽东在秋收起义前夕，也曾说过“中国客观上早已到了 1917 年”之类的话，拟订过进攻长沙的计划，并企望过由此“迅速地取得全国的胜利”。打了几仗之后，毛泽东在严酷的现实中认清了真正的形势，即“敌强我弱，敌多我少”。他不能不把战略的基点放在如何“以弱胜强”“以少胜多”之上。

毛泽东十分看中“山大王”们的经验。毛泽东说，“山大王”的力量比红军小得多，“山大王”能够在井冈山存在那么多年，我们为什么不能在井冈山上站稳脚跟呢？

毛泽东在跟“山大王”王佐的攀谈中，听说了王佐的“师傅”朱聋子一句“名言”：“不要会打仗，只要会打圈。”朱聋子的意思是说，打仗本事的好坏是次要的，要紧的是会“打圈”。所谓“打圈”，那就是“官军”上山时，他们往密林中一钻，沿着山绕几个圈圈，就把“官军”甩掉了！

朱聋子的话，给了毛泽东莫大的启示。毛泽东把朱聋子的“名言”改了两个字：“既要会打仗，又要会打圈。”

不久，毛泽东又进一步加以发展：

> 打圈是个好经验。打圈是为了避实就虚，歼灭敌人，使根据地不断巩固扩大。强敌来了，先领它兜圈子，等它的弱点暴露出来，就要抓得准、打得狠，要打得干净利落，要缴到枪、抓到人。[1]

[1] 引自韩伟的回忆文章《毛委员教我们用兵作战》。

蒋介石爱将朱培德

毛泽东依据《孙子兵法》上“走为上策”作如此说：“打得赢就打，打不赢就走，赚钱就来，蚀本不干，这就是我们的战术。”[1]

毛泽东这样的总结，既生动，又形象，很快就被他的部下接受。

不过，“打得赢就打，打不赢就走”，还只是规定了“打”和“走”的战略。“打”毕竟是主要的，“走”是为了“打”。怎么“打”呢？选择什么样的敌人“打”呢？

井冈山地处两省交界，东为江西，西为湖南。那里流传一句话：“没江西人不成买卖，没湖南人不成军队。”毛泽东加以解释道，这表明江西人善贾，湖南人善战。湖南兵强，而江西兵弱，多是“客家兵”。毛泽东主张，“雷公打豆腐——拣软的欺”，最初把“打”的目标指向江西，打遂川，先是“吃”掉民团三四百人，接着又“吃”掉敌人一个正规营和一个靖卫团。初战告捷，士气大振。这样，在1928年1月5日，毛泽东的部队占领了遂川县城。

就在这时，江西的“国民革命军”奉朱培德之命，派一个营攻占了宁冈县新城，企图牵制进攻遂川的毛泽东部队。毛泽东运用“分兵以发动群众，集中以应付敌人”的战术，组织暴动队、赤卫队日夜骚扰新城之敌，使敌人一日数惊，寝食不安。后来，毛泽东率主力从遂川回宁冈，一举攻克新城。毛泽东把新城之战，称为“敌驻我扰”。

这样，1928年1月中旬，当前敌委员会在江西遂川县城五华书院召开遂川、万安县委联席会议时，毛泽东首次提出了游击战的“十二字诀”：“敌来我走，敌驻我扰，敌退我追。”

跟毛泽东会师之前，朱德也正在研究游击战术。自从南昌起义以来，朱德率部经过多次激战，他已从中得出教训，不能跟强敌硬拼。因此，他在犁铺头整训部队时，写下《步兵操典》和《阵中勤务》两本教材，讲述了游击战术。这样，当朱德和毛泽东会师，两人也就一起切磋起游击战术来。

1928年5月中旬，毛泽东在前委扩大会议上作战略报告时，正式提出了

[1] 引自韩伟的回忆文章《毛委员教我们用兵作战》。

杨如轩

"十六字诀"："敌进我退，敌驻我扰，敌疲我打，敌退我追。"

1929年4月5日，由毛泽东起草的《井冈山前委给中央的信》，第一次用文字表达了他的一整套游击战术：

> 我们三年来从斗争中所得的战术真是跟古今中外的战术都不同。用我们的战术，群众斗争发动是一天比一天广大的，任何强大的敌人是奈何我们不得的。我们的战术就是游击战术，大要说来，分兵以发动群众，集中以应付敌人，"敌进我退，敌驻我扰，敌疲我打，敌退我追"，"固定区域的割据，用波浪式的推进政策，强敌跟追，用盘旋式的打圈子政策"，很短的时间，很好的方法，发动很大的群众。这种战术正如打网，要随时打开，又要随时收拢，打开以争取群众，收拢以应付敌人。三年以来，都是用的这种战术。

如此这般，毛泽东从"军旅之事，未知学也"，到朱聋子的"打圈"秘诀，从"十六字诀"，到一整套游击战术，成了一位军事家。

"打败江西两只羊"

朱毛会师，江西震动，南京震动。

1928年5月2日，蒋介石电令湘粤赣三省政府，"克日会剿朱毛"。

三省政府接蒋介石命令，未敢怠慢：湖南派出李朝芳率一师兵马，向成杰率一师兵马；粤军由范石生、胡凤章各率一师；江西呢，派出了"两只羊"，即杨如轩、杨池生这两"杨"，各率一师兵马，参加"会剿"。其中，江西的"两只羊"，成了毛泽东反"会剿"的重点。

毛泽东提出，对湘军、粤军采取守势，对赣军采取攻势。

杨如轩是云南人，在云南讲武堂受过训练，在滇军中当过团长、旅长。1928年，他在江西担任第二十七师师长兼赣东警备司令。

杨如轩率部扑向井冈山北端的永新县城，红军来了个“敌进我退”，把县城让给了他。当时，杨如轩手下有四个团。红军放弃了县城，且战且退，诱使杨如轩的两个团出城追赶，越追越远，城里只剩下两个团。

这时，红军主力急行军，逼近永新县城西面的澧田。杨如轩听到报告，以为是从湖南败退的红军，派出一个团迎战。这样，县城里只剩一个团。

杨如轩很得意，坐在县城里听留声机，以为红军不堪一击。

忽地有人报告，西边的红军在向县城进军。杨如轩摆摆手说：“没有事，我已经派了一个团（第七十九团）去了！”

过了一会儿，又有人前来报告，说在城西发现红军。杨如轩听留声机正出神，把报告的人骂了一通。

于是，下边的人不敢再报告。红军越来越近，开始进攻县城。直至一颗流弹打到杨如轩师部的屋脊瓦片上，杨如轩这才大吃一惊，扔下留声机，连忙逃命。

原来，杨如轩派往澧田的第七十九团跟红军主力一交战，才一个小时就被消灭掉了，团长毙命。红军急速朝县城推进。

杨池生

杨如轩在卫兵的簇拥下来到城门口，那里挤满了逃跑的士兵和县城里的土豪们。杨如轩急不可耐，从城墙上往下跳，受了伤……

“一只羊”被打得如此狼狈，抱头鼠窜，红军传为笑谈。

杨如轩带领残兵败将，联合另一只“羊”——杨池生——决心与红军再决雌雄。

杨池生也是云南人，也曾在云南讲武堂受训，在滇军中当过营长、团长、旅长、师长，此时，担任湘赣两省“会剿”井冈山前线总指挥。当杨池生在云南讲武堂受训时，朱德正在那里任军事教官，朱德不仅认识杨池生，而且杨池生部队里不少军官也曾是朱德的学生或下属。

“两只羊”再次朝永新县城扑来，红军还是“敌进我退”，放弃了永新县城。

朱德亲自指挥战斗。红军又一次且战且退，敌军出城追击。红军退至龙源口，利用有利地形反击，激战一天，一下子全歼敌军一个团，击溃两个团。红军乘胜追击，又重新夺回永新县城。在激战中，杨池生负了重伤。

从此，“两只羊”一蹶不振。杨如轩被调往南京，在参议院中当参议去了；杨池生则到吉安养伤，后来也调往南京军事委员会当参事。

一首歌谣，在红军中传开：

朱毛会师井冈山，
率领工农打胜仗。
不费红军三分力，
打败江西两只羊。

“两只羊”的惨败，使毛泽东的游击战术在红军中得到了拥护。

红军打败了赣军，湘军和粤军也就望而生畏，不战而退，蒋介石发动的对井冈山的第一次“会剿”，就这样收场了。

“永新一枝花”贺子珍

五月的鲜花，开遍了原野。一天，袁文才摆了一桌酒席，请了红军的几位首脑。来者心照不宣，频频向毛泽东敬酒贺喜。那酒杯伸向毛泽东，也伸向毛泽东之侧一位白净姣美而且目光刚毅的姑娘。

那姑娘年方十八，瓜子脸，乌亮的眼睛，光彩照人，是永新城里一位出众的美女，人称“永新一枝花”，名叫贺子珍。

贺家原本祖居永新县烟阁乡黄竹岭村，世代务农。到了贺子珍曾祖父这一辈，有了些积蓄，买下200来亩油茶林和20亩土地。家中富裕起来，贺子珍的父亲贺焕文也就上了私塾，识字知书，成了读书人。

那时，可以花钱买官。有了钱，贺焕文想当官，也就捐了个江西省安福县知县。

贺焕文的前妻欧阳氏生有一子，名贺敏萱。

贺子珍

欧阳氏去世后，贺焕文娶广东姑娘温土秀[1]为续弦。温土秀长得俏丽，原是广东梅县一户大家的闺秀，因其父遭厄运，不得不随父迁往永新。

温土秀生有三子三女：三子为贺敏学、贺敏仁、贺敏振，三女为贺桂圆、贺银圆、贺先圆。

贺敏学于1926年加入中共，成为永新县农民自卫军副总指挥。后来成为红军团长、中国人民解放军副军长，解放后任福建省副省长、全国政协常委。

贺银圆后来改名贺怡，1927年加入中共，1931年7月20日与毛泽东小弟毛泽覃结婚，1949年11月死于车祸。

贺敏仁参加红军，当司号兵，在长征途中被错杀。

贺先圆又名贺仙妩，和贺敏振一起，在永新暴动后死于战乱。

贺敏萱在战乱中逃到吉安清源山亲戚家中，在那里当了斋工，后来加入中共，做地下工作。

在“文革”中，贺敏萱被打成“假党员”，1971年死于安徽合肥。

长女贺桂圆，是因为她生于中秋，丹桂飘香，圆月当空，取名“桂圆”。后来，她自己取“自珍”为学名，即善自珍重之意。参加革命后，改为“子珍”，以贺子珍之名传世。

贺焕文捐官当上安福县县长，却因为人老实，受人排挤，丢了官，回到老家永新。他在永新衙门当了个“刑房师爷”，却被一场官司牵涉进去，坐了班房。那时，贺子珍不过4岁。

出狱后贺焕文看透尔虞我诈的官场，弃官经商，在永新县城南门禾水边上开了一爿小店，名叫“海天春”，卖杂货，兼营茶馆。他曾请了一位风水先生来预卜小店前景，风水先生意味深长道：“屋舍虽破，两栋支撑；不进钱财，就出人才！”此话竟被言中……

贺子珍在县城秀水初级小学毕业后，进入教会学校（福音学校女生部）学

[1] 据王行娟著《贺子珍的路》（作家出版社1985年版）为“杜秀”，但中共永新县委党史办公室提供的资料称“温土秀”。

习。天主教的势力，早在19世纪末便已伸入永新县城。福音学校虽说是教会办的，教学质量倒还不错，这样，贺子珍从那里毕业时，已有一定的文化水平。1926年春，16岁的贺子珍成了母校秀水小学的国文教师。

就在这时候，从南昌来了个大学生，名叫欧阳洛。他是永新人，在1922年考入南昌省立第一师范。在南昌，欧阳洛结识了方志敏、赵醒侬、袁玉冰等人，参加了他们领导的“马克思主义学说研究会”。1925年，欧阳洛加入了中国共产党。

欧阳洛回到永新，使永新有了中共的种子。他在县城办起了平民夜校，贺子珍和妹妹贺怡成了第一批学员，思想日渐转向马克思主义。哥哥贺敏学，也跟欧阳洛过从甚密。这年夏天，贺氏三兄妹——贺敏学、贺子珍、贺怡——都加入了中国社会主义青年团。贺子珍担任了永新县第一任中国社会主义青年团团支部书记，不久，她又转为中共党员。

当北伐军经过永新时，永新成立了国民党县党部。那时国共合作，贺子珍出任国民党县党部委员兼妇女部部长，成为永新十分活跃的人物。这时的她，不过16岁！

贺子珍教妇女们唱起了《花脚歌》：

我们妇女真可怜，
封建压迫几千年。
别的暂不说，
裹脚苦难言。
脚小鞋子尖，
走路要人牵。
破皮又化脓，
害人真不浅。
大家快放脚，
真正好喜欢！

1927年3月，贺子珍担任中共永新县委妇委书记。不久，她被调往吉安县，担任国民党永新县党部驻吉安办事处联络员，又任中共吉安特委委员兼特委妇委组织部部长。

“四一二”反革命政变的冲击波也波及远离上海的永新县城，永新的国民党右派在6月10日黎明时分动手搜捕中共党员。原永新县工人纠察队军事教官萧金然叛变，带领国民党军队捉人，贺子珍的哥哥贺敏学等中共党员和群众80多人被捕入狱。

贺子珍在吉安闻讯，心急如焚。左思右想，搭救贺敏学等人的唯一办法，是求救于袁文才。

袁文才是贺敏学中学同班同学，跟贺子珍也很熟悉。贺子珍便跟中共永新县委联系，由她向袁文才写信求援。

贺子珍还给狱中的哥哥写了信，托永新的舅母在探监时悄悄塞给贺敏学。贺敏学也把自己写给袁文才的一封信，塞在一把竹柄油纸扇里，舅母一边摇着这把扇，一边走出监狱。

袁文才接到贺子珍、贺敏学的信，便会同王佐，率部攻打永新县城。7月26日晚，他们攻进县城，占领了监狱，救出了贺敏学等人。

不久，贺子珍也从吉安赶来永新，随着哥哥一起，和袁文才、王佐上了井冈山。

贺子珍一上山就得了疟疾，只好在山上住下来休养。稍好，她下了山，住在茅坪大仓村。当时，袁文才的部队正驻扎在那里，贺敏学也住在那里。

10月3日，从宁冈的古城传来不寻常的消息：毛泽东率中国工农革命军来到那里。据传，毛泽东是中国共产党的中央委员呢！

消息是龙超清传来的。龙超清说，毛泽东还写过《湖南农民运动考察报告》，很有名气呢。

龙超清向袁文才转达了毛泽东的意见，说是过几天来大仓村跟袁文才会面，要送枪给袁文才。

井冈山的游击女英雄贺子珍成了毛泽东夫人

袁文才很高兴，吩咐部下把银圆一沓沓装入竹筒，一百银圆一筒，装了六筒，说是送给毛泽东部队。

10月6日，五六个汉子走进大仓村。他们的脖子上都系着一根红布条，为首的那位，瘦高个子，脸晒得黝黑，眼睛里布满血丝。他跟袁文才握手之后，袁文才开始介绍他手下的部将。袁文才介绍了贺敏学，最后介绍站在贺敏学旁边的贺子珍。

那为首的人物，便是毛泽东。他见到17岁的贺子珍，以为这姑娘是袁文才手下的女儿。

袁文才道："她是中共永新县委委员。"

毛泽东连声说："看不出！看不出！"

毛泽东询问了她的姓名，一下子记住了："哦，祝贺的'贺'，善自珍重的'自珍'！"

毛泽东在茅坪住下。那里有座八角楼，原是攀龙书院的课堂，楼上用明瓦砌了八角形图案，使课堂光线明亮，也就得了"八角楼"之名。那里本是贺敏学住的，现在让给了毛泽东。

袁文才的住处离八角楼不远，疟疾未愈的贺子珍常坐在袁家门口晒太阳。毛泽东来来去去，总要路过袁家门口，跟贺子珍有时聊上几句。

渐渐地，她和毛泽东的接触多了起来。

贺子珍的疟疾渐愈，被派往永新县烟阁乡黄竹岭村工作。那里是贺家祖居之处，贺子珍父亲在"捐官"之前，就住在那里。

贺子珍在黄竹岭工作了一些日子。后来，又到九陇山工作。真巧，毛泽东带着警卫路过九陇山，跟她相遇。毛泽东在那里待了一个星期，两人天天都在一起工作。当毛泽东离开那里回茅坪时，贺子珍跟毛泽东同路去茅坪。

贺子珍佩服毛泽东的才智学识，毛泽东喜欢贺子珍的俏丽坚强。毛泽东把贺子珍调到身边工作——担任秘书。从此，贺子珍的职务是"毛委员的秘书"。

在那炮火纷飞、戎马倥偬的年月，爱苗居然悄悄在两人心头滋长。

据东方出版社2003年4月出版的《贺氏三姐妹》一书称，为毛泽东和贺子珍做大媒的是袁文才的夫人谢梅香。[1]

毛泽东和贺子珍结婚的日期、地点，各种说法不一。

据谭政在回忆文章《难忘的井冈山斗争》中说：

毛泽东同志与贺子珍结婚就是在夏幽，是1928年4月至5月，热起来了，穿件单衣。结婚很简单，没有仪式，没有证婚人。从夏幽退出以后，两人就是夫妻关系了。[2]

---

[1] 陈廷一：《贺氏三姐妹》，东方出版社2003年版，第125页。

[2]《井冈山革命根据地》下册，中共党史资料出版社1987年版。

夏幽，也就是永新县夏幽区。讲得更具体一点，是夏幽区的塘边村。那时，贺子珍率工作队到塘边村打土豪、分田地，住在一位老婆婆家。没多久，毛泽东也带一些战士来到塘边村进行分配土地试点。他俩和中共永新县委的刘真、胡波一起召开过许多次群众座谈会，一般是毛泽东提问，贺子珍记录。毛泽东在调查的基础上，写出了《永新调查》。毛泽东在塘边村前后大约住了 40 天。

毛泽东来到塘边村的日期，谭政只说了个大概。当时在中共夏幽特别支部工作的徐正芝的回忆，则讲得很具体："1928 年古历四月二十七日，毛司令率红军来到我们塘边村。"[1]

1928 年"古历四月二十七日"，亦即 1928 年 6 月 14 日。

王行娟著《贺子珍的路》一书说是"三打永新"之后，毛泽东和贺子珍在塘边村"终于结合在一起了"。三打永新，是在 1928 年 6 月 23 日。

由中共永新县委党史办公室编印的《永新人民革命史》（1989 年 9 月版），其中的《贺子珍》一文，则写道："1928 年 5 月的一天，天气晴和，阳光明丽，毛泽东和贺子珍在茅坪洋桥湖的八角楼上结婚了。"

虽然关于毛泽东与贺子珍结婚日子的各种说法稍有不同，但大体上都是说在 1928 年春夏之间。

袁文才跟贺敏学、贺子珍有着深厚的友谊，又跟毛泽东建立了战斗友情，何况他是当地人，自然，由他出面请客，为毛泽东、贺子珍贺喜，是最合适不过了。

然而，令人不解的是，东方出版社 2003 年 4 月出版的《贺氏三姐妹》一书中，却有这么一段毛贺之间的"爱情描写"：

> 毛泽东道："谢谢你的一片心。"
>
> "难道说一个谢字就能表达了的吗？"
>
> "你让我怎么样？"
>
> "我让你看看我的心，有多爱你。"子珍终于鼓起勇气将"爱"字说出了口。
>
> 毛泽东沉思良久说："我知道你的心，我也知道你是位好同志、好姑娘，我也很爱你，因为……"
>
> "因为什么？"贺子珍追问。

---

[1] 徐正芝回忆文章《忆塘边的革命斗争》，《井冈山革命根据地》下册，中共党史资料出版社 1987 年版。

“因为我……”

接着他说出自己的身世：“我已结婚，妻子还在家乡，路途遥远，杳无音信，再说那里是白区，也不知道她是死是活。”说着，毛泽东眼圈发红，低下了头。

“你不要难过。天会晴的。”

接着他们谈理想，谈明天的希望，越谈两个人的心越近，越谈越觉得志同道合。

事隔不久，从家乡传来杨开慧英勇就义，被军阀何键杀害的消息。这一消息着实震惊了毛泽东……

井冈山的天黑得早。

在一个花好月圆的傍晚，大家围坐在一起，清茶一杯，袁文才夫妇又烧了几个菜，以水当酒，敬天敬地，共祝革命的成功。简单的婚礼，孕育着革命必胜的哲理。[1]

这本《贺氏三姐妹》把毛泽东和贺子珍的婚礼写成是在毛泽东得知杨开慧英勇就义之后举行的。这完全违背了起码的事实：毛泽东与贺子珍结婚是在1928年春夏之间，当时杨开慧带着长子毛岸英正被军阀何键关押在长沙狱中。杨开慧在1930年11月14日被军阀何键枪决于长沙，年仅29岁。

人民出版社1993年出版的中共中央文献研究室所编《毛泽东年谱(1893~1949)》上卷第247页写道：

1928年6月下旬，毛泽东与贺子珍在塘边一起工作的日子里，结为革命伴侣。

同书第325页写道：

1930年11月14日，杨开慧在长沙浏阳门外识字岭英勇就义。

与毛泽东结婚后，贺子珍担任井冈山前敌委员会秘书，在书记毛泽东身边工作。

在毛泽东和贺子珍结婚之前，1928年春，朱德和25岁的伍若兰在湘南结

[1] 陈廷一：《贺氏三姐妹》，东方出版社2003年版，第124—125页。

婚。伍若兰是湖南耒阳县城南金兰村人，曾就读于衡阳的湖南省立第三女子师范学校。伍若兰1924年加入中国社会主义青年团，1925年加入中国共产党，1926年任耒阳县妇联会主席。她参加湘南起义，跟朱德相识、相爱，结合在一起。1928年4月底，她跟朱德部队一起来到井冈山。

“钦差大臣”瞎指挥

“不费红军三分力，打败江西两只羊。欢快！欢快！真畅！真畅！”胜利的歌声，在井冈山传唱，歌声和笑声交织在一起。

就在这时，两个“生意人”从安源出发，昼伏夜行，朝井冈山方向进发。他们都是20岁上下的小伙子，绕过一道道哨卡，冒着生命危险，去井冈山做“生意”。

从安源到井冈山，半途有一个莲花县，那是最难通过的一关。当他俩好不容易过了这道关，便分道而行，一个去永新县，一个去宁冈县。毛泽东正在永新，红军的大本营则在宁冈，两处都是做“生意”的重要去处。

那个朝永新进发的“生意人”只有21岁。1928年6月30日黄昏时分，他到达永新城里，找到了毛泽东。他扯开衣服上的补丁，取出一卷纸。那纸看上去是白的，一经涂了药水，字就出现了。

毛泽东皱着眉头，看了一遍。那是中共湖南省委在6月26日发出的两封指示信。其中一封给湘赣边界特委，全文如下：

湘赣边界特委：

省委决定四军[1]攻永新敌军后，立即向湘南发展，留袁文才同志一营守山，并由第二十八团拨枪200条，武装莲花、永新农民，极力扩大赤卫队的组织，实行赤色戒严，用群众作战的力量，以阻止敌军的侵入，造成工农为主体的湘赣边割据。在同志中即纠正对红军的依赖观点，应积极提高群众的自信力与创造力。至要！至要！

泽东同志须随军出发，省委派杨开明同志为特委书记，袁文才同志参加特委，并指定莲花派两个最有能力的同志到特委工作，其余的仍旧。

[1] 即红军第四军。

详见省委通告，并由省委巡视员杜同志及杨开明同志面述一切。

此致

敬礼

湖南省委

6 月 26 日 [1]

原来，那两位“生意人”是奉中共湖南省委之命而来的。前往永新的是“省巡视员杜同志”，亦即杜修经；前往宁冈的，便是新任特委书记杨开明。

杜修经又名杜辉义、杜非，湖南慈利县太乡太国村人，1925 年加入中共，1926 年在长沙负责学生联合会工作，此后，担任过中共湖南华容县委书记、醴陵县委书记。用毛泽东的话来说，杜修经是个“不懂事的学生娃子”。在一个月前，杜修经来过一次。可是，这“学生娃子”毕竟是“省巡视员”，成了毛泽东的“上司”。

杨开明比杜修经大两岁，湖南长沙县板仓村人。他是杨开慧的堂兄，杨开慧之父杨昌济和杨开明之父杨昌楷是亲兄弟。他在 1926 年加入中共，来此之前，是中共湖南省委秘书。

当时的中共湖南省委设在安源，省委书记是安源工人廖宝庭，但实际上是由常委林仲丹和贺昌负责。那两封指示信，便出自林仲丹之手。林仲丹亦即林育英，湖北黄冈人，1922 年加入中共，曾赴苏俄学习，回国后任中共上海沪西区委书记、中共汉口市委书记。

毛泽东最怕省委乱指挥，最怕“钦差大臣”满天飞。3 月间，那位“钦差大臣”周鲁使他吃够了苦头，成了党外“民主人士”；此刻，又来了“钦差大臣”，要他“立即向湘南发展”，而且规定“泽东同志须随军出发”。

毛泽东看罢省委指示信，双眉紧锁。他已得到情报，打垮“江西两只羊”之后，敌人正在准备报复，发动第二次“会剿”，此刻怎能把主力调往湘南呢？在省委看来，调兵去湘南，简直“像喝米汤那样容易”，所以后来毛泽东在给中央的信中，称之“诚乎其为喝米汤的省委也”！

面对这“喝米汤的省委”，毛泽东自有主意。当天晚上，毛泽东召集了红四军军委、湘赣边界特委、永新县委的联席会议，传达了中共湖南省委的意见，并说明这指示“不适宜”。朱德、陈毅、宛希先、刘真都赞同毛泽东的意见，

---

[1] 中国人民解放军政治学院党史教研室编：《中共党史教学参考资料》第 14 册，1985 年版，第 201 页。

一下子就使天平倾斜，几乎无人支持中共湖南省委的指示。就连巡视员杜修经本人，也不得不最后在会上表示，省委指示“不适宜”。

这样，毛泽东便以联席会议的名义，否定了“喝米汤的省委”的意见。

会毕，毛泽东吩咐警卫员去买草纸。警卫员买来后，才知毛泽东要用药水在草纸上写密信。

那信是7月4日给中共湖南省委写的。毛泽东写道：

> 湘省敌人非常强硬，实厚力强，不似赣敌易攻。赣敌易攻，赣敌被我连败四次，其胆已裂，且受我释放俘虏影响，军心大摇……故为避免硬战计，此时不宜向湘省冲击，反会更深入了敌人的重围，恐招全军覆灭之祸……[1]

毛泽东还写及，红军离开了井冈山，在湘南会“虎落平阳被犬欺”！

信末的落款是“特委、军委”。

发走了密信，毛泽东松了一口气，离开永新县城，到50里外的永新田溪乡去做巩固根据地的工作。

王尔琢

过了些日子，忽地传来惊人的消息：第二十八团、第二十九团离开井冈山，在朝湖南酃县进发，看样子要进军湘南！

毛泽东急忙写了长达三页的信劝阻，交给江华（当时名叫黄琳）即刻送去。

江华一天一夜跑了120里，赶上了西进的队伍，送上毛泽东的信，要求他们返回宁冈。

但是，无济于事。江华回来报告说，这两个团还是朝湘南去了！

为什么这两个团会去湘南呢？原来，湖南省委的指示传出以后，在第二十九团里产生强烈反响。第二十九团是由湘南宜章暴动的农民所组成，思乡之心甚切，一

[1] 毛泽东起草的《中共湘赣边特委和红四军军委给湖南省委的报告》，1928年7月4日。载《井冈山革命根据地》上册，中共党史资料出版社1987年版，第148页。

听说要回湘南去，无不欢呼雀跃。杜修经一听说第二十九团愿去湘南，正好可以执行湖南省委交给他的使命，当然给予支持。

第二十九团团长胡少海、党代表龚楚，鼓动着第二十八团一起行动。第二十八团团长王尔琢、党代表何长工，出席了两个团联合召开的干部会议。

据杜修经回忆，会议“由朱德、陈毅主持，何长工、王尔琢、龚楚、胡少海等同志都参加了。会上提出要到湘南去，重提执行湖南省委的决定。这时，主要是第二十九团，逃避斗争，受到欲回家乡的影响，对当时敌情并不清楚，也没有考虑到边界党的路线的正确，群众基础好，便于与敌周旋的有利条件，便贸然决定去湘南……”[1]

杜修经曾请示过特委书记杨开明。杨开明说：“决定了，就走吧！老毛那里，我跟他说。”

湘南之战，红军败得十分惨痛：

第二十九团几乎全团覆灭，只剩下团长胡少海、党代表龚楚百余人，并入了第二十八团。不少第二十九团士兵自由行动，跑回家乡宜章，遭到厄运。

第二十八团第二营营长袁崇全率部叛变投敌，使该团丢失了 1/3 的兵力。

红四军军参谋长兼第二十八团团长王尔琢听说袁崇全叛变，带着一个排追去。追到第二营驻扎的镇子，已是黄昏时分。王尔琢一路奔，一路高声大喊：“不要打枪！不要打枪！我是你们的王团长，来叫你们回去的！”第二营的兵士，都熟悉团长的声音，一听团长来了，都不再射击。

营长袁崇全正在打麻将，听说王尔琢要召士兵们回红军，提起两支驳壳枪冲了出去，“砰！”“砰！”袁崇全双枪齐鸣，王尔琢猝不及防，当即倒在血泊里！

王尔琢当时 27 岁，他是黄埔军校第 1 期毕业生，北伐时是东路军先遣司令部政治部主任，参加过南昌起义。他在红四军中是仅次于毛泽东、朱德、陈毅的第四号人物，竟死于叛徒之手！他死的时候留着长发，因为他自南昌起义时就不理发，说是直至革命胜利才理发。然而，他再也看不到胜利之日了。

湘南之战，两个团之中，丢了一个团，反了一个营，死了军参谋长，真的被毛泽东言中：“虎落平阳被犬欺！”“恐招全军覆灭之祸！”这次失败史称“八月失败”。

在工农革命军第四军成立时，下辖两个师九个团。改称红军第四军时进行了缩编，取消师的建制，九个团缩编为四个团，即第二十八、第二十九、第

---

[1] 杜修经：《八月失败》，《井冈山革命根据地》下册，中共党史资料出版社 1987 年版。

三十一、第三十二四个团。湘南去了两个团，等于去了一半的兵力——尤其是其中的第二十八团，乃是南昌起义部队的正规军。

得悉红军主力前往湘南，赣军顿时活跃，调集了十一个团猛攻永新县城。毛泽东手下只有一个团——第三十一团——在那里苦战着。

得知湘南大败，毛泽东对那“喝米汤的省委”愤懑至极。为了挽回败局，他留下袁文才、王佐守山，自己率第三十一团第三营前往湘南，迎还红军主力。

毛泽东一走，赣军猛扑，永新、莲花、宁冈三县城都落入赣军之手，连井冈山都危在旦夕……

“黄洋界上炮声隆”

1928 年 8 月 30 日，是决定井冈山红色根据地生死存亡的日子。

在一口气占领了井冈山北麓山下的永新、莲花、宁冈三座县城之后，探知井冈山空虚，湘赣两省“会剿”部队联手，调集了四个团，黑压压地从北面朝井冈山拥来。

消息传来，第三十一团第一营的两个连于 8 月 29 日急行军上山，守卫井冈山。

井冈山有五大哨口，即黄洋界、八面山、双马石、朱砂冲、桐木岭。敌军集结在黄洋界哨口下面。这样，红军把黄洋界之外的四个哨口交给王佐部队把守，把第三十一团第一营那两个连，调到黄洋界。

黄洋界红军哨口工事遗址

黄洋界海拔 1343 米，两山夹峙，中间只有一条羊肠小道。正面，山岩陡峭。站在黄洋界，一眼可以望见山脚下的小村庄。四个团的敌军，正聚集在那里，而上面的红军，只有两个连！

第三十一团团长朱云卿和党代表何挺颖亲自在哨口指挥。

朱云卿才21岁，何挺颖23岁，一个是黄埔军校第三期毕业生，一个在上海大学受过培训。

红军的弹药很少，每人才3~5发子弹。朱云卿和何挺颖一商量，想出几条妙计：

第一，动员山上军民，每人至少削20枚竹钉。这种竹钉，本是当地“老表”用来打野兽的。井冈山翠竹遍野，有的是竹子。“老表”们把竹子削成尖尖的竹钉，用火烤过，用陈尿泡过，又锋利又有毒，野兽踩上去，脚会流脓腐烂。眼下，在黄洋界上山的20里山路上，撒满这种竹钉，令人望而生畏，成了一道特殊的防线。

第二，把山上的树木砍下来，堆在路口，设置障碍，又是一道防线。

第三，在必经之路上挖了壕沟，又是一道障碍。

第四，加固哨口已有的工事。

第五，动员男女老少上黄洋界，作为“疑兵”。战斗时听口令，或者在铁桶里放鞭炮，冒充机枪声，或者呐喊，“冲呀”“杀呀”，以壮声势，使敌人摸不透山上到底有多少兵。贺子珍、伍若兰都参加了这支呐喊的“疑兵”队伍。

如此布置停当，红军便“恭候”在黄洋界哨口。

8月的天气，平原上如同火炉，井冈山上却如深秋。8月30日清晨，云雾弥漫。待旭日升起，云散雾消，便看见山下的羊肠小道上，蠕动着一连串黑点。敌兵开始向山上发起进攻了。

小道只容得单人独行，敌兵以“鱼贯式”长蛇阵前进。一边往上面走，一边乒乒乓乓放枪。

山上却沉默着，朱云卿在等待着敌军进入射程范围。子弹是那么的少，一颗子弹要当两颗用。他把第一连布置在阵地上，另一个连（第3连）后备待命。

敌军在机枪掩护下前进。

终于进入射程范围，朱团长这才喊了一声“打”。枪声和鞭炮声混合在一起，敌人弄不清楚山上到底有多少兵。

敌军不断地逼近，一次又一次发起冲击。从上午打到中午，打到下午，还在不断发起冲击。

这时，红军的枪声变得稀少，子弹已所剩无几，只得不断往下滚石头。

在这关键的时候，连长谭希同、班长刘荣辉和贺敏学等人，把一门迫击炮扛了上来。

这门迫击炮有毛病，本来放在茨坪的军械所修理。战斗急用，也就不管三七二十一，扛上了黄洋界。

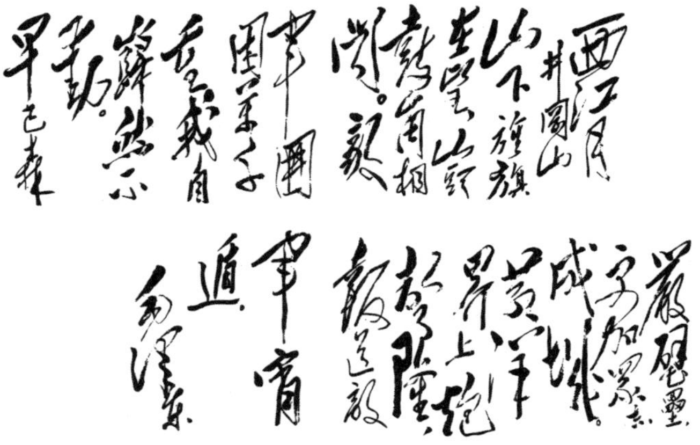

毛泽东手书《西江月·井冈山》

这门炮，一共只三发炮弹。

下午4时光景，架好了炮。第一发，哑炮。第二发，还是打不响。眼看着，只剩最后一发炮弹了。

突然，山上一声巨响，迫击炮“发言”了！炮弹不偏不倚，竟命中敌军指挥所。

山上一片欢呼，红军冲杀声响成一片；山下乱作一团，敌军仓皇夺路逃跑。

当夜色笼罩井冈山，红军们已饿得肚子咕咕叫，因为在清早雾散前吃过一顿早餐后，还没吃过饭呢。他们未敢撤离阵地，生怕敌军夜袭或明日再度发起进攻。

翌日雾消，山下竟空无人影——敌军已连夜撤退了！

敌军撤退的原因，全然在于那一声炮响。他们知道，红军的四个团中，只有战斗力最强的第二十八团才有炮。那一声炮响，表明第二十八团已经赶到山上，还是赶紧溜吧！

两个连打退四个团的事迹，顿时在井冈山传为美谈。会哼几句京戏的，用《空城计》中诸葛亮的唱腔，填上新词，编了一曲《空山计》：

我站在黄洋界上观山景，忽听得山下人马乱纷纷，举目抬头来观看，原来是蒋介石发来的兵。一来是，农民斗争经验少；二来是，二十八团离开了永新。你既得宁冈茅坪多侥幸，为何又来侵占我的五井？你既来就把山来进，为何山下扎大营？你莫左思右想心腹不定，我这里内无埋伏，外无救兵。你来！来！来！我准备着南瓜红米，红米南瓜，犒赏你的众三军。你来！来！来！请你到井冈山上谈谈革命。

后来，这段《空山计》，竟成了红军中的保留节目。

毛泽东得知此事，在1928年秋写下《西江月·井冈山》一词：

山下旌旗在望，
山头鼓角相闻。
敌军围困万千重，
我自岿然不动。

早已森严壁垒，
更加众志成城。
黄洋界上炮声隆，
报道敌军宵遁。

毛泽东的词，是黄洋界那次传奇式的保卫战的生动写照。

在千钧一发之际，井冈山总算保住了，红军的“老家”总算保住了。

之后不久，毛泽东终于在桂东县城与朱德再度会合，决定重返井冈山。毛泽东把杜修经、龚楚留在当地，组成湘南特委。

9 月 13 日，红军攻克遂川县城，当场击毙了叛变的营长袁崇全。

“八月失败”，使毛泽东的部队蒙受了沉重的损失。毛泽东后来在给中央的报告中，透露了他对杜修经这位“钦差大臣”的恼怒：“希望你们派人来，但不要派不懂事的学生娃子像杜修经这样的人来。”

杜修经后来在 1929 年冬因与党组织失去联系而脱党。解放后，杜修经曾担任湖南常德师范专科学校副校长，1985 年 8 月重新加入中国共产党，当选湖南省政协常委。

步入暮年，杜修经回忆往事，对他“不懂事”时所犯下的严重错误，心情依然是沉重的：

正当革命胜利向前发展的时候，我却破坏了这一事业，造成了井冈山斗争的“八月失败”，使年轻的红军损失一半，边界政权尽失，被杀之人，被焚之屋，难以计数，几毁中国革命的根基，其错误是非常严重的！半个多世纪后的今天，在人民革命战争胜利的凯歌声中，重忆“八月失败”的经过及其先后，我仍是内疚之深，寝食不安！[1]

杨开明对“八月失败”也负有一定的责任。后来，在 1929 年 1 月，他代

---

[1] 杜修经：《八月失败》，《井冈山革命根据地》下册，中共党史资料出版社 1987 年版。

井冈山茨坪毛泽东故居

表前委到上海向中共中央汇报，随后任湘鄂赣特派员。年底，他在汉口被捕，在狱中坚不吐实。1930 年 2 月 22 日，他被押往湖南长沙市识字岭刑场。行刑前，他高呼“打倒蒋介石”“打倒何键”“中国共产党万岁”。当刺刀刺进他的腰部，他仍高呼口号，直至刺刀刺进他的口中，鲜血喷涌，这才离开人世。

黄洋界的智守者朱云卿、何挺颖原本都是很有希望的将才，但是何挺颖 1929 年年初便战死于上余县，时年仅 24 岁。朱云卿在 1930 年 8 月升任红一方面军参谋长，翌年 5 月因病被送往江西吉安东固后方医院治疗，被国民党特务发现而杀害，牺牲时也是 24 岁。

那位一口气跑了 120 里，送毛泽东的急信到酃县的江华，后来成为最高人民法院院长，审判林彪、江青反革命集团特别法庭的庭长。当时江华是中共湖南茶陵县委书记。江华记得，他送信到酃县的一个大庙里，军委书记陈毅正在主持会议，他把毛泽东的信交给了陈毅。

江华曾回忆：

> 我记得在全国解放后，1958 年的时候，有一次毛泽东同志与我谈起这次失败的事，我曾说，对“八月失败”的详情不了解，当时陈毅同志是军委书记，是否他应负责？毛泽东同志讲，陈毅同志有个检讨，事先写了信给他，事后也写了信给他，不能怪他。[1]

江华从 1928 年 12 月起调任红四军前委秘书，在毛泽东身边工作。

---

[1] 江华：《井冈山斗争时期几事的回忆》，《井冈山革命根据地》下册，中共党史资料出版社 1987 年版，第 547 页。

藏在伞把里的《井冈山的斗争》

在中央苏区时的谭政

1928年9月26日，毛泽东和朱德率红军主力回到了井冈山，住在大山中心的茨坪。

茨坪虽说只是个山村而已，一片“干打垒”式的黄泥墙房屋坐落在山坪上，不过，却有着悠久的历史。据云，在明代之前，那里叫“柴坪”，是个出山柴的地方。在明代时，这小小山村，居然有人考中“探花”，做了官，于是改名“仕坪”。又因这里大量出产柿子，还被称为“柿坪”。后来，到了1924年，国民党军队进剿“山大王”王佐，那名叫牛文田的团长出的布告上写作“茨坪”，于是这名字也就沿用下来。

茨坪东面的一座小山脚下，几幢黄泥房子成了毛泽东、朱德的住处，成了红四军军部、湘赣边界防务委员会、井冈山前敌委员会和红四军军械处的所在地。

那里有一家店铺，那平整的柜台被毛泽东看中，成了他的办公桌。毛泽东在上边放上砚台、毛笔，铺上井冈山的毛边纸，时常在那里写作。不过，到了晚间，砚台得收起来，因为那柜台又是床，夜里要睡人。

毛泽东身边工作人员知道他有两大爱好：一是部队打下新的城镇，弄到书报给他送来，会使他非常高兴，通宵达旦地读起来。有一回，不知是谁，给他送来一本线装书，他大大赞赏了一番。原来，那是范仲淹的《范文正公集》。范仲淹是北宋政治家、文学家，他的文集中写及北宋江西剿匪的情景，毛泽东比较古今的“山大王”，说从北宋剿到现在，“山大王”是“剿”不完的。他笑道：“蒋介石占京为王，我们占山为王！”他的另一爱好是吸烟，谁给他弄到纸烟，他会高兴一阵子。

贺子珍的一项工作，是为毛泽东剪报。他看到报上有保存价值的资料，画一个圈，贺子珍就给他剪下保存起来。有关的文件，也由贺子珍保存。毛泽东的警卫员，大都是贫苦农民，不识字，由贺子珍教他们文化课。

毛泽东那时过着流动的生活，他的行李很简单，一床被子，几件衣服，一顶斗笠，一把油纸伞，一盏马灯，此外加上一担书篓，一担铁皮文件箱。他爱喝茶，用土碗盛着茶水。

他的秘书除贺子珍外，还有谭政、邓华。谭政后来成为中国人民解放军十位大将之一、国防部副部长。邓华后来成为上将，曾任中国人民志愿军第一副司令员、中国人民解放军副总参谋长。

毛泽东的副官是黄埔军校毕业、参加过南昌起义的杨至诚。杨至诚后来成为上将，曾任中国人民解放军军事学院副院长。

在井冈山上，毛泽东是唯一用毛笔的人，别人都用铅笔。毛泽东也常用铅笔，毕竟是战争环境，铅笔携带最方便。

那阵子，毛泽东不时凝思着，然后把长板凳放到柜台前，坐在那里写什么。

如此断断续续的写作，最后在宁冈县砻市完成。写完后，他交给秘书谭政誊抄。谭政记得，他誊在很薄的竹纸上，字写得很小，而且誊了两份。

不久，来了一个湖南水口山的工人。毛泽东把谭政抄好的两份文件交给了这人。他小心翼翼地卷成烟卷一般，取下雨伞柄，塞进伞把子里，再装好伞柄，走了。

那人是地下交通员。他把毛泽东反复思索写成的文件带走后，通过地下交通线，一份交中共湖南省委，一份带到上海，交给了中共中央。

那份文件，后来被印入《毛泽东选集》第 1 卷，篇名为《井冈山的斗争》，亦即毛泽东在 1928 年 11 月 25 日致中共中央的信。

在此之前，10 月 5 日，毛泽东在中共湘赣边区第二次代表大会上，作过《政治问题和边界党的任务》的报告，亦即收入《毛泽东选集》第 1 卷的《中国的红色政权为什么能够存在？》一文。

这两篇文章，是毛泽东上井冈山一年来的经验的总结。特别是《井冈山的斗争》，他的思想更加深入，更加系统化。

《井冈山的斗争》一开头便指出：

> 一国之内，在四周白色政权的包围中间，产生一小块或若干小块的红色政权区域，在目前的世界上只有中国有这种事。我们分析它发生的原因之一，在于中国有买办豪绅阶级间的不断的分裂和战争。

毛泽东还分析了红色区域存在的五个条件：

> （1）有很好的群众；（2）有很好的党；（3）有相当力量的红军；

（4）有便利于作战的地势；（5）有足够给养的经济力。

毛泽东总结了一年来的重要经验：

红军所以艰难奋战而不溃败，“支部建在连上”是一个重要原因。

红军以集中为原则……我们的经验，分兵几乎没有一次不失败，集中兵力以击小于我或等于我或稍大于我之敌，则往往胜利。中央指示我们发展的游击区域，纵横数千里，失之太广，这大概是对我们力量估计过大的缘故。

毛泽东强调，“我们建议中央，用大力做军事运动”。

毛泽东分析了“八月失败”的原因：

八月失败，完全在于一部分同志不明了当时正是统治阶级暂时稳定时期，反而采取在统治阶级破裂时期的政策，分兵向湘南冒进，致使边界和湘南同归失败。湖南省委代表杜修经和省委派充边界特委书记的杨开明，乘力持异议的毛泽东、宛希先诸人远在永新的时候，不察当时的环境，不顾军委、特委、永新县委联席会议不同意湖南省委主张的决议，只知形式地执行湖南省委向湘南去的命令，附和红军第二十九团（成分是宜章农民）逃避斗争欲回家乡的情绪，因而招致边界和湘南两方面的失败。

毛泽东谈及了对于这种乱指挥、瞎指挥的苦恼：“这样硬性的指示，不从则迹近违抗，从则明知失败，真是不好处。”

不过，当人们从“八月失败”的沉痛教训中清醒过来，不能不佩服毛泽东当时的预见和正确主张。毛泽东的威信在井冈山上越发高了——他的威信，曾因被中共中央开除中央政治局候补委员而一度下降。

井冈山毕竟闭塞、偏僻，是当时白色中国中唯一的小小的红色区域。毛泽东并不讳言自己的心境：“我们深深感到寂寞，我们时刻盼望这种寂寞生活的终了。”

毛泽东这篇当年藏在伞把里的党内通信，如今已成为一代名著，成为专家们研究毛泽东思想起点的重要文献。专家们就连文章中的一个标点，也加以仔细研究。1991 年《毛泽东选集》新版印行时，此文经中共中央文献研究室反复调查，改正了两处当年誊抄时的笔误，被列为专家们的研究成果：一是去掉一个顿号，即原文中提及井冈山出产“木材、茶、油”，改为“木材、茶油”；二是原文中提及特委委员“圆盘珠”，颠倒了一下，改为“盘圆珠”。研究工作达到了如此精细的水平，表明毛泽东在井冈山柜台上写成的文章如今是受到何等的重视。

彭德怀率红五军上井冈山

1928 年 12 月 14 日，宁冈新城西门外人声鼎沸，万众欢呼，重现了半年前 5 月 4 日在宁冈砻市河东广场出现过的热闹场面。上一回是庆祝朱、毛部队会师，这一回则是庆贺红四军和红五军会师。会场上高悬这样的对联：“在新城，演新戏，欢迎新同志，打倒新军阀！趁红光，到红军，高举红旗帜，创造红世界。”

在红四军（“中国工农红军第四军”）成立时，为了虚张声势才取了个“四”。其时，只有这“第四军”而已。怎么忽地冒出了个红五军（“中国工农红军第五军”）呢？

原来，那是五个月前（7 月 22 日），彭德怀和滕代远在湖南东北部、汨罗江畔的平江县举行起义，成立了“中国工农红军第五军”，彭德怀为军长，滕代远任党代表。此时，彭德怀、滕代远率红五军 800 余人，于 12 月 10 日跟毛泽东、朱德的红四军会师。对于井冈山来说，这是大喜事。于是，两军决定在 14 日召开会师庆贺大会。

主席台也是临时搭建的。当毛泽东、朱德、彭德怀、滕代远登上主席台时，欢声雷动。正在这时，忽然轰的一声，主席台坍了！

原来，朱、毛会师时，主席台下面放的是一只只水稻脱粒用的禾桶，搁上门板，非常结实。这一回，主席台却是用竹子搭架子，扎上绳子，再铺门板。上去的人一多，承受不了重荷，绳子断了，主席台坍了。

马上有人悄悄议论：“哎呀，‘坍台’可不是好兆呀！”

这时，朱德站在台前大声地说：“同志们，不要紧，台子

彭德怀

垮了，我们马上可以修好。无产阶级的台，是永远垮不了的！”

朱德的即兴讲话，激起一片掌声、笑声。

主席台很快修好了，“小插曲”过去了，大会正式开始。

穿一身灰布军装，头戴缀着红五星的帽子，脚穿一双黑布鞋，毛泽东显得很精神。毛泽东的讲话，总是那样的形象、生动，很容易叫人听进去。他说：

> 工农兵兄弟三个，工人是大哥，农民是二哥，兵士是三哥。工农兵占总人口的85%以上，地主、资本家是少数，掌权的军阀也是少数。多数人打少数人，谁能打得赢啊？当然是多数人打得赢！三个人打一个人，谁能打得赢啊？当然是三个人打得赢！所以工农兵联合起来，就能打遍天下！……

毛泽东的话如此通俗，那些刚刚放下锄头、穿起军装的农民们都能听得懂。

毛泽东还说：

> 今天我们有了红四军、红五军，将来我们一定会有几十个军！我们会从小到大，最后的胜利一定属于我们！

彭德怀的一脸黑胡子，今天算是刮干净了，头发也剃得光光的。他说得很谦逊：

> 井冈山革命根据地是毛党代表、朱军长领导红四军建立起来的，我们红五军到井冈山来，要好好地学习红四军的宝贵经验！

彭德怀说的是心里话。早在平江起义前夕，他在送给黄公略的一首诗当中，便有这么几句：

> ……
> 秋收起义在农村，
> 失败教训是盲动。
> 唯有润之工农军，
> 跃上井冈旗帜新。
> 我欲以之为榜样，

1930年5月1日，滕代远作为红五军代表赴上海参加全国红军代表会议时留影

黄公略

或依湖泊或山区。[1]
……

从这首诗中可以看出，彭德怀起义，是以“润之”（毛泽东）为榜样。

彭德怀还曾这样说及自己“对毛润芝的敬仰”：

当时，我个人认识到，为什么要以井冈山为旗帜、为榜样呢？这个旗帜是具体的，不是抽象的；是实际的，不是空洞的。南昌起义、秋收起义是失败了，都留存了一小部分力量，在井冈山会合，形成了当时的朱毛红军，成为红军旗帜，不仅有号召作用，而且要在红军发展中成为统帅，使全军有头。在打土豪、分田地、建设根据地的问题上，我在1927年冬、1928年春就注意井冈山。我当时感觉，对天上有飞机，陆上有火车、汽车，水上有兵舰、轮船，且有电讯、电话等现代化交通运输与通讯联络的敌军作战，没有根据地是不行的；不实行耕者有其田，也就建立不起根据地。在这个问题上产生了对毛润芝的敬仰。[2]

彭德怀说的是心里话。确实，没有根据地，红军就成了水上的浮萍，漂来

[1]《彭德怀自述》，人民出版社1981年版，第76页。

[2]《彭德怀自述》，人民出版社1981年版，第112页。

漂去，没有着落。毛泽东的成功之处，在于依托大山，建立起井冈山根据地，落地生根，所以各路起义兵马都朝井冈山投奔。

彭德怀比毛泽东小5岁，他的家乡（湖南湘潭县乌石乡）跟毛泽东故乡韶山相隔不远。

他俩是同乡。

彭德怀原名彭得华，他可以说是兼“工农兵”于一身：出生于贫苦农民家庭，当过矿工、堤工，18岁进入湘军当兵。

24岁时，他入湖南陆军军官讲武堂学习，改名彭德怀。

毕业后，他在湘军里由排长继而连长继而营长。1926年，他参加了北伐，成为团长。

1928年2月下旬，彭德怀参加了一个庄严的仪式。墙上挂着马克思、恩格斯的画像，写着“全世界无产者联合起来，为共产主义社会而奋斗”。仪式由中共“南华安”特委张匡主持。

所谓“南华安”，亦即湖南北部南县、华容县、安乡县三县的合称。彭德怀就这样加入了中国共产党。

他是受师政治部秘书长段德昌的影响加入中共的，段德昌成了他的入党介绍人。

那时，彭德怀最爱看的是三本书：布哈林著的《共产主义ABC》，李季编的《通俗资本论》，还有一本则是《水浒传》。

他最喜欢的人物是李逵，他也自称“有些类似李逵”。

彭德怀入党之后，7月18日下午4时，他收到来自长沙的密电：“南华安”特委负责人在长沙被捕，供出了党的机密，情状万分紧急……”

这时，彭德怀的团正驻守平江县。中共湖南省委的特派员滕代远前来巡视，于是，彭德怀和滕代远等密商起义，以免被一网打尽。

滕代远，24岁，湖南麻阳县人，1925年加入中共，从事青年和农民运动。1928年2月，他担任中共湘东特委书记，不久，调任中共湘鄂赣特委书记。

7月22日，彭德怀动手了！那天上午10时，他召集营、连、排军官会议，宣布起义，当场逮捕一批不服从的军官。11时半，他的部队颈上都挂起了红带子，向县政府发起进攻。下午2时，全城就落到彭德怀部队手中。据彭德怀自述：“我3点多进城，亲眼看到满街红旗飘扬，秩序井然。”

翌日，黄公略率国民革命军独立第五师第三团第三营前来平江，加入彭德怀起义部队。黄公略跟彭德怀同庚，黄埔军校第三期毕业生，1927年加入中共。“南华安”特委负责人在长沙供出的中共党员名单之中，便有黄公略。黄公略前来彭德怀处，正在谈论他的部队起义经过，却传来消息说第三营反叛了！

24 日，“中国工农红军第五军”在平江宣告成立。彭德怀任军长，滕代远为党代表，邓萍为参谋长，下辖三个团，后改为五个纵队，约 2000 人。

平江起义之后，国民党调集十多个团“会剿”红五军。彭德怀采用“打圈子战术”，跟这十多个团周旋了两个多月，终于决定留三个纵队在原地打游击，率两个纵队 800 多人南下，跟朱、毛部队会合。

就这样，井冈山又增加了一支队伍。至此，五支队伍先后会师井冈山。这五支队伍是：秋收起义队伍，南昌起义队伍，广州起义队伍，湘南暴动队伍，平江起义队伍。井冈山日益兴旺起来。

会师之后，毛泽东让彭德怀率红五军上井冈山——因为红五军一路苦战，亟待休整。

毛泽东提出“围魏救赵”之计

原本很不起眼的井冈山，越来越成为全中国注目的地方，关于“朱毛红军”的消息，连篇累牍见诸国民党统治区的报刊。

1928 年 11 月 10 日，上海《申报》刊载了一则“长沙通信”，引起众所关注。那标题是《湘赣第三次会剿朱毛　何键任两省会剿军临时指挥》。原文如下：

> 长沙通信：
>
> 在湘赣边境扰害经年之朱德、毛泽东、袁文才等，近三月以来，经两省军队先后会剿两次，均无效果，盖因两省会剿部队指挥未能统一，以致进行不能一致。最近鲁涤平、何键又致电朱培德，磋商第三次会剿计划。朱氏已派雷屏周为代表，于月前来湘谒鲁，将一切会剿办法，详切规定，携回南昌，取得朱培德同意。并由朱氏领衔，呈请中央特派何键为湘赣会剿临时指挥官，所有两省会剿部队，统归指挥。会剿经费，两省各自担任。此次会剿计划，对于信号、旗帜、路线、动作规定甚详，大致如下：（甲）会剿部队：赣省为四旅，湘省为六团……总共湘赣两省会剿兵力，为四旅六团，人数在三万以上……

这则报道，十分真实地勾画了湘赣两省实行第三次“会剿”的阵营。

那时，南昌的江西省政府里坐着朱培德，长沙的湖南省政府里坐着鲁涤平，他俩各打着自己的算盘，而手握重兵的何键跟鲁涤平又面和心不和，构成“两省三方”的微妙局面。

41岁的朱培德资历颇深，早年入云南武备学堂，1911年参加蔡锷领导的反清起义，历任团长、旅长、师长、广州警备司令，1921年，被孙中山任命为滇军司令，不久，又任广州军政府陆军部代部长。他原是云南一霸。1926年7月参加北伐，任国民革命军第三军军长，率部进入江西。翌年，他成为江西省政府主席，从此坐镇江西，一手能遮江西！

鲁涤平呢，湖南宁乡人，跟朱培德同岁。他早年入湖南将弁学堂，后来参加辛亥革命，历任连长、营长、团长，1924年成为湘军第二师师长，1928年成为国民革命军第二军军长、湖南省主席、湖南省清乡督办，从此掌握湖南命脉。

鲁涤平别号“无烦”，其实他“烦”得很，那何键便不断找他麻烦。

正巧，何键也是41岁，跟朱培德、鲁涤平同庚。

何键是湖南醴陵人，毕业于保定军官学校。1918年他在湘军总司令程潜手下当过“游击队司令”。后来他投靠唐生智，从营长一直升至军长。1927年秋，发生“桂唐之战”，桂系李宗仁出任“讨唐军总指挥”。唐生智败北，东渡日本，何键改换门庭，投靠桂系。鲁涤平原是谭延闿部属，听命于国民政府。于是，鲁、何之间不断产生“磨擦”，鲁涤平巴不得把何键挤出湖南。正在这时，蒋介石下令要对井冈山进行第三次“会剿”，鲁涤平也就顺水推舟，给何键加上“湘赣军临时指挥官”的头衔，让他去江西“剿共”，趁机可以把何键“推”出湖南。

虽说“两省三方”各有一番心思，但他们都视红军为心腹大患。何键调集了18个团，分五路合围井冈山！

在彭德怀上井冈山之后，第三次“会剿”紧锣密鼓布置了起来。

1929年元旦，江西萍乡杀气腾腾，湘赣“剿共”总指挥部在那里宣告正式成立：何键任代总指挥，金汉鼎为副总指挥。

何键的总指挥之前，有一个“代”字，亦即“临时”之意，而总指挥仍为鲁涤平。

这个“剿共”总指挥部宣告成立，那四个旅六个团对井冈山的包围圈猛然

国民党将领何键，此人曾派人挖过毛泽东祖坟

收紧了。

一场大战、恶战，已经迫在眉睫！

虽说井冈山易守难攻，不过，上万红军全都撤到山上去，给养成了问题，山上哪有那么多的粮食？再说，井冈山夏日是一片清凉世界，眼下滴水成冰，除了红五军穿着棉军装（因为他们原先是“国民革命军”，发了棉军装），红四军绝大部分还在穿单衣呢！即便是毛泽东，袁文才请人专门给他做了一身棉衣，他也没有穿，送给伤病员了……

就在这时，忽然从上海送来一批白衬衫。天寒地冻，送白衬衫来干什么呢？

这批白衬衫用药水一刷，衣服上出现密密麻麻的字！

原来，这是1928年6月18日至7月11日在莫斯科召开的中共六大所通过的一系列文件，有瞿秋白作的《中国革命与共产党》政治报告，周恩来作的《军事报告》《组织问题报告和结论》，还有大会作出的《政治决议案》《中国共产党党章第四次修正案》《土地问题决议案》《农民问题决议案》，等等。衬衫上的文件还写明了新的中央委员会名单，在新选的23位中共中央委员中，毛泽东名列其中。不过，政治局委员及候补委员名单中，依然没有毛泽东——这表明毛泽东在中共中央依然没有取得他应有的地位，1927年11月中共中央临时政治局扩大会议作出的开除毛泽东政治局候补委员的决定还在起作用。从衬衫上得知，向忠发成了中共中央新的总书记。

这一大堆“衬衫文件”的到来，忙坏了几位“秀才”，江华、宋任穷等忙着抄写，誊在井冈山的毛边纸上。

刚刚誊抄毕，急急送下山。

1929年1月4日，一个重要的会议在宁冈县柏露村一座大房子里召开，史称“柏露会议”。

会议由毛泽东主持，出席者有前敌委员会、中共湘赣边界党和团的特委、中共红四军和红五军军委、中共湘赣边界各县县委领导人以及部队团以上干部，囊括井冈山的头头脑脑们，共60多人。会议开了四天之久，这在战事频繁的当时是少有的“长会”。

毛泽东作为井冈山上唯一的中共中央委员，传达了“衬衫文件”。他在传达其中一份文件时，见袁文才、王佐在座，故意打了“埋伏”，删去了其中一段不予传达。至于他为何打“埋伏”，后文将述及。可惜，被他删去的那一段不知通过什么途径被袁文才知晓，以至于引发出一场人头落地的悲剧……此是后话。

柏露会议旧址

在传达了中共六大文件之后，会议的紧急议题，便是如何对付那几万敌军正在收紧的包围圈。局势空前的严重，“直捣井冈山老巢、活捉朱毛”之声，已经侧耳可闻！

在这生死存亡的关头，毛泽东又一次出人意料地建议：留一部分人守山，另一部分人出击。

出击可以把包围井冈山的敌人吸引过去。此计名唤“围魏救赵”，毛泽东对这类典故烂熟于胸。

他说，战国时魏国围攻赵国都城邯郸，赵求救于齐。齐国并不派兵去邯郸，却反过来围攻魏国都城大梁。结果，魏兵不得不回国救援，赵国都城也就因此解围。

毛泽东此时在井冈山的威信颇高，因为人们从“八月失败”中认识到毛泽东决策的正确。毛泽东的“围魏救赵”之计，受到了大家的赞同。

谁留？谁走？

留下袁文才部队，留下王佐部队，这是理所当然的。这两支部队是“坐地虎”，守山最合适。当然，光靠他们还难以抵抗强敌，毛泽东决定留红五军守山。据云，作出这样的决定，是考虑到红五军有棉军装，受得了山上的严寒。

谁走？朱、毛率红四军主力 3600 人出击！

显然，守山的处境是极度危险的。红五军的一部分干部，力主红五军打回平江老家去，跟那里的 3 个纵队会合，以摆脱险境。

这时，面对生死考验，彭德怀、滕代远从大局出发，说服了自己的部下，挑起守山的重任。

彭德怀后来如此追述这段往事：

我知道这是一个严重而又危险的任务。

在敌军合围攻击下，有被全部消灭的危险。

但是，我和代远同志为了照顾全局，使红四军摆脱当时面临的困难，自愿地承担红四军前委的决定，并且准备必要的牺牲，因而坚决地执行了红四军前委的决定。

在最艰苦的环境中我没有任何动摇过，可以证明我的入党动机是纯良的，对革命事业也是忠实的，并且有自我牺牲准备的。[1]

确实，30 岁的彭德怀，当时差一点战死在井冈山上……

井冈山在风雪中陷落

井冈山上风雪迷漫，一片银白世界。

1929 年 1 月 14 日，冒着刺骨的寒风，一支身穿单衣的队伍——红四军第二十八团、第三十一团和军部特务营、独立团——3600 多人携 1100 支枪，在毛泽东、朱德率领下，告别了井冈山。

他们南下，经过遂川，朝江西的南端，朝赣、湘、粤三省交界的大余县进发。在毛泽东的心目中，大余县成了“魏国”。他要利用进攻大余县，吸引包围井冈山之敌南下，以求“围魏救赵”。

沿途，战士们到处张贴着《红军第四军司令部布告》，下署“军长：朱德”“党代表：毛泽东”。那布告是四言体的：

红军宗旨，民权革命。赣西一军，声威远震。

此番计划，分兵前进。官佐兵夫，服从命令。

平卖平买，事实为证；乱烧乱杀，在所必禁。

全国各地，压迫太甚。工人农人，十分苦痛。

土豪劣绅，横行乡镇；重息重租，人人怨愤。

---

[1] 分别引自《彭德怀自述》以及彭德怀的《往事回忆》。

……

打倒列强，人人高兴；打倒军阀，除恶务尽。

统一中华，举国称庆。满蒙回藏，章程自定。

国民政府，一群恶棍；合力铲除，肃清乱政。

全国工农，风发雷奋；夺取政权，为期日近。

革命成功，尽在民众。布告四方，大家起劲。

布告的作者究竟是谁，已无从查证，有人以为可能出自毛泽东手笔。如此通俗、生动的四言体布告是罕见的。

主力红军下山才两天，1 月 16 日，井冈山吃紧了，敌军把井冈山围得水泄不通。彭德怀如此形容当时的形势：

进攻井冈山之敌，全部兵力大约是 12~14 个团。每团平均以 2000 人计，当在 2.4 万至 2.8 万人之间。我以七八百人对上述敌军兵力，敌优我劣，是三四十倍之比。[1]

倘若在平川，彭德怀部队须臾之间便会被踏平。所幸井冈山乃天然屏障，敌军虽众，无奈兵力无法展开。五个哨口之下的五条小路，挤满黑压压的敌军。毕竟双方力量悬殊，井冈山已岌岌可危。

一星期后，1 月 23 日，毛泽东、朱德率主力部队虽然攻占了大余县城。但是，不久敌军追兵即到，突围战时，红军损失巨大，因而没有达到在井冈山外围调动敌人的预期目的。正在攻山的敌军不仅没有解除对井冈山的围困，而且攻势更加猛烈了。

敌军组织了 1000 人的敢死队，每个哨口 200 名，要拼死往上冲。

1 月 26 日，敌军经过十天的准备、部署，以 2 万多人之众，向井冈山发起了凌厉的总攻击。

主攻的方向是黄洋界、八面山和白银湖。据参加过战斗的李聚奎（后来成为中国人民解放军上将）回忆，一时间，山下的机枪声此起彼伏，听上去像煮稀饭似的，“扑噜扑噜”没个完。

彭德怀则忆及：

[1]《彭德怀自述》，人民出版社 1981 年版，第 117 页。

李灿

时值严寒，天下大雪，高山积雪尺许，我的干粮袋炒米丢失了，我不愿别人知道，两天未吃一粒米，饥饿疲乏，真有寸步难行之势。可是枪声一响，劲又不知从哪儿来的。[1]

大雪不住地下着，炒米（不是炒面）和着雪块，红军权且充饥。雪地里，红军的身影变得很醒目。敌军调来了大炮，猛烈地轰击着。八面山的工事，是就地砍下树木建造的。那“扑噜扑噜”的机关枪，把木头打得千疮百孔，酥了。再用炮一轰，工事垮了。只有十几个红军战士跑出了工事，其余的全被压在里面，当场阵亡。

没有工事，怎么办？再搬来树枝，搬来桌子，搬来门板，铺上棉被，浇上了水。经一夜冰冻，建成了新的工事，红军战士借此继续战斗。

黄洋界成了两军争夺的焦点。上一回，靠着一声炮响，吓得敌军宵遁。这一回，攻黄洋界的是湘军，他们知道红军主力已经下山，一个劲儿猛攻。

激战进行了三天三夜，红军依据井冈山天险，抵住了是自己三四十倍的敌人的轮番进攻。最难受的是，夜里寒气逼人，而红军战壕里一片泥泞，下面的稻草被泥水浸湿，上面的稻草被雨雪打湿，通夜无法合眼。

1 月 29 日清早，天仍一片浓重的铅灰色。正在黄洋界哨口迎着料峭晨风放哨的号兵田长江（后来成为中国人民解放军武汉军区副政委），从前哨到后山洗脸、吃饭，忽听得背后雪地里传来嚓嚓声。回头一望，见好多人正朝这边蹑手蹑脚走来。

“口令！”田长江大声喝道。

对方没有回答。田长江知道不好，“叭”“叭”放了两枪。

田长江立即就地卧倒，呼叫同伴。正迷迷糊糊、似睡非睡的红军战士，马上闻警而动，奔上各自的战斗岗位。

就在这时，山下的枪声乒乒乓乓地响了起来。大批湘军的敢死队向黄洋界

---

[1]《彭德怀自述》，人民出版社 1981 年版，第 117 页。

发起冲锋，而山后那影影绰绰的一支队伍，也劈头盖脸朝红军阵地射击，使红军腹背受敌，处于夹击之中。

山后怎么会突然杀出一彪国民党军队？

原来，这一回湘军攻黄洋界，已经有了经验。他们得知，附近村庄里住着一个名叫陈开恩的农民，此人常常上山捕蛇、抓石蛙（一种山地青蛙）、采中草药，以此赚钱，所以对井冈山的山山岭岭了如指掌。国民党军官把200枚亮锃锃的银圆放在陈开恩面前，他顿时眼花缭乱，当即答应他们的要求：为湘军的敢死队带路，从黄洋界侧面一条鲜为人知的秘径上山。这条秘径是陈开恩采中草药时走过的。

这样，昼伏夜出，夜里借着雪地的反光，陈开恩带着那支敢死队在密林中穿行、在绝壁上登攀。花了两天两夜，他们悄然爬上了黄洋界后山！

那支敢死队在出发前，已与山下湘军大部队约定，鸣枪为号。一旦山上枪响，便是山下发起总攻击的讯号。田长江"叭""叭"两枪，山下湘军一听，以为是总攻讯号，便大举进攻。

上下夹击，顿时使守卫在黄洋界哨口阵地的200名红军血肉横飞，真个是雪白血红！大部分红军战死在阵地上，负责指挥的红五军第一大队队长、28岁的李灿带领40多个幸存者钻进了老林。湘军随后紧追，追到前面，便是悬崖。摆在红军战士面前的只有两条路：要么举手投降，要么跳崖。

李灿对战士们说："我们坚决不当俘虏，大家跟着我跳下去！"

李灿带头，第一个跳了下去。借助于树木的阻挡和厚厚的积雪，李灿居然没有摔伤！

李灿的成功，鼓舞了战士们，大家纷纷往下跳。

李灿带着这40多人，居然杀下了山！他的勇敢精神得到了嘉奖，翌年被任命为红八军军长。1931年他因病被送往上海医治，由于叛徒告密，在上海被捕。他在悬崖前没有投降，被捕后理所当然也不会投降。他被押上了刑场，在枪声中献出了年轻的生命。

那个田长江也很勇敢。他在"叭""叭"打了两枪，发出紧急讯号之后，一路疾奔，奔向茨坪，向彭德怀报告。

彭德怀连忙调集身边所有的人员，包括红军学校十五六岁的学员80多人，机关干部几十人，加上警卫人员，准备冲向黄洋界，夺回失守的阵地。

彭德怀集合了队伍，正要出发，又传来了不幸的消息：由于黄洋界失守，湘军又攻下了八面山阵地。赣军则攻取了白泥湖阵地。

这样，再向黄洋界反攻，已经很艰难，井冈山已经守不住了。

当年的这位毛泽东手下败将刘士毅，后来曾官至国民党陆军上将

朱德第三任妻子伍若兰（画像）

在这岌岌可危的关头，彭德怀把从各处溃退的部队以及后方勤杂人员集合起来，冒死突围下山。

这时，数万湘军、赣军正在沿五条上山的小道冲上来。因此，红军已经无法从五条小路中的任何一条下山。

没有路，闯出一条路！彭德怀选择了井冈山主峰腹部悬崖峭壁处，在猎人和野兽爬行过的小道上艰难异常地率领部队突围。前面由身强力壮的战士开道，勤杂人员、机关干部居中，后卫也是一批精干的战士。就在湘军、赣军簇拥着冲上山时，这支六七百人的队伍在彭德怀的统率下，在密林中攀行了一天一夜，总算冲出了敌军的第一层包围圈。

突围后的第三天，彭德怀部队被敌军发觉，受到三面围攻。彭军又累又饿，奋力再突围，终于逃出死神的魔爪……

在井冈山小井村有一座红光医院，那是红军自己动手兴建的。那里的120多名红军伤病员，无法随彭德怀突围，全部被捕。他们被集中在医院旁的一块水稻田里，机关枪“嗒、嗒、嗒”响起，水稻田水变成一片红色，伤病员全都倒卧在血泊之中！

井冈山上浓烟四起，大批的民房被付之一炬。“挨户团”在挨户搜查，山上笼罩着一片恐怖气氛，多少人头在那几天落地……

“红军舞龙头，白军耍龙尾”

毛泽东、朱德率主力红军下山后两天（1月16日），何键便向“南京国民政府主席蒋”发出密电：

据确报：久困井冈之共匪朱、毛、彭、黄[1]，此次闻我大军大举进剿，异常惊惧，已于删日[2]由井冈老巢窜出，有枪匪徒约四千，徒手者约五百，妇女约百人，牛马牲畜百余头，狼狈向大汾逃窜，该处靖卫队已被逼退。该匪乘我军集中期间，先行逃窜，似已证实，殊堪痛恨，拟即严令第一路李司令迅率所部猛力侧击，跟踪痛剿。第五路刘司令率所部取捷径推进至桥头圩，相机进驻大汾，猛力堵剿，毋使南窜……

朱毛红军的动向，何键清清楚楚，就连下山的红军主力人数，何键得到的情报也大体是准确的。

朱毛红军下山，吸引了敌军五路兵马中的两路，即第一路李文彬部队和第五路刘士毅部队。

但是，大部分湘军、赣军仍在围攻井冈山，并不撤离，毛泽东的“围魏救赵”计没有完全奏效，只是起了使敌军分兵的作用——毕竟敌军力量过强，分兵两路追击朱毛红军便够了，用不着把围攻井冈山的部队撤下去追击朱毛红军。

1 月 20 日，朱毛红军与李文彬部队打了一仗，失利。1 月 23 日朱毛红军占领了大余县城之后，李文彬部队和刘士毅部队就围了上来。突围时，打得好艰难。毛泽东率红四军下山时，原想把围山之敌调开后，兜一个圈子，重回井冈山。此时，回山之路已被李、刘部队堵死，红军只能向江西的最南端（全南、龙南、定南）突围。这样，离井冈山就越来越远了。

江华在回忆这段往事时说：

下山的意图原是想打破敌人的“会剿”，一部分人守山，一部分人出击，从外面调动敌人，结果适得其反，在大余打了一个败战，一打败就回不来了，只能转向三南（全南、龙南、定南）进军。所以，毛泽东同志常讲，要慎重初战，初战不胜，一打败仗，两头不好。在大余这一仗没打好，调动不了敌人，从而井冈山也没有联系了。[3]

---

[1] 即黄公略。

[2] 即 14 日。

[3] 江华：《井冈山斗争时期的回忆》，《井冈山革命根据地》下册，中共党史资料出版社 1987 年版，第 547 页。

在大余县突围时，毛泽东痛失一员骁将——何挺颖。那次传奇式的黄洋界保卫战，便是何挺颖指挥的。下山时，他是毛泽东手下主力团第二十八团党代表，而团长则是林彪。惨烈的突围战中，何挺颖受伤，骑在马上的他不慎从马上摔下，竟被马活活踩死，时年 29 岁！

突围时，朱德新婚不久的妻子伍若兰带着一个警卫排冲锋在前。2 月 2 日，她在寻乌县项山战斗中受伤，被敌军所捕。知道她是朱德夫人，敌军劝降，她坚贞不屈，在赣州被杀。死后，她的头颅被高悬在赣州城门上示众。而当时她才不过 26 岁，与朱德结婚还不到一年！

朱毛红军欲回井冈山不能，只得向南、向南。李文彬部队和刘士毅部队在后边紧追不舍。毛泽东为了甩掉尾追之敌，在 2 月 3 日挥师朝福建西部武平县前进。毛泽东使出了“打圈子战术”，由闽西北上，再东进，向江西瑞金进发。毛泽东且战且走，观察着地形，寻找着有利的战机。他惦记着井冈山。关山阻隔，他直至此时，仍不知井冈山早已陷落！

红四军转战赣南，颇为困难，连向导都找不到。由于国民党的宣传，使得老百姓远避红军。

直到进入“三南”，才找到一位中共党员。此人名叫黄达，多亏他给红四军带路，才使行军有了“眼睛”（黄达后来在主力红军退出中央苏区时叛变）。

就在毛泽东、朱德跟李文彬、刘士毅“打圈子”的那些日子里，已巳年春节渐渐临近了，家家户户忙着要过春节。红军们反正已无法回家乡，对于春节倒也淡然。那两支追兵，却在思念着回老家过春节。只是奉“上司”之命，士兵们不得不苦苦地追赶着红军，驱走那浓浓的思乡思亲之情。

朱德曾言：“红军舞龙头，白军耍龙尾。”那“打圈子”，倒确实有几分像舞龙灯。

2 月 9 日，大年夜，朱毛红军且战且走，来到了瑞金城北 30 公里的大柏地。毛泽东和朱德见这里山峦起伏，是打伏击战的好地形，翌日清早，亦即大年初一，便在那里的一个祠堂——王家祠——召开作战会议。

那天细雨霏霏，增添了几分寒意。毛泽东在那里的麻子坳峡谷布下了“口袋阵”：那峡谷中间，是瑞金通往宁都的一条大道。第三十一团的两个营，奉命隐蔽在大道东边，第二十八团的一个营，奉命埋伏在大道西面山上，两路兵马摆开夹击之势。然后，毛泽东交给特务营和独立营一个特殊的任务，即把敌军引入“口袋”。

其实，这是当年红军在井冈山旗锣坳伏击尹道一的故技重演。

年初一下午 3 时许，红四军的特务营和独立营便和尾追而来的刘士毅部队接触，噼噼啪啪打上一阵，且打且退。刘士毅部队当然紧追不舍。追着，追着，天色转黑，刘士毅部队放慢了步伐，那特务营、独立营的退却速度也减慢了。在一片漆黑之中，刘士毅部队渐渐进入“口袋”。

年初二——2 月 11 日——拂晓，两面的伏军突然向山谷里的刘士毅部队发起总攻击，一下子歼灭了两个团，活捉了团长萧致平、钟垣，缴枪 800 多支。

这下子，刘士毅伤了元气。这是朱毛红军离开井冈山后打的第一个大胜仗，一下子使士气大为振奋。

两年后，毛泽东又一次路过大柏地，见到伏击战时留下的满墙弹痕，勾起诗兴，写下了《菩萨蛮·大柏地》：

> 赤橙黄绿青蓝紫，
> 谁持彩练当空舞？
> 雨后复斜阳，
> 关山阵阵苍。
> 当年鏖战急，
> 弹洞前村壁。
> 装点此关山，
> 今朝更好看。

大柏地大捷之后，朱毛红军顺势北上，宁都守敌赖世琮闻风丧胆，溜之大吉，所以红军不费吹灰之力，就攻占了宁都县城——宁都是双道城墙，原本是很难攻打的。

不过，红军在宁都只逗留了一夜，毛泽东便率军西进，朝井冈山方向前进。直至这时，毛泽东仍不知井冈山失守的消息，他期望着重返根据地。正因为这样，红军刚刚攻占了宁都县城，便放弃了。毛泽东曾嘱部下在宁都收集报纸，但也未曾查到井冈山的消息。

朱毛红军向井冈山进发，走到吉安县的东固一带时，好生奇怪：路边的墙上，怎么贴着许多红军标语？是谁贴的呢？

向老百姓一打听，才知道前些日子有一支红军部队路过这里，打土豪，分谷子，纪律好，很受群众欢迎。那些标语，是他们贴的（也有的用石灰水刷在墙上）。

从哪里冒出这么一支红军呢？仔细一打听，方知是红五军！

红五军不是在守卫井冈山吗？怎么会跑到这儿来呢？

哦，井冈山失守了！

毛泽东得知这一沉重的消息的时候已是2月下旬——井冈山失守已经20多天了！

毛泽东不得不放弃重返井冈山的打算，从西进改为东进，攻占广昌县城。然后，由广昌向南，进入福建。3月14日，红四军在闽西打了个大胜仗，全歼敌郭凤鸣旅3000余人。在打扫战场时，发现几个敌兵围着一个胖子的尸体哭泣，一查问，才知那胖子原来就是旅长郭凤鸣！

红四军乘胜攻占了福建长汀城。

毛泽东和彭德怀“第二次握手”

毛泽东失去了根据地，只得不停地“打圈子”。他一边“打圈子”，一边在寻找彭德怀部队，那情景就像当年他寻找朱德部队一样。

彭德怀呢，也像当年的朱德一样，在寻觅着毛泽东部队的踪影。

彭德怀率部从井冈山突围，清点了一下人数，为500多人。何键发给蒋介石的电报称：“彭面有黑胡，骑黑马，人约九百，枪六七百支。每人携带炒米，并无饭吃。”

除夕夜，毛泽东是在大柏地的王家祠堂里度过的。彭德怀呢，奇事一桩：那天，他们渡过章水，进入一个数百户的村庄。村上有几家大地主，正摆了好多桌酒菜，听见红军进村，赶紧逃跑。吃了多日炒米的彭德怀部队，遇上如此丰盛的筵席，真是难得！

解放后的毛泽东与彭德怀

众人饱餐一顿，彭德怀要带部队马上离开。无奈许多人饮酒过量，倒头便睡，彭德怀只得亲自通宵在外走动，以防不测。

清晨枪响，彭德怀部队紧急集合，在忙乱之中，一半队伍走散。彭德怀清点人数，只剩283支枪、

300 来人——损失了 200 来人！

彭德怀带着这支 300 来人的红五军，向东前进，夜袭于都（过去写作“雩都”）县城，居然一举成功。他从俘虏中吸收一批人加入了红军。

在于都城，红五军的党代表滕代远带了个警卫员赶到邮局，专心致志地在那里翻看报纸。他已经好多天没有见到报纸。从报上得知，那些“会剿”井冈山的白军，在“得胜”后已纷纷“回防”。另外，报上还披露，蒋介石和粤军、桂军之间的矛盾正在加深，并日渐表面化。

在寻找报纸时，滕代远的驳壳枪不慎走火，子弹从他胸前洞穿。

无奈，彭德怀只得把党代表安排在里仁地区水镜耙坑养伤。不过，滕代远从报上得知的讯息，使彭德怀萌发了新的计划：重新打回井冈山！因为自从离开井冈山之后，他吃够了没有根据地的苦头……

天气渐渐转暖，但彭德怀部队只有棉衣，没有单衣。他带部队奔袭安远县城。原本的目的不过是为了从国民党部队里弄到点单衣，进城后却有了意外发现：他学习滕代远的办法，在县城里收集报纸、文件。偶然，在县政府的一份文件中，见到红四军在闽西消灭郭凤鸣旅、击毙郭凤鸣的消息，得知朱毛部队原来到了汀州！

这下子，彭德怀暂且放弃了打回井冈山的计划，急于东进，与朱毛红军会师。

彭德怀派人前往长汀，寻找毛泽东……

不多日，一封信忽地从门缝里塞了进来。彭德怀开了门，却不见送信人。

彭德怀急急拆信，顿时眉开眼笑：那信是毛泽东写的！毛泽东说，他要率红四军从福建长汀西进，攻取瑞金，希望彭德怀率红五军前往瑞金会师！

就这样，4 月 1 日，两军会师于江西瑞金，毛泽东和彭德怀“第二次握手”！他们从 1 月 14 日分手，不过两个半月，两军都经历了千难万险，感慨万分！

多年以后，彭德怀还回忆起和毛泽东、朱德见面时的情景：

> 午饭时，我和朱军长、毛党代表一起吃午饭。那时的午饭，各自用洗脸毛巾包一碗饭，到休息时就地吃，也没有什么菜，吃冷饭，喝冷水。[1]

见面时，毛泽东向彭德怀表示了歉意：

---

[1]《彭德怀自述》，人民出版社 1981 年版，第 127 页。

毛党代表说，这次很危险，不应该决定你们留守井冈山。[1]

就在毛泽东、朱德和彭德怀商议未来大计之际，4 月 3 日，从上海经秘密交通线送来的一封长信，掀起一番不小的风波。

那是中共中央 1929 年 2 月 7 日发出的指示信，信是写给“润之、玉阶两同志并转湘赣边特委”的。润之，即毛泽东；玉阶，即朱德。

信的开头写道：“自六次大会新中央回国工作半年来，几次派人通信给你们，始终未能得你们回信，真不胜焦念。只是赣西特委在前两月曾来一信，说你们给中央来了一个报告为他们遗失了，而中央给你们信托他们转，也同遭遗失……”这表明信是中共六大产生的“新中央”写来的，而且是半年来第一次能够送到毛泽东、朱德手中的指示信。这封信，史称“二月来信”。

来自上海的指示信提出：“将红军的武装力量分成小部队的组织，散入湘赣边境各乡村中进行和深入土地革命。”信中作了具体的规定：“部队的大小可依照条件的许可，定为数十人、数百人，最多不要超过五百人……决不宜在任何时候竖起一个集中的目标给敌人攻击。”

这些来自上海的指令，是周恩来为中共中央起草的。他当时很久未收到红军报告，不知具体情况。根据毛泽东这一年半以来实际斗争的经验，这样的分散兵力是绝不可行的，只有集中兵力才能有效地消灭敌人。这些代表中共中央下达的指示，简直是在乱弹琴！

刘伯承

“二月来信”中还有一段，是要朱毛离开红军，以减小目标！信的原文是这样的：

中央依据于目前的形势，决定朱毛两同志有离开部队来中央的需要。两同志在部队中工作年余，自然会有不愿即离的表示，只是中央从客观方面考察和主观的需要，深信朱毛两同志在目前有离开部队的必要：一方面朱毛两同志离开部队，不仅不会有更大的损失，且更便于部队分编计划的进行，因为朱毛两同志留在部队中，

[1]《彭德怀自述》，人民出版社 1981 年版，第 127 页。

目标即大，徒惹敌人更多的注意，分编更多不便；另一方面朱毛两同志于来到中央后，更可将一年来万余武装群众斗争的宝贵经验供（贡）献到全国以至整个的革命。两同志得到中央的决定后，不应图于一时群众的依依而忽略了更重大的更艰苦的责任，应毅然地脱离部队，速来中央。[1]

面对这样的中央来信，毛泽东又一次陷入进退维谷的境地，如他在《井冈山斗争》中所言："不从则迹近违抗，从则明知失败。"那时，毛泽东所说的是那"喝米汤的"湖南省委瞎指挥；如今，中共新中央仍在那里乱发号令。

毛泽东只得据理申辩，于 4 月 5 日代表前委致函中共中央。

毛泽东在信的一开头，就不客气地指出"中央此信对客观形势及主观力量的估计都太悲观了"。

毛泽东写道：

中央要求我们将队伍分得很小，散向农村中，朱、毛离开队伍，隐匿大的目标，目的在于保存红军和发动群众。这是一种不切实际的想法。以连或营为单位，单独行动，分散在农村中，用游击的战术发动群众，避免目标，我们从 1927 年冬天就计划过，而且多次实行过，但是都失败了。[2]

毛泽东强调，一年多的实践证明，"分兵以发动群众，集中以应付敌人"是成功的经验。

至于要朱毛脱离红军，毛泽东是这样答复的：

现在党的指挥机关是前委，毛泽东为书记；军事指挥机关是司令部，朱德为军长。中央若因别的需要朱、毛二人改换工作，望即派遣得力人来。我们的意见，刘伯承同志可以任军事，恽代英同志可以任党及政治，两人如能派得来，那是胜过我们的。中央去年 6 月来信说派贺龙同志来视察，不知为何没有来，现在从福建来交通极便，以后务望随时派人来视察。[3]

与此同时，彭德怀也给中共中央写信。信是 4 月 4 日写的，这是他头一回

---

[1]《中央革命根据地史料选编》中册，江西人民出版社 1983 年版。

[2]《中央革命根据地史料选编》中册，江西人民出版社 1983 年版。

[3]《中央革命根据地史料选编》中册，江西人民出版社 1983 年版。

井冈山烈士陵园内袁文才雕像

给中共中央写信。

写毕，他把信的原稿交给毛泽东，抄件交给地下交通员带往上海。

彭德怀在信中，赞同毛泽东的见解。他指出："在反革命高潮时不宜分兵，分则气虚胆小……这种严重时期，只有领导者下决心与群众同辛苦、同生死，集中力量作盘旋式游击，才能渡过难关，万万不能采藏匿躲避政策，否则就立刻上了被消灭之极途。"

好不容易，总算回复了中共新中央的"二月来信"。

毛泽东、朱德和彭德怀商议着下一步棋该怎么走。

这时江西的形势跟四个多月前大不相同，如毛泽东在给中共新中央的信中所言："自刘、郭二旅被击溃之后，闽西赣南可以说没有敌人了。蒋桂部队在九江一带彼此逼近，大战爆发即在眼前。"

彭德怀主动提出，自己要重新打回井冈山，毛泽东和朱德表示赞同。

于是，红五军和红四军在会师之后，又分手了。

误杀袁、王使井冈山得而复失

彭德怀率红五军从井冈山打到瑞金，花费了两个月。如今回井冈山，却非常轻松，沿途除了在信丰跟数十名靖卫队打了一次小仗并全歼他们之外，竟然没有见到敌军的影子！从瑞金回井冈山，轻轻松松，只走了十天就到了。

红五军的队伍也今非昔比，扩大到近千人，全都穿上了新的单衣军服，党代表滕代远也伤愈归队了。

一到井冈山，不论是湘军还是赣军，早已撤了。山上一没有吃的，二没有住的，何况蒋介石和李宗仁桂系军阀开战，湘军、赣军都回防了。

忽地冒出一支队伍，欢迎红五军。那是王佐的部队。王佐不愧为"山大王"，在白军占领井冈山时，他带着队伍躲进了老林。从黄洋界跳崖的李灿，带着残部和他会合。

随彭德怀一起回到井冈山的姚哲，曾写下这样的目击惨相：

这时茨坪的房子被敌人烧光了，到处都是尸体，在一个浸纸浆的池子里就看见好几具尸体，尸体的手和脚都烂了。我们在茨坪住了一晚，山上下来了一些老百姓，他们的脸也没有洗，头发、胡子都很长，苦得很，一见我们都哭起来了。我们纷纷把自己的衣服、布和毛巾等东西送给他们，并且将带来的银圆，每人发给一块钱……

袁文才也在山上，却躲了起来，不敢见彭德怀。

其实，袁文才没有参加守山。当时，他被调离第三十二团，担任红四军参谋长，一直跟毛泽东、朱德在一起。当毛泽东率红四军到达吉安东固时，他听说井冈山失守，记挂家乡亲属，就开小差跑回去了。到了井冈山，他找到了王佐，躲在王佐家住了下来，生怕上级知道会杀他的头。

虽说王佐跟袁文才是“铁哥们”，他还是把袁文才开小差之事报告了党代表何长工。何长工找袁文才谈话，给了他口头警告，同时又安排他担任中共宁冈县委副书记。

这样，袁文才的情绪总算稳定了。

袁文才开小差固然不对，但是，他产生异心，却也是有原因的——那便是中共六大文件中的一段话。

当那些“衬衫文件”送到井冈山以后，毛泽东在传达时，特地删去了那一段话。袁文才风闻此事，想方设法弄到了文件的全文，看到了那段话，他大吃一惊。

那是中共六大通过的《苏维埃政权组织问题决议案》第 10 条《对土匪的关系》，原文如下：

与土匪或类似的团体联盟仅在武装起义前可以适用。武装起义之后宜解除其武装，并严厉地镇压他们，这是保持地方秩序和避免反革命的头领死灰复燃。他们的首领应当作反革命的首领看待，即令他们帮助武装起义亦应如此。这类首领均应完全歼除。让土匪深入革命军队或政府中，是危险异常的。这些分子必须从革命军队和政府机关中驱逐出去，即其最可靠的一部分，亦只能利用他们在敌人后方工作，绝不能置他们于苏维埃政府

井冈山烈士陵园内王佐雕像

范围之内。[1]

这一段话，明显带有“左”的色彩，所以毛泽东不予传达——这不仅仅考虑到袁文才、王佐在场，而且还在于毛泽东一开始对这两位“山大王”就采取团结、信任的态度。

袁文才的文化水平比王佐高，有政治头脑，所以当他听说一点风声，便非要弄到原文不可。看罢原文，袁文才心惊肉跳。好在毛泽东跟他已建立起深厚的感情，他相信毛泽东，但是他担心天长日久，万一有变，那后果便不堪设想。

袁文才把偷看到的文件内容告诉了王佐，王佐也脸色骤变。

在“衬衫文件”到达井冈山时，就有人主张杀袁、王，说是执行中共六大的决议。但毛泽东坚决反对，反而任命袁文才为红四军参谋长。

仍有不少人持异议，杨开明便是其中的一个。1929 年 1 月，他前往上海代表前委向中共中央汇报时，便在其《报告》中写道：

> 袁、王二人都非常狡猾，且有能力，对党的认识很薄弱，小资产阶级意识非常浓厚，信仰个人，不相信群众，个性很强，不接受批评，边界因称之为“特别党员”。
>
> 他们二人根本无改变的可能，因为一则不接受批评，二则不看党的书报（王不识字），只相信自己万能，枪杆子万能而已。[2]

杨开明所说袁、王“信仰个人”，其实便是指信仰毛泽东。杨开明在《报告》中预言道：

[1]《中共中央文件选集》第 4 卷，中共中央党校出版社 1989 年版，第 399 页。

[2]《杨克敏关于湘赣边苏区情况的综合报告》（杨克敏即杨开明），《井冈山革命根据地》上册，中共党史资料出版社 1987 年版，第 242 页。

我们与他们利益的冲突，终究是要爆发的。如果不及时早早加紧同他们争夺群众，不独现在阻碍工作进行，而且前途是很危险的。所以，夺取土匪的群众，加速急谋解决土匪首领，应是边界刻不容缓的工作，须特别加以注意才行！[1]

确实，矛盾终于在1930年2月中旬爆发了。

2月11日，袁文才、王佐率部队去捉拿土豪罗克绍。他们事先得到消息，罗克绍正住在茶陵蕉坪他的姘妇家中。罗克绍手下有个30人左右的兵工厂，能造枪，袁文才、王佐早就存心把这个兵工厂弄过来。

这一回摸得很准。清早5点，袁、王在蕉坪把罗克绍抓住了，而且还抓了兵工厂的十七八个工人。

押回新城之后，袁文才却给罗克绍松了绑，以酒菜招待。袁文才是想跟罗克绍拉关系，要他去长沙弄钢铁、洋硝这些造枪的原料，使那家兵工厂能造一批新枪，供部队使用。

消息飞快地传进湘赣特委书记朱昌楷的耳朵里，说是袁、王跟土豪一起喝酒，勾勾搭搭。朱昌楷本来就跟袁、王有矛盾，得知消息，连夜赶往红五军军部，向彭德怀报告。朱昌楷还提及，袁文才偷看了中共六大文件中有关土匪条文，早有异心。

彭德怀后来回忆道：

朱昌楷同志说，如果红五军不立即去解决，边区党有被一网打尽危险。我们接受了特委书记这一要求，便采取了行动，即令第四纵队随朱昌楷同志进抵永新城郊……[2]

这样，朱昌楷便带着第四纵队，在翌日拂晓前包围了袁、王住地。朱昌楷第一个冲进袁文才房间，袁文才正睡在床上，朱昌楷当场用枪把袁文才打死在床上！

王佐听见了枪声，带着警卫员急忙逃跑。他欲渡禾水回井冈山，但发现河上浮桥被拆。当他涉水过禾水时，由于他不会游泳，淹死在河中！

---

[1]《杨克敏关于湘赣边苏区情况的综合报告》（杨克敏即杨开明），《井冈山革命根据地》上册，中共党史资料出版社1987年版，第242页。

[2] 彭德怀：《往事回忆》，《近代研究》1979年第1辑。

袁、王一死，他的老部下马上反戈，投奔国民党部队。井冈山的群众，大都跟袁、王及其老部下有种种亲属关系，也随之反目。井冈山的根基从此动摇，红军无法再在井冈山立足。

国民党大军反复“征剿”，也未能从井冈山上铲除红军之根。可是，误杀了袁、王，却使井冈山在1931年3月中旬落入国民党之手，直至1949年！毛泽东有一句名言：“政策和策略是党的生命。”此言用在袁、王事件上，非常贴切。

毛泽东得知袁、王被杀，连连顿足！

彭德怀后来回顾这段往事，承认自己“犯了轻听轻信的严重错误”。

彭德怀失去了井冈山根据地，只得率红五军于1930年3月重返湘鄂赣边界，在那里另辟根据地。

井冈山是中国第一块红色根据地。参加过井冈山斗争的人，后来成为中国人民解放军元帅、大将、上将以及中共高干的比比皆是，然而其中真正井冈山籍的几乎没有——错杀袁、王，使一批井冈山本地的干部、战士离开了红军。

朱昌楷在亲手枪杀袁文才之后，翌年8月，他自己也被作为“AB团分子”误杀！

至于“AB团”，乃是“Anti-Bolshevik”的缩写，英文原意是“反对布尔什维克”！

毛泽东在袁、王被误杀后，明确提出，“杀错了”“要平反”。

1965年，毛泽东重上井冈山，又念及袁、王，亲自在山上接见了袁文才和王佐的遗孀，表达了自己深深的怀念。

如今，袁文才和王佐的青铜塑像，高高矗立在井冈山上。

第三章
驰骋赣南

◎ 毛泽东率红四军在江西中部、南部驰骋，到了 1930 年 3 月，赣南一带除了赣州、吉安等几座孤城之外，30 多个县都变成红色，形成了赣南根据地。

◎ 赣南根据地跟闽西根据地连成一片，红色区域日渐扩大。这一大片红区，史称“中央革命根据地”。这样，毛泽东在丢失了井冈山根据地之后，又创立了新的、更大的根据地。

毛泽东承受落选和疾病双重压力

且说毛泽东在1929年4月与彭德怀“第二次握手”之后，不久便“第二次分手”。

5月19日，毛泽东、朱德率红四军二入闽西。

毛泽东看中闽西，那是不久前得到了来自闽西的一封信。他看罢来信，当即提笔复函，告知红四军将向闽西挺进……

毛泽东率部下了井冈山之后，进入闽西，一位30多岁的男子曾从上杭县城北上，前往长汀县城寻找他。可是，这位男子走到半途，听说红四军已离开那里到江西去了，只得非常懊憾地半途而返。

此人名叫邓子恢，福建龙岩县人，曾留学日本，1926年加入中国共产党。1928年春，邓子恢在家乡龙岩县组织暴动。不久，邻县永定县也发生了暴动，领导人名叫张鼎丞。邓子恢遂率部与张鼎丞部合并，成立了一个独立营，张鼎丞任营长，他为党代表。就这样，在闽西便冒出了一支工农红军。听说毛泽东率红四军入闽，他当然赶紧去找毛泽东。只可惜，还是晚了一步。

红军时代的邓子恢

不久，邓子恢代表中共闽西特委给毛泽东写了封长信，报告了这里的情况，派专人送往瑞金。

毛泽东得知这里有“独立营”，永定有“铁血团”，龙岩有秘密农会，会员们有“三毛钱的驳壳”（插在绑腿里的小匕首），便决定在这里开辟新的根据地……

“欢迎红军来龙岩，打倒陈国辉！”当毛泽东率部进入闽西，那里便贴出了这样的标语。陈国辉，是驻守那里的国民党旅长。

闽军不堪一击。红四军入闽才几天工夫，就打下了龙岩县城、永定县城，一举歼灭陈国辉旅3000多人。旅长陈国辉带着几十个随从落荒而逃。

毛泽东欣然命笔，写下《清平乐·蒋桂战争》一词：

风云突变，
军阀重开战。
洒向人间都是怨，
一枕黄粱再现。

红旗跃过汀江，
直下龙岩上杭。
收拾金瓯一片，
分田分地真忙。

正在这“红旗跃过汀江”的时候，毛泽东又经历了一番政治危机：毛泽东失去了他最为重要的职务——红四军前敌委员会书记！

那时，按照“党指挥枪”的原则，前敌委员会书记是红四军的最高领导。毛泽东失去了这一职务，意味着他失去了对红四军的领导权！

那是1929年6月22日，中共红四军第七次代表大会在福建龙岩召开，有人指责毛泽东搞“家长制”，要求更换前敌委员会书记……

打从中共中央“二月来信”在红四军中传开之后，便有人利用“二月来信”要求朱、毛离开红四军，希望毛泽东交出军权。

5月，刚从苏联回来的刘安恭出任红四军临时军委书记兼政治部主任。他对情况很不熟悉，军内不服，使党与军队之间的关系非常紧张。

这样，红四军内出现反对中共领导军队、反对前委集中领导军队的倾向。6月8日在闽西长汀白沙召开的前委扩大会议上，决定取消临时军委。这样，反对毛泽东的呼声，愈发高涨。

于是，在红四军内部，对于红军的领导方法和建军原则产生了严重的分歧，就连朱德和毛泽东，对这些问题的看法也并不一致。

争论的焦点是在红军中究竟实行“由上而下的家长制”还是“由下而上的民主制”。毛泽东的领导，被认为是“家长制”。

激烈的争论导致了匆忙召开中共红四军七大。由于朱德是争论的一方，会议由非前委委员、红四军政治部主任陈毅主持。

匆忙的会议导致了草率的结果：在重新选举前敌委员会书记时，毛泽东落选了！

谁被选为前敌委员会的新书记呢？陈毅！

于是，毛泽东被调离部队，带领谭震林、蔡协民、江华、曾志等到中共闽西特委指导地方工作，住在上杭县蛟洋。

对于毛泽东来说，他被迫离开由他一手创建的红四军，比上一回被“开除党籍”更为严峻——因为他被“开除党籍”之后，毕竟还担任师长。

祸不单行。福建山区的疟蚊也猛烈地攻击了毛泽东，使他患上了恶性疟疾。在那个缺医少药的年月，毛泽东一病数月，甚至一度病危，徘徊在死亡边缘！他一会儿如同步行在酷热的撒哈拉沙漠，一会儿又如同跌进北极的冰天雪地。

他急需治疗疟疾的特效药奎宁。在闽西山区弄不到这种药，于是派了两个地下交通员到上海为毛泽东买药。在归途中，其中一个地下交通员被捕，被杀害了。另一个地下交通员历经千辛万苦，总算把白色的奎宁丸送到毛泽东手中——这时，他已被疟疾折腾得死去活来！

落选和患病，这双重打击把毛泽东推向政治生涯的低谷。这消息辗转传到莫斯科，居然误传毛泽东已病死！1930年3月20日共产国际公报《国际新闻通讯》（英文版）误登讣告，说毛泽东在福建死于肺病，指出：“毛泽东同志是被称之为朱毛红军的政治领袖……中国的工农群众将永远铭记他的业绩，并将完成他未竟的事业。”

好在他是一个豁达的人，能够承受这双重的压力。后来，在中共八大预备会议第二次会议上，他这么谈及：

> 我想同志们中间可能也有多多少少受过冤枉受过委屈的。对于那些冤枉和委屈，对于那些不适当的处罚和错误的处置（如把自己打成什么“机会主义”，撤销自己的职务，调离自己的职务等）可以有两种态度：一种态度是从此消极，很气愤，不满意；另一种态度是把它看作一种有益的教育，当作一种锻炼。你晓得，这个世界就是这么个世界，要那么完全公道是不可能的，现在不可能，永远不可能……[1]

---

[1]《党的文献》1991年第3期。

李立三、周恩来、陈毅在沪起草“九月来信”

今日的读者，惯常以为毛泽东是周恩来的“上司”，然而，在当年，周恩来却是毛泽东的“上司”。“二月来信”，便是周恩来代表中共中央，向毛泽东发出的指示。那时的毛泽东，还只是一个“中层干部”或“地方干部”，周恩来则是“中央首长”。

当时周恩来的职务是中共中央政治局常委兼中共中央军委书记。这“中共中央军委书记”，亦即今日的“中共中央军委主席”，是中共党内最高军事首长。

中共是在1924年第一次国共合作时开始重视军事工作的。中共广东区委在1924年首先设立了军事部（亦称军事委员会），最初由张伯简负责。同年11月，便由周恩来任部长，足见周恩来在这一方面资历之深。

1926年2月，中共中央设立“中央军事部”，由张国焘任部长。9月，便由周恩来接替张国焘，出任中共中央军事部部长。

1928年，在中共六大上，由杨殷担任新的中央军事部部长。

杨殷是孙中山的同乡，于1911年加入了同盟会，1917年任孙中山卫队副官兼大元帅府参军处参谋，1922年加入中共。他是省港大罢工的领导人之一，在广州起义时，他率敢死队攻下了广州市公安局，成为广州苏维埃政府代理主席。他是一个颇为精明能干的人物。1929年8月，他在上海被捕，死于龙华刑场。

周恩来作为中共中央政治局常委兼中央军委书记，分管军事工作，所以给红四军的指示信很多都出自周恩来之手，“二月来信”便是由周恩来起草的。杨殷死后，各地红军更是由周恩来直接领导。

写“二月来信”时，周恩来对红四军的情况不清楚。他希望能够得到红四军的第一手材料，在1929年4月7日曾以中共中央名义致函朱、毛：“润之、玉阶两同志若一时还不能来，中央希望前委派一得力同志前来中央讨论问题。”

两个月后，周恩来终于收到辗转传递而来的毛泽东的4月5日来信。看罢毛泽东的信，周恩来立即意识到自己起草的“二月来信”确实有许多不妥之处。周恩来是个谦逊的人，他接受毛泽东在信中提出的批评：“中央此信对客观形势及主观力量的估量都太悲观了。”

6月12日，中共中央政治局在上海开会，讨论毛泽东4月5日的信，周恩来作了自我批评，说“二月来信”是“有些毛病”。周恩来又一次提出，希望“朱、毛处”派“一个得力的人”，前来中共中央，以便详细研究制定关于

1929年的周恩来

红军的方针、政策。

就在周恩来把用药水写的密件刚刚交给上海的交通员时，在福建龙岩，毛泽东落选了，离开了红四军。

这时的红四军改为纵队编制，军之下辖三个纵队，每纵队人数在1600人左右，其中第一纵队留在闽西。朱德率第二、第三纵队向闽中进发。

红四军失去了毛泽东的领导，五花八门的思潮登台：有的只是热心于“走州过府”，不愿建设根据地；有的要搞极端民主化，搞绝对平均主义；有的要求进攻大城市，以求摆脱山区的艰苦生活……

朱德率部进入闽中，8月下旬，在永春县福鼎村吃了败仗，损失了300人和100多支枪。

朱德当即召集前敌委员会会议，认为进军闽中不妥，决定回师闽西。

就在这时，红四军接到中共中央通知，要求派“一个得力的人”前来中央出席各地区军事联席会议并汇报工作。派谁呢？毛泽东正在病中，朱德军务在身，此事非陈毅莫属。

于是，“陈老总”乔装打扮成一副商人模样，和闽西特委书记邓子恢一起出现在厦门。他在那里向中共福建省委作了汇报，然后取道香港，坐上驶往上海的轮船。

李立三对毛泽东十分推崇，不久前，他曾著文称：“朱毛是革命农民之武装的先锋队，又有无产阶级的政党为之领导。”[1]他在1929年6月15日代表中共中央发给贺龙的指示信中，也强调应学习朱毛的游击战术经验。

李立三和陈毅都曾去法国勤工俭学，是老熟人，相见甚欢。李立三随即约了周恩来，跟陈毅见面。

8月底，中共中央政治局在上海开会，听取了陈毅的汇报。陈毅的汇报后来写成了《关于朱毛军的历史及其状况的报告》一文，发表于1930年1月15日出版的《中央军事通讯》第1期。陈毅的汇报，使中共中央对于“朱毛军”有了清楚的了解。

---

[1]《布尔什维克》1929年第2卷第7期。

陈毅的汇报，分“四军的历史”“四军的组织及训练”“四军的近况”“结论”四个部分。

《中央军事通讯》编者曾为陈毅的汇报加了如下编者按：

1929 年的陈毅

> 这是很值得我们宝贵的一个报告，朱毛红军这个“怪物”在我们看了这个报告以后都可以一目了然。从他们几个时期的历史来看，已经很可以明了他们两年来是在怎样的艰苦斗争，在困苦到“衣不得暖，饥不得饱”的时候，还不改勇往直前的精神，卒至造成今日“有八十万武装工农拥护”（见毛泽东来信）的巩固基础！
>
> 这里面有很多宝贵的经验值得我们每一个同志注意，如他们的编制，他们的战术，他们的筹款给养的方法，他们与群众的关系，他们对内的军事和政治训练，他们处置军中供给开支的原则（官兵经济平等，开支绝对公开）……都是在中国“别开生面”，在过去所没有看过听过的。

中共中央政治局听取了陈毅汇报之后，决定重新起草给红四军的指示信，以解决红四军内部产生的明显分歧。政治局委托李立三、周恩来和陈毅三人组成一个小组，专门研究红四军问题，起草中央指示信。

这样，李立三、周恩来、陈毅这三个留法学生，便一次次在上海秘密聚首，小声地讨论着。

陈毅详细地介绍了中共红四军七大所产生的种种分歧。经过将近一个月的讨论，由陈毅执笔，起草了《中共中央给红军第四军前委的信》。此信在 9 月 28 日经中共中央同意通过，史称“九月来信”。

“九月来信”主要是周恩来多次谈话的意见，由陈毅整理而成。此次由于情况明了，所以“九月来信”比“二月来信”要正确得多。“九月来信”的八个部分，后来收进《周恩来选集》，这清楚地表明这是周恩来的著作。

就在中共中央通过了“九月来信”，陈毅欲归未归之际，在闽西发生了重大变故，使红四军陷入了一场新的危机……

失去毛泽东的红四军打了大败仗

在一个警卫排的护送下，一副担架正急急地从福建永定县合溪北上，送往红四军军部所在地上杭县。担架上躺着重病之中的毛泽东。他不是赶往上杭治病，却是要赶去劝阻朱德南下……

那是毛泽东得知紧急的情报，一个名叫谢汉秋的巡视员来到红四军军部。这位巡视员是中共福建省委派出的，他给朱德带来了《中共福建省委给闽西特委、四军前委的信》。此信 1929 年 10 月 6 日发出，朱德 13 日收到。

这封指示信给红四军下达了紧急行动任务——向广东东江地区进军。

信中写道：

> 当此两广军阀混战爆发，广东西北江风云紧迫，东江防地较弱，同时东江丰顺、大埔、五华、兴宁、海陆丰等地广大工农群众起来作剧烈的斗争时，省委同意中央对前委的指示，朱毛红军全部立即开到东江去，帮助东江广大群众的斗争。
>
> 因为这次军阀混战的爆发是比较以前因蒋桂、蒋冯战争来得复杂，牵动了全国大大小小的军阀，这极利于工作的发展。朱毛红军在这次军阀混战中，必定要极力扩充，建立并巩固基础，坚决地采取进攻策略，到群众基础比较强大与军阀战争附近的区域去实行游击，发动与扩大群众的斗争，以促进革命高潮更快地到来。
>
> 这一原则之下，目前朱毛红军无疑的是要开到东江去工作……[1]

朱德向来主张“军人以服从命令为天职”，接到中共福建省委的指示信，便坚决贯彻执行。

毛泽东在病中闻讯，焦急万分，他认为红四军在闽西立足尚不稳，应着重于建设一个根据地，不宜离开闽西去广东。上次进军闽中便吃了败仗，到广东也会如此，因为那是敌军势力强大的地区。

---

[1] 中国人民解放军政治学院党史教研室编：《中共党史教学参考资料》第 14 册，1985 年版，第 229 页。

朱德觉得毛泽东的见解不无道理，但是中共福建省委的信中说，进攻广东东江，是“中央对前委的指示”，不可不从。

这样，朱德以红四军前敌委员会名义，于10月18日致函中共福建省委转中共中央。信中说：

（一）根福建省委转来紧急信一件，四军全部立即开往东江潮梅一带游击。

（二）我们在10月13日接此信后，立即调三个纵队向潮梅布置游击，准于10月20日集中粤边，10月21日以后，进攻焦岭……[1]

信中还这样写道：

陈毅同志仍未回来，毛同志久病，现虽起床，尚不能行走，此次去东江，尚不能出发，负责同志更觉困难……[2]

信刚发出，10月20日，红四军第一、第二、第三纵队便兵分三路，从上杭、武平向东江推进。

陈毅晚了一步，他从上海回到闽西时，红四军已经出发。

10月22日，陈毅从闽西追到广东北部的松源，才在那里追上红四军前敌委员会机关，见到了朱德。陈毅离开上海时，周恩来也主张红四军向广东进军。这样，朱德、陈毅便共同率领红四军，南下广东。

谁知红四军出师才一星期，便在广东梅县打了个大败仗，一下子损兵一千多，成为红四军离开井冈山后蒙受的最大损失！梅县，乃叶剑英的故乡。南昌起义失利后，叶挺、贺龙、陈毅率部南下，亦在梅县打过一仗，损失颇大。

这时的红四军，由于反掉了毛泽东所主张的前委的集中领导，实行所谓“由下而上的民主制”，什么事都得“大家谈，大家议”。为了打不打梅县，竟然“讨论了数日”！[3]

---

[1] 中国人民解放军政治学院党史教研室编：《中共党史教学参考资料》第14册，1985年版，第234页。

[2] 中国人民解放军政治学院党史教研室编：《中共党史教学参考资料》第14册，1985年版，第234页。

[3] 引自中共福建省委《红四军部队情况报告》（1929年7月—1930年4月）。

最后，终于“官兵一致”决定攻打梅县。10月31日拂晓攻进梅县县城，却遭到敌人猛烈反击，损失惨重——红四军全军损兵近三分之一！

后来（1930年1月6日），红四军前委向中央报告时，这么谈及失败的原因：“四军8、9、10三个月中前委机关不健全，毛同志去地方养病，陈毅同志去中央，前委只余朱德同志一人，因此应付不开，政策上出现许多错误，党及红军组织皆松懈。”

这一次大败仗，使红四军的士气顿时大为低落，向广东进军的计划也就告吹——这表明毛泽东当时反对进军广东的意见是完全正确的。

诚如中共福建省委的《红四军部队情况报告》所言：“东江的失败，大家都疲倦了，红军也削弱了！”

失去毛泽东的红四军，处于危机之中！

红四军在10月31日吃了败仗，不得不于11月2日从广东北部的石上和矮嶂子之间向西北方向退去，缩入江西寻乌县境内。

朱德和陈毅商议，决定班师。11月13日，红四军退入闽西，进入武平县。

11月18日，朱德和陈毅在兜了一个圈子之后，率红四军回到原地——闽西上杭县官庄。

直到这时，红四军才算喘了口气，陈毅有机会召集前敌委员会会议，传达中共中央“九月来信”。

“九月来信”是一封颇为重要的指示信。此信支持了毛泽东。信中指出：

> 集权制问题。党的一切权力集中于前委指导机关，这是正确的，绝不能动摇。不能机械地引用“家长制”这个名词来削弱指导机关的权力，来作极端民主化的掩护。[1]

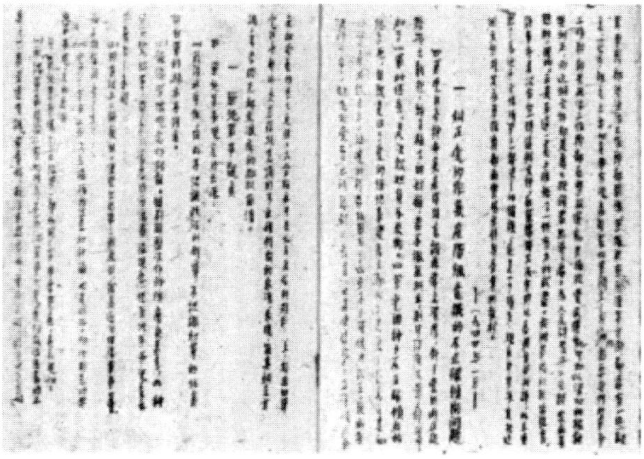

陈毅传达的中央“九月来信”影印件

显而易见，周恩来以中共中央的名义，明

[1]《中央革命根据地史料选编》中册，江西人民出版社1983年版。

确地表示了对毛泽东投赞成票。因为毛泽东向来主张，军队必须置于党的绝对领导之下，亦即“党指挥枪”。

信中还指出：

纠正一切不正确的倾向。红军中右倾思想如取消观念、分家观念、离队观念与小团体倾向，极端民主化，红军脱离生产即不能存在等观念，都非常错误，皆源于同志理论水平低，党的教育缺乏。这些观念不肃清，于红军前途有极大危险，前委应坚决以斗争的态度来肃清之。[1]

信末提及：

详细解释及具体办法已向陈毅同志面谈，当由其口达前委及全军同志。

这表明，中共中央授权，陈毅是中央指示的最权威的传达者和解释者。

陈毅传达了周恩来的重要嘱咐：

要请毛泽东复职，仍任前委书记，并召开一次党的会议，统一思想，分清是非，作出决议。

周恩来的强有力的支持，使毛泽东摆脱了危机。

朱德当即表示，坚决执行中共中央的指示。他很爽快地对陈毅说：“过去的那些我收回，我们请他回来！”[2]

在前敌委员会结束之后，朱德和陈毅当即修书一封致毛泽东，转达中共中央关于他复职的指示，并派出一支部队前往上杭县蛟洋，接毛泽东回红四军。

毛泽东终于回来了！ 11 月 26 日，毛泽东抵达长汀县，在那里与朱德、陈毅会合，重新出任红四军前敌委员会书记，重新成为红四军的最高首长——从他 6 月中旬失去这一职务，到此时复职，历时将近半年！

毛泽东结束了危机，红四军也结束了危机。朱毛紧密合作，红四军又成了

[1]《中央革命根据地史料选编》中册，江西人民出版社 1983 年版。

[2]《党史研究资料》1984 年第 12 期，第 10 页。

“朱毛红军”。

复出的毛泽东着力整顿红四军

毛泽东刚刚官复原职，马上修书一封，致中共中央。信中跃动着他复出的喜悦。信不长，意在向中共中央报告自己已经复职：

中央：

我病已好，11 月 26 日偕福建省委巡视员谢同志[1]从蛟洋到达汀州，与四军会合，遵照中央指示，在前委工作。四军攻梅县失利，损失虽不小，但士气仍振奋，目前一时期当在福建境内工作。闽西已有 80 万赤色群众足以掩护红军，刘（和鼎）金（汉鼎）张（贞）等“会剿”，形势并不严重。现决定整顿一时期，即向刘张进击，打破“会剿”局面，才是出路。（我们）正在准备一个月给养。

四军党内的团结，在中央正确指导之下，完全不成问题。陈毅同志已到，中央的意思已完全传达。唯党员理论常识太低，须赶紧进行教育。除请中央将党内出版物（布报，《红旗》《列宁主义概论》《俄国革命运动史》等，我们一点都未得到）寄来外，另请购书一批（价约百元，书名另寄来），请垫付，寄付地点“　　　　　　”[2]。我们望得书报如饥如渴，务请勿以事小弃置。余详前委报告。

毛泽东

1929 年 11 月 28 日

于汀州[3]

信中提及的“布报”，亦即当时中共中央的机关刊物《布尔塞维克》杂志。《红旗》，则是当时中共中央机关报。

写罢致中共中央的信，毛泽东又给老朋友李立三写了一信，交给地下交通员一起带往上海。

[1] 即谢汉秋。

[2] 现保存在中共中央档案馆的此信系抄件，引号内的地点空缺。

[3]《毛泽东书信选集》，人民出版社 1983 年版，第 26—27 页。

毛泽东致李立三的信也很短，全文如下：

立三兄：

多久不和你通讯了，陈毅同志来才知道你的情形。我大病三个月，现虽好了，但精神未全复元。开慧和岸英等我时常念及他们，想和他们通讯，不知通信处。闻说泽民在上海，请兄替我通知泽民，要他把开慧的通信处告诉我，并要他写信给我。

我知识饥荒到十分，请你时常寄书报给我，能抽暇写信指导尤幸。

独秀近来行动真岂有此理，中央的驳议文件已经到此，我们当普遍地宣传。

共产主义的敬礼

毛泽东[1]

这里提及的“泽民”，即毛泽东之弟毛泽民，当时在上海负责中共中央出版部的工作。

“独秀”，亦即陈独秀，当时在中共党内散布托洛茨基观点，成立了反对派小组织。

毛泽东发走了这两封信之后，便着手整顿红四军。他发觉，在他离开红四军这半年时间里，红四军中各种错误思潮泛滥，已经到了非整顿不可的地步了！

中共红四军七大撤了毛泽东的前委书记之职以后，又在10月上旬召开了中共红四军八大。那时否定了“由上而下的家长制”，实行“由下而上的民主制”，认为无产阶级应实行最彻底的“民主”。于是，什么事情都要开会讨论。调一个人、拨几支枪，都得开会讨论，一讨论便是几个钟头。前委不再是红四军的最高领导机构，却成了各纵队的“联席会议”！开起会来，非得各纵队的头头脑脑全部到齐，少一个人就得等，等齐了才开会。“一开会就得争论半天，前委还认为这样才是无产阶级的办法。因此当时全军政治上失掉了领导的中心。”[2]

在上杭县召开的中共红四军八大，成了一次争论不休的会议。光是为了选举前敌委员会委员，就争论了很久，最后来一个平均分配，每个纵队都有人参

[1]《毛泽东书信选集》，人民出版社1983年版，第28页。

[2] 中共福建省委：《红四军部队情况报告》（1929年7月~1930年4月）。

加前委，选了 17 人之多。

其中有个谭玺，是中共中央派往红四军工作的，当时正在第一纵队，没有出席会议，可是有人提议他应该进入前委，说他如何如何的好，会上宣传了两次，结果谭玺竟成为前委的常委！

其实，当时他新来乍到，还没有几个人认得他……

为了补充兵员的不足，很多俘虏兵进入红四军，没有及时进行教育，把国民党的作风带进红四军：有人骂党代表是“卖狗皮膏药”的；有人打骂士兵，所谓“不打不成兵”；有人赌钱，谁赢了钱谁请客；纪律松懈，搜俘虏腰包、偷嫖女人……

毛泽东复出之后，下力气整顿红四军。他在作了一个月的准备之后，决定召开中共红四军九大。

他反对红四军八大的做法，否定了那种“分割式的以各纵队为条件”分配前委委员的方法，鲜明地提出，只有符合三个条件的人才可当选前委委员，而不必考虑各纵队之间的入选比例。

毛泽东提出的三个条件是，“政治观念正确、工作积极、有斗争历史”。

1929 年 12 月 28 日至 30 日，在陈毅的主持下，中共红四军九大在福建上杭县古田村召开，120 多名代表出席了会议。

古田是上杭县最北的大集镇，地处群山之中，有 1000 多户人家。这是中共党史上一次重要会议，史称“古田会议”。

中共红四军九大的气氛跟八大截然不同。八大时“什么事都是民主，大家

油画《古田会议》（何孔德作）

要怎样干就怎样”，“无组织状态地开了三天毫无结果”的会议[1]。

这一回，会议开得井然有序，红四军的“三巨头”分别作报告：陈毅传达中共中央“九月来信”，毛泽东作政治报告，朱德作军事报告。会场上高悬四条标语，即“中国共产党万岁”“反对盲动主义”“反对冒险主义”“反对机会主义”。

会议只开了两天。在听了三个报告之后，通过了12项事先起草好的决议，即《纠正党内非无产阶级意识的不正确倾向问题》《党的组织问题》《党内教育问题》《红军宣传工作问题》《士兵政治训练问题》《废止肉刑问题》《优待伤病员问题》《红军军事系统与政治系统关系问题》《政治决议案》《废止枪毙逃兵决议案》《接受中央指示决议案》《拥护中央对机会主义及托洛茨基主义反对派的决议案》。如此高的工作效率，是八大所不可比拟的。

大会的主角是毛泽东。由他起草的部分决议《纠正党内非无产阶级意识的不正确倾向问题》，后来改题为《关于纠正党内的错误思想》，收入了《毛泽东选集》第1卷。在这篇决议中，毛泽东历数了八种“非无产阶级思想的表现、来源及其纠正的方法”：（一）单纯军事观点；（二）关于极端民主化；（三）关于非组织观点；（四）关于绝对平均主义；（五）关于主观主义；（六）关于个人主义；（七）关于流寇思想；（八）关于盲动主义残余。

在毛泽东起草的决议中，明确指出了红军的性质：

> 中国的红军是一个执行革命的政治任务的武装集团。特别是现在，红军决不是单纯地打仗的，它除了打仗消灭敌人军事力量之外，还要负担宣传群众、组织群众、武装群众、帮助群众建立革命政权以至建立共产党的组织等项重大的任务。[2]

毛泽东起草的这一决议，被认为是“历史性的决议”。《毛泽东选集》为此文所加的题注写道：“中国人民军队中党的工作和政治工作有广大的发展和创造，现在的面貌和过去大不相同了，但是基本的路线还是这个决议的路线。”

这一次改选前敌委员会，选出正式委员11人，即毛泽东、朱德、陈毅、李任予、黄益善、罗荣桓、林彪、伍中豪、谭震林、宋裕和、田桂祥；另选候补委员3人，即杨岳彬、熊寿祺、李长寿。其中的5人原本是在基层工作，毛

---

[1] 中共福建省委：《红四军部队情况报告》（1929年7月—1930年4月）。

[2]《毛泽东选集》第1卷，人民出版社1991年第2版。

泽东以“观念正确，斗争积极”提名他们为前敌委员，即宋裕和（湘南农民）、李长寿（独立团老兵）、田桂祥（湘南农民）、黄益善和罗荣桓。毛泽东当选为前敌委员会书记。

这时的红四军，已有四个纵队。第四纵队便是邓子恢、张鼎丞那支闽西部队，在1929年8月建立。

毛泽东写长信批评了林彪

就在毛泽东驻兵古田进行整训之时，蒋介石下令进行“三省会剿”。“三省”，即江西的金汉鼎部队、福建的刘和鼎部队和广东的陈维远部队。

刚刚结束了古田会议，毛泽东便决策主力由闽西向赣南转移，以避开“三省会剿”的锋芒——在三省之中，江西最“软”。

新年刚过，林彪先率第一纵队从新泉朋口出发。1月3日，朱德率红四军第三、第四纵队从古田出发，经宁化向赣南进军。

毛泽东呢？他率第二纵队到龙岩县小池打了一场阻击战，然后返回上杭县古田。

这时，毛泽东读到了一封奇特的写给他的“新年贺信”，信中透露了一股悲观情绪，主张大敌当前之际，红四军应分散去打游击，各自找出路。

信的作者是谁？林彪！

此时，林彪已是红四军第一纵队司令员，正在出征赣南途中。

尽管戎马倥偬，1月5日，毛泽东当即在古田村写下一封长信致林彪。除了向中共中央写汇报信比较长之外，毛泽东很少写长信。这次他给林彪写信是个例外，竟然写了7000字！此信是一封公开信，写毕印发红四军各基层单位。毛泽东在古田花了一天时间写毕此信，翌日便率第二纵队离开古田，向赣南进发。

这封长信，后来收入《毛泽东选集》第1卷，成了著名的文章——《星星之火，可以燎原》。

林彪，湖北黄冈县人氏，本名林育容，又写作林毓容，比毛泽东小14岁，生于光绪三十三年十一月初一，亦即1907年12月5日。

林彪的父亲，亲友通常称他“四爹”，在杂货铺里当店员，后来到长江小火轮上当会计，也做过织布工人。

林彪的母亲，亲友通常叫她“毓四婆”。

林彪

林彪有一个哥哥、一个姐姐、两个弟弟。

林彪的父亲在抗日战争时带全家从湖北逃往衡阳，再逃往柳州。林彪的母亲死于逃难途中。

林彪的大嫂在去贵阳途中被日本飞机炸死。父亲辗转打听到林彪的消息，找到重庆八路军办事处，被送往延安。解放后，林彪的父亲随林彪来到北京，1961 年病死，终年 84 岁。

林彪的哥哥在黄冈参加过游击队，1959 年因脑出血而死。林彪的大弟弟林向荣曾任中国人民解放军团政委，战死于太原。林彪的二弟弟林毓菊后来在天津一家医院担任党委书记。林彪的姐姐则生活在湖南。

林彪在 9 岁时读私塾，11 岁入八斗湾浚新学校。1921 年，浚新学校停办，他随堂兄到武汉读书。他受同乡陈潭秋、林育南的影响，思想日渐进步。1923 年，林彪加入了中国社会主义青年团。1925 年，林彪成为黄埔军校第四期学员，在那里加入了中国共产党。他自进入黄埔军校起，由原名林育容改名林彪。

北伐开始时，林彪担任国民革命军第二十五师第七十三团排长。

南昌起义时，林彪担任第十一军军部特务连连长。

此后，他随朱德、陈毅上了井冈山。上山后一个月（1928 年 5 月）他出任中国工农革命军第四军第十师第二十八团第一营营长。

过了半年，1928 年 11 月，他升为第二十八团团长。这个团是朱德南昌起义带过来的主力团。

过了一年多，他升任红军第四军第一纵队司令员，成为红军的骨干将领。

林彪其人性格内向，言语不多，论指挥作战，确有一套本事。也正因为这样，他会从排长、连长、营长、团长、纵队司令，一个一个台阶迈上去。他在红军建设上也有贡献，如“三大纪律八项注意”那最后两项注意，便是林彪提出来的。

不过，林彪又常常左右摇摆。在井冈山，在面临第三次“会剿”时，他曾提出“红旗到底打得多久”的疑问。毛泽东曾批评他“娃娃不懂事”。

这一回，毛泽东读了林彪的“新年贺信”，一下子便抓住了林彪的悲观情绪。此时的毛泽东，刚刚在古田会议上批判了党内种种错误思想，却未曾对悲观情绪来一通批判；而他对悲观情绪的反感，由来已久，他收到中共中央的“二月来信”，就直截了当地复函称中共“太悲观了”！

一股激情在毛泽东的心中升腾，终于将思绪从笔端汩汩流出，写出了致林彪的长信。他借林彪来做文章，端正红四军上上下下的对形势的错误估计。

毛泽东此信，后来在20世纪50年代收入《毛泽东选集》时作了删节。信的开头一段，是《星星之火，可以燎原》一文中所没有的。毛泽东的原文是这样的：

新年已经到来几天了，你的信我还没有回答。一则有些事忙，二则也因为我到底写点什么给你呢？有什么好一点的东西可以贡献给你呢？搜索我的枯肠，没有想出一点适当的东西来，因此也就拖延着。现在我想得一点东西了，虽然不知道到底于你的情况切合不切合，但我这点材料实是现今斗争中的一个重要问题，即使于你的个别情况不切合，仍是一般紧要的问题，所以我们就把它提出来。

我要提出什么问题呢？就是对于时局的估量和伴随而来的我们行动问题。我以前感觉到，至今还有些感觉，你对于时局的估量是比较的悲观。去年5月18日晚上瑞金的会议席上，你这个观点是最明显的。我知道你相信革命高潮是不可避免地要到来，但你不相信革命高潮有迅速到来的可能。因此，在行动上你不赞成一年争取江西的计划，而只赞成闽粤赣交界三区域的游击；同时，在三区域也没有建立赤色政权的深刻观念，因之也就没有由这种赤色政权的深入与扩大去促进全国革命高潮的深刻观念……似乎你认为在距离革命高潮尚远的时期建立政权的艰苦工作为徒劳，而希望用比较轻便的流动游击去扩大政治影响，等到全国各地争取群众的工作做好了，或做到某个地步了，然后来一个全国暴动，那时把红军的力量加上去，就成为全国形势的大革命。你的这种全国范围的包括一切地方先争取群众后建立政权的理论，我觉得是于中国的革命不适合的。你的这种理论的来源，据我的观察，主要是没有把中国是一个帝国主义最后阶级中互相争夺的殖民地一件事认识清楚。

以上这些被删去的原文，可从中共中央北方局1944年印行的《抗战以前选集》中查到。

毛泽东在信中，提及了中共中央的“二月来信”。他写道：

中央二月来信就是代表那时候党内悲观分析的证据……

中央二月来信的精神是不好的，这封信给了四军党内一部分同志以不良影响。[1]

毛泽东对悲观情绪的根源作了如下分析：

1927 年革命失败以后，革命的主观力量确实大为削弱了。剩下的一点小小的力量，若仅依据某些现象来看，自然要使同志们（作这样看法的同志们）发生悲观的念头。但若从实质上看，便大大不然。这里用得着中国的一句老话："星星之火，可以燎原。"这就是说，现在虽只有一点小小的力量，但是它的发展会是很快的……我们看事情必须要看它的实质，而把它的现象只看作入门的向导，一进了门就抓住它的实质，这才是可靠的科学的分析方法……

中国是全国都布满了干柴，很快就会燃成烈火。"星火燎原"的话，正是时局发展的适当的描写。[2]

最后，毛泽东以充满诗意的笔触，如此热烈欢呼道：

我所说的中国革命高潮快要到来，决不是如有些人所谓"有到来之可能"那样完全没有行动意义的、可望而不可即的一种空的东西。它是站在海岸遥望海中已经看得见桅杆尖头了的一只航船，它是立于高山之巅远看东方已见光芒四射喷薄欲出的一轮朝日，它是躁动于母腹中的快要成熟了的一个婴儿。[3]

毛泽东此信，写得这般潇洒，表明他复出后充满着必胜的信心。

信的结束语，也是后来被删除的。原文是：

我所不赞成你的是指你缺乏建立政权的深刻的观念，因之对于争取群众促进革命高潮的任务，就必然不能如你心头所想的完满地达到，我这封信所要说的主要的就在于这一点。

---

[1]《星星之火，可以燎原》，《毛泽东选集》第 1 卷。

[2]《星星之火，可以燎原》，《毛泽东选集》第 1 卷。

[3]《星星之火，可以燎原》，《毛泽东选集》第 1 卷。

井冈山时期的毛泽东与林彪

古田镇赖家坊“协成店”小屋的油灯彻夜通亮，毛泽东一气呵成地写了给林彪的这封长信。之后，他加上了标题《时局估量和红军行动问题》，交付油印，发至各大队党支部。

后来，此信以《毛泽东同志写给林彪同志的信》为题，收入1941年出版的《六大以来》，1947年出版的《毛泽东选集》也全文收入此信。

1948年2月28日，林彪致函中共中央宣传部，要求印行《毛泽东选集》时，此文不要公开他的名字，称这样可以“不在群众中引起误会”，避免国外“种种无益的推测”。

此时，林彪已是东北野战军司令员、中共东北局书记。

毛泽东同意了林彪的请求，将此信改题为《星星之火，可以燎原》，同时删去了信的开头几段和末段中直接涉及林彪的文字。

这样，由中共中央毛泽东选集出版委员会编定的《毛泽东选集》第1卷在1952年印行时，《星星之火，可以燎原》一文的题注没有提及林彪：

> 这是毛泽东同志的一篇通信，是为批判当时党内的一种悲观思想而写的。

“文革”中，林彪成了中共中央副主席，仍耿耿于怀于这笔旧账。1969年9月，林彪授意他人代表，写了《西江月·重上井冈山》一词：

> 繁茂三湾竹树，
> 苍茫五哨云烟。
> 井冈搏斗忆当年，
> 唤起人间巨变。
>
> 红日光弥宇宙，

战旗涌作重洋。
工农亿万志昂扬，
誓把敌顽埋葬。

四十年前旧地，
万千往事萦怀。
英雄烈士启蒿莱，
生死艰难度外。

志壮坚信马列，
岂疑星火燎原。
辉煌胜利尽开颜，
斗志不容稍减。[1]

其中的“岂疑星火燎原”一句，显然是想把那笔旧账勾销。据云，拟稿者最初写作“何疑星火燎原”，林彪改为“岂疑星火燎原”。

如此反反复复，历史云遮雾障，直至1991年《毛泽东选集》第2版问世，《星星之火，可以燎原》一文的题注才如实写上这是毛泽东写给林彪的一封信。

毛泽东“春风得意”驰骋赣南

星星之火在扩大。朱毛红军——红四军——在中国共产党人之中树起了一面武装斗争、武装割据的旗帜，各地纷纷响应，冒出了一支又一支新的红军。

红五军——以彭德怀为军长、滕代远为党代表，活跃在湘鄂赣边界。

红二军——以贺龙为军长、恽代英为政治委员（未到任），活跃于湘鄂西一带（该军最初曾称“红四军”）。

红四军——与朱毛红军同名，以邝继勋为军长、余笃三为政治委员、徐向前为参谋长，活跃于鄂豫皖边区（这支红四军中的一部分，原曾称“红一军”）。

红六军——同称“红六军”的有三支部队。一是以孙德清为军长、周逸群

[1] 中共中央办公厅印发《粉碎林彪反党集团反革命政变的斗争（材料之二）》，1972年7月。

毛泽东在江西中央革命根据地

为政委的红六军，活跃于鄂西洪湖地区；二是以李勋为军长的红六军，亦在鄂西；三是以黄公略为军长、刘士奇为政委的红六军，在赣西、湘赣边界一带。

红七军——1929 年 12 月 11 日广西百色起义之后诞生，以张云逸为军长、邓小平为政治委员，活跃于广西右江地区。

红八军——1930 年 2 月在广西左江地区建立，俞作豫任军长，邓小平兼任政治委员。

红十军——军长方志敏（后为周建屏），活跃于赣东北和闽北地区。

红十一军——同称“红十一军”的有两支部队。一支以吴光浩为军长、戴克敏为党代表，活跃于鄂东；一支以古大存为军长、胡丙泰为政治委员，活跃于广东东江一带。

红十二军——也有两支。一支是以伍中豪为军长、邓子恢为政治委员（最初称“红九军”），活跃于闽西一带；一支由谢振亚领导，活跃于鄂东南一带。

红十四军——以何昆（李维森）为军长、李超时为政治委员，在苏北活动。

红二十五军——军长邝继勋，政委王平章，在鄂豫皖一带（1931 年 10 月始建）。

红二十六军——1930 年 9 月 19 日，河南山东接合部的东明、长垣两县农民暴动，打起了“红二十六军”军旗。此后，刘志丹、谢子长在陕甘地区组织武装暴动，队伍亦称“红二十六军”。

如此众多的红军在中国大地诞生，显示了毛泽东的影响。因为毛泽东最早提出了“枪杆子里面出政权”，最早创建红色根据地，朱毛红军成了一面旗帜，成了中国共产党人的标杆。虽说当时的毛泽东还只是“各路诸侯”中的一个，却已成为各路红军的榜样。

从 1927 年秋收起义，到 1930 年，不过三年多的工夫，在毛泽东的影响下，中国有江西、湖南、湖北、福建、浙江、广东、广西、河南、安徽、甘肃、陕西、江苏、四川等 13 个省的 300 多个县，发生了武装暴动，建立了大小 15 个红色根据地，建立了 13 个军的正式红军，共约 6.27 万人，随后则发展到 10 万人。赤卫队也发展到 10 多万人。

毛泽东率部从闽西转入赣南，1 月 16 日占领了广昌。他复职后，精神颇佳，那曾经折磨他多日的疟疾也霍然而愈。他满怀信心指挥着红四军。

刘志丹

谢子长

红四军在毛泽东的领导下，上上下下也都充满了信心。此时，红四军早晚点名，军官喊一声“进攻敌人”，士兵便答一句口号：

进攻敌人——消灭军阀混战！
进攻敌人——武装拥护苏联！
进攻敌人——建立赣西南苏维埃政府！
进攻敌人——彻底分配土地！
进攻敌人——扩大工农武装！
进攻敌人——夺取江西全省政权！

1930 年 2 月，毛泽东率部从广昌进逼江西中部重镇吉安。心情愉悦的他，在行军途中吟成《减字花木兰·广昌路上》一首：

漫天皆白，
雪里行军无翠柏。
头上高山，
风卷红旗过大关。

此行何去？
赣江风雪迷漫处。
命令昨颁，
十万工农下吉安。

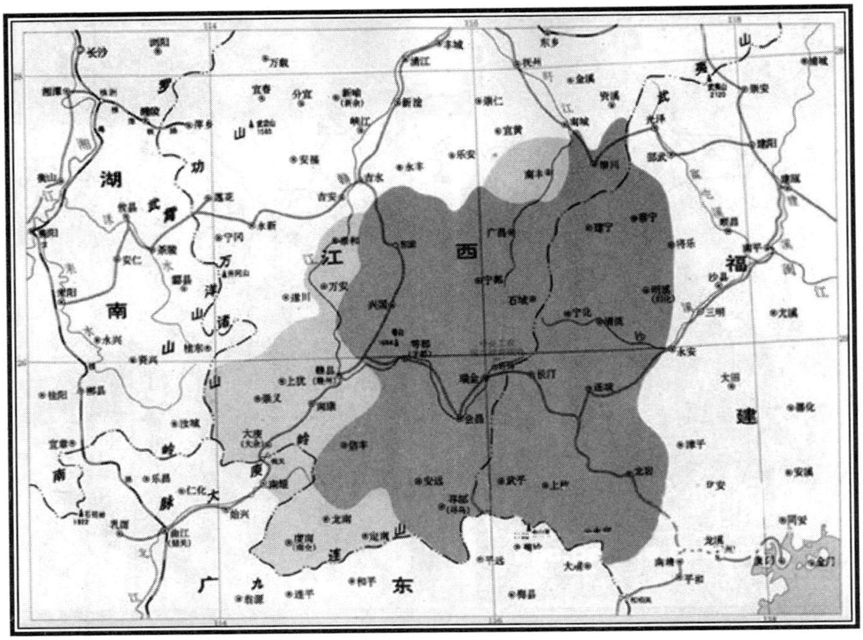

中央革命根据地示意图

其中“雪里行军无翠柏”一句，在1963年公开发表时，改为“雪里行军情更迫”。

毛泽东率红四军在江西中部、南部驰骋，到了1930年3月，赣南一带除了赣州、吉安等几座孤城之外，30多个县都变成红色，形成了赣南根据地。

赣南根据地跟闽西根据地连成一片，红色区域日渐扩大。这一大片红区，史称“中央革命根据地”。这样，毛泽东在丢失了井冈山根据地之后，又创立了新的、更大的根据地。

根据地扩大了，红军也扩大了。1930年6月，以红四军为基础，和红三军、红十二军合编，组成了中国工农红军第一军团，毛泽东任政治委员，朱德为总指挥。这“政治委员”一词，是周恩来沿用苏联红军建制，改掉了中国红军中原设的“党代表”而设立的。由周恩来起草的中央“九月来信”中说：“党代表名称应立即废除，改为政治委员，其职务为监督军队行政事务，巩固军队政治领导，副署命令等。”自从毛泽东出任红军第一军团政治委员，人们也就称他为“毛委员”；在此之前，人们对他的习惯称呼为“毛党代表”。

不久，红五军、红八军、红二十六军合编，组成红军第三军团，由彭德怀任总指挥，滕代远任政治委员。

1930年8月，红一军团又与红三军团合编，组成“中国工农红军第一方面军”，毛泽东为总政治委员，朱德为总司令。朱德的“总司令”之称，便始于此时。后来，他成为“红军总司令”“中国人民解放军总司令”，这个“总”字，最初起源于红一方面军总司令这一职务。

红军第一方面军拥有3万兵马，比毛泽东初上井冈山时那700多人声势要大得多了。

春风得意，“毛委员”已在江西树起一面红色的大旗……

李立三猛烈抨击毛泽东

就在毛泽东结束了在闽西的半年沉默，闯进赣南打开新局面的时候，他又遭到了猛烈的打击。

这一回新的打击来自中央，来自他的老朋友李立三！

1930年3月，周恩来由上海去苏联参加联共（布）第十六次大会，并向共产国际汇报工作，中共中央的领导权便完全落到了李立三手中。

李立三开始实行他的“左”倾冒险机会主义路线。

1930年6月9日，“柏山”（李立三）在中共中央政治局会议上讨论关于目前政治任务决议案草案时，对毛泽东提出了尖锐的批评。

李立三如此说：

1930年的李立三

在全国军事会议中发现了妨害红军发展的两个障碍，一是苏维埃区域的保守观念，一是红军狭隘的游击战略。最明显的是四军毛泽东，他有他一贯的游击观念，这一路线完全与中央的路线不同。他以为江西是革命首先胜利的区域，条件是：一、资产阶级弱，二、无地方军阀，三、帝国主义的力量弱。

他对红军的发展，则完全是游击战争的观念。这一问题必须要根本解决。游击战争的战术已不适合于现在

的形势……[1]

想当年，这位李立三看了《二十八画生征友启事》去见毛泽东时，羞羞答答“没有明白表示意见”，在毛泽东面前，他只是个“小弟弟”。如今，李立三把持了中共中央，批评起“四军毛泽东”来，一点儿也不客气。

李立三挖苦毛泽东的“游击战争的秘诀”，是“逃、跑、走”！

据云，李立三的口甚大，他常给朋友表演“绝技”：把拳头伸进自己的口里，转上一圈，再把拳头取出！

此刻，他张着大口，正在大声鼓吹他的路线：红军“需要夺取中心城市，向敌人主力进攻，向交通中心发展”！

确实，毛泽东有着一条“完全与中央的路线不同”的路线。他的游击战争经验，是近四年红军作战切切实实的总结。然而，坐在上海亭子间里的李立三，却要对毛泽东进行“根本解决”！

六天之后（1930 年 6 月 15 日），李立三以中共中央的名义，给红四军前委，亦即毛泽东，下达了命令式的一封信。信的措辞，是异常激烈的：

你们固执过去的路线，主要的原因是你们没有了解整个革命形势的转变。这的确也难怪你们，因为你们处境太偏僻了……

你们应当深刻地了解自己的错误，按照中央的指示转变你们今后的路线……

如果前委有谁不同意的，应即来中央解决。[2]

李立三强调，“一省或数省首先胜利的革命形势正在成熟”，他要求毛泽东率红四军“向中心城市与交通区域进攻”！光是写信、下命令还不够，他还特地指派了中央特派员涂震农向红四军传达、督战。

李立三此时是上级，毛泽东是下级；李立三此时代表中央，毛泽东代表地方。按照“下级服从上级，地方服从中央”的组织原则，毛泽东不能不执行来自中共中央的命令：进攻南昌！

---

[1]《柏山在中央政治局会议上关于目前政治任务决议案草案内容的报告》，中国人民解放军政治学院党史教研室编：《中共党史教学参考资料》第 14 册，1985 年出版，第 445 页。

[2]《中央致四军前委的信》（1930 年 6 月 15 日），中国人民解放军政治学院党史教研室编：《中共党史教学参考资料》第 14 册，1985 年出版，第 450 页。

然而，脚踏实地的毛泽东，当然掂量得出进攻南昌该付出多少血的代价。

毛泽东又一次显示了他的聪明：

7 月 11 日，毛泽东在江西兴国县城北雨坛脑召开了红军和地方武装人员的万人誓师大会，摆出了向南昌进军的架势。

7 月 24 日，毛泽东、朱德率部攻克清江县樟树镇，全歼守敌两个营。26 日，攻克离南昌不远的高安县。

7 月 30 日，毛泽东率红一军团攻入南昌近郊新建县的西山。毛泽东在这里召开军事会议，说服部队不要进攻南昌，以避免惨重的损失。

8 月 1 日那天，毛泽东派出罗炳辉带了几十个人到南昌赣江对岸的牛行车站，乒乒乓乓放了一通枪，举行“八一”示威。南昌城里一阵紧张，正欲派出军队反击，毛泽东的部队已不见踪影——早已朝奉新县、安义县转移了。

彭德怀的红三军团接到李立三的命令：进攻长沙！李立三的“宏伟计划”是毛泽东攻南昌，彭德怀取长沙，然后会师武汉！

彭德怀执行了命令，率部趁军阀混战长沙空虚之际，于7月28日攻入长沙，当即宣布成立“湖南省苏维埃政府”，以李立三为主席。

李立三闻讯大喜。正在这时，何键调集 15 个团，南北夹击长沙。幸亏彭德怀急急率部撤退，才算避免了全军覆没——占领长沙不过 11 天而已！

李立三得知毛泽东佯攻南昌，彭德怀退出长沙，大骂他们“右倾”，急令毛泽东的红一军团会同彭德怀的红三军团组成红一方面军，再攻长沙。

毛泽东只得从命，和彭德怀部队一起，再攻长沙。这时，何键坐镇长沙，拥有 4 万兵马，远非上次那么空虚。毛泽东为避免红军损失，屯兵长沙城下。

何键得知毛泽东之妻杨开慧在长沙板仓，悬赏 1000 大洋“捉拿毛杨氏”。

杨开慧不幸和儿子毛岸英一起被捕，被押往长沙。杨开慧在狱中遭到严刑酷虐。各界闻杨开慧被捕，纷纷来人、来电要求保释，何键说：“只要杨开慧同意登报与毛泽东脱离夫妻关系就行了，其他都不必审讯。”杨开慧冷眼相对，坚决拒绝。1930 年 11 月 14 日下午 1 时，杨

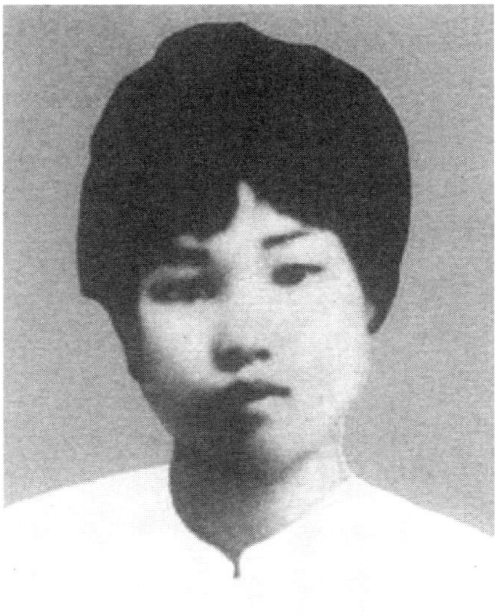

毛泽东妻子杨开慧

开慧在长沙浏阳门外识字岭被杀，时年 29 岁。

毛泽东后来从报上得知杨开慧牺牲的噩耗，当即写信给杨开慧胞兄杨开智，痛悼道："开慧之死，百身莫赎。"毛泽东还寄款为杨开慧修墓立碑，上刻"毛母杨开慧墓　男岸英、岸青、岸龙刻　民国十九年冬立"。

毛泽东深知长沙城防坚固，易守难攻，只采取围城，然后设法诱敌出城，聚而歼之。好不容易引出敌人一个师，一举歼灭，士气大振，要求攻城的情绪也猛然高涨。李立三又连连催促进攻长沙，毛泽东不得不在 9 月 10 日签署《强攻长沙命令》。

命令下达后，红军发动强攻。何键的部队在长沙四周打了木桩，架上电网。红军买了几十条水牛，牛尾上绑棉花，浇了煤油，点火之后，水牛狂怒，朝电网冲去，才打开了缺口。可是，电网之后有壕沟、有工事，红军一次次冲锋，一批批倒下，损失惨重。毛泽东决定撤围。

就在这时，李立三派来长江局代表周以栗，要求毛泽东坚决执行中央命令，再度对长沙发动进攻。

毛泽东与周以栗彻夜长谈，陈述了不能再攻长沙的原因。他写下一封致中共中央的信，说明了退兵的理由，交给周以栗带去。长沙一仗，使红一军团损失 1600 余人，红三军团的损失人数也与红一军团相近。

于是，毛泽东在 9 月 13 日带着部队撤退，退往湖南株洲。毛泽东的意图是带部队回到赣南。

10 月 3 日，毛泽东率部包围了江西南部重镇吉安县城。午后 2 时，毛泽东下达了对吉安发起总攻的命令。这一仗打得很漂亮，一下子缴获了上千支枪。拔掉了吉安这颗钉子，使赣南一片红色，只剩赣州一座孤城未克。

10 月 17 日，毛泽东率部抵达江西中部的峡江县，收到中共湘东特委 9 月以及 9 月以前发出的三封信，转达来自中共中央的命令：再度进攻南昌！

毛泽东无奈，于 10 月 19 日复函中共湘东特委："我们目前的行动，是前去占领南浔路，进攻南昌九江消灭敌人……"

正在毛泽东十分为难的时候，中共中央发生了重大变化。只是由于中共中央设在上海，而那时交通不便、信息不灵，毛泽东尚不知李立三已经下台！

8 月下旬，瞿秋白、周恩来从苏联回国，制止了李立三的"左"倾冒险主义。9 月 24 日，在瞿秋白、周恩来领导下，中共六届三中全会在上海召开，宣告结束了李立三"左"倾冒险主义路线。

虽然毛泽东没有出席中共六届三中全会，但是他被选为中共中央政治局候补委员，等于恢复了他在八七会议时的党内地位——他是在 1927 年 11 月中共中央临时政治局扩大会议通过《政治纪律决议案》被撤销政治局候补委员职务的。经过了将近四个春秋，他这才终于重新当选政治局候补委员。

项英

直至1930年12月上旬，从中共中央来了一位“大员”，毛泽东这才详细得知中共六届三中全会的情形。

在此之前，中共中央派来的只是交通员、巡视员，这一回派来的却是一位政治局常委！这表明中共中央越来越重视朱毛红军了。

派来的政治局委员，当时名叫“江钧”，亦即项英。项英织布工人出身，所以在中共六大强调工人成分时，他不仅进入了政治局，而且成了政治局常委，在党内的地位远远高于毛泽东。他甚至还当选共产国际监察委员会委员。斯大林会见过项英，夸奖过他，还送了一支手枪给他，这使项英在中共党内的声望骤增。

自1930年8月起，项英又兼任中共中央长江局书记。

项英传达了中共六届三中全会的决议，传达了对李立三的“左”倾冒险主义的批判。其中，还传达了六届三中全会作出的《组织问题决议案》，决定立即在苏维埃区域建立中央局，以加强和统一中共中央对各苏区党的领导。这一新的机构，命名为“中共苏区中央局”。

显然，这“中共苏区中央局”，成了苏维埃地区的中共最高领导机构。

关于成立“中共苏区中央局”，早在1930年8月29日，中共中央的《中央关于在湘鄂赣三省成立苏区中央局给长江局的信》中就已经指出：“中央决定在湘鄂赣三省苏维埃区域中成立苏维埃的中央局，以指导所有的苏维埃区域中的工作。”

中共中央派出的，组织中共苏区中央局的最初人选是关向应。关向应是满族人，1924年曾赴莫斯科东方劳动者共产主义大学学习，回国后担任中国共产主义青年团中央委员会书记。只是关向应赴任时，因道路阻隔，半途而返。

1930年10月底，中共中央决定改派“江钧”前往苏区。中共中央在致毛泽东的信中写及：“苏区中央局在江钧同志未到达以前，可先行成立，暂以泽东同志代书记。”

可是，当时正忙于作战，拟议中的中共苏区中央局并未建立起来。

直至项英到达苏区，这项工作才终于落实。

1931 年 1 月 15 日，中共苏区中央局在江西宁都小布镇正式成立，书记并非毛泽东，而是周恩来。由于周恩来尚在上海，任命项英为代理书记。这样，项英成了苏区的中共最高领导。

中共苏区中央局委员由九人组成：周恩来（未到）、项英、毛泽东、朱德、任弼时（未到）、余飞（未到）、曾山及湘赣边特委、少共中央各一人。

其中的曾山是江西吉安人，当时任中共赣西南特委书记。1930年10月7日，在吉安成立江西省苏维埃政府，曾山当选为省政府主席。

1 月 15 日，在成立中共苏区中央局的同时，又成立了“中央革命军事委员会”，项英任主席，毛泽东、朱德任副主席。中央革命军事委员会为军事最高领导机构。

这样，在苏区，形成了项英、毛泽东、朱德的“三驾马车”新格局，项英成为苏区的最高首长。

李立三的下台，使毛泽东又度过了一次政治危机。不过，项英当时并不认为李立三是路线的错误，而只是策略的错误。项英的到来，并没有彻底扭转李立三路线在苏区的影响，而且，项英还不时和毛泽东产生新的矛盾……

“齐声唤，前头捉了张辉瓒”

攻南昌，战长沙，虽说毛泽东迫不得已，却耸动了视听，成为国民党报纸上的“热点新闻”，连篇累牍加以报道。

于是，红军声名大振，毛泽东也声名大振。

毛泽东成为街谈巷议的传奇人物，如他所忆：

> 我听到一个故事，说当地[1]的农民相信我不久就会回到家去。有一天，一架飞机从上空飞过，他们就断定飞机上坐的是我。他们警告那时种我的地的人，说我回来看我的地了，看看地里有没有树木被砍掉。他们说，如

[1] 指毛泽东的家乡湘潭。

果有砍掉的，我一定会向蒋介石要求赔偿。[1]

全副武装的蒋介石

毛泽东成了知名度很高的人物——“湖南农民都知道我的名字，因为悬了很大的赏格不论死活要缉拿我、朱德和其他红军领导人。”[2]

毛泽东名震中国，蒋介石把他视为心腹之患。无奈，从1930年5月起，蒋介石正忙于“蒋、阎、冯中原大战”，跟阎锡山、冯玉祥逐鹿中原，打得不可开交。到了1930年10月，“蒋、阎、冯大战”以蒋介石取胜而告终，蒋介石便腾出手来，对付毛泽东。

蒋介石在1930年8月5日任命陆海空军总司令武汉行营主任何应钦为“鄂、湘、赣三省剿匪总指挥”。何应钦受命伊始，说了一通“深刻”的话：“各省从前剿匪，大都不免省界观念，能将共匪驱出省界即为了事，他省如何不欲过问。故匪等东击西窜，不能根株尽绝，反而愈延愈广。国府因见及此，特命行营负此专职，统筹兼顾，谋根本解决，以矫正此前之流弊。”

这么一来，也就从过去的“会剿”，改为“围剿”。

蒋介石在10月7日攻占郑州之后，平定中原，便确定赣南为“剿匪重点”，着手部署第一次“围剿”。

南昌市中心洗马池，那里的江西大旅社忽然戒备森严，三步一岗，五步一哨，外人莫近。这家大旅社是当年南昌首屈一指的豪华宾馆，三年多以前周恩来等便是住在这里发动八一起义。12月7日，蒋介石抵达这里，召开“剿共军事会议”。

几天之后（12月12日），上海《民国日报》的“南昌通讯”，便报道了蒋介石这一动向：“蒋主席为限期肃清赣境共匪起见，特电召十八、新五、新十五等师长来省开军事会议，并面授机宜，各师长将陆续由前方赶到，当晚

[1] 斯诺：《西行漫记》，三联书店1979年版，第151页。

[2] 斯诺：《西行漫记》，三联书店1979年版，第150页。

国民党陆海空军总司令南昌行营主任鲁涤平

即在总司令部行营开会，出席者有何成浚、朱绍良、鲁涤平及张辉瓒等十余人……”

会后，蒋介石在南昌设立了国民党陆海空军总司令南昌行营，任命江西省主席兼第九路军总指挥鲁涤平为南昌行营主任，以表明这次“围剿”的声势。

蒋介石“面授机宜”，制定了“围剿”的十六字方针：“长驱直入，外线作战，分进合击，猛进猛打。”他调集了11个师2个旅、约10万兵马进行“围剿”。另外，还派出三个航空队，以造成空中优势，因为红军没有一架飞机，连高射炮也没有。

说实在的，那时的蒋介石还没有把毛泽东放在眼里。他认为，作了这么一番“面授机宜”之后，足以“荡平共匪”。他在南昌逗留几日之后，便带着吴稚晖、周佛海、邵力子、陈布雷上庐山作逍遥游，不久就返回南京去了。

毛泽东面对气势汹汹的十万敌军却在那里读书，他认为《孙子兵法》中孙子所说的八个字，极有见地，那就是“避其锐气，击其惰归”。

尽管许多人主张“主动出击，北上迎敌”，甚至提出“主动进攻九江南昌”，毛泽东却依据《孙子兵法》，提出了四字方针——“诱敌深入”！

1930年10月25日，毛泽东在红一方面军总前委会议上，对“诱敌深入”方针作了阐述。他以为，当强敌扑来之际，红军应向根据地内撤退，不应硬拼，在退却过程之中选择有利时机、有利地形消灭敌军。毛泽东在会上说：“退却之所以必要，是因为处在强敌的进攻面前，若不退让一步，则必危及军力的保存。”

后来，毛泽东作了如此生动的形容：

> 谁人不知，两个拳师放对，聪明的拳师往往退让一步，而蠢人则其势汹汹，劈头就使出全副本领，结果却往往被退让者打倒。
>
> 《水浒传》上的洪教头，在柴进家中要打林冲，连唤几个“来”“来”“来”，结果是退让的林冲看出洪教头的破绽，一脚踢翻了洪教头。[1]

---

[1]《中国革命战争的战略问题》，《毛泽东选集》第1卷。

毛泽东学林教头，在蒋介石的十万大军面前退让着。而根据蒋介石“长驱直入”的方针，他的部队也就随着红军的退却“长驱直入”了。

在蒋介石诸将之中，有一位名唤张辉瓒，《民国日报》“南昌通讯”中提及的蒋介石“面授机宜”的将领之中，便有此公的大名。

张辉瓒是湖南长沙人，年长毛泽东7岁，在北伐战争时与毛泽东相识，不意如今成了交战的对手。张辉瓒其人，是一员道地的武将：早年在清朝军官讲武堂学习，然后又去日本士官学校和德国学习。他比起毛泽东“强”多了，因为毛泽东连军事学校的大门都未曾进去过，更别说留日、留德喝洋墨水了。

张辉瓒在1924年出任国民党军第四师师长，1929年出任南昌卫戍司令，1930年3月兼任江西省“剿匪”总指挥。他屠杀共产党人不眨眼，人称“张屠夫”。

这一回，“张屠夫”受命“剿匪”，趾高气扬。他向部下发表训词：“吾党与共匪势不两立，此番不剿清，誓不生还，愿吾汝辈共勉之！”

张辉瓒挥师南下，在樟树镇驻营时，第五十师师长谭道源的参谋长李家白曾去看望，记下当时的印象：

> 张住一楼房。我师副师长森岳邀我去看看他。一进大门，只见守卫士兵各荷自来得手枪及马刀各一，枪柄吊金红丝穗，佩系颈上，刀柄系蓝绸制的国民党小党旗，穿着崭新的灰色军服，看来十分威武。大门口站四个卫兵，楼梯上下各一个，房门口又站一个。张素爱排场，这时更令人刺目。我们见面彼此客套一番。张正为人谋差使，写好了介绍信，叫“来人”，一马弁（当时通称卫士为马弁）应声进来，张命：“叫特务连长拿我的私章来！”一会儿，特务连长进来拿出师长的私章盖上，仍把私章带去（特务连长张达泉系张的胞侄）……[1]

江西中部的东固驻有红军主力，国民党新编第五师师长公秉藩与张辉瓒分别率部朝东固进军。

张辉瓒求胜心切，12月20日晨，率部逼近东固。清早，浓雾遮日，张部在雾中听见人叫马嘶，判定为红军主力，当即发动强攻。对方人强马壮，马上予以猛烈还击。双方在浓雾中激战。张辉瓒认为这下子真的遇上红军主力了，乃是千载难遇的立功之机，下令猛攻。

[1] 李家白：《反共第一次“围剿”的源头之役》，《文史资料选辑》第45辑。

双方厮杀正酣，浓雾渐消，对方发觉死者穿的是第十八师军衣，大吃一惊，急忙吹号联络。张辉瓒部队一听号声，方知对方不是红军，原是公秉藩的新编第五师。这一场大战，是“大水冲了龙王庙——自家人打了自家人”！

事情是这样的：毛泽东见公秉藩、张辉瓒两师朝东固扑来，避其锋芒，退兵至龙冈。公秉藩捷足先登，占了东固，马上发电报到吉安给鲁涤平，到南昌给何应钦，到汉口给蒋介石，抢报头功。蒋介石当即复电，称赞公秉藩“该师将士用命，克奏朕功，实堪嘉奖”，给2万元“犒赏官兵”。张辉瓒不知此事，以为东固仍在红军手中，所以在雾中开火，误杀一阵……

张辉瓒挨了蒋介石的臭骂：“怕死”！“可耻”！

公秉藩在他1963年写的回忆录中，忆及当时的情景：

> 我去第十八师师部看张辉瓒，请示明日如何行动，张说：“你明日留东固休息，我率领第十八师进攻龙冈。”[1]

张辉瓒的牙齿咬得咯咯响，非要立一“大功”，以雪东固之耻。

这时，毛泽东稳坐中军帐。12月25日，他在离东固不远的小布镇召开盛大的“苏区军民歼敌誓师大会”。他别出心裁，给大会写了一副对联，高悬在主席台两侧。这副对联，生动地反映了他游击战争的策略：

> 敌进我退，敌驻我扰，敌疲我打，敌退我追，游击战里操胜券；
> 大步进退，诱敌深入，集中兵力，各个击破，运动战中歼敌人。

毛泽东正是运用这副对联中的策略，对付蒋介石第一次“围剿”的。

张辉瓒的求胜之心甚切，12月29日率主力第五十二旅、第五十三旅及师部9000余人逼近龙冈。毛泽东料定张辉瓒明日必然途经苦竹岭进军龙冈。苦竹岭距龙冈10公里。毛泽东、朱德在苦竹岭设立了指挥所，调集红军主力埋伏在龙冈。龙冈是江西永丰县的一个五六百户人家的小镇，高山环绕，中间是一峡谷，是打伏击战极好的“口袋”。

军情急，已经无法再作战前动员，红军战士马上开始急行军。这时，天下起了蒙蒙细雨，山道甚滑，可是为了争取时间，战士们甚至要在细雨中小跑。

战士们不知何故如此急迫，原定向上固移动，如今突然转了方向。见到路

---

[1] 公秉藩：《忆第一次“围剿”》，《江西党史资料》第17辑，1990年12月出版。

边的大门板上用粉笔写着的一行大字，这才恍然大悟：

军长、政委示：

上固无敌，敌在龙冈，望全军将士奋起精神消灭之。

林彪[1]

当时刘亚楼任红四军第三十五团政治委员。

经过紧张的急行军，毛泽东调集了优势兵力，布下罗网：红三军负责正面攻击，红十二军任左路，红四军由上固转向龙冈西北侧。

这样，毛泽东和朱德布好了“口袋”，坐镇苦竹岭观察动静，以便决定何时收紧“口袋”。

果真，张辉瓒翌日率部进入“口袋”。真是天助毛泽东，当天下午3时起，居然浓雾四起！

红军熟悉那里的地形，而张辉瓒的第十八师人地生疏。在朱毛下达总攻令之后，张军乱成一团，9000多人顷刻瓦解，成了瓮中之鳖，束手就擒！一夜之间，张辉瓒部队全军覆没！鲁涤平当天给蒋介石发去的电报，喟然长叹：“龙冈之役，第十八师片甲不留！”

翌日，红军打扫战场，不见张辉瓒。张辉瓒哪里去了呢？须知，龙冈那“口袋”，插翅难逃。

国民党中将师长张辉瓒

红四军第十师的一个班在一棵大枫树下面发现一件狐皮大衣，显而易见，只有国民党大官，才会有这样“派头”的大衣。细细查看，在大衣里发现一个手指头大小的牌子，上写“张辉瓒”三字。这表明，张辉瓒一定是扔下这件显眼的大衣逃命，可能离此不远。

战士们开始搜山。在大枫树附近，发现一个山水冲成的山窝，窝里有个土洞，洞里躲着人。

“快出来！不出来就开枪啦！”战士

[1] 罗荣桓引自刘亚楼：《伟大的第一步》，原载《星火燎原》第2集。

们喊道。

那人战战兢兢地从洞中爬出。他，肥头大耳，却穿了一身过小的士兵服装，绷得紧紧的。

此人便是张辉瓒！

一传十，十传百，“活捉张辉瓒”的消息，像长了翅膀似的在龙冈传开。

在龙冈大坪，张辉瓒被押去见毛泽东。

“润之先生，润之先生。”张辉瓒一边向毛泽东鞠躬，一边赶紧叙旧，提及往日的友情。

毛泽东哈哈大笑道：“你曾一再说过，要剃朱、毛的头，想不到今日被我们剃了头！”

张辉瓒连声道：“惭愧！惭愧！有罪！有罪！”

这位中将师长，身为阶下囚，此时此际唯有求毛泽东高抬贵手饶他一命。张辉瓒答应，愿给红军捐款、捐药、捐枪弹。

毛泽东关照部下好好看管张辉瓒，不要杀他。毛泽东说，可以安排张辉瓒到红军学校即将开办的训育系当教员，发挥他的一技之长。

张辉瓒家属得知张辉瓒被俘，急着在上海找中共中央关系，愿不惜任何代价，以求换回张辉瓒。为此，中共中央派出涂作潮赶赴江西苏区。

无奈“张屠夫”名声太恶，加上当时“左”倾思想颇盛，张辉瓒被押往东固公审。1931 年 1 月 28 日，东固召开万人公审大会，在一片怒吼声中，张辉瓒被斩首。

张辉瓒的首级被装在笼里，笼上插着三角旗，写着“这是张辉瓒的头”。当地群众又找来一块“张氏公祠”木匾，把笼子放在木匾上，抬了 50 多公里，扔进赣江，说是漂到南昌去。

国民党第七十七师的哨兵发现江上漂着的怪物，驾着小船捞起，速送正在吉安的鲁涤平。张辉瓒乃鲁涤平嫡系。鲁大哭一场，派人把张辉瓒首级送往南昌。中共中央派出的代表涂作潮在南昌得知张辉瓒已死，只得重返上海。鲁给何键和蒋介石发去电报。张辉瓒是湖南长沙人，何键痛哭一番之后，派人前往南昌运回张辉瓒首级，又派人砍了几段樟树，雕成身子，合葬于岳麓山。何键大做道场，在张辉瓒墓前立碑，书“魂兮归来”四字……

据美国女作家艾格妮丝·史沫特莱的《伟大的道路》一书载：“几个星期之后，共产党中央委员会从上海派来的通讯员来到朱将军[1]的指挥所。他送来

[1] 即朱德。

一封信件，要求释放张辉瓒，蒋介石的交换条件是释放大批政治犯，并愿付20万现款。‘我们对杀了他很感后悔，’朱将军说道，‘倒不是因为那笔钱，而是因为蒋介石对此进行了报复，杀害了我们许多在狱中的同志。’……”

在一举全歼张辉瓒部队之后，谭道源师惊慌失措，夺路而逃，自相践踏。毛泽东挥师追击，1月3日追至东韶，歼谭师一个旅，计3000多人。

这样，五天连胜两仗，歼敌1.2万多人，第一次“围剿”也就画了句号。

毛泽东笑了。这是他在遭受中共红四军七大和李立三路线的两次诘难打击之后，头一回大胜利。

“人逢喜事精神爽。”毛泽东诗兴勃发，写了这么几句：

雾满龙冈千嶂暗，
红军怒气冲霄汉，
唤起工农千百万。
齐声唤，
前头捉了张辉瓒。[1]

这是最初的几句。后来，过了几个月，蒋介石进行第二次“围剿”，毛泽东又补写了下半阕，并对前几句加以修改、补充，才成了如今收入《毛泽东诗词选》中的《渔家傲·反第一次大“围剿”》：

万木霜天红烂漫，
天兵怒气冲霄汉。
雾满龙冈千嶂暗，
齐声唤，
前头捉了张辉瓒。

二十万军重入赣，
风烟滚滚来天半。
唤起工农千百万，
同心干，
不周山下红旗乱。

[1] 郭化若：《回忆第一次反“围剿”期间的有关史实》，《回忆中央苏区》，江西人民出版社1986年版。

这里下半阕的“二十万军重入赣”，指的是蒋介石调20万大军重新入赣进行第二次“围剿”。

伪造的毛泽东亲笔信差一点儿惹起大祸

就在紧张地进行第一次反“围剿”的日子里，在急骤的战斗进行曲中忽地蹦出不协调的刺耳音符。

事情发生在彭德怀的第三军团指挥部。

那是1930年12月中旬的一天夜半，第三军团前委秘书长周高潮忽然给彭德怀送来一封密信。彭德怀一看那特殊的毛笔字，便知是毛泽东写的。他那与众不同的“毛体”字，形成自已独特的风格。

彭德怀阅信，那两条浓眉紧紧拧在一起，大为震惊。毛泽东的信，不是写给彭德怀的，却是写给古柏的。古柏是江西寻乌人，1925年加入中共，担任过中共寻乌县委书记。1930年5月，毛泽东到寻乌作调查时，跟古柏结下很好的友谊，于是调他担任红四军前委秘书长，亦即相当于毛泽东的秘书。据笔者对古柏夫人曾碧漪的采访[1]，当红一方面军成立时，古柏又成为红一方面军总前委秘书长。

古柏

那封毛泽东致古柏的信，全文如下：

古柏同志：

据目前各方形势的转变，及某方来信，我们的计划要赶快实现，我们决定捕杀军队CP[2]与地方CP同时并进，并于捕杀后，即以我们的布置出击。仅限三日内将赣西及省行委任务完成，于拷问段、李、王等中坚干部时，须特别注意勒令招出朱、彭、黄、滕系红军中AB团主犯，并已与某方白军接洽等罪状，送来我处，以便早日捕杀，迅速完成我们的计划。此信要十分秘密，除曾、李、

[1] 1991年7月10日，笔者在北京采访古柏夫人曾碧漪。

[2] CP，“共产党”的英文开头字母。

陈三人，任何人不准告知。

毛泽东

10/12[1]

显而易见，这是一封绝密之信。信中提及的“朱、彭、黄、滕”，即朱德、彭德怀、黄公略、滕代远。

朱、彭、黄、滕怎么会成了“AB团主犯”？！怎么要“早日捕杀”？！

除了那封毛泽东密信之外，还附有上万字的《告同志和民众书》，开头的第一句话便触目惊心：“党内大难到了！！！彭德怀叛变投敌！！！”

虽说彭德怀有着“李逵”之称，连他自己也承认“有些类似李逵”，但此时他倒粗中有细。他问周高潮这信是谁送来的，周说：“是一个普通农民青年。”彭德怀要周把送信人找来，周出去半天没找来。

彭德怀认为，此信肯定是伪造的，毛泽东绝不会写这样的密信。后来，彭德怀谈及此事，曾说：

> 当时我的脑中回想着毛泽东同志建设工农革命军，建设井冈山根据地，传达六大决议，争取袁、王联盟，严肃批评乱杀两个群众事；关于当时不应该留红五军守井冈山的自我批评；特别是古田会议决议；这一切都是正确的方针、政策和政治家风度。毛泽东同志决不是一个阴谋家，而是一个无产阶级政治家。这封信是伪造的，这是分裂红军、分裂党的险恶阴谋。[2]

翌日晨，彭德怀召开紧急会议，说了自己的看法。人们仔细看那封信，发觉信末写着“10/12”，毛泽东从无这样的书写习惯。滕代远同意彭德怀的分析，说道：“好危险啊！这是一个大阴谋！”

当时彭德怀的第三军团指挥部在东山坝，毛泽东的总前委在黄陂（不是湖北省的黄陂县，是江西宜黄县和宁都之间的一个小镇，附近还有白陂、东陂、礼陂等小镇），两者相距六七十里。彭德怀当即代表第三军团起草了一简短宣言，派人急送毛泽东。宣言表示：“第一、第三军团在总前委领导下团结一致，拥护毛泽东同志，拥护总前委领导！”

---

[1]《彭德怀自述》，人民出版社1981年版，第164页。

[2]《彭德怀自述》，人民出版社1981年版，第164页。

李井泉

就在这时，朱德那里也收到同样内容的毛泽东的“亲笔信”。

李井泉曾这样回忆事情的经过：

那时，东固来了个刘副官。到了黄陂，用毛泽东同志的名义写了封信，偷偷地放在朱总司令那里。信的内容是说朱总司令怎么不好，落款是用英文签的名。这下就露了马脚。朱总司令一看，就说毛泽东同志写信从来不用英文签名，这是个阴谋。于是，把这封信公开了。那个刘副官放下这封信之后就逃走了。[1]

就这样，一场离间毛泽东和朱、彭、黄、滕的阴谋被识破了，红军的一次大破裂危机，安然度过了。

是谁伪造毛泽东的亲笔信？是谁制造了这起阴谋？经过详细的调查，这才逐渐查清其中错综复杂的内幕：

AB 团是一个反共的秘密组织，1927 年 1 月在南昌成立，是由国民党右派组织的。最初，因“A”代表省级组织，“B”代表县级组织，取名“AB 团”。

那是北伐军攻克南昌之初，蒋介石派出他的亲信段锡朋、郑异为“中央特派员”，前来负责国民党江西党务。段、郑两人均为江西籍。后来又加派了洪轨前来南昌。于是，段、郑、洪在南昌秘密成立了“AB 团”，以反对中共和国民党左派为目的。

31 岁的段锡朋，颇有来历：他是江西永新人，从江西高等师范学校毕业后，入北京大学政法科，曾是五四运动领导者之一，担任过全国学生联合会会长。1920 年起，他先后赴美国哥伦比亚大学、英国伦敦大学、法国巴黎大学、德国柏林大学学习，1924 年回国后先后出任武昌大学、广东大学教授。他来到南昌后，出任中国国民党江西党务指导委员，是“AB 团”的创建人。

“AB 团”在江西为害三个来月，被中共和国民党左派视为眼中钉。中共江西区委决定对“AB 团”采取行动。1927 年 4 月 2 日，在中共江西区

[1] 李井泉：《第一次反“围剿”前后的点滴回忆》，《回忆中央苏区》，江西人民出版社 1986 年版。

委领导之下，江西工会、农会、学联和朱德手下的军官教导团，突然冲往南昌百花洲，包围了那里的国民党江西省党部，逮捕了“AB 团”骨干 30 多人。段锡朋连夜从南昌逃往南京。这样，“AB 团”作鸟兽散，从此销声匿迹。

段锡朋后来成为国民党中央常委、中央大学校长，1948 年病死于上海。

本来，在“AB 团”总部被捣毁之后，“AB 团”事件也就画上了句号。可是，在 1930 年三四月间，在江西莲花钱山发现了所谓“改组派 AB 团”。接着，5 月，又在安福西区、纯化兴国破获了“他们一些下级的零碎组织”。8 月，中共赣西南特委又称，“破获他们大批组织”。

中共赣西南特委在 1930 年 6 月 25 日发出了《反改组派“AB 团”宣传大纲》，提出改组派“AB 团”是“红旗下的奸细”，必须对他们“实行赤色恐怖”。9 月 24 日，中共赣西南特委又发出《紧急通告第 20 号——动员党员群众彻底肃清“AB 团”》。“通告”指出：“‘AB 团’在赣西南有了数年的历史，他们诡计百出地混入我党及各政权机关，希图暴动起来，夺取政权……”这样，肃清“AB 团”的声势越来越大。

10 月，红军攻下赣西南重镇吉安时，在城里发现几年前的“AB 团”旗帜、印章，更使“AB 团”问题引起人们注意。

中共赣西南特委把形势估计得非常严重。那里的团特委发行科朱家浩，“因工作消极，言论行动表现不好”，首先被怀疑为“AB 团”。于是，对他实行了逼供：

> 特委即把他拿起审讯，在初坚决不肯承认，我们采用软硬兼施的办法严审他，才供出来，红旗社、列宁青年社、赣西南政府都有“AB 团”的小组，组织赣西南“AB 团”的总团长是谢兆元。当即把谢兆元及总团部的一切人员全部捉拿、严加审问，所有混入在党团特委和赣西南政府的“AB 团”分子全部破获，并将各县区的组织统统供报出来了……[1]

如此“软硬兼施”“严加审问”，使朱家浩乱供，使谢兆元乱供，使一大批被“捉拿”的人乱供，造成了“AB 团”满天飞的局面！

12 月 7 日，总前委派出了李韶九，作为特派员前去吉安东固领导肃反。

李韶九其人，原在程潜的第六军第五十四团第四连担任指导员，八一南昌

[1] 中共赣西南特委《紧急通告第 20 号》。

起义时，他成了俘虏，加入了朱德部队。当朱德部队在东江失利后，他又重新回到国民党部队。半年后，再度加入红军，来回摇晃于红白之间。

李韶九到了东固之后，感觉简直遍地都是“AB 团”。从 12 月 7 日到达，至 12 月 10 日晚，短短四天之间，他竟在那里的中共江西省行委、省苏维埃政府和中共赣西南特委三个机关中，逮捕了 120 名“AB 团”嫌疑人，而且把其中 50 多人处决！[1]

用今日的语言来说，李韶九搞的，乃是“肃反扩大化”！

李韶九又把怀疑的目光投向驻扎在吉安富田的红二十军，逮捕了红二十军政治部主任谢汉昌，说他是“AB 团分子”。谢汉昌又乱供红二十军第一七四团政委刘敌是“AB 团分子”。不过，刘敌和李韶九都是湖南嘉禾县人，看在同乡的面上，李韶九找刘敌谈话，指出他是“AB 团分子”，却没有逮捕他。

当李韶九押着谢汉昌离开富田去东固后，12 月 12 日，刘敌便召集第一营的干部说：“李韶九是反革命，把我们的政治部主任谢汉昌捉起来了，以后还要抓我们。”

于是，刘敌率第一营去东固抓李韶九。李韶九逃掉了。刘敌释放了谢汉昌，释放了一大批被抓的所谓“AB 团分子”，其中包括江西省行委的段良弼等。这一事变震惊了苏区，史称“富田事变”。

事情闹大了。段良弼、谢汉昌等认为李韶九是红一方面军总前委派来的，便带着红二十军过了赣江，到永新、永阳一带，脱离红一方面军总前委的领导。事情越闹越大。段良弼、谢汉昌他们要制造红一方面军总前委书记毛泽东和朱、彭、黄、滕的矛盾，造成分裂，想出了伪造毛泽东信件的计策。其中有个名叫丛永中的，平日喜欢模仿“毛体”，此时派上了特殊的用场：伪造毛泽东亲笔信！

就这样，彭德怀和朱德都收到了那奇特的“毛泽东亲笔信”！

所幸，彭德怀、朱德都察觉了这一诡计，没有上当。那时，正面临着蒋介石的第一次“围剿”，如果彭、朱中计，红军分裂，马上就会被蒋介石击破！

关于富田事变，红一方面军总前委在当时“答辩”的一封信中指出：

> 实行挑拨离间，竟不惜一面说出要勒招朱彭黄滕的罪状捕杀朱彭黄

[1] 晓农：《李韶九与 AB 团》，《江西党史研究》1989 年第 6 期。

滕，一面企图挑拨朱彭等来杀毛周[1]，竟如此毒辣，陷害同志……[2]

信中对这一事件，作了如下分析：

我们要问为什么要打倒毛泽东，拥护朱彭黄滕呢？是不是泽东同志个人问题？决不是，如果是毛泽东同志个人问题，为什么还要提起周以栗同志呢？“纵令退一万步”，以栗同志刚到江西，使了什么政治手腕？捉了哪一个？打了哪一个？AB团取消派还得敢造谣言吧。那么为什么要打倒毛泽东同志呢？正因为毛同志代表正确的革命路线，目前实际在领导斗争，推动中国革命。AB团取消派企图破坏中国革命，所以就要打倒毛泽东。正因为以栗同志代表中央正确路线。所以同样要提起。

AB团取消派为什么要拥护朱彭黄滕呢？并不是拥护革命，因为革命就没有私人拥护与否的问题。他们也不是忠实拥护朱彭黄滕，他们的阴谋是拉了朱彭黄滕，打倒毛泽东，首先集中力量，打倒一个，然后再给一个个打倒。同志们，当此阶级决战紧急，蒋介石在外面大喊打倒毛泽东，AB团取消派就在革命战线内喊打倒毛泽东，这是如何同声相应、同气相求呵！[3]

从上海派来中央“三人团”

富田事变惹起一场大风波。

事情变得错综复杂：

段良弼、谢汉昌、刘敌等所谓“富田事变头目”，本不是“AB团分子”，硬是被李韶九搞“扩大化”而“扩”进“AB团”之列。

可是，他们又采取了不正当的手段，发动富田事变。特别是伪造毛泽东的亲笔信，差一点儿挑起一场大内乱！他们的所作所为，恰恰为那些指责他们是“AB团分子”的人提供了“证据”。

---

[1]“周”指中共中央长江局代表周以栗。

[2]《总前委答辩的一封信》，中国人民解放军政治学院党史教研室编《中共党史教学参考资料》第14册。

[3]《总前委答辩的一封信》，中国人民解放军政治学院党史教研室编《中共党史教学参考资料》第14册。

任弼时

解决“富田事变”这棘手的任务，落在了中共苏区中央局代理书记项英的头上。

项英当时的头脑还算是比较冷静的。他首先抓住了重要的一条，即段良弼、谢汉昌发动富田事变之后，带走了红二十军，虽然脱离了红一方面军总前委的领导，但并没有去投降国民党。

这样，由项英主持，1931 年 1 月 16 日召开中共苏区中央局会议，通过《中央局通告第 2 号——对富田事变的决议》，表示“完全同意总前委对富田事变所采取的斗争路线”，认为“富田事变完全是反党的反革命的行动”，并决定“将富田事变的首领段良弼、李伯芳、谢汉昌、刘敌、金万邦等开除党籍”。但是，决议并没有称富田事变是“AB 团的暴动”。决议还指出，今后“绝对不能随便乱打乱杀”，“不能随便听人乱供乱咬，乱加逮捕”。

项英对富田事变进行了“冷处理”，他“责成曾炳春同志亲自到河西永新苏区去把二十军带过河东来，并随带中央局的指示，通知赣西南特委负责人和参加富田事变的领导人过江来苏区中央局开会”。这样，他没有用武力去解决红二十军。经过宣传、教育，红二十军回归到红军中来。富田事变的领导者谢汉昌、刘敌、李伯芳等，“向党承认自己的错误，请党教育”。

这样，一场剑拔弩张的富田事变，经项英妥善处理，也就安然过去了。红二十军开赴前线，参加了与国民党军队的作战。

此波刚平，彼波又起。1931 年 4 月上旬，从上海派出了“三人团”，来到当时中央苏区中央局和红一方面军总前委所在地宁都县青塘圩。这“三人团”的正式名称叫“六届四中全会代表团”。那是因为 1931 年 1 月 7 日，中共六届四中全会在上海召开，王明上台。为了在苏区贯彻中共六届四中全会路线，中共中央派出了代表团。代表团共三人，即任弼时、王稼祥和顾作霖，人称“三人团”。和“三人团”一起来到苏区的，还有叶剑英、欧阳钦。

任弼时在中共六届四中全会上当选为政治局委员。这位留着八字胡、戴近

“三人团”到达苏区后与部分苏区领导合影。左起：顾作霖、任弼时、朱德、邓发、项英、毛泽东、王稼祥

顾作霖

视眼镜、27 岁的湖南人，早在 1920 年秋，便出现在上海霞飞路（今淮海中路）新渔阳里6号的石库门房子里。那门口挂着“外国语学社”的牌子，实际上是上海共产主义小组的外围组织。任弼时是第一批学生中的一个，学习俄语，教师是杨明斋以及维经斯基夫人库兹涅佐娃。这年冬天，任弼时加入了中国社会主义青年团。1921 年春，任弼时来到莫斯科东方大学学习。翌年，他在那里转为中共党员。1924 年他返回中国，1926 年成为中国共产主义青年团中央代理书记、总书记。大抵由于他有过苏联留学的经历，在王明看来是信得过的，所以派他前来苏区。他是“三人团”中级别最高的人物。

王稼祥是“二十八个布尔什维克”中的一个，王明理所当然信得过。

顾作霖不过 23 岁，是“阿拉上海人”，出生在上海嘉定徐行。17 岁那年，他考入上海大学，在那里加入了中国共产主义青年团，翌年，亦即 1926 年，转为中共党员。他担任过中共山东省委常委、长江局主席团成员。进入苏区前夕，他在上海担任团中央组织部部长。当时，他的妻子杨龙英正临产，他的儿子顾家来只有1岁。他告别爱妻、幼子，和任弼时、王稼祥一起化装成商人，经香港、汕头进入闽西，再进入江西。

“三人团”到来之后，江西苏区有了两位中共政治局委员和一位政治局候补委员，即项英、任弼时以及毛泽东。不过，项英很快就遭到“三人团”的排斥。虽说项英在六届四中全会上仍保持政治局委员的地位，但他最初是为了贯彻六届三中全会而派到江西苏区来的——六届四中全会是对六届三中全会的否定。

没多久，“三人团”便批评项英在处理富田事变中是“完全错误”的，“根本没有指出富田事变是AB团领导的反革命暴动，反而肯定富田事变不是AB团的暴动，这完全是模糊了富田事变的反革命性质。又说富田事变是由无原则派别斗争演进而成的，更是大错特错”。

于是，项英被认定“丧失信仰，工作能力不够当领导”，被撤去了中共苏区中央代理书记的职务。

由谁取代项英呢？1931年5月，中共苏区中央局会议决定，“以毛泽东为代理书记，请中央批准”。

接着，6月20日，“中央革命军事委员会”亦进行改组，撤去了项英的主席职务，改由毛泽东任主席，朱德、项英为副主席，叶剑英为总参谋长，周以栗为政治部主任。

这样，毛泽东成了苏区中共和红军的双重最高首长。毛泽东成功地领导红军战胜蒋介石的第一次“围剿”，使他的声望大增。

“横扫千军如卷席”

南昌，百花洲，那里的国民党陆海空军总司令行营主任易人了。首任行营主任鲁涤平因“指挥不力”，被蒋介石撤职。

1931年2月22日，《民国日报》报道，蒋介石“派军政部长何应钦西上，代理总司令职权指挥南昌武汉两行营，处理湘鄂赣闽四省剿共事宜，借以统一指挥而专责成，以冀最短期间将四省共匪肃清”。

41岁的何应钦虽然出生于贵州义兴，但祖籍却是江西。他跟蒋介石有着颇深的交情：1908年，18岁的何应钦赴日本留学，在振武学堂结识了一位比他大3岁、来自浙江奉化的小伙子，那人便是蒋介石。同窗之谊，使蒋何之间变得亲密了。

何应钦回国后在黔军中任团长、旅长，以至成为黔军总参谋长。由于黔军总司令王文华突然遇刺，他失去靠山，离黔出亡，到广州任孙中山元帅府参谋。当蒋介石出任黄埔军校校长时，他任战术少将总教官兼黄埔军校教育长，从此蒋何携手。1929 年，当蒋介石出任海陆空军总司令时，何应钦出任海陆空军司令部总参谋长，翌年，又任国民政府军政部部长。

国民党陆海空军司令部总参谋长兼军政部部长何应钦

蒋介石派出了何应钦这么一位军界大员坐镇南昌指挥，表明了他对此番再度“围剿”的重视。

蒋介石反省上次“围剿”之败，败在“长驱直入”，误入了毛泽东布下的“口袋”。这一回，他对战略方针作了修改，改成：“稳扎稳打，步步为营，紧缩包围。”

何应钦调集了 20 个师又 3 个旅，兵力 20 万，比第一次“围剿”增加了一倍，亦即毛泽东的词中所谓“二十万军重入赣，风烟滚滚来天半”。

这时红军的总兵力为 3.5 万人，只及国民党军队的六分之一。蒋介石发表演说，他紧握拳头，大声宣称：“三个月内消灭共军！”

面对六倍于己的敌军，该怎么办？在红军统帅部，引起了一番激烈的争论。

项英在处理富田事变上采取了正确的措施，可是，面对“二十万军重入赣”，他却提出了错误的意见。他主张转移，主张“跑”，把红军开到四川去。他引述斯大林的话来作为依据：“四川是最理想的根据地。”[1]

项英见过斯大林。当他对没有见过斯大林、连苏联都没有去过的毛泽东说出这番话来时，充满着一种自豪感、优越感。

也有许多人主张“分兵退敌”，认为红军分散游击，可以分散敌军的目标。

毛泽东力排众议，依然坚持“诱敌深入，集中兵力”的战略。毛泽东分析敌情，指出这 20 万“全部是蒋之非嫡系部队”，不必过分惊慌。他主张“拣弱

---

[1] 郭化若：《回忆第一次反“围剿”期间的有关史实》，《回忆中央苏区》，江西人民出版社 1986 年版。

的打”。

经过前后一个半月、四次会议的反复讨论，毛泽东的意见，终于得到了中共中央新派来的“三人团”的认可。

何应钦指挥着20万大军，“齐头并进，稳扎稳打”，西起赣江，东至福建建宁，联营700里，徐徐朝南推进。到了4月下旬，已推进至富田、广昌、建宁一线。不过，直至此时，何应钦仍不知红军主力何在。

毛泽东是一位军事奇才。他约了彭德怀，在东固一带的群山之中钻来钻去，一边摘吃山上的刺梅，一边察看地形，看中了这块地方。

东固在上回“捉了张辉瓒”的龙冈之北，地形有点像井冈山，只是没有井冈山那么高罢了。东固群山环抱，北有东固岭、钟鼓山，东南有名为“狐狸十八歇”的大山，南有大乌山、荒石岭，西南有白云山，西有观音崖，西北有九寸岭，群山之间，只有五条羊肠小道，类似于井冈山那五大哨口，是一个易守难攻的好地方。自1931年4月20日起，毛泽东竟把3万红军主力调入东固，派兵严守各山口。3万大军在这深山之中悄然待命，伺机而动。

这时，东固的西、北、南三面皆有蒋军，而且挨得很近：西有王金钰部队，驻扎在富田陂下一带，离东固不过40里；北面是郭华宗部队，驻扎水南、白沙，离东固只有70里；南面是蒋光鼐、蔡廷锴的两个师，占领了兴国县城。毛泽东下的是一步险棋，一旦消息走漏，三军夹击，那就天时尽失，陷入包围圈之中。项英挖苦毛泽东，说他“钻牛角”。毛泽东坦然答曰：“我们就要钻这个‘牛角’！”

毛泽东看中东固，除了那里群山环立、地形极为有利之外，还在于中共在东固有很深的根基，那里曾被誉为赣西南“群众斗争最红的地方”。3万大军进山，那里的妇女、孩子都帮助放哨、查“路条”，家家户户借粮给红军。

不过，东固原本只有万把人，陡然增加了3万青壮年，粮食顿时紧张，菜蔬也不够供应。于是，红军从每日三餐改为每天两顿，纷纷上山挖竹笋、下田逮泥鳅、入河摸螺蛳，权且当菜。

何应钦和毛泽东，两位主帅都在摸对方的底：何应钦觉得好生奇怪，怎么一路“稳扎稳打”，从未遇上有力的抵抗，不见红军主力的踪影？毛泽东坐在深山之中，却在终日琢磨，选择什么时机突然奇袭，才会收到最好的战果？

何应钦的右路军总指挥为王金钰，王手下的部队之一是第二十八师（原称新编第五师），师长公秉藩，乃是红军的老对手。公秉藩部队参加过第一次“围剿”，那时首先攻占东固的是他，跟张辉瓒部队在浓雾中火并的也是他。上一次，幸亏他逃得快，才算未曾全军覆没。此次又与毛泽东交手，他未免心惊胆战。

5月8日，公秉藩麾下的第八十二旅旅长王懋德报告了一个极其重要的情报，该旅步哨抓获一红军排长，说毛、朱、彭、黄皆在东固，那里集中了红军七八个军！那排长据云是犯了严重错误，受到重罚，趁监视疏忽之机逃了出来，过来投诚。

毛泽东的苦心经营，差一点儿断送在这个排长身上！

不过，公秉藩未敢贸然相信这个排长之言，生怕有诈。他一边嘱令严审这个排长，一边急电何应钦。

何应钦下令对东固进行飞机侦察。

漆着青天白日标志的侦察机在东固上空反复盘旋，但并没有发现异常迹象。

于是，5月11日，何应钦复电公秉藩：

> 连日派飞机侦察，均未见敌踪。仍盼鼓励所属，不顾一切，奋勇前进，如期攻下东固，树各路之先声。

这样，那个反叛的红军排长所提供的重要情报，反而被视为“苦肉计”，遭到了否定。

毛泽东则在东固深山之中，正侧耳谛听着山外的“声音”。

说实在的，毛泽东得“感谢”张辉瓒，因为张辉瓒全军覆没之际，他的无线电台也落入红军手中！

在此之前，红军没有无线电台。正因为这样，当年毛泽东和朱德互相寻找，朱毛和彭德怀互相寻找，花费了多少工夫！也正因为这样，中共中央的指令和朱毛的汇报，要用药水写在白衬衫上或写在竹纸上，靠地下交通员递送，一两个月才能到达！

龙冈一战，红军从张辉瓒师部缴获一台15瓦特的收发报机，如获至宝。同时，还俘获了几个无线电报务员。不过，缴获的发报机却是坏的。所幸，紧接着在宁都东韶歼灭谭道源第五十二师一个旅时，又缴获一台15瓦特收发报机。

在被俘的无线电报务员中，有两人愿加入红军。1931年1月3日，毛泽东、朱德和红一方面军参谋长朱云卿（井冈山黄洋界保卫战的指挥者），在宁都小布附近的一座祠堂里热情地接见了这两位报务员——在当时，是极为难得的技术人员。这两名报务员，一个叫王诤（1963年至1978年，他出任第四机械工业部部长），另一个叫刘寅。没几天，红军的第一个无线电台便宣告建立，台长王诤，政委为冯文彬（在“文革”后曾出任中共中央办公厅副主任）。以王诤、刘寅为教师，红军办起了报务员训练班。12名小青年，成了这个训练班第一批学员。学员之中，包括“文革”后曾出任中共上海市委副书记的胡立教。

这个电台跟随红一方面军司令部行动，成了毛泽东、朱德的“耳朵”。此刻，在东固，红军电台昼夜一直有人值班，监听着国民党部队发出的每一个无线电讯号。国民党部队做梦也未曾想到，红军居然也在接收着他们之间的联络电报！

在监听中，要算公秉藩师部发出的无线电报讯号最为“嘹亮”，因为其他部队用的都是15瓦特的收发报机，而公秉藩师部用的是100瓦特的收发报机。红军对公秉藩师部的收发报机“垂涎三尺”，盘算着如何完好无损地弄到手——因为那台大功率的收发报机足以架起空中通道，跟上海的中共中央直接联系。

红军主力3万大军在东固大山之中已经埋伏了整整25天，很多人都已烦躁起来，怀疑毛泽东钻“牛角”，究竟能不能钻得通。

正在这个节骨眼儿上，1931年5月15日黄昏，红军电台从空中捕捉到重要情报！

那是公秉藩师部跟该师吉安留守处之间的明码往返联络——

师部台：“我们现驻富田，明晨出发。”

吉安台：“哪里去？”

师部台：“东固。”

红军电台马上把这份重要情报送到毛泽东和朱德手中。于是，当天晚上，总司令部的灯火通宵亮着，毛泽东和朱德忙碌着调兵遣将，在公秉藩师必经之路上布好“口袋”。

5月16日清早，前方侦察部队向公秉藩汇报，说通往东固的道路“平静得和水一样”。公秉藩又提及那位红军排长，说此人所说情况“显然与事实不符”。

迎着朝阳，公秉藩率师向东固前进。山间路窄，队伍成一列纵队前进，前前后后达五六里长，队伍中最显眼的是三顶大轿，里面分别坐着师长公秉藩以及副师长、参谋长。

上午10时许，公秉藩师全部进入毛泽东的“口袋”。一声令下，寂静的山谷忽地响起炒豆般的枪声，喊杀声震天动地。这时，红军电台收到了公秉藩师部发出的“SOS”求救呼号声，红军总司令部闻讯笑声连连。

下午3时，战斗结束。公秉藩的第二十八师全军覆没，第四十七师第五旅也被歼灭。这一仗，红军共歼蒋军1万多人！

师长公秉藩被红军活捉，不过，被俘时他化装成了士兵。红军宽大俘虏，给回家的蒋军士兵每人发两块“花边”（银圆）。公秉藩也混在士兵中领大洋，

红军第一部电台

潘文郁

发到他的时候，只剩一块大洋了。红军要他等一下，过一会儿补发一块大洋给他。他生怕有变，连声说“一块花边足够用”，赶紧逃跑，溜之大吉。

至于红军“垂涎”已久的公秉藩那部100瓦特的电台，真的完好无损地被缴获。另外，还缴获了六部15瓦特电台。从此，红军建立了无线电总队，王诤任总队长，伍云甫（国家体委前主任伍绍祖之父）任政委。这支无线电总队一直监听着蒋介石部队的往返电报，为红军提供了许多重要情报。

值得提到的是，红军对蒋介石军队的“围剿”部署“了然若指”，除了监听之外，还跟埋伏在敌营中的中共特科成员及时提供重要情报息息相关。

自从缴获了诸多国民党军队的无线电台，建立了无线电总队，红军获取敌营情报有了重要的通信工具，跟上海甚至跟北平的中共地下组织可以保持无线电联络。

当时，中共特科获取蒋介石军队的围剿部署情报途径之一，竟然是设在武昌徐家棚的豫鄂皖三省“剿匪”司令部。这个司令部的总司令是蒋介石，而副总司令则是张学良。蒋介石做梦也没有想到，这个司令部的机要组组长竟是前共产党人黎天才，而潜伏在机要组的中共特科成员是潘文郁。

潘文郁，又名潘闻宥、闻友、问友。潘文郁年轻有为，通六国语言，1925年加入中国共产党。1928年6月，中共六大在莫斯科召开时，潘文郁是代表，而且担任周恩来的翻译。潘文郁曾经是李立三的“文胆”，又是向忠发的秘书，李立三、向忠发诸多文稿都出自潘文郁之手。

1931年7月21日，潘文郁在北平西交民巷附近文宣公寓与地下党组织秘密接头时被捕。他遭到审讯时，叛徒廖划平与他当面对质，他不得不承认中共党员身份。这样，潘文郁在填写了自首书以及登报声明脱离政治之后出狱，并投入东北军。于是，中共在1931年8月28日开除了潘文郁的党籍。但是潘文郁仍坚持马克思主义信仰，于1932年开始翻译马克思《资本论》，先后译出《资本论》第1卷第2、第3两个分册，以笔名潘冬舟交北平东亚书局出版。中共组织得知潘文郁这一情况，乃在他脱党两年多之后重新吸收他入党。由于潘文郁有过被捕、自首的经历，被人视为“灰色之士”，反而成为他从事秘密工作的极好掩护。于是中共特科命潘文郁潜伏于东北军，以便“拉出”黎天才以及他手下的一批前中共党员，为中共效力。

潘文郁在黎天才的支持下，在东北军埋伏下来，化名潘东周。这时，张学良在黎天才的影响下，希望了解马克思主义，黎天才适时地把潘文郁介绍给张学良。潘文郁博学多才，对马克思主义有深入研究，迅速取得张学良的信任，出任张学良的机要秘书和教师，为张讲解《资本论》。不久，潘文郁获得国民党军中校军衔。潘文郁进入豫鄂皖三省“剿匪”司令部机要组后，接触了国民党高层大量机密情报，不断提供给北平的中共北方特科，然后用无线电台转发红军司令部，使红军对敌方的“围剿”部署清清楚楚。

1934年11月7日，中共北平地下市委机关遭到驻北平的宪兵第三团毁灭性的破坏，20名中共北方特科成员遭到逮捕。宪兵从与潘文郁单线联系的中共北方特科杨青林家中查到来自豫鄂皖三省“剿匪”司令部的绝密情报。杨青林在酷刑下叛变，供出了潘文郁。

蒋介石电令张学良处死潘文郁，张学良却向蒋介石求情：“这个人通六国语言，很有才华，这样的人，中国还极少。”毕竟张学良无法使潘文郁免死。在蒋介石派人督促下，1935年3月3日，29岁的潘文郁被秘密杀害于武昌。张学良派副官接见了潘文郁之妻廖素丹，给予一笔钱以抚养两个年幼的孩子。

1988年5月30日，中华人民共和国民政部根据国家安全部意见，追认潘文郁为革命烈士。

东固一战，朱毛红军威名大振。毛泽东乘胜连连出击，从5月16日至31日的15天内，红一方面军由西向东横扫700里，五战五捷，歼敌3万多人，缴枪2万多支。第二次“围剿”也就落下了大幕。

毛泽东又一次显露了他的韬略雄才。彭德怀从此称他是“摇鹅毛扇的”，把他比作诸葛亮。彭德怀说了如下一番佩服毛泽东的话：

> 我在这次战役中学到一些东西：毛泽东对战役部署，固然是异常细心地反复思考，力求无缺；对战术问题也是异常细心的，反复推究，特别是不耻下问，虚心听取别人的意见。此役集中优势兵力，“伤敌十指，不如

断敌一指”，他对此运用得最熟练。

胜利之时，毛泽东又发诗兴，写下《渔家傲·反第二次大“围剿”》：

白云山头云欲立，
白云山下呼声急，
枯木朽株齐努力。
枪林逼，
飞将军自重霄入。

七百里驱十五日，
赣水苍茫闽山碧，
横扫千军如卷席。
有人泣，
为营步步嗟何及！

毛泽东写及的白云山，便是歼灭第二十八师之处。据毛泽东自云，那天一早他登上白云山时，山头还是一片白云。红军奇兵突击第二十八师，蒋军士兵惊呼“你们是天上飞下来的呀”，故毛泽东有“飞将军自重霄入”之句。至于那“有人泣”，不言而喻，乃指蒋介石也。

“肥的拖瘦，瘦的拖死”

在鏖战正急、战火正烈的日子里，又发生了出人意料的小插曲……

彭德怀的红三军团指挥部忽然来了两位神秘的客人，求见黄公略。一个青年学生模样，另一个 50 多岁。那 50 多岁的人自称是黄公略的胞兄，名叫黄梅庄，看上去确实有几分像黄公略。

黄公略乃“毛、朱、彭、黄、滕”的“黄”，红三军的军长，红军的领袖人物之一。毛泽东十分倚重黄公略，曾在《蝶恋花·从汀州向长沙》一词中有过“赣水那边红一角，偏师借重黄公略”的说法。

黄公略本名黄汉魂，因敬佩汉代名将张良，取张良受书于圯上老人黄石公得以精通韬略之义，遂改名“黄公略”。

来者黄梅庄，确系黄公略同父异母之长兄。黄公略之父黄秀峰娶妻左氏，生三子，即长子黄梅庄、次子黄星远、三子黄麟四。左氏去世后，黄秀峰娶丫鬟彭氏为续弦，生一女一子，女为黄菜香，子即黄公略。黄公略与长兄黄梅庄，相差20多岁。

黄公略于1927年年初入黄埔军校，同年年底加入中共，翌年7月，和彭德怀一起在平江领导暴动。10月，彭德怀、滕代远率起义部队上井冈山，黄公略仍留平江一带打游击。1930年6月，黄公略出任红三军军长。这时，彭德怀为红三军团总指挥。

彭德怀平日从黄公略的谈吐之中，知道黄梅庄在家欺凌庶母彭氏，认为彭氏丫鬟出身，身份低贱。他与黄公略关系也不好。如今，忽然远道赶来求见黄公略，此事颇为蹊跷。再说，彭德怀前些日子听说《湖南民国日报》（1931年3月24日）登出《彭德怀黄公略赶快率部来归》一文，其中提及何键把黄公略的生母彭氏和妻子刘玉英押来长沙，作为“人质”。看来，国民党十分“看重”黄公略，因为他毕竟是黄埔军校的学生，曾在“蒋校长”手下受训。

彭德怀过去见过黄梅庄，这一回，旧友重逢，置酒相待。彭德怀拿出“竹叶青”，频频劝酒，却自称不饮酒（其实他是能饮而不饮）。黄梅庄酒后吐真言，原来，他此行负有特殊使命：“委员长、汉湘叔，均有信给公略。”

“委员长”，即蒋介石；“汉湘叔”，乃黄公略的堂叔黄汉湘。蒋介石任命黄汉湘为“宣抚使”，进驻南昌，在那里建立“宣抚使署”，从事对红军的“宣抚”，亦即策反。黄汉湘“宣抚”的头一个目标，当然是黄公略。于是，找来黄梅庄，派他前去求见黄公略。

黄梅庄说着，打开带来的皮箱，箱内有1500枚银圆。在皮箱的夹层里，藏着两封信，那是蒋介石、黄汉湘写给黄公略的亲笔信。黄梅庄把信交给了彭德怀。蒋介石的信，以“校长”身份劝黄公略“迷途知返”，而黄汉湘的信，则称赞“蒋公美德”，并愿以叔父身份担保黄公略“反水”之后的人身安全。

彭德怀阅信后，知道了黄梅庄此行的缘由。

不日，彭德怀将那皮箱密封，交给与黄梅庄同来的青年特务，说黄梅庄已去黄公略处，嘱他将此箱速速运回南昌，面呈黄汉湘。

“宣抚使”黄汉湘收到这皮箱，以为策反有望。打开箱子，却几乎使他昏倒。原来，箱内是一颗人头——黄梅庄的脑袋！

箱内还附有以黄公略署名的一封信，内云：“蒋贼卖国，屠杀工农，罪当处剐；汉湘附逆，亦将引颈受诛；梅庄甘当走卒，还尔狗头，以儆效尤。”

从此，那“宣抚使署”从南昌消失，黄汉湘再也不敢去“宣抚”红军了。

蒋介石见何应钦吃了败仗，“宣抚使”亦无济于事，便于1931年6月21日再赴南昌。这次，蒋介石亲自坐镇南昌，直接指挥第三次“围剿”。

第三次“围剿”的兵力增至30万，所增加的10万兵马，全是蒋介石的嫡系部队。蒋介石委任何应钦为左翼集团军总司令，陈铭枢为右翼集团军总司令，以卫立煌为总预备军总指挥。

蒋介石下了破釜沉舟的决心，发表文告宣称，他不能“解甲归田”，那就“舍命疆场”。

主帅从鲁涤平而何应钦而蒋介石，兵力从10万而20万而30万，蒋介石确实是要“踏平”红军了。

红十二军军长罗炳辉

红军呢？刚刚结束第二次反“围剿”，还是3万多兵力，尚来不及喘一口气休整。这一回，以一比十迎战蒋军，何况敌方主力是蒋军嫡系精锐之师。

仗着人多势众、兵力雄厚，蒋介石又以“长驱直入，分进合击”为战略方针。

毛泽东仓促上阵。因为从第二次反“围剿”结束，到第三次反“围剿”开始，相隔不过一个月，红军想不到蒋介石来得那么快。

毛泽东呢？好在上两回反“围剿”都获大胜，在军内威信倍增，这一回依然用“诱敌深入”作战略方针，依然用的是“避敌主力，打其虚弱”的办法。

一开始，蒋介石好得意，雪花般的捷报纷至沓来，送至南昌行营：青天白日旗飘扬在广昌城头；宁都不战而克；瑞金落入“国军”之手；富田、水南、白沙、沙溪、中沙、大金竹、头陂……接连易主。

面对十倍之敌，毛泽东连连放弃一座座城池。正在蒋介石兴高采烈之际，毛泽东秘密召见红十二军军长罗炳辉，面授机宜。

自从毛泽东一番吩咐之后，红十二军忽然改变了朝南退却的步子，却朝东北方向前进。往日行军，衔枚而进，偃旗息鼓，如今打起了红旗，特别是在蒋介石的飞机前来侦察时，连花被面都被扎在竹竿上，迎风招展，颇为招摇。队伍特地拉开距离，行军时变成长长的队伍。他们偏爱泥尘多的道路，喜欢踏得尘土飞扬。每逢三岔路口，则必定用石灰水刷上某某军团朝此前进之类字样，画上大箭头。到了村庄扎营，则在各处门板上写上某团某营驻地之类。只是，

亲临南昌指挥的蒋介石

那些部队番号是随便“创作”的……

正在寻觅红军主力决一雌雄的蒋介石，听信了飞机的侦察报告，把红十二军当成了红军主力。于是，调兵遣将，尾追不舍。

罗炳辉见蒋军主力尾随，知道蒋介石已经中计，于是十分“照顾”蒋军，放慢了前进速度，以使蒋军能够跟上。有时，还往后打几枪。蒋军以为红军布下伏击“口袋”，小心翼翼派出侦察部队探路，直至查明没有设伏，这才继续前进。

罗炳辉逶迤而行，专拣高山行军。不断地翻山越岭，弄得尾追的蒋军叫苦不迭。蒋军士兵不由得长叹：“剿共简直是无期徒刑！”[1]

如此这般，红十二军把蒋军主力“肥的拖瘦，瘦的拖死”。

这时，红军主力在毛泽东率领下，悄然在江西兴国境内休整了半个月！毛泽东在那时，从从容容主持作战会议，细细研究着“雷公打豆腐”，如何“拣软的欺”！

待蒋介石发觉上当受骗，已经晚矣。8月6日，毛泽东指挥红一方面军在莲塘首战告捷：以红十二军为左翼，红三军为右翼，红三军团、红四军为正面主力，把蒋军第七十四师第一旅包围于莲塘村东北山谷内，一下子全部歼灭！

翌日，红一方面军向良村急进，又吃掉敌第五十四师两个团！

蒋介石闻讯，恨恨地在南昌发表训词：

> 中国亡于帝国主义，我们还能当亡国奴，尚可苟延残喘；若亡于共产党，则纵肯为奴隶亦不可得！

无奈，红军在毛泽东指挥之下，三战三捷，歼灭蒋军17个团，3万余人。

正在这时，胡汉民、汪精卫联络两广军阀，在广州成立“国民政府”，与蒋介石对抗。9月4日，粤军入湘。蒋介石忙于对付国民党内讧，不得不下令

[1] 杨至诚：《巧使敌人就范》，《星火燎原》第2集。

结束第三次“围剿”。

蒋介石在南昌对部下训话时，不得不叹道：

> 我们十个人不能当一个人用，我们三十万兵打不过他们三万兵！

这时，《第三次反“围剿”胜利歌》在红军中一下子成了“流行歌曲”。歌中唱道：

> 三期战争获全胜，
> 胜利原因要记清：
> 第一莫忘共产党，
> 共产党主张样样灵；
> 第二红军团结紧，
> 十人团结胜千人；
> 第三群众力量大，
> 群众拥护一定胜。
> 学此经验与教训，
> 不愁百战不百胜。

彭德怀对毛泽东领导第三次反“围剿”，作了如下评述：

> 这次战役的特点是，充分发挥了毛泽东灵活机动之战略战术方针。三个月的艰苦战斗，战胜了十倍之敌。以相对劣势装备和绝对劣势兵力，无后方接济的作战，取得了伟大胜利，粉碎敌人的“围剿”，创造了古今中外没有过的一套崭新的战略战术。这是马克思列宁主义武装中新的发展——毛泽东的军事辩证法。[1]

---

[1]《彭德怀自述》，人民出版社 1981 年版，第 172 页。

第四章
瑞金浮沉

◎ 5月20日，通过发报机电键的“嗒嗒”声，从上海传来中共临时中央一份长长的指示电。译报员译出电文时，脸上露出惊讶的神色，因为这份电报，点了毛泽东的名。

◎ 这份电报，最清楚地表明了中共临时中央对毛泽东的态度：如果毛泽东不转变立场，站到王明“左”倾路线一边去，那就要作为“主要的危险”“极大的危险”予以解决！

红都瑞金盛大的“提灯游行”

1931 年 11 月 7 日，太阳西坠，暮霭很快就笼罩了赣东南的重镇瑞金。人们在盼望着夜幕早点降临。

入夜，往日各家门户紧闭的黑漆漆的瑞金县城，今夜忽然冒出一团团耀眼的火光。人们手中举着用废旧竹竿和篾索做成的火把，也有很多人手中提着灯笼。灯笼有红色的、黄色的，也有的在灯笼上贴着红五角星、斧头镰刀图案。

人们涌上街头，汇成一条闪光的河流，朝着城东北流去，流到离县城六公里的小村叶坪，汇聚在那儿的谢家祠堂。

谢家祠堂又高又大，始建于明朝，那木柱、木壁都已变成棕褐色，今日却热闹非凡。祠堂左侧的防空洞里，一台发电机在隆隆作响，使挂在祠堂里的一串串小灯泡射出明亮的光芒。临时搭建的主席台上，正中挂着一面红旗，旗上缝着一颗黄五角星和斧头镰刀图案，右侧是马克思像，左侧为列宁像。挂着的红色横幅上写着“工农炮垒”“民主专政”，大门口的横幅上则写着“全世界无产阶级联合起来”。

主席台上站满了人，站在正中的是项英，项英的旁边是朱德、张鼎丞、周以栗、曾山、陈正人。稍远，站着个子瘦高的毛泽东。面对欢呼的人群，毛泽东虽然脸上挂着笑容，但是那笑容有点勉强。

如此盛大的“提灯游行”，在瑞金是史无前例的。

这一天，11 月 7 日，苏联十月革命节，被选定作为“中华苏维埃共和国”成立的日子。“提灯游行”，便是为了欢庆中华苏维埃共和国的诞生。生怕蒋介石军队的飞机会前来轰炸，欢庆活动特地改在夜里。游行的队伍从谢家祠堂里出来，集中在旁边的一块大草坪上举行联欢晚会，一直到夜半欢呼声才渐渐平息……

早在 1930 年 8 月，共产国际东方部作出《关于中国苏维埃问题决议案》时，就已经提出“建立中华苏维埃共和国”的建议。当时主持中共中央工作的李立三，马上响应这一建议，打算在攻下长沙之后，宣布成立“‘中华苏维埃共和国’

中央（正式）政府”。只是因为二攻长沙未克，这一计划流产。

王明上台后，虽说对李立三实行否定，不过对建立“中华苏维埃共和国”仍予赞成，并力促毛泽东、朱德早日实行。

不过，面临着蒋介石的一次次“围剿”，建立“中华苏维埃共和国”的计划只得搁置一旁。

直至打败蒋介石的第三次“围剿”之后，赣南、闽西红区连成一片，其中包括21座县城、250万人口，面积达5万平方公里。这时，蒋介石暂时还来不及再度对中央苏区发动新的“围剿”，使中央苏区有了一段相对和平、稳定的时期。建立“中华苏维埃共和国”的条件日臻成熟，于是，择定了11月7日作为大庆之日。

瑞金，成了这片红区的中心，成了“红都”。

瑞金位于武夷山西侧，是一片丘陵，这里有着悠久的历史，据云古代建县时掘地得金，遂称“瑞金”。

1927年8月，朱德在南昌起义失利后，带着部队南下，曾占领瑞金。此后，红军又多次占领过瑞金，不过，占领的时间都不长。这一回，红军于1931年9月下旬进入瑞金，却在那里站稳了脚跟。

当红三军由西向东进军瑞金时，9月15日，在行军途中突然遇到蒋军飞机袭击。军长黄公略本已和先头部队隐蔽起来，听一位参谋前来报告说第七师正在路上前进，黄公略奔去指挥第七师疏散，被蒋军飞机射中数弹，流血过多，于当晚7时许死去，时年32岁。红军失去了一员悍将。

毛泽东于9月28日到达瑞金叶坪村，在那儿住下。红军和中共首脑机关，也设在叶坪村。

那是考虑到瑞金县城目标太大，容易遭到蒋军飞机轰炸，所以隐蔽在这小村里。陆定一的前妻唐义贞这年12月30日在叶坪产下一女，便取名“叶萍”作为纪念。

毛泽东自从离开井冈山后，直到此时进入叶坪，才算过上相对稳定的生活。毛泽东所住的，是一幢谢姓两层民房，贺子珍跟他住在一起。

跟毛泽东住在同一幢楼里的还有朱德和康克清。1929年春伍若兰牺牲之后，43岁的朱德在福建长汀偶然遇见一位19岁的红军女战士，他问她，参加红军怕不怕流血牺牲，她马上响亮地回答：“报告军长，怕死就不出来当红军了。”这位年轻的女战士，便是康克清。

康克清是江西万安县人，原本是童养媳。

康克清曾回忆说：

毛泽东（左一）与警卫员们合影于瑞金

我的养父是个地下党员，他带了一个戏班子演采茶戏，经常到罗源洞、棉津一带演出。1926年他是农协主席，红军来万安时，第一个就是找他接头的……[1]

延安时期的朱德与康克清

在养父的影响下，小小年纪的康克清参加了乡农民协会、妇女协会。1928年9月间，陈毅率一营红军来到万安，康克清便跟随陈毅部队上了井冈山，参加了红军。

朱德跟康克清谈话时，被曾志（后来成为陶铸夫人）看见。曾志悄声问朱德："军长，你看刚才那姑娘怎么样？"朱德说："很不错，像个红军战士的样子。"曾志见朱德这么说，便充当月下老人的角色。不久，朱德便与康克清结为伉俪。

那幢两层民房，成了中共苏区中央局的所在地。除了毛泽东、朱德外，还住着任弼时、王稼祥。小小的叶坪村，一时间成为红区的中心。

在举行"提灯游行"的那天，中华工农兵苏维埃第一次全国代表大会（简称"全苏一大"）在叶坪村谢氏祠堂里召开。出席大会的代表有600余人，项英主持大会。大会推举项英、张鼎丞、陈正人、周以栗、朱德、曾山、邓广仁

[1] 康克清：《万安农军上井冈山前后》，《井冈山革命根据地》下册，中共党史资料出版社1987年版。

七人组成主席团。

中华苏维埃第一次全国代表大会在江西瑞金叶坪村举行

全苏一大宣告中华苏维埃共和国正式诞生。大会通过周恩来在上海起草的《中华苏维埃宪法大纲》，确定这个新型的国家是“工人和农民的民主专政国家”，“全部政权是属于工人农民红军士兵及一切劳苦民众的”。这个在中国共产党领导下的中华苏维埃共和国，与蒋介石的中华民国相抗衡。

全苏一大也宣告中华苏维埃共和国临时中央政府成立，定都瑞金，改瑞金为“瑞京”。

这样，瑞金成了中华苏维埃共和国的首都。

全苏一大由项英致开幕词，毛泽东作《政治问题报告》，项英作《劳动法报告》，张鼎丞作《土地法报告》，朱德作《红军问题报告》，周以栗作《经济政策报告》，王稼祥作《少数民族问题报告》，邓广仁作《工农检查处报告》。

11 月 19 日，全苏一大选出 63 人为中华苏维埃共和国临时中央政府执行委员，组成中央执行委员会。

11 月 27 日，中央执行委员会召开第一次会议，选举国家主席、副主席（那时称“中央执行委员会主席、副主席”），毛泽东当选主席，项英、张国焘为副主席。

产生国家主席之后，接着选举总理、副总理（那时称“临时中央政府人民委员会主席、副主席”），依然是毛泽东为主席，项英、张国焘为副主席。

这样，毛泽东成为国家主席兼总理，亦即中央执行委员会主席兼人民委员会主席。“毛主席”之称始于此时。从此，人们对他的称呼从“毛党代表”（红四军党代表）、“毛委员”（红一方面军总政治委员）改为“毛主席”。此后，毛泽东一直被称为“毛主席”，但这“主席”在不同时期有着不同含义：

1943 年 3 月 20 日起，这“主席”指中共中央政治局主席兼中央书记处主席。

1945年6月19日，中共七届一中全会选举毛泽东为中共中央委员会主席兼中央政治局主席、中央书记处主席。

1949年9月30日，毛泽东兼任中华人民共和国中央人民政府委员会主席。

1959年4月29日，毛泽东辞去中华人民共和国主席职务。此后直至他逝世，他一直担任中共中央主席和中央军委主席（他从1937年8月洛川会议起担任中共中央军委书记，后来改称中共中央军委主席）。

在毛泽东当选中华苏维埃共和国中央执行委员会主席兼人民委员会主席时，张国焘不在江西，而在鄂豫皖苏区。选举张国焘为副主席，表明新政府不仅统辖江西中央苏区，而且统辖全国各红色区域。

中央政府之下，设九部一局。那时的部长，称“人民委员”：

外交人民委员　王稼祥
军事人民委员　朱　德
劳动人民委员　项　英
财政人民委员　邓子恢
土地人民委员　张鼎丞
教育人民委员　瞿秋白（当时在上海）
内务人民委员　周以栗
司法人民委员　张国焘
工农检察人民委员　何叔衡
国家政治保卫局局长　邓　发

中华苏维埃共和国临时中央政府旧址

那座谢氏祠堂里，用木板隔成一个个小房间，每个小房间只有一张乒乓桌那么大，门口挂着一个“××人民委员会”的牌子。那一个小房间，便是一个部的办公室。虽说那一间间简陋的办公室远不及今日中华人民共和国每个部的传达室，但今日的一个个部却是由那一个个小房间发展而来的。外交人民委员王稼祥后来成为外交部副部长，财政人民委员邓子恢后来成为国务院副总理，土地人民委员张鼎丞后来成为最高人民检察院检察长……

中华苏维埃共和国的诞生，成为18年后成立中华人民共和国的预演。

1931年12月1日，以主席毛泽东，副主席项英、张国焘共同署名，发出了《中华苏维埃共和国中央执行委员会第一号布告》。该“布告”宣布：

> 中华苏维埃共和国临时中央政府业已宣告成立，从今日起，中华领土之内，已经有两个绝对不同的国家。一个是所谓中华民国，他是帝国主义的工具，是军阀官僚地主资产阶级用以压迫工农兵士劳动群众的国家；蒋介石汪精卫等的国民政府，就是这个国家的反革命政权机关。一个是中华苏维埃共和国，是广大被剥削被压迫的工农兵士劳苦群众的国家。他的旗帜是打倒帝国主义，消灭地主阶级，推翻国民党军阀政府，建立苏维埃政府于全中国，为数万万被压迫被剥削的工农兵士及其他被压迫群众的利益而奋斗，为全国真正的和平统一而奋斗……

毛泽东在赣南会议又遭“批判”

在成立中华苏维埃共和国的日子里，毛泽东是忙碌的，可是他的心境并不舒畅，因为他在党内又刚刚蒙受了一次“高强度”的批判。

事情发生了戏剧性的变化：1931年5月，项英被撤销中共苏区中央局代理书记的职务，改由毛泽东担任。可是，在全苏一大前夕，却撤销了毛泽东中共苏区中央局代理书记的职务，改由项英担任！

正因为这样，全苏一大由项英主持，任主席团主席。至于毛泽东后来仍被选为中华苏维埃共和国中央执行委员会主席兼人民委员会主席，全然由于他在红军、在苏区那广泛的影响，由于他领导三次反“围剿”连连取胜而赢得的声望。

关于项英重新取代毛泽东的原因，当时在毛泽东身边工作的郭化若，对此说得颇为坦率：

> 三中全会[1]结束后，中央派项英同志来到苏区。项英对立三路线进行

[1] 指六届三中全会。

调和，认为李立三不是路线错误而是策略错误。四中全会后，王明统治了党中央，派任弼时等同志来江西，对项英同志进行打击。于是，项英就被王明路线俘虏了。苏区中央局形式上是项英同志掌权，实际上权力掌握在任弼时同志手里，由王稼祥同志出主意，顾作霖同志打先锋。毛泽东同志对任弼时同志曾说过一句幽默的话："任弼时同志说我是'狭隘经验论'，我到延安后就发奋读书了。"[1]

在战场上大胜蒋介石的毛泽东，在党内斗争中却蒙受了沉重的一击。那是在"提灯游行"的前夕（1931 年 11 月 1 日至 6 日），在瑞金叶坪召开了"中国共产党中央苏区第一次代表大会"，史称"赣南会议"。

会议由任弼时、王稼祥、顾作霖这中央"三人团"主持，会议的主题是如何在中央苏区贯彻王明路线。

王明在 1931 年年初上台，到了这年 6 月 22 日中共中央总书记向忠发被捕，王明更进一步控制了中共中央。

9 月 1 日，中共中央发出长达 1.2 万字的《给苏区中央局并红军总前委的指示信》（被称为"九月指示信"），对毛泽东为首的苏区中央局进行了批评，认为"苏区同志对于立三路线的错误，尤其是国际路线[2]的正确，还缺乏全部的深刻的了解"。

王明最初是想拉拢毛泽东的，但他很快发觉，毛泽东有一整套自己的路线和见解，绝不是能拉拢过来的人。何况随着三次反"围剿"的胜利，中央苏区日益显得重要，在天平上的分量要超过王明在上海的中共中央机关，王明急欲紧紧控制中央苏区的领导权。

不早不晚，红军从公秉藩手中夺来的那台 100 瓦特收发报机，跟中共中央在上海的电台接通了联系。那天深夜，值班员刘寅首先听到上海秘密电台的信号，立刻处于极度的兴奋之中。刘寅马上报告曾三（后来成为中央档案馆馆长），曾三拟了个密码电报发过去，上海秘密电台收到了——这成为中央苏区和中共中央之间第一次无线电通报。

曾三是从上海派来的，原来在中共中央上海秘密电台工作。那个秘密电台，是周恩来花了气力建立的。周恩来派出中共党员李强、张沈川改名换姓，到

---

[1] 郭化若：《回忆第一次反"围剿"期间的有关史实》，《回忆中央苏区》，江西人民出版社 1986 年版。

[2] 指共产国际。

上海无线电学校学得了收发报技术，于 1929 年冬在上海英租界大西路福康里建立了秘密电台，跟香港的中共地下电台建立了联系。1931 年 3 月，上海秘密电台的伍云甫、涂作潮、曾三来到了江西中央苏区，只是中央苏区没有大功率的无线电台，仍无法与上海联系。直至在东固歼灭公秉藩师，缴获了那台企盼已久的大功率收发报机，这才终于架起了“瑞金—上海”无线电之桥。

20 世纪 30 年代初在苏区的毛泽东

毛泽东曾向无线电台报务员们的出色工作表示热烈的祝贺。可是，这好不容易建立起来的空中捷径，却给王明提供了莫大方便——这下子，他可以用无线电报，直接、迅速地对中央苏区实行“遥控”。这正是王明当时求之不得的！

这时候的王明，正准备去苏联。他在 10 月 18 日动身前，给中共苏区中央局发来了一个又一个电报，硬要把他那王明路线强加给中央苏区。毛泽东在战场上能够打败蒋介石，那是在于双方是平起平坐的对手，尽管蒋介石兵强马壮、人多势众；毛泽东在党内斗争中却不能不居于劣势，因为王明代表上级，代表中央，可以对他发号施令，而他碍于组织纪律，必须服从。

10 月，王明以中央名义发来第 4 号电报，又一次批评毛泽东：“苏区严重的错误是缺乏明确的阶级路线与充分的群众工作。”

按照王明的指令，“三人团”主持赣南会议，批判了毛泽东的三大“错误”：

一曰“狭隘经验论”。“党内的事务主义非常浓厚”。

二曰“富农路线”。因为当时中央主张“地主不分田，富农分坏田”，毛泽东则认为应当给地主、富农以出路，主张“以人口平分及实行‘抽多补少，抽肥补瘦’的政策”。

三曰“极严重的一贯右倾机会主义”。认为毛泽东的“诱敌深入、后发制人”战略是“游击主义”“保守主义”“单纯防御路线”，而要求红军必须实行“先发制人”“积极的进攻路线”。

会议作出决议："党内两条路线的斗争必须发展到最高度，集中火力反对党内目前的主要危险——右倾。"

这么一"集中火力"，就把毛泽东的中共苏区中央局代理书记职务撤销了。这样，毛泽东失去了中共苏区最高首长的地位。

另外，王明以中共中央名义发来的第 1 号电报还指示："革命军事委员会设主席团，决定朱德为主席，王稼祥、彭德怀为副主席。"这样，11 月 25 日，中华苏维埃共和国中央革命军事委员会宣告正式成立，主席、副主席完全按照中共中央第 1 号电报开列的名单当选。总政治部主任由王稼祥兼任。"中革军委"成立，宣布取消原红一方面军总司令、总政委名义及其组织，所有中华全国红色军队集中统一于"中革军委"统辖指挥。这样，也就取消了毛泽东的红一方面军总政委之职。

毛泽东遭到了排斥，失去了党内、军内的重要职务，此后，他专做政府工作了。[1]

就在瑞金举行"提灯游行"那天，王明到了莫斯科，出任中国共产党驻共产国际代表团团长。由于接通了"莫斯科—上海"和"上海—瑞金"的无线电联系，王明坐在莫斯科，"遥控"着上海以博古为负总责的中共中央，再由博古向瑞金发出种种指示……

周恩来成为中央苏区最高首长

上海，寒风吹过人行道上落尽树叶的法国梧桐，夜幕下，行人无几。

在离上海北站不远的海宁路和山西路交叉口一家小店里，先是走出来一个小伙子，稍过片刻又走出来一个 30 多岁的男子。这个 30 多岁的男子穿对襟蓝哔叽中式短上衣，一条蓝哔叽中式裤子，手中拎着一只小皮箱。两人跳上两辆黄包车，消失在浓重的夜色中。小店楼上，一个妇女轻轻撩起窗帘的一角，目送着两辆黄包车远去。

那个妇女是邓颖超，那个"30 多岁的男子"，则是周恩来。

那是 1931 年 12 月上旬。两辆黄包车直奔十六铺码头。护送周恩来的小伙子叫黄平，在十六铺陪周恩来登上一艘太古洋行的轮船，来到统舱里找到一位

[1] 也有人认为对毛泽东的排斥不是始于赣南会议，而是始于宁都会议。见凌步机《"赣南会议"新探》，《江西党史研究》1988 年第 1 期。

周恩来与邓颖超

“小广东”。黄平跟地下交通员“小广东”打了招呼，把周恩来交给他，便匆匆下船了。

这是一艘驶往广东汕头的轮船，船上来来去去的，很多是广东工人，周恩来就混杂在他们中间。船往南行驶了几天，才算到达汕头。

下了船，周恩来摇身一变，成了个画像先生。另一位地下交通员前来护送他。一路乘车坐船，穿越了重重封锁线，由闽西进入赣南，终于在这年年底来到红都瑞金。

33 岁的周恩来的到来，也就使项英的中共苏区中央局代理书记职务自然取消，因为在中共苏区中央局成立之日起，周恩来便被任命为书记。只是他当时在上海忙于工作，未曾前往中央苏区到任。周恩来是继项英和任弼时“三人团”之后，第三批由中共中央派往中央苏区的领导人物。比起项英，比起任弼时，周恩来的政治经验更丰富，也更成熟。周恩来到来后，理所当然成为中共中央苏区的最高首长。

虽说那时毛泽东在一个多月前的赣南会议上刚刚挨过“批判”，周恩来不顾忌这些，一到瑞金便去看望毛泽东，跟他作了长谈。这时的周恩来是毛泽东的“上级”，但他对毛泽东一直是尊重的。

周恩来走马上任后抓的头一件事，便是纠正中央苏区的肃反扩大化。他在由广东进入闽西时，见到一位红军团长，问起关于 AB 团的事。那位团长答道，大约有“六千 AB 团”！这使周恩来大为震惊……

富田事变经项英冷处理本已安然过去，可是，项英一受中共中央的指责，那个李韶九就神气活现起来，成了富田事变中反 AB 团的“英雄”。于是，在 1931 年 4 月下旬，李韶九被任命为苏区政治保卫局江西分局局长，掌握了肃反领导权。

李韶九一上台，又开始紧锣密鼓清肃 AB 团，掀起了清肃 AB 团的“高潮”。其中的重点，当然是发动富田事变的红二十军。从军长萧大鹏、政委曾炳春以下到副排长，全军 700 多名干部，都被列为“AB 团分子”加以审查。一时间，

“AB 团分子”简直满天飞！滥施肉刑搞逼供信，乱供乱信，赣西南地区的干部突然百分之九十被打成“AB 团分子”，弄到无人再敢当地方干部的地步！

在闽西根据地，这时翻新花样，肃起“社会民主党”来了！

怎么忽然会冒出“社会民主党”呢？

事出有因。那是因为自 1929 年以来，共产国际发出了加紧反对各国社会民主党的指示。共产国际是针对国际共产主义运动总的情况而言。

事有凑巧。1931 年年初，红十二军在召开纪念李卜克内西、卢森堡、列宁的大会时，有人领呼口号：“拥护第二国际！”“社会民主党万岁！”领呼口号的人，名叫林海汀、吴拙哉。他们喊错口号，是在于他们连“第二国际”“第三国际”都弄不明白，在稀里糊涂中喊错了口号。

这下子，林海汀、吴拙哉被当成“社会民主党”受到严刑审讯。在遭到毒打之后，他们只得按照审讯者的“提示”，乱供一气。林海汀“承认”自己是“社会民主党闽西特委宣传部部长”。既然有“宣传部部长”，当然有“特委书记”。又是一番严刑逼供，傅柏翠被说成是“社会民主党闽西特委书记”。

傅柏翠在 1928 年领导过闽西蛟洋暴动，因与中共闽西特委产生矛盾，在 1930 年 12 月被开除党籍。这下子，傅柏翠又成了“社会民主党闽西特委书记”。于是，“顺藤摸瓜”，逼出了“社会民主党”的“闽西特委委员”们，逼出了各级组织成员们，逼出了一个个“社会民主党党员”。纯属审查者们子虚乌有的想象，却在棍子、皮鞭下，变成煞有介事的“第三党”！

陈毅第一任妻子萧菊英（画像）

李韶九越“肃”胆子越大，甚至想把陈毅也打成“AB 团分子”！

总前委曾下达“任务”，要陈毅在红二十二军中“打出”500 名“AB 团分子”，而这支部队总共只有 3000 人！

陈毅无法完成“任务”，被说成是“包庇”AB 团，而“包庇者”自己也很可能就是 AB 团！

于是，陈毅被召去开会。

陈毅自忖凶多吉少，临行前，对他当时的妻子、20 岁的萧菊英说：“等到下午 6 点钟，你就快走，回你家乡信丰藏起来。如果我没事，我会派人把你找回来……”

陈毅走了。“马拉松”式的会议，一直

开到晚上8时。

当陈毅回到家中，已不见萧菊英，四处寻找，在一口井里找到了她的尸体——她以为陈毅成了“AB团分子”，跳井自杀了！

闽西肃“社会民主党”之风，也刮到了瑞金。从1931年5月起，中共瑞金县委书记李添富认为瑞金也有“社会民主党”，把原县委书记邓希平、县苏维埃主席萧连彬抓起来杀害，县苏维埃、县工会百分之八十的干部被打成“社会民主党”！

周恩来一到中央苏区，便对肃反扩大化来了个急刹车。他到任没几天，1932年1月7日，周恩来就主持召开中共苏区中央局会议，专门研究解决此问题。会议作出了《苏区中央局关于苏区肃反工作决议案》。

这一决议案，一开头便写道：

> 中央局在深刻地检查了过去苏区肃反工作以后，完全同意周恩来同志的报告……[1]

决议案指出：

> 过去对AB团及一切反革命派认识不正确，将AB团扩大化了，以为一切地主残余富农分子都可以当AB团看待，以为一切从异己阶级出身的分子都可能是AB团，把党的错误路线的执行者，和犯错误的党员与群众都与AB团问题联系起来，甚至发展到连工农群众都不能信任了；于是觉得AB团是肃清不了的。有了这认识上的错误，更产生极严重的对AB团斗争的方法上的错误，把反AB团的斗争简单化，缩小到“打AB团”的捕获、审问、处理的范围内，而忽视积极地去巩固革命势力。尤其完全缺乏的，是反AB团的思想斗争与教育工作，结果便发展到以肃反为一切工作中心的极危险的观点。在打AB团中更专凭犯人口供，倚靠肉刑，以致造成肃反工作的唯心论……[2]

---

[1]《苏区中央局关于苏区肃反工作决议案》，中国人民解放军国防大学党史党建政工教研室编《中共党史教学参考资料》第15册，1986年版，第147页。

[2]《苏区中央局关于苏区肃反工作决议案》，中国人民解放军国防大学党史党建政工教研室编《中共党史教学参考资料》第15册，1986年版，第147页。

决议案规定，“苏区各级党部必须在接到（此决议）后立即讨论和执行”。

那个民愤极大的李韶九，在 1932 年 2 月底被开除党籍，撤销一切职务。后来，又终于被处决。[1]

20 多年后，1956 年 9 月 10 日，毛泽东在中共八大预备会议第二次全体会议上，谈及往事，对于中央苏区肃 AB 团，说了这样一句话：

> 肃反时我犯了错误，第一次肃反肃错了人。[2]

毛泽东“退隐”东华山

也就在那次讲话中，毛泽东把自己的错误分为“真错”和“假错”两类。他说“第一次肃反肃错了人”属于“真错”；“南雄打了败仗[3]，是我指挥的”，也属“真错”；还有“在井冈山时我提的那个土地法很蹩脚，不是一个彻底的土地纲领”，等等。

毛泽东说，他也有许多“假错”——“大约 20 次左右的处罚和打击，都是没有确实根据的”。毛泽东在回忆这“20 次左右的处罚和打击”时，特别提及：

> 后头又被封为“一贯机会主义”。对我最有益处的，就是封我为“狭隘经验论”。我在《中国革命战争的战略问题》那本书中就学鲁迅的办法，“报复”了一笔，批评那些骂“狭隘经验论”的人是错误的……[4]

在那个批评毛泽东“机会主义”“狭隘经验论”的赣南会议之后，毛泽东又病了！

小小叶坪村，那时仿佛成了“红色华盛顿”，苏区党、政、军首脑机关都集中在那里。人来人往，毛泽东不愿住在那里，于是带着贺子珍以及警卫班 13 人到东华山去了。

---

[1] 关于李韶九的死，历来有两种说法。一说是 1935 年在战斗中牺牲，另一说是被陈毅枪毙。不过，他最终被追认为烈士却是一致的说法。——编者注

[2]《党的文献》1991 年第 3 期，第 7 页。

[3] 指率红四军主力下井冈山“围魏救赵”。

[4]《党的文献》1991 年第 3 期，第 7 页。

东华山离瑞金二三十里，山上树木蓊郁，山顶有座古庙。毛泽东看中古庙，住了进去。

据他的警卫员吴清回忆：“主席住左边耳房。房内陈设极为简单：一张桌子，两把椅子，桌旁放着两只铁皮公文箱。一张木床，床上铺着一张边带条子的浅红色线毯，上面是白粗布床单。床上靠墙角的一头，四四方方叠着一条旧棉被和一条红色旧毛毯。”

毛泽东摆脱了冗杂的事务，步入这桃源世界般的东华山埋头读书。他津津有味地读《水浒》《三国演义》之类。此外，他饶有兴致地读着“郑爱群”派人给他送来的报纸，其中有《申报》《新闻报》，广州的《工商日报》和《超然报》。自从当年在北京大学图书馆当助理管理员以来，毛泽东便养成了每日读报的习惯。上了井冈山之后，难得见到报纸，他简直如饥似渴地企求着得到报纸。据云，他有一回派一支小分队去袭击一座县城，不为别的，只是为了从县城里搬回几个月以来的报纸！

如今，在瑞金也无法订阅国民党地区的报纸。一个名叫“郑爱群”的人，在福建汀州给他订了好几份报纸，通过地下交通线不断给他送来。

这“郑爱群”的名字，是毛泽东为那人取的化名。

此人的真实姓名叫傅连暲，汀州福音医院院长。福音医院是汀州颇有名气的教会医院，傅连暲是那里的名医，附近的豪绅达官生了病，总要请他看。1925 年年底，傅连暲到连城为一个大地主看病，偶然在客店里结识邓子恢。邓子恢把瞿秋白著《新社会观》一书送给傅连暲，他看后顿开茅塞，从此思想日渐激进。

傅连暲

1927 年 8 月，贺龙部队的营长陈赓在南昌起义后受伤，傅连暲收留陈赓在福音医院养伤。1929 年 3 月，毛泽东、朱德率红四军打下了汀州，跟傅连暲结识，毛泽东便“拜托”他代为订报……

毛泽东在东华山上读书、看报，每天还花四个小时为警卫战士教文化课，上午两小时文化学习，下午两小时时事学习。有时，他还带战士们一起出去砍柴。农家出身的他，砍柴的动作非常利索、熟练。看得出，毛泽东的身体还可以——他上一回在红四军七大蒙受打击后，得了恶性疟疾，倒是真的大病一场。

毛泽东人在山上，心却在山下。他不断地看报纸、看文件，记挂着山下那新生的中华苏维埃共和国的命运。闲暇时，他把那些在马背上哼成的诗词加以整理、修改，誊清后给贺子珍一句一句地讲解。

每当山下来人，毛泽东总是详细问起打赣州的战况。说实在的，他这次上山，说是因病休养，其实是心中不快。除了赣南会议，还由于那场打不打赣州引起的大争论……

2月下旬，毛泽东在东华山上处理了一件重要的事。那是2月16日至21日，上海的《申报》《新闻报》《时事新报》等陆续刊出《伍豪等脱离共党启事》。

“伍豪”，亦即周恩来。当年，他在天津参加觉悟社时，社员编号，他抽签抽到五号，便以谐音“伍豪”作为笔名（邓颖超抽到一号，以谐音“逸豪”为笔名）。周恩来明明在担任中共苏区中央局书记，怎么会“脱离共党”呢？显而易见，那启事纯属捏造、混淆视听的。

毛泽东当即以中华苏维埃共和国临时中央政府主席的名义，起草了布告，为周恩来辩诬：

> 事实上伍豪同志正在苏维埃中央政府担任军委会的职务，不但绝对没有脱离共产党的事实，而且更不会发表那个启事里的荒谬反动的言论，这显然是屠杀工农兵士而出卖中国于帝国主义的国民党党徒的造谣污蔑……[1]

在“文革”中，江青曾借“伍豪启事”发难，毛泽东当即于1968年1月16日作了批示：“此事早已弄清，是国民党造谣污蔑。”[2]

毛泽东在东华山上住了50来天，连春节也是在那座古庙里冷冷清清地度过的。

3月上旬的一天，一件突然发生的事情结束了毛泽东在东华山上的休养生活。

那天，毛泽东正在给警卫员们上时事课，忽然值班警卫前来报告，说是两个骑马的军人正朝山上走来。

毛泽东出去一看，来人渐渐近了，原来是项英和他的警卫员。

---

[1]《伍豪事件的前前后后》，《中央党史资料》第2辑，中共党史资料出版社1983年版。

[2] 同上。

项英远道赶来，显然有要事。

果真，项英上了山顶，没有歇一口气，便对毛泽东说："恩来同志让我专门来请你下山。"

"是不是为打赣州的事？"毛泽东马上猜出项英来意。

"是的，打赣州很不顺利。所以，恩来同志请你赶往前线。"项英答道。

毛泽东听项英介绍了赣州前线的情况之后，马上很爽快地说："你先走一步，我随后就到！"

项英一走，毛泽东收拾了一下文件，当天便下山。正在这时，乌云翻滚，眼看一场大雨就要倾泻而下，贺子珍劝毛泽东晚一天走，别让雨淋出毛病来。

"不，我一工作起来，病就好了！"毛泽东说着，就迎着风雨下山了。

赣州之败证实了毛泽东的预言

为了打不打赣州，曾在中共苏区中央局引起一番近乎白热化的争论……

事情是由来自上海的指令引起的。

设在上海的中共中央，自从王明去莫斯科、周恩来来中央苏区之后，不得不建立临时中央政治局，称"中共临时中央"。中共临时中央政治局由博古、张闻天（洛甫）、康生、陈云、卢福坦、李竹声六人组成，以博古为负总责。1931 年 9 月下旬，中共临时中央在上海成立。

博古执行王明的指令，实行比李立三更"左"的路线。红军第三次反"围剿"的胜利和中华苏维埃共和国的诞生，使中共临时中央颇受鼓舞，头脑热了起来，在 1932 年 1 月 9 日作了《中央关于争取革命在一省与数省首先胜利的决议》。决议认为，"国民党的破产已经是铁一般的事实"。因此，决议对苏区工作作出了指示：

> 为扩大苏区、为将几个苏区联系成整个一片的苏区而斗争，为占领几个中心城市以开始革命在一省或数省首先胜利而斗争。

这么一来，又重弹李立三进攻中心城市、实行一省或数省首先胜利的老调。决议特别提及，毛泽东所主张的"不占取大城市"的策略，过去是正确的，而"现在是不同了"！那一段文字是这样说的：

> 过去正确的不占取大城市的策略，现在是不同了；扩大苏区，将零星的苏区联系成整个的苏区，利用目前顺利的政治与军事的条件，占取一两个重要的中心城市，以开始革命在一省或数省的首先胜利是放到党的全部工作与苏维埃运动的议事日程上面了。

决议还具体规定了“占取”哪几个中心城市，即南昌、抚州、吉安，然后造成“威胁武汉”的态势。

周恩来征求毛泽东的意见，毛泽东凭借这几年跟蒋介石多次交锋的经验，深知国民党军队的力量远比红军强大，攻打这几个中心城市，势必会失败。

周恩来觉得毛泽东言之有理，复电中共临时中央，告知进攻中心城市有困难。

中共临时中央当即复电，删去了原先提出的南昌，要求至少在抚州、吉安、赣州三城之中，择一而攻！

中共临时中央已经算是退了一步，因为南昌属大城市，而抚州、吉安、赣州属中等城市。

周恩来再度征求毛泽东意见，但毛泽东的答复仍然很干脆：“不行！一打准输！”

周恩来毕竟是中共苏区中央局书记，他必须执行临时中央的命令。于是，周恩来召集中共苏区中央局会议。会上，经过对抚州、吉安、赣州三城反复比较，多数人赞成进攻赣州。

赣州，当时江西省仅次于南昌的第二大城市，赣南的中心。提出打赣州会得到那么多人的支持，是因为赣州有着特殊的“诱惑力”：赣州的四周，已是一片红区，赣州成了嵌在红区中的一颗顽固的“钉子”。中华苏维埃共和国已经建立了，却把瑞金作为首都，而瑞金是座小县城，未免太没有气派。倘若打下赣州，把那里作为“首都”，那就像样得多。

还有，听说赣州的守卫部队只有马崑的一个旅，以为容易“吃”掉。彭德怀在其自述中，便忆及：

> 还在第一次苏维埃代表大会时，中央局某负责同志曾问过我，可不可以打下赣州？我说，赣州守军马旅[1]估计有6000人，地方靖卫团2000人，

[1] 即马崑旅。

共8000人，如有时间，蒋介石又不来增援，是可以打下的。[1]

连彭德怀的估计都这么乐观，“打赣州”的呼声理所当然在中共苏区中央局占了上风。

毛泽东坚决反对打赣州。可是，他处于少数，他的意见被否定了。何况，赣南会议上已经批判他“右倾”，他反对打赣州似乎又是一种“右倾”的表现。

毛泽东的意见被否定之后，他闷闷地带着警卫员上东华山去了！

以朱德为主席，王稼祥、彭德怀为副主席的中华苏维埃共和国革命军事委员会，于1932年1月10日发布了《关于攻取赣州的军事训令》。训令指出：

> 应该站在建立巩固的革命根据地势力向外发展，以争取一省数省的首要任务上，趁着目前有利革命发展的时机，坚决地取得苏区临近较大城市——赣州。

于是，彭德怀被任命为攻打赣州的前敌总指挥，“打赣州”便轰轰烈烈开始了。

“夺取赣州，完成江西革命首先胜利！”到处刷上了这样的大字标语，到处喊起了这样的口号。

2月4日，红军进逼赣州城下。彭德怀的前敌总指挥部设在城下。他指挥红军，把赣州围了个水泄不通：红三师攻北门，红七军攻东门，红二师攻南门，红一师攻西门。红军总兵力为1.4万人。

彭德怀原以为可以一鼓作气攻下赣州，不料，一打才知赣州是块硬骨头，“啃”不动……

赣州古城墙遗址

赣州乃历史名城，早在晋朝已设郡，处于赣江上游的章水、贡水两江汇合之处，三面临水，山丘环抱，筑有很高的城墙，是座易守难攻的城市，号

[1]《彭德怀自述》，人民出版社1981年版，第173页。

称“铁赣州”。毛泽东极力反对打赣州，不仅因为他吃过打长沙、攻南昌的“苦头”，而且他在两年前——1930 年 3 月中旬——也打过赣州，当时他一看赣州易守难攻，迅即下令红军撤围。他有过这一系列亲身经历，所以认定打赣州非输不可。

赣州城池坚固，不炸城墙，难以攻克。彭德怀把进攻的重点放在东门。

城墙内外，出现了有趣的攻防场面：

城外，红军日夜不停地挖坑道，延伸到城墙下方。然后往坑道里安放“棺材炮”——在一口棺材里，装满了土制炸药，用以炸城墙。那时的红军没有重炮，只能用这样的土办法攻城。

城内，马崑组织了一支特殊的“瞎子听音队”，谛听着发自地下的声响，以便弄清红军究竟在哪里挖坑道，早作准备！

“棺材炮”和“瞎子听音队”，构成了奇妙的对抗！

红军虽说要炸城墙，指挥部却又规定不可炸得太厉害，因为已设想把赣州定为“首都”，要保持城墙的完整，以有利于未来“首都”的防御！

一回回爆破城墙的行动开始了：

第一回，2 月 13 日，太保守，城墙的缺口炸得太小，不顶用；

第二回，2 月 15 日，计算不准确，城墙炸坍时向外倒，把隐蔽在城下的红军压死一大批；

第三回，2 月 23 日，炸开了不小的缺口，可是遭到守军的强烈抵抗，激战四小时，未能攻进；

第四回，3 月 4 日，已经顾不得为未来的“首都”保护城墙了，一下子在东门下的坑道里塞进三口“棺材”。在震耳欲聋的爆炸声之后，掀翻了东门城楼和左右侧墙各 20 余丈。冲锋号在满天烟尘中吹响。本以为这一次总可得手，谁知城内事先得到密报——一个本是马崑手下的兵士参加了红军，此时叛逃，报告重要情报，马崑在城里预作准备，挡住了红军的进攻。

正在这时，蒋介石派出的援军来到赣州，于是，赣州守敌力量大增。红军攻打赣州失败已成定局，毛泽东的预言，被一个多月冷酷的现实完全证明。红军在攻城中牺牲惨重，红军第一师师长侯中英、第三十七师师政委欧阳健阵亡。

于是，周恩来派出项英风风火火赶往东华山，请毛泽东下山，共商大计……

毛泽东冒着寒风冷雨步行下山，到了瑞金已是傍晚。他找到郭化若，往前线发了份电报，连夜赶路，来到都梓山澄江渡口。在那旦，他总算坐上小船。一路上，小船摇摇晃晃，朝赣州方向驶去。

这时，红军久攻赣州不克，不得不于3月7日撤围。攻打赣州，以失败告终。

1965年，当彭德怀读全国政协出版的《文史资料》时，见到马崑所写的一篇回忆录，方知当年的军事情报不准确：当时驻守赣州的马崑部队是8000人，加上地方民团经过改编、整训的1万人，守敌共计1.8万人，并非当时情报所说的“马旅6000人，地方靖卫团2000人”！

毛泽东改“北上”为“东征”取得大胜

毛泽东的小船，经过两天三夜的航行，在赣州东北的赣县江口靠岸。

这时，从赣州撤退的红军正集结在江口，中共苏区中央局的首脑们亦集中在那里。在前敌总指挥部，周恩来主持了中共苏区中央局会议，亦即“江口会议”。中共苏区中央局的委员有周恩来、任弼时、项英、朱德、毛泽东、彭德怀、林彪、周以栗、陈毅。王稼祥和顾作霖作为中央代表团成员，亦参加苏区中央局工作。

江口会议面临的第一道议题，便是要不要再打赣州。仍有人主张再打。毛泽东发话了，他说：“对于赣州，进则攻坚不利，久攻不克已成事实；胜则不易固守，敌军卷土重来，我军无回旋之地。赣州是座只有骨头没有肉的孤城，不必再去‘啃’啦。这包袱让蒋介石背去吧！”毛泽东一席言，说得主张再打赣州的人哑口了。

接着，会议进入第二道议题，即下一步棋怎么走。来自上海中共临时中央的指令，理所当然地占上风：“争取中心城市，争取一省和数省的首先胜利。”毛泽东又一次反对攻打中心城市的冒险计划，主张“在赣江以东，闽、浙沿海以西，长江以南，南岭以北，在蒋介石力量薄弱的地区，广泛开展游击战争，以巩固和扩大中央苏区”。毛泽东再一次陷于少数，陷于孤立。

3月17日，由红军总政治部主任王稼祥起草、发布的《中国工农红军总部政治部训令》，透露了江口会议的最终结果。

“训令”不点名地批评了毛泽东：

> 如果认为这次攻赣州是立三路线，那便不了解夺取中心城市的意义，和对中心城市之夺取的过分恐惧，那便是以反立三路线为掩盖的右倾机会主义，我们应给这个右倾机会主义以致命的打击。尤其是在撤围赣州后，反对这种右倾机会主义和失败情绪便成为红军及党内的主要斗争。

这么一来，毛泽东成了“右倾机会主义”！他要受到“致命的打击”！

“训令”写及江口会议作出的战略部署：

在目前政治形势下，工农红军应当发展革命战争，争取中心城市，争取一省和数省的首先胜利。在江西红军应当扩大苏区，贯通赣江两岸的苏区，以赣江流域为中心，向北发展创造苏区来包围赣江流域的几个中心城市（赣州、吉安、樟树），以便利于我们迅速地夺取这些城市，这样来争取江西的首先胜利……

按照江口会议的这一部署，以朱德为主席的中革军委发布命令，把红军重新编为三个军团，即一、三、五军团，分为三路进发。

红三军团，由彭德怀为总指挥、滕代远为政委，向赣江西岸出击，然后向北发展，称“西路军”。

中路军为红一军团，任命林彪为总指挥，任命进入苏区不久的聂荣臻为政委，罗荣桓为政治部主任，从赣江东岸向北发展。

红五军团由季振同为总指挥，董振堂为副总指挥，萧劲光为政委，由朱德坐镇，在赣南苏区协调西路军和中路军。

毛泽东被分配在中路军，名曰“随军行动”。这时的毛泽东是政府主席，并无军职，但红一军团实际上就是原红一方面军，都是他的老部下。他“随军行动”，实际上成了总指挥——虽说以政府主席的身份指挥军队有点“名不正、言不顺”。毛泽东不顾这些，他在江口会议结束之后，便来到了红一军团。

毛泽东随红一军团出发，走到半路，他便说服了林彪和聂荣臻，改变行军的方向：放弃原定北进计划，改为向东，朝闽西、闽南进军！

据聂荣臻回忆，毛泽东是这样陈述自己见解的：

沿赣江向北没有多少发展余地，国民

红军时期的聂荣臻

> 党"剿共"的大本营就设在南昌。如今向西发展，有赣江梗阻，大部队往返不方便。向南发展则必然会和广东部队的主力顶牛。只有向东发展最有利。向东则一来有闽西老根据地做依托，二来闽南尚有广阔的发展余地，是一个最好的发展方向……[1]

毛泽东如此清楚地分析了向西、向北、向南的不利和向东的有利，林彪和聂荣臻拥护他的主张，觉得应该按毛泽东的意见办。于是，经中共苏区中央局书记周恩来、中革军委主席朱德的同意，中路军改成了东路军，向东进军了。

这么一来，东路军便掌握在毛泽东手中。他按照自己的战略意图，又"导演"出一出不亚于第一、第二、第三次反"围剿"的"新戏"来。

这时，驻守闽西、闽南一带的，是福建军阀、号称"闽西王"的张贞。

张贞是福建最南端诏安县人。1918 年，35 岁的张贞趁着军阀混战，在闽南拉起一支"民军"，曰"福建靖国军"。张贞由此起家。后来，他到北京陆军大学"镀金"，回到福建后便成了"福建自治军前敌司令"。名声虽好听，但张贞手下其实只有几支收编的土匪民军而已。北伐时，张贞成了"国民革命军独立第四师"师长。那时，陈伯达做过他的秘书，佩少校军衔。1929 年，蒋介石任命张贞为"福建省剿匪司令部司令"。

张贞的部队，其实是一支杂牌军，有一雅号曰"战无不败的'豆腐军'"。可是，这位张贞"将军"偏又爱摆派头，曾规定漳州各商户每月必须缴"飞机捐"，凑齐 70 万银圆，向国外购买了旧式油布练习机和侦察机各两架、运输机一架，开辟了机场。那飞机在漳州上空飞来飞去，十分神气。其实那飞机堪称"饭桶飞机"。一天，该师国民党党部书记长吴光星搭乘飞机，那飞机在半途中飞越龙门岭时，竟挂在了松树上！书记长先生受伤不用说，那架飞机用了几

1932 年 4 月，聂荣臻与林彪指挥红一军团突袭漳州天宝山，取得了胜利。图为聂荣臻在缴获的敌机前留影

[1]《聂荣臻回忆录》上册，战士出版社 1983 年版，第 140 页。

十人拉、抬，才运上公路，用大卡车载回漳州修理。还有一次，张贞坐飞机由永定回漳州，家属早早在漳州机场迎候，却久久不见空中有飞机的影子。事后才知，“饭桶驾驶员”弄错方向，把飞机飞到广东潮州去了！

毛泽东选择东进，选择了张贞的“豆腐军”为攻击目标，充分显示出他的聪明——专拣“豆腐”欺！

果真，红一军团跟张贞部队在福建龙岩一接触，首战告捷，歼敌685名，一下子就攻占了龙岩县城。

接着，毛泽东确定下一步目标——攻取闽南重镇、张贞老窝漳州。

漳州的屏障是天宝山，张贞派了两个旅固守。在毛泽东指挥下，林彪、聂荣臻率部两天赶了150多里。4月19日，红军突袭天宝山，痛歼敌军。张贞闻讯，吓得赶紧点燃城中弹药库，然后抱头鼠窜，逃往厦门。这样，翌日漳州便落入红军之手，这一仗俘敌1600多人，缴枪2300多支。

最为新奇的收获，要算是那两架来不及飞走的侦察机落入了红军手中。这样，红军算是有了空军——虽然那飞机非常蹩脚。毛泽东特地去参观了这两架翅膀、机翼是油布做成的飞机。林彪和聂荣臻分别在飞机前拍照留念。其中的一架，后来由一个红军驾驶员驾驶，飞到瑞金，曾使红都为之轰动。

毛泽东住进漳州发电厂附近一所天主堂的“洋房”里。他的警卫员拿起脸盆去打水，到处找不着水井，不由得埋怨“洋房”的主人怎么平常不洗脸。直至毛泽东领着警卫员到自来水龙头前，拧开了龙头，水哗哗流出，警卫员才大为惊讶，以致当脸盆里的水满了的时候都不知道怎么关上龙头——这些来自农村的红军战士，还是头一回进入这样“阔气”的城市！

毛泽东率红一军团东征，获得了大胜，又一次表明，他的战略目光确实高人一等。

经周恩来力争，毛泽东恢复总政委要职

就在毛泽东东征节节胜利的日子里，在上海，中共临时中央却正对毛泽东进行着批判！

一篇代表中共临时中央的权威性文章，在中共中央机关刊物《红旗周报》第37、第38期合刊上发表。这是一篇社论，题目很长，也很“鲜明”，即《在争取中国革命在一省与数省的首先胜利中中国共产党内机会主义的动摇》。此文写于1932年4月4日，发表于同年4月25日。

作者何人？署名“洛甫”！

“洛甫”，也就是张闻天，中共中央的“一支笔”。当时的他，跟王明、博古站在一起，唱着“左”的高调。人毕竟是人，不是神。张闻天走过曲折的路，全然是可以理解的。值得赞许的是，1990年出版的《张闻天文集》第1卷，全文收入了那篇社论的原文，毫不躲躲闪闪、文过饰非。文末，编者还为此文加了一段说明：

> 这是张闻天30年代“左”倾错误的另一篇主要文章，1945年《关于若干历史问题的决议》提出此文是继续和发挥了九一八事变以后第三次“左”倾路线错误观点的文件之一，张闻天本人整风中对此文也作过检讨。这篇文章的主要错误在于根据共产国际对形势和任务的指示，系统地论述了当时中央“左”倾错误的纲领……[1]

张闻天写的社论，这样不点名地批判毛泽东：

> 很明显，中央区的同志在这里表现出了浓厚的等待主义——等待敌人的进攻，等待新的胜利。他们始终没有能够利用客观上的顺利环境去采取积极进攻的策略。他们把“巩固苏区根据地”当做符咒一样地去念，把消灭“土围子”当做了巩固根据地的中心工作，以等待敌人的新的进攻，新的“坚壁清野”，新的“诱敌深入”与新的胜利。这种观点，实际上同样是对于反动统治的过分的估计所产生……目前的主要危险，是对于国民党统治的过分估计，与对于革命力量的估计不足的右倾机会主义！

一句话，毛泽东是“右倾机会主义”！

张闻天此文，在批判毛泽东的同时，也点名批评了“中央职工部的仲篪同志”在工人运动中的“机会主义观点”。“仲篪”是谁？刘少奇的化名！

紧接着，5月20日，通过发报机电键的“嗒嗒”声，从上海传来中共临时中央一份长长的指示电。译报员译出电文时，脸上露出惊讶的神色，因为这份电报，点了毛泽东的名。

电报称，毛泽东在三次反“围剿”中所采取的战略是完全错误的，是“纯

---

[1]《张闻天文集》第1卷，中共党史资料出版社1990年版，第270页。

粹防御路线”，是“游击主义”。电报指出，“泽东及其他纯粹防御路线的拥护者”们的“消极态度，将削弱我们的防御力量，不能扩大与巩固苏区”，是当前“极大的危险”“主要的危险”，“是过分估计与夸大敌人力量，是纯粹防御路线”，是“红军中游击主义的坏的残留”。

电报指示中共苏区中央局领导，要“以说服的态度，设法争取他[1]赞成积极斗争的路线，使他在红军及群众中宣传积极路线。争取让党和红军的干部认清毛泽东的纯粹防御路线的错误与危险，公开讨论泽东的观点”。

这份电报，最清楚地表明了中共临时中央对毛泽东的态度：如果毛泽东不转变立场，站到王明“左”倾路线一边去，那就要作为“主要的危险”“极大的危险”予以解决！

正在“随军行动”的毛泽东并不知道中共临时中央的这份电报，他仍忙于指挥作战，只是深感以政府主席的身份指挥作战诸多不便。

5 月 29 日，正在闽南的红一军团奉中革军委的命令，千里回师赣南。原因是得知广东军阀陈济棠在广州召开军事会议，意欲进犯赣南。红一军团回师之后，也就不再成为“东路军”了。

6 月 17 日，周恩来在汀州召开的中共苏区中央局会议上，作出贯彻中共临时中央指示，关于争取和完成江西及其邻近省区革命首先胜利的决议。会议决定取消东路军、西路军番号，恢复红一方面军建制，仍辖第一、第三、第五军团。

周恩来、毛泽东和博古（右一）的合影

恢复红一方面军建制，牵涉到一个敏感的问题：谁任总政委？

因为原红一方面军的总司令为朱德，总政委为毛泽东。这次恢复建制，由中革军委主席朱德兼任总司令。照理，应当也恢复毛泽东的总政委职

[1] 指毛泽东。

务。“朱毛红军”名震中国，便是因为朱是总司令，毛是总政委。

可是，中共临时中央5月20日的电报，使中共苏区中央局不敢恢复毛泽东的总政委职务。于是，采取了回避之策，即恢复建制时，不设总政委！

毛泽东依然被安排在第一军团“随军行动”！

红军历来强调党的领导，红一方面军怎可不设总政委呢？中共苏区中央局曾提议周恩来任总政委，为周恩来谢绝。周恩来深知，如果由他出任总政委，那就过分使毛泽东难堪，所以不如不设总政委。

7月中旬，周恩来赶赴前线，设在后方的中共苏区中央局由任弼时任代理书记（许多中共党史著作称代理书记为项英，但中共中央文献研究室编、金冲及主编的《周恩来传》称代理书记为任弼时）。实际上，由于毛泽东“随军行动”，后方的政府工作由项英主持。项英也参与后方中共苏区中央局的领导工作。

7月21日，作为中共苏区中央局代表的周恩来，到达位于赣州之南的信丰县的红一方面军司令部。周恩来在跟朱德、王稼祥交谈中，在跟毛泽东交谈中，都发觉毛泽东以政府主席身份“随军行动”，确实很不方便。

这样，7月25日，周恩来与毛泽东、朱德、王稼祥联名致电中共苏区中央局：“我们认为，为前方作战指挥便利起见，以取消政府主席一级，改设总政治委员为妥，即以毛任总政委。作战指挥权属总司令总政委，作战计划与决定权属中革军委，关于行动方针中央局代表有决定权。”

这就是说，红一方面军的“作战指挥权”属朱德、毛泽东，“作战计划与决定权”属朱德，而“行动方针决定权”则属周恩来。

中共苏区中央局代理书记复电，不同意这一建议，仍坚持任命周恩来为总政委。

为此，周恩来于7月29日，又以他个人名义去函中共苏区中央局，指出如果由他任总政委，将“弄得多头指挥，而且使政府主席将无事可做”，而且毛泽东“以政府主席名义在前方，实在不便之至”，“泽东的经验与长处还须尽量使他发展”。周恩来强调说，“有泽东负责，可能指挥适宜”。

经周恩来再三坚持和力争，中共苏区中央局终于同意，任命毛泽东为红一方面军总政委。

于是，中革军委于8月8日发布如下通令：

奉中央政府命令，特任毛泽东同志为红军第一方面军总政治委员。现毛同志已到军工作，我第一方面军全体战士，今后应坚决在朱总司令与毛总政治委员领导之下，一致为发展革命战争，争取革命在江西及邻近几省的首先胜利而努力。仰我全体战士一体知照。

中革军委主席　朱德

副主席　王稼祥　彭德怀[1]

就这样，毛泽东终于恢复了他在赣南会议前的军内要职——红一方面军总政委。

与此同时，“军事最高会议”在前方建立，由周恩来、毛泽东、朱德、王稼祥四人组成，以周恩来为主席。

前方和后方首脑为毛泽东产生严重分歧

说实在的，毛泽东能够恢复总政委之职，全然由于周恩来的力争，因为周恩来毕竟是中共苏区中央局书记。虽然周恩来按照组织手续为此向中共苏区中央局代理书记任弼时请示，任弼时在作了一次否定之后，也不能不考虑到周恩来的职务，最后勉强同意了。

毛泽东的复职，却导致前后方领导人物之间产生了尖锐的矛盾。

前方——“军事最高会议”周恩来、毛泽东、朱德、王稼祥；

后方——中共苏区中央局任弼时、项英、邓发、顾作霖。

四比四，形成了对峙的局面，彼此顶牛。

在前方，虽说周恩来是“军事最高会议”主席，但他非常尊重毛泽东。朱德则是毛泽东的“老搭档”。王稼祥呢？他原是中共六届四中全会派出的“三人团”之一，也曾经颇“左”，不过他跟毛泽东一起共事，日渐转为支持毛泽东。这么一来，前方的核心人物，实际上是毛泽东。

王稼祥曾这样忆及他在龙冈跟毛泽东相识后的印象：

初见了几次面，他就给了我一个这样的印象：他同我在中国和俄国所遇见的领导人是不相同的，是有其独特的地方，虽然我当时还掌握不住这些独特的地方。只觉得他所说的道理，既是那样简单明了，又是那样的有

[1]《红一方面军总政委毛泽东已到军工作的通令》，中国人民解放军国防大学党史党建政工教研室编《中共党史教学参考资料》第15册，1986年版，第168页。

力并具有说服力。[1]

原是“二十八个半布尔什维克”之一、王明的竭诚的拥护者王稼祥，自从担任红军总政治部主任，常在毛泽东身边工作，慢慢被毛泽东的魄力和魅力征服。

后方的核心人物是任弼时。他是“三人团”的首席，进入中央苏区后，担任中共苏区中央局组织部部长。另一名“三人团”成员顾作霖则担任中共苏区中央局宣传部部长。

任弼时后来成为毛泽东忠诚的拥戴者、亲密无间的战友。不过，当他受命贯彻中共六届四中全会路线而进入中央苏区时，却唯王明、博古马首是瞻。正因为这样，主持赣南会议批判毛泽东的便是他。自从读了张闻天在《红旗周报》上发表的社论，看了中共临时中央5月20日的密电，他更明白中共临时中央对毛泽东的排斥态度。正因为这样，他一而再地阻拦恢复毛泽东红一方面军总政委之职。

项英自从到达中央苏区后，在党内的职务便比毛泽东高，并与毛泽东在工作中几度产生分歧。他也受到过王明路线的排斥——因为他是中共六届三中全会派往中央苏区的代表。

项英其人，组织观念颇强。他没有出席中共六届四中全会，可是，当他从赣西南萧道德等人那里见到共产国际给中共中央的“十月来信”，很快就表示服从王明路线的领导，受到任弼时的赏识。

在缴获公秉藩部队那台大功率无线电台后，1931年10月，中共苏区中央接到中共临时中央的第一号电报，便是关于中华苏维埃共和国人选名单的指示：

政府执行委员名单，在任弼时处有。但须除去向忠发、周勉群、邝继勋，加徐锡根、陈绍禹、关向应、瞿秋白及各地苏维埃政府主席。人民委员会主席一人决定毛泽东，副主席二人张国焘与江西苏维埃政府主席。

这份电报，透露了任弼时地位的重要性。他前来中央苏区时，身边带着未来的中央政府执行委员会名单。

当时的江西苏维埃政府主席为曾山。按照第一号电报的意见，政府副主席

[1] 朱仲丽：《黎明与晚霞》，解放军出版社1986年版。

为张国焘、曾山。但是，任弼时在 1931 年 10 月 31 日以中共苏区中央局名义致电中共临时中央，提议项英任政府副主席兼中央人民委员会副主席，曾山改任土地人民委员，得到了上海的同意。这样，项英主持了全苏一大，当选主席团主席，当选政府副主席兼中央人民委员会副主席，而且排名于张国焘之前。这么一来，项英更加听命于上海的中共临时中央了。

至于顾作霖，作为“三人团”成员，当然倒向任弼时。作为国家政治保卫局局长的邓发，当时思想也“左”倾，他在肃反中搞扩大化便反映了他的“左”倾思想。

前后方“四对四”的矛盾，围绕着毛泽东的复职，猛烈地爆发了！

第一个回合是在 8 月 24 日，红一方面军原计划攻打江西东部重镇南城。毛泽东发觉那里已有敌人 3 个师 17 个团兵力守卫，主张不动。周、毛、朱、王意见一致，周恩来致电后方。8 月 28 日，后方中共苏区中央局来电，认为前方不攻南城是错误的决定，要求红军主力绕至宜黄一带寻战敌军主力陈诚部队。前方只得遵命，结果在向宜黄一带移动时遭敌袭击，一个多团失去联络。

第二个回合是在9月23日，敌增援六个师，后方要前方“攻城打援”。前方，周、毛、朱、王两次致电后方：“在目前敌情与方面军现有力量条件下，攻城打增援部队是无把握的；若因求战心切，鲁莽从事，结果反会费时无功，徒劳兵力，欲速反慢，而造成更大不利局面。”可是，后方于 9 月 25 日复电，仍坚持要前方“积极地出击敌军”！ 9 月 26 日，周、毛、朱、王又致电后方，表示不能“打强大增援敌队，此请中央局特别注意”！

红军好不容易建立起的无线电台，本来是为指挥作战提供快捷通信，此时

在中央苏区，周恩来（右三）给了毛泽东（左四）及红一方面军极大的支持

却让前后方首脑间为无休止的争论而困惑。前后方的战略意图如此南辕北辙，在红军作战史上也是空前罕见的。

说穿了，无非是后方首脑认为，毛泽东复职等于“右倾机会主义”上台，叫你打南城你不打，叫你攻城打援你又不打，不是“右倾”是什么？前方呢，首脑们面对敌军，深知敌情，不能不量力而行。

论指挥打仗，毛泽东确有一套过人的才略。指挥三次反“围剿”时，军权集中在他一人手中，打得潇洒，打得自如。眼下，他要左请示、右汇报，把他也弄得很不自在。

终于，第三个回合，导致前、后方的争执白热化了。

那是9月26日，前方忍无可忍，决定置瞎指挥的后方首脑们于不顾，以红一方面军总司令朱德、总政委毛泽东的名义，发布了《在敌人尚未大举进攻前部队向北工作一时期的训令》。

这个“训令”是得到“军事最高会议”及其主席周恩来同意发出的。

“训令”指出，蒋介石正在准备发动对中央苏区的第四次“围剿”，但是，目前“敌人坚守据点”。在这样的形势下，红一方面军应该抓紧时间，在向北地区做群众工作，“争取和赤化北面敌人这些据点附近的地区和群众”，以求“造成更有利于与北面敌人决战和消灭敌人主力的条件”。

当无线电波把“训令”从前方传到瑞金时，后方首脑大为震怒。当时，项英和邓发出差到闽西去了，主持工作的任弼时接连给前方发电报，表示坚决反对。

9月29日，后方电周、毛、朱、王，作了明确的否定表态：

> 9月26日“训令”收到，我们认为这完全是离开了原则，极危险的部署，中央局决定暂时停止行动。

9月30日，后方单独给周恩来去电：“我们现重新向你提出，前次分散赤化南丰河两岸，做一时期扩大苏区工作等意见，是对形势估计不足。”电报还要求周恩来对“分散赤化观点，应给以无情的打击”！

10月1日，后方再度致电周、毛、朱、王：“我们坚决不同意9月26日‘训令’的军事布置。”

其实，“训令”是毛泽东思索多日作出的，是他为第四次反“围剿”制定的策略和部署。本来，周恩来和他打算经过中共苏区中央局会议讨论后予以发布的。为此，9月25日，周、毛、朱、王致电后方：“提议即刻在前方开一中央局全体会议，并且要全体都到，这不仅可以解决目前行动问题，并要讨论接

1931年12月14日，时任国民党军第二十六路军参谋长的赵博生率全军团起义

受中央指示红军行动总方针……”

可是，翌日后方来电，却否定了这一提议。后方称，项英、邓发已去闽西参加福建省苏维埃执行委员会扩大会议，“你们亦须随军行动”，“中央局全体会议不可能开”。

既然不能开中央局全体会议，而又军情紧迫，前方也就在这天发布了朱、毛署名的“训令”。

后方得知“训令”发布，对毛泽东极度不满，认为已经到了非撤毛泽东之职不可的时候了。于是，后方致电前方，同意召开中央局全体会议，时间定在10月上旬，地点则选在周、毛、朱、王9月25日电中提及的“宁北的小塘”。

就这样，一次以批判毛泽东“右倾机会主义”为主题的中共苏区中央局会议终于召开了。

毛泽东在宁都被剥夺军权

“宁北的小塘”在哪里？

“宁”，也就是江西宁都，位于瑞金之北、广昌之南。

不过，宁都县城以北，并没有名叫小塘的村庄。据中共宁都县委党史办公室查证，那里有个小源村，大抵是发报或收报时译电员的笔误，把“小源”误为“小塘”。[1]

在10个月前，宁都曾名震全国，原因是驻守宁都的国民党第二十六路军，其中实力最强的第七十三旅旅长董振堂、第七十四旅季振同等曾秘密地加入中共。1931年12月14日晚，赵博生盛宴全军团以上军官，在酒酣之际突然宣布起义。这样，第二十六路军易帜，成为红军第五军团，季振同任总指挥，赵博生任副总指挥，萧劲光被派去担任军团政委。这一事件，便成为轰动一时的“宁都起义”。

[1]《关于宁都会议的几个史实初考》，《江西党史研究》1989年第3期。

眼下，宁都又一次被载入史册，在这里的小源村召开的中共苏区中央局会议，被称为“宁都会议”。

宁都会议召开的时间，据黄少群考证，是在1932年10月2日之后至10月12日之前的某几天。黄允升的考证，更为精确些，认为会期的上限为10月4日，下限则为10月10日。

据小源村曾栋材老人回忆：“那年的八月中秋以后，割‘金包银’[1]接迟禾新的时候，村里来了好多红军和红军的领导人。我记得在榜山祠住了朱德和一个留长胡须的人，毛主席住在我房子里。”他所说的“留长胡须的人”，便是周恩来。那时，周恩来蓄着黑色长须，俨然美髯公。

不过，宁都会议刚开始时，周恩来不在，他是在会议开了一半之后才飞马赶来的。他曾回忆说：

> 宁都会议是任弼时同志召开的，我当时不在，正在前线。但我若坚决反对，还是可以反对掉的……[2]

不必再依靠无线电报来来去去，前方四位首脑（除周恩来晚到）和后方四位首脑终于开始面对面交锋。据云，出席会议的还有彭德怀和刘伯承（尚待进一步查证）。

会议的争论是空前激烈的，这可以从现存的档案《苏区中央局宁都会议经过简报》中的一句话看出：

> 会议中批评了泽东同志过去向赣东发展路线与不尊重党领导机关与组织观念的错误，开展了中央局从未有过的反倾向的斗争。

“开展了中央局从未有过的反倾向的斗争”——这清楚地表明了会上斗争的尖锐。

会议的结果是后方首脑占了上风，因为后方首脑有着上海中共临时中央的支持。项英取代了王稼祥，任弼时、项英、顾作霖仿佛组成了新的“三人团”，以猛烈的火力批判毛泽东。

---

[1] 一种晚稻的名称。

[2] 周恩来1972年5月21日在中央批林整风汇报会上的讲话记录稿。笔者摘自瑞金革命博物馆档案室。

他们所说的毛泽东“不尊重党领导机关”，也就是不顾后方苏区中央局的反对，发布“训令”，因而也就造成“组织观念的错误”。

“简报”还透露：

> 会议中批评泽东同志认为“早应北上，过去七个月都错误了”之不正确观点，指出这是动摇并否认过去胜利成绩、掩盖了领导上所犯错误。

“过去七个月”，是从打赣州算起。在毛泽东看来，“过去七个月”确实“都错误了”。

他反对打赣州，果真，打赣州失利；他主张东征、打漳州，曾遭到反对，但是打漳州大胜。

这表明正确的是他，错误的是中共苏区中央局。

可是，后方首脑们却完全颠倒过来说：

> 打赣州，“依据当时情况都是绝对需要的”，而且“攻赣本有克城可能”，只不过“因对敌必守中心城市的估计不足”以及“爆破技术有缺点”，这才“未能克城而撤围”。
>
> 至于“进占漳州虽获胜利，有很大政治影响，但来往延缓了北上任务之实现”。[1]

照后方首脑们这种奇怪的逻辑，变成打赣州输了也是对的，打漳州胜了也是错的！

这么一来，毛泽东反对打赣州、主张打漳州，变成了“错误主张”！变成了“否认过去胜利、掩盖了领导上所犯错误”！

虽说在“文革”中，毛泽东被封为“伟大的领袖、伟大的导师、伟大的统帅、伟大的舵手”，这四个“伟大”把他推上至高至尊的地位，可是在宁都会议上，他却受这种“窝囊气”，简直是他的推崇者们不可想象的！其实，他后来成为中国共产党的最高领袖，正是从一次次折腾中磨炼出来的，从一次次“批判”中考验出来的。

后方首脑们批判朱毛的“训令”，批判毛泽东的“诱敌深入”战略方针，

---

[1] 引自《苏区中央局宁都会议经过简报》。

宁都会议后，周恩来取代毛泽东成为红军第一方面军总政委。图为（左起）王稼祥、毛泽东、朱德、周恩来合影

认为那是“等待主义”，是“专以等待敌人进攻的右倾主要危险”！

毛泽东，也就成了“右倾主要危险”的代表人物！

毛泽东是条硬汉子，他不会随机应变、见风使舵。他据理反击，被认为“毛同志承认和了解错误不够”[1]。

后方首脑们主张要对毛泽东进行组织处理，撤销毛泽东红一方面军总政委的军职，把毛泽东从前方调往后方，让他专做政府工作。

就在这时，使任弼时震惊的是，原是“三人团”成员的王稼祥，作了不寻常的发言，明确地支持毛泽东：

> 众所周知，我也是四中全会后由中央派来苏区的，我对中央指示也一直是服从和执行的。
>
> 但是我从几次反“围剿”的胜利中，以及从攻打赣州的教训中，逐步认识到毛泽东同志的思想主张是符合红军和苏区实际情况的，他提出的战略思想和战术原则，已经被实践证明为行之有效的，他的指挥决策也一再被证明是正确的。红军和苏区之能有今日，是与毛泽东同志的正确领导分不开的。[2]

王稼祥又说道：

> 众所周知，我与毛泽东同志并非旧交，相识不久，倒是与王明、博古

[1] 引自《苏区中央局宁都会议经过简报》。

[2] 朱仲丽：《黎明与晚霞》，解放军出版社 1986 年版。笔者于 1991 年 7 月 8 日，在北京采访了王稼祥夫人朱仲丽，她也转述了王稼祥生前的回忆。

等同志是老同学、老同事甚至同乡……

王稼祥主张："大敌当前，不可换将；指挥重任，非他莫属！"[1]

后方首脑的批判和毛泽东的反驳、王稼祥对毛泽东的支持，使会议陷入僵持的局面。

正在这时，周恩来赶到。他作为中央苏区的最高首长，显然要担负"裁判"的角色。

周恩来处于矛盾的境地。

他在来中央苏区之前，一直在中共中央工作，先后跟瞿秋白、李立三、向忠发、王明共事，有着多年的高层领导经验。在六届四中全会上，共产国际代表米夫在批评了他对瞿秋白持"调和态度"之后说："恩来同志自然应该打他的屁股，但也不是要他滚蛋，而是在工作中纠正他，看他是否在工作中改正他的错误。"正因为这样，曾与瞿秋白、李立三共事的他，在瞿、李倒台之后仍能与王明共事。王明派他前来中央苏区，自然是要他在中央苏区贯彻王明路线，而向来有着很强组织纪律性的他也总是习惯于服从上级。

周恩来跟毛泽东 1923 年年底在广州结识，但没有深交，这次来到中央苏区，特别是随红一方面军一起在前线，跟毛泽东朝夕相处，他开始了解毛泽东。特别是毛泽东一整套独特的战略思想，使他颇为佩服。正因为这样，在恢复红一方面军建制时，是他再三坚持终于说服了任弼时，任命毛泽东为红一方面军总政委。

这一回，任弼时、项英等坚持要撤掉上任还不到两个月的总政委毛泽东，使周恩来陷入进退两难的地步，"简报"中有这样一段记载：

> 对前方战争领导，留在后方的中央局同志鉴于过去前方领导不能统一，认为战争领导必须求得专一独断，迅速决定问题，提出由恩来同志负战争领导总责，泽东同志回后方负中央政府工作责任。

周恩来怎么办呢？他先是在口头上也批评了毛泽东：前方领导人"有以准备为中心的观念，泽东表现最多。对中央电示迅速击破一面，开始不同意，有等待倾向"；但他又指出："泽东积年的经验多偏于作战，他的兴趣亦在主持战争……如在前方则可吸引他贡献不少意见，对战争有帮助"。他提出了两种方

[1] 笔者于 1991 年 7 月 8 日，在北京采访了王稼祥夫人朱仲丽，她转述王稼祥生前的回忆。

案，供会议讨论，如“简报”所述：

周恩来同志坚持要毛同志在前方助理，或由毛同志负主持战争责任，恩来同志亦在前方负监督行动总方针责任。

不论哪种方案，周恩来都要把毛泽东留在前方，要毛泽东指挥第四次反“围剿”。他否定了后方首脑们要毛泽东“回后方负中央政府工作责任”的意见。

周恩来的后一种方案，显然是后方首脑们所不能接受的。经过一番论战，如“简报”所记录：

大多数同志认为毛同志承认与了解错误不够，如他主持战争，在政治与行动方针上容易发生错误，最后是通过了恩来同志第一种意见，但最后批准毛同志暂时请病假，必要时到前方。

既然会议已最后“通过了恩来同志第一种意见”，怎么又“批准毛同志暂时请病假”？

那是因为毛泽东面对会议的决议表态了：既然苏区中央局如此不信任他，既然要撤掉他的总政委之职，他很难在前方“助理”。于是，他提出回后方养病，“必要时到前方”。

就这样，宁都会议以后方首脑的大胜降下了帷幕。

就这样，井冈山根据地的创始人、一手抚育红军壮大、成功地指挥了三次反“围剿”的毛泽东，痛苦地被剥夺了军权，默默地回到曾栋材家的黄泥草屋。

周恩来赶往草屋看望毛泽东、安慰毛泽东。毛泽东对周恩来表示：“军事工作我还愿意做，前方何时电召便何时来。”

就这样，10月10日，周恩来在一份电报中写道：“泽东同志因病请假回后方。”

根据中共苏区中央局的指示，10月12日，中革军委正式发布通令，公开了毛泽东离开红一方面军总政委工作岗位的消息，只是采用了婉转的“外交辞令”，写成“苏维埃工作的需要”，写成“暂回”后方：

中华苏维埃共和国中央革命军事委员会通令：

当此革命猛烈向前发展的时候，苏维埃政权的巩固与发展，是十二万分重要的。工农红军第一方面军兼总政治委员毛泽东同志，为了苏维埃工作的需要，暂回中央政府主持一切工作。所遗总政治委员一职，由周恩来同志代理。特此通令各军，希转饬所属知照。

主席　朱德

副主席　王稼祥　彭德怀[1]

经过“粉饰”的通令，看上去，毛泽东属“正常工作调动”。

10 月 14 日，在红一方面军发布的战役计划上，最后的署名是：“总司令朱德，总政委毛泽东，代总政委周恩来。”

周恩来在计划上注了一句：“如有便，请送毛主席一阅。”

10 月 26 日，中共临时中央来电，正式撤销毛泽东的红一方面军总政委职务，任命周恩来兼任这一职务。

这样，前方的电报由“周、毛、朱、王”变为“周、朱、王”。

至此，围绕毛泽东的一场争斗，该算是结束了。然而，那“余波”仍在前、后方首脑之间激荡。

11 月 12 日，后方中共苏区中央局成员致电上海中共临时中央，认为：“这次会议开展了中央局内部从未有过的两条战线的斗争，打破了过去的迁就和平状态。”他们批评的矛头，指向了周恩来：“周恩来同志会前与前方其他同志意见没有什么明显的不同，在报告中更未提到积极进攻，以准备为中心的精神来解释中央指示……不给毛泽东错误以明确的批评，反而有些问题为他解释掩护，这不能说只是态度温和的问题……我们认为恩来同志在斗争中不坚决，这是他个人最大的弱点，他应该深刻了解此弱点并加以克服。”

周恩来呢，他也致电上海中共临时中央，申述自己的意见：“承认我在会议中对泽东同志的批评是采取了温和态度，对他的组织观念错误批评得不足。另外却指正了后方同志对他的过分批评。”

周恩来反驳了后方中央局关于他“调和”的批评，他指出：“认为未将这次斗争局面展开，是调和，是模糊了斗争战线，我不能同意。”

周恩来还写道：“后方同志主张召回泽东，事前并未商量好，以致会议中提出后，解决颇为困难。”

这表明，调毛泽东回后方，是后方首脑们在会上提出的，事先并未征求过周恩来的意见！

---

[1]《红一方面军兼政委毛泽东暂回政府工作遗职由周恩来代理的通令》，中国人民解放军国防大学党史党建政工教研室编《中共党史教学参考资料》第 15 册，1986 年出版，第 178 页。

中共临时中央在上海研究了双方发来的电报，意识到如果听任后方中共苏区中央局这样批评周恩来，势必会使中央苏区领导层形成大分裂，于是复电明确支持周恩来，表示指责周恩来是“调和派”是不正确的，强调前后方领导加强团结是目前最重要的。

这么一来，后方中央局那咄咄逼人的气焰才算收敛了。

周恩来在给中共临时中央的电报中，还为毛泽东重回前方留好了余地。周恩来写道：去探望毛泽东时，“在情绪上还没有看出他有什么不积极的表示”，说他“答应前方何时电召便何时来”。周恩来还为毛泽东解释说，“因为治病在他确是十分需要的”。

周恩来深知毛泽东是难得的“帅才”。他为毛泽东留好伏笔，以便在适当时机，以毛泽东“病愈”为理由恢复他的军职……

周恩来在毛泽东危难之际周详地维护了毛泽东，这为毛周后来40多年的亲密合作奠定了基础——虽说在表面上看来，是周恩来取代了毛泽东出任红一方面军总政委，以致被一些不知真情的人说成是“周恩来夺了毛泽东的军权”……

遭罢官的毛泽东在汀州休养

毛泽东走了。

他从宁都南行两天便到了瑞金，但他没有在这红都落脚，却从瑞金东行，才一天就到达福建汀州。

毛泽东一进汀州城，就到福音医院看望老朋友傅连暲。

“毛主席，恭喜！恭喜！”傅院长连声对毛泽东说道。

傅连暲恭喜什么呢？原来，毛泽东“喜得贵子”！

毛泽东和贺子珍结婚后，贺子珍在1929年生下一个女孩。那时，正值红军二打龙岩，战事频频，贺子珍只得把女孩寄养在当地一户老百姓家，送上15枚银圆，说是日后再来接孩子。

可是，后来托毛泽东的弟弟毛泽民去这户老百姓家接孩子，得到的回答是“孩子不在人世”了！

1932年，贺子珍又怀孕了。14天前，贺子珍在福音医院生下一个男孩，怪不得傅连暲向毛泽东贺喜。

毛泽东见到贺子珍，见到出世不久的儿子，烦闷的心境得到了暂时的安慰。

这时，贺子珍患痢疾，生怕传给孩子，请了个奶妈。奶妈是江西人，习惯喊孩子“毛毛”。如此这般，孩子的奶名便叫“小毛”。

毛泽东听说孩子奶名的来历，大笑道：“这倒是一语双关！人家喊我‘老毛’，我的儿子不就成了‘小毛’！”

在笑声中，毛泽东给儿子取了大名，叫作“毛岸红”。“岸”，是沿用了岸英、岸青、岸龙的“岸”辈；“红”，则是生于红区、长大了当红军之意。

毛泽东也就在汀州住了下来。

离福音医院半里多路，有座苍松茂郁的北山。山脚下，有一口年代久远的水井，人称“老古井”。离井不远，有一幢淡红色的小洋楼，原是一家地主的别墅。红军第一次攻打汀州，那地主就逃了，这儿也就成了红军的休养所。毛泽东的老师徐特立曾住在这里休养。这一回，傅连暲安排毛泽东住进小楼。

毛泽东很高兴，一进小楼，便见到了老朋友陈正人。24岁的陈正人是江西遂川人，1926年加入中共，在井冈山与毛泽东相识，曾任毛泽东秘书及中共遂川县委书记。此时，他患肺病，来此休养（解放后陈正人曾任中共江西省委书记、第八机械工业部部长）。

毛泽东在老古井住下来。每天下午，他总去福音医院，看望贺子珍和小毛。

晚饭后，他则上北山散步。

夜里，是他读书、看报的最好时光。他可以看到“郑爱群”为他订阅的最新的报纸。

傅连暲为他仔细地检查身体。他确实有点病，发低烧。一开始，傅连暲以为是肺病。经过X光透视，肺部有钙化点，这表明他曾患肺结核，但已痊愈。傅连暲认为，发低烧可能是过度劳累的缘故，劝他在这里好好休息。

徐特立

傅连暲常常陪毛泽东上北山散步，他们结下亲密的友谊。傅连暲后来成为中华人民共和国卫生部副部长、中华医学会会长。

毛泽东常去福音医院，在那里结识了一位病员，名叫罗明，当时是中共福建省委代理书记。

那时，罗明腰部受伤，在福音医院动了两次手术。

在病房里，毛泽东跟罗明聊了起来，谈得非常投机。毛泽东问起了福建的情况，罗明说，自从主力红军打下漳州后千里回师赣南，国民党的第十九路军就进军闽南，眼下只有刚成立的红军独立第八师、第九师共3000人在闽西。毛泽东听说这一情况，便建议罗明在闽西、闽南广泛开展游击战争。毛泽东详细地介绍了江西三次反“围剿”是怎么取胜的，讲述了游击战争的规律、战略，讲了集中优势兵力、择弱而打，讲了诱敌深入的方针……毛泽东滔滔宏论，使罗明顿开茅塞。

罗明心想，在福建，完全可以照毛泽东的一套去办嘛！他急于出院，急于向中共福建省委传达毛泽东的谈话，急于到上杭、永定和龙岩等地去贯彻毛泽东的游击战略。

可是，他尚在病中。他请傅连暲检查他的伤口，认为伤口大部分好了，不过如果要提前出院，要外出工作，身边得有个护士照料。很巧，罗明的妻子在护士学校学习过，罗明有妻子照料，便急急出院了……

罗明压根儿没有想到，几个月后，他遭到狠狠的批判，他在福建所搞的一套，被称为“罗明路线”（实际上也就是毛泽东路线），这是后话。

博古从上海来到瑞金

宁都会议的情况，传到了上海中共临时中央。共产国际派往上海的军事顾问李德在其回忆录《中国纪事》中，这样写及当时中共临时中央对于毛泽东失去军权的态度：

> 他虽然还是临时革命政府的主席，中央政治局委员[1]，革命军事委员会委员，但失去了主宰一切的影响和迄今为止的权力。他是从领导岗位上被排除的，还是像他以前多次所做的那样自行引退，以便等待有利时机“卷土重来”呢？我们在上海是无从确定的，估计两者兼而有之。无论如何，他在军事委员会中的职位由项英接替，在中央红军前敌指挥部的职位由周恩来接替了……[2]

当时，彭德怀的心态，也颇有代表性。他在回忆录中所述及的，代表着一

[1] 应为政治局候补委员。

[2] 奥托·布劳恩（李德）：《中国纪事》，现代史料编刊社1980年版。

宁都会议之后不久，博古来到苏区。图为（左起）毛泽东、周恩来、博古、朱德合影

大批红军指战员的思想：

我没有支持毛主席的正确意见，而同意了中央局多数人的意见……

当时我为什么同意中央局意见，而未同意毛主席意见？也还是前面所叙对攻占赣州的想法。

除此以外，我当时并没有认识四中全会（王明路线）实际是立三路线的继续。当时，四中全会的中央把它称为国际路线，布尔什维克化的。至于它同样是反毛泽东人民战争思想的，是反对农村包围城市的战略方针的，也即是依靠红军打天下的单纯军事路线，我当时完全没有这样去想。一个共产党员凡事要问一个为什么，当时自己仅仅是服从中央决定，带有极大的盲目性。[1]

毛泽东在汀州老古井的小楼里休养的日子里，上海日益吃紧。1932 年 11 月，国民党中统局上海行动区正式成立，中央特派员史济美（化名“马绍武”）坐镇上海，以侦破中共中央在上海的秘密机关为行动目标。设在上海的中共临时中央的行动日见艰难。中统局上海行动区逐日向南京递送《每日情报》，报告中共临时中央在上海的一举一动。就连鲁迅也受到中统特务的严密监视。一个名叫刘翰梦（又名刘汉生，化名高尔梦）的特务经常出入内山书店，收集鲁迅行动情报以及与鲁迅交往的人员的动向……

中共临时中央机关规定了严格的联络暗号。白天，只有阳台上放着一盆作为暗号的红色的花，夜晚那间亮着灯光的房间的窗帘拉开一角泄出亮光，这才表明是安全的，可以进入联系。

顾顺章的被捕和叛变，向忠发的被捕、叛变、处死，极大地震动了中共临时中央。

---

[1]《彭德怀自述》，人民出版社 1981 年版，第 176 页。

位于瑞金县沙洲坝的中国工农红军总政治部旧址

另外，王明去了苏联，周恩来、张国焘、项英、任弼时去了苏区，留在上海的中共临时中央成了空架子，经常在那里值班的只有博古和张闻天。

而且，没过多久，博古从上海消失了，张闻天、陈云也从上海消失了。

1933年年初，张闻天首先出现在红都瑞金。不几日，博古、陈云也到达那里。他们是沿着周恩来进入苏区走过的秘密通道，由上海来到瑞金的。

博古是王明指定的中共临时中央政治局负总责。随着他进入苏区，中共临时中央也就迁入瑞金。在上海，另行成立中共中央上海局，作为中共中央在上海的派出机构，由康生负责。

中共临时中央迁入瑞金，原有的中共苏区中央局也就失去了存在的意义。最初，两者并存了一段时间，有时下达的文件联名署“中共中央　中共苏区中央局”。到了1933年6月，“中共苏区中央局”字样消失。26岁的博古成为中央苏区的最高首长。

博古的到来，使中共中央代表团——“三人团”——同样失去了存在的意义，任弼时的中共苏区中央局代理书记的职务随之被免。任弼时不久被调离瑞金。一本关于任弼时的传记，这样写及任弼时遭贬的经过：

> 他参加组织召开的1931年11月赣南会议和1932年8月[1]宁都会议，根据临时中央的意见，采取了排斥毛泽东同志领导的做法，事后，他就认识到是不对的。对于临时中央来到中央革命根据地直接搞的这一系列“左”的东西，他更是有看法。他正是被临时中央认为贯彻极左路线不力而被免去中央局组织部部长职务，派到湘赣区做省委书记的。[2]

[1] 应为10月。

[2] 高军:《伟大的战士任弼时》，中国青年出版社1980年版。

瑞金县城西面五公里处的沙洲坝热闹起来，那里的下肖村有一幢杨姓私宅，土木结构，红漆描金，古画装饰，被博古看中，作为中共临时中央的机关所在地。这幢房子建于1879年，占地1100多平方米。

那幢房子附近的另一幢杨姓私宅，成为“少共中央局”（亦中国共产主义青年团中央局）的机关所在地。那幢房子也是土木结构，建于清朝乾隆年间，占地600多平方米，少共中央局书记凯丰（何克全）、秘书长胡耀邦、儿童局书记陈丕显、少年先锋队总队部总队长张爱萍等，就在这座屋子里办公。担任少共中央局宣传部部长的陆定一、组织部部长王盛荣，也住在那里。

这些当年尚属“小字辈”的人物，后来都成为中共的重要领导人。

博古到来后，再也不必借助无线电报机“遥控”，他开始在中央苏区全面推行王明“左”倾路线，进一步批判毛泽东。

罗明成了毛泽东的“替罪羊”

“新官上任三把火。”博古来到中央苏区，第一把火烧的便是那个罗明。

在中共党史上，凡是称为“××路线”的，那代表人物必定是中共中央举足轻重的人物，诸如“立三路线”“王明路线”，等等。可是，博古来到中央苏区不久，便大张旗鼓地批判“罗明路线”，这颇为令人困惑。罗明，又名罗善培，最初是中共广东党、团区委派往厦门的特派员，后来成为中共福建省委代理书记，连中共中央委员都不是，怎么忽地有了一条“罗明路线”呢？这，最初连罗明本人都纳闷莫解，蒙在鼓中。

其实罗明挨批，无非是他在汀州福音医院听了毛泽东的长谈，便把毛泽东的一套主张在福建加以贯彻的结果。博古碍于毛泽东在中央苏区的影响和威信，不便直接批判“毛泽东路线”，便抓了罗明当替罪羊！

据博古自云，“罗明路线”是他“一手发现”的！这样，批判“罗明路线”，也就由他一手导演。

不过，批判罗明的第一炮，是博古以中共苏区中央局名义发出的。那份《中央局关于闽粤省委的决定》是在1933年2月15日下达的，“决定”指出：“中央局在检查了福建省委工作之后，认为省委处于一种非常严重的状态中。在省委内部的一部分同志中，显然形成了以罗明同志为首的机会主义路线。”

为此，中共苏区中央局作出一系列决定：

在党内立刻开展反对以罗明同志为代表的机会主义路线的斗争；

省委对于这一路线的腐朽的自由主义态度，必须受到严厉的打击；

立刻撤销罗明同志省委代理书记及省委驻杭永岩全权代表工作；

公布这一决定，并在各种党的会议上与党报上解释这一决定。

罗明解放后曾任南方大学副校长、全国政协常委等职。图为晚年罗明

这一决定一经公布，2 月 20 日，少共苏区中央局立即响应，作出《关于开展反罗明路线斗争的决议》，指责福建团省委书记陈荣在反罗明斗争中“缺乏布尔什维克”的“彻底性和顽强性”，号召“在全苏区团内开展反罗明路线的斗争”。

紧接着，2 月 24 日，撤销罗明职务后组成的中共福建临时省委作出响应中央局决定的决议，斥责了刘晓（解放后任驻苏大使、外交部副部长）为代表的“对罗明路线的腐朽的自由主义态度”。

两天后（2 月 26 日），博古以《拥护布尔什维克的进攻路线》为题，在瑞金作长篇政治报告，“深刻揭露”了“罗明路线”的“实质”，号召全党投入反“罗明路线”的“伟大斗争”。这样，幕后的“导演”跑到前台来了。

紧接着，中共中央的机关报《斗争》像炒豆一般接连发表啪啪作响的批判文章：《什么是罗明同志的机会主义路线》《什么是进攻路线》《反对腐朽的自由主义》。

其中起着定调子作用的重要文章《什么是罗明同志的机会主义路线》，出自中共临时中央常委兼宣传部部长张闻天之手。虽说此文的观点是错误的，如今仍一字不易磊磊落落载入《张闻天文集》第 1 卷，并加上《选编说明》指出：“对于这次错误斗争，张闻天本人后来作过诚恳的检讨。为研究和吸取这次历史的教训，本书选录了此文。”

张闻天的文章称：“罗明路线是反对党的总路线，同党的总路线对立的机会主义路线。”而“党的总路线”，就是“布尔塞维克的进攻路线”！

倾盆大雨般的批判，落在罗明的头上。

在汀州，在福建省委的批斗会上，罗明被斗了三天三夜！

罗明奉命前来瑞金检查，一到瑞金叶坪就遭软禁。

博古找罗明单独谈话。在谈话中，罗明才知道他的错误的“要害”所在。

博古提及了罗明1933年1月底写的《关于杭永岩情形给闽粤赣省委的报告》。博古正是从这份报告中，“一手”发现了罗明的“严重错误”。那份报告中，有这么一段：

> 如果只注意局部某一地方的转变，不注意很好地配合起来，发展武装斗争，那就是请我们最好的领袖毛主席项主席周恩来同志任弼时同志或者到苏联去请斯大林同志或者请列宁复活，一齐到下溪南或者其他已受摧残的地方去对群众大演讲三天三夜，加强政治宣传，我想也不能彻底转变群众斗争的情绪！

最使博古觉得刺眼的便是“我们最好的领袖毛主席”一句——虽然罗明在此后还开列了“项主席周恩来同志任弼时同志”。

博古质问罗明，谁说毛泽东是“我们最好的领袖”？怎么能把毛泽东跟斯大林甚至跟列宁相提并论？！

这下子，罗明完全明白了他为什么挨批判。

博古还说，不光是你犯了“右倾机会主义”错误，“还有比你更高级的领导干部，也犯了同样的错误”！

不言而喻，这“比你更高级的领导干部”，是指毛泽东。

张闻天那篇批判罗明的文章中，也摘录了罗明报告上的那段话。张闻天的文章是公开发表的，不能像博古谈话时那么直截了当，但也说得够尖酸刻薄的：

> 然而我想，企图拿罗明与斯大林比较，那正像把狗子同猛虎比较，同样的觉得不伦不类吧！[1]

在张闻天的眼里，罗明成了一条狗！

如此过激的言辞，正是当时“大批判”的浓烈火药味的写照。

---

[1]《张闻天文集》第1卷，中共党史资料出版社1990年版，第325页。

挨整的“毛派”——邓、毛、谢、古

博古来到中央苏区的第二把火，烧的是“江西的罗明路线”——邓、毛、谢、古！

邓，邓小平；毛，毛泽覃；谢，谢维俊；古，古柏。

在“文革”中，邓小平复出时，毛泽东旧事重提，1972年8月4日曾写下如下批语：

> 他[1]在中央苏区是挨整的，即邓、毛、谢、古四个罪人之一，是所谓毛派的头子。整他的材料见“两条路线”、“六大以来”两书。[2]

批判邓、毛、谢、古，是从批判“毛派的头子”——邓小平——开始的。

最早是1933年2月20日《斗争》所载任弼时的文章《什么是进攻路线》，发出批邓信号弹。任弼时的文章点名批评道，“永吉泰和会寻安长期陷在纯粹防御的泥坑中”。

所谓“永吉泰”，即永丰、吉水、泰和三县，三县位于江西的中西部。当时，三县联合，设立中心县委，书记便是毛泽东的小弟弟、那个当年朱德派往井冈山寻找毛泽东的毛泽覃。

所谓“会寻安”，即会昌、寻乌、安远三县，三县位于江西西南端，亦联合设中心县委，书记便是邓小平。

所谓“纯粹防御”，指的就是毛泽东的“诱敌深入”跟“进攻路线”相对立。

2月28日，以李富春为书记的中共江西省委出于无奈，只得批评“会寻安”县委“所犯纯粹防御路线之来源，与罗明路线相同”。

可是，中共临时中央对中共江西省委的表态深为不满，认为邓小平即“江西的罗明路线”！认为中共江西省委犯了“严重错误”。

于是，一边决定改换中共江西省委书记，一边决定甩开省委，直接派张闻天去“会寻安”召开党积极分子会议。这次会议的主要内容就是反对邓小平。

张闻天作为中共中央代表，来到了“会寻安”。如今，仍可从1933年3月31日所通过的《会寻安三县党积极分子会议决议》中，看出当年“批邓”的

---

[1] 指邓小平。

[2] 中国人民解放军政治学院党史研究室编:《中共党史教学参考资料》第15册，1985年版。

真实情况：

> 大会完全同意中央局代表洛甫同志的政治报告与结论。
>
> 大会认为会寻安三县过去在以邓小平同志为首的中心县委的领导下，执行了纯粹的防御路线……这一路线显然同党的进攻路线丝毫没有相同的地方，这是会寻安的罗明路线，说纯粹防御路线不是罗明路线的观点，是完全错误的。

决议还指出，“这一反纯粹防御路线的斗争的深入，省委也应负一部分重大的责任”。

会议一结束，会寻安中心县委便进行改组，邓小平被调离。

张闻天回到瑞金后，赶写了《罗明路线在江西》一文，发表在4月15日出版的《斗争》上。

文章认为，“罗明路线不但在福建的杭永岩，而且在江西”；“纯粹防御路线的问题，不但在会寻安，而且还在江西其他地区”。这样，一下子就把批判“罗明路线”扩大到江西各地区。文章又一次批评中共江西省委，“对于罗明路线在江西的存在，始终没有公开地指出来”。

张闻天的文章，当然是代表中共临时中央写的。文章发表的翌日，在中共临时中央的领导下，召开“江西党三个月工作会议”，集中所谓“布尔什维克的斗争火力”，开展反“江西罗明路线”，一下子扩大了，扩大到批邓、毛、谢、古。

邓小平

斗争不断升级，邓、毛、谢、古不仅成了“江西罗明路线”的代表人物，甚至成了“反党派别”以至“反党小组织”！

《斗争》《红色中华》接连发表火辣辣的批判文章：《给江西罗明路线的回答》《为党的路线而斗争——要肃清在江西的罗明路线，粉碎反党的派别和小组织》《毛泽覃同志的〈三国志〉热》……

毛泽东在福音医院跟罗明的见面，会惹出个“罗明路线”，又派生出“江西罗明路线”，真是始料不及。其实，批毛泽东、批毛泽东路线、批“毛派”，中共临时中央倒是有计划地一步紧逼一步……

对于邓小平来说，这次作为“毛派的头子”挨批，是他一生“三起三落”的第一次“落”——此后的第二次“落”是“文革”初期批“刘邓路线”，第三次“落”则是1976年的“批邓、反击右倾翻案风”。历经三劫而不倒，他被美国记者索尔兹伯里称为“永远打不倒的小个子”。他怎么会成为“毛派的头子”的呢?

邓小平于1922年参加旅欧中国少年共产党，1924年加入中共。1927年八七会议之后，23岁的邓小平出任中共中央秘书长。1929年12月11日，邓小平、张云逸、韦拔群领导广西百色起义，成立红七军，邓小平任政委。1931年2月，红七军占领江西崇义县，前委决定派邓小平赴上海向中共中央汇报。在上海，邓小平写了《七军工作报告》。这时，红七军进入江西兴国，与朱毛红军会师。

1931年夏，邓小平奉派，从上海进入中央苏区。最初，他作为中央特派员，在闽西巡视。7月，他奉命赶往瑞金。8月初，他和金维映一起来到瑞金，与谢维俊共事，出任中共瑞金县委书记。

那时的瑞金，正处于一片混乱之中。中共瑞金县委前书记李添富和县苏维埃主席谢在权在那里搞肃反扩大化，到处抓“社会民主党”，把瑞金的革命先行者、县委原书记邓希平也作为“社会民主党”杀害了。瑞金县大批干部被捕、被杀。邓小平到了瑞金，下令拘捕了李添富以及谢在权。9月，邓小平在瑞金召开公审大会，枪决了李添富、谢在权，得到了广大干部和人民的拥护。

在瑞金，邓小平工作了10个月，之后调任“会寻安”三县中心县委书记。在批判“江西罗明路线”开始之际，邓小平正接到调令，任中共江西省委宣传部部长。邓小平挨批，是因为他在“会寻安”实行毛泽东的游击战术。1932年10月后，原本守卫那里的红军独立第三师奉令调往别的地区，广东国民党陈济棠部队朝“会寻安”扑来。由于敌我力量悬殊，邓小平放弃寻乌县城，开展游击战争，这就被说成“纯粹防御路线”，说成“江西罗明路线”!

毛泽覃是在1931年6月担任“永吉泰”中心县委书记的，当时贺子珍之妹贺怡在那里担任县保卫局局长，他和她早在1929年8月便相识。那时，毛泽覃在江西大庾战斗中受伤，不得不离开主力红军，一边担任中共东固区委书记，一边养伤。受赣西特委指派，贺怡前来照料、护理毛泽覃——因为考虑到她是他嫂嫂的妹妹，比较方便。那时贺怡已和赣西特委秘书长刘士奇结婚。1930年8月，刘士奇在赣西特委受到错误批判，被调往上海，加上他和贺怡婚后感情不和，也就中止了婚姻。当贺怡和毛泽覃在“永吉泰”重逢后，很快产生爱恋之情，于1931年7月20日结婚。1932年9月，他们有了第一个孩子。

瑞金沙洲坝，中国工农红军总政治部旧址。最前面的一间，是邓小平故居

当毛泽覃遭到批判时，他已调任中共苏区中央局秘书长，贺怡则担任中共瑞金县委组织部副部长。

那篇《毛泽覃同志的〈三国志〉热》，指责毛泽覃实行“诸葛亮式的机会主义战略和战术”，亦即游击战术。说这是一种“怕有伤亡打滑头仗”“怕有疲劳反对追击”的战术，点的是毛泽覃的名，实际上批的是毛泽东的战略、战术。毛泽覃在黄公略牺牲之际，曾代他指挥部队，担任过红军独立师师政委、师长。

至于“毛派”的谢、古两人，毛泽东在《农村调查》中曾提及：

> 1930年11月18日，红军放弃吉安，19日我和古柏、谢维俊二同志从吉安往永丰属之藤田，会合红军主力。21日经水南到白沙。在木口村吃午饭，调查了村府委员的成分及本村所杀反动分子的成分。

古柏、谢维俊与毛泽东同行，是因为他俩当时都是红一方面军总前委秘书，所以追随毛泽东左右，跟毛泽东有着密切的交往。

谢维俊又写作谢唯俊，字蔚清，湖南耒阳人。1926年，年仅18岁的谢维俊加入了中共。1928年，他随朱德、陈毅部队上井冈山，在红军中担任连党代表、营党代表、一纵队政治部主任。

后来，他成为总前委秘书，在毛泽东身边工作。

当邓小平初来瑞金县委时，正在那里的谢维俊帮助邓小平工作。此后，他担任过中共永丰县委书记，接着，调任江西第二军分区司令员、红军独立第五师师长。虽说他不再在毛泽东身边工作，但常给毛泽东写信，征求毛泽东对工作的意见，毛泽东给他回过信。

古柏，常使人以为是化名，其实这是他的真实姓名。古柏是江西寻乌人。

1925年，19岁的古柏加入中共，成为寻乌最早的中共党员。1929年1月31日，朱毛红军急行军途经寻乌县菖蒲区，古柏连夜赶去，跟毛泽东见了面，给毛泽东留下了很好的印象。1930年5月，毛泽东到寻乌进行调查工作，当即找到担任中共寻乌县委书记的古柏。他和古柏朝夕相处了20天，结下亲密的友情。事后，毛泽东写出《寻乌调查》，文中两处提及古柏：

> 在全部工作中帮助我组织这个调查的，是寻乌党的书记古柏同志。
>
> 我是下决心要了解城市问题的一个人，总是没有让我了解这个问题的机会，就是找不到能充分地供给材料的人。这回到寻乌，因古柏同志的介绍，找到了郭友梅和范大明两位老先生……

此后，毛泽东把古柏调来，担任前委秘书长，而前委书记便是毛泽东。

1991年，已经86岁高龄的古柏夫人曾碧漪对笔者说，她与古柏于1928年结婚，她也随古柏在毛泽东身边工作。[1] 曾碧漪是粤北南雄人，原名曾昭慈，跟贺子珍亲若姐妹。曾碧漪在毛泽东那里负责保管文件，毛泽东需要什么文件，总是向她要。她记得，古柏常用秘密药水替毛泽东把文件抄在衣服上、布匹上，交给通信员送出去。有几回，通信员给毛泽东送来线装古书，古书的每一页是折起来的，古柏从折页中抽出一张张白纸，用药水一涂，显出了字迹！

正因为毛泽东跟古柏有着亲密的关系，所以在富田事变中，那封伪造的毛泽东的信，就是写给古柏的。曾碧漪记得，发生富田事变时，她和古柏以及陈正人（就是毛泽东在汀州老古井休养时同住的那位陈正人）的妻子彭儒，正住在设在富田的江西省苏维埃政府里。

他们三人好不容易死里逃生，逃到兴国。那里听说富田发生事变，不明他们三人的身份，就把他们绑了起来。后来遇上陈毅，才放了他们。彭儒正怀孕，留在兴国。十几名赤卫队员护送古柏夫妇前往宁都小布总前委所在地，毛泽东在那里。可是，到了小布，天色已黑，那里又因发生富田事变而戒严，他们受到哨兵反复盘问。“我是古柏！总前委秘书长古柏！”任凭古柏这么大声说明，可是那时没有“工作证”，而哨兵又不认识古柏，怎么说也没用。正巧，总前委秘书谢维俊查哨，听见古柏的声音，奔了过来，惊喜交集。谢维俊告诉古柏，今天早上刚为古秘书长开了“追悼会”呢！毛泽东见到古柏，也开怀大笑，说阎罗王那里“开恩”，放回了古秘书长！

---

[1] 1991年7月10日，笔者在北京采访毛泽东秘书古柏的夫人曾碧漪。

古柏在1931年调离了总前委，担任江西省苏维埃政府裁判部部长兼内务部部长、中央劳动部秘书长。

张鼎丞

邓、毛、谢、古分处于不同的工作岗位，怎么会成了“反党小组织”呢？其中的根本原因当然在于他们跟毛泽东都有着密切关系，属于“毛派”。直接的起因，则是由于他们四人对博古、张闻天、任弼时等不满，称他们为“洋房子先生”——他们来自上海的“洋房子”。

“洋房子先生”们排斥毛泽东，说“山沟里没有马列主义”，他们反驳道：“大城市中产生了立三路线，我们苏区的山上，全是马克思主义！”

诚如罗明的“最好的领袖毛主席”一句话激怒了博古，他们对“洋房子先生”的揶揄传进了“洋房子先生”们的耳朵中，“洋房子先生”们震怒了。于是，他们成了四个“罪人”，受到挞伐。

如今仍可从档案中查到的1933年5月4日纪念五四青年节时，“工农红军学校党、团员活动分子会议”作出的《关于江西罗明路线的总批判》一文。文章写道：

以邓小平、谢维俊、毛泽覃、古柏等同志为首的江西罗明路线，是与党的进攻路线完全相反的……

邓、谢、毛、古几位无气节的小资产阶级出身的同志……他们对于四中全会后的新的中央领导表示极端不信任，甚至以“洋房子先生”相呼……

这些同志如果再不彻底纠正其错误，我们建议中央局把他们洗刷出布尔什维克的队伍。

“就要使毛泽东威信扫地”

在“洋房子先生”们的领导下，批判“罗明路线”、批判“江西罗明路线”

的声浪震撼着闽赣两省红区。

随着批判的“深入”，打击面不断扩大。

在福建，中共福建省委常委、福建军区司令谭震林因抵制批判“罗明路线”，于 1933 年 6 月被撤销福建军区司令员的职务。

福建省苏维埃主席张鼎丞也因同样的原因遭到撤职。

中共福建省委常委兼组织部部长刘晓、省委常委郭滴人、团省委书记陈荣等人也遭批判，受到打击。

在江西，中共一大代表、毛泽东的密友何叔衡也被指责为“右倾”。1933 年 7 月 7 日，《斗争》发表张闻天《火力向着右倾机会主义》一文，批判何叔衡。这位“何胡子”，被撤掉了工农检察人民委员的职务。

中共江西省委及红区各县委的许多干部都受到了批判。除了“会寻安”“永吉泰”受到《斗争》《红色中华》点名批判外，在这两家中共中央机关刊物上被点名的还有“宜（黄）乐（安）崇（仁）”“建（宁）黎（川）泰（宁）”中心县委以及石城、于都、永丰、新淦、信丰、崇仁、南广、公略、万泰、吉安、赣县等县委，受到批判、处分的干部数以百计。

当时发表的文章公开宣称：“要在斗争的过程中检查每一个同志的思想，检查每一件具体的工作。”如此人人过关，造成人人自危。

1933 年 5 月 5 日，经中共临时中央批准，中共江西省委作出《对邓小平、毛泽覃、古柏、谢维俊四同志二次申明书的决议》。“决议”指出：

> 邓小平同志对他自己机会主义路线和派别观念甚至派别行动的全部，始终是隐藏的。

“决议”还规定：

> 省委最后一次责成四同志执行下列工作：
>
> （一）必须向党作第三次申明书。
>
> （二）邓小平同志，必须无保留地揭发他由第七军工作起，经过党大会，经过会寻安工作，直到写第二次申明书为止一贯的机会主义错误和派别观念以及派别活动，再不容许作任何掩藏。
>
> （三）谢、毛、古三同志必须向党忠实地从历史根源起，彻底地揭发反党的小组织活动和小组织的形成，以及全部机会主义政纲，同时必须采取必要的办法，宣布小组织的解散。

（四）四同志在省委所指定的群众工作中艰苦地担负起自己的任务，来表现忠实地为党的路线而坚决斗争！

有两篇批判邓小平的文章火力颇猛，署名“罗迈”。罗迈，也就是李维汉。那两篇文章是《试看邓小平同志的自我批评》和《为党的路线而斗争》。

李维汉曾作为中共中央常委，在1927年主持了著名的八七会议。他曾一度成为中共主要负责人。后来，他受到王明的排斥，在中共六届四中全会后到苏联去学习。他在1932年年底回国，1933年3月来到中央苏区。起初，他连赣南会议、宁都会议批毛泽东都不知道。所以新来乍到的他，被什么“罗明路线”“江西罗明路线”弄得稀里糊涂。张闻天带他去“会寻安”，他也一时闹不明白。

李维汉后来这样回忆往事：

参加会寻安活动分子会议后，我还是弄不清楚反“罗明路线”与毛泽东有什么关系。

有一天，博古来找我：江西省委要在宁都开扩大会议，你同我一起去。我就同他一起去了。

到了宁都，博古找省委负责人谈话，要我在旁边听。那时江西省委书记是李富春。博古说，毛泽覃、谢维俊还与毛泽东通信，他们心里还不满，这是派别活动。当时他还没有提到古柏的名字。古柏是在扩大会议上展开斗争时才把他找来的。后来，博古要到前线去，叫我留下参加江西省委扩大会议。到这时，我才知道福建反“罗明路线”、江西反邓、毛、谢、古，与毛泽东有关系。这四个人中我有两个熟人，即邓小平、毛泽覃，其他两人我当时不认识。

我错误地认为王明“左”倾路线是正确的，所以我是积极参加了反“江西罗明路线”斗争的。我一次、两次、三次地要他们作检讨。其实，他们并没有真正承认“错误”。江西省委扩大会议开完后，我回到瑞金向中央局汇报，中央局批准我写一篇文章：《为党的路线而斗争》，公开批评邓小平、毛泽覃、谢维俊、古柏，说他们是派别活动。我写这篇文章是完全错误的，这是我一生中犯的一个大错误。反“罗明路线”，无论在福建还是在江西，矛头都是指向毛泽东的正确路线的。然而，我当时并没有认识到这是错误的……[1]

[1] 李维汉：《回忆与研究》上册，中共党史资料出版社1986年版，第337页。

李维汉还谈了他后来的看法：

在“文化大革命”期间，我曾仔细思考过这个问题：为什么当时王明他们要反对毛泽东呢？为此我还写了一篇笔记。我认为毛泽东在井冈山和中央苏区威信很高，而王明路线的领导人上台后没有毛主席那么高的威信，所以他们就调兵遣将，“钦差大臣”满天飞，派很多人到中央苏区。他们先把毛泽东的党权夺去，再把毛泽东的军权夺去……毛泽东在党、军队、政府里的威信是很高的，在群众中的威信也是很高的。那么大的中央苏区，是他领导下搞起来的……他们反“罗明路线”，就是要使毛泽东在地方上、党里和红军里的威信扫地。[1]

李维汉从历史的角度反思，说出了那些“洋房子先生”们反“罗明路线”“江西罗明路线”的实质。

经过反“邓、毛、谢、古”，四人都被撤销了领导职务，派往县区基层担任巡视员和突击队（亦即工作队）工作。

红军长征时，毛泽覃被留了下来。1935 年 4 月 25 日，毛泽覃带领游击队在瑞金黄鳝口一座名叫红林的大山中被敌人包围。在突围时，毛泽覃中弹牺牲，时年不过 30 岁。后来，敌人从他遗体衣袋里找出一张染着鲜血的毛泽东照片，照片背面有毛泽东题赠他的字，才知死者是毛泽东胞弟。

谢维俊随红军长征到达陕北。1935 年底，在进军保安途中，谢维俊作战阵亡，终年 28 岁。

古柏在红军长征时，留下来担任闽粤赣红军游击纵队司令。1935 年 3 月 5 日，由于叛徒的出卖，他和两个战友在广东龙川鸳鸯坑被 100 多名敌兵包围，从清晨坚持到中午，弹尽，

汀州福音医院旧址

[1] 李维汉：《回忆与研究》上册，中共党史资料出版社 1986 年版，第 337—339 页。

林伯渠

三人全部战死。古柏终年29岁。

1937年秋，毛泽东接到古柏二兄古梅的信，于是为古柏挥毫题词："吾友古柏，英俊奋发，为国捐躯，殊堪悲悼。愿古氏同胞，继其志，共达自由解放之目的。"

1943年，林伯渠在陕北作诗，追怀往事，感慨万分：

偶忆往事便心惊，
谢古邓毛剩小平。
割截无情读八股，
江西路线有罗明。

毛泽东被架空了

博古来到中央苏区，在放了第一把火——批"罗明路线"，放了第二把火——批"邓、毛、谢、古"之后，紧接着，便下第一步棋——架空毛泽东。

中央苏区党、政、军三权，党权已在博古手中，军权由周恩来掌握，但政权仍在毛泽东手中，他毕竟是中央政府主席兼人民委员会主席。博古指派张闻天"分管"政府工作，后来安排张闻天出任"总理"，亦即中央人民委员会主席。这样，毛泽东只是徒有虚名的政府首脑。

用博古的话来说，毛泽东成了"加里宁"！因为加里宁虽然多年担任苏联中央执行委员会主席，是苏联国家元首，但实权全然操在斯大林手中……

毛泽东确实被架空了，只是他仍做着力所能及的工作。

毛泽东在汀州福音医院休养了三个多月，回到了瑞金叶坪。

1933年2月10日，博古代表中共临时中央，责成毛泽东负责领导"查田运动"。毛泽东只得服从，从此把主要精力花在"查田运动"上。

所谓"查田运动"，是认为中央苏区农村有些地方划错了阶级，导致土地分配不合理，于是，要在农村开展"清查阶级、清查土地"运动，亦即"查田运动"。

于是，1933年3月毛泽东在瑞金叶坪进行"查田"试点。然后，在中央苏区推开"查田运动"。

5月，毛泽东忙于率中央政府代表团去武阳墟召开“春耕生产运动赠旗大会”。

6月，毛泽东接连在《红色中华》上发表关于“查田运动”的三篇文章：《查田运动是广大区域内的中心重大任务》《查田运动的第一步——组织上的大规模动员》《依据农村中阶级斗争的发展状态的差别去开展查田运动》。6月17日至21日，毛泽东在瑞金叶坪主持召开了“八县查田运动大会”。

到了8月，毛泽东发表《查田运动的初步总结》。

毛泽东，原本是中央苏区最高首长，集党政军大权于一身：党——中共苏区中央局代理书记，政——中央政府主席兼“总理”，军——红一方面军总政委。如今，却只能分管“查田”——这项工作，本来只需要“土地人民委员”（土地部部长）去做就可以了！

就在毛泽东“查田”的那些日子里，反“罗明路线”、反“江西罗明路线”甚嚣尘上。

就在毛泽东“查田”的那些日子里，第四次反“围剿”战斗正烈。

前线，司令部里见不到毛泽东高而瘦的身影。繁忙的司令部里，朱德作为总司令、周恩来作为总政委、刘伯承作为总参谋长在指挥战斗。

如彭德怀所言：“这时，军团内的行政管理、党委领导、政治工作制度等，王明路线还未完全统治得了，大体还是照旧。”[1]

“照旧”，也就是照毛泽东的一套。周恩来、朱德、刘伯承，仍按着毛泽东的策略指挥作战。从1933年2月中旬起至3月20日，红军接连在黄陂战役、东陂战役中大胜蒋介石军队，粉碎了蒋介石的第四次“围剿”。

5月8日，根据中共临时中央的意见，中华苏维埃共和国临时中央政府人民委员会第四十一次常委会决定，任命朱德为中国工农红军总司令兼第一方面军总司令，周恩来为中国工农红军总政委兼第一方面军总政委。会议还决定增补项英、博古为中央革命军事委员会委员，并由项英任中革军委代理主席。

毛泽东呢？在领导“查田运动”告一段落之后，8月16日，根据中华苏维埃共和国临时中央政府人民委员会第四十八次常委会决定，毛泽东出任苏维埃大学校长，沙可夫为副校长。毛泽东在那里给学员讲《乡苏维埃怎样进行工作》……

---

[1]《彭德怀自述》，人民出版社1981年版，第177页。

第五章
艰难岁月

◎ 开了“二苏大会”之后，虽说毛泽东已成了空架子的政府主席，博古仍觉得他碍事，建议他去上海休养，李德则提议他去莫斯科休养。毛泽东当然明白博古和李德的用意，便说：“我不去，我不离开苏区，不离开中国。我身体还可以，就到粤赣省去休息吧！”

蒋介石坐镇庐山

夏日的庐山，一片清凉世界，乳白色的雾像一团团洁净的棉絮在擦拭着岚影波光。向来，炎暑时节，在南昌如同火炉一般的日子里，庐山游人如织，争着在这里透一口凉气。

1933年酷夏的庐山，游人却望而却步。那里戒备森严，成了军人们的一统天下。

五老峰下，庐山诸水会集之处，所谓“百川会海”，那里叫作海会乡。明朝万历年间，在那里傍山筑了一寺，称“海会寺”。

康有为曾写过一首《夜宿海会寺赠至善上人》：

开土诛茅五老峰，
手植匡山百万松。
荡云尽吸明湖水，
招月来听海会钟。
初地雨花驯白牯，
阳崖石气郁苍龙。
读书无处归来晚，
桂树幽幽烟雾重。

庐山美庐里的蒋介石卧室

这儿本是读书的好地方，眼下却阵阵喊“杀”之声撼山动地。1933年7月18日，由蒋介石亲自主持的“庐山军官训练团”第一期开学典礼，便在海会寺前举行。那里新修了一批房子，作为军官们的住所。

那天，军官们齐刷刷地笔挺站立，

蒋介石在陈诚的陪同下，对第一期学员进行训话。

以下是蒋介石讲话的原文：

陈团长、各位教官、各位学员！

今天在庐山召集我们剿匪各军各师的官长开始训练，我们要从此奠定一个新的伟大的基础，来完成剿匪的工作，并尽到大家革命的责任。我们以后能不能剿清赤匪，与整个革命的成败、党国的存亡，以至各个人的生死，统统都看这次训练能不能产生效力。所以我们希望各位教官和学员认清这次训练的重大意义，晓得这一次训练，不是通常所办的什么训练班或军官团，而实在是我们自己个人的生死关头，也是我们的党和国家以及整个民族的生死关头。因此，我们大家格外要奋发努力为我们国家、我们民族和我们总理的三民主义而奋斗！由剿清赤匪而建立一个三民主义的新国家起来！因为这次召集大家来训练有如此重大的意义，所以今天开学的时候，我特亲自来参加……[1]

“青天白日满地红”之旗在庐山上飘扬，蒋介石的声音在庐山上回荡。四次“围剿”的失败，使蒋介石痛下决心，非在第五次“围剿”时“剿清赤匪”不可。连蒋介石也惊呼共产党“星火燎原”了！他曾这样形容形势：

（中共）在瑞金成立“苏维埃临时中央政府”，并且开辟了鄂豫皖区、鄂中区、鄂西区与鄂南区，包围武汉。其扰乱范围，遍及于湘、赣、浙、闽、鄂、豫、皖七省，总计面积20万平方公里以上，社会骚动，人民惊惶，燎原之火，有不可收拾之势。[2]

面对这“燎原之势”，蒋介石部署了第五次“围剿”。这一回不同既往，他从训练军官入手。

当过黄埔军校校长的他，深知训练的重要，于是在庐山举办军官训练团，一期接一期地办下去。

由“中正手制”的《剿匪手本》，成了庐山军官训练团的课本。此书分“绪言”“救民”“气节”“纪律”“智勇”“勤劳”“战机”等章。此书的附录《赤匪

---

[1] 庐山军官训练团编印《庐山训练实纪》（江西省档案馆藏书）。

[2] 蒋介石：《苏俄在中国》。

的战术》，倒是十分形象地勾画出了毛泽东用兵的特点：

一、遇敌不轻交战，多用疑兵，眩敌耳目，集结主力，坚守静待，察破敌人弱点，变更阵势，冒险冲进。

二、取大包围，兼程猛进，速而且匀。

三、不轻试锋，必待敌找我，而我不先找敌，以逸待劳，镇静坚守。

四、行走飘忽，瞬息百里，从山僻险要、人迹罕到之处，昼伏夜行，旋磨打圈。

五、围城不宜离城太近，免敌人潜出，难于防范，奸细混入，难以稽查……围城，应离敌远，巡查严密……因地制宜，出奇制胜……[1]

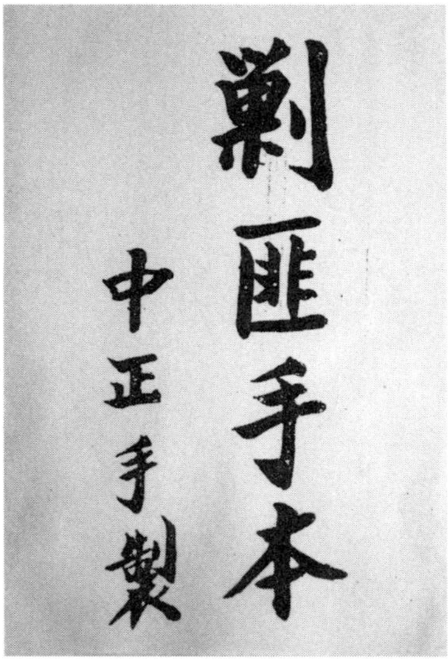

蒋介石（中正）亲笔题写的《剿匪手本》

蒋介石跟毛泽东交手多回，对于毛泽东的战略战术，说得八九不离十。

《剿匪手本》中形容红军的战术特点是“射击命中，侦探敏灵，行动轻捷，伏兵要击”，所擅长的是“隘路战，山地战，夜间战”。

在蒋介石海会寺“官邸”，案头所备的是《曾文正公全集》。当年曾国藩进剿太平天国的“太平军”的经验，成了蒋介石最好的借鉴。他的《剿匪手本》，不时引用“曾文正云”。

蒋介石坐镇庐山。军官训练团以半个月为一期，学员为上校以下、少尉以上的中下级军官，也有少数高级军官参加受训。1933年夏日，他在庐山办了三期军官训练团，受训军官为7598人。这些军官，成了第五次“围剿”的骨干。

蒋介石还提出了“七分政治、三分军事”的方针，实行政治、经济、军事、文化、思想的“总体战”。8月起，他又开办“党政人员训练所”，训练军队的党政人员，以求加强对红军的“政治攻势”。

当蒋介石在庐山上训话时，他的身后总是站着一矮一高两个人物。这两人是蒋介石进行第五次“围剿”所倚重的左右手。

---

[1]《剿匪手本》（江西省档案馆藏）。

那个子矮小的，便是蒋介石在军官训练团开学典礼上训话时一开头就提到的“陈团长”，只是此“团长”非一般的团长，而是庐山军官训练团团长。庐山军官训练团团长向来由蒋介石自兼，他任命陈诚为副团长兼教育长，习惯地称之为“陈团长”。

陈诚

陈诚，蒋介石最忠诚的门生。1920年，陈诚毕业于保定军校第八期炮兵科，先在浙军第二师当少尉排长，后于1922年南下任粤军第一师第三团上尉连长。当时，邓演达任该团团长。1924年，邓演达调任黄埔军校教练部副主任，陈诚随他来到黄埔军校，担任上尉军事教官。

一天，校长蒋介石在子夜之际巡视宿舍，唯见一扇窗口泄露出灯光。蒋介石步入室内，见一军官在灯下看书，如痴如醉，竟不知校长驾到。蒋介石对那本书扫了一眼，一望而知是孙中山的《三民主义》。蒋介石不声不响地走出去了。

翌日，校长蒋介石在训话时，宣布把那个军官破格提升为少校炮兵队队长。

那个军官便是陈诚。从此，陈诚成为蒋介石的得意门生。两年后，北伐开始，陈诚担任总司令部参谋，由团长、副师长升为师长。1928年，陈诚升任南京警备司令。这时，陈诚不过30岁。1930年，宋美龄有意把“干女儿”、谭延闿的次女谭祥嫁给年轻有为的陈诚。于是，陈诚回老家浙江青田，跟发妻吴氏办理离婚手续，旋即赴沪与谭祥成亲。如此这般，陈诚更成了蒋介石的亲信。

第四次“围剿”时，蒋介石任命陈诚为中路军总指挥。虽然陈诚出了大力，仍成为败军之将，大哭一场，在南昌躲起来，羞见蒋介石。蒋介石没有怪罪陈诚，仍起用他，任命陈诚为庐山军官训练团团长，又一次使陈诚感激涕零。

陈诚跟红军交过手，领教过滋味，所以他宣称：“彼等虽属乌合之众，不堪一击，但星星之火，可以燎原！”[1]

为了打胜第五次“围剿”之战，陈诚提出了十六字方针：“封锁围进，配合迫进，逐步稳进，乘虚突进。”

[1] 陈诚：《剿匪战史》第5卷（江西省档案馆收藏）。

站在蒋介石背后的高个子，一头银发，碧眼高鼻，举止傲慢。此人是蒋介石请来的德国军事顾问赛克特——蒋介石仿照曾国藩当年“借洋兵助剿”，只是把“洋兵”换成了“洋顾问”。

蒋介石十分看重德国，认为在“洋人”之中，德国的军事经验最值得借鉴。他的眼光是不错的，后来，希特勒纳粹德国崛起，果真几乎踏平欧洲。

从 1928 年年末起，南京三元巷总司令部东面的礼堂里，每逢星期五晚上，常有德国军事顾问讲课，总司令蒋介石带头前往听课。

他手下的将领也就跟随其后，步入礼堂听讲。

一个由四五十名军官组成的德国军事顾问团驻扎在南京，首任总顾问是德军鲍威尔中将，第二任总顾问是德军佛采尔上将。

眼下，站在蒋介石身后的，则是德军派出的第三任总顾问赛克特。

比起前两任总顾问来，67 岁的赛克特要显赫得多：在第一次世界大战时，他就出任德军驻土耳其最高统帅部参谋长、德国陆军总参谋长；战后任巴黎和会德国代表团军事代表；1920 年至 1926 年，担任德国国防军总司令。他于 1926 年退休，退休前晋升为一级上将（也有的说是元帅）。在德国军界，他堪称德高望重。

蒋介石请来了赛克特，待为上宾。

赛克特引用希特勒的“名言”，给蒋介石以启示：“我们的斗争只有两种结局：不是敌人踏着我们的尸体过去，就是我们踩着敌人的尸体过去！”

赛克特随蒋介石从南京来到庐山，为第五次“围剿”出谋划策。赛克特的最大“贡献”，在于为蒋介石制定了“堡垒政策”。赛克特主张用密集的碉堡群，对中央苏区进行包围，然后缓缓推进。一边推进，一边筑碉堡。赛克特指着江西地图说：“共产党的统治区不过五万平方公里，只要保持每天前进二里的速度，不出一年，就可以全部吃掉！”

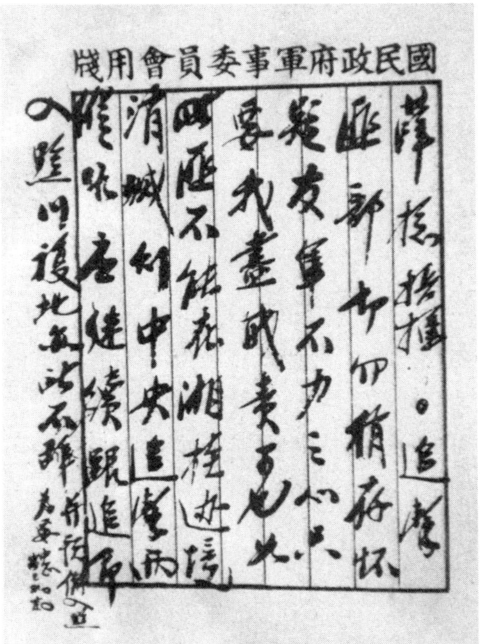
國民政府軍事委員會用箋

蒋介石围追红军手令

蒋介石深以为然。他引用曾国

藩的话作为佐证："扼要立营，加高加深，应战应守，皆能有备。"他说："前几次失败，败在'长驱直入'！"

在赛克特的顾问之下，蒋介石制定了第五次"围剿"的新策略："战术上要取守势即以守为攻，战略上要取攻势即以攻为守。""军行所至，立建碉堡，逐步推进，稳扎稳打，三里五里一进，十里八里一推。""进得一步，即守一步。逐渐前进，缩小匪区。"

蒋介石在庐山上摩拳擦掌，大声疾呼："如吾军上下果能以诚信相孚，以礼义相尚，而以廉耻相勉，专心致志，实行主义，则精诚所至，金石为开，何患匪寇之不灭哉？诸将士其将以吾言为剿匪操胜之左券乎？"

博古也请来了德国"高参"

就在蒋介石请来德国顾问赛克特的时候，博古也请来了德国"高参"……

1933 年 9 月，瑞金热得像蒸笼，终日端坐的服务员更是汗流浃背。忽地，从中共上海局发来的一份密电报告了重要消息。正在机要科担任译电工作的项英妻子张亮译毕电文，迅即交通信员把电报送到博古手中。

博古一看电报，马上叫来国家政治保卫局局长邓发，告诉他有两位重要人物要由上海前来中央苏区，须务必做好接护工作，做到万无一失！

来者一男一女，男的是共产国际派出的军事顾问、德国人李德，女的是博古夫人刘群先。博古从上海来瑞金时，刘群先正怀孕，无法同行。此时，刘群先在上海已生了孩子，她把孩子寄养在无锡老家，便陪同李德一起动身，一路上既可照料李德，也可以当他的翻译（李德和她都会讲俄语）。邓发知道来者非同寻常，岂敢怠慢，当即着手严密地布置保卫工作……

邓发手下有一位能干的"小鬼"，名叫卓雄，奉命带领一支精悍的队伍，前去接护从上海来的要员。

斯诺拍摄的邓发照片

颇费周折，笔者在北京高干住宅区里，寻访到了卓雄。[1] 年近八旬的他，看上去如同一尊弥勒佛，当年却是以机灵能干出名的“小侦察”。

卓雄原名赵才廉。由于表叔思想激进，他 12 岁就被表叔带出去参加革命。1927 年，15 岁的他加入中共，中共赣西南特委书记刘士奇（贺怡前夫）为他改名“卓雄”。

小小年纪，他当上了团长，在湖南文家市战斗中立了功，人称“小将”。可是，肃 AB 团时，居然肃到他头上！幸亏毛泽覃、黄公略保了他。后来，王稼祥说：“笑话！这么个小鬼，也是 AB 团？”

这一句话，就“解放”了他。于是，他调到国家政治保卫局。局长邓发手下有个执行部，部长是李一氓，就叫他当执行科长。

来来回回，在秘密交通线上接护从上海来的首长，便是执行科长的任务。

卓雄这位科长，带着十几个十七八岁的小红军，一色挎双枪（一支盒子枪，一支小手枪），出没在闽西的山区里。林伯渠、陈云、博古等进入中央苏区，都是他去接的。

从上海到江西中央苏区曾有好几条秘密交通线，后来只剩下一条“奉星社”秘密交通线保持畅通。“奉星社”是沿途地下交通站的组织。这条秘密交通线是从 1928 年逐步建立起来的，大体上的路线是从上海坐船到广东汕头，从那里乘车到潮州，坐小船沿韩江北上，到达粤北大埔，再由那里进入闽西，经永定县、上杭县来到汀州，转往瑞金。沿途有“奉星社”的一个个秘密交通站。聂荣臻由这条秘密交通线进入瑞金时，他记得：“我们和秘密交通站接上头以后，一切行动都听向导的，不该问的，什么都不能问，你问他，他也不会告诉你。靠近城镇地区，你只是远远地跟在向导后边走就是了。他说白天走就白天

卓雄（叶永烈在北京高干住宅区里采访时拍摄）

[1] 1991 年 7 月 5 日，叶永烈在北京采访在国家安全部工作的卓雄。

走，他说晚上走就晚上走。”[1] 项英是这样进来的，周恩来也是这样进来的。

“奉星社”秘密交通线的那一头，由中央特科在上海安排，这一头，由国家政治保卫局护送。

在卓雄去接博古、陈云的那一次，差一点儿出了大事：卓雄已经护送他们来到闽西永定县境内。夜里，他安排博古和陈云住在一个小煤窑里，不知怎的，消息走漏，1000多个敌军包围过来，而卓雄手下只有十几个小青年。幸亏卓雄急中生智，带着两名队员绕到西山上打了几枪，一下子把敌军吸引过去了。趁着如黛夜色，趁着大雪纷纷扬扬，另一批队员带着博古、陈云突围，总算化险为夷。

这一回，卓雄带着小分队正在福建汀州，忽然接到上级命令，要他带着队伍到汀州东南的河田镇去。卓雄来到河田“奉星社”，国家政治保卫局的机要处处长来了，交给他一张邓发亲笔写的条子，通知有紧急任务。机要处处长具体交代了任务：“有一个重要的东西来了，这东西不能抬，也不能背，你要把它安全地搞回来，深入苏区后有大部队来接你们。”这近乎“黑话”的话，出于保密，只能说到这等地步。

于是，卓雄带着小分队在夜里紧急出发。每人腰间都捆了一袋盐，因为当时被国民党封锁，食盐成了奇货。他们昼伏夜行，专拣山野上荒僻的“野鸡路”行军。好在全是十七八岁的小青年，跳跳蹦蹦就过去了。他们经闽西的才溪、上杭、永定，朝广东大埔进发。

他们路过“奉星社”的每一个交通站时，并不住在站内，而是住在野外，“奉星社”的人给他们送来吃的。只有卓雄知道“奉星社”的交通站在哪里，谁是交通员。站与站之间、交通员与交通员之间，没有横的联系。这是一条极端机密的交通线，不是重要人物，不走这条线……

据卓雄回忆，上海中共特科派出的护送人员名叫陈泮年，胖胖的。半夜时分，李德带着几百美元、一只手提箱，和陈泮年、刘群先一起上了一艘英国海轮。一路顺风，李德装扮成考古学家，据说要前往广东考古，刘群先则装成他的妻子。

在汕头下了船，如李德在《中国纪事》中所回忆的那样：“我们一起乘车向内地行驶，到了附近的县城潮安，潮安的那一边就是‘禁区’了。我们步行离开城市，向韩江河畔走去，还没到达河畔，突然被一个国民党哨兵截住。一

[1]《聂荣臻回忆录》上册，战士出版社1983年版。

共产国际代表李德

名军官检查我的护照，检查了好久，最后还是让我们走了。王[1]对军官说，我是考古学家，想参观附近的一座古代寺庙。以后没有再遇到其他意外情况，我们到达了韩江，另一个联络员已经在那里等着我们……"

李德接着描述了他艰难的旅行：

> 王匆匆与我告别，我的新同伴把我引到一只船上，船系在岸边，有倒垂的灌木覆盖。我爬进狭窄的船舱，在这里我平躺了几乎两天两夜，不敢出声。将近傍晚，船终于开动了。晚上，这只小船同其他许多小船一起由一只轮船拖着，向上游驶去。沿途停了多次，在我的上面是人的脚步声，有几次，显然是在盘查，混杂着粗鲁的问话和命令。我的下面是流水声。第三天我才走上了小船的船板，船夫们拖着小船，在韩江的源流上缓缓前进。天黑以后，我们在一个村庄旁边偷偷地上了岸，潜入了一间偏僻的房子。在那里迎接我们的是几个带着毛瑟枪的人，这就是我第一次见到中国红军战士……

那"几个带着毛瑟枪"的红军战士的领队，便是卓雄。他们会面的地方是广东大埔，那里离闽西不远了，但仍是国民党统治区。

李德穿上紫红色长袍，胸前挂起十字章。刘群先也换上长袍，用黑围巾包着头。他们装扮成神父和修女，沿途遇上盘查，就说"到汀州天主堂传教"。

带着这么个"不能抬，也不能背的东西"前进，卓雄够吃力的。走的是"野鸡路"，翻山越岭时，用绑脚的带子扎在李德腰间，小青年们上拉下推，这才把他推上去。夜里行军，白天则躲在"马架子"下。所谓"马架子"，就是"人"字形的木棚、竹棚，上面用树枝伪装，挤在里面睡觉。"奉星社"的交通站，供应红米、山芋、南瓜、苦菜。一连走了六七个夜晚，才算把"神父"带到才溪，那里已是苏区了。

---

[1] 汕头的地下联络员。

邓发和谭震林带了一个机干团，专程前来迎接李德。这个机干团，由支部书记以上的干部组成。李德骑上了马，在机干团的护送下，经汀州朝瑞金进发……

“独立房子”的主人

李德的到来，使博古大大地忙碌了一番。

在博古看来，李德不仅是红都瑞金的第一位外宾，而且是上级机关——共产国际——派来的“要员”。为了给李德安排住所，博古很是花费了一番功夫。

那时，由于特务告密，叶坪遭到国民党飞机的猛烈轰炸，500公斤以至1000公斤的炸弹从天而下，原先设在那里的中央政府机关、中革军委机关和中共苏区中央局于1933年4月迁往中共临时中央所在地沙洲坝。于是，沙洲坝成了中央苏区党、政、军首脑机关群集之处，虽说这里只是几个小村庄——下肖（又称“夏肖”）、元太屋、老茶亭、白屋子。党团机关在下肖，政府机关在元太屋，军队机关在白屋子，而老茶亭正在兴建中央政府大礼堂。

博古为李德选“宾馆”，看了许多房子都不中意，最后选中一片稻田中央的一座庙。许多书上都说专门为李德建了“独立房子”，经笔者实地踏勘、采访，并非如此。这座庙用当地话来说，属“四线三间”建筑，“四线”指房子四周四根线，“三间”是指中为客堂，左、右两耳房。博古看中这座庙有两个原因：一是这房子孤零零地坐落在稻田中央，外人莫入，容易警卫；二是这房子正好在下肖、元太屋、白屋子三村中央，几乎等距离，不过二三百米，跟党、政、军机关联系都方便。这座孤屋，后来被人们称为“独立

瑞金的沙洲坝，这里如今是一片水稻田。然而，当年水稻田中央，有一座孤零零的房子，人称“独立房子”。房子的主人，就是那位共产国际的代表李德

房子”。

虽说是一座庙，经过大扫除，刷上石灰水，在客堂间正中挂上军事地图，倒还算像样。

伍修权

博古为李德配备了两名翻译，一位叫伍修权，一位叫王智涛。他们与李德同住。

25岁的伍修权，是湖北武汉人。1922年，14岁的他在武昌高等师范学校附属小学上五年级时，级任（亦即今日的班主任）便是中共一大代表陈潭秋。翌年，经陈潭秋的介绍，他加入了中国社会主义青年团。1925年10月，伍修权被选送苏联学习，带队的便是杨明斋。在莫斯科，伍修权先在中山大学学习，后来又到步兵学校学习。这样，他既懂俄语，又懂军事知识，所以博古选中他当李德的翻译。伍修权在1931年回国，带着几块白手绢进入中央苏区。那白手绢用秘密药水显影之后，上面出现字迹——那就是他的介绍信！

王智涛是河北人，比伍修权年长两岁。1925年，19岁的他去苏联留学，在基辅“卡米聂夫”混成军事干部学校学习。1927年，到莫斯科高级步兵学校学习，同时在莫斯科中山大学兼授军事课，又去高级步兵学校、列宁学校担任军事教学工作六年。

王智涛在苏联前后八年，俄语流利，又懂军事科学。1931年，他在苏联加入中共。1933年春天，他从苏联敖德萨出发，在海上漂流了40多天到达上海，与上海中共党组织接上关系。不久，他就由地下交通员护送到瑞金，受到红军总参谋长刘伯承的接见。这时，他被派去当李德的翻译，自然也是非常恰当的人选。

另外，博古还给李德配备了炊事员、警卫员。

李德进入瑞金，成了“独立房子”的主人。虽说瑞金的条件远不如上海，不过，李德对博古周到的安排还是深表满意的。特别是他一到那里，居然马上喝到了咖啡。自然，那咖啡是从国民党部队那里缴获的。李德也为能够抽到“金鼠牌”“哈德门”“三炮台”香烟感到惬意。之前最使他苦恼的是，一路上吃山芋，肚子一直咕噜咕噜怪叫。“独立房子”的炊事员虽说从未做过面包，但居然用面粉、肉酱做成了烤肉饼，使他饱餐了一顿红都“土面包”。

脱去紫红色的长袍，穿上套头的列宁装，穿上马裤，李德变得十分潇洒。只是连续多日爬山，脚发炎了，肿得厉害。好在博古关照他新来乍到，尽量躲在“独立房子”里，以免个子如此高大、蓝眼金发的“洋人”在这见识甚少的瑞金乡下突然出现而引起轰动。

就在李德到达瑞金的当天晚上，博古和张闻天便来和他作了长谈。博古、张闻天都能操熟练的俄语，张闻天还能用英语跟李德交谈，不用翻译。博古、张闻天在上海时就跟李德常常见面，老朋友重逢，自然格外兴奋。

博古说李德的到来是“及时雨”。因为蒋介石请来了德国顾问赛克特，正在挥师南下，进行第五次“围剿”，而李德的到来，给博古撑了腰——博古不懂军事，正需要这样一位来自德国的红色顾问跟赛克特对抗。

其实，在博古的心目中，李德不只是顾问，而且是要成为红军的主帅！虽说，博古也很清楚，共产国际对于李德的职权作过明确的指示。共产国际派往中国的军事总顾问是曼弗雷德·施特恩将军，李德只是总顾问领导下的一位军事顾问。施特恩将军因故不能前往中央苏区，便把李德派来了。如李德在《中国纪事》中所记述的那样：

> 博古和洛甫动身前，要求尤尔特同志将我也派到苏区去。尤尔特问我对此有何意见……我表示同意去苏区，但提出一个条件，请共产国际执行委员会发出一个相应的指示。尤尔特和博古因此向莫斯科发出了几封电报。1933 年春天，他们得到了肯定的答复，大意是：我作为没有指示权力的顾问，受支配于中国共产党中央委员会。其他的命令和指示我没有得到。由于技术上的原因，我的行期推迟到了秋天……

这就是说，李德是一位“没有指示权力的顾问”，而且要接受中共临时中央的领导。可是，李德刚到瑞金，博古、张闻天跟他的长谈，便把共产国际的指示撂在了一边。李德在《中国纪事》中如此回忆：

> 当天晚上我们还规划了一下我的工作范围，我们一致同意，由我主管军事战略、战役战术领导、训练以及部队和后勤的组织等问题。

李德，一下子要“主管军事战略、战役战术领导”！这个“没有指示权力的顾问”的权力，猛然间大大膨胀起来……

李德是个化名，“姓李的德国人”的意思。他还有一个化名，叫“华夫”，“中国的男子汉”的意思。据说，他 1900 年 9 月 28 日出生于德国慕尼黑附近的伊斯曼尼格镇，父亲是会计，母亲是教师。父亲早逝，母亲无力抚养五个孩子，就把他送进了孤儿院。不过，他跟伍修权却曾说起自己是奥地利人。他的本名，据说叫奥托·布劳恩，他在德国用过“瓦格尔”的化名。

跟赛克特相比，李德在军事上的资历要浅薄很多。1914 年，第一次世界大战爆发时，14 岁的李德应征入伍，成为奥匈帝国军队中一名小兵，而当时的赛克特已是德国陆军总参谋长。两年后，李德在作战中被俄国军队俘虏，送往西伯利亚。不久，俄国十月革命爆发，李德加入了苏俄红军，开始了他的革命生涯。在鏖战中，李德作战勇敢，成为骑兵团的参谋长。1919 年，李德成为德国共产党党员，在慕尼黑进行过街垒战。他曾两度被捕。1924 年，他在德国共产党中央委员会从事情报工作。就在这一年，他成了新郎，跟奥尔加·贝纳里奥结婚。

1926 年 9 月 20 日，他和妻子双双被捕。妻子三个月后获释，而李德被摩托囚车送入莫阿比特监狱之后，受到严密的监视。那是一幢五角星状的大楼，四周用五米高的围墙团团围住，岗哨密布。每天，在昏暗的灯光下，他做着用钢丝穿珠子的单调工作，不过却利用空余时间学会了俄语和英语。如此度过 18 个月，他居然成功地越狱。德国警察到处张贴悬赏 5000 马克缉拿李德的布告，而他却秘密地逃往苏联。

1929 年春，李德进入苏联伏龙芝军事学院学习。三年后（1932 年春），他毕业了。就在这时，他接到共产国际执行委员会的通知，把他派往中国，在军事总顾问施特恩手下担任一名顾问。于是，他带了一份奥地利护照，登上火车横穿西伯利亚，经东北来到上海，住进外滩外白渡桥北堍的礼查饭店（今浦江饭店）……

李德被选中派往中国，大抵有三个原因：一是他有过街垒战的经验，而当时中共王明路线正在搞“夺取中心城市”，很需要“街垒战专家”的指导；二是他会讲英语、俄语，便于在中国工作；三是他有过地下工作的经验。

就这样，这位日耳曼人，成了瑞金沙洲坝那座“独立房子”的主人……

公审萧劲光引起的争执

李德的到来，使“独立房子”变得热闹起来。这座“三居室”的“独立房子”正中的客堂间，成了会议室。李德到来不久，博古便通知革命军事委员会委员们，在“独立房子”开会，跟李德见面。

接到通知，项英、刘伯承从偏东方向白屋子的中革军委机关沿田埂走过来，毛泽东从东北方向元太屋的中央政府机关走过来，博古、张闻天、凯丰则从正南方向下肖中共临时中央机关走过来。不到五分钟，他们就都到了“独立房子”。

博古和张闻天事先提醒过李德，跟毛泽东见面时，如果有谁提及“罗明路线”，要尽量回避，据告“毛泽东对这个问题反应很敏感”，因为他同罗明“执行的是同一条路线”！于是，李德便“把博古的劝告牢牢记在心上”。

李德在《中国纪事》中这样记述：

> 过了几天，在我住处召开了革命军事委员会第一次会议。出席会议的有博古、洛甫、毛泽东、项英、刘伯承和另外两三个同志，他们的名字我记不起来，其中有青年团书记。三位有名的委员没有出席，朱德和周恩来在前线，王稼祥在1932年[1]被弹片打成重伤，住在野战医院……

会议由项英主持。中革军委从1933年5月11日移驻瑞金沙洲坝，规定“当中革军委主席朱德同志在前方时，其主席职务，由项英同志代理”[2]。

据李德回忆：“博古把我介绍给大家，毛泽东以生硬的形式向我表示欢迎。”

就这样，李德跟毛泽东结识了。毛泽东不懂外语，由博古充当翻译。在场的人当中，除了毛泽东和项英之外，其余的人差不多都能用俄语跟李德交谈。

李德后来在《中国纪事》中这样记述他对毛泽东的印象：

> 给我印象最深的当然是毛泽东。他是一个身材修长的，几乎可以说是很瘦削的40来岁的中年人。他给我最初的印象，与其说是一个政治家和军人，不如说是一个思想家和诗人。在很少的几个庆祝会上，我们见面时很随便。在这种场合，他总是保持一种威严而又谨慎的态度，总是鼓励别人喝酒、说话和唱歌，他自己则在谈话中插进一些格言，这些格言听起来好像是无关紧要的，但总有一定的含义，有时还含有一种恶意的暗示。很长时间我都吃不惯味道很重的菜，像油炸辣椒，这种菜在中国南方，尤其

---

[1] 应为1933年春。

[2]《关于中革军委移驻瑞金的通令》（1933年5月17日）。

在毛的故乡湖南是很普遍的。这就引起了毛的讥讽，他说，“真正革命者的食粮是红辣椒”和“谁不吃红辣椒，谁就不能战斗”。当有人第一次提出，我们的主力是否应突破敌人对中央苏区的封锁这个问题时，他用一句毫不相干的话（我想可能是老子的话）回答说：“良庖岁更刀，割也；族庖月更刀，折也。今臣之刀十九年矣，所解数千牛矣，而刀刃若新发于硎。”总之，他喜欢引用民间的形象比喻，引用中国历史上哲学家、军事家和政治家的格言。有人告诉我，历来很著名的红军八项政治原则和四项策略原则中的一部分也是毛从历史中，也就是从19世纪后半叶太平天国起义的口号中吸收过来的。他根据中国古代军事著作《孙子兵法》提出了“不打无把握之仗”的原则，但在长征路上他又引用孙子的另一句话“投入亡地然后存，陷之死地然后生，夫众陷于害，然后能为胜败……”毛不仅在私人谈话中或小范围里运用这些格言和比喻，而且还把它们引用到他的讲话中，并以革命的激情从中引出令人铭记的口号。我自己就经常看到，他是怎样用这种办法深深地影响了听他讲话的农民和士兵……

李德也从博古他们那里得知毛泽东在中央苏区的威信：

他们知道，毛在中央苏区有着广泛的群众基础，我们有时开玩笑说，他的影响是利用了“民众的激情”，其实倒不如说是基于长期共同进行武装斗争的传统。由于这种传统毛同农民的关系非常密切……

李德同样也从博古那里知道毛泽东受到了排挤：

第四次中央全会以后，毛在中央苏区的统治地位受到严重损害。1931年中央局的建立，1932年在宁都召开的扩大会议，以及最后1933年政治局和中央书记处迁至瑞金，所有这些对他来说都是报警信号。他的影响明显地减弱了……

虽说初次见面时，李德跟毛泽东彼此客气了一番，不过，由于李德完全站在博古一边，他和毛泽东的冲突注定是不可避免的。

就在李德到来不久，果真，他跟毛泽东之间发生了不大不小的一场争执。

李德在《中国纪事》中说：“几乎就在我到达的同一天，传来了黎川失守的恶讯。”他和毛泽东的头一回交锋，就在这“黎川失守”事件上……

萧劲光

黎川，广昌东北的一座县城，靠近福建俊秀的武夷山。黎川是在1933年9月28日失守的。

黎川之战，是第五次反“围剿”的前哨战。

从1933年7月18日到9月18日，两个月间蒋介石在庐山上办了三期军官训练班，亲自作了23次训话和讲课，此刻下山了！

在南昌，从1933年5月起设立的“军事委员会委员长南昌行营”此刻变得忙碌起来。蒋介石在赛克特的谋划下，正忙于调集100万大军、200架飞机，部署第五次“围剿”。其中50万大军用于江西，以求剿灭中央苏区。

此时，黎川成了中央苏区的北部门户。蒋介石的第一步棋，便是派出陈诚的三个师——第三路军第八纵队第五、第六、第七十九师——朝黎川县城推进。红军主力在朱德、周恩来率领下，正在福建跟国民党第十九路军作战，驻守黎川的则是萧劲光部队。

萧劲光其人，后来成为中国人民解放军海军司令、国防部副部长。1955年，他成为十位获得大将军衔的将领之一。他是湖南长沙人，毛泽东的老乡。1920年秋，当上海霞飞路（今淮海中路）新渔阳里6号挂起“外国语学社”招牌时，他成了那里的学生，跟任弼时、柯庆施有着同窗之谊。在那里，他成了中国社会主义青年团最早的团员之一。翌年，他便赴苏联学习，瞿秋白成了他的老师。1922年，他加入中共。1924年1月21日，当列宁去世时，他和任弼时等曾代表中国留学生为列宁守灵。回国后，他担任国民革命军第二军第六师党代表，参加了北伐。1927年他再度赴苏，在列宁格勒军政学院学习了三年。此后他回国，进入中央苏区。此刻，这位资历颇深的萧劲光，担任闽赣军区司令员兼政委，司令部便设在黎川城里。

在面对蒋军三个师的时候，萧劲光手下却只有70个兵！

萧劲光是这样回忆的：

我的主力部队已随三军团到福建去了，剩下一个独立师，在敌人进攻

> 前的一个星期又调往峭石，归前总直接指挥。当时我手上只有一支70人的教导队和一些地方游击队守黎川。在敌人进攻的前几天，中共又命令闽赣省委和省政府撤出黎川城。随即，顾作霖（省委书记）、邵式平（省政府主席）两同志率党政机关撤出了。为不致引起群众恐慌，只留一个合作社没撤。[1]

当蒋介石的三个师进攻黎川时，萧劲光只得率教导队撤出黎川县城，退到城外60里的溪口。萧劲光有着多年的战斗经验，又两度赴苏学习，他知道在敌我力量悬殊的情况下，唯一的选择是撤退。

消息传到瑞金，引起了博古和张闻天的愤怒。李德在《中国纪事》中写道："萧劲光在黎川城不战而弃，带领他的独立部队仓皇撤退，而让地方部队听任命运的摆布。博古和洛甫把这种情况称之为过时了的游击战方法的回潮……"

于是，黎川失守，马上被扯到"罗明路线"上去，扯到毛泽东头上去。

李德支持博古、张闻天的观点，而毛泽东则支持萧劲光，认为在敌强我弱的形势下，萧劲光应当撤退，放弃黎川，诱敌深入，在闽西建宁、泰宁一带与敌周旋。

萧劲光奉命"收复赤色黎川"。他组建了红七军团，自任军团长兼政委。1933年11月11日，前总得知敌一个主力师要赶往浒湾，命萧劲光率部阻击，待彭德怀的红三军团赶到，向敌发起主攻。浒湾在黎川西北。萧劲光在浒湾跟敌人打了一天一夜，翌日傍晚，彭德怀率红三军团赶到。这时，彭德怀患疟疾，冷透骨髓，只得由彭雪枫指挥。第三天，敌人在十几架飞机掩护下，出动了装甲车，冲破了红军的防线，打通了去浒湾的道路。

浒湾失利，主要是红三军团没有打好。彭德怀主动向前总说明了情况，申明"责任不在萧劲光"。

可是，谴责的拳头还是落到了萧劲光头上。萧劲光这样说及当时的情景："浒湾失利后，博古同志他们想整彭德怀同志，但不敢动他，就把战斗失利的罪名强加在我的头上。他们下令撤了我的职，调往前总审查。"

李德也力主对萧劲光实行惩罚，下令审判萧劲光。

于是，萧劲光成了"军内的'罗明路线'"的代表人物。前总主办的《铁拳》杂志出了《反萧劲光机会主义专号》，刊载顾作霖等批判萧劲光的文章。

1934年1月6日上午，瑞金最高临时军事裁判庭召开公审大会，萧劲光

---

[1] 李泽才，张炜：《黎川事件的真相——访萧劲光同志》，《中共党史资料》第5辑，中共党史资料出版社1983年版。

被押上法庭。法庭上一片紧张气氛。在书记员宣读对萧劲光的控告书之后，萧劲光据理争辩：“我手上的兵都被调走了，敌人是一个军三个师，我怎能守住黎川呢？再说上级也没有让我死守黎川。我到差不多被敌人包围的严重情况下，才带领 70 人的教导队撤出，这有什么错呢？”旁听的人知道真相，也不再喊口号了。

可是，法庭根据李德的意见，仍坚持判处萧劲光五年徒刑，开除党籍、军籍。

中央苏区的报纸刊登报道，说萧劲光“把赤色的黎川城，以及红军用血肉换来的一部分军用品送给敌人，做了敌人的内应”。

萧劲光被关起来的时候，贺子珍来看他。贺子珍向他转告了毛泽东的话，使他在最困难的时候得到了鼓舞。毛泽东说，他应该撤退，做得对！对他的处罚是完全错误的！

毛泽东的意见，得到了王稼祥的支持。

虽说王稼祥受伤，正在病中，但他是中革军委副主席兼总政治部主任，最高临时军事裁判法庭的判决书要他审批，王稼祥拒绝签字！

李德坚持要判处萧劲光五年徒刑，找博古帮忙，以压倒毛泽东和王稼祥。博古借口工作忙，不再过问此事。

李德无奈，审判萧劲光便不了了之。萧劲光关了才一个月，就被调到红军大学去当教员！

王稼祥原本跟王明、博古站在一起，自宁都会议以来，他跟毛泽东逐渐接近。他不仅帮助了萧劲光，而且还帮助了邓小平。

邓小平被撤销了中共江西省委宣传部部长的职务之后，也关了禁闭。美国记者索尔兹伯里曾作了这样的描述：

> 一天，在被卫兵押回禁闭室的路上，他遇上了陆定一的妻子唐义贞。
>
> “我饿坏了，”邓小平对她说，“肚子根本吃不饱。”她可怜他，花一块银圆买了两只鸡。做好后，她给卫兵捎了个信，要他们把邓小平带到她的住所吃饭。邓小平吃了一只，把另外一只拿回禁闭室。[1]

唐义贞是湖北武昌人，1909 年 7 月出生在那里的一个中医之家，1926 年 6 月加入中国共产主义青年团。据陆定一回忆：“记得我们第一次在莫斯科见面时，她穿紫红色的金丝绒旗袍，温存、文雅，是一个典型的‘东方女性’。后来，

[1] 索尔兹伯里：《长征——前所未闻的故事》，解放军出版社 1986 年版，第 165 页。

在共同的战斗中进一步了解她。她是一位勇敢、坚强的女布尔什维克。是共同的理想和信念，使我们心心相印，使我们由同志、战友发展成夫妻……”

陆定一和唐义贞于1929年冬在苏联结为秦晋之好。在陆定一回国后，唐义贞在苏联学习医务，1930年秋回到上海。1931年4月，当顾顺章叛变时，周恩来紧急转移，就借住在上海陆定一、唐义贞家。1931年冬，何叔衡和唐义贞装扮成父女俩，从上海经秘密交通线进入江西苏区后，唐义贞在瑞金担任中央卫生部卫生材料厂厂长。她在邓小平最困难的时刻送给他两只鸡，邓小平在几十年后仍牢牢记得这件事。

索尔兹伯里还写及：“正是在这个时刻，邓的夫人阿金（金维映）和邓离婚，改嫁给高大英俊、深思熟虑的罗迈。”

邓小平与第二任妻子金维映

据方志敏之弟方志纯回忆阿金：

> （那时）她约摸二十几岁年纪，高挑挑的个子，清秀的脸庞，一对明眸闪烁着温情的光芒……听说她原来在上海，来到江西中央苏区后，与广大红军指战员一样，过着艰苦的生活，每天吃的是“包子饭”（用席草编成草包蒸的饭），几分钱的菜金；冬天睡的是“金丝被”（用稻草当垫被），夏天要与“飞机”“坦克”作战——经受蚊子、臭虫的叮咬……
>
> 她有文化，又有一张泼辣的嘴巴，无论开会作报告，还是个别促膝交谈，她的一番入情入理、生动活泼的话语，特别能打动人们的心弦。[1]

索尔兹伯里说“阿金是广东人”，其实她是浙江省岱山县人，生于1913年，1926年加入中国共产党，时年13岁。1927年2月，她成为中共定海县三人领导小组成员，参加领导过定海、宁波的盐民运动。1930年，她在上海担任上海丝织业党团书记。同年她进入中央苏区，担任中共于都、胜利县委书记，中

[1] 方志纯：《忆阿金》，《江西党史研究》1989年第1期。

共中央组织部组织科科长。后来，金维映参加了长征，1938 年春去苏联学习、养病，1941 年年底病逝于莫斯科。

邓小平从禁闭室获释后，被派往中央苏区北部的乐安县南村当“巡视员”。那里是与白区交界之处，派遣者的本意，是因为那里生活艰苦，“流放”邓小平。不料，邓小平去那里才 10 天，就被紧急调了回来。起初，邓小平不明白其中的原因，后来才听说，因为那里靠近白区，有人害怕邓小平跑掉。

邓小平回到瑞金，没有人敢要他。倒是王稼祥敢要他，对他说：“你到我这儿来吧！”王稼祥调邓小平到红军总政治部任秘书长，当了两三个月，上边有人说：“怎么能让邓小平当秘书长？”于是，王稼祥又把邓小平安排在红军机关报《红星报》当一名编辑……

福州南校场升起“反叛之旗”

蒋介石虎视眈眈，在夺得了黎川城之后，正欲发动第五次“围剿”，一桩突然发生的事变，打乱了他的阵脚。

那是 1933 年 11 月 20 日，福州南校场的旗杆上，忽地升起一面新奇的旗帜——上红下蓝两道横条，正中嵌一颗黄五角星。顿时，鞭炮声、鼓乐声大作，上千人在南校场上发出热烈的欢呼。

一个新的国家——“中华共和国”——宣告成立。新奇的旗帜，出现在福州大街小巷，那便是“中华共和国”的国旗。

第一面中华共和国国旗，在福州南校场上是由蔡廷锴亲手升起的。蔡廷锴是国民党第十九路军军长兼副总指挥。他曾受中共影响，参加过南昌起义，随后率部离去。1932 年 1 月 28 日，当日军发动一·二八事变，突

蒋光鼐（左）与蔡廷锴

然从上海日租界向闸北中国驻军进攻时，蒋介石把第十九路军视为异己，调往福建，攻打红军。蒋介石的如意算盘是让第十九路军和红军两败俱伤，他自己坐收渔翁之利。

蔡廷锴和蒋光鼐无奈，只得率部进攻红军，与朱德、周恩来交手。蒋介石部队进攻黎川时，红军主力正在朱德、周恩来率领下跟第十九路军作战。

前有红军，后是大海，第十九路军打不过红军，又后退无路。这支队伍毕竟受过中共影响，又曾高举抗日的旗帜，此刻终于下定决心，举行兵变，实行“联共反蒋抗日”，着手成立中华共和国。

蔡廷锴、蒋光鼐寻求与中共取得联系，希冀得到支持。他们物色到一个颇为恰当的人物，以求打开中央苏区之门。此人名叫陈公培。在《红色的起点》一书中，笔者曾写及他：“虽与陈公博只一字之差，两人其实毫无瓜葛。他是湖南长沙人，原名善基，又名伯璋、寿康，曾用名吴明、无名。陈公培 1919 年去北京留法勤工俭学预备学校学习，1920 年 6 月他经沪赴法。在上海，他与陈独秀见面，赞同陈独秀关于筹建中共的主张。7 月，他前往法国……”

陈公培是旅法共产主义小组成员，最早的中共党员之一。他回国后参加过北伐，担任国民革命军第四军政治部主任。1927 年，他参加南昌起义，潮汕失败后，脱离了中共。

陈公培在中共方面有许多老朋友。1933 年 9 月 22 日，他携带蒋光鼐亲笔所写《十九路军与红军联络证明》进入中央苏区，在延平的王台会见了彭德怀。

晚年陈公培

彭德怀设宴款待陈公培，那猪肉、鸡肉放在脸盆里端上来。彭德怀曾回忆说：“我们就是用脸盆盛菜、盛饭，用脸盆洗脚、洗脸，一直沿袭到抗美援朝。”

彭德怀马上电告瑞金。中共临时中央起初回电，批评彭德怀“对此事还不够重视，招待也不周”，大抵是认为那“脸盆宴会”未免太寒酸了！可是，没几天，中共临时中央又给彭德怀来电，称“第三党比国民党还坏”。所谓“第三党”，指的就是处于国、共两党之外的“生产人民党”，又称生产大众党。那是蔡廷锴、蒋光鼐正在和李宗仁、陈铭枢等筹建中的一个政党。彭德怀不由得摇头，“觉得知识分子总是有他的歪道理”，所以朝令夕改，都能说出一番“歪道理”。

其实，是因为中共临时中央内部对于第十九路军问题有着激烈的争论，举棋不定，才导致了朝令夕改。一种意见认为第十九路军的反叛使红军多了一支友军，中共多了一个盟友；另一种意见认为他们搞的是“社会民主党”“第三党”，要坚决予以斗争、揭露。

其中，最令彭德怀困惑的是，项英于9月25日来电，要彭德怀对陈公培“耍一个滑头”。电报原文如下：

朱周彭滕：

目前在我军结束东战线向北消灭蒋敌援闽部队（军委已另有命令来）之时，对公培之事绝不能存大希望，可在我撤退与集中时便带耍一个滑头，向公培表示红军履行以前宣言，诚意与他们订立反帝反蒋作战协定。可首先撤退西芹一带之兵，但须绝对注意不要暴露我军之企图，而实际来集中我之兵力，请你们酌情进行。

项英 [1]

这样的“耍滑头”的谈判，难以取得真诚的成果。

于是，陈公培在回到福州之后，只得在10月下旬再来中央苏区。这一回，他跟蔡廷锴的秘书长徐名鸿一起来瑞金，徐名鸿作为第十九路军全权代表。

博古给毛泽东打来了电话（那时已安装了军用电话），指令这次谈判由政府出面。毛泽东虽被架空，毕竟还是政府首脑。于是，在瑞金，由毛泽东出面，接待了陈公培和徐名鸿。那天，毛泽东特地换上一身新衣。中共临时中央指定周恩来、叶剑英负责谈判工作，派出潘健行为全权代表。

潘健行是何人？原来，他就是潘汉年！此人精明能干，能文能武。他18岁便加入创造社，主编《洪水》，19岁时加入中共。1930年，24岁的他代表中共主持中国左翼作家联盟工作，跟鲁迅共商文坛大事。不久，他又转入秘密战线，参加中共特科工作。1933年5月14日，国民党特务在上海突然逮捕了他的堂兄、中共党员潘梓年以及女作家丁玲，他面临被捕的危险，中共中央上海局指示他急速离开上海，经秘密交通线进入中央苏区。来到瑞金后，他化名潘健行。

[1]《中央局对谈判之指示》（1933年9月25日），中国人民解放军政治学院党史教研室编《中共党史教学参考资料》第15册，1985年版，第229页。

潘汉年

他在瑞金担任中共苏区中央局宣传部副部长、部长，又干起“文”这一行。当周恩来物色跟第十九路军谈判的全权代表时，点将点到他头上。这不光因为他擅长交际，而且由于他在特科工作时，曾跟第十九路军中的中共秘密党员有过密切联系，跟徐名鸿也有过交往。

潘汉年与徐名鸿在瑞金重逢，谈判颇为顺利。10月26日，双方便签署了《反日反蒋的初步协定》，共11款。协定末，双方如此署名：“中华苏维埃共和国临时中央政府及工农红军全权代表潘健行；福建省政府及第十九路军全权代表徐名鸿。”

协定指出，双方“准备进行反日反蒋的军事同盟”。

协定签毕，毛泽东以中华苏维埃共和国中央执行委员会主席的身份，又一次接见了徐名鸿，并派出潘汉年作为常驻福州代表，黄一青（黄火青）为秘书，随徐名鸿一起返回福州。

有了这份协定，蔡廷锴、蒋光鼐心定了，11月20日，在福州南校场升起了中华共和国国旗，宣告与蒋介石决裂。22日，选举李济深为“中华共和国人民革命政府”主席，定1933年为中华共和国元年，首都设在福州。同日，“生产人民党”宣告正式成立，陈铭枢为总书记。

福州高举起反蒋大旗，打乱了蒋介石的阵脚。蒋介石不得不把已经摆好的第五次“围剿”的阵势改变，急调11个师入闽，进剿第十九路军。

这时，毛泽东提出了大胆的策略：

> 红军主力无疑地应该突进到以浙江为中心的苏浙赣地区去，纵横驰骋于杭州、苏州、南京、芜湖、南昌、福州之间，将战略防御转变为战略进攻，威胁敌之根本重地，向广大无堡垒地带寻求作战。用这种方法，就能迫使进攻江西南部福建西部地区之敌回援其根本重地，粉碎其向江西根据地的进攻，并援助福建人民政府——这种方法是必能确定地援助它的。[1]

---

[1]《中国革命战争的战略问题》，《毛泽东选集》第1卷。

彭德怀的见解与毛泽东相似：

（他）写了一个电报给总政委转中央博古，建议：留五军团保卫中央苏区；集中一、三军团和七、九两个军团，向闽浙赣边区进军，依方志敏、邵式平根据地威胁南京、上海、杭州，支援第十九路军的福建事变，推动抗日运动，破坏蒋介石的第五次“围剿”计划。博古批评这个建议，说是脱离中央苏区根据地的冒险主义。此事是路经建宁总政委处转告的。[1]

坐失良机，良机坐失！那年月，中共临时中央“左”得厉害，把盟友推向了敌人一边。

早在1932年3月，王明就针对当时第十九路军在淞沪抗战一事，发表文章，认为：

任何国民党匪徒，上海的资产阶级，第十九路军将领都不是上海抗战的组织者，相反，他们事实上都是这次战争的敌人。[2]

福建事变发生后半个月，以博古为首的中共临时中央于12月5日公开发表了《中共中央为福建事变告全国民众书》，声称福建政府“不过是一些过去反革命的国民党领袖们与政客们企图利用新的方法来欺骗民众的把戏，他们的目的不是为了要推翻帝国主义与中国地主资产阶级的统治，而正是为了要维持这一统治，为了要阻止全中国民众的革命化与他们向着苏维埃道路的前进”。

博古在他的《为着实现武装民众的民族革命战争中国共产党做了什么和将做些什么》一文中，特别强调要“最严格地、无情地揭露福建派口号与政纲的反动性，及其领袖的动摇、妥协、投降、出卖……”

以博古为首的中共临时中央确实是坐失了良机，其实，那时蒋介石最怕的便是第十九路军和红军的联合。蒋介石的侍从室主任晏道刚，曾在回忆录中极为生动地描述过蒋介石当时的恐慌之情：

蒋介石在抚州得知“闽变”的消息，神色异常紧张，深恐红军与第

[1]《彭德怀自述》，人民出版社1981年版，第184页。

[2] 王明：《中国革命危机的加深和中国共产党的任务》，1932年3月31日，联共（布）《布尔什维克》杂志，1932年第516期。

十九路军联合。好几天我与他同坐汽车时，见他忽而自言自语，忽而挥拳舞掌。他坐在房子里就不时拿出他自己所著的《剿匪手本》中的军歌高声歌唱。每逢他出现丑态时，宣铁吾（蒋的侍卫长）就找我去看，说他又在发神经了。宋美龄到抚州，发现蒋的床下隐藏着他的原配老婆带给他的宁波小菜罐坛，都被宋掀出打破了。在痛苦中还夹着“吵架打罐”的小插曲，确实使蒋的日子不太好过。每天晚餐后，蒋就找我和林蔚去问是否有红军与第十九路军联系的情报，嘱我们密切注意，并每日派飞机轰炸红军，侦察其行动方向。后来未发现红军与第十九路军联系的征候，蒋才决定亲自飞往建瓯指挥进攻第十九路军的战事。[1]

第十九路军失去了红军的支持，成了一支孤军。蒋介石5万大军入闽，第十九路军所辖五个军中的四个军倒戈，投降了蒋介石。1934年1月15日，中华共和国的首都福州易帜，升起了“青天白日满地红”旗。蒋光鼐、李济深、陈铭枢、蔡廷锴先后亡命香港，历时两个月的福建事变也就降下帷幕。

蒋介石消灭了异己第十九路军，松了一口气，于是又集中兵力再度向中央苏区发动“围剿”……

红都瑞金在大兴土木

就在中华共和国首都福州陷落的那一天，中华苏维埃共和国首都瑞金正在召开一个重要会议——中共六届五中全会。自从1931年1月7日花了一天时间在上海匆匆召开中共六届四中全会以来，已经三年没有开过中共中央全会了。

会议在瑞金沙洲坝老茶亭的“中央大礼堂”举行。

那时的老茶亭，大兴土木，坐落在那里的“中央大礼堂”，简直成了瑞金的“人民大会堂”。

“中央大礼堂”是1933年8月动工修建的。据说，半边由来自福建的红军建造，半边由来自江西的红军建造，双方开展劳动竞赛，你追我赶，才三个多月工夫，就落成了。这座大礼堂系土木结构，八角形，看上去像顶红军八角帽，

[1] 晏道刚：《蒋介石追堵长征红军的部署及其失败》，《红军长征在贵州史料选辑》，《贵州社会科学丛书》，1983年版。

从医科学校毕业的钱壮飞成了“红都”的建筑设计师

颇为别致。礼堂里开了好多窗，装上玻璃，相当明亮，在山沟沟里算是很不错的“现代化”建筑了。礼堂分两层，一排排长条木凳，可以坐千把人，堪称“大”礼堂。

那时，瑞金叶坪也在大兴土木，那里的一大片空地，原是“提灯游行”后举行联欢会的地方，如今修整成了一个广场——瑞金的“天安门广场”！

1933 年冬，广场上一片热闹景象，一群新的建筑物正在施工。

广场上最为忙碌的人是钱壮飞。钱壮飞跟潘汉年一样，也是一位充满神秘色彩而又精明强悍的中共地下工作者。他是浙江吴兴县人。1914 年，18 岁的他入北京医科专门学校学习。1926 年，他加入中共，医生职业便成了他从事地下工作很好的掩护。1929 年，他根据上级的指示，跟李克农一起打入国民党中央组织部党务调查科（中统局的前身），他居然成为中统特务头目徐恩曾的机要秘书，为中共提供了大量重要情报。1931 年 4 月，当顾顺章被捕、叛变之际，从武汉发给南京徐恩曾的绝密电报落在钱壮飞手中。他跳上驶往上海的列车，通知周恩来、瞿秋白立即转移，而他自己也通过秘密交通线，安然无恙地进入中央苏区。在瑞金，钱壮飞担任中革军委第二局局长。后来，他在 1935 年 3 月长征途经贵州息烽时战死。

此时，这位医科学校的毕业生居然改操新业，变成了一名建筑设计师。叶坪广场上的一群新建筑物的蓝图，全都出自这位设计师之手，而工程指挥则为梁柏台。

最为引人注目的，是矗立在广场上高达 13 米的“红军烈士纪念塔”，相当于后来北京天安门广场的人民英雄纪念碑。红军烈士纪念塔的造型颇为别致，塔座五角星形，塔身却是炮弹形，远远望去，像一枚正在射向蓝天的火箭。正面，刻着“红军烈士纪念塔”七个大字。构思的巧妙，不亚于梁启超之子、著名建筑师梁思成设计的人民英雄纪念碑。

此外，广场上还建起了砖木结构的红军检阅台、红军烈士纪念亭、公略亭、博生堡。公略亭纪念的是1931年9月15日沙场捐躯的名将黄公略。博生堡呈碉堡形，纪念的是宁都暴动领袖赵博生，他于1933年1月8日战死于江西南城黄狮渡。

在战火纷飞的岁月，在红都瑞金如此大兴土木，其实透露了中共临时中央的意图：要在瑞金长期“扎”下去！

在沙洲坝崭新的中央大礼堂举行的中共六届五中全会上，除了中共中央委员、中央候补委员之外，还有各省委的代表。会议听取了三个报告：博古的《目前的形势与党的任务》，陈云的《国民党区域中的工人经济斗争与工会工作》，张闻天的《中华苏维埃运动与它的任务》。

中共六届五中全会是王明“左”倾路线达到顶峰的会议。会议全面肯定了中共六届四中全会以来的王明“左”倾路线，强调：“只有进行一个坚决的斗争，反对主要危险的右倾机会主义，和反对对右倾机会主义的调和态度，党才能够发展布尔什维克的路线。”所谓“反对右倾机会主义”的潜台词，便是反对毛泽东。

会议重新选举了中共中央政治局委员13人，毛泽东居末位。当时的排名次序为博古、王明、张闻天、周恩来、项英、陈云、王稼祥、张国焘、朱德、任弼时、顾作霖、康生、毛泽东。

中共中央政治局候补委员四人，即刘少奇、关向应、邓发、凯丰。

中共中央设立了中央书记处，博古、张闻天、周恩来、项英为书记，博古为负总责。李云龙在1987年第5期《中央档案馆丛刊》上发表的《中共中央书记处何时设立的》一文指出，只有博、张、周在中共七大所填的简历表上写有六届五中全会上选为中央书记处书记。笔者向遵义会议纪念馆副馆长费侃如请教，据告，项英是不是中央书记处书记尚待进一步查证。

中共中央书记处的四位书记，亦即政治局常委。

另外，会议还决定设立中央党务委员会，董必武为书记。

自中共六届五中全会后，中共中央不再称“中共临时中央”，中共苏区中央局至此亦正式撤销。

李德作为列席代表出席了会议，并在会上作了关于实行“短促突击”的军事建议。

中共六届五中全会在1934年1月18日结束。四天后（1月22日），那中央大礼堂里人声鼎沸，上千人蜂拥而入，“中华苏维埃共和国第二次工农兵代表大会”（简称“二苏大会”）在那里开幕。出席会议的有正式代表693人，候补代表83人，还有众多的人参加旁听。

开幕那天清早6时，沙洲坝忽地响起几声沉闷的炮声，居民们却没有一个人惊慌失措。因为早就贴了布告，说明那是为了庆贺“二苏大会”而放的礼炮——虽说只是几门土炮而已。

沙洲坝鹅公岽脚下的一片空地，成了临时的阅兵场。临时搭建的检阅台上，站着博古、周恩来、项英、朱德、毛泽东等。阅兵式上最神气的是红军大学的学员，穿着崭新的斜纹紧袖“列宁装”和马裤，八个人一排，在校长兼政委何长工的带领下，齐刷刷地走过检阅台。这时，何长工一声嘹亮的“向右看”，学员们的头全都向右扭去，目光投向检阅台上的首长们。

直至此时，博古才发觉检阅台建造时选错了地方，不应“向右看”，应该“向左看”才对！

彭杨步兵学校的学员们也很威武，头上戴着清一色的钢盔，在晨光中闪闪发亮。那些钢盔，全是从国民党部队那里缴获的。

阅兵式进行到吃早饭时就结束了，避开了国民党飞机的“铁蛋”。

中央大礼堂大门口正上方，贴上了一排黄色大字：“中华苏维埃共和国临时中央政府”。那字是黄亚光写的。黄亚光在台湾读书，毕业后来到厦门，在那里加入中共。他写得一手好字，为毛泽东刻印过文件。此时他在文书科工作，布置会场就由他负责。

大礼堂内挂起了十来盏汽灯，显得颇有气派。主席台上方贴着马克思、列宁黑色石印像和镰刀斧头旗。台上放了几张小学生的课桌，算是讲台。每位代表都领到两本油印的小册子，是用当地毛边纸印的，封面上画着五角星和镰刀斧头。那是毛泽东的新著《乡苏工作的模范（一）——长冈乡》和《乡苏工作的模范（二）——才溪乡》，是由文书科丁良相刻蜡纸，贺子珍也帮助刻印了一些。所谓“乡苏”，即乡苏维埃。长冈乡是江西省兴国县的一个乡，才溪乡是福建省上杭县的一个乡，毛泽东把这两个乡树为“模范乡”。毛泽东曾到这两个乡，摆开八

叶永烈在红都瑞金的中华苏维埃共和国临时中央政府旧址采访时留影

仙桌，请来各色人等，一边用粗饭碗喝茶水，一边口问手记，作调查研究，写出这两份调查报告。

“二苏大会”上，毛泽东先是作了中央执行委员会和人民委员会的报告。报告中关于经济政策的部分，即现今收入《毛泽东选集》第 1 卷的《我们的经济政策》一文。几天后，毛泽东又在大会上作结论报告，即现今收入《毛泽东选集》第 1 卷的《关心群众生活，注意工作方法》一文。

大会通过了中华苏维埃共和国的国徽、国旗、军旗设计稿。那国徽呈地球形，上面交叉着镰刀与斧头，右为谷穗，左为麦穗。上书“中华苏维埃共和国”，再上面则书“全世界无产阶级和被压迫的民族联合起来”。国旗则是红色底子，加国徽于其上。

会议开了十多天。大会选举毛泽东为中央执行委员会主席，而原先由毛泽东兼任的人民委员会主席，则由张闻天担任。这样，也就是以毛泽东为国家主席、张闻天为政府总理。博古让张闻天担任总理，使毛泽东真正成了“加里宁”！

在任命各人民委员（部长）时，教育人民委员引起了众人瞩目。第一届的教育人民委员是瞿秋白，但是他一直在上海，没有到任，由徐特立代理。这一次，又任命瞿秋白为教育人民委员，徐特立为副职。毛泽东告诉人民委员们：瞿秋白不日将到达瑞金！

在宣布这一任命的两天之后，1934 年 2 月 5 日，脸色苍白、憔悴的瞿秋白，穿了一身中式棉袄，出现在瑞金沙洲坝。他那般倦怠，不仅因为他在 1934 年 1 月 7 日奉命离开上海，经过漫长、艰辛的跋涉才到达红都，而且还因为他又一次蒙受了打击，使他的心境怆然！

自从三年前的六届四中全会离开中共中央领导岗位之后，瞿秋白转到了文化战线，成为鲁迅的挚友和知己。瞿秋白曾四度避难于鲁迅家，并以自己手中锋利的笔，写下了大量的新著。鲁迅写下“人生得一知己足矣，斯世当以同怀视之”的联句，表达他对瞿秋白的深情。

瞿秋白蒙受新的沉重一击，是在 1933 年 9 月 22 日。那天，中共临时中央作出了《关于狄康同志的错误的决定》。[1] 狄康，亦即瞿秋白。

决定指出：“根据狄康同志最近在《斗争》上所发表的几篇文章，中央认为狄康同志确实犯了非常严重的有系统的机会主义的错误……”

决定指出：“在客观上，他是成了阶级敌人在党内的应声虫。”

---

[1] 中国人民解放军政治学院党史教研室编：《中共党史教学参考资料》第 15 册，1985 年版。

决定还指出："中央认为各级党部对于狄康同志的机会主义错误，应在组织中开展最无情的斗争……"

这表明，王明、博古仍然要对他进行"最无情的斗争"。

瞿秋白刚到瑞金，肺病就纠缠着这位忧郁、苦闷的"才子型"红色领袖。三天两头发着高烧，而他每天只能吃到一钱盐！他正承受着政治和病魔的双重折磨……

"崽卖爷田心不疼！"

江西的群山之中，只有在潇潇春雨浇洒之后，那红土下才会骤然钻出嫩嫩的笋尖。1934 年年初，尚是寒风呼号的时节，江西却冒出 5000 多座水泥钢骨的"冬笋"。蒋介石采用赛克特的建议，实行堡垒政策，这 5000 多座碉堡把中央苏区团团围住。用陈诚的话来说，他们建碉堡是给池塘筑坝，然后"抽干塘里的水，捉塘里的鱼"！

最早提出"碉堡政策"的是国民党第十二师师长金汉鼎。1929 年，鲁涤平向蒋介石汇报了金汉鼎的建议，未受蒋重视。后来，戴岳写了《对于剿匪清乡的一点贡献》[1]，又一次提出"碉堡政策"。后来担任南昌行营第一厅第六课课长的柳维垣也向蒋介石鼓吹"碉堡政策"。赛克特肯定了"碉堡政策"，蒋介石下令实行。于是，碉楼、堡垒、桥头堡、护路堡、圩寨等，一时在江西"遍地开花"。

蒋介石在消灭了第十九路军之后，于 1934 年 2 月，调集四路大军，一边筑碉堡，一边徐徐紧缩包围圈：

东路军，蒋鼎文为总司令，由闽北向闽西推进。

北路军，主力，顾祝同为总司令，陈诚为前敌总指挥，由北线向赣南推进，正面进攻中央苏区。

西路军，何键为总司令，由湖南向西推进。

南路军，陈济棠为总司令，由广东朝北推进。

前方吃紧，瑞金沙洲坝那幢"独立房子"，变得异常繁忙。此时的李德，已经独揽红军指挥大权，由顾问而成为统帅。

他的翻译伍修权如此回忆当年的情景：

---

[1] 戴岳：《我对蒋介石建议碉堡政策的经过》，《文史资料选辑》第 16 卷，第 45 辑。

> 我们当时的工作程序是：不论白天黑夜，只要前方来了电报，都迅速送到“独立房子”来。首先由我们翻译成俄文，并根据电文对着地图查证地理方位，绘成简图再送给李德。经他批阅提出相应的建议后，再由我们译成中文送给军委副主席周恩来同志，由他在军委或政治局上将李德的建议提出讨论并付诸实行……
>
> 博古当时是总书记，但他对军事一窍不通，就把军事指挥大权拱手让给了李德。李德有了作为中央总书记博古的支持，博古又有来自共产国际的李德做军事顾问，两人相互支持。

李德来到“独立房子”不久，便博得一个“雅号”，曰“图上指挥家”。他成天围着客堂间里的大地图转来转去，一边抽着烟，一边用红蓝钢笔勾勾画画，然后用尺子量着距离，规定着部队行军的进度——他不管那里是山是河，反正按距离计算行军的进度。他甚至就连一挺机关枪该放在哪里，一门迫击炮应布置在什么地方，都按照地图作了规定。殊不知，他用的那些地图，全是国民党部队“供应”的，好多地图不准确！

据云，长汀福音医院院长傅连暲，曾从国民党一位团长那里弄到一整箱军用地图，交给了郭化若，运到瑞金。

李德是一位“街垒专家”，他在莫斯科伏龙芝军事学院所学的，是正规军打阵地战的战术。

据曾经担任他的翻译的王智涛（后来成为中国人民解放军少将、军事科学院副院长）告诉笔者，李德去瑞金的四所军事大学讲课，均由他翻译。这四所学校是红军大学、红军第一步兵学校（又名“彭杨步兵学校”，以彭湃、杨殷名字命名）、红军第二步兵学校（又名“公略步兵学校”，以黄公略名字命名）、特科学校。在王智涛的印象中，李德讲军事课程是内行的——当然所讲的全是苏联军事学院的正规课程。斯诺在《西行漫记》中也写及：“李德无疑是个具有过人才能的军事战略家和战术家……南京的将领们看到李德的一些分析他们战术的著作时，颇为钦佩地承认，想不到李德准确地预计到了这次巨大攻势的每一个步骤。”

李德的悲剧是他在莫斯科并没有学习过游击战术的课程，而他来到中国之后又对中国的国情、军情、民情所知甚少。他用下“国际象棋”的经验来下“中国象棋”，这不能不跌跤！

两个日耳曼人——赛克特和李德——以中国的江西省为“棋盘”，对弈起来。

赛克特熟悉中世纪的神圣罗马帝国——第一帝国，19世纪俾斯麦的德意志帝国——第二帝国，并效命于希特勒的纳粹德国——第三帝国。

李德熟悉马克思的第一国际、恩格斯的第二国际，并投身于列宁、斯大林的共产国际——第三国际。

一方“棋手”来自第三帝国，一方“棋手”来自第三国际。

双方交战，争夺的焦点是广昌。

广昌在黎川之南、宁都之北，县城坐落在群山之中的盱江左岸。广昌是中央苏区北部的大门。照毛泽东以往的打法，会放弃广昌，甚至会放弃瑞金，诱敌深入而歼之。如今，军权握在李德手里，李德打的是阵地战，在广昌严阵以待，死守广昌。一个非夺广昌不可，一个非守广昌不可，于是一场空前酷烈的战斗不可避免地在广昌爆发。

1934年4月21日，《中央、军委、总政保卫广昌之政治命令》下达了。

命令指出：“敌人已尽力采用一切方法企图占领苏维埃的广昌。”

命令指出：“我们的战斗的任务，是在以全力保卫广昌。”

命令高呼：“高举光荣的红旗向着伟大的胜利前进！胜利万岁！”

文末的联合署名是：“中国共产党中央委员会博古、军委主席朱德、代总政治部主任顾作霖。”

广昌城里，刷着这样的大字标语：“为着保卫赤色广昌而战，就是为着保卫中国革命而战！”“要么胜利，要么死亡！”“拒敌于国门之外！”“决不放弃苏区寸土！”

罗卓英

蒋介石和北路军总指挥陈诚调集了11个师，沿着盱江，一边建碉堡，一边缓缓向广昌推进，实行“进得一步，即守一步”“稳稳推进，步步为营”的战术。

红军呢？方面军前方司令部撤回瑞金，另组临时司令部。博古为政委，实际上李德为总司令，亲上前线，指挥坚守广昌。博古和李德调集了红一、三、九军团的9个师，死守广昌。李德提出“以堡垒对堡垒”[1]，红军在广昌也建造

[1]《彭德怀自述》，人民出版社1981年版，第189页。

堡垒，只是没有水泥钢筋，用的是木头架子，垒上泥土，如此而已。

蒋介石任命陈诚为前敌总指挥，罗卓英为副总指挥，在广昌前线设立司令部。德国顾问赛克特也不顾高龄，亲临前线司令部，坐镇指挥。

赛克特，用的是德国军队的战斗条令；李德，用的是苏联红军的战斗条令。一场正规化的大战，一触即发。

毛泽东被远远甩在后方，无权过问军事。彭德怀看这势头不对，“再三说广昌是不能固守的，必须估计敌军技术装备……自己没有飞机大炮轰击的情况下，就算是比较坚固的野战工事，在今天敌军的装备下，是不起作用的。如果固守广昌，少则两天，多则三天，三军团 1.2 万人，将全部毁灭，广昌也就失守了”[1]。然而，彭德怀的话，博古和李德根本听不进去。

蒋介石的部队采用的全然是新的战术，三四十架飞机先轮番轰炸，再用德国进口的普伏式山炮、野炮和 102 口径的重迫击炮轰击，然后步兵徐徐推进，每天只进一两公里，马上开始构筑工事。站稳脚跟之后，第二天重复着昨日的“操作程序”。

决战从 4 月 10 日开始，清早，国民党军队的炸弹、炮弹雨点般朝广昌北大门甘竹倾泻，一下子就炸死、炸伤几百名红军。红军的“土堡垒”不经炸，所以死伤惨重。一位战士发牢骚道：“不知捣啥鬼呵！我们一夜不睡觉做了一个堡垒，人家一炮就打翻了；人家的堡垒，我们只有用牙齿去咬！我们没有重武器，天天同人家比堡垒，搞什么鬼啊！”

到了下午，看看炸得差不多了，国民党军队以营方阵组成集团冲锋队形，黑压压地攻过来。

红军大量减员，弹药又不够，打得非常艰难。

如此激烈地争夺了五天，甘竹被国民党军队占领。红军被迫退守广昌城北的长生桥。那里是一片不太宽的开阔地。双方僵持了十天后，红军终于守不住，只得朝广昌县城退去。广昌县城没有城墙，难以坚守。

4 月 27 日，是战斗最惨烈的一天。国民党军队夹攻广昌县城。彭德怀这样描述当时的激战：

> 从上午 8 时至 9 时开始至下午 4 时许，所谓永久工事被轰平了。激战一天，我军突击几次均未成功，伤亡近千人。在李德所谓永久工事里担任守备的营，全部壮烈牺牲，一个也未出来。

---

[1]《彭德怀自述》，人民出版社 1981 年版，第 189 页。

……

当日约（晚上）8时以后，战斗停止时，博古来电话，说李德、博古约我和杨尚昆去谈谈，他们明天回瑞金去。[1]

彭德怀去的时候，把一套旧军装放在包里，作了一去不复返的准备。他预料可能他会被带到瑞金去，受公审，开除党籍，因为他有一肚子的气，再也无法忍下去了。

红三军团的政委，本来一直是滕代远，但他此时患病，就由杨尚昆代政委。杨尚昆在1926年加入中共，同年赴苏，在莫斯科中山大学学习。1931年1月，他和张闻天结伴回国。他们经西伯利亚，回到上海。1933年2月，杨尚昆来到中央苏区，担任中共中央局党校副校长、红军第一方面军政治部主任。此刻，他作为政委，跟彭德怀一起来到前方总司令部。

李德、博古找彭德怀、杨尚昆，本想安排他们次日走后的工作。没谈几句，直性子的彭德怀便开始“放炮”！他历数李德的指挥错误，斥责他是“主观主义”“图上作业的战术家”。伍修权把他的话一句句译成俄语给李德听，李德绷紧了脸。

彭德怀越讲火气越大，他骂起李德来，用一句湖南的土话：“崽卖爷田心不疼！”

可是，李德竟没有反应！彭德怀估计是伍修权没有翻译那句话（据伍修权说当时他听不懂这句土话），就请在场的杨尚昆翻译。杨尚昆照实译了：“儿子卖掉父亲的田心不疼！”

这下子李德火了，咆哮着说：“封建！封建！”

李德挖苦彭德怀，说中革军委改选时，没有继续选他当副主席，他不满意！

彭德怀反正豁出去了，他骂李德是“下流无耻”！

李德进入中央苏区以来，还是头一回受到这样的当面顶撞。他是个火暴脾气的人，照理，他会像对待萧劲光一样对待彭德怀。大抵由于他自己在广昌吃了败仗，不敢那么傲慢神气了；也可能是由于他考虑到彭德怀是举足轻重的红军将领，他居然只是骂了一通彭德怀“右倾”了事！

在广昌已经败得一塌糊涂，博古和李德不得不同意彭德怀的意见，第二天撤出战斗。

就这样，从4月10日至28日，广昌战役历时17天，红军伤亡5500多人，

---

[1]《彭德怀自述》，人民出版社1981年版，第190页。

付出了沉重的代价，仍以广昌失守告终。国民党军队这次借助于碉堡，借助于飞机、大炮，伤亡大为减少，只死600余人、伤1800余人，不及红军的一半。

广昌之败，红军上上下下对博古、李德怨声载道。那时，流传最广的一句话说："毛主席从来不是这么打的！"有些红军战士干脆说："毛大帅从来不是这么打的！"他们怀念在"毛大帅"指挥下，第一、第二、第三次反"围剿"那些"笑谈凯歌还"的日子……

毛泽东"病休"在会昌

在广昌炮火连天的那些日子里，失去军权的毛泽东，是在瑞金南面会昌县的文武坝度过的。

那时的文武坝，是粤赣省的省政府、省委所在地，是离县城五六里远的镇子。所谓"粤赣省"，是1933年8月建立的。虽说是一个"省"，其实只包括于都、会昌、西江、门岭、寻乌、安远、信康七县，只相当于今日的一个专区。这七个县的总人口，当时不过55万。

那时的中共粤赣省委书记是刘晓。

据刘晓回忆：

> 当时，毛泽东同志受到王明路线的排挤，是以养病的名义来会昌的。[1]

那是开了"二苏大会"之后，虽说毛泽东已成了空架子的政府主席，博古仍觉得他碍事，建议他去上海休养，李德则提议他去莫斯科休养。毛泽东当然明白博古和李德的用意，便说："我不去，我不离开苏区，不离开中国。我身体还可以，就到粤赣省去休息吧！"

毛泽东愿去粤赣省，除了跟刘晓挺讲得来之外，与那里的军区司令员兼政委何长工更是老朋友。

毛泽东带了三个巡视员，一起前往会昌文武坝。这三个巡视员是王首道、周月麟和朱开铨。

就这样，"毛大帅"来到小小的镇子文武坝。博古支开了毛泽东，就与李

---

[1] 刘晓：《给会昌县革命历史纪念馆的回信》，《回忆中央苏区》，江西人民出版社1981年版，第466页。

会昌文武坝毛泽东故居

德一起去广昌前线。

当广昌大败的消息传来，毛泽东大为震怒。可是，指挥大权握在博古和李德手中，他已奈何不得，只能耐心地等待时机。

7月23日清晨，毛泽东在粤赣省几位干部的陪同之下，登上会昌城西北的高峰——会昌山（又名岚山岭）。毛泽东望着逶迤连绵的山峦，生发了诗兴，写下《清平乐·会昌》一首。他曾为这首词写下一段自注：“1934年，形势危急，准备长征，心情又是郁闷的。这一首《清平乐》，如前面那首《菩萨蛮》一样，表露了同一的心境。”毛泽东所提及的《菩萨蛮》，亦即《菩萨蛮·大柏地》，是他1933年夏过大柏地时写的。

毛泽东的《清平乐·会昌》如下：

东方欲晓，
莫道君行早。
踏遍青山人未老，
风景这边独好。

会昌城外高峰，
颠连直接东溟。
战士指看南粤，
更加郁郁葱葱。

心情郁闷的毛泽东在写罢这首词之后，背起红纸雨伞，走向文武坝渡口。他接到来自瑞金的急信，要他赶回红都。他望着田野，深情地说：“好快啊！来的时候早稻才有一尺来高，转眼已经抽穗，再过些天就要割禾了！”

他告别了会昌，在酷暑中，先是坐了一段小船，然后步行。七八十里的路程，走得他衣衫尽湿。

毛泽东到了瑞金，才知在他登上会昌山那天，中共中央书记处和中革军委已作出了重要决定，即《给六军团及湘赣军区的训令》。这一训令要任弼时、萧克、王震率红六军团向湖南西南方向突围西征。为什么忽地派出3000多人的红六军团西征？那是因为在广昌大败之后，蒋介石军队步步进逼，博古、李德要红军节节抵抗。三个月来，蒋介石的包围圈越收越小，“池塘”里的水渐渐抽干。看样子，中央苏区已经保不住了。这样，博古、李德决定派红六军团西征，以求和贺龙、关向应的红三军会合。如果此举成功，红军主力在无法守住中央苏区时，可以西征……

沙洲坝突然遭到国民党飞机的猛烈轰炸。有一颗巨大的炸弹的脑袋钻进土里，尾巴高翘着，居然没有爆炸。红军赶紧在炸弹四周插了一排竹子，拴上稻草绳，立起“不许靠近”的木牌。

沙洲坝目标的暴露，是因为蒋介石得到了准确的情报……

红十六军的军长孔荷宠当时兼任湘鄂赣军区司令员。1934年春，他被调往瑞金红军大学学习。这本是要提高他的理论修养和文化水平，他却因此大为不满。他暗中勾画了沙洲坝的党、政、军首脑机关的分布图，然后借口到兴国前线了解情况，偷偷投奔了国民党部队。

当蒋介石获知红军军长前来投诚，大喜，立即发去电报，要把孔荷宠押来南昌。

孔荷宠向蒋介石当面献上那张草图。

蒋介石正为空军找不到中共“心脏”而骂他们草包，得到此图，乃是意外的收获。

于是，国民党空军紧急出动，接连三天对沙洲坝狂轰滥炸。

这次空中突袭，本来是可以取得“辉煌战果”的，因为红军的那些防空壕、防空洞根本经不起重磅炸弹的猛烈气浪。只是国民党空军太不中用，炸来炸去，竟然只把那新建的中央大礼堂炸去一角，此外无一命中目标！

经过这番狂轰滥炸，中央苏区党政军机关不得不第三次搬迁。这一回，由沙洲坝迁往瑞金城西19公里的云石山。

至于那个孔荷宠，中华人民共和国成立后被捕，饮弹而毙。

张闻天跟毛泽东在大樟树下倾心而谈

云石山是座小山，高不足百米，掩映在茂密的绿树丛中。沿着石阶而上，如登高楼，两三分钟便可到山顶。

山顶平坦，建有一座青瓦黄墙古寺。寺门口有一副对联："云山日永常如昼，古寺林深不老春。"横匾上写着"云山古寺"，即取这副对联上下联开头二字组成。这座云山古寺，建于1857年，占地300多平方米。

中共中央、中革军委及中央政府各部机关，分别驻扎在云石山下的村庄里，以求交通方便。

这山顶古寺，分配给政府主席毛泽东和"总理"张闻天居住。

当毛泽东和贺子珍带着小毛迁进云山古寺时，张闻天正在闽赣省巡视。古寺里，只住着一位法号为"乐能"的和尚和两个小和尚。考虑到毛泽东的安全，警卫人员要和尚搬走。毛泽东知道了，连忙制止道："他们是主人，我们是客人，岂有反客为主之理？"于是，他留下了和尚们同住。

毛泽东搬进了左厢房，和尚们住在右厢房，彼此相安而居。中堂为会议室，室内也有一副对联："云拥如来此地无殊天竺地，石磨真性几人直步卖花人。"上下联开头两字合起来即"云石"。

毛泽东跟乐能和尚聊天，知道他本名"骆能和"。此寺闻名于方圆数十里，只是山沟沟里农民赤贫，寺里的香火不盛，和尚们过着清贫的生活。他们见毛泽东这样的"大官"住进寺里，伙食竟跟他们相差无几，不由得感叹万分。

古寺清幽，芳草满院。寺后，有一棵大樟树，树粗叶茂，树下有两只青石圆凳。毛泽东常坐在青石凳上读书。有时，贺子珍带着3岁的小毛跟他在树下对坐。

中华人民共和国成立后的毛泽东与张闻天

8月下旬，张闻天结束了在闽赣省的巡视工作，也搬入云山古寺，独自住在侧屋。空闲时，那大樟树下的两只青石圆凳成了毛泽东和张闻天对坐之处。在这样极其偶然的机会下，毛泽东和张闻天朝夕相处，彼此间的坚冰消融，日益亲近起来！

毛泽东和张闻天，一个出自山沟沟，一个曾留日、留美、留苏，阅历、文化结构多有不同，虽说一个是政府主席，一个是“总理”，却没有多少共同语言。尤其是张闻天作为王明、博古“坚定的战友”，曾几度批判过毛泽东，批判过“罗明路线”，批判过邓、毛、谢、古，何况让他当“总理”，就是为了从毛泽东手中夺得政府实权。然而，本是两股道上跑的车的两个人，此时却奇妙地走在了一条道上。

那是张闻天向毛泽东靠拢。

最初，他俩只是谈政府工作，渐渐地，谈起了两人都喜爱的文学。毛泽东对文学有着浓厚兴趣，张闻天则在24岁就发表了长篇小说《旅途》：

> 四周围静悄悄的，和风吹在街道两旁列树的树叶上，发出沙沙的叹息。这时正是下午两点钟光景，天气非常和暖，淡蓝的天空中航着朱红的太阳，远在北方的山顶上，我们可以看见几片白云，懒懒躺着……[1]

《旅途》列入“文学研究会丛书”，是与叶圣陶、冰心、王统照、落华生、老舍、顾一樵的小说并列的。

张闻天跟毛泽东谈论文学，话就多了。

谈着，谈着，平素沉默寡言的张闻天，终于向毛泽东倾诉了内心的苦闷，倾诉了对博古的不满。

张闻天跟博古原是“铁哥们儿”，可是，继王稼祥之后，他跟博古之间也产生了裂痕。而且，这裂痕越来越大、越来越深。

张闻天本人是这样叙述的：

> 会议上，我同博古同志的公开冲突，是在关于广昌战斗的一次讨论。我批评广昌战斗同敌人死拼，遭受不应有的损失，是不对的。他批评我，说这是普列哈（汉）诺夫反对1905年俄国工人武装暴动的机会主义思想。我当时批驳了他的这种污蔑，坚持了我的意见，结果大家不欢而散。其他到会同志，没有一个表示意见。
>
> 从此时起，我同博古的矛盾加深了，他有一次似乎是传达李德的意见，

[1] 张闻天:《旅途》，商务印书馆1925年初版。

说:“这里的事情还是依靠于莫斯科回来的同志。”意思似乎说,我们内部不应该闹磨擦。当时,我没有重视这句话,现在想起来,倒是很有意思的。

由于这些矛盾的发展,博古开始排挤我。(六届)五中全会后,我被派往中央政府工作,就是把我从中央排挤出去的具体步骤。[1]后来又把我派到闽赣做巡视工作(项英从闽赣巡视才回来后),实际上要把我从中央政府再排挤出去,而把中央政府的领导交给别人。在我不在中央政府时期,博古等公开批评中央政府的文牍主义,在背后攻击我。直到快要出发长征以前,我才从闽赣回来。当时关于长征前一切准备工作,均由以李德、博古、周恩来三人所主持的最高“三人团”决定,我只是依照最高“三人团”的通知行事……

我当时感觉到我已经处于无权的地位,心里很不满意。[2]

张闻天面对着毛泽东,“把这些不满意完全向他坦白了”。

大抵张闻天跟博古相知相处很久的缘故,他最知博古的特点。他这样谈及博古的“左”:

他的拿手好戏,就是把你的反对“左”曲解为右而加以打击。我平时就怕他这一点,怕他找到我“右”打击我。所以我的反“左”常常是胆怯的,在反右倾中附带说及的,或者反一下“左”,赶快转过来说要反右。

怪不得博古动不动就给毛泽东扣上“右倾”的帽子!其中的奥秘,原来如此——是博古的“拿手好戏”!

那小山上的古寺,那大樟树下的两只青石凳,为毛泽东和张闻天的“交心”提供了良好的环境。博古把张闻天派到政府中去,原是想“一箭双雕”,不料这“双雕”却联合起来,共同反“左”。

张闻天是中共中央常委兼宣传部部长又兼政府“总理”,他从“左”的营垒中分化出来,倒向毛泽东,对于博古不啻是沉重的一击……

[1] 张闻天又曾说:“这是‘一箭双雕’的妙计。一方面可以把我从中央排挤出去,另一方面又可以把毛泽东同志从中央政府排挤出去。”

[2] 张闻天在延安整风时写的笔记(1943 年 12 月 26 日)。

“红色华佗”星夜兼程为毛泽东急诊

1934 年 9 月 26 日出版的中华苏维埃共和国临时中央政府机关报《红色中华》，刊载了张闻天在云石山上写成的社论《一切为了保卫苏维埃》。

这是一篇非同寻常的社论。

1935 年秋，陈云在化名“廉臣”所写的《随军西行见闻录》中，曾提及此文：

> 九月间在《红色中华》报（赤区中央政府机关报）登载张闻天（中央政府之人民委员会主席）之文章，微露赤军有抛弃江西而到赤区以外之“围剿”军事力量空虚地区活动之可能。果然，十月中，全部队伍均行西走矣。[1]

1936 年，董必武在回忆长征的文章中，称此文是“红军战略的社论”。聂荣臻在回忆录中，则称此文是当时部队“进行公开动员公开准备总的根据”。

张闻天写的社论，这样“微露”了“转移”的意图：

> 由于敌人堡垒的层层封锁线，使突破封锁线转移地区，保持红军主力的有生力量，以便在新的有利条件之下，继续粉碎第五次“围剿”成为当时必要的任务……[2]

张闻天一反往日“积极进攻路线”，在社论中写及了“退却”：

> 国内战争的战线是延长在全中国。在各个战线上，我们依照当时的具体环境而决定采取进攻、反攻、防御以至退却的斗争方式……[3]

博古和李德的“誓死保卫每一寸国土”的口号，已被蒋介石的“步步为营”战略粉碎。“池塘”日见干涸，情知无法再固守中央苏区，中共中央极端秘密地决定突围，进行“转移”和“退却”。

---

[1]《红旗》杂志 1985 年第 1 期。

[2]《张闻天文集》，中共党史资料出版社 1990 年版，第 517 页。

[3]《张闻天文集》，中共党史资料出版社 1990 年版，第 520 页。

派出任弼时、萧克、王震率红六军团西征，便是为了给红军主力的“转移”“退却”探路。在此之前，7 月 7 日，还曾派出寻淮洲、乐少华、粟裕、刘英[1]率红七军团东征，朝闽浙赣方向东征、北上。

西征军为的是探明前往湘鄂川黔交界处贺龙、关向应部队的路线；东征军为的是探明前往赣东北方志敏部队的路线。

主力红军准备“转移”“退却”，这一切只有少数中共高层决策人物知晓。在广昌战役失败后，博古和李德意识到败局已定，虽然嘴上还在高喊“寸土必争”“誓死保卫中央苏区”……张闻天的文章却“微露”红军重要战略意图的信息，以便红军上上下下“公开动员、公开准备”。

已经无权过问最高决策的毛泽东，在 9 月中旬离开瑞金云石山朝西进发。他带着文书、卫生员、警卫员、火夫、马夫，向着于都前进。贺子珍和小毛，留住在云石山古寺。这时的贺子珍，又怀孕了。

毛泽东为什么在这关键的时刻离开红都去于都？这是一个谜。毛泽东不是去于都休养，而这时的他，身体恰恰不适，疟疾开始复发，他干吗要步行两天去于都？虽说给他配备了一匹马，但他很少骑，跟随一群步行者而骑着马也够累的。他去于都，也没有什么要紧的公务，无非是“指导那里的县苏维埃的工作”，如此而已。

有人猜测，毛泽东不知道“三人团”的决策，不知道红军即将开始转移、西征。这仅仅是猜测，没有依据。毛泽东跟张闻天住在一起，而张闻天是知道要进行“转移”的，这样，他才可能在社论中“微露”天机。张闻天已经和毛泽东接近，他会把这样重要的动向告诉毛泽东的。

索尔兹伯里写及伍修权的一段回忆，倒是说出了一些内情：

> 当时担任翻译因而了解内情的伍修权将军认为，有些人可能不想让毛参加长征。“毛是被人有意排斥在外的，”伍修权说，“去于都调查，这只不过是不让他参加的一个借口罢了。”[2]

不论怎么说，在那样重要的时候，毛泽东离开党政军首脑云集的云石山，抱病前往于都，充分表明他完全被排除在中共高层决策圈之外！

于都城傍水而筑，是位于瑞金和赣州之间中点的一座县城。毛泽东一行来

[1] 此刘英（系男性）非后来成为张闻天夫人的那个刘英。

[2] 索尔兹伯里：《长征——前所未闻的故事》，解放军出版社 1986 年版，第 8 页。

到县城北门一条小巷深处一座灰色的砖房，这里人称“何里”，是赣南省苏维埃政府办公地，一共三间屋，他们腾出左厢房让毛泽东住。

赣南省是1934年7月才设立的，包括于都、登贤、赣县、杨殷四个县及两个游击区，人口不过40万。

毛泽东到达于都的日期，大抵在9月20日之前，因为他在9月20日有一份“急密译”电报，从于都发给瑞金“周副主席”，亦即中革军委副主席周恩来。

毛泽东到了于都，在他的住处召集过两个座谈会，一个是工人（铁匠、木匠、缝纫匠、篾匠）和贫雇农座谈会，一个是区、乡、村干部座谈会。他确实在做“指导县苏维埃政府的工作”。

就在这时，正在瑞金云石山的张闻天，听见军用电话里从于都传来了急促的声音：“毛主席病了！发高烧！赶紧派医生来！”

电话是赣南省军区政治部主任刘伯坚打来的。

这一回，毛泽东真的病了，病得很重，发高烧到40摄氏度！他的17岁的卫生员钟福昌慌了手脚。

张闻天马上通知瑞金中央红色医院，院长傅连暲一听毛泽东病重，心急如焚。

这位汀州福音医院的院长，受毛泽东的影响，投奔了红军。他以罕见的方式加入红军——坐在轿子里，从汀州抬往瑞金，轿后跟着一群挑夫，抬着八口大箱！

这位“大知识分子”不会走远路，又不会骑马，所以只得坐轿子。至于那八口大箱，里面装的是药品、医疗器械、显微镜、X光机。

他在瑞金办起了中央红色医院，当上了院长。

这一回，他要从瑞金赶往于都，临时叫不到轿子，只得骑骡子。他从未骑过骡子，警卫员扶他上骡，然后骑马在侧，随时照料他。他在骡背上紧张极了，出了一身汗。慢慢地走了两三个钟头，他这才算是习惯了，学会了“驾骡术”。

傅连暲连夜赶路。第二天又赶了一天，直到傍晚时分，终于赶到于都城。

傅连暲顾不上路途劳累，直奔毛泽东床前，一摸前额，滚烫！量一下体温，41摄氏度！

“已经三天不吃东西了，只喝一点米汤。”警卫员吴吉清告诉傅大夫。

傅连暲断定是恶性疟疾复发，给毛泽东服了加倍剂量的奎宁。

“傅医生，我限你三天治好！”毛泽东虽然病重，仍不失幽默。

傅连暲日夜守候在床侧。第二天，体温降为40摄氏度，毛泽东在沉睡中度过。

第三天，一量体温，37摄氏度，正常了！

“傅医生，你是‘红色华佗’，果真三天把我治好！”毛泽东坐了起来，大口地吃饭。他总算又一次度过了危机。

就在毛泽东离开红都瑞金的那些日子里，就在毛泽东生病的那些日子里，博古和李德作出了关于红军和中央苏区命运的重大决策……

第六章

长征途中

◎ 毛泽东打破了自宁都会议以来的沉默，两年多以来头一回参与军事决策，他坚决反对李德的意见。毛泽东要求改变红军前进的路线，放弃与贺、萧部队会师的原计划，改为进军贵州。毛泽东还是用他的“择弱军打”的战略，因为贵州军阀王家烈的部队号称“双枪兵”（其中一“枪”是烟枪，即鸦片枪），是不经打的豆腐兵。

“三人团”决策西征

鸭子一只一只消失了。

那是专为李德饲养的鸭子，整天在他住房附近的水稻田里嬉戏着。

当最后一只鸭子由李德新娶的中国妻子萧月华做成香酥鸭，成为李德餐桌上的美肴时，正是 1934 年 10 月 10 日。

这是载入史册的日子：

在这天，中革军委发出第五号命令，各路红军从第一集中点开始移动；

在这天，中国工农红军发布《北上抗日第二先遣队出发宣言》；

在这天，中国工农红军总政治部代主任李富春发布《关于目前进攻战斗的政治工作训令》。

所谓“北上抗日第二先遣队”，实际上用的是一种障眼法，因为 7 月 7 日派出的寻淮洲、粟裕所率的红七军团，是以“中国工农红军北上抗日先遣队”名义出发东征、北上的，这一回，用了“北上抗日第二先遣队”的名义。其实，这次出发的不是“先遣队”，而是主力红军；不是东征、北上，却是西征！

这一天，被史学家认为是中国工农红军进行二万五千里长征起始之日。

长征，毕竟不像运动员赛跑，赛跑可以用发令枪发出“啪”的一响作为起步时间，而一个大兵团不可能在同一刹那起步。于是，关于长征的起始之日，也就引起一番争论。“10 月 10 日”之说，也是

中央红军在长征路上走过的第一桥——瑞金武阳桥

其中的一种说法，是比较流行、得到较多人认可的说法。

此外，还有五种说法，即“12 日”“16 日”“18 日”“21 日”“22 日”之说。

主张“12 日”之说，是因为中革军委主席朱德于这一天发出《关于野战军全部行动日程推迟一天执行的通知》。“通知”说：“林聂、彭杨、董朱、周黄、罗蔡、罗邓[1]：因三军团集中到第二集中地须 15 号早始能到达，因此，各军团及中央纵队（军委第二纵队）接到军委 10 号之行动计划日程路线，应将该表现定野战军全部行动日程按日推迟一天执行，但中央纵队仍于今12号晚行动。”中央纵队仍是中共中央、中央政府、中革军委所在的部队，既然于“12 号晚行动”，当应视为长征起始之日。

“16 日”之说，是因为担任前卫的红一军团于这一天开始行动。主张此说者，认为长征应以前卫行动之日起算。

“18 日”之说，是以毛泽东的行动为长征的标志——毛泽东于这天下午 6 时从于都北门出发，走过东门浮桥。此说最盛于“文革”期间。

“21 日”之说，以红军对国民党军队的第一道封锁线发起总攻为标志。因为中革军委主席朱德于 20 日上午 10 时下达了《关于对敌总攻击改在 21 日夜进行并各军加强侦察等工作的指示》。

“22 日”之说，则主张以红军此日突破国民党军队第一道封锁线为标志。

以上六种关于红军长征起始之日的争论，所争论的不是史实本身，而是以什么作为长征起始的标准。当然，采用“模糊数学”的手法，称之“10 月中旬”甚至“10 月”，也就回避了争论，眼下许多史书往往用这样笼统的时间。

“长征”是后来才有的名词。在红军开始踏上征途时，并不知道未来的“转移”之路有多长，谁都未曾想到过这一走竟走了二万五千里！那时对外公开的说法，是“北上抗日”；内部的说法，叫作“西征”。至于国民党，则用贬义之词称之为“共匪西窜”。后来，贵阳的羽高书店便曾出版过胡羽高著、以国民党的视角记述红军长征的书，书名就叫作“共匪西窜记”。

此时此际，李德成了大忙人，因为关于西征的计划，是他草拟的。如他在《中国纪事》中所写及的：“政治局委托我草拟一个 8 月至 10 月的新季度计划。这个计划像第一个季度计划一样，由周恩来重新加工以后，在政治局常委会中讨论通过，并把它的大概内容通过上海向共产国际执行委员会作了汇报……”

---

[1] 指一军团林彪、聂荣臻，三军团彭德怀、杨尚昆，五军团董振堂、朱瑞，八军团周昆、黄臻，九军团罗炳辉、蔡树藩，中央纵队罗迈（李维汉）、邓发。

“三人团”成员。左起：李德、博古、周恩来

从他的这一段自述中，可以看出他已经成为参与中共决策的重要人物——因为他已是“三人团”中的一个。

此时的“三人团”，已不是任弼时、王稼祥、顾作霖那个“三人团”了。

1934 年夏天，为了准备“转移”，权力被高度集中。经中共中央书记处决定，由博古、李德、周恩来组成“最高三人团”，博古负责政治，李德负责军事，周恩来负责监督军事计划的实行。这么一来，李德名正言顺地成为红军最高统帅，成为中共最高领导“三驾马车”之一。

自广昌败北之后，红军节节败退，失去中央苏区已成定局。不过，在红军主力西征之际，中共中央决定：在江西另设中共中央分局、中华苏维埃共和国政府中央办事处和中央革命根据地军区。谁个留，谁个不留，凡高级干部，由“三人团”定。中级干部，由各部门提出名单，交“三人团”批准。政府的留守中级干部，便是由张闻天提出名单，呈报“三人团”批准的。

随主力西征，固然也艰险重重，但是留下来显然要冒更大风险，甚至连生死都难以预料。因为主力转移之后，几十万国民党大军便要猛扑过来，而留守的部队只有 1.6 万余人（其中大部分是地方部队），还有 1 万多伤病员。

“三人团”的目光，扫过中共高级干部名单，思索着该把谁留下来。第一个被提名留下的是项英（项英后来牺牲于 1941 年的皖南事变）。项英是中共中央政治局常委、中央政府副主席、中革军委副主席，具有党、政、军全面工作经验，委任他为留守首脑，显然是最恰当的人选。当项英得知这一任命时，表示坚决服从。项英又一次表现了他的高度组织纪律性。他在危难之际接受重任，就这一点来说，项英是好样的。

第二个被列入留守名单的是江西军区司令员陈毅。陈毅 8 月底在兴国前线受伤，坐骨碎裂，正躺在医院的病房里。当时，医疗器械已经装箱。10月9日，陈毅在医院里给周恩来写信，希望能够给他动手术。周恩来立即嘱令卫生部部长贺诚去红军医院，把已经装箱的医疗器械取出，派两名医生给陈毅动了手术。术后翌日，周恩来前往医院探望陈毅，并将“三人团”决定把他留下的消息告诉了他。

当瞿秋白被列入留守名单时，周恩来希望博古再郑重考虑一下，但博古坚持留下瞿秋白。虽说留下瞿秋白的理由是他正患肺病不宜长途行军，其实，一年前中共临时中央作出的《关于狄康同志的错误的决定》，不言而喻，是把病弱的瞿秋白留下的真正的原因。张闻天也曾回忆：

> 瞿秋白同志曾向我要求同走，我表示同情，曾向博古提出，博古反对。[1]

至于是否要把毛泽东列入留守名单，曾有小说详细写及“三人团”中博、李坚持留下毛而周坚决反对的情节，但现存的史料中似乎并无这样的记载。小说家显然是揣摩了博、李、周这“三驾马车”对毛泽东的不同态度后写出来的。

“三人团”最后决定的名单是：

> 留下的中央局，有项英、秋白、陈毅、（陈）潭秋、贺昌五个人。[2]

他们的分工是：项英任中央分局书记、军区司令员兼政委，陈毅为中央办事处主任，贺昌为军区政治部主任。

临行之前，李德和项英作了彻夜长谈。李德在《中国纪事》中写道：

> 10月16日晚上，当中央纵队从瑞金附近的禁区出发时，项英约我进行一次个人谈话。因此我同护送我的

留下来的瞿秋白不幸被捕、英勇就义。这是就义前的瞿秋白

[1] 张闻天：《延安整风笔记》（1943年12月16日）。

[2] 周恩来：《在延安中央政治局会议上的发言》（1943年12月1日）。

人员就落在后面了，第二天才赶上纵队。中央纵队像所有的长征队伍一样，也只是在夜里、在黑暗的笼罩之下行军。同项英的谈话几乎进行了一整夜，伍修权担任我们的翻译；留守部队的指挥员陈毅没有参加，除了我们三人以外没有其他人在场……顾及到我们是通过翻译进行交谈，因此他在谈话中选词是十分谨慎的；他特别对瞿秋白重病卧床必须留下感到非常惋惜……

他们谈及了毛泽东。李德是这么说及当时情景的：

他警告说，不能忽视毛为反对党的最高领导而进行的派别斗争，毛暂时克制不过是出自于策略上的考虑。他说，毛可能依靠很有影响的、特别是军队中的领导干部，抓住时机在他们的帮助下把军队和党的领导权夺到自己手中。我同意项英的疑虑。可是，我在几天以后向博古讲述这次谈话时，他显得很有信心。他说，关于党的政治总路线已不存在任何分歧了；至于以前在军事上总是有不同意见，由于各地的红军都转入了运动战、转入了反攻，现在也都消除了。他还说，毛泽东同他谈过，毛并不想人为地制造一场会把中央红军的命运推向危险境地的领导危机……

这次彻夜长谈，是李德代表“三人团”对项英的留守工作作指示。李德不再只是仅有建议权的顾问，而是掌握着领导权、决定权的铁腕人物。

除了项英留守之外，他身怀六甲的妻子张亮也一起留下。董必武的妻子陈碧英因病留下，离别成了永别。

犯了“右倾机会主义错误”的何叔衡被留下。

邓、毛、谢、古中的毛、古被留下。

刘伯承曾激烈地反对过李德的瞎指挥，被列入留守名单，经周恩来力争，才算加入主力红军队伍。

住在云石山古寺中的贺子珍，接到毛泽东警卫员送来的毛泽东的信，要她收拾衣物，随军行动，他在于都出发，不再回瑞金了。3 岁的小毛，无法随军行动。贺子珍只得去找妹妹贺怡和妹夫毛泽覃，把小毛交给他们，寄住在小毛那位江西奶妈家中。谁知她这一走，便与小毛永别了。后来，毛泽覃战死，小毛下落不明……

贺子珍安顿好小毛之后，赶往“休养连”报到。这个连队大都是老弱病残和女红军，董必武是休养连的党支部书记。谢觉哉、徐特立在这个连队，周恩来夫人邓颖超也在这个连队。

谢觉哉

邓颖超是在1932年5月1日由上海到达福建汀州的，在那里见到正在指挥作战的周恩来。那时，她患肺病，被安排到瑞金工作，担任中共苏区中央局秘书长。在开始西征时，她仍不时发低烧，痰中带血，她在异常艰难之中踏上漫漫征途。

“鸽子飞了！”

就在中央红军将行未行的日子里，10月7日，会昌县城南面的筠门岭，两顶四人抬的大轿在一个骑兵连的拥护下，从红区进入白区。

那里是粤军陈济棠部队的前沿。轿子未到之前，粤军前哨连长已接到上峰的通知，知道来者是陈总司令请来的客人。

于是，两顶轿子顺利通过前哨，被抬往离筠门岭40里寻乌附近的一幢二层小洋房。

从轿里出来的两名男子都是一身西装、一副墨镜、一顶草编礼帽，阔少爷般的派头。其实，他俩是刚刚脱掉灰布红军军装的潘汉年（此时他仍化名潘健行）和何长工。

粤军派出的代表杨幼敏、宗盛两人早就恭候在屋前。见面之时，潘汉年递给对方一封朱德亲笔（周恩来所拟）致陈济棠所部独立第一师师长黄任寰的信。信的全文如下：

黄师长大鉴：

兹应贵总司令电约，特派潘健行、何长工两君为代表前来寻乌与贵方代表杨幼敏、宗盛两先生协商一切，希予接洽并照拂为感！专此。顺致

戎祺

朱德手启

10月5日[1]

[1] 何长工：《难忘的岁月》，人民出版社1982年版，第130页。

国民党粤军总指挥陈济棠

谈判在这幢临时赶修的二层小洋房里秘密进行了三天三夜。

陈济棠是广东防城（今属广西）人，22岁那年从广东陆军速成学校步兵科毕业后，逐级上升。1925年，31岁的他成为国民革命军第四军第十一师师长。北伐时，他奉命留守广东，势力日渐膨胀，成为广东一霸——“南霸天”。在1927年南昌起义之后，陈济棠年年奉蒋介石之命参加“剿匪”。他毕竟并非蒋的嫡系，跟蒋时有摩擦。他不愿为蒋介石卖命，1934年5月粤军攻占筠门岭之后，他便停停打打、打打停停，磨洋工了。

陈济棠听说红九军团军团长罗炳辉的舅舅在广东做生意，于是想方设法托人找到他，通过他传递消息，跟中共拉上了关系。不久，陈济棠派出一位姓徐的参谋长前往瑞金，此人原先认识周恩来。这样，终于接上关系。

于是，红军派出了正式代表潘汉年和何长工。三天三夜的秘密会谈，达成五条协议，双方议定“解除封锁”“取消敌对局面”“可以互相借通”。

谈判刚刚结束，潘汉年、何长工接到粤军电台转来的一份周恩来发出的电报:“你喂的鸽子飞了！”于是，他俩匆匆向粤军辞行，返回会昌，转往于都。

原来，“你喂的鸽子飞了”是一句暗语，意即红军开始转移了——那一天，正是10月10日。

当潘汉年忙于奔走谈判之际，未能顾及妻子许玉文。许玉文被列入留守名单。主力红军撤离后，许玉文被国民党军队捕获，投入南昌监狱。后来她求助于潘汉年堂兄潘菽，终于获释，回到家乡。

“鸽子飞了！”红军主力朝于都集结。于都河上，飞快地用船和门板搭起一座浮桥。“中央苦力运输工会委员长”王中仁被任命为搭桥总指挥，在河上架了五座浮桥。

入夜，漫长的队伍在秋风中走过于都浮桥。除了正规军之外，石印机、兵工厂的机器以至造币厂的机器，大量的纸张、大米、电话线等，压在5000名挑夫的肩膀上，摇摇晃晃过了浮桥。这些挑夫是临时雇用的，每天的工钱是一枚锃亮的银圆。仿佛整个中华苏维埃共和国都被搬上了征途！

毛泽东虽然在于都，却没有马上过桥。10月15日，他从于都北门何屋来到县城谢家祠，那里正在召开赣南省的省、县、区三级干部会议。毛泽东给到会的200多名干部作了报告。他说："敌人企图断水捉鱼，全部消灭红军。我们主力红军要顺水而出，冲破敌人封锁线，打到敌人后方去！"说这些话时，他的声音洪亮，表明他已从疟疾的困扰之中渐渐复原了。

在中央纵队来到于都时，毛泽东才在10月18日傍晚走过于都浮桥，迈开了万里长征的第一步。毛泽东加入了中央纵队，和张闻天、王稼祥走在一起。张闻天曾回忆说："在出发以前，最高'三人团'要把我们一律分散到各军团去，后因毛泽东同志提议未分散。"毛泽东的这一提议，后来起了关键性的作用。

10月20日，红军大队全部渡过了于都河。

21日，夜幕降临之后，于都南方的龙布、重石、版石、固陂一带，枪声打破了往日的宁静。

红军在射击，粤军也在射击，只是枪口大半对着天空。

自从在寻乌附近那幢二层洋房里达成秘密协议之后，陈济棠跟红军暗中媾和。正因为这样，红军西征，选择了南线陈济棠部队作为突破口。双方象征性地放了一阵子枪，为的是陈济棠好向蒋介石"交账"。陈济棠部队闪出一条路，实践协议中"借道"的诺言。于是，红军没费多大力气，便突破了第一道封锁线，很快进入了粤北。

惊动了正在北平协和医院休养的蒋介石

"百姓昭明，协和万邦。"北京一所由"洋人"办的名牌医院，却取了道地的中国名字——协和医院。协和医院具有悠久的历史，最初由美、英合办，后来由美国洛克菲勒基金会驻华医社接办。这家医院从1914年起就开始保存病历，日积月累，竟保存了200多万份病历！

这里保存着的蒋介石和宋美龄的病历显示，他们同时在1934年10月下旬住进北京协和医院高等病房。这一史实从未对外披露，是笔者1990年6月14日从北京协和医院病史室的档案中查出的。

2007年夏日及冬日，笔者又两度在美国斯坦福大学查阅保存于那里的蒋介石日记，得到印证。

1934年10月24日的蒋介石日记表明，他在这一天从济南飞抵北平：

本晨由开封飞济南，正午在济南午餐，听取各厅长报告。2时半由济飞北平，5时前到南苑，即入城住外交楼后街李宅。

接着，从10月26日至10月31日，蒋介石夫妇入住北平协和医院检查身体——就在蒋介石以为可以在北平协和医院松一口气的时候，红军在江西突破蒋介石的防线，开始进行长征！

蒋介石日记中这么写及：

1934年10月26日　晴　70度
本日批阅看孔子家语卷四，完10时半到协和医院检查体格。下午会客。晚仍入医院宿也。

1934年10月27日　晴　70度
本日验肝、胃、肠、胆，皆无恙。

1934年10月28日　晴　如昨
本日继续检验体格，与亮畴谈中央与外交及粤港情形。

1934年10月29日　晴　如昨
本日继续检验身体，会次龙等。

1934年10月30日　晴　70度
本日参观颐和园，登排云殿为止。

1934年10月31日
本日批阅后出院。[1]

蒋介石夫妇是在10月初下的庐山，然后前往北平。当时报载，蒋介石在北平视察，并接见了原东北的军政要人莫德惠、王树常、马占山等。

在蒋介石看来，第五次“围剿”节节胜利，各军正稳步向瑞金推进，红军失败已成定局。于是，他得以宽心，也就飞到北平来了。他乃“党国要人”，

[1] 以上各段，均为作者抄录自美国斯坦福大学胡佛研究所保存的《蒋介石日记》手稿。

蒋介石在发表演讲

一到北平便陷入应酬的旋涡。一连几年“剿共”，忙得他焦头烂额，难得歇一口气，于是他“称病”，和宋美龄一起躲进协和医院高级病房，一边全面检查身体，一边偷闲清静一下。

然而，就在这时，南昌行营发来急电，报告江西中央苏区的异常动向，惊动了蒋介石。他和宋美龄登上专机，从北平赶往南昌行营。

南昌行营一片哗然，蒋介石的部下们正在那里对红军的动向你猜我测，众说纷纭。

蒋介石在紧急会议上如此说：

> 不问共军是南下或西行、北进，只要他们离开江西，就除去我的心腹之患。[1]

他又说：

> 红军不论走哪一条路，久困之师经不起长途消耗，只要我们追堵及时，将士用命，政治配合得好，消灭共军的时机已到，大家好好策划。

蒋介石在这里用了一个新名词“追堵”。从此，随着红军主力的转移，国民党军队结束了“围剿”，改为“追堵”，亦即后追前堵。正因为这样，那些国民党将领后来所写的回忆录，差不多一色用《×××追堵红军记》这样的标题。

随着南线传来的一阵阵枪声，蒋介石明白了：红军在朝南突围。

不过，红军究竟要向哪个方向前进，蒋介石仍心中无数。蒋介石任命何键为“追剿”总司令，薛岳为“追剿”前敌总指挥，陈诚为预备队总指挥。

---

[1] 晏道刚：《蒋介石追堵长征红军的部署及其失败》，《红军长征在贵州史料选辑》，贵州社会科学丛书，1983年版。

蒋介石坐镇南昌，电令四路兵马从四面追堵红军：何键部为西路军堵击红军进入湖南；陈济棠部为南路军堵截红军进入广东；李宗仁率桂系主力堵击红军西进广西；顾祝同部为北路军堵截红军进入湖北。

随着红军的转移，蒋介石军队不再“步步为营”，而是长驱直入了。

历史记录了双方在南方交错的进程：

10 月 22 日，红军在南线突破陈济棠部队防守的第一道封锁线。

10 月 26 日，国民党部队在北线占领红区重镇宁都。

11 月 8 日，红军在南线突破何键部队防守的第二道封锁线。

11 月 10 日，国民党部队在北线攻占红都瑞金。

11 月 13 至 15 日，红军在南线突破何键和陈济棠部队共同防守的第三道封锁线。

11 月 17 日，国民党部队在北线攻占于都。

11 月 23 日，国民党部队在北线攻占会昌。

在最初的一个月中，红军在蒋介石摸不清动向的情况下，突然朝南突围，又有陈济棠暗中“借道”，一下子顺利地冲过三道封锁线。蒋介石部队则一下子几乎占领了整个中央苏区。

1934 年 11 月 21 日《中央日报》载：

> 中央社 20 日上海专电、南昌电：蒋委员长以宁都、石城、兴国、瑞金、于都、会昌六县匪化最深，决划为特别区，设政治局，赣省府遵令拟具施政纲要。

蒋介石对“匪化最深”的赣南的“整治”持续了多年，直至 1939 年 3 月 18 日，“蒋太子”蒋经国三十大寿那天，被任命为江西第四区行政专员。蒋经国坐镇赣南，进行深入的“整治”。

另外，1935 年 3 月 14 日《中央日报》报道：

> 毙伪中央军区政治部主任贺昌一名，生擒伪赣南军区政治部主任刘伯坚，及伪团长以下官兵 4600 余名。

刘伯坚在狱中不屈不挠，写下壮烈诗篇《带镣行》，于《中央日报》报道登出的当日，倒在江西大庾（今大余）县刑场的血泊中。

陆定一之妻唐义贞则早于刘伯坚牺牲。

唐义贞因怀孕、临产，不得不留下。当时，她在叶坪村所生的女儿叶萍已4岁，寄养到老乡家中。她自己则随毛泽覃、贺怡夫妇转移到闽西汀州。11月20日，她在汀州圭田乡范其标家中产下一子，取名“小定”，亦即“小陆定一”之意。产子后的第四日，她不得不把儿子留在范家，自己随部队转移。1935年1月28日她在战斗中被俘。“31日清晨，唐义贞趁敌人给她松绑的瞬间，把藏在夹衣里的一份秘密文件强咽入肚，不幸被狡猾的敌人发现。为了从她肚子里取出文件，惨无人道的敌人立即把唐义贞等人反绑双手，押往下赖村的三棵栗树下，进行剖腹……”[1]

刘伯坚

就义时，唐义贞年仅22岁。后来，陆定一曾为她赋诗一首：

结婚仅五年，
分别却四次，
再见已无期，
唯有心相知。

中央苏区落入蒋介石之手，血流成河。据史料载，瑞金被杀的达12万人，宁都被杀绝的有8300多户，闽西遭杀绝的有4万余户。蒋介石在其“剿匪报告”中亦写道：“剿匪之地，百物荡尽，一望荒凉；无不焚之居，无不伐之树，无不杀之鸡犬，无遗留之壮丁，闾阎不见炊烟，田野但闻鬼哭。”

项英、陈毅所率留守部队，在蒋介石大军压境之下损失惨重，最后被围困在于都仁凤山中，所剩只有1800多人在1935年3月上旬冲出重围。贺昌、刘伯坚便是在突围时被俘、被杀的。陈毅依据井冈山的游击经验，和项英一起把部队带往粤赣边境大庾岭中的油山，依据深山老林，坚持游击战争三年，至1937年10月12日，被改编为“国民革命军陆军新编第四军”，亦即新四军。

---

[1] 何新华，凌伟中：《陆定一寻女忆忠魂》，《江西党史研究》1988年第6期。

蒋介石查明了“萧克旧径”

就在主力红军突破陈济棠部队防守的第一道封锁线之后，发自贵州东部与四川、湖南交界印江县木黄的一份密电使博古和李德陷入兴奋之中……

在那千里之外的大山丛中，在木黄之北、贵州沿河县的枫香溪镇附近，忽地冒出一支穿国民党军装的队伍，大约一百三四十人的样子。这引起了镇旁一座小山上的红军的警惕，红军当即进入戒备状态。

小山上的红军，属贺龙部队。贺龙本名贺文常，湖南桑植人，小时候便喜欢学拳、舞棍。1916 年，20 岁的他凭着两把菜刀，带着 20 多个青年袭击了湘鄂边界的芭茅溪盐局，夺得了枪支，人称“两把菜刀闹革命”。贺龙由此成为湖南省北部的桑植县讨袁（世凯）护国军总指挥、湘西护国军营长、靖国军团长、四川陆军混成旅旅长、建国川军师长。1926 年，30 岁的他参加北伐，成为国民革命军第二十军军长。1927 年，他参加南昌起义，任起义军总指挥，但此时他仍不是中共党员。1927 年 9 月，他随起义军南下并加入中共。此后，他奉命到湘鄂西地区组织武装斗争，遂与朱德、陈毅分手。1928 年 7 月，他担任中国工农红军第四军军长，逐步形成以他的故乡桑植县为中心的湘鄂边根据地。1930 年秋，他率部去湖北南部洪湖地区，与那里的周逸群、段德昌所率第六军合并为红二军团，任总指挥。那部“洪湖水，浪打浪”“贺龙领导闹革命”的歌剧影片《洪湖赤卫队》，描绘的便是贺龙这一时期的功绩。

此后，1932 年秋，贺龙率红二军团退出洪湖地区，前往湘鄂边界暂避强敌。1934 年 6 月，贺龙率部且战且退，转移到地广人稀、群山逶迤的贵州东部，建立黔东根据地。

博古、李德得知贺龙在黔东立足，在广昌战败、瑞金难保之际，便派出任弼时、萧克、王震率红六军团由江西前往黔东，以探明一条退却之路。由于已有“嗒、嗒、嗒”无线电台，红六军团一边前进，一边向瑞金发报，报告前进的路线。

贺龙

红六军团最初听说贺龙部队在湘西凤凰县一带，便朝那里“摸”去。历经周折，10 月 15 日，红六军团先遣队在黔东沿河县听老百姓说，枫香溪附近有红军，就急急赶去。可是，红六军团穿的是从国民党部队那儿缴获的军装，贺龙部队误以为国民党部队前来“进剿”，不由得紧张起来，纷纷拉响了枪栓。

眼看一场误会即将发生，幸亏先遣队领队、红六军团参谋长李达机智，当即下令先遣队停止前进。

李达是一位著名人物，中共一大代表、马列主义理论家。这位“书生”怎么忽然成了参谋长？何况他已于 1923 年秋宣布脱离中共，此时正在上海埋头于著述。

原来，有两位同名同姓的李达，此李达非彼李达。这位李达原名李德三，陕西眉县人，1925 年入平凉第二军官学校，1931 年参加宁都起义，加入红军，翌年，加入中共。此李达是地道的军人，后来担任过中国人民志愿军参谋长、国防部副部长、中国人民解放军副总参谋长，1955 年被授予上将军衔。

此李达和彼李达有过一次奇特的幸遇：那是 1958 年中共中央创办《红旗》杂志时，彼李达成为编委。头一回开编委会时，由于经办者的误会，把两个李达都请来了。邓小平只好朝这位李达上将笑道：“你来了，也好，就坐下来听听吧！”

此李达当时在枫香溪命令先遣队停止前进后，迅即写了一个简笺致贺龙，大意是：“我们是红六军团，奉中央军委命令，前来找红二军团会合。我是李达，率先遣支队走在前头，希望和贺老总会面。”写罢，李达派一战士送去。

才一会儿，从山上下来一伙穿灰布衣服的人。走在最前头的，留着八字小胡子，此人便是贺龙。他的后面，则是政委关向应。

先头部队赶紧向红六军团司令部报告喜讯。10 月 24 日，红六军团主力终于与贺龙部队会师。

会师时，任弼时、萧克由于过度劳累，不得不躺在担架上跟贺龙握手！

无线电波从黔东印江县的木黄传来，博古、李德得知红二、六军团会师，便认定红六军团走过之路应成为红军主力西征之路。西征的终点在湘西黔东，红军主力“大搬家”，搬到贺龙那里。

半个多月后，蒋介石也弄清了博古、李德的意图：11 月 10 日，蒋介石攻占红都瑞金，从云石山中共中央机关残存的文件中，查明红军此次突围，不是南进，而是西征！

蒋介石以手加额：“哦，原来如此！”在此之前，蒋介石为摸清红军的战略意图，费尽苦心。

最初是这样分析“共军动向”的：

一、由赣南信丰入广东——蒋介石认为，共军利在乘虚，但如果进入粤境，逼得粤军不得不拼命抵抗，形成前后夹击，会使共军难于立足。

二、从赣南经粤湘边境入湘南，重建苏区——蒋介石认为，那里是政治上薄弱区，应加以重视。

三、进入湖南后出鄂皖苏区再北进——蒋介石认为，这是当年太平天国北进的路线，政治上威胁较大。

四、经湘西入黔、川再北进，其中还可能渡金沙江入川西——蒋介石认为：“这是石达开走的死路！”

摸不清红军动向，蒋介石难以布置“追堵”，眼下知道红军是“西征”，目的是与贺龙部队会合，蒋介石心中有底了！

1934 年 11 月 17 日，蒋介石发出了重要的命令——“剿匪计划大纲”。

蒋介石的电文中指出：“查赣匪倾巢西窜，我大军正分头追堵。期于湘水以东地区，将匪扑灭。”

蒋介石的电文透露，他已完全清楚红军的战略意图指示他的部下们“应以不使该匪能长驱入黔，会合川匪，及蔓延湘西，与贺、萧合股之目的”！

何谓“贺、萧”？贺龙、萧克也！

这就是说，蒋介石对红军主力的西征意图，已了如指掌，达到“知彼”的程度了。他一查看地图，心中更加明白：红军主力前进的路线，不过是“取萧克旧径”！

萧克

确确实实，红军主力西征，正是沿着萧克部队走过的“旧径”前进！

连走什么路线、朝哪里走都已明白无误，“急急如律令”，蒋介石坐镇南昌行营，预备军总司令陈诚侍立在侧，发出一道又一道命令，在湘江两岸撒下了罗网……往日，总是毛泽东利用两山夹一谷的地形布下口袋，等着国民党军队去钻；这一回，颠倒过来了，蒋介石借助于湘江天险，布下口袋，等着博古、李德带领主力红军去钻。

鲜血染红了碧绿的湘江

广西的东北部，高山林立的所在，人称“桂东北山地”。“甲天下”的桂林山水，就坐落在那里。大山丛中，奔腾着一江碧水，朝东北方向进入湖南，然后向北，贯穿湖南全境，注入湘东北的洞庭湖。这条大江便是湘江。零陵、衡阳、株洲、湘潭、长沙，像一长串的明珠，串连在绿色的绸带湘江上。主力红军欲与红二、六军团会师，非越过湘江天险不可。

西征的红军，像一支负重的象队，在山林中缓缓向前。全军的总人数多达 8.6 万多人，其中一、三、五、八、九这五个军团为 7 万多人，其余为军委纵队和中央纵队。军委纵队约有 4700 人，为军委总司令部各局和总政各机关，以叶剑英为司令员。中央纵队又称“罗迈纵队”，约有 9800 多人，司令员是李维汉（罗迈），包括党政机关和军委总供给部、总卫生部。在行军时，光是“罗迈纵队”，便长达十多里！

按照李德的“设计”，部队作“甬道式”前进：左翼为一军团，其后为九军团；右翼为三军团，其后为八军团；中间为军委纵队、中央纵队；后卫为五军团。倘若将军委纵队、中央纵队比作坐轿者，那五个军团便是前后左右呼拥着的轿夫。

如此前呼后拥的队伍，加上 5000 名挑夫挑着沉重的担子，而为了躲避敌军，只能走赣粤、湘桂交界那些荒僻的山道，往往一个钟头都走不出半里路，一夜只能翻一个山坳。如此驮着全部“家当”的“象队”，行军的步履比老头、老太婆散步还慢！

前三道封锁线，没有遇上激烈的抵抗，慢吞吞地行军，还不觉得什么。可是，当蒋介石明白了红军西征的意图和路线，就抢在那沉重、迟缓的步履前，倚仗湘江天险，筑起了第四道封锁线。

蒋介石显示了他的精明，他发出电报：“派何键为追剿总司令。所有北路入湘第六路总指挥薛岳所部及周浑元所部，统归指挥。”论资历，何键够不上“追剿总司令”这头衔，但蒋介石不任用陈诚而任用何键，是因为主力红军西征，正是从何键的地盘湖南经过。给一顶“追剿总司令”空头官衔，会大大调动何键的积极性，为“追剿”红军卖全力，何乐而不为？

除了发电报之外，蒋介石还派出飞机，给何键空投了一封亲笔信：

芸樵兄勋鉴：

今委兄以大任，勿负党国之重托。党国命运在此一役，望全力督剿。并录古诗一首相勉：

昨夜秋风入汉关，
朔云边月满西山；
更催飞将追骄虏，
莫遣沙场匹马还。

蒋委员长如此看重，使何键受宠若惊。

果真，这一着棋很灵。何键在 1934 年 11 月 12 日“奉委员长蒋电”，11 月 14 日就跑到衡阳“军次敬谨就职”，发表“就职通电”，声称“共匪弃巢南犯，折而西窜，键负西路重责”。

何键这一“就职通电”发出后，原先跟他“脚碰脚”的粤军陈济棠、桂军白崇禧、黔军王家烈，不得不致电“恭贺”。白崇禧的贺电称何键“帅五省之师，系万民之政，声威所布，匪胆已寒”。这当然使何键兴高采烈。

粤军、桂军、黔军三军都是地方军阀，各有各的一套“拳经”。他们对红军实行“送客式的追击，敲梆式的防堵”。真正为蒋介石卖力的，是何键和蒋介石嫡系薛岳部队。

蒋介石在南昌行营里，函电交驰，调集各路兵马。他总共调了大约 100 个团、40 万人，迎战红军主力。蒋介石把这些部队部署在湘江东岸、广西东北部的全州、灌阳、兴安三县，构成一个三角“口袋”，等候那缓缓而来的“象队”。

1934 年 11 月 25 日，这支“象队”在湖南道县一带渡过了潇水，便朝广西东北部进发，面对着全州、灌阳、兴安那个三角“口袋”。

当时在南昌行营担任侍从室主任的晏道刚，在其回忆录中如此描述蒋介石：

当此战役最紧张的时刻，蒋介石在南昌心神焦急，随时查询部队到达位置，计算红军实力。

陈诚自调预备军总指挥后，基本上是待在蒋介石身边，帮助策划。

在战役过程中，战报雪片飞来，我阅后凡属重要的即交给蒋的机要秘书汪日章摘要转给蒋看。

蒋认为红军已经是“流徙千里，四面受制，下山猛虎，不难就擒”，乃

白崇禧

李宗仁

以在湘江以东“围歼”红军为指导方针，令何键、薛岳在衡阳开军事会议。[1]

蒋介石布置了五路大军，在湘江追堵红军。蒋介石命令各军：“力求全歼，毋容匪寇再度生根。”

随着红军逼近湘江，一时间，坐落在湘江之侧的全州成了战略要地。全州地处广西、湖南交界之处，是一座四周有城墙的古城，扼守着湘江。全州是在广西地盘之内，原由桂军驻守。

桂军，亦即“第四集团军”，总司令为李宗仁，副总司令为白崇禧。李、白与蒋介石矛盾颇深，跟何键也矛盾重重。白崇禧素有“小诸葛”之称。在红军临近时，李、白下令桂军从全州撤退，调往恭城、平乐一带，以保自己的要地桂林。桂军的撤防，本来给红军带来绝好的机会，无奈李德指挥失误，在过了潇水之后，忽地命令红军改变队形向湘江前进。所谓改变队形，即把左翼换成右翼，右翼换成左翼。这一换，延误了行军时间，加上前进的速度本来就慢，当红军前锋侦察部队到达全州城下时，发觉城门紧闭，湘军已抢先一步入城！

抢占全州的，是由湘军参谋长刘建绪所率的主力部队。这是何键得知桂军撤防，派刘建绪部队急行军，抢占了全州城。何键致电蒋介石，大骂桂军，“全州以上，无兵守河”！

[1] 晏道刚：《蒋介石追堵长征红军的部署及其失败》，《红军长征在贵州史料选辑》，贵州社会科学丛书，1983 年版。

红军晚了一步，陷入被动。原本因蒋桂矛盾而曾松动的“铁三角”，被湘军补上了。

桂军呢，在 11 月 28 日接到蒋介石电报，骂他们“纵匪西窜”，严令“速以大军压迫”，不得不调五个主力师回防，跟红军作战。

红军在全州觉山跟湘军刘建绪部队打了两天，无法取胜，只得选择全州以南的界首镇渡湘江。

界首，一个只有 400 多户人家的小镇，东临湘江，西靠大山，一时间成为红军临时司令部所在地，博古、李德坐镇指挥，周恩来则在对岸组织渡江。朱德虽是红军总司令，但他被排斥在“三人团”之外，只能遵照“三人团”的指令行事。

还好，湘江这时水正浅，有些地方可以涉水而过，虽说水冷刺骨。只是那些辎重令红军颇伤脑筋，不能不借助于木船。

11 月 27 日夜，一军团、三军团已经大部分过了湘江，而大部队则集聚在湘江东岸待渡。就在这一条湘江把红军切成两半的时候，蒋介石下令发动总攻击——兵书上所谓的“半渡而击”，是最厉害的一招。

“铁三角”猛烈地收紧：由北向南推进的是欲立“大功”的何键的湘军，由南向北推进的是奉命回师的桂军，由东向西冲过来的是尾追红军的中央军。

11 月 28 日，空前惨烈的湘江之战开始了！

蒋介石给部将们下达的命令中，引用战国兵家尉缭的话：“众已聚不虚散，兵已出不待归；求敌若求亡子，击敌若击溺人。”蒋介石要求部下，依托有利地形，发挥优势兵力，上下同心，追得上、堵得住，打一个歼灭战！由 40 万大军组成的“铁三角”，要把“流徙”的红军全歼于此！

湛蓝的天空，丝丝纤云，忽地冒出黑压压的机群，轮番轰炸着静静流淌的湘江。红军没有高射炮，连高射机枪都没有，那些飞机在大模大样地俯冲，有时甚至贴着树梢飞行，机翼上的青天白日标志清晰可见。

大炮也在轰鸣着，炮弹落在渡口，落在湘江，在人堆中开花。每一声爆炸，都溅起一摊鲜血！

碧玉般的湘江水，被红军的鲜血染红了！一方在抢渡、在强渡，一方在狂轰、在滥炸。

雪花般的传单从天而降，传单上印着“蒋委员长劝降令”，声称“不投降就要葬身湘江”！

“铁三角”在不断收紧，枪声在没完没了地响着。

湘江上用木船搭成的浮桥一到天亮便给炸得稀烂，到了傍晚再度重建，翌晨又被炸成碎片！

江面上，漂着一具具戴八角帽、穿列宁式制服的红军战士尸体，漂着红军马匹的尸体，漂着斗笠，漂着散乱的文件、书页，漂着“蒋委员长劝降令”……

11 月 30 日、12 月 1 日，战斗达到了白热化程度。湘江西岸战斗也极为激烈，林彪、聂荣臻所率一军团抗击着从全州扑来的刘建绪湘军。如聂荣臻所忆：“在 20 多里地的战场上，炮声隆隆，杀声震天。在茂密的松林间，展开了生死存亡的拼杀战。”

湘江之战，成为红军有史以来最惨重的败仗！

据统计：

主力红军过第一道封锁线时损失 3700 余人；
过第二道封锁线时损失 9700 余人；
过第三道封锁线时损失 8600 余人；
过第四道封锁线（即湘江）时损失 3.05 万余人。[1]

这时的主力红军，从出发时的 8.6 万多人，锐减到不足 4 万，伤亡折损过半！

在诸军之中，打得最艰苦、最惨烈的，莫过于红军第三十四师。这个师隶属于红五军团。红五军团是全军的后卫，这个师又是红五军团的后卫，乃“后卫的后卫”，一路抵挡着国民党的追兵。

当大部队渡湘江时，红军第三十四师在后面跟十几倍于己的国民党军队作战。12 月 1 日中午，当红军主力已渡过湘江时，红军第三十四师且战且退来到界首，但那里已被国民党部队占领。

师长陈树湘只得率全师 1000 多人在当天下午到另一渡口凤凰嘴，可那里也已落敌手。翌日，红军第三十四师企图在凤凰嘴强渡湘江——那里水浅，可以涉水过江。部队在这里再次遭到敌军重创，师政委程翠林、政治部主任蔡中阵亡。

陈树湘师长率余部 700 多人退回江东，沿途不断遭到国民党部队袭击，每日都有一些战士倒下。12 月 10 日，陈树湘在战斗中因腹部中弹而被俘，他把

[1] 尤大云：《突破敌人四道封锁线中央红军人员损失概况》，《红军长征大事文集》，陕西省党史学会 1988 年自印。

自己的手伸进腹部的伤口中，忍痛绞断肠子，死于押往敌军指挥部途中！

到后来，红军第三十四师全师只剩94人，在一名姓杨的团长带领下，躲入深山打游击，大部分死于深山之中。

陈树湘是湘南长沙小吴门人，死后首级被高悬在家乡的石柱上！《大公报》登出《陈树香（湘）之首级解省悬挂示众》的报道……

毛泽东说："要讨论失败的原因！"

大败仗在红军中激起大震荡、大不满，博古、李德受到全军上上下下的指责。从广昌失败引起的怒火，此时在红军中炽烈地燃烧着，一江鲜血，使博古、李德在红军中的根基完全动摇了。

面对惨败，面对数万同志的死伤，博古的良心受到震撼。他再也没有开始西征时披着俄式斜纹呢大衣、腰别勃朗宁手枪、骑在枣红马上那般潇洒劲儿了。聂荣臻目击了这么一幕：

> 博古同志感到责任重大，可是又一筹莫展、痛心疾首，在行军路上，他拿着一支手枪朝自己瞎比画。我说，冷静一点，别开玩笑，防止走火，这不是瞎闹着玩的！越在困难的时候，作为领导人越要冷静，要敢于负责……
>
> 这次过湘江，进一步暴露了教条宗派集团在政治上和军事指挥上的逃跑主义错误，促进人们从根本上考虑党的路线问题、领导问题。[1]

周子昆

如果说博古还是有良心的话，李德则是"崽卖爷田心不疼"！红军战士们投来的愤怒的目光使他心烦意乱，他竟迁怒于人，发泄心中的怒火，把周子昆大骂一通。

那是在行军途中，李德见到周子昆正

[1]《聂荣臻回忆录》上册，战士出版社1983年版，第232页。

在和妻子曾玉说什么，他便指着周子昆骂道："你带的是什么兵？整个部队都被你带垮了，老婆倒带着！"

周子昆被骂得莫名其妙。

李德骂了一通，周子昆才明白，因为李德说了一句："红军第三十四师全师覆没，你这个师长倒逍遥自在！"

原来，李德弄错了！周子昆在1933年3月至1934年2月担任红军第三十四师首任师长。李德刚进入中央苏区时，周子昆正担任红军第三十四师师长，所以他有这个印象。可是，在1934年2月，彭绍辉接替他任红军第三十四师师长。一个多月后，又由陈树湘接任师长。

至于他的妻子曾玉，原是留在苏区的，是她自己拼着命跟着部队走，千辛万苦才追上来，找到了丈夫。

李德骂周子昆是"萧劲光第二"，要警卫班把他绑起来，送交军事法庭审判。

据伍修权回忆：

> 可是警卫班的同志就是不肯动手，李德大为恼火。当时博古和毛泽东同志正好在场，博古对此默不作声，还是毛泽东同志出来解了围，说把周子昆交给他去处理，这才使李德下了台阶。[1]

后来，毛泽东挥挥手，让周子昆走了。

周子昆后来在延安任中央军委第一局局长，1938年1月任新四军副参谋长，1941年牺牲于皖南事变。

这时的毛泽东，已经日趋活跃，开始出头露面了。

西征开始的时候，尚未从恶性疟疾中完全康复的毛泽东，是躺在中央纵队的担架上过来的。

他这个"加里宁"，本来就是个空头政府首脑，离开了中央苏区，连政府也徒有虚名。行军之事，"三人团"主宰着，容不得他过问。不过，这么一来，他倒有时间跟躺在担架上的王稼祥以及在同一队伍中的张闻天经常交换意见。

毛泽东一直关注着中央红军的命运。在发生福建事变时，他曾向中共临时中央建议，红军主力突进到以浙江为中心的苏、浙、皖、赣地区去，遭到拒绝。1934年10月中旬，即将西征之际，毛泽东给中央军委去信，建议红军主力出

---

[1] 伍修权：《我的历程》，解放军出版社1984年版。

击湖南中部，“调动江西敌人至湖南而消灭之”。他的建议，又遭拒绝。

在冲破国民党部队的第二道封锁线时，毛泽东曾对李德的指挥错误提出批评。毛泽东指出，由于李德指挥失误，使部队失掉了差不多一星期的时间。李德也不得不承认，“这段时间里，兵力强大的粤军和国民党中央军，开始在后面紧紧追赶，使得第五、第九军团好几天都陷入损失巨大的后卫战斗中”。但李德辩解说，这个错误是由于“没有地图可循”“情报侦察的不准确”造成的。

李德注意到毛泽东的一举一动。李德十分恼怒毛泽东“不顾行军的纪律”，因为毛泽东“一会儿待在这个军团，一会儿待在那个军团，目的无非是劝诱军团和师的指挥员和政委接受他的思想”[1]。

湘江大败之后，毛泽东马上尖锐地提出：“要讨论失败的原因！”

毛泽东再也不能容忍李德的瞎指挥，再也无法容忍他“崽卖爷田”了！

过了湘江之后，红军的指挥权虽然仍在“三人团”手中，但“实际上已由周恩来担当起来”[2]。

周恩来赞同毛泽东的意见，只是湘江惨败之后，损兵折将，虽然过了湘江，蒋介石军队尾追甚急，无暇顾得上开会。周恩来答应稍微安定时召集会议，加以讨论。

甩掉尾追之兵的唯一办法，是钻进大山之中。所幸广西东北部有的是高山，何况那些沉重的印刷机、造币机之类，早已被扔在湘江东岸，红军的步履反而变得轻捷起来，就连那位唯一获准坐着轿子参加长征的“大知识分子”傅连暲，也不得不把轿子扔在湘江彼岸，怯生生地爬上了马背。

进了山，路变得又窄又陡。傅连暲回忆道：

> 一天下午，部队走在一条狭窄的山路上，这条路只有二尺宽，一边靠山，一边临河；山是一座高山，河又是一条大河，河面很宽，水流也很急，老远就听到河水哗哗地流……我骑着马走在这条路上，眼睛往河里一看，就好像站在高楼顶上往下看了一眼一样，不禁有些头昏眼花，连人带马跌下河去……[3]

幸亏，傅连暲掉进的河段水比较浅，他很快被战士们救起，但那匹马连同

[1] 李德：《中国纪事》，现代史料编刊社 1980 年版，第 119 页。

[2] 金冲及主编：《周恩来传》上卷，人民出版社 1989 年版，第 281 页。

[3] 傅连暲：《长征中的雪里送炭》，《解放军报》1975 年 11 月 5 日。

马背上的被子，全被激流冲得无踪无影了。

从此，这位“大知识分子”学会了步行行军。毛泽东把自己的被子让给了傅连暲，因为这位“红色华佗”曾是他的救命恩人。毛泽东裹着一床薄薄的毛毯，度过了那些艰难岁月。

红军进入了高高的“老山界”（地图上叫“越城岭”），这才算把尾随着的国民党军队甩掉了。

陆定一的散文《老山界》，曾经被收入中国初中语文课本第一册。在他的笔下，夜里爬山，“向上看，火把在头顶上一点点排到天空；向下看，简直是绝壁，火把照着人的脸，就在脚底下”。最陡处，“几乎是九十度垂直的石梯，只有一尺多宽，旁边就是悬崖”。

如此悬崖峭壁，担架无法通行，不论是患肺病的邓颖超、挺着大肚子的贺子珍，还是上了年纪的徐特立、董必武、谢觉哉，都是一步一步爬上去的……唯有身健力壮的康克清，在回忆长征时，说就像散步一样走了过来！

毛泽东在“飞行会议”中重新崛起

红军在桂东北高山密林中钻行，每个人的帽子上、背包上都插着树枝，以躲避不时在山上盘旋的国民党飞机。

就在这些日子里，蒋介石在南昌行营忙得不可开交。他刚刚赢了湘江这一局，赶紧“洗牌”，布好新的阵线。他在12月2日就已接到何键的电报，称红军“仍取萧克旧径，向西急窜”。

蒋介石调兵遣将，在布置新的口袋。因为红军“仍取萧克旧径”，以与贺、萧会师为目的，他便令何键在湘西红军必经之路上，赶修了四道堡垒防线。不过几天工夫，湘西一下子冒出了200座崭新的碉堡！

蒋介石重新组织兵力，把原先分散的五路兵马编为两个兵团。他任命刘建绪为第一兵团总指挥，薛岳为第二兵团总指挥，集结了15个师、20万兵力，以碉堡群为依托，摆好阵势，横刀立马，等待着从大山中钻出来的红军！

第二个“湘江之役”在等待着红军，如果红军这一回进入蒋介石的新“口袋”，命运便是全军覆没！

蒋介石在南昌，谛听着从桂东北侦察机上发来的信息。

毛泽东毕竟是毛泽东，虽说他正在大山中钻行，没有半架侦察机，却猜透了坐镇南昌行营的蒋委员长的心思。毛泽东历来是布好“口袋”让蒋介石部队去钻的，他当然也就很容易判断蒋介石会在“萧克旧径”上布下“口袋”——他毕竟是“口袋专家”了！毛泽东主张红军必须放弃与贺、萧会合的计划！

毛泽东在担架队里，把自己的见解讲给张闻天和王稼祥两位吃过洋面包的人听，马上得到他俩的支持。

历史真是富有趣味，在必然中存在着偶然，在偶然中存在着必然：

张闻天在广昌之役后与博古产生矛盾，倒向毛泽东成了必然，却又那么偶然地在瑞金云石山与毛泽东同住一座古寺，而且那古寺中只住毛和张，促成了他俩的迅速接近！

王稼祥在宁都会议上便已为毛泽东辩护，倒向毛泽东也成了必然，偏偏又负伤躺上担架，毛泽东也因病躺上担架，担架队里朝夕相处促成了他俩的迅速接近！

王稼祥受伤是在第四次反“围剿”的时候，当时他正在江西省乐安县四面环山的谷冈村的庙里召开战前政治工作会议，周恩来、彭德怀、谭政、萧华等出席会议。正在开会，空中响起飞机轰鸣声，起初大家没在意，会议仍在进行。到了上午 9 时多，敌机又来了。这一回，响起炸弹爆炸声。王稼祥一看势头不对，对与会者说：“快跟我到外面隐蔽！”王稼祥第一个走出大门，仰起头来察看空中的飞机。就在这时，又一颗炸弹落下来。虽然身后的周恩来大叫：“稼祥，卧倒！”但已经来不及，王稼祥在炸弹爆炸声中倒下，炸弹片飞插进他的右腹部，伤势十分严重。他被抬到瑞金医院，一位名字也叫彭真的大夫给他做了检查。限于当时条件，无法动大手术，只能采取保守疗法。

不久，王稼祥腹部化脓，成了慢性病。正因为这样，长征开始时，他只能坐担架……

不过，那时的担架，只是两根长长的竹竿，中间绑着一个用草绳编织成的网而已。下雨时，则盖上一层油纸。

在晃晃悠悠的担架上，王稼祥有充足的时间跟毛泽东交谈。他开始真正地了解毛泽东，日渐成为毛泽东的支持者。

每当入夜，燃起篝火，火光映红毛泽东、张闻天、王稼祥的脸，他们越谈越兴奋。特别是毛泽东，夜间的精神特别好，白天则常在担架上睡觉。

李德不时关注着毛泽东，很快就发现担架队里那三颗常常挨在一起的脑袋，称他们是“三人核心”。

红军终于从大山中钻出。

12 月 12 日，蒋介石接到第四集团军行营的电报：“据报，昨晨长安营之匪，转向通道……”

通道，湖南西南端的一个县，地处桂、湘、黔三省交界之处。那里确实是一条“通道”：向北可进军湖南，向西则可进入贵州，往南退则缩回广西群山之中。

蒋介石接到的情报是准确的。红一军团第二师第五团确实是在 12 月 11 日攻占了通道县城。

翌日，在匆匆的征途中，一次“飞行会议”在通道县举行。

“飞行会议”亦即“飞行集会”。那时，在国民党统治区的街头，左派青年学生们常常组织“飞行集会”：一群人突然冒了出来，在街头发表慷慨激昂的演讲，当国民党警察闻讯赶来时，集会早已结束。那“飞行”是指集会的迅速、短暂。

在通道举行的会议，由于迅速、短暂，被李德称为“飞行会议”——红军在通道城只逗留了一天，便匆忙离开了。

这次“飞行会议”是中央军事委员会的扩大会议，史称“通道会议”。据邓颖超回忆，会议在城外一个村庄里的一户农民的厢房举行，当时这家农民正在举行婚礼。参会人员为“三人团”，加上朱德，还有那“三人核心”，此外还有谁参加，不得而知。会议没有留下片纸只字。

不过，李德的回忆录《中国纪事》中倒是详细写及这次会议。不管怎么说，他是当事人之一，他的回忆还是有一定参考价值的：

> 我们举行了一次“飞行会议”，会上讨论了以后的作战方案。在谈到原来的计划时，我提请大家考虑：是否可以让那些在平行路线上追击我们的或向西面战略要地急赶的周部[1]和其他敌军超过我们，我们自己在他们背后转向北方，与二军团建立联系。我们依靠二军团的根据地，再加上贺龙和萧克的部队，就可以在广阔的区域向敌人进攻，并在湘黔川三省交界的三角地带创建一大片苏区。

李德把自己的意见说得很清楚，那就是坚持早在瑞金时定下的路线，与贺龙、萧克部队会师，依靠“二军团的根据地”，亦即贺龙根据地，新创湘黔川苏区。

李德的意图正是蒋介石所洞悉的。蒋介石正布好“口袋”，等待李德率红军钻进去，再来一次“湘江之役”。如果照李德的意见去办，等待红军的将是

[1] 指薛岳所辖周浑元第八纵队。

红军图片

覆灭的命运。

毛泽东打破了自宁都会议以来的沉默，两年多以来头一回参与军事决策，他坚决反对李德的意见。毛泽东要求改变红军前进的路线，放弃与贺、萧部队会师的原计划，改为进军贵州。毛泽东还是用他的“择弱军打”的战略，因为贵州军阀王家烈的部队号称“双枪兵”（其中的一“枪”是烟枪，即鸦片枪），是不经打的豆腐兵。

在李德的《中国纪事》中，这样写及：

> 毛泽东又粗暴地拒绝了这个建议[1]，坚持继续向西进军，进入贵州内地。这次他不仅得到洛甫和王稼祥的支持，而且还得到了当时就准备转向“中央三人小组”一边的周恩来的支持。因此毛的建议被通过了。他乘此机会以谈话的方式第一次表达了他的想法，即应该放弃在长江以南同二军团一起建立苏区的意图……

毛泽东“第一次表达了他的想法”，马上得到了多数人的支持——其中特别是“三人团”之一的周恩来的支持。毛泽东第一次战胜了李德——他的建议“被通过了”，而李德的建议遭到否定。毛泽东和李德看来要互相换位，毛泽东的威信在剧升，李德的威信在剧降，转折点便是湘江之战。

以中共的“上级”自居的李德，在自己的建议遭到否定之后满肚子的气恼。他对毛泽东表达自己想法的谈话露出不屑的神态：“我很费劲地听了这个谈话，好像过早地走开了。”

会后，李德向周恩来和博古打听他离席后的会议情况。李德十分惊讶，周恩来明确赞同毛泽东的意见；博古则说先入贵州再北上，求得和二、六军团会师。李德的《中国纪事》中是这么写的：

---

[1] 指上文中李德的建议。

> 我请周恩来给我讲一讲详细情况，他显得有些激动，虽然他往常总是很镇定自若的。他说，中央红军需要休整，很可能在贵州进行，因为那里敌人的兵力比较薄弱。博古认为，从贵州出发可以一直向北，在那里才真正有可能遇到很小的抵抗。

李德已经显得很孤立，“三人团”已经产生明显的分歧。

关于毛泽东在通道会议上的发言，除了李德在回忆录中提及几笔之外，另一个间接的佐证，则是罗明的回忆。

罗明曾因所谓“罗明路线”，一时成了中央苏区的“名人”。罗明在受到“彻底批判”之后参加长征，在叶剑英为司令员的军委纵队的政治部当一名宣传员兼联络员。所谓“联络员”，也就是联络、收容掉队的战士。从一位省委书记降至“联络员”，正是“大批判”的后果。

罗明到达通道县时，曾去看望毛泽东，并顺便想从傅连暲那里拿点急用的药品。罗明记得，毛泽东住的地方像学校，也像教堂，不像住家房舍。他来到那里，正巧，傅连暲刚给毛泽东打完针。毛泽东见到老朋友罗明，很高兴，要跟他聊聊。不过，这时张闻天正在毛泽东那里谈工作，毛泽东要罗明稍等。于是，罗明和傅连暲坐到大厅外的石板上，毛泽东跟张闻天在大厅里谈话，罗明听得见。

后来，据罗明回忆，毛泽东当时对张闻天说：

> 我们突破敌人的第四道封锁线，受到了严重的损失，无论如何不能照原计划去湘西与二、六军团会合了，因为敌人已调集了三四十万兵力，部署在我们前进的道路上企图消灭我们。我主张现在应坚决向敌人兵力比较薄弱的贵州前进，才能挽救危机，争取主动，开辟北上抗日的道路……[1]

罗明后来在1935年2月娄山关战斗中负重伤，不得不与妻子留在贵州，后转往广东梅县，由那里去了新加坡和马来西亚当教员。解放后，罗明曾担任华南大学校长、广东省政协副主席。

在历史的长河中，通道“飞行会议”一闪而逝。然而，这次“飞行会议”是毛泽东重新崛起的标志，如今成了历史学家们细细追寻的所在，只是雪泥鸿爪、往事如烟，考证工作颇为艰难……

---

[1] 罗明：《关于通道转兵一些情况的回忆》，《中共党史资料》第9辑。

黎平政治局会议支持毛泽东

"天无三日晴，地无三尺平，人无三分银。"这三句流传甚广的话，是当年贵州的形象写照。

贵州，全省处于云贵高原的东部，海拔700~1500米，重峦叠嶂，峭壁嶙峋。自从通道"飞行会议"通过了毛泽东的建议，红军便从通道县西行，才一天工夫，就进入了贵州地界。

"红军先生，给个钱儿，我们是干人儿！"路边，出现了衣衫褴褛的山民，向红军讨乞。"干人儿"，也就是穷人之意。

于是，红军也就贴出了"贵州化"的标语："红军是帮助干人的军队，当红军去！""红军保护干人分田地！""绅粮压迫干人，辛苦没有饭吃，打倒剥削干人的绅粮！""绅粮"，亦即地主、富人之意。

一首新民谣开始流行："红军到，干人笑，绅粮叫。白军到，干人叫，绅粮笑。要使干人天天笑，白军不到红军到。要使绅粮天天叫，白军弟兄拖枪炮。拖了枪炮回头跑，打倒军阀妙、妙、妙！"

刚进贵州，毛泽东便失去了身上的一件毛线衣。那是一位60多岁的老妇人带着小孙子外出讨饭，饿倒在路边，浑身冷得发抖。毛泽东二话没说，脱下身上的毛线衣送给老妇人，还叫警卫员解下两袋干粮相赠。老妇人向他跪谢，他用刚学会的贵州话答谢："红军是干人的队伍！"

轻轻松松，红军一进贵州，就在12月14日攻占了一座颇为繁华的县城——黔东的黎平。

当时黎平县县长王仲甫在"呈报"中写道："朱毛大股倾巢窜至，12月14日匪由锦屏属之平茶进窜，分道环攻，驻军失利，县城遂陷。"[1]

县城里，高耸的德国路德式教堂成了中革军委总部的所在地，教堂右边，一排白墙青瓦、前低后高、外砖内木的平房，成为周恩来的住所。这里本是商人胡序维的店铺（后来成了黎平县酱菜厂的厂址）。这座房屋如今被载入史册——因为12月18日，中共中央政治局会议在这里召开，史称"黎平会议"。

通道的"飞行会议"毕竟太匆忙。这一回红军进黎平县城，休整了三天，成为西征以来难得的喘息机会。

走进那座房屋，出席中共中央政治局会议的人物，有政治局委员博古、周

---

[1]《红军转战贵州——旧政权档案史料选编》，贵州人民出版社1984年版。

黎平会议旧址

恩来、毛泽东、张闻天、朱德、陈云，政治局候补委员王稼祥，还有总政治部代主任李富春。

“三人团”之一的李德缺席。据他在回忆录《中国纪事》中自称：“我因为发高烧没有出席。”

事情颇有戏剧性：当毛泽东失意时，那肺病、那恶性疟疾便来纠缠着他。眼下，颠倒过来了，毛泽东的病日渐转好，以至可以送掉被子、送掉毛线衣，而李德这个向来健壮的日耳曼人却“染上了严重的热带疟疾”，以至发起高烧来。

周恩来虽说在通道已经表示过对李德的异议，但向来富有组织纪律性的他，在这次会议之前，还是郑重其事征询李德的意见。李德依然重复着他在通道已经说过的那些话。

但是据周恩来回忆，李德并没有缺席，而是出席了会议，并与毛泽东发生了激烈的争吵。

毛泽东的意见，归纳起来共三条：

一、放弃北进与贺龙、萧克部队会合及在湘西建立根据地的原计划。

二、西进贵州，攻取贵州第二大城遵义，以遵义为中心建立新的根据地。

三、在适当的时候召开政治局扩大会议，全面总结第五次反“围剿”以来的教训（亦即他一开始就提出来的“要讨论失败的原因”）。

这时的毛泽东，在政治局中已举足轻重。他的意见，当即得到政治局多数的支持，唯有博古表示反对。博古仍坚持他和李德拟订的原计划。

在会上，毛泽东取得了一个很大的胜利，那就是在周恩来的支持下，政治局同意通过一项书面的决议，表达中共中央战略意图的重大改变。这样，毛泽东的意见，得到了政治局的正式认可。这便是《中共中央政治局关于在川黔边建立新根据地的决议》，又称《黎平会议决议》。

这项决议当时以电文发出，电文原始的标题是《战略方针决定经你们传达至师及梯队首长为止》。

决议的部分原文如下：

各军团及军委纵队首长：

兹将电告中央政治局本月18日关于战略方针之决定。此决定经你们至师及梯队首长为止。在部署中关于本决定之解释，总政治部另有训令。

中央书记处、中央政治局决定：

一、鉴于目前所形成的情况，政治局认为：过去在湘西创立新的苏维埃根据地的决定，在目前已经是不可能并且是不适宜的。

二、根据于：甲，使我野战军于今后能取得与四方面军及二、六军团之密切的协同动作；乙，在政治的经济的及居民群众的各种条件上求得有顺利于彻底地粉碎第五次“围剿”及今后苏维埃运动及红军的发展。

政治局认为新的根据地区应该是川黔边区地区，在最初应以遵义为中心之地区……[1]

长征中的李富春

决议通过后，出于对李德的尊重，周恩来在当天夜里拿给李德过目。不料，李德看了译文后，大为不悦，跟周恩来吵了起来。向来温文尔雅的周恩来忍无可忍，顶撞了这位“顾问”。当时在场的周恩来的警卫员范金标，在1978年9月25日作了回忆谈话，只是他已习惯地称周恩来为“总理”了：

吵得很厉害，总理批评了李德。总理把桌子一拍，搁在桌子上的马灯都跳起来，灯都熄了，我们又马上把灯点上。[2]

连周恩来都跟李德拍桌子，向来傲岸固执、目空一切的李德也不得不叹道：

[1]《中共中央文件选集》第10卷，中共中央党校出版社1989年版，第441—442页。

[2] 黎平县“红军长征在黎平”调查组的调查报告，《红军长征在贵州史料选辑》，贵州社会科学丛书1983年版，第135页。

“兵败言微！”

“无可奈何花落去”，李德已经无法再主宰红军。尽管他吵、他闹，中共中央政治局的决议照样以电报发往各军团及军委纵队首长们手中。翌日（12月19日）下午6时，中革军委发出关于贯彻黎平政治局会议决议的通知。同日，总政治部代主任李富春签署了总政治部关于执行决议的训令。

中共中央政治局的决议、中革军委的通知和总政治部训令这三个文件的发布、下达，表明毛泽东得到了党和红军的支持，完全占了上风。

李德终于“靠边站”了

顺理成章，在这三个文件发布之后，李德丧失了军权。用周恩来的话来说，那就是“排除了李德，不让李德指挥作战”了。[1] 当然，体面的理由，则是李德“生病”了。

一位原先受李德“排除”的人物重新参与指挥作战，此人便是李德的校友刘伯承！

长征时期的刘伯承

刘伯承，红军的一员名将。他是四川开县人，出身于贫苦农家，比毛泽东还年长1岁。他20多岁就参加护国护法战争。1914年，他在《出益州》一诗中便写道：“手执青锋卫共和。”1916年，他在讨彭战争的四川丰都（今属重庆）之役中冲锋陷阵，头部连中两弹，失去了右眼，从此以“独目将军”著称。在他戎马一生中，负伤多达九处。

1926年，34岁的他加入中共，翌年，任国民革命军暂编第十五军军长，参与领导南昌起义。

1927年冬天，他赴苏联莫斯科高级

[1] 周恩来：《党的历史教训》（1972年6月10日），《纪念遵义会议50周年》，贵州人民出版社1986年版。

李丽莲

步兵学校学习，后入伏龙芝军事学院深造，成为李德的校友。

中共六大时，刘伯承曾在大会上作《对军事问题的补充报告》。1930 年夏，刘伯承回国，担任中共中央军委委员。他在 1932 年 1 月进入中央苏区，担任中央军事政治学校校长兼政治委员。1932 年 10 月，刘伯承成为中央军委总参谋长。

李德刚来时，对这位老校友曾十分热络。刘伯承很快就发觉，李德在那里瞎指挥。毕竟李德是共产国际派来的军事顾问，向来稳重的刘伯承看在眼里，急在心里，却没有轻易说出口。在广昌大败之后，红军步步被动，根据地日见缩小，刘伯承忍无可忍，建议李德一定要改变硬打死拼战术，不然会“变成千古罪人”！

李德闻言勃然大怒，训斥刘伯承道：“你白进过伏龙芝军事学院了，战术水平还不如一个参谋，还当什么参谋长？！”

刘伯承面对老校友如此无理训斥，针锋相对与他争论。

此事传进博古的耳朵里，他便以“触犯军事顾问”为名，撤掉了刘伯承的总参谋长职务。

长征开始后，刘伯承被调往最为艰巨的殿后的红五军团担任参谋长。

直至此时，李德靠边站，刘伯承复职，重新担任了总参谋长。毛泽东向来十分尊重刘伯承，当年，中共中央要朱毛离开红军时，毛泽东便曾提议中央派恽代英、刘伯承前来主持红军。

看到毛泽东得到了拥护，看到刘伯承复职，受到周恩来的“顶撞”，“靠边站”遭冷遇的李德心中窝着一把火。博古深知李德心中的不快，便把萧月华从休养连里调来，安慰这位处境狼狈的顾问。本来，按照红军的行军纪律，女战士集中在休养连，在行军途中不能与丈夫生活在一起。

李德一肚子的气正无处发泄，萧月华到来后，成了他的“出气筒”。在黎平短暂的三天休整，狂怒的李德无端把萧月华揍了一顿……

萧月华这名字，在李德的回忆录《中国纪事》中是见不到的，他只写及他在延安时的一段婚姻：

1938 年，有一天我去找陈云，有一段时间他是主管中央组织部的中央书记，我请他把我转为中国共产党正式党员，以便能参加党的生活，并请他同意我同一位名叫李丽莲的歌唱演员结婚，她是 1937 年底同演员江青一起从上海到延安的。这两项请求他都同意了，我就同李丽莲到延安办事处登记结婚。

其实，李德跟李丽莲的婚姻，比和萧月华的要短暂，只是他不愿再提萧月华罢了。

李德在来华前结过婚，他的妻子是奥尔加·贝纳里奥，他和她曾一起被关入莫阿比监狱。

斯诺夫妇

1932 年春，李德来到中国。翌年春，他曾化名奥托·斯特恩从上海前往北平，跟美国记者斯诺见面。斯诺的妻子海伦·斯诺在 1982 年接受美国记者索尔兹伯里的采访时，仍未忘记当年对李德的极度反感："在她眼里李德是个好色之徒（不少中国人有同感）。"[1]

中华人民共和国成立后的萧月华

来到瑞金之后，离李德的"独立房子"不远处是少共中央机关。李德对那里一位领导人的妻子献殷勤，不时给她送礼物。如此敏感的事，马上传到博古耳朵里。博古生怕这位洋顾问在红都惹出桃色新闻来，便决定通过组织，给他找一位中国姑娘作为妻子。

博古把这一"特殊任务"，交给了在中央妇委工作的李坚贞。李坚贞在妇女工作中还是头一回遇上这样的为"洋大人"择妻的"任务"。左思右想，她的眼

[1] 索尔兹伯里：《长征——前所未闻的故事》，解放军出版社 1986 年版，第 42 页。

前闪过一位熟悉的广东姑娘，她憨厚、文化粗浅，不算十分漂亮，但是身体健壮，而且组织纪律性强。这位姑娘便是萧月华。

萧月华比李德小 9 岁，1910 年 8 月出生于广东大埔县侯北山村一个贫苦农民家中，小名阿香、阿华，在兄弟姐妹九人之中，她排行第六。

她成了一朵苦菜花。小时候，父母迫于子女太多，负担不起，把她送给杨家当童养媳。13 岁那年，她成为广东海丰县南丰布厂织袜车间童工。在那里，她结识了彭湃夫人蔡素萍，受到了革命影响。[1]1926 年，16 岁的她加入了中国共产主义青年团，不久加入中国共产党。此后，她成为她的家乡大埔县的妇女部部长。

李坚贞是在 1930 年认识她的，那时，萧月华担任广东饶和埔中心县少共巡视员。翌年，21 岁的萧月华进入闽西，成为少共闽粤赣特委负责人。在此期间，她差一点被作为“社会民主党”处死！

1932 年 8 月，萧月华被调到瑞金，在少共中央文书科担任文书。一年之后，李德来到瑞金，住进离少共中央只有一箭之遥的“独立房子”。

李坚贞找萧月华谈话。这样的“特殊任务”使萧月华难以接受，但这是组织上交给的“政治任务”，萧月华不得不去“完成”。

这样，萧月华只得在夜里遵命前往“独立房子”，而白天照样做她本来的工作。李德的特殊的伙食，“外宾”的待遇与她无缘。后来，调她去照料李德的生活。不懂一句外语的她，好不容易才学会怎样烤面包，李德却常常怀疑她偷吃他的食品，动不动便是打骂。

红军开始长征，使萧月华如释重负，从此她可以在休养连里跟女红军们高高兴兴地生活在一起，再也用不着为那恼人的“涉外婚姻”而痛苦。可是，在黎平的逗留，李德的打骂又在她的皮肉上留下青紫块。

李德的脾气本来就乖戾暴躁，此刻没有萧劲光、周子昆、刘伯承可以训斥，只有萧月华这“无罪的羔羊”不得不受苦受难。她找博古诉苦，要求离婚，博古只能以“服从组织”来要求她忍气吞声（到延安后，萧月华终于和李德离婚。解放后，她被授予大校军衔，正师长级待遇。1983 年 11 月 1 日因癌症病逝于广州）……

好在黎平的逗留是短暂的。战事紧急，12 月 20 日，中央红军离开黎平，分两路西进。新任总参谋长的刘伯承，被任命为先遣司令，一路斩关夺隘，成

[1] 据广东大埔县党史研究室、湖南省军区政治部何展琼、余敏、朱光梅的调查《忍辱负重一生革命的女红军萧月华》。

为全军开路先锋。

出了黎平，红军便直扑乌江，进军遵义了……

心慌意乱的王家烈

红军入黔的消息，如同一颗重磅炸弹在贵州省会贵阳市爆炸。

首当其冲的是身材魁梧、41 岁的贵州军阀王家烈。他集贵州国民党省党部指导委员会主任、贵州省主席、国民革命军第二十五军军长等职务于一身，握党、政、军大权于一手。

贵州这地方“山高皇帝远”，自从 1912 年唐继尧入黔、督黔以来，军阀割据，自成一统。

此后，虽然贵州军阀内斗颇烈，派系倾轧，但是总保持自己的独立性。1932 年 4 月，王家烈在用武力征服了前任军阀毛光翔之后，成为“黔霸天”。

王家烈乃贵州桐梓人氏，家贫，背盐出身，人称“王家烈背盐巴，气力大”。背盐巴是很苦的气力活，背着沉重的盐巴，拄着木棍走远路，据说青石铺的路上常有一个个凹坑，便是苦力们半途拄棍休息，久而久之，棍子在青石上凿出凹坑来！

21 岁那年，王家烈入贵州陆军步兵团，从一名小兵逐步提为班长、排长、连长、营长、团长、旅长。至 1926 年，32 岁的他，成为国民革命军第二十五军第二师师长，三年后成为副军长。

王家烈

王家烈总是一身戎装，系宽皮带，挂手枪，吃饭爱吃碗中米饭冒尖的“冒儿头”，爱吃麻辣豆腐。

王家烈能够成为贵州之主，得力于他的内助万氏夫人。万氏名淑芬，贵州铜仁人，名门之女。相传万宅门口刻有一副对联：“一门贰令尹，三代五公侯。”万淑芬自幼饱读诗书，虽是女流，却爱读兵书。王家烈驻铜仁时，不过是连长，托人向万家求婚。1926年，他终于与23岁的万淑芬结为伉俪。从此，万淑芬成为他的“军师”，屡屡给他设计妙策。万淑芬不仅写得一手好字，还写得一手好文章，许多以王家烈名义发表的文告、文章，皆出于万氏之手。

万淑芬还有着“外交夫人”的美誉，善言辞，懂交际，八面玲珑，富有外交手腕，常代表王家烈赴南京、去上海，拜谒蒋介石、宋美龄，为王家烈上上下下打点。每当王家烈行军作战，万氏夫人总是乘轿随行，在军中为王家烈出谋划策。这时，她把头发高束，戴上帽子，穿一身西装，但不结领带，外人不知，会以为是一位男士。其实，她是一位小脚女人，平素穿着宽大而塞了棉絮的皮鞋！

王家烈常说，西南六省之中，川、滇、湘、粤、桂五省构成一朵莲花，黔在中心，乃是莲花之蕊。言外之意，弦外之音，他要成为西南群龙之首。

蒋介石对贵州军阀是不给一文军饷的，贵州军阀自有财源——鸦片税。贵州军阀主张，“有土必种，无烟不富”“只准吸烟，不准嫖赌”。那年月，鸦片遍贵州，甚至鸦片成了通用的货币！人们买东西时，要么付银圆，要么付鸦片。深咖啡色，像山东阿胶模样的鸦片块，成了银圆、金条的代用品。种鸦片要付“种植税”，运鸦片过关卡要收“通关税”，吸鸦片要收“烟灯税”，开烟馆每灯收税三枚银圆，在家吸鸦片每灯收税一枚银圆……

贵州兵以“双枪”出名，个个面黄肌瘦，如同张贞那“战无不败的豆腐兵”！

得知红军入黔，王家烈心慌意乱。他手下的“双枪兵”不仅不经打，而且还分为四派：第二十五军副军长侯之担是一派，割据赤水、仁怀、习水、绥阳等县；副军长犹国才盘踞盘江八属；副军长蒋在珍割据正安沿河一带。虽说三位副军长口头上都称服从军长，实际上王家烈能直接调动的，只有他的嫡系何知重、柏辉章两个师。

蒋介石发来电报，要王家烈“严防赣匪入黔”，“黔军除巩固原防外……先择重要城镇，构筑碉堡，以防匪之突窜”。

王家烈只得带着夫人万氏，驱车往贵阳东面平越县的马场坪，举行军事会议。

王家烈手下的两员大将，事先经万淑芬授计，对委员长的命令反应冷淡。

何知重冷笑道：“我还差士兵们一年多的军饷。如果蒋委员长给钱，我就打！”

柏辉章则来软的，他说：“红军早已声言北上抗日，此次不过路过贵州而已，并没有直取贵阳的意思，何必跟他们硬拼？保住贵阳即可。”

副军长侯之担的一席话，使满座皆惊。他说：“军人以服从命令为天职。

这次红军由江西、湖南入黔，委员长早有明令，要我们阻击狠打，配合中央军消灭红军于黔中。我侯之担有四个旅共八团人，定当扼守黔北，决不许红军越过乌江、进入乌江以北一步！我愿立下军令状，与诸公共存亡！”

既然侯之担如此表示效忠蒋委员长，王家烈也就顺水推舟，让侯之担去乌江抵挡红军。

乌江，贵州最大的河流，又称黔江，流急浪高，一泻千里，比湘江要险峻得多。乌江宽约 250 米，流速达每秒 1.8 米，冰凉的水温在 10 摄氏度以下，两岸绝壁悬崖。

侯之担声言：

> 乌江素称天险，红军远征，长途跋涉，疲惫之师，必难飞渡。红军或不至于冒险来攻乌江，可能另走其他路线。[1]

飞渡天险乌江

不料，红军行动神速，入黔之后势如破竹，连取剑河、黄平、台拱、余庆等十多座县城。1934 年岁末之日，已到达离乌江不远的瓮安县小镇猴场。猴场林木繁茂，乃猴子出没之地，故名猴场。

在猴场，毛泽东被安排住在一座漂亮的房子里，有一个很大的院子和三间朝南的屋子。这是长征以来从未有过的。这似乎在表明，毛泽东的地位已经明显上升，虽说他的职务依旧，未曾调整。

当中央纵队抵达猴场时，先头部队在团长耿飚和政委杨成武的带领下，已经急行军前往乌江江边，着手抢渡乌江天险。

耿飚

就在这节骨眼儿上，又发生了新的风波：博古、李德对湘江之败犹心有余

[1] 侯汉佑：《侯之担部防守乌江的溃败》，《文史资料选辑》第 62 辑。

杨成武

悸，听说乌江比湘江险峻得多，主张不过乌江，再度提出与二、六军团会合。

为了解决这番新的波动，1935年元旦，中共中央政治局在猴场开会，史称“猴场会议”。这一回，不费太多气力，就驳回了博古、李德的意见。会议通过了重要决定，重申了黎平会议的精神——《中央政治局关于渡江后新的行动方针的决定》。

“决定”一开头，就写得很明确：

由于我野战军即将通过乌江，跨进我们12月18日政治局会议所预定的新苏区根据地的遵义地带，开始彻底粉碎敌人第五次“围剿”的最后阶段，因此，政治局关于在通过乌江以后的行动方针，特有以下新的决定……[1]

新的决定共七条，其中有一条：“关于作战方针，以及作战时间与地点的选择，军委必须在政治局会议上作报告。”这一条，实际上就是宣告了“三人团”垄断军事指挥权的结束。毛泽东是政治局委员，“军委必须在政治局会议上作报告”，这就使毛泽东有了过问军事的机会和权力，虽说这时的军权尚未完全掌握在他手中。不过，红军已经在按照毛泽东的战略意图行动：渡乌江，取遵义，建立以遵义为中心的新根据地。

红军前锋一到乌江边，就传来敌情报告：在三个渡口，即江界河渡口、袁家渡、孙家渡，都有侯之担部队驻守，而且还筑了碉堡。前两个渡口，各有两团兵马，孙家渡则驻了一个团和一个机炮营。

看来，侯之担摆开阵势，确实要跟红军干一仗！

那时，渡乌江要靠“蜈蚣筏”。那是用竹木编成的长筏，在湍急的江水中似蜈蚣般游动，这才得了“蜈蚣筏”之名。“侯家军”早已把蜈蚣筏全都拴在北岸。

侯之担十分得意，以为“官兵勤劳不懈，扼险固守，可保无虞”。

红军抵达江边，总参谋长刘伯承亲自布置红军上山砍竹，又向老乡借门板、

[1]《中共中央文件选集》第10卷，中共中央党校出版社1989年版，第445页。

木头，自己动手扎“蜈蚣筏”。

元旦凌晨4点，18名红军战士在江边喝下烧酒，跃入江中。这时，“侯家军”尚在睡梦之中。红军战士如水中蛟龙，只用了十多分钟，便泅过凉入骨髓的乌江，攀上对岸的峭壁。

泅渡成功之后，“蜈蚣筏”开始强渡。“侯家军”发觉了，江面上响起“嗒嗒嗒”的机枪声。

这时，泅渡过江的18名战士发起了攻势，红军的迫击炮又隔江而轰。“蜈蚣筏”载着一连战士，顺利过了江。

“双枪兵”实在不经打，才一个多小时，便留下几十具尸体，溃逃了！

红军利用“蜈蚣筏”渡江，渡过了一团人，在对岸站稳了脚跟。

刘伯承急调工兵营来到江边，下达了架浮桥的命令。因为没有浮桥，大军难以迅速过江。

> 架桥的全部器材只有黄竹、门板、木材、绳索。我们用三层叠起的竹排做桥脚，每对桥脚中间铺上两根枕木，枕木上连接三四个桥桁，桥桁上铺门板，门板上又系横木，组成一节一节的门桥。[1]

就用这样的土办法，花费36个小时，湍急的乌江上便架起一座崭新的浮桥。天险乌江，被踩在红军脚下。

蒋介石接到王家烈的电报，知道红军已经突破乌江，大骂侯之担“剿共不力”，命他“戴罪立功”！蒋介石也深为自己白白布置了“口袋”，红军不来“钻”而感到惋惜。不过，蒋介石毕竟诡计多端，他命令薛岳率中央军星夜兼程，奔赴贵阳——其理由是为了“保卫贵阳”，实际上借此一举夺取贵阳，端掉王家烈的老巢！

这时，“小诸葛”白崇禧也不甘落后，觊觎贵阳，借口“追剿”红军，命桂军入黔，直奔贵阳。

蒋介石急了，发了电报给白崇禧，“制止桂军前进”！

于是，薛岳的中央军，加速了前进步伐，沿贵龙大道直取贵阳。

薛岳部队在道旁张贴大字标语：“不问匪窜方向如何，本军总以入贵阳为目的！”也就是说，不论红军朝什么地方打，中央军“总以入贵阳为目的”！

王家烈“哑巴吃黄连——有苦说不出”，眼睁睁看着中央军开进了贵阳城，

---

[1] 黄朝天：《乌江架桥》，《伟大的转折》，贵州人民出版社1984年版。

做了贵州的“太主席”！

王家烈变得颇为狼狈：

> 中央军反客为主，我出城进城均受他们盘查，处境异常难堪……[1]

1935 年 4 月 6 日，王家烈被迫下台，从此贵州落入蒋介石之手，结束了贵州军阀统治时代。

[1] 王家烈：《阻截中央红军长征过黔的回忆》，《文史资料选辑》第 21 卷，第 62 辑。

第七章
遵义曙光

◎ 周恩来在通道会议上已经支持毛泽东，黎平会议时更与李德当面“顶撞”，此时他在发言中“全力推举由毛泽东来领导红军的今后行动”。

◎ 其实，周恩来的支持，才是遵义会议上“关键的一票”！

诈开城门智取遵义

按照毛泽东的战略部署，在突破乌江天险之后，下一步就是直取遵义了。

1月4日，当红一军团第二师第六团的团长朱水秋、代理政委王集成刚刚率全团渡过水急浪高的乌江，总参谋长刘伯承便命令他们作为前锋，向遵义急行军。

经过一天一夜急行军，第六团就推进到了团溪镇。这个镇，离遵义只有90里路。1月5日夜，第六团在团溪镇宿营。

6日清早，第六团在一片漆黑中起床。就在这时，刘伯承一夜骑马蹰行，赶抵第六团团部。

刘伯承作了战前动员。他说："我们的日子是比较艰难的，要求仗打得好，还要伤亡少，又要节省子弹，这就需要多用点智慧。"他的这番话，开导了第六团指挥员们的脑筋，大家都在"智取"上下功夫。

在第六团中，担任前锋的是第一营，营长曾保堂和团参谋长唐振旁走在最前头，他们的身边，走着一位小伙子。这个小伙子家住团溪镇。头天晚上，唐振旁在镇上找老百姓打听情况，找到了这位小伙子。小伙子原先在"侯家军"里当过兵，知道沿途情形。他说，离遵义城30里的地方，有个山口，"九响团"驻守在那里，只有过了这一关，才能进遵义。什么是"九响团"呢？原来，侯之担的这个团，上上下下都有一支能够一梭子九发的"九连珠"毛瑟枪，号称"那山口连鸟也飞不过去"！唐振旁请小伙子当向导，小伙子犹豫再三，总算答应了。

贵州果真"天无三日晴"，一路走，一路下起冷雨来了。第六团在泥泞的山道上疾行，下午3点钟光景，来到那"鸟也飞不过去"的山口。一看，两面的山头各蹲着一座碉堡，形势的确险恶。

第六团悄然包围了"九响团"。"九响团"还以为红军远在乌江，一阵枪响，他们慌作一团，三下五除二，就被红军解除了武装。除了死的以外，200名俘虏畏缩在寒风细雨之中。

第一营换上了"侯家军"的军装，带着十几个愿意加入红军的俘虏，准备去遵义诈取城门。这时，刘伯承又冒雨骑马赶到，对第一营作了战前讲话：

> 遵义城里有敌人一个师，听说我们过了乌江，军心动摇。你们以一个营打敌人一个师，力量悬殊太大。但敌人是惊弓之鸟，一轰就跑。你们一定要有胜利的信心！同时，要多动脑筋，多用一点智慧。[1]

雨越下越大。为了防备打“九响团”时走漏消息，第六团第一营马不停蹄，直奔遵义南门。

雨夜，比往日更加昏黑。远远地望见一星灯光，红军战士们知是南门已近在眼前。

在南门附近布好掩护的机枪，曾保堂、唐振旁带着穿了“九响团”服装的一部分战士和俘虏，来到南门城墙之下。

俘虏们用贵州土话喊开门。

“哪一部分的？”城门上传来问话。

“‘九响团’的！”被俘的“九响团”营长按照曾保堂的吩咐答道。

“‘九响团’不去守山口，干什么？”

“共军打过来啦！”

“共军？共军不是还在乌江吗？”城门上传来惊讶的声音。那哨兵叫来了他的上司马排长。

马排长拧开明亮的手电筒往下照，见一群水湿的穿“九响团”服装、挎“九连珠”的士兵，于是盘问了一通。那位被俘的营长答得滴水不漏，于是，马排长下令打开城门。

城门开了，红军一拥而入。

开门的士兵问：“共军来了？”

红军用“九连珠”指着他的胸口：“远在天边，近在眼前！”

就这样，不费吹灰之力，红军攻进了遵义城，一下子抓了几百名“侯家军”。

红军冲进了“侯家军”的军部，不见侯之担。一问，才知道侯之担在 1 月 4 日夜里带着家眷往老家桐梓逃了。连“城防司令”侯汉佑也从北门逃掉了。

眼看着第六团已经占领了遵义，忽地又响起枪声。原来，遵义分新城和老城。第六团所占领的只是新城，枪声从老城响起。老城还驻守一个团的“侯家军”。

---

[1] 曾保堂：《智取遵义城》，《贵州文史丛刊》1982 年第 3 期。

再接再厉，第六团攻入老城，依然如入无人之境，“侯家军”不经打，举手投降了。

这样，在 1935 年 1 月 7 日凌晨，遵义全城都落入红军之手。

侯之担先失乌江，又丢遵义，几天之内把黔北都丢了，1 万多“侯家军”，损失了五六千人。蒋介石发电报，痛斥侯之担。原先想效忠于蒋委员长的他，此刻呼天天不应，喊地地不灵。在百般无奈之中，侯之担丢下“侯家军”，只身逃往重庆。1 月 18 日，蒋介石命令参谋团主任贺国光在重庆将侯之担“先行看管，听候查办”！

王家烈既为侯之担的崩溃感到庆幸，从此贵州境内少一异己，但也未免兔死狐悲，震慑于侯之担前车之鉴。侯之担在重庆被拘当日，王家烈给黔军发出如下通电：

> 奉电前因，查侯副军长，前此贻误战机，经委座电令申斥，勉以戴罪立功。殊值匪患方殷之日，不图奋勉，竟私自赴渝城，乖方失职，看管允宜。务望我袍泽，因之惕厉，奋勇努力，以复我黔军过去之光荣声誉，勿稍瞻误，致蹈覆辙为要。[1]

国民党得到“毛泽东当主席”的情报

一夜之间，遵义变成了红色。

遵义，贵州的第二大城，黔北的中心。当年的遵义不过三四万人，但在穷乡僻壤的贵州已算是很繁华的了。

进遵义时，毛泽东笑谓“进夜郎国”了！“夜郎国”以成语“夜郎自大”而为人所知。相传在汉朝时，汉皇帝派使者来到夜郎，夜郎侯问：“汉同夜郎比，谁大？”这位夜郎侯居然不知汉有多大，遂以“夜郎自大”嘲讽妄自尊大者。

其实，西晋时便有“夜郎郡”，但那个“夜郎郡”不是指遵义，而是指王家烈、侯之担的老家——桐梓。桐梓在遵义之北，过了娄山关便是。相传大诗人李白被流放夜郎县，亦即桐梓县，只是他走到半途遇上大赦，未曾真正到达夜郎县。

遵义是座古城，唐朝时设遵义县，明朝时设遵义府，当时都属四川，直至

[1]《红军长征在贵州史料选辑》，《贵州社会科学丛书》，1983 年版。

清朝才属贵州。遵义的城墙、城门都是用红砂石砌成的，城墙不高，倒是几座城门楼飞牙出檐，看上去有点气派。

遵义也有条湘江，只是此湘江跟湘江之战的湘江无关。这条湘江发源于娄山山脉的主峰金顶山，经遵义流入乌江。遵义城原本在湘江西岸，清朝咸丰年间在东岸另建新街，新街发展成新城。于是，老街、老城与新街、新城隔江对峙。新城也建有城墙、城门，第六团最先攻下的是遵义新城。待到老城响起枪声，才知湘江西岸还有遵义老城！

红军进遵义城的那天夜里，发生了一桩趣事：城里原有一名更夫，夜夜敲锣沿街巡逻。那天夜里，上半夜他边敲锣边喊："城防司令命令，死守遵义城！"到了下半夜，他改口了，边敲锣边喊："大家大开四门，欢迎红军进城！"

红军刚进城，便有一个27岁的男青年，书生气质，操四川口音，前来握手，声称自己是此地中共地下组织的负责人。国家政治保卫局局长邓发接待了他。经查问，此人本名周司和，到遵义后化名周铍群。

那是1934年春，遵义忽地来了个卖煤的人。按照遵义的习惯，卖了煤，顺便要把买主家的煤渣挑走。当他来到李筑三家卖了煤进灶间铲煤渣时，见到桌上放着美国作家辛克莱的小说《屠场》，便向李筑三的女儿李小侠说道："密斯，你能把书借给我看一夜吗？"李小侠把书借给了他，却好生奇怪，一个穿得破破烂烂、干力气活的人，怎么会讲英语，会对外国小说感兴趣？趁还书时跟他交谈，才知道他是四川来的"落难人"，原本是读书人。李筑三叫他写几个字看看，果真，此人写得一手好字。李筑三是老城衙门口的代诉（土律师），正需要人抄写诉状，就把此人留了下来。

此人就是周司和，四川大足县（现属重庆）人（著名的大足石刻就在该县），1928年加入中共。因有人叛变，周司和无法在当地立足，遂逃来遵义。

周司和落脚李筑三家，在遵义发展了中共地下组织。红军尚未来到遵义，周司和就组织了"红军之友协会"。这时，他跟邓发取得了联系，按照邓发的意见改名"红军之友社"，在城里挂起牌子，公开组织欢迎红军的活动。有了周司和这样的"内应"，红军在遵义城里开展工作方便多了。

红军逐批进入遵义。遵义是红军长征以来头一次打下的比较大的城市。1月8日，总政治部代主任李富春发布了《进遵义城八项注意》：

（一）整齐武装服装。

（二）不掉队落伍。

（三）不脱离部队不自由行动。

（四）到宿营地后出外要请假。

（五）私人不准向群众借东西。

（六）不乱买东西吃。

（七）无事不要进群众家里去。

（八）注意卫生，不乱屙屎尿。

当年遵义人民迎接红军入城的地方——丰乐桥

1月9日下午，在“红军之友社”的组织、鼓动下，遵义城里许多青年学生、老百姓来到新城南门关，站在丰乐桥头夹道欢迎中央纵队进城。丰乐桥是进入南门关后的第一座横跨在湘江之上的石砌拱桥，建于清朝咸丰五年。桥头有“接官亭”，向来是迎送贵宾之处。如今桥头响起了锣鼓声、鞭炮声。周司和领呼口号：“欢迎红军！”“欢迎共产党！”“欢迎毛主席！”“欢迎朱总司令！”

毛泽东、朱德、周恩来、张闻天一起走过来，不断跟欢迎的群众握手。毛泽东的脸上挂着笑容，这是他两年零三个月以来，第一次舒心地笑了！在“接官亭”前，毛泽东向欢迎的人群发表了简短的演讲。

就在这一天，红军总司令部移驻遵义。

就在这一天，刘伯承被任命为遵义警备司令，陈云为政委。

大抵是毛泽东在丰乐桥头公开露面，大抵是“欢迎毛主席”的口号声惊动了夹杂在人群中的密探。两天之后的1月11日，黔军总指挥蒋在珍在遵义之北的正安所发出关于遵义动态的电报中，便冒出了一句“毛泽东当主席”：

遵义设匪军总机关，毛泽东当主席。天主堂设银行，滥发纸币，强人民使用……[1]

[1]《红军长征在贵州史料选辑》，《贵州社会科学丛书》，1983年版。

虽说蒋在珍用词不准确，因为毛泽东从 1931 年 11 月起就是中华苏维埃共和国临时中央政府主席，并非进遵义才“当主席”，但蒋在珍的电报是“毛泽东当领袖”之意，因为毛泽东是政府主席这在国民党报纸上早已披露过的，蒋在珍也早已知道。蒋在珍的电报表明，进入遵义之后，毛泽东已是红军“总机关”的“主席”。连国民党的密探都已得到这样的情报了！

“毛、张、王”同住古寺巷

湘江东岸，过了遵义新城最繁华的丁字口，有一条僻静的用青石板铺成的小巷，名叫古寺巷。

小巷深处，一堵青砖垒砌的高围墙，一座颇有气派的门楼，一扇宽大的门。推门进去，草坪、花坛簇拥着一幢两层洋楼。这座楼用特制的大块青砖砌成，四周有宽大的回廊。楼内，红漆地板，彩色玻璃窗，宽大的楼梯，黄铜架子大床。这样的洋楼，在当年的遵义，是数一数二的豪华住宅。

遵义古寺巷有一幢颇有气派的两层洋楼，那是国民党“川南边防军”第一旅旅长易少全的住宅，人称“易宅”。这是易宅的大门口

屋主是“川南边防军”第一旅旅长易少全（亦作“易少荃”），他风闻红军欲取遵义，早已携家眷逃之夭夭。

国家政治保卫局局长邓发向来负责安排首长的住处。每到一地，他总是先把可供住宿的地方作一番巡视，然后按首长地位的高低相应地分配房子。长征以来，宿营地最好的房子向来安排给李德，而毛泽东总是住很差的房子。到了黎平，周恩来被安排住入最好的房子，毛泽东的住房也不错。在猴场，毛泽东住的房子最有气派。这一回，邓发领着毛泽东来到古寺巷，让他睡那张黄铜大床。显而易见，这是最好的住宿待遇。

毛泽东素来爱干净，一路长征，他不睡老百姓家的床，每到一地，他都要警卫员借门板，他要睡在门板上。这一回破例，他没有任何犹豫，睡在那张富丽堂皇的黄铜大床上。

毛泽东未进遵义，就已关照邓发，在遵义他要跟张闻天、王稼祥住在一起。邓发遵命，把张、王都安排在易宅楼上[1]，而楼下则住着他们三人的随行人员——秘书、警卫员、卫生员、炊事员。

长征开始之后，李德就发觉毛泽东、张闻天、王稼祥常在一起，先是称他们“三人核心”，后来干脆攻击他们是“新的三人团”以至“地下三人团”。此时，毛泽东完全不必搭理李德的风言风语，跟张、王同住一楼，以便于共商大事——在遵义召开中共中央政治局扩大会议，清算博古、李德的“左”倾军事路线。这次政治局扩大会议，史称“遵义会议”，是中共党史上最关键、最著名的会议之一，是1921年中共一大以来最为重要的会议。

关于遵义会议的由来，周恩来在1943年是这么说的：

> 过了湘江后，毛主席提出讨论失败问题，从老山界一直争论到黎平……[2]

这是易宅小洋楼。红军进入遵义后，毛泽东和张闻天、王稼祥住在这里商讨如何对博古、李德的“左”倾机会主义军事路线进行批判

遵义会议的主题，也就是毛泽东最初提出的“讨论失败问题”。

陈云在1935年2月（或3月）的一份手稿中，说得也很明白：

> 错误的军事上的指挥，是经过了一个很长时期的。在这一时期中，党同军委内部不是没有

[1] 如今易宅已辟为纪念馆，张闻天的住室布置在楼下。据该馆工作人员告知，张当时与毛、王一起住在楼上。他们讲了一个极有说服力的理由，即毛、张、王三人倘有一人住楼下，则势必是王，因为王腹伤未愈，进出要坐担架，住楼下更方便。然而，史料表明，王住楼上，张亦住楼上。

[2] 周恩来1943年11月27日在中共中央政治局会议上的发言。

争论的，毛、张、王曾经提出过许多意见……[1]

陈云这份手稿写于遵义会议结束不久的时候，清楚地提及了“毛、张、王”，把毛泽东、张闻天、王稼祥相提并论。

“毛、张、王”又是怎样酝酿召开遵义会议的呢？

王稼祥的夫人朱仲丽，曾写及长征时王稼祥和毛泽东同在担架队里的情形：

当时稼祥同志曾为作战指挥上的问题和李德发生过多次争执，他忧虑地对主席说，这样下去红军就不行了！后来，他干脆地表示，要把博古、李德他们“轰”下台。毛主席听了稼祥同志的话，十分赞同，但根据当时的实际情况，有些担心，回说：“能行吗？我们人少。”稼祥同志又说：“到了遵义要开会，要把他们‘轰’下来。”主席高兴地说，好啊，我很赞成，那要活动活动。稼祥同志答应了。

长征的路上，条件是极其恶劣的，稼祥同志不顾自己的伤情，先找到了张闻天同志，向他谈了自己对一些问题的看法。稼祥同志说，到遵义城需要开一个会，总结一个党的军事路线。

正巧，闻天同志也考虑了这个问题，他表示同意。当然，周恩来同志也同意了。接着，稼祥同志还找了其他一些负责同志……[2]

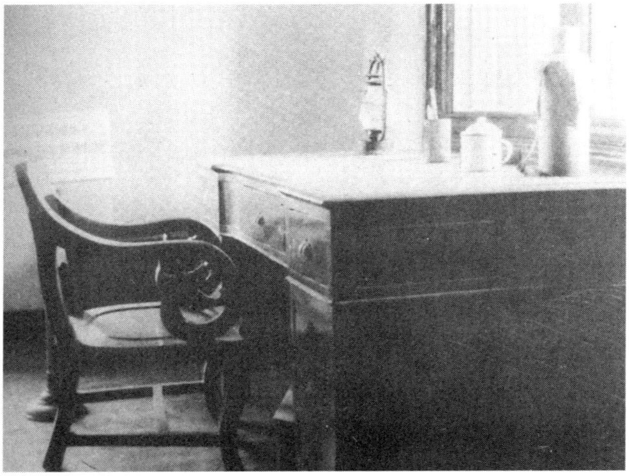
遵义会议期间毛泽东的办公室兼卧室

伍修权也如此说：

促成遵义会议的召开，起第一位作用的是王稼祥同

[1] 陈云：《遵义政治局扩大会议传达提纲》1935 年 2 月或 3 月。

[2] 朱仲丽：《“关键一票”的由来》，《革命史资料》1980 年第 1 期。

志……王稼祥同志第一个促成了会议的召开，张闻天同志也起了重要的作用。会议从酝酿准备到组织领导，李德就已经被排除在外了。[1]

在“毛、张、王”之中，王稼祥曾谈及和毛泽东同在担架队的情形：

一路上，毛泽东同志同我谈论了一些国家和党的问题，以马列主义的普遍真理和中国革命实践相结合的道理来教导我，从而促使我能够同毛泽东同志商谈召开遵义会议的意见，也更加坚定了我拥护毛泽东同志的决心。[2]

“毛、张、王”中的张闻天，在忆及瑞金云石山古寺那次与毛泽东的长谈后，说道：

从此，我同泽东同志接近起来。他要我同他和王稼祥同志住在一起——这样就形成了以毛泽东同志为首的反对李德、博古领导的“中央队”三人集团，给遵义会议的伟大胜利奠定了物质基础。[3]

遵义会议期间王稼祥的住房

就在“毛、张、王”住进易宅的当天，西门子电话机就安装在毛泽东宽大的写字桌上，屋里还生了炭火盆。

楼上共三间房，毛泽东住在东边的一间前房，后房住着他的警卫员陈昌奉和卫生员。张闻天、王稼祥住在西边一间的前房、后房。中间是客厅，放着一张长方桌子和几把太师椅，那里成为“毛、张、王”一起进餐之处，也成为一

[1] 伍修权：《我的历程》，解放军出版社 1984 年版，第 81 页。

[2] 王稼祥：《回忆毛泽东同志与王明机会主义路线的斗争》，《人民日报》1979 年 12 月 27 日。

[3] 张闻天：《从福建事变到遵义会议》，1943 年 12 月 16 日。

起商谈、筹备遵义会议的所在。

至于贺子珍，预产期日近，正随休养连住在遵义第三中学里。

“柏天顺”酱园的小楼成了纪念地

除了“毛、张、王”三人住在湘江东岸的新城之外，其他的中共和红军首脑们差不多都集中住在湘江之西的老城中心区。

贯穿老城的一条南北大街，叫子尹路（曾名“枇杷桥”），是以遵义名人郑子尹的名字命名的。郑子尹是清朝道光年间举人，集学者、诗人、书法家于一身。他姓郑名珍，字子尹，晚年号柴翁，著有《说文逸字》《巢经巢集》等。

子尹路两侧大都是木板平房，只是路东87号内有着一幢比古寺巷易宅更加豪华的洋楼，是当年遵义城里首屈一指的漂亮住宅。这里成了红军总司令部的所在地，遵义会议就是在这幢楼里召开的。1961年3月，这幢房子被国务院列为全国第一批重点文物保护单位之一。

如今，这幢房子气势雄伟的门楼，当年是三爿门面店铺。今日门楼上高悬毛泽东1964年手书“遵义会议会址”六个金色大字之处，当年是“柏天顺”金字招牌悬挂的地方。

“柏天顺”，名闻遵义的酱园。远近的百姓要买酱油，总买柏家的。“柏天顺”这字号，取“天天顺利”之意。笔者于1991年5月25日在遵义采访了柏辉章的一位胞弟，据他说，柏家原是地主，住在遵义城外，因跟人打官司输了地才进城做酱、醋生意，佃了此处冉家的房子开铺。

酱园的生意尚可，不过，柏家能够花大钱造那么豪华的私邸，却是因为“酱”门出了“虎”子——柏辉章。

柏辉章之父柏杰生，生七子二女，柏辉章为次子。1921年，父亲为了避免抽壮丁，把20岁的柏辉章送往贵阳，进入贵州讲武堂骑兵科。此后，他从班长逐级升至师长，成为王家烈手下的嫡系。柏辉章个子中等，壮实，口才不错，佩两颗星中将肩章。当了师长，弄到了“外快”。

1930年，他托人带钱给长兄柏继陶，供家中造新屋之用。

柏辉章多年在外，见识颇广，关照长兄说房子的设计要别出心裁。长兄柏继陶曾在上海读书，也见过上海种种洋房。这一回，他专门去上海，参观各种西式洋房，带回各种图纸，请人设计了中西合璧的样式。“柏公馆”颇为考究，宽敞的回廊，转角楼梯，青砖廊柱，雕花门窗，窗上装饰着国民党党徽，就连

遵义古城的天主教堂。红军攻克遵义之后，毛泽东等红军将领曾在这里召开会议

天花板上的灯，都是从一只鸟或一朵花的雕塑中伸出来的。耗资3万多银圆，柏公馆落成。易少全见了颇为羡慕，照此风格，在古寺巷另建一幢。

知道红军过了乌江，进取遵义，柏辉章发来急电。柏家老小，雇了几顶轿子，带着细软，悄悄溜往贵阳。

红军进遵义时，柏家只有一两个伙计看门。考虑到此屋地处闹市中心，交通方便，红军相关人员就把这里选作了红军总司令部驻扎之地。周恩来和邓颖超、朱德和康克清住在楼上，中央军委总部、总参谋部在楼下办公，刘伯承、彭雪枫、张云逸都住在楼下。

柏公馆楼上，周恩来和朱德住房旁边有一个宽敞的客厅。那里，就是遵义会议的会场。

站在柏公馆的回廊上，抬头可以望见不远处杨柳街天主堂顶的十字架。天主堂成了红军召开干部大会、群众大会的场所。

解放后，当中共上海市委着手寻觅当年中共一大会址时，中共遵义地委、市委则开始寻觅遵义会议会址。

1951年1月，为了迎接即将到来的中共建党30周年纪念，遵义成立了“遵义会议纪念堂建设筹备委员会”。

虽说柏公馆在遵义是很显眼的，可是，最初竟把“遵义会议纪念堂”的牌子挂到了天主堂！

其实这不足为奇，因为遵义会议是在秘密状态下召开的，除了与会者，很少有人知道在哪里召开。天主堂那时常常开会，所以人们就以为遵义会议是在那里召开的。

那块“遵义会议纪念堂”牌子在1954年从天主堂收了下来。因为这年1月，北京的中央革命博物馆筹备处给中共遵义市委寄来一函：“在某个文件上查出，1935年中央政治局扩大会议是在遵义旧城一个军阀柏辉章的公馆内召开的。”

哦，柏公馆！中共遵义市委一下子就找到那幢酱园里的二层楼房，拍了许多照片寄往北京。

1954 年 8 月，当时担任中共中央办公厅主任的杨尚昆打电话通知中共贵州省委：“遵义会议是在黔军阀柏辉章的屋子里召开的。”杨尚昆是遵义会议的出席者，他的电话使遵义会议会址水落石出。

李德的住处离柏公馆很近，是某个地主家的四合院。博古住的也是一个四合院，离柏公馆也不远，在子尹路西侧一条小巷里，背靠着玉屏山——坐落在老城的一座小山。博古、李德的住处比起“毛、张、王”的住处，比起周恩来、朱德的住处，自然要“逊色”得多，这似乎已经预示着他们地位的衰落。

总政治部离柏公馆不过百把米，代主任李富春住在那里，邓小平也住在那里。

只有“毛、张、王”下榻的易宅离柏公馆远，从新城走过来，大约要走一刻钟左右才能到达。

逐步查清历史的“黑角”

历史记录了红军长征的时刻表。自从 1934 年 12 月 12 日，在湖南通道县毛泽东的战略意图第一次战胜了博古、李德之后，红军如同长了“飞毛腿”，前进的速度是惊人的：

> 12 月 15 日，攻占黎平。
>
> 12 月 30 日，进入乌江南岸猴场。
>
> 1 月 3 日，飞渡乌江。
>
> 1 月 7 日凌晨，攻下遵义。

这下子，把蒋介石的几十万“追剿”部队远远地甩在乌江以南、以东。唯一进展较快的薛岳的中央军，忙着抢占贵阳去了。驻守黔北的黔军，不是红军的对手，一触即溃，闻风丧胆。

这样，红军进入遵义之后，终于有了喘一口气的机会。

本来，在黎平会议上，就已经决定“相机召开中央政治局扩大会议”，这个机会终于到来了。在遵义，有了半个多月相对安定的日子，为召开中央政治局扩大会议提供了机会。

遵义会议是中共党史上一次极为重要的会议，然而遵义会议却“被史家称作‘黑角’”[1]。

遵义会议成为历史研究中的“黑角”，是因为有着许多难解之谜。这些谜的产生，是由于会议所留下的原始文献太少了。慢慢地、细细地考证，这一“黑角”才终于日渐变得清晰起来。

遵义会议召开的日期，便曾是一个令历史学家困惑颇久的谜。

在1980年以前出版的种种史书上，均称“遵义会议从1935年1月6日至8日，开了三天”。李德的《中国纪事》中也说，遵义会议于“1935年1月7日至8日”举行。

随着研究的深入，这一日期成了问号。因为不论从红军司令部的多封电报，还是从国民党部队的多封电报，都可查明遵义是在1935年1月7日凌晨被红军攻克的，那么，遵义会议怎么可能于1月6日至8日在遵义召开呢?

于是，历史学家倒过来探究“1月6日至8日召开”的依据。

原来，遵义会议在当时唯一传世的文献，是会议通过的决议，即《中共中央关于反对敌人第五次“围剿”的总结决议》。这份决议曾收入中国人民大学1957年出版的《中国革命史参考资料》第3卷。决议上标明“1935年1月8日政治局会议通过”。通过之日，亦即会议结束之日。

与会者记得开了三天会，也就是“1月6日至8日”。李德记得开了两天，也就成了“1月7日至8日”。

再查下去，那本《中国革命史参考资料》所依据的，是1948年中共晋冀鲁豫中央局编印出版的《毛泽东选集》上册，其中全文收入了遵义会议决议。

再查下去，查到遵义会议决议油印本，上面盖着“抗日军政大学第三分校”字样印章。油印本上有一行字:“1935年1月8日政治局会议通过”。抗日军政大学第三分校是1937年创办的，这个油印本的出版时间，离遵义会议作出决议的时间不久，是很珍贵的历史档案。

再往下查，查不下去了——因为查不到遵义会议决议的手稿。

历史学家只能得出这样的结论:由于蜡纸刻印者的小小的笔误，给历史学家们开了不小的玩笑，造成1980年前对于遵义会议召开日期的错误推定!

那么，遵义会议究竟是什么时候召开的呢?

中央档案馆保存的一份署名“恩来”的电报手稿，一下子解开了这个历史之谜:

---

[1] 钟美:《遵义会议考》，香港《中报月刊》1986年第1期。

卓然、少奇：

15日开政治局会议，你们应于明14日赶来遵义城。

恩来24时

李卓然

“卓然、少奇”，即李卓然、刘少奇。文末“24时”，据电文内容可推定为“1月13日24时”。这一份简短的电报，表明遵义会议是1月15日召开的！

真是“好记性不如烂笔头”，尤其是人们对于日期之类数字的记忆最易模糊。尽管遵义会议的出席者很多人解放后很长时间都健在，但谁都记不清确切的日期了。诚如中共一大的召开日期，多年来一直定为“1921年7月1日”，经过反复考证才确定为“1921年7月23日”。周恩来电报的发现，定下了遵义会议的准确的时间坐标。

至于油印本上为什么写作“1月8日”，有人作出解释：一定是起草者的字迹太潦草，而且是用阿拉伯数字签署日期，“17”写成像汉字中的“八”，造成了蜡纸刻印者的笔误。

当然，这种解释只是解释而已。反正那油印本上的日期，肯定是印错了！

遵义会议的会址曾一度弄错，后来才终于查清；召开日期也曾陷入迷雾之中，后来也终于弄明白。然而，还有许多问题，仍处于历史的“黑角”之中：

哪些人出席了遵义会议？出席者在当时的身份是什么？

会议开了几天？

会议是按什么程序开的？出席者的发言内容是什么？

决议是怎样产生的？谁执笔？是在遵义会议上当场通过的吗？为什么决议收入1949年版《毛泽东选集》？起草者会不会是毛泽东？

……

历史学家在探索着，一次次走访健在的遵义会议的出席者。出席者们的回忆，固然为解开历史之谜提供了许多线索，但是，原始文献的发掘，依然是历史学家所十分关注的。

令人遗憾的是，那么多年，关于遵义会议的原始文献，只找到一份决议油印本。

一次重大的进展，发生在 1982 年——距遵义会议 47 年之后。

位于北京远郊的中央档案馆，有一批 20 世纪 50 年代从苏联运回的档案，其中有一份重要手稿。

这份手稿是用蓝黑墨水在“拍纸簿”上写成的，竖行，共八页。

手稿开头的一行字引人注目：“（乙）遵义政治局扩大会议”。这表明，这是关于遵义会议的一份原始文献。可是，只有“（乙）”，却没有“（甲）”！不过，手稿的右侧下方写着的阿拉伯数字页码倒是从“1”开始，末页为“8”。

这份手稿，透露了许多前所未闻的重要史实。虽然早在 20 世纪 50 年代中央档案馆已经注意到这份手稿，但由于手稿无署名，有（乙）无（甲）不完整，未敢公布这一手稿。[1]

这是谁写的？是一份什么样的文件？中央档案馆在 1982 年决定送当时健在的遵义会议出席者们审看。

邓小平看了，杨尚昆看了，都认不出是谁的笔迹。

陈云

伍修权作为李德的翻译，出席了遵义会议，他的记性不错，那份手稿送到他手中。伍修权看了，也认不出是谁的字。

陈云也是遵义会议的出席者，当时他正在杭州，手稿被送往杭州。

接到这一手稿的，是陈云秘书朱佳木。笔者采访了朱佳木，他回忆道：

> 我把手稿原件交给了陈云同志。
>
> 大约过了一个多小时，他叫我。我进了他的办公室。他说：“这是我写的！”
>
> 他的话，使我又惊又喜。
>
> 他的夫人于若木同志看了手稿，也说这是陈云同志写的字。

[1] 笔者在遵义会议纪念馆档案室查到中共中央档案部 1959 年 5 月 28 日致该馆的信，其中已引用过了这份手稿中的一些内容。

据陈云同志说，这是遵义会议结束不久，他向部队传达遵义会议时写的传达提纲……[1]

由于陈云确认这份手稿是他写的，使这份关于遵义会议的重要原始文献的来历得以查清。

胡乔木对这份手稿进行考证，认为这份手稿形成于遵义会议后不久从威信到泸定桥的行军途中，因此写作时间为 1935 年 2 月 11 日至 3 月 11 日这一段时间内。陈云看了胡乔木就这一问题写给他的信说："具体时间我记不清了，但我同意你们考证的时间。"

陈云手稿提及许多前所未知的关键性史实。这份手稿的确认，使有关遵义会议的研究向前推进了一步。

陈云手稿先在内部发行的《中共党史资料》第 6 辑上发表，接着，又在 1985 年 1 月 17 日的《人民日报》公开发表——那一天，正值遵义会议 50 周年纪念日。

陈云手稿中指出：遵义会议"指定洛甫同志起草决议，委托常委审查后，发到支部中去讨论"。这表明决议的起草者是张闻天，而且决议不是在会上通过的，却是在会后起草，由政治局常委审查通过的。

此后，1983 年，殷子贤和史纪辛在中央档案馆发现遵义会议决议的最早的油印本，上面写着"一九三五年二月八日政治局会议通过"。这一天，中共中央政治局在云南威信县（扎西）开会，通过了遵义会议决议。"二月十六日

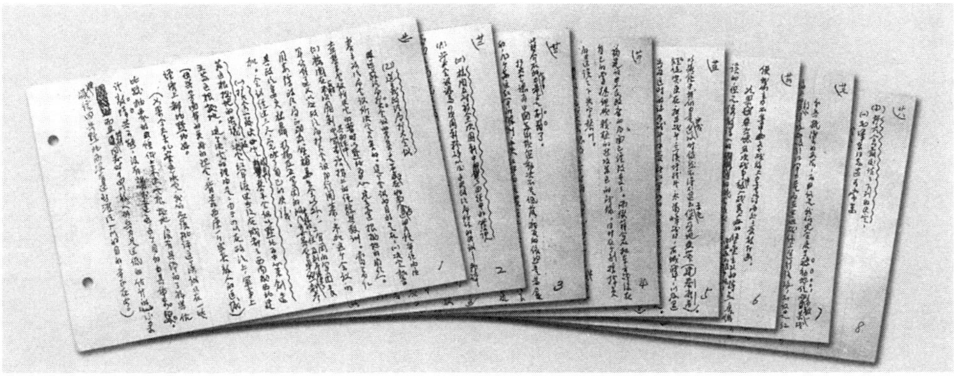

陈云撰写的《遵义政治局扩大会议传达提纲》

[1] 笔者 1991 年 7 月 9 日在北京采访朱佳木。

印”，这表明，最初发现的那个油印本，是后来在陕北时的翻印本，把“二月”误写成“一月”——少了一横（也可能是那一横刻得太轻，没有印下来），给历史学家们带来多大的误会和麻烦！那种关于把“17”误写成“八”的“解释”，也就“告吹”了！

陈云的手稿中写及：遵义会议“经过三天，完成了自己的决议”。既然依据周恩来的电报，确定会议在 1935 年 1 月 15 日，“经过三天”，也就在 1 月 17 日结束。这样，遵义会议的日期，查得清清楚楚了。

对遵义会议 20 位出席者的考证

遵义会议的出席者名单，历史学家排了好多遍，一直未能弄清楚。

按照惯例，出席者的名单在会议记录上可以查到。

遵义会议是有会议记录的，周恩来回忆说是邓小平做的记录。

可惜，遵义会议的记录，迄今未曾见到。从会议记录上，不仅可以查到出席者名单，而且可以查到出席者的发言。会议记录是最为重要的原始文献。

其实，遵义会议的记录不止一份！除了邓小平所记的那一份会议的正式记录之外，好几位会议的出席者在自己的笔记本上也随手记录。其中，博古便是一个，因为博古平时开会有着在自己的笔记本上做记录的习惯，何况在遵义会议上他受到尖锐的批判，也就随手记下了别人的发言。笔者在采访博古亲属时，他们说及

叶永烈在遵义会议会址留影

博古的笔记本曾保存在亲属手中。在“文化大革命”中，他们作为博古亲属受到猛烈的冲击，就把笔记本烧掉了！从此，已经保存了30多年的珍贵的博古所记遵义会议记录化为灰烬，失去了一份关于遵义会议的极为珍贵的原始文献！

所幸，陈云的手稿得以保存，其中的一句话，解开了关于出席者的历史之谜：

参加这个会议的同志除政治局正式及候补委员以外，一、三军团的军团长与政治委员林、聂、彭、杨及五军团的政治委员李卓然、李总政主任及刘参谋长都参加了。

根据这一句话，就可以准确地考证出遵义会议出席者的名单。

中共六届五中全会选出的政治局委员共12人，其中王明、项英、张国焘、任弼时、康生5人不在遵义；顾作霖已于1934年5月28日因心脏剧痛、吐血不止，病逝于瑞金（终年仅26岁）。剩下的6人，是遵义会议的出席者，即（以姓氏笔画为序）：

毛泽东　中华苏维埃共和国中央政府主席。

朱　德　中国工农红军革命军事委员会主席、红军总司令。

陈　云　全国总工会党团书记，长征开始时为五军团中央代表、军委纵队政治委员，进入遵义后又出任遵义警备司令部政治委员。

周恩来　中国工农红军革命军事委员会副主席、红军总政治委员，长

1935年1月的中共中央政治局扩大会议——遵义会议，就在这间会议室里召开。遵义会议的出席者，总共20人

征开始时为“三人团”成员。

张闻天（洛甫） 中华苏维埃共和国中央政府人民委员会主席。

秦邦宪（博古） 中共中央负总责，长征开始时为“三人团”成员。

中共六届五中全会选出的政治局候补委员共5人，其中关向应不在遵义，因此出席遵义会议的是4人，即（以姓氏笔画为序）：

王稼祥　中国工农红军革命军事委员会副主席、红军总政治部主任。

邓　发　国家政治保卫局局长。

刘少奇　全国总工会委员长、中共福建省委书记，长征时为八军团中央代表。

何克全（凯丰） 共青团中央书记，长征开始时为九军团中央代表。

陈云手稿中提及的“林、聂、彭、杨”，即：

林　彪　一军团军团长。

聂荣臻　一军团政治委员。

彭德怀　中共中央候补委员、三军团军团长。

杨尚昆　中共中央候补委员、三军团政治委员。

陈云手稿中还提及“李卓然、李总政主任及刘参谋长”，即：

李卓然　五军团政治委员。

李富春　中共中央候补委员、红军总政治部副主任、代主任。

刘伯承　红军总参谋长、军委纵队司令员、遵义警备司令员。

以上共17人。此外，还有两人列席会议：

李　德　共产国际驻中国军事顾问，长征开始时为“三人团”成员。

伍修权　翻译。

这样，遵义会议出席者的名单增至19人。

在这19人之外，还有一位出席者，即邓小平。

笔者在遵义及贵阳，查找有关邓小平出席遵义会议的资料。最早见诸报刊的，是1958年11月13日的《贵州日报》第三版以头条位置刊载了萧明的通讯《邓小平同志在遵义》，文章一开头就写道：

> 本月3日[1]，遵义会议纪念馆里非比寻常。遵义会议纪念馆里的工作人员，很久以来就盼望着能接待一次参加过遵义会议的客人。今天这个愿望实现了，邓小平、李井泉、杨尚昆等同志来参观纪念馆。遵义会议的参加者邓小平和杨尚昆同志，对这座阔别20多年，有伟大历史意义的楼房记忆犹新。一走进纪念馆的大门，杨尚昆同志兴奋地说："就是这里，这个地点找对了。"走进陈列室，杨尚昆同志告诉纪念馆的负责人孔（宪）全同志："这里是当时的作战室。"穿过陈列室，踏上窄楼梯，走进开会的房间，邓小平同志看到房间依旧是当年的摆设样子，使他立刻想到了当年开会时的情景，他肯定地说："会议就是在这里开的。"他指着靠里边的一角说："我就坐在那里。"在狭窄的走廊上，邓小平同志说："这个地方原来好像很宽，有次就在这里摆了一张地图，几个人研究怎样往四川走。"……

此文后来又稍作补充，刊载于贵州1958年第12期《山花》文学月刊，内容差不多。

此后不久，周恩来证实邓小平出席过遵义会议，并在会上担任记录。

关于周恩来的回忆，是杨尚昆谈及的。那是1984年10月26日晚，杨尚昆在北京饭店宴请美国记者索尔兹伯里时，中国革命军事博物馆副研究员阎景堂在侧作陪。阎景堂问及邓小平出席遵义会议的情况，杨尚昆作了答复。阎景堂如此记述：

红军时期的杨尚昆

> 杨尚昆同志说："50年代末60年代初，我到遵义，遵义的同

[1] 即1958年11月3日。

志问都是哪些人参加了遵义会议，我一一作了回答。他们又问小平同志是否参加了？我说好像不记得他参加了。回到北京，我问周总理，总理说小平同志参加了，当时担任会议记录，他是党中央秘书长。”杨尚昆同志接着说：“总理这么一讲，我也想起来了，还记得他当时坐的位置。小平同志是以党的中央秘书长的身份参加的，这是肯定的。”[1]

陈云的手稿中没有提及邓小平，可能和没有提及伍修权一样，一个是会议的记录，一个是会议的翻译。

邓小平出席遵义会议时的身份，最初定为“《红星报》主编”。《红星报》是红军军事委员会机关报，由总政治部出版。邓小平作为“邓、毛、谢、古”挨批判后，被总政治部主任王稼祥调去编《红星报》。在中央苏区，《红星报》石印，每期印 1.7 万余份。长征途中改为油印，每期印七八百份。伍修权在 1982 年第 1 期《星火燎原》上的《生死攸关的历史转折》一文中写及：

长征中的邓小平

邓小平同志先以《红星报》主编身份列席会议，会议中被选为党中央秘书长，正式参加会议。

对于邓小平来说，这是他第二次担任此职。他在 1927 年年底至 1929 年夏担任过中共中央秘书长，长征途中再次担任此职——他的前任是邓颖超，因肺病加重，由他接替。

1984 年，当中共中央文献研究室为美国《简明不列颠百科全书》写“邓小平”条目时，涉及他第二次出任中共中央秘书长的时间。邓小平不是伍修权所说“会议中被选为党中央秘书长”，他是 1934 年年底开始任中共中

[1]《陆友山、阎景堂同志在“遵义会议问题”专题座谈会上的发言纪要》，《纪念遵义会议 50 周年》，贵州人民出版社 1986 年版。

央秘书长。[1]

这一条目先是在《文献和研究》1984年第5期发表，后又在《党史通讯》1984年第9期刊载，并经邓小平本人审定。这就是说，邓小平在会议前已担任了中共中央秘书长。据中共中央文献研究室分析，邓小平出任中共中央秘书长是在黎平会议或黎平会议后，在猴场会议之前。他的前任邓颖超和继任者刘英[2]都证明他担任过中共中央秘书长。

由于陈云手稿中没有提及邓小平，所以关于邓小平出席遵义会议及其当时职务的考证，就比前19人需要多花费一些笔墨。然而，经过考证，终于可以列上遵义会议的第20位出席者：

邓小平　中共中央秘书长。

早年曾一度把董振堂列入遵义会议出席者的名单，其原因是出于这样的推理：一、三军团的军团长及政委林彪、聂荣臻、彭德怀、杨尚昆以及五军团的政委李卓然都出席了会议，那么作为五军团军团长的董振堂势必也出席了会议。

然而，陈云手稿中只提到“五军团的政治委员李卓然”出席会议，没有提到军团长董振堂——倘若他出席会议的话，陈云手稿中是绝不会遗漏的。

另外，否定董振堂出席会议还有以下重要依据：

第一，周恩来的电报只发给“卓然、少奇”，没有发给董振堂。

第二，遵义会议期间，中央军委发给五军团的多次电报，都指名给董振堂，表明他会议期间在前线。

第三，陈云对此作出解释：“遵义会议是党中央政治局的扩大会议，董振堂同志虽然是五军团的军团长，但在党内没有担负负责的职务。”[3]

这样，董振堂没有出席遵义会议，得以确证。

另外，九军团军团长罗炳辉、政委蔡树藩因部队尚在乌江，未能出席会议。

这样，遵义会议的出席者名单得以查清。在查证过程中，陈云的手稿起了关键性的作用，因为根据陈云手稿便可确切地定下18位出席者的名单——除

[1] 见《简明不列颠百科全书》中文版第538页“邓小平”条：“1934年10月参加长征，年底担任中共中央秘书长。”

[2] 1991年7月3日、11日，叶永烈在北京采访张闻天夫人刘英。

[3]《陈云同志对〈关于遵义政治局扩大会议若干情况的调查报告〉的批复》，《中共党史资料》第6辑。

了明确提及的 17 位之外，手稿中有一句写及李德在会上“完全坚决地不同意对于他的批评”，证明李德出席了会议。

经过反反复复的考证，依据原始文献，依据会议出席者们一次次的回忆，遵义会议终于走出历史的“黑角”，可以用比较准确的线条勾勒这次被称为“中共历史转折点的会议”的轮廓了……

正报告·副报告·反报告

太阳的余晖渐渐隐没在玉屏山后，寒风吹拂着徐徐而流的湘江，遵义的街头变得冷清起来。

从新城的古寺巷深处抬出一副担架，上面躺着王稼祥。颀长的毛泽东和戴近视眼镜的张闻天随着担架，在警卫们的护送下，走过店铺簇拥的丁字路口，走过湘江上的石桥，子尹路就在眼前了。

柏公馆楼上，跟周恩来的卧室只一墙之隔的客厅，已经生好炭火盆。客厅正中一张长两米、宽一米的长方桌子（柏家的餐桌）用土漆漆成板栗色，四周是十几把藤心木把椅子，还有好多只木凳。另外，还特地放了一张抽脚藤躺椅（藤躺椅下方有一张可伸可缩搁脚用的竹凳），那是虑事甚细的周恩来嘱人找来为王稼祥预备的“专座”。

王稼祥在长征中受了重伤，他是被人用担架抬进遵义会议会场，然后躺在这张躺椅上发言的。他痛斥了博古和李德的“左”倾错误，给了毛泽东极为有力的支持

一盏带白色荷叶边灯罩的美孚煤油灯已经点亮，挂在天花板正中，射出黄黄的光。桌上放着烟灰缸和茶杯，没有热水瓶，只有一把铜壶正放在灶间的煤炉上。

从前线赶回的林、聂住在附近，彭、杨住在柏公馆楼下，只是李卓然、刘少奇尚在途中。

吃过晚饭后，人们陆陆续续来到客厅。当毛、张、王从新城抵达这里时，与会者差不多到齐了。

这时，墙上挂钟发出“当、当”七声响，会议也就开始了。

毛泽东和张闻天紧挨着那张藤躺椅而坐。藤椅在挂钟的下方。李德远远地离群而坐，坐在门口那儿，伍修权紧挨着他。

博古和周恩来坐在会场中心。会议由博古主持。其他的出席者，随便找个椅子、凳子坐。正中墙壁上，挂着一张马克思的像。

博古的自我感觉似乎不错。他在宣布开会之后，就拿出一沓纸，开始作报告。因为事先定下会议的议题是对第五次反“围剿”和长征的第一阶段（亦即从江西出发至攻下遵义）进行总结，博古的报告围绕着议题，以中共中央负责人的身份，看似认真地进行总结。博古在谈及第五次反“围剿”失败的原因时，强调了国民党军事力量的强大，强调了全国革命力量的薄弱，却不去检查“三人团”军事指挥上的错误。

博古的报告大约持续了一个小时，他的报告被称为“正报告”，又称“主报告”。

博古报告结束之后，作为“三人团”成员的周恩来作“副报告”。周恩来是中央军委负责人，着重谈军事问题，他检查了“三人团”指挥上的重大失误，并主动承担了自己的责任。

博古和周恩来报告的不同倾向，连李德也听出来了（伍修权在他的一侧给他现场翻译）。后来，李德在《中国纪事》中写道：“博古把重点放在客观因素上，周恩来则放在主观因素上……”李德的这句话，倒是颇为准确地概括了“正报告”和“副报告”之间的不同。

周恩来的“副报告”，讲了半个多小时的样子。

接着，博古希望与会者对正、副报告加以讨论——直到这时，博古仍在按照他事先预想的会议程序进行着。

博古的话音刚落，张闻天马上开始发言。张闻天从衣袋里掏出一大沓纸头，清楚表明他事先作了充分准备，写好了发言提纲。如杨尚昆所忆：

> 他作报告时手里有一个提纲，基本上是照着提纲讲的。这个提纲实际上是毛泽东、张闻天、王稼祥三同志的集体创作而以毛泽东同志的思想为主导的。[1]

---

[1] 杨尚昆：《坚持真理　竭忠尽智——缅怀张闻天同志》，《人民日报》1985年8月9日。

长征结束后的张闻天（左）与毛泽东（中）

毛泽东在长征开始时提议毛、张、王在一起行军，入遵义后又同住古寺巷，长时间切切磋磋，其结果便是张闻天手中的这份发言提纲。

写过长篇小说的张闻天思路清晰，擅长表达，他的发言一下子就震动了会议。他的发言，大体上也就是后来由他起草的遵义会议决议。

张闻天的第一句话，就使博古和李德吃了一惊。他说：

> 听了博古同志关于第五次反“围剿”总结报告和周恩来同志的副报告之后，我们认为博古同志的报告基本上是不正确的！

张闻天的报告，打乱了博古的会议程序。他一口气也讲了一个来小时，持与博古完全相反的观点，人称“反报告”。

张闻天指出：

> 博古同志在他的报告中过分估计了客观的困难，把第五次“围剿”不能在中央苏区粉碎的原因归之于帝国主义、国民党反动力量的强大，同时对于目前的革命形势却又估计不足，这必然会得出客观上第五次“围剿”根本不能粉碎的机会主义的结论。

张闻天把博古的正报告称为“机会主义”，把博古一下子镇住了。李德大口大口地抽烟。

张闻天照着提纲发言，指名道姓批判博古、批判李德。以下的这些非常尖锐的话，均摘自后来由张闻天写成的遵义会议决议之中：

由于对堡垒主义的恐惧所产生的单纯防御路线与华夫同志[1]的“短促突击”的理论，使我们从运动战转变到阵地战，而这种阵地战的方式仅对于敌人有利，而对于现时工农红军是极端不利的。

我们突围的行动，在华夫同志等的心目中基本上不是坚决的与战斗的，而是一种惊慌失措的逃跑的以及搬家式的行动。

博古同志，特别是华夫同志的领导方式是极端恶劣的，军委的一切工作为华夫同志个人所包办，把军委的集体领导完全取消，惩办主义有了极大的发展，自我批评丝毫没有，对军事上一切不同意见不但完全忽视，而且采取各种压制的方法……

特别指出博古同志在这方面的严重错误，他代表中央领导军委工作，他对于华夫同志在作战指挥上所犯的路线上的错误以及军委内部的不正常现象，不但没有及时地去纠正，而且积极地拥护了助长了这种错误的发展。博古同志在这方面应负主要的责任……

张闻天的一席“反报告”，使会场群情激奋。积压多日的对博古、李德错误领导的怒火迸发了。幸亏进了遵义，香烟有了充足的供应，使李德可以一根接一根地抽着。李德板着面孔，硬着头皮听着张闻天对他的尖锐批判。博古则埋头记笔记，张闻天的反报告完全超出他的意料。虽说他想同志们可能会对他的报告提出一些意见，但他绝对没有想到这样彻底地否定他的报告……

正报告、副报告、反报告，这三个报告构成了遵义会议不寻常的旋律。

毛泽东发射“重磅炮弹”

毛泽东也在大口大口地抽烟。平日，他在各种会议上，如同他指挥作战一样，喜欢“后发制人”，总是等大家都讲得差不多了才发言。这一回一反常态，当张闻天刚刚结束了反报告，毛泽东就开腔了。

毛泽东手里也拿着几张纸，不过，那不是发言提纲。他的意见早已烂熟于胸，用不着写发言提纲。那纸上的字，是博古作正报告时，他随手写下的一些需要加以批驳的观点。

在与会者的印象中，毛泽东的发言时间最长，大约持续了一个半小时。他

[1] 即李德。

的发言，要比张闻天幽默、辛辣，不时使会场爆发揶揄的笑声——唯有博古和李德不笑。

很遗憾，迄今未曾查找到毛泽东发言的原始记录。不过，周恩来回忆，毛泽东的发言用三个“主义”概括了博古、李德的错误，即“先是冒险主义，继而是保守主义，然后是逃跑主义”。[1]

毛泽东概括的这三个“主义”，颇为深刻：“先是冒险主义”——打赣州，“夺取中心城市，争取一省或数省首先胜利”；“继而是保守主义”——广昌之役，阵地战，堡垒对堡垒；“然后是逃跑主义”——仓促突围，实行逃跑。

周恩来回忆，毛泽东说这次着重解决军事路线问题，“其他问题暂时不争论”，“很多人一下子就接受了”。

陈云则回忆：“毛主席讲得很有道理，内容就是《中国革命战争的战略问题》。”[2]

《中国革命战争的战略问题》一文，收入《毛泽东选集》第1卷。他的话，形象而又生动：

> “拼消耗”的主张，对于中国红军来说是不适时宜的。“比宝”不是龙王向龙王比，而是乞丐向龙王比，未免滑稽。
>
> 睡眠和休息丧失了时间，却取得了明天工作的精力。如果有什么蠢人，不知此理，拒绝睡觉，他明天就没有精神了，这是蚀本生意。我们在敌人第五次“围剿”时期的蚀本正因为这一点。
>
> 谁人不知，两个拳师放对，聪明的拳师往往退让一步，而蠢人则其势汹汹，劈头就使出全副本领，结果却往往被退让者打倒。

毛泽东用了这样一段话回顾第五次反“围剿”的失败：

> 起劲地反对“游击主义”的同志们说：诱敌深入是不对的，放弃了许多地方。过去虽然打过胜仗，然而现在不是已经和过去不同了吗？……现在我们的国家已经成立了，我们的红军已正规化了。我们和蒋介石作战是国家和国家作战，大军和大军作战。历史不应重复，“游击主义”的东西是应该全部抛弃的了。新的原则是“完全马克思主义”的，过去的东西是

[1] 周恩来：《在批林整风汇报会议上的讲话》，1972年6月10日。

[2] 陈云1977年8月23日接见遵义会议纪念馆同志时的讲话。据遵义会议纪念馆资料。

游击队在山里产生的，而山里是没有马克思主义的。新原则和这相反：“以一当十，以十当百，勇猛果敢，乘胜直追”，“全线出击”，“夺取中心城市”，“两个拳头打人”。敌人进攻时，对付的办法是“御敌于国门之外”，“先发制人”，“不打烂坛坛罐罐”，“不丧失寸土”，“六路分兵”，是“革命道路和殖民地道路的决战”；是短促突击，是堡垒战，是消耗战，是“持久战”；是大后方主义，是绝对的集中指挥；最后，则是大规模搬家。并且谁不承认这些，就给以惩办，加之以机会主义的头衔，如此等等。

无疑的，这全部的理论和实际都是错了的。这是主观主义。这是环境顺利时小资产阶级的革命狂热和革命急性病的表现；环境困难时，则依照情况的变化依次变为拼命主义、保守主义和逃跑主义。这是鲁莽家和门外汉的理论和实际，是丝毫也没有马克思主义气味的东西，是反马克思主义的东西……

毛泽东的一席宏论，层层剖析，把博古和李德推上了被告席。实际上，他的长篇讲话，才是遵义会议的真正的“正报告”“主报告”。

在毛泽东讲毕之后，王稼祥从躺椅上欠身站了起来，激动地发言。周恩来劝他坐下，他就坐着讲。

遵义会议是王稼祥提议召开的。前些天，有人劝他：“你正生病，会议不必参加了。”他答道：“这是头等大事，比我的病更重要，我要坐担架去开会！”

王稼祥的发言很干脆，直截了当地讲了三点意见：

第一，完全赞同张闻天、毛泽东的发言。

第二，红军应该由毛泽东这样富有实际经验的人来指挥。

第三，取消李德、博古的军事指挥权，解散“三人团”。

王稼祥的发言，是对毛泽东的有力支持。后来，直至在“文化大革命”中，毛泽东提及王稼祥时，仍说他在遵义会议上投了“关键的一票”。

毛、张、王接连放了三炮，使博古和李德自通道会议、黎平会议、猴场会议已经动摇了的地位彻底动摇了。就连李德在他的回忆录《中国纪事》中也写及，毛泽东的报告在会上得到“以掌声和欢呼声”所表达的支持。

然而，在这“掌声和欢呼声”中，忽地冒出冷冷的反问声。这声音是在王稼祥提议红军应由毛泽东指挥时发出的：“老毛懂个啥？他懂马列主义？他懂军事？他只会看看《孙子兵法》，翻翻《水浒》《三国演义》！”

说这话的，是共青团中央书记凯丰，他强烈地支持着博古和李德。

据黄允升查证《中共党史研究》1992年第2期，毛泽东当时“翻翻《水浒》

《三国演义》”倒确有其事，而《孙子兵法》却未曾看过。

在20世纪60年代，毛泽东曾多次这样谈及：

当时党内有同志说我打仗不高明，是照着两本书打的，一本是《三国演义》，另一本是《孙子兵法》。其实，打仗的事怎能照书本？那时，这两本书，我只看过一本《三国演义》，当时并没有看过《孙子兵法》。那个同志硬说我看过，从那以后，倒是逼使我去翻了翻……

凯丰接着又谈起了马克思主义，他开始不断地引用马克思的话、列宁的话，以证明博古、李德是完完全全的布尔什维克！

毛泽东反驳了凯丰，指出马克思主义只有和中国革命的实践相结合，才能取得胜利。

博古、李德、凯丰为一方，毛泽东、张闻天、王稼祥为一方，三比三。

夜已深。博古宣告会议“暂停”，第一次会议结束。

警卫们提着马灯，护送毛、张、王回新城。虽说骤然走出那炭火颇旺的会议室，朔风迎面扑来，是够冷的，但是毛、张、王心中却一片火热，因为从今天会场上的反应看来胜券在握……

何克全，又名“凯丰”，共青团中央书记，红九军团中央代表。在遵义会议上，他坚决反对毛泽东。后来，他承认了错误。曾出任中共中央宣传部代理部长

博古和李德陷入四面楚歌

会上白热化，会下也很热闹。

聂荣臻回忆凯丰在会下向他游说的情景：

教条宗派主义者也想争取主动，积极向人们做工作。会前和会议中，凯丰——即何克全，当时的政治局候补委员、共青团书记——三番两次找我谈话，一谈就是半天，要我在会上支持博古，我坚决不同意。我后来听说，凯丰向博

古汇报说，聂荣臻这个人真顽固！[1]

凯丰前来游说聂荣臻，是因为他发觉聂荣臻倒向了毛泽东。聂荣臻在湘江之战以后，因脚化脓，也坐担架，在担架队跟毛、张、王一起经常交谈。聂荣臻赞同毛、张、王的见解，难怪凯丰向他游说不成后不悦而归。

1月16日，刘少奇和李卓然从桐梓过娄山关，赶到了遵义。他们也住进了柏公馆楼下，隔壁的一间屋子便是彭德怀、杨尚昆住。这时，彭德怀才第一次结识刘少奇。

李卓然这人，平日不显山露水，其实他能武能文。1934年，中央苏区举行文艺演出时，他居然写出了剧本《庐山之雪》，剧中写红军大败坐镇庐山的蒋介石。那蒋介石由罗瑞卿扮演，红军将领则由林彪扮演。最初，戏顺利地演出，林彪照着李卓然写的台词表演。最后一幕是林彪审问蒋介石。林彪问了两句之后，便自由“发挥”起来。幸亏罗瑞卿机灵，总算临时编词，把林彪对付过去——

红军将领（林）：“你是蒋介石吗？”

蒋介石（罗）：“是！”

红军将领（林）：“怎么叫我们抓住了？”

蒋介石（罗）：“我的飞机坏了。”

红军将领（林）（从这一句开始，林彪“离谱”了）：“你怎么长得那么瘦？”

蒋介石（罗）：“我成天算计着怎么坑害人民，怎么卖国求荣，消耗太大。”

红军将领（林）：“怎么不吃补药？”

蒋介石（罗）：“吃了也没用，心肝坏了，肚肠坏了，我吃红肉拉白屎，一肚子脓水！”

刘少奇

[1]《聂荣臻回忆录》上册，战士出版社1983年版，第246—247页。

台下的观众笑得前仰后合，李卓然竟笑出了眼泪。

从那以后，林彪和罗瑞卿作为“演员”的名声大振，李卓然这位“编剧”也广为人知。李卓然在解放后被调去当中共中央宣传部副部长，跟他当年“编剧”也有点瓜葛。

李卓然和刘少奇到了遵义，就赶往新城去看望毛泽东。

头天夜里，毛泽东从炭火盆旁走上冷风飕飕的大街受了风寒，感冒了。李卓然在 1984 年曾回忆：

> 我记得很清楚，他当时正患感冒，头上裹着一条毛巾。尽管在病中，但他仍然专注地倾听我的汇报。当我谈到部队已经怨声载道时，他笑笑说：“怨声载道，对领导不满意啦？”我说：“是的。”他又说：“那你在会议上讲一讲，好不好？”毛泽东同志肯定了我反映的情况很重要，并要我在会议上发个言。[1]

由于大部分与会者军务在身，白天忙于处理军务，会议总在夜间举行。16 日、17 日又接连开了两个晚上的会。彭德怀和杨尚昆在出席了 16 日晚的会议之后，未等会议结束，就匆匆赶赴前线——那是因为柏公馆的那位柏辉章率师在遵义以南的刀靶水进攻红三军团第六师，战事紧迫，彭、杨出征。

第二、第三个晚上的会议，仍然在柏公馆楼上客厅里举行。

据伍修权回忆：

> 在我印象中比较深的是李富春和聂荣臻同志。他们对李德那一套很不满，对“左”倾军事路线的批判很厉害。彭德怀同志的发言也很激烈。他们都积极支持毛泽东同志的正确意见。[2]

作为李德的“老校友”，刘伯承被李德撤过职，他指出：中国的国情和苏联不同，把苏联军事院校那一套正规战、阵地战的打法搬到中央苏区来，势必会惨败。

刘伯承说：“没有本钱打什么‘洋仗’，毛主席是有什么本钱打什么仗！”

李卓然作了发言，说部队对博古、李德那一套打法“怨声载道”。

---

[1] 李卓然：《难忘的遵义会议》，《遵义会议的光芒》，解放军出版社 1984 年版。

[2]《伍修权的回忆》，《遵义会议资料选编》，贵州大学编印，1985 年版。

部分遵义会议出席者。上排左起：张闻天、朱德、陈云、周恩来，下排左起：博古、王稼祥、刘少奇、邓发

陈云、刘少奇在发言中明确地表示支持毛泽东。

向来稳健的朱德总司令，当面谴责了李德："弄得丢了根据地，牺牲了多少人命！"朱德还说了一句分量很重的话："如果继续这样的领导，我们就不能再跟着走下去！"

周恩来举足轻重，在博古、李德受到批判时，他实际上是党内、军内的最高领导人。他是遵义会议的组织者，正因为这样，给李卓然、刘少奇的电报是以"恩来"署名发出的。周恩来在通道会议上已经支持毛泽东，黎平会议时更与李德当面"顶撞"，此时他在发言中"全力推举由毛泽东来领导红军的今后行动"[1]。

其实，周恩来的支持，才是遵义会议上"关键的一票"！

至于林彪，聂荣臻和伍修权回忆说他"一言不发"。但是，李德在《中国纪事》中则回忆说林彪"竭力操着粗暴声调"批判他。尽管不同人的回忆有着不同的印象，不过，有两件史实可以很生动地勾画林彪的形象：1934年春末，李德在红一军团视察时，曾与林彪作了一次深谈，建议他写一篇论述"短促突击"战术的文章。林彪果真在这年6月17日发表《论短促突击》一文，赞同李德的战略战术。可是，在遵义会议之后，被削去军权的李德"下放"到林彪的红一军团。据李德回忆，"林彪以一种不耐烦的态度接待了我"，

[1] 金冲及主编：《周恩来传》上卷，人民出版社1989年版，第283页。

博古、李德遵义会议期间旧居

"我以后在他的司令部度过了几星期，在这期间他对我也几乎毫不过问"。

随着与会者一个个发言支持毛泽东，毛泽东赢得了明显的多数。会议的形势，如陈云在手稿中所描述的：

> 扩大会议中恩来同志及其他同志完全同意洛甫及毛、王的提纲和意见，博古同志没有完全彻底地承认自己的错误，凯丰同志不同意毛、张、王的意见，A 同志[1]完全坚决地不同意对于他的批评。

博古和李德已陷入了四面楚歌的境地，除了凯丰那一票表示支持之外，20 位出席者中的 17 位支持毛泽东。

陈云的手稿中写及：

> 扩大会议指出军事上领导错误的是 A、博、周三同志，而 A、博二同志是要负主要责任的。

这样，既批评了"三人团"，又把"三人团"中的李德、博古和周恩来区别开来，指出李德、博古"要负主要责任"。

张闻天接替博古成为中共负总责

会议进入第三个晚上，局面已经完全明朗化了。于是，着手进行最后的议题，即作出四项决定。

这四项决定，并未见于张闻天起草的会议的决议，直至陈云手稿于 1985

[1] 即李德。

年公开发表，这四项决定才正式公布：

（一）毛泽东同志选为常委。

（二）指定洛甫同志起草决议，委托常委审查后，发到支部中去讨论。

（三）常委中再进行适当的分工。

（四）取消“三人团”，仍由最高军事首长朱周为军事指挥者，而恩来同志是党内委托的对于指挥军事上下最后决心的负责者。

这四项决定，是遵义会议的重要成果。

其中第一条，“毛泽东同志选为常委”，是指毛泽东从中共中央政治局委员进一步被选为政治局常委。常委与非常委的区别在哪里呢？当时正处于战争环境，尤其是长征途中，政治局委员们分散在各部队之中，不能经常开政治局会议，重大的事务由政治局常委决定。进入常委，意即进入中共领导核心。

当时，究竟哪些人是政治局常委？无原始常委名单档案可查。不过，以陈云手稿为依据，可以巧妙而准确地“推算”出常委名单来：

一、“毛泽东同志选为常委”，表明毛泽东是新任常委。

二、“扩大会议后中常委即分工，以泽东同志为恩来同志的军事指挥上的帮助者”，表明周恩来是常委。

三、“决议发出以后常委各同志——毛、张、陈——均到各军团干部会中传布决议”，表明张闻天、陈云也是常委。

四、“在由遵义出发到威信的行军中，常委分工上，决定以洛甫同志代替博古同志负总的责任”，表明博古是常委。

根据以上“推算”，常委共五人，即原常委博古、周恩来、张闻天、陈云，加上新选的毛泽东。

遵义会议的第四条决定，是以组织决定形式最终取消了“三人团”，并宣布剥夺了李德的军事指挥权。

不过，遵义会议结束时，博古仍为中共中央负总责，只是他这“负总责”已经很难开展工作了。

战事紧急，遵义会议在 1 月 17 日晚刚刚结束，柏辉章师已逼近遵义城了。趁着红军在遵义休整，蒋介石重新部署了追堵红军的计划。红军在 1 月 19 日撤出了遵义。这时的红军，由周恩来、朱德指挥，周恩来“是党内委托的对于指挥军事上下最后决心的负责者”。

红军撤离遵义城之后，第一个回到柏公馆的是柏辉章的表弟余大勋。他来到二楼客厅，据他回忆：“餐桌仍在原处，四周有木椅、木凳和一张藤睡椅。”这便是遵义会议后的现场场景。

在遵义会议之后，博古下台已成定局，终于，在一个“鸡鸣三省”的地方，博古结束了他的中共中央负总责的职位。

周恩来曾十分清楚地说及博古“交权”的过程：

> 当时博古再继续领导是困难的，再领导没有人服了。本来理所当然归毛主席领导，没有问题。洛甫那个时候提出要变换领导，他说博古不行。我记得很清楚，毛主席把我找去，说洛甫现在要变换领导。我们当时说，当然是毛主席，听毛主席的话。毛主席说，不对，应该让洛甫做一个时期。毛主席硬是让洛甫做一做看。人总要帮嘛。说服了大家，当时就让洛甫做了……[1]

周恩来说及博古“交权”的地点：

> 我们赶快转到四川、贵州、云南交界地方，有个庄子名字很特别，叫“鸡鸣三省”，鸡一叫三省都听到。就在那个地方，洛甫才做了书记，换下了博古。[2]

据考证，那个“一鸡长鸣，三省皆闻”的村子，是云南省威信县水田寨乡的一个村子。

博古“交权”时间，是 1935 年 2 月 5 日，即遵义会议结束半个多月后。

在博古准备“交权”时，凯丰一再向他说：“不能把中央的权交出去！”

> 博古没有听他的，还跟凯丰说，应该服从集体的决定，这样他把象征“权”的几副装有中央重要文件、记录、印章的挑子交给了闻天。[3]

---

[1] 周恩来在中共中央一次会议上的讲话，1972 年 6 月 10 日。转引自石仲泉《一渡赤水和“鸡鸣三省”会议》，《百年潮》2003 年第 12 期。又见于遵义会议纪念馆编《张闻天与遵义会议》，中共党史资料出版社 1990 年版，第 59 页。

[2] 周恩来在中共中央一次会议上的讲话，1972 年 6 月 10 日。转引自石仲泉《一渡赤水和“鸡鸣三省”会议》，《百年潮》2003 年第 12 期。

[3] 刘英：《长征琐忆》。

这样，博古结束了自1931年9月下旬起的三年零四个月的中共领袖地位，由张闻天接替。从此，张闻天成了中共中央负总责。

在“鸡鸣三省”的那个村子里，只要毛泽东点一下头，他完全可以出任中共中央负总责。当时，周恩来、张闻天都力推毛泽东接替博古。毛泽东毕竟看得深远，鉴于种种因素，推举了张闻天：

中国共产党是共产国际的一个支部。中共更换领导人，需经共产国际批准。毛泽东出自“山沟沟”，从未去过苏联，共产国际缺乏对他的直接了解。张闻天是“二十八个半布尔什维克”之一，原是王明、博古的密友，共产国际信得过。

张闻天又具有很好的马列主义理论修养。自从他从“左”倾营垒中杀出来之后，跟毛泽东紧密合作。在遵义会议上，张闻天站出来作反报告，立了头功。再则，如毛泽东曾说过的那样：“洛甫这个同志是不争权的。”[1] 张闻天容易与毛泽东共事，也能团结别的同志一起共事。

毛泽东的眼力不错。此后，张闻天担任中共中央负总责长达八年之久，与毛泽东一直保持着良好的共事关系。

张闻天在遵义会议之后成为中共中央负总责

走笔至此，不能不追溯半个世纪前在上海发生的一幕，竟在无意之中给毛泽东帮了大忙，为中国共产党在遵义会议上第一次独立自主地解决党内问题提供了机会……

1934年的上海，中央地下组织面临着最为严峻的“围剿”。

自从中共临时中央在1933年年初迁入中央苏区之后，上海设立中共中央上海局。共产国际通过中共中央上海局，与在中央苏区的中共临时中央取得联系。卢福坦被指定为中共中央上海局负责人，但他于1933年4月被捕、叛变。于是，康生被指定为中共中央上海局负责人。由于形势日益严重，康生和妻子曹轶欧一起于1933年7月中旬离沪前往莫斯科，出任中共驻共产

[1] 王震在《杰出的马克思主义理论家和革命家——忆闻天同志》中转述在延安时毛泽东同他的一次谈话，载《回忆张闻天》一书。

国际代表团副团长。

康生离去后，李竹声任中共中央上海局书记。

差不多与蒋介石对中央苏区的第五次“围剿”同步进行，中统特务加紧了对中共中央上海局的侦察、搜捕。

1934年6月下旬，中共中央上海局被侦破，书记李竹声落入中统特务手中。李竹声叛变，又使一批中共地下党员被捕。

盛忠亮成为李竹声的继任者。1934年8月，这位上任才两个月的中共中央上海局书记也被逮捕。起初，盛忠亮受审时一言不发。中统特务知道他与秦曼英感情很好，而秦曼英已与李竹声同案被捕。他们劝降了秦曼英，让秦曼英跟盛忠亮见面，从而促使了盛忠亮叛变。

中统特务知道了盛忠亮家的“警号”。所谓“警号”，便是窗台上的一盆花、窗口挂着的一件雨衣之类，一旦取掉，表示出事。中统特务保护了盛家的“警号”。中共秘密电台台长武子明见到“警号”依在，进入屋里，当即落入中统特务手中。

武子明的被捕，使中共中央上海局的电台遭到破坏。从此，中共中央上海局与瑞金失去了无线电联系。于是，在瑞金的中共中央，也就失去了与共产国际之间的无线电联系。本来，王明通过无线电报“遥控”瑞金，这下子鞭长莫及了！

李德对此事极为遗憾，他在回忆录《中国纪事》中写道：

> 同共产国际执行委员会就这个问题[1]的无线电往来，是一年半中最后的一次，中央委员会上海局连同电台都被国民党秘密警察查获了。这样，我们同共产国际代表团以及共产国际执行委员会的联系完全中断了。由此而来的中央同外界的完全隔绝，对以后事态的发展产生了无法估量的影响……

李德所说的“共产国际代表团”，亦即中共驻共产国际代表团——团长王明，副团长康生。

从此，王明无法再对中共中央发号施令，只能在莫斯科干着急。

从此，博古、李德无法用共产国际（实际上是王明）这张王牌来压制毛泽东。

---

[1] 指与粤军陈济棠进行秘密谈判。

从此，中国共产党在“同外界完全隔绝”的情况下，独立自主地处理党内事务。

从此，通道会议、黎平会议、猴场会议，这一系列的会议都在没有外来干涉的情况下举行。

从此，遵义会议得以顺利地批判博古、李德，得以削除共产国际军事顾问李德的军权。

从此，中国共产党可以不经共产国际的批准，独立自主地选择自己的领袖——张闻天接替了博古。

张闻天从“鸡鸣三省”的那个小村子起，实际的职务是中共中央总书记，但并没有这样的称谓。这是因为自向忠发被捕后，中共中央便不设总书记。博古的实际职务也是中共中央总书记，但是只称“中共中央负总责”。张闻天接替他，因此也只称“中共中央负总责”。这在当时陈云的手稿中，就已写得很明白：“在由遵义出发到威信的行军中，常委分工上，决定以洛甫同志代替博古同志负总的责任。”

后来，张闻天还曾公开发表启事，否认他的“中共中央总书记”之称。

那是1938年4月12日武汉《新华日报》在第一版所载《张闻天（洛甫）启事》：

> 广州《救亡日报》3月27日载有署名洛基者所写的所谓“张闻天论抗战诸问题”。洛基君指此稿为他在2月12日与“中共中央总书记张闻天先生之谈话”，本人特郑重声明：
>
> （一）该谈话发表未经本人允许，记录内容未经本人看过，因此，本人对该谈话不负任何责任。
>
> （二）中共中央设有由数同志组成之书记处，但并无所谓总书记。

也就在那个“鸡鸣三省”的小村子里，在进行常委分工时，开始授予毛泽东以军权。陈云手稿中写及：“以毛泽东同志为恩来同志的军事指挥上的帮助者。”这表明毛泽东着手过问军事，虽说还只是周恩来的“帮助者”。

博古呢？他在失去中共中央负总责之职后，仍担任中共中央政治局常委、中央军委委员职务。自1935年2月7日起，他担任红军总政治部代主任。

扎西会议旧址

冒雨倾听传达遵义会议决议

张闻天成为中共中央负总责之后，做的第一件事，便是通过由他起草的遵义会议决议。

中共中央政治局的常委们2月5日在那个“鸡鸣三省”的小村子里刚开过常委会，翌日，行军至扎西镇，又接着召开中共中央政治局会议，从2月6日开至2月8日。会议史称“扎西会议”，是由张闻天主持召开的。

扎西是云南省东北部赤水河上游的一个小镇。从1936年起，那里设立威信县，县政府设在扎西镇。威信县地处云南、贵州、四川交界处，可谓“鸡鸣三省”之县。

2月8日，遵义会议的决议在扎西会议上通过。正因为这样，决议的标题之下，醒目地标着“一九三五年二月八日政治局会议通过”。只是由于最初找到的那个油印本，上面少了一横，印成“一九三五年一月八日政治局会议通过”，造成莫大的历史的误会，使历史学家们徒费了许多脑筋。

扎西会议通过了遵义会议决议，至此，遵义会议才算最后落幕。

遵义会议的精髓，是遵义会议决议。研究这份决议的三种不同的“归宿”，是颇为耐人寻味的：

它被收入《六大以来》一书（人民出版社1981年版），那是理所当然的，因为它是中国共产党重要的历史文献。

它被收入1948年晋冀鲁豫中央局编印的《毛泽东选集》，成了毛泽东著作，那也是说得过去的，因为它的核心思想是毛泽东的。

它又被收入1990年中共党史资料出版社出版的《张闻天文集》，成了张闻天著作，这也还是说得过去的，因为它是由张闻天执笔写成的。

这三种不同的“归宿”，综合起来，倒是说出了一个意思：遵义会议决议是根据毛泽东的思想和观点，由张闻天执笔写成的中国共产党重要的历史文献。如果说得更准确些，是以毛泽东的思想、观点为主，其中也包括张闻天、王稼祥、周恩来、陈云、刘伯承等遵义会议出席者的贡献。

遵义会议决议共分14节，长达1.3万余字，是在张闻天的反报告提纲的基础上写成的。

由于遵义会议决议太长，不便于以电报的方式发往各处，于是又由张闻天加以压缩，写成提纲式的《中央政治局扩大会议总结粉碎五次“围剿”战争中经验教训决议大纲》，以“中央书记处”的名义于1935年2月8日发出。这一大纲与遵义会议决议内容完全一致，也表明遵义会议决议是在1935年2月8日通过的。

毛泽东很懂得策略，在遵义会议决议中，特地写上“一年半反对‘围剿’的困苦斗争，证明了党中央的政治路线无疑是正确的”，亦即中共六届四中全会以来的“政治路线无疑是正确的”。这样，大大减少了遵义会议的阻力。因为在一次政治局的扩大会议上，去否定一次中共中央全会的政治路线，显然是艰难的，组织手续上也不完备，所以毛泽东聪明地只限于军事路线的讨论，批判了博古、李德在军事指挥上的错误，把他们“轰下台”，同样达到了否定王明路线的目的。

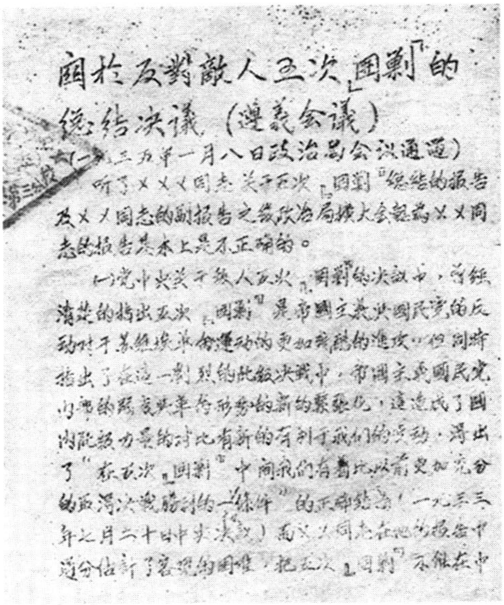
關於反對敵人五次“圍剿”的
總结決議（遵義會議）
（一九三五年一月八日政治局会议通過）
听了×××同志关于五次“围剿”总结的报告及××同志的副报告之后政治局扩大会议认为××同志的报告基本上是不正确的。

遵义会议通过的关于反对敌人五次“围剿”的总结决议（抗日战争时期的油印本）

遵义会议决议刚一通过，就开始向基层传达。不过，传达时很注意对李德、博古点名的范围。如陈云手稿中所写：

决定决议到支部讨论时，

指出华夫同志的名字。在团以上干部会中才能宣布博古同志的名字。

也就是说，对李德的点名范围广，是在全党范围内，而对博古的点名只限于“团以上干部”，因为博古毕竟还是中共中央政治局常委。

2月10日，在扎西会馆门前的操场上首次向团以上干部传达遵义会议决议。那时，刚刚过了春节（正月初一是2月4日），阴冷的天下着蒙蒙细雨，可是干部们在雨中听得聚精会神，忘了冷也忘了雨。

作传达报告的是张闻天。像李维汉这样重要的中共高级干部，也是直至此时，才知道遵义会议的情况。如他所回忆：

听完传达后，我才知道遵义会议揭发和批评了第五次反“围剿”和长征以来中央在军事领导上的单纯防御路线的错误，批评了博古为第五次反“围剿”失败进行辩解的错误，肯定了毛泽东的积极防御的军事路线，通过了关于反对敌人第五次“围剿”的总结决议。毛泽东被选为政治局常委……

我一听完传达，首先起来发言，表示完全拥护遵义会议的决议，同时不点名地批评了凯丰对遵义会议的错误态度。我发言后，凯丰自己站起来说，“谁正确，谁错误，走着瞧！”……[1]

这时，坐在院子里的潘汉年，捣了捣坐在他一旁的刘英。[2] 消息灵通的潘汉年知道刘英正与张闻天热恋，刘英颇为爽快地走上讲台，指名道姓地批评了凯丰。凯丰曾是她的上级。她批评了凯丰在共青团中央“总是宣传博古为首的中央领导第五次反‘围剿’如何如何正确”，并“强调客观困难，总是说第五次‘围剿’是蒋介石亲自指挥，又有德国顾问，又有100万大军，好像反‘围剿’失败不是战略方向和军事指挥的错误”。

刘英回忆道：

我批评之后，凯丰接着上台讲话，说“刘英同志批评正确，我接受。我用那样的思想去影响同志，是不对的”。态度很诚恳。[3]

---

[1] 李维汉：《回忆与研究》上册，中共党史资料出版社1986年版，第353—354页。

[2] 1991年7月3日、11日，叶永烈在北京采访张闻天夫人刘英。

[3] 刘英：《难忘的三百六十九天》，《瞭望》杂志1986年第41期。

这样的传达进行了好多次。不光是张闻天进行传达，毛泽东、周恩来、陈云也作传达报告，使遵义会议决议贯彻到全党、全军。

叶永烈采访刘英

历经烽火弹雨而被保存下来的红军日记，成了珍贵的原始文献。当时任少共国际师师长的彭绍辉，在1935年2月18日的日记中记道：

> 晚上军团直属队开排以上干部会，由毛主席报告中央扩大会议的决定[1]。毛主席指出，第五次反“围剿”单纯防御路线，短促突击，分兵把守，不让敌人进占苏区一寸土地等，都是错误的。而“反攻”以来[2]这个错误还在发展，变成了退却逃跑，叫做“叫花子打狗——边打边跑”。这也是错误的。我听了这个报告非常高兴，许多过去有怀疑、不清楚的问题，得到了明确的答案。[3]

萧锋在他1935年2月20日的日记中，则写道：

> 听完传达后，分组讨论了两天。广大干部对机会主义者错误指挥造成的损失很不满，有的气得直冒火。上级指出，主要是总结经验，不要过多责备个人。我们贯彻遵义会议精神，就是要在党中央、毛主席的领导下，高举苏维埃的红旗，克服困难，搞好创建黔滇川边苏区的工作，执行北上抗日方针。[4]

---

[1] 即遵义会议决议。

[2] 指长征以来。

[3] 彭绍辉：《长征日记》，《遵义会议纪念馆馆刊》1987年第2期。

[4] 萧锋：《长征日记》，上海人民出版社1979年版，第48页。

红军又成了“朱毛红军”

陈云关于遵义会议的传达提纲中写及，常委分工，毛泽东作为“恩来同志的军事指挥上的帮助者”。

虽然规定了“取消‘三人团’，仍由最高军事首长朱周为军事指挥者，而恩来同志是党内委托的对于指挥军事上下最后决心的负责者”，而毛泽东只是“恩来同志的军事指挥上的帮助者”，但是这意味着毛泽东恢复了对于红军的军事指挥权——尽管在名义上还不是最高指挥权。

虽然“朱周”为“最高军事首长”，由于朱德是毛泽东的“老搭档”，周恩来对毛泽东向来尊重，尤其是周恩来很赏识毛泽东的军事指挥才能，因此居于“帮助者”地位的毛泽东，实际上成了红军主帅。

世上没有百战百胜的常胜将军，而毛泽东恰恰在他“复出”后的第一仗中指挥失误，使得对他甚高的呼声顿时跌落下来！

遵义会议结束，毛泽东骑着一匹大白马行军。被压抑了两年零三个月的激情，此刻爆发了。

他期望着打一个漂亮的大胜仗。

一半是由于求胜心切，一半是由于情报错误，毛泽东首战失利。

1 月下旬，毛泽东坐镇离土城不远处的青杠坡村指挥，他的两侧，站着周恩来和朱德。

土城是贵州西北部与四川交界的小镇，据侦察，驻守那里的是“双枪”黔军，不过 2000 多人。

谁知一交手，对方的火力甚强，人马众多。毛泽东这时才得知准确的情报：对方是川军，是总指挥潘文华麾下的 1 万兵马！

土城一战，红军到底死伤多少未见于文献，不过，从川军总指挥潘文华 1 月 28 日至 29 日的三份电报中，可以略知一些战况，只是照国民党当时的惯例总把红军称为“匪”，而且往往对死伤数字加以夸大：

“缴获步枪二千余支”，“俘匪参谋长一员”，“毙匪团长欧阳君一员”（28 日电）。

“往复冲锋数十次，匪我伤亡甚大”，“激战至晚，匪受创颇巨”（29 日电）。

“追击至土城河，匪隔河向我发射，并将浮桥拆毁”。“现仍相持中。此役计毙匪二千余，夺获山炮一门，迫击炮二门，步枪无算”（29 日电）。

事隔 21 年后，毛泽东对土城之败记忆犹新。1956 年 9 月，他在中共八大预备会议第二次会议上历数他的“真错”时，提及“长征时候的土城战役是我指挥的”[1]。

毛泽东与朱德

当时，毛泽东曾试图打入四川，与张国焘的第四方面军会合。土城战役，使毛泽东尝到川军的“辣味”，于是改为向西进入云南扎西，举行扎西会议。首战失败，影响了毛泽东在军队内的威信。

不过，毛泽东毕竟是高明的战略家。他在扎西会议上提出了“回兵黔北”的方针，认为还是黔军易打、黔北空虚，这一意见为大家所接受。

“吃一堑，长一智。”毛泽东指挥红军“回兵黔北”，于2月18日、19日二渡赤水，在娄山关和板桥之间一下子歼灭黔军王家烈的8个团，乘胜再次攻占遵义城。接着，又痛击敌吴奇伟增援部队。这一仗，总共歼敌20个团，成为长征以来的最大胜仗。

遵义战役的大胜利，驱散了土城战役失利的阴影，毛泽东在军内的威信迅速“回升”。蒋介石深为震惊，于3月2日由南昌飞往重庆“督剿”，大骂王家烈无能。

遵义大胜，使毛泽东改变了“帮助者”的地位，正儿八经地得到重要的军职。那是3月4日，经张闻天、周恩来提议，中革军委决定设立“前敌司令部”统一指挥，任命朱德为司令员，毛泽东为政治委员。

红军队伍不断发展壮大

[1]《党的文献》，1991年第3期。

电报原文如下：

（火急）林聂彭杨董李罗蔡：

为加强和统一作战起见，兹于此次战役特设前敌司令部，委任朱德同志为前敌司令员，毛泽东同志为前敌政治委员，特令遵照。

朱周王

4日18时[1]

电报抬头所写的是各军团长及政委，即林彪、聂荣臻、彭德怀、杨尚昆、董振堂、李卓然、罗炳辉、蔡树藩。

末尾的“朱周王”，即朱德、周恩来、王稼祥。

这个电报，正式恢复了宁都会议所撤销的毛泽东的军职，表明了毛泽东从此重掌军权。红军，再度成了“朱毛红军”。

翌日，前敌司令部报务员们发电报时，末尾署“朱毛”或“司令员朱德、政治委员毛泽东”。

新的“三人团”——毛泽东、周恩来、王稼祥

几天之后，从前敌司令部发出的电报，末尾忽地只署“朱”，没有“毛”了！

这是怎么回事？毛泽东不是刚刚被任命为前敌司令部政委吗？

几乎难以令人置信，毛泽东“掼纱帽”了！

事情发生在毛泽东任前敌司令部政委后的第6日——3月10日。导火线是来自一军团的一份电报。

3月10日凌晨1时，一军团给在贵州苟坝的前敌司令部发来电报，抬头写着“（万急）朱主席”，末尾署“林聂”。那时，朱德发给各军团的命令，总是写军团长和政委两人名字，因此各军团给朱德的电报也总署军团长、政委的名字。“林聂”，亦即林彪、聂荣臻。那份电报，主要是林彪的意思。

林彪在凌晨1时给朱德发来“万急”的电报，是因为他提出重要的新建议：“关于目前行动，建议野战军应向打鼓新场、三重堰前进，消灭西安寨、新场、

---

[1]《军委关于设前敌司令部并以朱德为司令员毛泽东为政治委员的命令》（1935年3月4日），中国人民解放军政治学院党史教研室编《中共党史教学参考资料》第15册，1985年版，第432页。

遵义会议是中国革命的转折点——历史最终选择了毛泽东

三重堰之敌……”林彪在电报中提出进攻打鼓新场的五条行动方案。

打鼓新场，简称新场，今日贵州金沙县的县城，当年是一个大镇。

进攻打鼓新场，是一个重大的军事行动。朱德把电报交给张闻天、周恩来、毛泽东、王稼祥等传看，召开紧急会议加以讨论。

屋子里坐了近20个人，讨论林彪的电报。自从遵义会议上批判了李德“独断专横”之后，张闻天很注意“发扬民主”，事事要找一堆人开会讨论，依据多数意见行事。

这一回开会讨论，大家都觉得林彪的电报可行，赞成他的建议，唯独毛泽东一人反对。

毛泽东陈述了自己的理由：打鼓新场附近“不仅有周浑元、吴奇伟两个纵队，而且还有孙渡的四个旅。如果红军对驻守打鼓新场的黔军实施攻击，那么面临的敌军将不只是黔军，而是蒋介石在黔的全部兵力，进攻一开始就将有迅速被敌人围困的危险”[1]。

尽管毛泽东再三阐述自己的见解，无奈众人未被说服。于是，张闻天依据“少数服从多数”的原则，决定采用林彪的建议——张闻天曾再三讲自己不懂军事，他只能按多数意见去办。

毛泽东深知打鼓新场不可打。他急了，抛出了“杀手锏”：“你们如果坚持进攻打鼓新场，我这前敌司令部政委不干了！”

张闻天一见毛泽东撂挑子，也急了，说道：“你不干，就不干吧！”

“好，我不干！”毛泽东气呼呼地走了。

毛泽东原以为他一走，众人会改变主意。不料，这一走，反而闹得更僵，众人竟通过了撤销毛泽东前敌司令部政委的决定！另外，拟出了给林彪的电报，同意他的方案。

周恩来是当事人，曾很详尽地描述了后来的故事：

> 但毛主席回去一想，还是不放心，觉得这样不对，半夜里提马灯又到我那里来，叫我把命令暂时晚一点发，还是想一想。我接受了毛主席的意见，一早再开会议把大家说服了……[2]

周恩来又一次起了关键性的作用。因为遵义会议决议，“恩来同志是党内

[1] 费侃如：《三人军事指挥小组探源》，《党史通讯》1984年第5期。

[2] 周恩来在中共中央一次会议上的讲话，1972年6月10日。

委托的对于指挥军事上下最后决心的负责者”，军事问题由他最后拍板。周恩来“接受了毛主席的意见”，也就扭转了乾坤！

既然周恩来在3月11日一早的会议上“把大家说服了”，攻打打鼓新场的计划取消了，毛泽东也就复职了——从他“掼纱帽”到重新担任前敌司令部政委，未超过24小时！

“打鼓新场风波”引起毛泽东的思索。他向周恩来、张闻天提出，“不能像过去那么多人集体指挥”，军事指挥不能处处搞“少数服从多数”，不能老是20来人讨论来讨论去。毛泽东认为，批判李德、博古，不能把“三人团”也否定掉，“三人团”这种组织形式还是需要的。过去的毛病在于李德、博古的军事路线错误，不是“三人团”这种组织形式错了。指挥作战，权力必须高度集中。

张闻天也觉得毛泽东的意见有理，因为这些天把他折腾得够呛。他不懂军事，可是却要不断地主持军事会议，讨论来，讨论去，最后按多数人意见去办。天天要打仗，天天这么讨论，怎么行呢？

于是，在3月11日，先是以朱德的名义下达了不进攻打鼓新场的（电报）命令：

> 据昨前两天情报，犹旅[1]已由西安寨退泮水，如见我大部则续退新场。滇军鲁旅[2]已到黔西，12号可到新场，安龚两旅[3]则跟进。依此，我主力进攻新场已失时机。因为我军12日才能到新场，不但将为黔滇两敌所吸引，且周川两敌[4]亦将出我侧背，如此转移更难……

朱德的电报，申明了毛泽东所阐述的不可进攻打鼓新场的理由，而且事实很快证明了毛泽东的军事预见是正确的。

发出了朱德的电报之后，下一个议题就是讨论毛泽东提出的重组“三人团”的建议。讨论时，张闻天、周恩来、毛泽东、陈云、博古五常委均在场。

虽然不过事隔一天，情况截然不同，毛泽东的建议得到一致通过！

3月12日，新的“三人团”在贵州苟坝宣告成立，即毛泽东、周恩来、

---

[1] 指黔军犹国材旅。

[2] 指鲁道源旅。

[3] 指安恩溥、龚顺璧两旅。

[4] 指周浑元的第二纵队及川军。

王稼祥。

新的“三人团”，是受中共中央委托的指挥红军的最高权力机构。

从此，毛泽东成为红军最高首长。虽然朱德是红军总司令、中革军委主席，但朱德受新的“三人团”领导。

历史学家为了区别于原“三人团”，把新成立的“三人团”称为“新三人团”。

新三人团。（左起）毛泽东、周恩来、王稼祥

遵义会议和毛泽东的名字紧紧相连

人们通常把毛泽东领袖地位的确立，说成是遵义会议。其实，这里所说的遵义会议是广义的，即前有发展过程，后有完善过程：

遵义会议前的发展过程是通道会议、黎平会议、猴场会议；遵义会议后的完善过程是“鸡鸣三省”常委会、扎西会议直至苟坝成立新“三人团”。

正因为这样，关于毛泽东和遵义会议的关系，有着各种评价：

1981年中共十一届六中全会通过的“历史问题决议”指出：“遵义会议确立了毛泽东在红军和党中央的领导地位。”

1991年中共中央党史研究室著的《中国共产党历史》（上卷）说，遵义会议“实际上确立了毛泽东在红军和党中央的领导地位”。

1993年出版的，由中共中央文献研究室编的《毛泽东年谱》上说：“遵义会议结束了王明‘左’倾冒险主义在中共中央的统治，确立了以毛泽东为代表的新的中央的领导。”

1996年出版的，中共中央文献研究室编的《毛泽东传》中说，遵义会议“确立了毛泽东在党中央和红军的领导地位”。

这些提法大同小异。这里所提到的遵义会议，实际上是指广义的遵义会议。

遵义会议，是随着时间的推移和历史的进展，日益受到关注的——因为它是毛泽东领袖地位的起点，随着毛泽东的声望的不断提高，人们这才逐渐意识到这一起点的重要，这一历史的选择的重要。尤其是毛泽东从遵义会议起，直至1976年去世，这漫长的41年间他一直是中共最高领袖，深刻地影响了中国的历史进程，影响了世界的历史进程，这一起点也就益发显示了它的重大的历史意义。诚如1921年7月23日晚，那13位来自天南地北的人物聚首上海望志路李公馆所举行的中共一大成为中国历史上红色的起点一样，也是随着中共的日渐壮大以至成为中华人民共和国的执政党，益发显示了它的重大的历史意义。

从以下权威性的著作中，可以大致看出对于遵义会议的认识的演变过程——

1936年夏日，当美国记者斯诺采访毛泽东时，毛泽东没有提到遵义会议。斯诺在《西行漫记》中，只提到这么一句话：红军“攻占了王家烈省主席的司令部，占领了他在遵义的洋房”。实际上，他把柏辉章误为王家烈了。他提到了“遵义的洋房”柏公馆，却没有提到在那“洋房”里开的会议。

1936年12月，毛泽东在《中国革命战争的战略问题》中，这么提及遵义会议：

> 反“游击主义”的空气，统治了整整的三个年头。其第一阶段是军事冒险主义，第二阶段转到军事保守主义，最后，第三阶段，变成了逃跑主义。直到党中央1935年1月在贵州的遵义召开扩大的政治局会议的时候，才宣告这个错误路线的破产，重新承认过去路线的正确性。这是费了何等大的代价才得来的呵！

博古，作为遵义会议上受批判的对象，他在1943年11月13日，这样评价遵义会议：

> 长征过程中毛主席起来反对错误领导，从湘南争论到遵义会议。长征军事计划全错的[1]，使军队有被消灭的危险，所以能保存下来进行二万五千里长征，因有遵义会议，毛主席挽救了党，挽救了军队。教条宗派统治开

[1] 指博古、李德制订的长征军事计划。

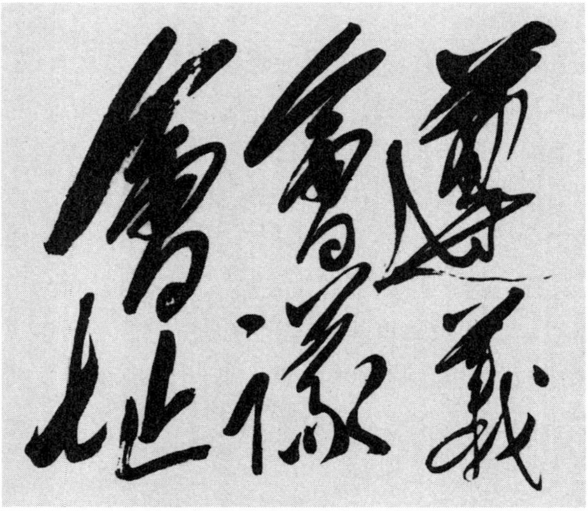
1964 年毛泽东为遵义会议会址题字

始完结，基本上解决问题，组织上也做了结论。[1]

作为接替博古担任中共中央负总责的张闻天，他在 1943 年 12 月 16 日，以一位理论家的姿态，对遵义会议作出四点评价：

遵义会议在我党历史上有决定转变的意义。没有遵义会议，红军在李德、博古领导下会被打散，党中央的领导及大批干部会遭受严重的损失。遵义会议在紧急关头挽救了党，挽救了红军，这是一。第二，遵义会议改变了领导，实际上开始了以毛泽东同志为领导中心的中央的建立。第三，遵义会议克服了“左”倾机会主义，首先在革命战争的领导上。第四，教条宗派开始了政治上组织上的分裂。这个会议的功绩，当然属于毛泽东同志，我个人不过是一个配角而已。[2]

作为党的正式文件，1945 年 4 月 20 日由中共六届七中全会通过的《关于若干历史问题的决议》，以严谨的笔调评论了遵义会议——此时离遵义会议已 10 个年头：

1935 年 1 月，在毛泽东同志所领导的在贵州省遵义城召开的扩大的中央政治局会议上，得以胜利地结束了“左”倾路线在党中央的统治，在危急的关头挽救了党。

遵义会议集中全力纠正了当时具有决定意义的军事上和组织上的错误，是完全正确的。这次会议开始了以毛泽东同志为首的中央的新的领导，是中国党内最有历史意义的转变。也正是由于这一转变，我们党才能够胜利地结束了长征……

---

[1] 秦邦宪：《在中央政治局会议上的发言》，《党史通讯》1985 年第 1 期。

[2] 张闻天：《从福建事变到遵义会议》，《党史通讯》1985 年第 1 期。

在遵义会议后的第46个年头，1981年6月27日，中共十一届六中全会通过的《关于建国以来党的若干历史问题的决议》，根据陈云的建议，也概略地论及建国前的中共历史，对于遵义会议，作了这样的高度评价：

1935年1月党中央政治局在长征途中举行的遵义会议，确定了毛泽东同志在红军和党中央的领导地位，使红军和党中央得以在极其危急的情况下保存下来，并且在这以后能够战胜张国焘的分裂主义，胜利地完成长征，打开中国革命胜利的新局面。这在党的历史上是一个生死攸关的转折点。

在遵义会议后的第56个年头——1991年的7月1日，江泽民《在庆祝中国共产党成立70周年大会上的讲话》，又一次高度评价遵义会议：

在革命力量不断壮大的时候，敌人的疯狂“围剿”，加上王明“左”倾冒险主义的错误，使革命陷于极端困难的境地。国内外敌人曾断定我们党要彻底失败。在这个关键时刻，党的遵义会议确立了毛泽东同志在红军和党中央的领导地位，拨正了革命的航船。党及其领导下的红军胜利地完成了两万五千里长征，奇迹般地打开了革命新局面。

以上所引述的从毛泽东到江泽民的对于遵义会议的评价，语气都是极为严肃的，用词都是字斟句酌的。

在这里，不妨引用美国记者索尔兹伯里在1986年所写下的一段很坦率、很生动却又不失准确的话：

遵义会议之后，一切都变了。这是分水岭——毛泽东牢牢地掌握了领导权，而且中国共产主义运动宣布独立于莫斯科的指挥棒。在以后的25年里，世界并没有意识到这种独立性，但斯大林却早已把这种独立性同毛泽东的名字连在一起了。

遵义会议还标志着毛泽东和周恩来的政治大联合，从此以后，他们一辈子保持了这种伙伴关系，至少一直保持到他们去世前的一两年。[1]

---

[1] 索尔兹伯里：《长征——前所未闻的故事》，解放军出版社1986年版，第150页。

可以说，中共一大是中国共产党成长的起点，遵义会议是毛泽东作为中共领袖的起点。遵义会议和毛泽东的名字紧紧相连。从 1935 年到 1976 年，漫长的 41 个春秋，毛泽东深刻地影响了中国的历史进程，成为 20 世纪中国最富有影响力的人物。

第八章
党的领袖

◎《学习毛泽东》这样的文章，竟出自毛泽东的政敌之手，这也从一个特殊的角度说明，在战胜了张国焘和王明两次严重挑战之后，毛泽东的领袖地位已经非常稳固。

陈云赴苏争得共产国际承认遵义会议

作为毛泽东的政敌，李德对遵义会议充满敌意，这是容易理解的。不过，他的《中国纪事》中，有一句话倒是说得颇为准确："在遵义会议之后的最初几年里，他的权位相对来说还不够稳固。"

李德所说的"他"，当然指的是毛泽东。

确实，在遵义会议之后，毛泽东的领袖地位曾经受到严峻的考验和严重的挑战……

遵义会议之后，首先要做的是向共产国际汇报。因为当时中共毕竟是受共产国际领导，是共产国际之下的中国支部，如此重大的决定——改换领袖、改变路线——需要得到共产国际的认可。尤其是这次会议矛头所向，正是共产国际派来的军事顾问李德，他势必会向共产国际"告状"。尽管由于上海的秘密电台遭到破坏，使得中共和共产国际失去联系，但作为中共新领导，不能不考虑通过其他途径设法向共产国际汇报。

就在这个时候，任弼时给中共中央来电，告知获悉中共中央上海局在1934年8月遭到破坏。

于是，张闻天和毛泽东考虑，需要派人前往上海，一则恢复白区地下工作，二则在上海设法与共产国际取得联系，汇报遵义会议的情况。

派谁去呢？

1935年2月28日，就在红军第二次打下遵义的时候，潘汉年重入遵义，在街头忽然接到通知，说是洛甫有要事找他。

潘汉年赶紧到张闻天那里，才知中央决定派他去上海，去寻找上海地下党，寻找共产国际在上海的代表。

潘汉年，理所当然是最合适的人选。跟国民党第十九路军谈判，跟粤军陈济棠谈判，点将都点到他头上，因为他向来灵活机警，富有地下工作的经验。

不过，潘汉年没有出席遵义会议，还需要另派一位职务更高的人物前往上海，最好是一位政治局常委。在毛、张、周、陈、博五常委之中，毛、张、周无法离开红军，博则不合适，唯有陈云是去上海最恰当的人选。

于是，中央决定潘汉年先行一步，然后陈云去上海，恢复并主持白区工作。

也真巧，就在红军第二次打下遵义的时候，一个名叫林青的人前来接洽关系，由中共中央组织部部长兼总政地方工作部部长李维汉接待，知道对方是中共贵州地下党员。李维汉随林青来到遵义北门外的一个秘密联络点，接上了组织关系。

当张闻天听了李维汉的汇报后，马上让潘汉年化名杨涛，利用中共贵州地下组织的关系，化装成商贩，顺利到达贵阳。在那里，潘汉年找到中共贵州工委的秦天真，沿秘密交通线，到达广州，转往香港，乘船来到上海。

西装革履，“小开”模样，潘汉年出现在上海滩，全然是另一副派头。他找到他的表妹吕鉴莹，跟表妹夫潘企之（潘渭年）接头。潘企之马上把潘汉年到来这一重要信息转告中共中央临时上海局宣传部部长董维健，促成临时上海局负责人浦化人与潘汉年见面。潘汉年这才得知，中共中央上海局遭到国民党中统特务的严重破坏，直至不久前才成立了中共中央临时上海局。另外，共产国际远东情报局负责人华尔敦（劳伦斯）也遭逮捕，在上海已经无法跟共产国际取得联系。

线，断了！潘汉年知道无法在上海完成中央交给的特殊使命，所以只好暂去香港隐蔽。

莫斯科也关注着中共的命运。一个刚从莫斯科列宁学校毕业的美国青年史蒂夫·纳尔逊，忽地被校领导卡尔罗夫召见，交给他一项特殊使命。谈话开始后几分钟，一个中国人和一个俄国人来到卡尔罗夫办公室。那中国人就是王明，俄国人则是共产国际的彼得洛夫。纳尔逊接受了特殊使命：带着 5 万美金，前去上海，设法跟那里的共产国际代表取得联系。

纳尔逊绕道法国巴黎，再从威尼斯坐船来到上海。他按照暗号，跟一个名叫汉斯的德国人和一个名叫埃伯特的俄国人见了面，交给他们一封密封的信和 5 万美金。纳尔逊完成了任务之后，由上海返回美国。事隔半个世纪，美国出版的《史蒂夫·纳尔逊，美国激进主义者》（*Steve Nelson*，*American Radical*）一书，才透露了这位共产国际秘密特使来沪的若干情节。至于那封密封的信究竟是什么内容，那个德国人和那个俄国人是什么身份，不得而知。这件事只是表明，莫斯科方面也很着急，希望把断了的线接上。

在潘汉年走后几个月，陈云动身了。临行前，他把有关文件装在一个箱子里交给组织。他的那份手稿，可能就是在此时放入箱内的。一位名叫席懋昭的中共地下党员护送陈云。[1] 席懋昭曾在四川天全县当过小学校长。经过重庆，陈云于 1935 年 7 月间到达上海。

陈云秘密与潘汉年的表妹夫潘企之接头，见到了浦化人。浦化人通知在香港的潘汉年来沪，决定他也前往苏联，向共产国际汇报。

陈云得到了孙中山夫人宋庆龄的帮助，安排他搭乘一艘苏联货船去海参崴。同行的有中共一大代表陈潭秋、瞿秋白夫人杨之华，还有何叔衡的孩子何实楚，由潘企之护送。他们于 8 月 5 日离沪。

8 月下旬，潘汉年也乘船前往苏联。

陈云和潘汉年到达莫斯科之际，正值共产国际第七次代表大会刚刚结束。共产国际七大举行时，虽然还不知道中共召开了遵义会议，但毛泽东和王明、张国焘、朱德均被选为共产国际执行委员，王明被选入主席团，季米特洛夫受命直接负责处理中国问题。王明、康生、王荣（吴玉章）、梁朴（饶漱石）在大会上发言。

就在共产国际七大期间，出于对断了线的中共的关注，共产国际派出一位重要的密使前往中国，寻觅中共中央。此人是资深的中共党员，作为中共驻共产国际代表团成员在莫斯科已生活了近三年。在莫斯科时他名叫“李复之”，受命去中国时临时取了个化名“张浩”。

到了中国后，在中共内部，他又使用“林育英”这个名字。然而，在他赴苏之前，国民党曾以高额赏金悬赏缉捕此人，而悬赏布告上却写着他的化名“林仲丹”——其实，他的本名叫林育英，字祚培。他是林彪的同乡、堂兄，湖北黄冈人。林彪本名林育蓉。林育英的母亲姓张，因此他取名张浩。林育英的名字如今鲜为人知，可是当他作为共产国际特使回国之际，曾起过重大作用，此是后话。

就在林育英刚刚启程离开莫斯科的时候[2]，陈云和潘汉年到达莫斯科。共产国际正急切地想知道中共的近况，陈云和潘汉年的到来，可谓“及时雨”。

杨云若、杨奎松著《共产国际和中国革命》一书，写及了陈云、潘汉年汇报遵义会议的情况：

> 陈云、潘汉年等一行人从上海辗转来到莫斯科，带来了中共中央《关

[1] 据陈云秘书朱佳木同志回忆，在中共十一届三中全会后整理文件时，发现了席懋昭自传，其中写及护送陈云。

[2] 林育英于 1936 年 3 月 20 日至 21 日在中共中央政治局会议上谈及他来华前的情况。

> 于反对敌人五次“围剿”的总结决议》[1]，说明了中共中央和中国红军领导机构的变动情况，并且介绍了中央红军长征至四川一段的作战和损失情况。陈云等人的汇报，使共产国际执委会和中共代表团自红军长征后第一次了解到中国革命真相。共产国际肯定了遵义会议的决定，对确立毛泽东的领导地位表示赞赏，但对主力红军人数的锐减颇感震惊。季米特洛夫等人敏感地意识到，共产国际对于中国革命形势和条件的估计，同实际情况是有一定距离的……[2]

共产国际肯定了遵义会议的决定，肯定了毛泽东的领导地位，这对于毛泽东来说，是极为重要的胜利。

李德在《中国纪事》中曾写及：“博古指望，或迟或早会同共产国际执行委员会（王明是中共在共产国际的代表）恢复联系，并‘纠正’现时的政治路线。他所希望的，正是毛所疑惧的。”

连李德也承认，陈云成功地完成了毛泽东交给的使命，向共产国际陈述了遵义会议的决议，争取到了共产国际的支持。另外，毛泽东所采取的策略，此时也发挥了重要作用，使遵义会议能够被共产国际所接受：第一，决议肯定中共六届四中全会王明上台以来“政治路线无疑是正确的”；第二，以张闻天代替博古为中共中央负总责，博古仍为中共中央常委；第三，决议把博古的错误定为“右倾机会主义”，而实际上是“左”倾机会主义。这样，也就大大减少了王明的“阻力”。这三点策略，显示了毛泽东的智谋。

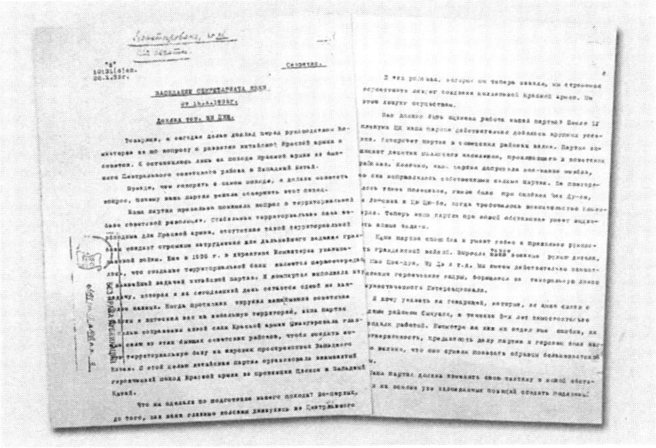

陈云向共产国际执行委员会书记处会议所作的关于中央红军长征经过和遵义会议情况报告的俄文记录稿

陈云和潘汉年圆满的苏联之行，使博古的希望落空，也使李德失

[1] 亦即遵义会议决议。

[2] 杨云若，杨奎松：《共产国际和中国革命》，上海人民出版社 1988 年版，第 337 页。

陈云从苏联回到延安后留影

去了“告状”的勇气。

张国焘发起了严重挑战

就在陈云、潘汉年在莫斯科汇报之际，消瘦的林育英正在蒙古的沙漠中艰难地跋涉。

作为共产国际的特使，林育英肩负重任。他的使命原本是向中共传达共产国际七大精神，恢复中共和共产国际的联系。为此，他在临行前把共产国际七大文件背得滚瓜烂熟，“印”在脑海中。然后，两手空空，不带片纸只字，朝中国进发。怕坐海轮到上海转赴内地太费时，而乘火车经西伯利亚大铁道进入东北又很危险，东北已被日军占领，所以他竟从蒙古横穿沙漠，直奔陕西，寻找中共中央。

林育英的到来，对于中共中央来说也是一场“及时雨”：这位小商人打扮的神秘人物，于 1935 年 12 月到达陕北定边，马上就赶往瓦窑堡，向中共中央原原本本地倒出了“印”在脑海中的共产国际七大文件，使一年多失去跟共产国际联系的中共中央得知了来自共产国际的最新指示。

恰恰在这个时候，中共中央正面临着分裂的严重危机，毛泽东正面临着张国焘的严重挑战。

林育英支持了毛泽东，为解决这场危机作出了可贵的贡献……

毛泽东在遵义会议上战胜了博古、李德之后，张国焘对毛泽东的领袖地位首先发起了挑战。

张国焘其人，既有颇强的组织能力、活动能力，又有很强的领袖欲。这一点，早在中共一大时，就充分显示出来。那时，他只是北京大学的学生，陈独秀、李大钊的门徒，来沪之后很快发觉中共一大的组织者、上海共产主义小组负责人李达跟共产国际代表马林之间有所龃龉，当即乘隙而入，反客为主，成为中共一大的主持人。中共一大选出陈独秀为书记、张国焘为组织主任，李达为宣传主任——张国焘成为中共最早的三位领袖人物中的一个。

虽说张国焘在中共一大之后的地位时浮时沉，不过，在 1931 年 1 月 10 日，中共六届四中全会产生的政治局推选三人为常委，张国焘仍是三常委之一——向忠发、周恩来、张国焘。

此后不久，中央决定张国焘赴鄂豫皖根据地，周恩来赴江西中央苏区。

张国焘和陈昌浩一起于 1931 年 4 月下旬由顾顺章护送前往鄂豫皖根据地。不久，张国焘担任鄂豫皖中共中央分局书记兼军委主席。从此，他一直是那里的首脑。鄂豫皖根据地是当时仅次于江西中央苏区的红色区域。正因为这样，1931 年 11 月 7 日当中华苏维埃共和国宣告成立时，张国焘是中央政府副主席兼副“总理”，地位仅次于毛泽东。

后来，由于蒋介石一次次“围剿”，张国焘的鄂豫皖根据地不断西移，1932 年年底移至川陕边区，改称“川陕根据地”。

当朱毛红军整编为红军第一方面军时，张国焘所率红军整编为红军第四方面军，成为红军三大主力之一——红军第二方面军由贺龙为总指挥，任弼时为政委（无第三方面军）。红四方面军以徐向前为总指挥，陈昌浩为政委，而张国焘为军委主席。

红一方面军在湘江之役后损失过半，兵力只剩 3 万多人，而红四方面军因在川陕根据地未动，却拥有 5 个军、8 万多人，超过红一方面军一倍多！

1935 年 3 月，红四方面军也开始长征，进入四川。6 月 16 日，红一方面军和红四方面军会师于四川懋功。张国焘在 1966 年发表于香港《明报月刊》的《我的回忆》中这么写及：

> 毛泽东率领着中共中央政治局委员们和一些高级军政干部四五十人，立在路旁迎接我们。我一看见，立即下马，跑过去，和他们拥抱握手。久经患难，至此重逢，情绪之欢欣是难以形容的。毛泽东站到预先布置好的一张桌子上，向我致欢迎词，接着我致答词，向中央致敬，并对一方面军的艰苦奋斗，表示深切的慰问。

晚年陈昌浩

两大主力会师后，决定由中革军委

长征途中的徐向前（左）与叶剑英

统一指挥。遵义会议后，虽成立了新的毛、周、王“三人团”，但中革军委未动，仍以朱德为主席，周恩来、王稼祥为副主席。此时，增加张国焘为副主席。

然而，在“拥抱握手”之后，张国焘自恃兵多势强，便要与毛泽东相对抗。

张国焘先是提出“向南攻打成都”，毛泽东主张“北上抗日”。6 月 26 日，在四川两河口中共中央政治局会议上，毛泽东的意见得以通过，否定了张国焘的意见。

7 月 18 日，张国焘策动陈昌浩致电朱德，毫不掩饰地提出：

> 职坚决主张集中军事领导，不然无法顺利灭敌。职意仍请焘任军委主席，朱德任总前敌指挥，周副主席兼参谋长。中政局[1]决大方针后，给军委独断决行。[2]

这就是说，要以张国焘为中央军委主席，由他“独断决行”！

张国焘向毛泽东发起了挑战。

斗争越来越激烈。

1935 年 10 月 5 日，张国焘率红四方面军及原红一方面军建制的第五军团南下，在四川北部的卓木碉（今马尔康县东南），自行成立“中共中央”“中央政府”和“中央军委”，自封“主席”。他还以他那个“中共中央政治局”的名义通过了“决议”，宣布撤销毛泽东、周恩来、博古、张闻天的工作，开除中央委员及党籍！

这时，毛泽东所率红一方面军坚持北上，于 10 月 19 日到达陕北吴起镇，

[1] 指中共中央政治局。

[2] 中国人民解放军政治学院党史教研室编：《中共党史教学参考资料》第 15 册，1985 年版，第 468 页。

红军长征结束后毛泽东与张国焘在延安合影

与陕北红军会师。这样，终于结束了历时一年、历经11个省、长驱二万五千里的长征。

11月12日，中共中央致电张国焘："不得冒用中央名义，只有一个中央。"

12月5日，张国焘致电中共中央，宣称：

> 甲、此间已用党中央、少共中央、中央政府、中央军委、总司令等名义对外发表文件，并和你们发生关系；
>
> 乙、你们应以党北方局、陕甘政府和北路军名义，不得再冒用党中央名义；
>
> 丙、一、四方面军名义已取消；
>
> 丁、你们应将北方局、北路军和政权组织状况报告前来，以便批准。[1]

张国焘的口气是如此咄咄逼人。

中共面临着大分裂！红军面临着大分裂！毛泽东面临着严酷的局面！

以毛泽东为首的中共中央，当然不可能接受张国焘那个"党中央"的"领导"；以张国焘为首的那个"党中央"，也不会服从于以毛泽东为首的中共中央。两路兵马，背道而驰。

林育英鼎力支持毛泽东

就在这个节骨眼儿上，林育英出现在陕北。他出席了1935年12月在陕北瓦窑堡举行的中共中央政治局扩大会议。在这次会议上，林育英除传达了共产

---

[1] 谢远学，郭山文主编：《红四方面军征战纪实》，湖北人民出版社2007年版。

国际七大精神之外，还明确表示支持毛泽东。

林育英既是毛泽东的老朋友，又跟张国焘有着患难之交，而这时他是共产国际特使。中共中央决定，由林育英出面，以共产国际特派员的身份，对张国焘进行说服工作——张国焘不服从中共中央，对共产国际总应服从吧！

林育英在中共党内具有很深的资历，曾任中国共青团书记的林育南就是他的胞弟。林育南还是全国苏维埃中央准备委员会秘书长。在中共六届四中全会后突遭国民党特务大搜捕时，林育南在上海东方旅社被捕，1931年2月7日，在上海龙华刑场英勇就义。林育英早在1922年2月就加入中共，跟恽代英、陈潭秋过从甚密。1924年秋，他和李求实一起到莫斯科共产主义大学学习，翌年回国，化名林春山，先在上海工作，不久出任中共汉口市委书记。当毛泽东上井冈山时，他是中共湖南省委成员，两人因工作关系结下友谊。此后，他又在上海、东北从事秘密工作，出席过中共六届三中全会。1930年12月，他在抚顺的火车上遭捕。寒冬腊月，他被泡在冰水中受刑，仍坚不吐实。在狱中13个月，他遭受百般折磨后，以多病之身获释。出狱后，他被中共送往莫斯科，一边治病，一边担任中共驻共产国际代表团成员……

此时，他担当起说服张国焘、防止中共大分裂的重任。他以共产国际特派员的身份，不断给张国焘发电报，进行说服工作。

张国焘在《我的回忆》中，这样记叙：

林育英

林育英到达陕北后，立即致电给我，大意是：他和王明等曾参加1935年7月间共产国际第七次大会，大会对中国问题的讨论，有抗日民族统一战线新策略的决定。他奉命携带密码，经蒙古来寻找红军，已于某日到达陕北，完成了第一步使命。他拟由陕北继续到川康地区来，与我和其他同志会晤，但因交通阻隔，尚不知能否如愿等语。

我接到这个电报，一时喜出望外，立即回电表示欣慰，并请他暂留陕北，以免途中遭受袭击的危险，彼此可用电讯商谈各项问题。林育英同志系湖北籍的知识青年，林彪的叔父[1]，他和他的弟弟林育南曾与我共过患难。他于1922年参加中共后，即随我从事职工运动，也曾在汉口一间工厂里做工。1933年他代表中国工会到莫斯科，参加赤色职工国际工作，成为中共中央驻莫斯科代表团的一员。他回陕北后，为了保密的理由，他用“张浩”的名字出现。

接着，林育英的电报源源而来，主要是告诉我们共产国际改采新政策的经过，并提出党内团结的步骤……

林育英那“源源而来”的电报，迄今仍可从档案中查到。如其中的一份，全文如下：

请转电四方面军国焘同志：

共产国际派我来解决一、四方面军的问题，我已会着毛泽东同志，询问一、四方面军通电甚（少），国际甚望与一、三军团建立直接的关系。我已带有密码与国际通电，兄如有电交国际弟可代转。再者我经过世界七次大会[2]对中国问题有详细新的意见，准备将我所知道的向兄传达。

林育英

16日9时

据考证，这“16日”应为1935年12月16日。从电报中可以看出，林育英定以“共产国际派我来解决一、四方面军的问题”出面的，而且他“带有密码”，可以在陕北与共产国际直接通电报。密电码是刘长胜带回来的，他稍晚于林育英从莫斯科到达陕北，从此陕北与莫斯科有了电报联系。

这样，张国焘也就致电林育英，称“党中央表示一切服从共产国际的指示”。虽然张国焘仍坚持他那个“中央”是“党中央”，但已愿“一切服从共产国际的指示”。

经过电报一次次的切磋，林育英告诉张国焘：“共产国际完全同意于中国党中央[3]的政治路线”，“兄处可即成立西南局直属代表团[4]”。

[1] 应为林彪的堂兄。

[2] 指共产国际七大。

[3] 指毛泽东为首的中共中央。

[4] 指共产国际代表团。

这么一来，张国焘不得不取消他那个“中央”。如他在回忆录中所写：

他们[1]既与共产国际联络上了，我们也就不必旧事重提，斤斤于谁是谁非，大家团结要紧。

这样，中共避免了大分裂，红军避免了大分裂。

1936年6月，贺龙、任弼时所率红二、六军团改编为红二方面军，与张国焘的红四方面军会师于西康甘孜（今属四川）。接着，1936年10月，红二、四方面军到达甘肃会宁，与前来接应的红一方面军会师——红军的三大主力终于大会师，组成一支统一的军队。

1936年12月2日，张国焘终于率红四方面军来到陕北保安。张国焘在《我的回忆》中写道：

毛泽东领导中国共产党和中国工农红军胜利地进行了二万五千里长征，到达陕北。这是到达陕北时的（右起）毛泽东、朱德、周恩来、博古

保安的红军学校校长林彪率领学生队伍到郊外欢迎我们，毛泽东等中共中央要人也和在懋功初会时一样，站在学生们行列的前面迎候。在一个预先布置好的讲台上，我们都发表演说，互致祝贺。我的演说词是强调对外抗日对内团结。那时我们所谈论的，不是那些过去了的事，而是策划未来。

会师之后，12月7日，中革军委调整、

[1] 指毛泽东为首的中共中央。

扩大为 23 人，成为红军最高指挥部，毛泽东任主席，周恩来、张国焘为副主席。中革军委又任命朱德为红军总司令，张国焘为红军总政治委员。

1937 年 3 月 27 日至 30 日，中共中央在延安召开政治局扩大会议，张国焘作了检查，承认自己“是路线的错误，是退却逃跑的错误，是反党反中央的错误”。会议作出了《关于张国焘同志错误的决定》。这样，毛泽东完全战胜了张国焘，张国焘的错误被定为“右倾分裂主义”。

此后，张国焘担任陕甘宁边区政府副主席。他虽口口声声承认错误，实际上耿耿于怀。终于，在 1938 年 4 月 4 日，他乘去祭黄帝陵之际，投奔了国民党。他随身只带了警卫员张海一人。当张海发觉张国焘反叛中共时，不愿跟他走。张国焘后来成为国民党的特务。张国焘的晚景颇为凄凉，1979 年 12 月 3 日冻死于加拿大多伦多城养老院医院。

林育英则于 1942 年 3 月 6 日病故于延安，毛泽东、朱德亲自为他执绋。毛泽东还亲笔为他的墓碑写了“张浩同志之墓”六个大字。

“神仙”王明从天而降

在战胜了张国焘之后，毛泽东又面临着一次严重的挑战。

1937 年 11 月 29 日，延安机场戒备森严，人们不时仰视着黄土地之上的那片蓝天，希冀找到飞机的影子。毛泽东、张闻天、周恩来、朱德、博古、张国焘等延安党政军要人，都在机场上伫立静候。

不言而喻，将有大人物自天而降。

终于，一个黑点在天际出现，隆隆机声响起来了。哦，一架苏制军用运输机由远而近，降落在机场上，引起了一片欢呼。

飞机来自莫斯科。只是由于续航力有限，不得不中途在新疆迪化（今乌鲁木齐）、甘肃兰州降落、加油。根据苏联政府和国民党蒋介石政府签订的协定，开辟西北航线，从苏联运输军用物资，帮助中国抗日。这架军用运输机是秘密地由兰州飞来延安的。

从机舱里走出一位个子矮小的人，那双高统、发亮的黑皮靴显得格外醒目。他摆着一副领袖的架势，在机舱门口站了片刻，频频向欢迎的人们招手，留下充分的时间给摄影记者拍照。

此人便是王明——陈绍禹。自从 1931 年 10 月 18 日和妻子孟庆树在上海登上赴苏海轮，王明离开中国已匆匆六个春秋。离去时，上海一片白色恐怖；

毛泽东（前排中）等欢迎王明（前排右一）、陈云（前排左一）等回到延安

眼下，陕北不仅拥有南北长900里、东西宽800里的红色区域，有十几万人的红军，而且红都延安居然有飞机场，虽说这机场极为简陋，不过是一片山间平地罢了。

和王明同机归来的，还有陈云和康生。

当时在场的张国焘，用“握手拥抱，一堂欢叙”形容王明和毛泽东见面时的情景。

在机场上，举行了热烈的欢迎仪式。毛泽东以《饮水思源》为题，发表热情洋溢的欢迎词：

> 欢迎从昆仑山下来的“神仙”，欢迎我们敬爱的国际朋友[1]，欢迎从苏联回来的同志们。你们回到延安来是一件大喜事，这就叫“喜从天降”。

王明呢？当然也欣喜万分——这位“从昆仑山下来的‘神仙’”，是来摘“桃子”的。在苏联的六年中，他躲掉了上海中统特务的盯梢，躲掉了蒋介石“围剿”的炮火，躲掉了二万五千里长征的千难万险，眼下正是回来坐“帅椅”的时候。

[1] 指苏联机组人员。

虽说毛泽东已经是中共的领袖，然而，王明却是共产国际的执行委员会委员、主席团委员、政治书记处书记，明摆着是毛泽东的上级。

新来乍到，王明俨然钦差大臣，在延安作长篇报告，毛泽东等“洗耳恭听”。就连张国焘也有点看不下去。他在《我的回忆》中写道：

王明当时俨然是捧着上方宝剑的莫斯科的“天使”，说话的态度，仿佛是传达“圣旨”似的，可是他仍是一个无经验的小伙子，显得志大才疏，爱放言高论，不考察实际情况，也缺乏贯彻其主张的能力与方法。他最初几天的表演就造成了首脑们一些不安的情绪……

王明回国之初，毛泽东曾对他谦让。只要稍微注意一下那一段时间里中共中央首脑们的合影，居中的总是王明，而毛泽东总是站在最旁边的位子。偶然有一两张王、毛并列站在正中的照片。

王明回国后不久，他和陈云、康生一起被增补为中共中央书记处书记。1937 年 12 月 15 日，中共中央成立了筹备中共七大的委员会，以毛泽东为主席，以王明为书记。

三天之后，王明和妻子孟庆树同周恩来夫妇及博古一起去武汉，同国民党代表陈立夫进行国共合作秘密谈判。从此，王明任中共中央长江局书记。

王明和毛泽东之间的分歧和斗争日益表面化。

中共七大政治局成员的合影，王明坐在前排正中央

那时，日军大举侵略中国。大敌当前，中共表示愿和国民党结成统一战线，共同抗日。王明提出了“一切经过统一战线”“一切服从统一战线”的口号，而毛泽东则坚决主张中共在统一战线中必须保持独立自主。

毛、王之间，不光是政见不同，而且王明明显地表现出对毛泽东领袖地位的觊觎。他擅自拟定了中共中央委员名单。他在武汉经常以中共中央名义，擅自对外发布宣言，甚至以毛泽东的名义发表谈话。他还提出要求，把中共中央机关刊物《解放》从延安迁往武汉……由于他的政见与毛泽东不同，因此由他在武汉擅自发表的中共中央宣言，与延安毛泽东的主张不同，在外界造成恶劣的影响。

王明深知欲取毛泽东而代之，最为关键的一步棋就是共产国际的表态。

终于，王明走出了一步险棋：

1938 年 5 月 26 日至 6 月 3 日，毛泽东在延安抗日战争研究会作了长篇演讲《论持久战》。毛泽东把这一重要著作派人送往武汉，交给《新华日报》发表。《新华日报》是中共在国民党统治区所办的一份公开发行、很有影响的报纸，1938 年 1 月 11 日在武汉创刊。王明扣下了《论持久战》，不同意在《新华日报》上发表，只同意印成小册子。

就在这时，有一位苏联人要从武汉回莫斯科，王明暗中托他密告季米特洛夫和斯大林，毛泽东的《论持久战》存在原则性的错误……

王明期待着来自莫斯科的指示。

季米特洛夫警告过王明

王稼祥

1938 年 8 月，又一架军用运输机从莫斯科飞往中国，上面也坐着一位重要人物。此人从莫斯科带回了共产国际的重要指示。

他，便是王稼祥。

王稼祥是在 1936 年年底前往莫斯科的。他拖着病体，好不容易跨雪山、过草地，到达陕北。由于病情越来越严重，中共中央决定派红军总卫生部部长贺诚陪同他去莫斯科治病。

当时，王稼祥穿过国民党军队的封锁

线，来到上海。在上海，潘汉年通过宋庆龄的关系，说是一位植物学教授要去比利时考察，弄到了国民党政府的护照。这位“植物学教授”，便是王稼祥。

1937年6月下旬，王稼祥在贺诚的陪同下终于来到了莫斯科。在苏联，王稼祥得到了精心的治疗，身体日渐复原。

当王明决定回国时，他接替王明，出任中共驻共产国际代表团团长。王稼祥的这一任命，是共产国际总书记季米特洛夫决定的。

当时年已56岁的季米特洛夫，是国际共产主义运动的富有声望的活动家，同时又是保加利亚共产党的领袖。1933年，希特勒制造“国会纵火案”，谎称共产党人纵火，正在德国的季米特洛夫被捕。9月起，季米特洛夫在莱比锡法庭上当众揭露法西斯阴谋，一时间成为全世界瞩目的新闻人物。最后，法庭不得不宣布他无罪。

苏联派出专机到德国，季米特洛夫出了监狱，直接上了飞机飞往莫斯科。

不久，季米特洛夫出任共产国际总书记并主管中国事务。

据王稼祥回忆：

> 我到莫斯科不久之后，就进医院开刀。在出院之后，因身体虚弱，被送到南俄疗养，这已经是1937年秋冬之交的时候了。后来，在疗养院中接到莫斯科电话，要我立即回到莫斯科。我回到莫斯科后才知道王明、康生要回国。季米特洛夫在接见王明、康生、邓发和我时，说要留一个中国同志在共产国际工作，并问到我的意见。我说，我想回国工作。季米特洛夫于是说，我们决定把你留下来，因为你懂俄文，而决定邓发去新疆工作。[1]

季米特洛夫

在王明、康生回国前夕，斯大林接见了中共驻共产国际代表团。

[1] 王稼祥:《国际指示报告》(1938年9月),《文献和研究》(1986年汇编本),第70页。

中共六届四中全会后，（左起）王明、毛泽东、任弼时、张国焘在延安合影

斯大林知道王稼祥走过长征，非常熟悉中国共产党和红军的情况，就问他："红军现在还有多少人？"

王稼祥据实回答："我们红军遭受了严重的创伤，胜利到达陕北时，只剩下约 3 万人。"

这时，王明在一旁插话道："还有 30 多万人。"

王稼祥立即更正道："斯大林同志，是 3 万多，不是 30 多万。"

斯大林听罢，说道："我们共产党人，应该重视的红军战士，是有理想、拿枪的战士，是能打仗的勇敢战士，而不是吃粮食的人。"

王稼祥说："中国共产党和中国红军，在毛泽东主席的领导下，正在逐渐壮大。"

斯大林高兴地说："你们红军在毛泽东同志的领导下，是一支胜利的部队！"

斯大林转向即将回国的王明、康生说："请把我的话转告给毛泽东同志，并祝他健康！"由于斯大林当着王明的面表示支持毛泽东，季米特洛夫就更加信任毛泽东了。

季米特洛夫非常正直。他曾跟王明共事，很快就发觉王明和中国国内领导人关系紧张，而且王明夸夸其谈，又没有实际工作经验。

正因为这样，当王明回国之际，季米特洛夫特地把王明和接替王明的王稼祥一起找来谈话。

据王稼祥回忆：

> 季对王明说：你回中国去要与中国同志关系弄好，你与国内同志不熟悉，就是他们要推你当总书记，你也不要担任。
>
> 对于中国党的路线，我的印象没有听（共产）国际说过路线不正确的话。
>
> 对于张国焘的问题，记得季米特洛夫说过张国焘在中央不是一个好

家伙。[1]

据任弼时回忆，在王明回国之前季米特洛夫曾向他叮嘱过：

虽然你在（共产）国际工作了多年，而且是执委成员和书记处书记之一，但你回国去并不代表（共产）国际，而且你长期离开中国，脱离中国革命实际，所以回去以后，要以谦逊的态度，尊重党的领导同志。中国党的领袖是毛泽东，不是你，你不要自封领袖。

尽管季米特洛夫在王明回国前已给他打了“预防针”，可是王明回国后依然故我。说实在的，王明在中共党内的资历，远不如张国焘。他能够趾高气扬，当初得力于共产国际代表米夫的支持。到了后来，米夫失势，反而成了王明的部下！1938年，米夫甚至被苏联专政机关处决，那时米夫不过36岁！

1935年共产国际七大期间，中共驻共产国际代表团团长王明与共产国际领导人合影。前排左一为季米特洛夫，左四为王明

王明回国后，“恶人先告状”，背地里托回国的苏联人向季米特洛夫打小报告告毛泽东，结果弄巧成拙。

季米特洛夫最初从陈云汇报遵义会议情况中，知道毛泽东的经历，支持了毛泽东。

王稼祥在遵义会议上便坚决支持毛泽东。应该说，王稼祥留在莫斯科担任中国共产党驻共产国际代表团团长，在共产国际高层中大力宣传毛泽东，使斯大林、季米特洛夫了解毛泽东、支持毛泽东，起了很大的作用。须知，在中共的领袖人物之中，绝大部分曾在苏联学习，唯有毛泽东从未去过苏联。

这一回，王稼祥决定回国，改由任弼时担任中共驻共产国际代表团团长。

[1] 周国全，郭德宏，李明三：《王明评传》，安徽人民出版社1990年版，第351页。

任弼时是在1938年3月受中共中央派遣前往莫斯科的。

虽说任弼时过去执行过王明路线，在中央苏区时整过毛泽东，特别是主持宁都会议，撤过毛泽东的职。不过，在后来的实际斗争中，他逐渐转为拥护毛泽东。此时，他向季米特洛夫汇报了毛泽东在中国的斗争情况和在共产党内享有的威信。任弼时如实的汇报和对毛泽东的称赞，使季米特洛夫更增加了对毛泽东的信任感。

王稼祥从莫斯科带来共产国际极为重要的指示——中共究竟应该以毛泽东为领袖，还是由王明出任中共中央总书记？

王稼祥还随身带着一只皮箱，里面装着30万美元现钞——共产国际支援中国革命的一笔经费。

飞机降落在新疆迪化之后，不能再飞往兰州。一支八路军车队前来接他以及他带回的一批军用物资。车队取道兰州赴延安。

车队离开兰州之后，在茫茫黄土地上前进。途中，突遭土匪拦劫。为首的土匪，络腮黑胡，双目射出凶光。车上那30万美元现钞，顿时处于最危险的境地。

王稼祥在土匪头子手枪的逼迫下，先是打开几只大木箱。打开一看，箱里尽是一些俄文书籍和杂志，土匪们毫无兴趣。他们的目光，集中在一只小皮箱上。王稼祥镇定自若地打开那只小皮箱，取出自己的衣物及一些国民党银行印行的纸币，送给土匪们，又摘下手表，送给土匪头子。他说明自己是八路军，没有钱财。土匪见他和车队的人都一色灰布八路军军装，就叫他们转过身去。过了好久，背后没有动静。王稼祥回头一看，土匪早已不见踪影。

幸亏王稼祥机智，在迪化把30万美元转移到大木箱里，上面铺了书籍，躲过了飞来的横祸。

自从受土匪惊扰之后，车队加快车速，日夜兼程，不敢在路上逗留。司机极度疲惫，车近延安时，王稼祥乘坐的那辆卡车的司机竟打起瞌睡来，车子一下子翻进沟里。众人大吃一惊，赶紧停车，跳进山沟，把王稼祥从车内拉出来。王稼祥居然安然无恙，他从地上拾起眼镜，眼镜也没有摔碎！原来，那辆卡车翻下去时，正好被一棵大树挡了一下……

王稼祥经过两番“历险”[1]终于安抵延安。

中共中央决定召开六届六中全会，因为自1934年1月在瑞金召开六届五中全会以来，已经相隔四年多没有开过中央全会，许多重大的事情需要讨论解

[1] 据王稼祥夫人朱仲丽1991年7月8日对笔者口述。

决，尤其是王稼祥带来了共产国际的重要指示。

中央决定由王稼祥发电报给王明，要他来延安听取共产国际的指示并出席中共六届六中全会。

毕竟王明在莫斯科多年，可能他已从其他途径获悉共产国际指示的精神，拒绝前来延安。他复电王稼祥，要王稼祥到武汉向他个别传达，甚至要中共六届六中全会迁到武汉召开！

王稼祥把王明复电交给毛泽东看，经毛泽东同意，又以王稼祥的名义，给王明发去措辞强硬的电报：

> 请按时来延安参加六中全会，听取传达共产国际重要指示。你应该服从中央的决定，否则一切后果由你自己负责。[1]

到了这等地步，王明看了电报，不得不于9月15日前来延安。

这样，中共六届六中全会从9月29日起在延安召开。会议开了将近40天，到11月6日才结束。

王稼祥担任了中共六届六中全会秘书长。会上，由王稼祥详细传达共产国际文件和季米特洛夫的口头指示，毛泽东代表中共中央政治局作题为《论新阶段》的报告。

王稼祥所传达的季米特洛夫的指示，使王明颓然失色，从此失去他的“王牌”——来自莫斯科的“上方宝剑”！

中共六届六中全会，实际是毛泽东战胜王明的会议。

遵义会议确立了毛泽东在中共的领导地位，而中共的这一领袖的更换，在当时尚未得到共产国际的认可。共产国际，又称“世界共产党”。须知，中国共产党从诞生之日起，就宣布自己接受共产国际的领导，是共产国际的一个支部。中共领袖的更换，照理是必须得到共产国际的批准的。遵义会议是在特殊的情况下召开的——中共和红军处于危急之中，而当时又与共产国际失去了联系，中国共产党第一次不经共产国际批准而自己选择了自己的领袖。也正是由于缺乏共产国际批准这一组织手续，毛泽东才一直让张闻天担任中国共产党名义上的最高领袖——因为张闻天毕竟曾在苏联学习过，受到过共产国际的直接培养。

到了中共六届六中全会，情况就大不一样：遵义会议之后，毛泽东领导中

[1] 周国全，郭德宏，李明三：《王明评传》，安徽人民出版社1990年版，第351页。

国共产党和红军走出了最困难的境地，赢得了很大的胜利，毛泽东的领袖地位不仅在中国共产党内得到一致公认，而且得到了共产国际的认可。毛泽东在面临王明的严重挑战时，共产国际明确支持了毛泽东。从此，毛泽东在党内的领袖地位完全巩固——尽管这时中共中央负总责的，名义上还是张闻天。

正因为这样，毛泽东在中共七大时，曾高度评价中共六届六中全会所起的作用：

> 大家学习党史，学习路线，知道中国党历史上有两个重要、关键的会议，一次是 1935 年 1 月的遵义会议。一次是 1938 年的六中全会。
>
> 六中全会是决定中国之命运的，六中全会以前虽然有些著作，如《论持久战》，但是如果没有共产国际指示，六中全会还是很难解决问题的。共产国际指示就是王稼祥同志从苏联养病回国带回来的。[1]

连王明也高呼“学习毛泽东”

一个特殊、显眼的信号从莫斯科发出：1938 年 7 月 6 日，苏共中央机关报《真理报》破天荒地刊登了毛泽东和朱德的照片，清楚表明了莫斯科对毛泽东的支持。

季米特洛夫接见了即将卸任回国的王稼祥及继任者任弼时，嘱咐王稼祥向中共中央转达他的意见：

> 中共一年来建立了抗日统一战线，尤其是朱德、毛泽东等领导八路军执行党的新政策，（共产）国际认为中共的政治路线是正确的，中共在复杂的环境及困难条件下，真正运用了马克思主义。
>
> 在当前，中共中央领导机构要在毛泽东同志为首的领导下解决。中央领导机关中，要有亲密团结的空气。[2]

季米特洛夫还特别强调了以下的话：

---

[1] 遵义会议纪念馆编：《毛泽东与遵义会议》，中共党史出版社 1992 年版，第 9 页。

[2] 朱仲丽：《黎明与晚霞》，解放军出版社 1986 年版，第 289 页。

要告诉全党，你们应该支持毛泽东同志为中国共产党的领导人，他是在中国革命实际斗争中锻炼出来的领袖，王明等人不要再争吵了。[1]

这下子，王明像泄了气的皮球——瘪了！本来，他处处借共产国际这张“王牌”压人，如今，他失去了“后台”，再也神气不起来了。

毛泽东没有在会上公开开展对王明的批判，因为王稼祥所传达的季米特洛夫的意见足以制服王明的挑战。毛泽东只是在会上重申了党的纪律：

（一）个人服从组织；

（二）少数服从多数；

（三）下级服从上级；

（四）全党服从中央。

毛泽东提醒中央委员们，不要上“张国焘一类人”的当，不言而喻，“张国焘一类人”也就是王明的代名词。

王明一看苗头不对，赶紧在 1938 年 10 月 20 日发表《目前抗战形势与如何坚持持久战争取得最后胜利》一文，表示要“如北辰而众星拱之”那样“统一团结在中央和毛同志的周围”！这般话，从王明的嘴里讲出来，何等不易！

（左起）张闻天、康生、周恩来、凯丰、王明、毛泽东、任弼时、张国焘在延安时的合影

[1] 朱仲丽：《黎明与晚霞》，解放军出版社 1986 年版，第 289 页。

到了1940年5月3日，王明在延安“泽东青年干部学校”作了题为《学习毛泽东》的讲演，尤为“精彩”。

王明操着大舌头说：

对于青干学生学习问题，我只贡献五个字：“学习毛泽东！”青年干部学校既以毛泽东同志的光辉名字来命名，那就要名副其实，就要学习毛泽东同志的生平事业和理论。

王明以他“富有逻辑性”的“理论家”的特长，概括了从五个方面“学习毛泽东”：

一、“学习毛泽东同志的始终一贯地忠于革命的精神”。从中共一大以来，“毛泽东同志便是我们党的主要领导人”。在蒋介石发动四一二反革命政变后，“毛泽东同志则如鹤立鸡群一样英勇坚决地继续革命工作”，“领导党和红军经历了无数的痛苦，克服了各种的困难，在任何条件下，在任何艰难困苦环境中，能始终如一地忠于革命事业”。

二、“学习毛泽东勤于学习的精神”。毛泽东没有进过马列主义学校，“但毛泽东同志却比我们党内任何同志都学得多，比我们党内任何同志都学得好，真正地学习了马列主义，真正地善于把马列主义灵活地应用到中国革命的实践中。正由于毛泽东同志不断地工作，不断地学习，不断地从工作中学习马列主义，从马列主义学习中处理工作，所以他才能把理论与实际联系起来，所以他才不仅成为中国革命的伟大政治家和战略家，而且是伟大的理论家”。

三、“学习毛泽东同志勇于创造的精神”。“毛泽东同志在其理论和实践中有很多新的创造”，“《游击战争的战略问题》《论持久战》等军事著作，不仅是抗日民族解放战争的军事指南，而且是马列主义在军事问题上的新发展”；“《新民主主义论》不仅是中国现阶段国家问题的指南，而且是一切殖民地半殖民地关于建立革命政权问题的指针，同时也就是对马列主义关于国家问题的新贡献”。

四、“学习毛泽东同志长于工作的精神”。“他能做最下层的群众工作，他也能做最上级的领导指挥工作，在农民工作中，他是一个有名的农民工作大王，在军事工作中，他是伟大的战略家，在政权工作中，他是天才的政治家，在党的工作中，他是公认的领袖。不管什么工作，只要放在他手里，他都能做好，只要你向他请教，他都能告诉你经验和方法”。

五、“学习毛泽东同志善于团结的精神”。“毛泽东同志现在不仅是共产党中央和共产党全党团结的核心，不仅是八路军和新四军团结的中流砥柱，而且是全中国无产阶级和人民大众众望所归的团结中心”。

王明最后加以总结说：

我的总的意见，还不过是一点，就是泽东青年干部学校学生以及全国的优秀青年，应该以毛泽东为模范，应该学习毛泽东。

四天之后，1940 年 5 月 7 日，王明在《新中华报》全文发表了他的《学习毛泽东》。

虽说是言不由衷，王明毕竟还是公开表示了对毛泽东领袖地位的承认和拥戴。

《学习毛泽东》这样的文章，竟出自毛泽东的政敌之手，这也从一个特殊的角度说明，在战胜了张国焘和王明两次严重挑战之后，毛泽东的领袖地位已经非常稳固。

张闻天不再在中共负总责

在中共六届六中全会上，听了王稼祥传达的季米特洛夫的指示“中国党的领袖是毛泽东”，张闻天当即向毛泽东提出，推举毛泽东同志为中共中央总书记。

毛泽东没有同意张闻天的意见，仍坚持由张闻天担任中共中央负总责。

张闻天是个明白人，此后他便逐渐交权，把负总责的工作移交给毛泽东。召开政治局会议的地点，也移往毛泽东住处。

长征结束时的张闻天

1939年年初，张闻天实际上已经不担任中共中央负总责之职。

在1939年7月至8月的中共中央政治局会议之后，张闻天实际上只分管宣传、教育工作。

1942年2月1日，毛泽东在延安中央大礼堂作了著名的《整顿党的作风》的演说，从此开始了“延安整风运动”。

张闻天认为自己“过去没有做实际工作，缺乏实际经验，现在要补课”，就出任“延安农村工作调查团”的团长，带队到晋西北去进行农村调查，在那里工作了一年多。这一年多，他离开了延安，在农村蹲点调查。

1943年3月3日，张闻天接到通知，赶回延安出席政治局会议。3月20日，中共中央政治局会议通过了《中央机构调整及精简决定》。这一决定，“其目的，在于使中央机构更加简便与灵活，使政权更加统一与集中，以达到更能增强中央的领导效能”的目的。

“决定”指出，“政治局推定毛泽东同志为主席”，从而结束了张闻天中共中央负总责的职务。从此，毛泽东正式成为中共最高领袖——尽管此前毛泽东早已是中共最高领袖，但名义上的“负总责”仍是张闻天。

从遵义会议起，至此时，张闻天担任中共中央负总责八年之久。过去，中共党史几乎不提这一史实，总是说“遵义会议确立了毛泽东的领袖地位”——话虽不错，但是也就用这句话遮盖了张闻天担任中共中央负总责八年的史实。其中的原因不言自明，因为张闻天在1959年夏的庐山会议上蒙尘，也就抹去了他的历史贡献。难怪王震在1985年6月22日得知中共中央有关部门着手编辑《张闻天选集》时，在所写的批示中说道：

> 许多同志似不知张闻天同志任中央书记多年这一历史事实。历史要真实。[1]

王震在这里还只是说张闻天“任中央书记多年”，实际是“任中共中央负总责8年”。1943年3月20日的“决定”还指出：“书记处重新决定由毛泽东、刘少奇、任弼时三同志组成之，泽东同志为主席。”

“决定”中有一极为重要的规定：“主席有最后决定之权。”

这样，毛泽东成为中共中央政治局主席兼中央书记处主席。这是中共中央第一次设“主席”——在此之前，称“中央局书记”“中央执行委员会委员

[1]《文献与研究》1985年汇编本，第251页。

长”“中共中央总书记”。这一回设“主席”，据云是因为人们对毛泽东已叫惯了“毛主席”——中华苏维埃共和国中央政府主席。

“决定”中指出，“刘少奇同志参加军委并为军委副主席”，表明刘少奇此时在党内的地位大为提高，因为他同时又被提升为中央书记处三位书记中的一个。

从此，张闻天离开了中共中央领导岗位，只是担任“中央组织委员会委员”。

就在中共中央政治局作出《中央机构调整及精简决定》不久，张闻天参加了中共中央高级干部的整风运动和关于党内历史上路线是非的学习讨论。张闻天是一个律己甚严的人，他对自己过去的“左”倾错误作了检查，在 1943 年 12 月写下总结自己思想历程的整风笔记。

张闻天在整风笔记中，有一段写及自己取代博古成为中共中央负总责的客观背景，写得那么富有自知之明，那样深刻自我解剖，是很不容易的：

1935 年冬张闻天和刘英在瓦窑堡结婚时合影

对于我个人说来，遵义会议前后，我从毛泽东同志那里第一次领受了关于领导中国革命战争的规律性的教育，这对于我有很大的益处。

但因遵义会议没有提出过去中央政治上的路线错误，而且反而肯定了它的正确，使我当时对于我自己过去的一套错误，还很少反省。这在毛泽东同志当时只能如此做，不然我们的联合会成为不可能，因而遵义会议不能取得胜利。为了党与革命的利益，而这个利益是高于一切的，毛泽东同志当时做了原则上的让步，承认一个不正确的路线为正确，这在当时是完全必要，完全正确的。这个例子，可以作为党内斗争一个示范来看。

在遵义会议上，我不但未受打击，而且我批评了李德、博古，我不但未受处罚，而且还被抬出来代替了博古的工作。这个特殊的顺利环境，使我在长久时期内不能彻底了解到自己的严重错误。[1]

[1] 遵义会议纪念馆编：《张闻天与遵义会议》，中共党史资料出版社 1990 年版，第 32 页。

如此坦诚，如此冷静，张闻天自以为是“被抬出来”的，也就主动地从“负总责”的地位上退了下来。

张闻天写好“整风笔记”后，即送毛泽东过目。毛泽东看罢，到张闻天的窑洞里来，对他说：“我一口气把它读完了，写得很好。”[1]

凯丰制订宣传毛泽东的计划

就在毛泽东出任中共中央政治局主席兼中央书记处主席不久，共产国际执行委员会主席团提议解散共产国际，其原因是“为适应反法西斯战争的发展，并考虑各国斗争情况的复杂，需要各国共产党独立地处理面临的问题”。

中共中央表示完全同意共产国际的提议，指出：“中国共产党在革命斗争中曾经获得共产国际许多帮助，但是，很久以来，中国共产党人即已能够完全独立地根据自己民族的具体情况和特殊条件决定自己的政治方针、政策和行动。”

由于共产国际所属 31 个支部和组织均同意解散共产国际，主席团正式决议解散。

出于共产国际解散而更需要宣传自己的领袖的原因，加之毛泽东已坚实地奠定领袖地位并已正式担任中共主席，再过些日子便是毛泽东五十大寿（1943 年 12 月 26 日），于是，出于中共中央宣传部本职工作的考虑，凯丰在他的窑洞里制订了宣传毛泽东的计划。

凯丰（立者）在延安

凯丰，在遵义会议上激烈地反对过毛泽东，这在陈云手稿中有着明明白白的记载：“凯丰同志不同意毛、张、王的意见。”在扎西，当张闻天传达了遵义会议决议后，凯丰当众宣称：“谁正确，谁错误，走着

[1] 程中原：《张闻天论稿》，河海大学出版社 1990 年版，第 39 页。

瞧！”不过，凯丰的可爱之处，也正在这里——心里怎么想，嘴上就怎么说。

据他自云，“顶牛顶了两个月，就转过弯来了”！

他在《何克全（凯丰）自传》中，曾这么写及：

> 因当时对过去中央苏区所犯错误还不了解，在遵义会议上坚持了错误的方向，现在想起来是幼稚可笑的。经过中央的批评，在很短的时期内就了解了自己的错误（大约两个月光景）。在威信的干部会时，就实行了对自己错误的初步批评。
>
> 在红军第二次回遵义时，党中央又派我到九军团工作。[1]

不久，凯丰被任命为中共中央宣传部副部长。在毛泽东和张国焘的斗争中，凯丰明确地站在毛泽东一边。为此，凯丰的一篇文章，曾使张国焘大为光火。张国焘在《我的回忆》中写及：

> 午餐时，我的秘书长黄超将一份中共中央出版的《布尔什维克报》给我看。这份油印的刊物是中央到懋功后的第一次出版物，刊物上第一篇文章便是中共中央宣传部部长[2]凯丰所写的《列宁论联邦》一文。这篇文章的大意说，列宁曾反对“欧洲联邦”，因此西北联邦政府是违反列宁主义的；再则这个所谓西北联邦政府，也违反了中共中央的苏维埃路线。在此严重关头，居然提出西北联邦政府的名义，无异否定中华苏维埃共和国。
>
> 我看了这篇文章，非常生气，我知道中共中央一到懋功就赶着出版《布尔什维克报》，发表反对我的见解的文章，这决不是一件很平常的事。我推测一定是中共中央曾经开会慎重商讨，决定“反对张国焘的机会主义”，才会由凯丰署名发表这篇文章……

在批判张国焘时，凯丰也是打头阵的。1937 年 2 月 27 日，他完成近 3 万言的《党中央与国焘路线分歧在哪里》。他在延安作长篇报告，从 14 个方面系统批判了张国焘。

这样，凯丰 1937 年 8 月在陕西洛川县冯家村的中共中央政治局扩大会议（史称“洛川会议”）上，当选为政治局委员（遵义会议时他还只是政治局候补

[1] 程中原：《张闻天论稿》，河海大学出版社 1990 年版，第 39 页。

[2] 应为“副部长”。——编者注

毛泽东和延安知识分子合影

委员）。

如今，在《毛泽东选集》第3卷《反对党八股》一文，可见到第一句话便是："刚才凯丰同志讲了今天开会的宗旨。"那是指毛泽东1942年2月8日在延安干部会上作《反对党八股》报告时，大会是由凯丰主持（顺便提一笔，"党八股"一词是张闻天首创的）。

当时，凯丰正在着手制订宣传毛泽东、庆贺毛泽东五十大寿的计划。

毛泽东见了凯丰的宣传计划，于1943年4月22日写了一封信给凯丰：

> 生日决定不做。做生日的太多了，会生出不良影响。目前是内外困难的时候，时机也不好。我的思想（马列）自觉没有成熟，还是学习时候，不是鼓吹的时候；要鼓吹只宜以某些片断去鼓吹（例如整风文件中的几件），不宜作体系去鼓吹，因我的体系还没有成熟。[1]

毛泽东此信，表明他的头脑是清醒的，一是不搞他的"五十大寿庆贺"；二是"自觉"他的思想"还没有成熟"。

王稼祥第一个提出"毛泽东思想"

毛泽东信中提及的"我的思想""我的体系""不是鼓吹的时候"，是因为已经有人在提"毛泽东同志的思想""毛泽东同志的思想体系"。

最早提出这一概念的是中共的一位理论工作者，名叫张如心。他在1941年3月出版的《共产党人》杂志上，发表《论布尔什维克的教育家》一文，提

[1]《致何凯丰》，《毛泽东书信选集》，人民出版社1983年版，第212页。

毛泽东与王稼祥

出党的教育人才“应该忠实于列宁、斯大林的思想，忠实于毛泽东同志的思想”。

1942年2月18日、19日，张如心在延安《解放日报》上又发表《学习和掌握毛泽东的理论和策略》一文，提出毛泽东的理论是“中国马克思列宁主义”：

毛泽东同志的理论和策略正是马列主义理论和策略在殖民地半殖民地半封建社会中的运用和发展，毛泽东同志的理论就是中国马克思列宁主义。

不久，陈毅在为纪念中共建立21周年而写的《伟大的二十一年》一文中，提及了毛泽东的“思想体系”：

毛泽东同志领导的秋收起义，辗转游击湘赣粤闽四省之间，进行苏维埃的红军建设，进行实地的中国社会的调查，主张以科学头脑、科学方法对待马列主义中国化问题，主张世界革命的一般理论与中国革命的具体实践相结合，有了更具体完整的创获，正确的思想体系开始创立。

也就在陈毅的文章发表的同时，1942年7月1日《晋察冀日报》头版以醒目的标题刊出社论：《纪念“七一”，全党学习掌握毛泽东主义》！

社论是由社长兼总编邓拓亲自撰写的。

社论说：

中国共产党所以能够领导20世纪中国民族解放与社会解放的伟大革命斗争，所以能够成为政治上、组织上、思想上全面巩固的广大群众性的坚强有力的布尔什维克党，就因为有了毛泽东主义。

社论指出，毛泽东“在其理论与实践中，有着许多新的创造，给了马克思、

在延安，一名小战士请毛泽东签名

列宁、斯大林的革命理论以更进一步的具体化与充实，使之更加适应于中国与一切殖民地和半殖民地的革命的新的历史条件”。

社论还说：

毛泽东同志领导了反对一切机会主义错误思想的斗争，从陈独秀的右倾机会主义一直到苏维埃运动后期的“左”倾机会主义。在这些斗争中巩固了党和党的正确路线，同时更加确立了毛泽东主义的科学思想方法。

社论号召：

深入学习掌握毛泽东主义，真正灵活地把毛泽东主义的理论与策略，应用到一时一地的每一个具体问题中去。

一年之后，在中共22周年诞辰即将来临之际（1943年6月下旬），王稼祥和妻子朱仲丽刚吃过晚饭，听见警卫员前来报告“毛主席来了！”

毛泽东住的窑洞离王稼祥的住处很近，他和江青朝这边走过来。王稼祥和朱仲丽赶紧迎上去。王稼祥的窑洞门口，有一张石桌四个石凳，四个人就在那里坐了下来。

据朱仲丽回忆，那天四个人聊了几句之后，毛泽东便说明来意：“建党的22周年快要到了，抗战6周年也快到了，你能不能写一篇纪念文章？”王稼祥当即一口答应下来。于是，毛泽东跟王稼祥谈了起来，谈中国共产党的历史，谈抗日战争，谈了很久。

毛泽东和江青走后，王稼祥就开始忙起来。朱仲丽记得，王稼祥那几天一直在思索，在写写勾勾。大约经过一个星期，王稼祥终于写出一篇7000多字的文章，标题为《中国共产党与中国民族解放的道路》。

王稼祥的文章，详细回顾了中国共产党22年的历史，指出这“也是寻找、确定和充实中国民族解放正确道路的历史”。论述中国共产党22年的历史，大致上就是毛泽东那天跟他一起研究的内容。

然而，王稼祥对这22年中共党史加以概括，明确地提出了“毛泽东思想”的概念——已不再是“毛泽东同志的思想”，也不是“毛泽东主义”。王稼祥把“毛泽东思想”作为一种理论体系，加以论述：

> 中国民族解放整个过程中——过去、现在与未来——的正确道路就是毛泽东同志的思想，就是毛泽东同志在其著作中与实践中所提出的道路。毛泽东思想就是中国的马克思列宁主义，中国的布尔什维主义，中国的共产主义。
>
> 它是创造的马克思列宁主义，它是马克思列宁主义在中国的发展，它是中国的共产主义，中国布尔什维主义。
>
> 以毛泽东思想为代表的中国共产主义，是以马克思列宁主义的理论为基础，研究了中国的现实，积蓄了中共22年的实际经验，经过了党内党外曲折斗争而形成起来的。

王稼祥写毕，把手稿交给警卫员张志，送到毛泽东那里。

又是傍晚，毛泽东从他的窑洞来到王稼祥那里。依然坐在石凳上，谈及了对王稼祥文章的意见。

在两个月前，毛泽东在给凯丰的信中曾说过“我的思想（马列）自觉没有成熟”。此时，由于王稼祥的坚持，他还是同意了文中关于“毛泽东思想”的提法。

毛泽东说：

> 不能提“毛泽东主义”。我是马克思、列宁的学生，怎么可以跟他们并列？马克思有马克思主义，列宁有列宁主义，我不能提“毛泽东主义”。我没有“主义”，我的主义，就是马克思主义、列宁主义。你们一定要提，还是你提的“毛泽东思想”好。每一个人都有自己的思想嘛，不能随便地提“主义”。不过，我仍然认为，作为一种思想体系，我还没有成熟。这不是谦虚，事实如此。[1]

[1] 1991年7月8日，朱仲丽接受笔者采访时的回忆。

王稼祥和夫人朱仲丽

朱仲丽见天色渐晚，请毛泽东在他们家吃晚饭，毛泽东笑道："可惜你们家的菜里没有辣椒！"

毛泽东在大笑声中离去。

几天之后，王稼祥的文章在7月8日延安《解放日报》全文发表。这时，《解放日报》的社长兼总编是博古。

就在王稼祥的文章发表的前两天，7月6日，刘少奇在《解放日报》上发表《清算党内的孟什维主义思想》。刘少奇在文章中指出：

> 一切干部，一切党员，应该用心研究22年来中国党的历史经验，应该用心研究与学习毛泽东同志关于中国革命的及其他方面的学说，应该用毛泽东同志的思想来武装自己，并以毛泽东同志的思想体系去算清党内的孟什维主义思想。

这里，刘少奇提及的是"毛泽东同志的思想"以及"毛泽东同志的思想体系"。

这样，"毛泽东思想"一词的首创权，便属于王稼祥——尽管在他之前，已有很多类似的提法，特别是邓拓所写的社论，是早年全面论述毛泽东思想的重要文章，只是他所提的"毛泽东主义"（其实也就是"毛泽东思想"）未被毛泽东所接受。1948年，吴玉章也曾提出"毛泽东主义"，毛泽东未予同意，在"文化大革命"中，红卫兵重新起用"毛泽东主义"一词，毛泽东仍不予同意。

"毛泽东思想"这一概念的提出，表明毛泽东作为中共领袖，已日渐进入成熟的阶段，即形成了一整套自己的思想体系，有了一整套自己的理论、策略、方针。

邓拓编选第一部《毛泽东选集》

一年又一年的"七一"，对于毛泽东的宣传在升温：

1942 年的“七一”，《晋察冀日报》发表号召“全党学习掌握毛泽东主义”的社论。

1943 年的“七一”，王稼祥首次提出“毛泽东思想”并加以论述。

1944 年的“七一”，红缎子封面上烫着五个金色大字的《毛泽东选集》出版了！

著作是思想的载体。在宣传毛泽东思想、学习毛泽东思想呼声日益强烈之际，毛泽东的著作也就日益受到人们注目。

最初，毛泽东的著作，零零散散地发表在报纸、杂志上，或者作为党内文件印行，或者单篇印成小册子。

最为“豪华”的，要算是遵义会议之后，共产国际曾在莫斯科印行毛泽东的《湖南农民运动考察报告》单行本，用红绸封面精制。

在延安，印行过毛泽东的《论持久战》《新民主主义论》《在延安文艺座谈会上的讲话》等单行本。

毛泽东最初的选集是延安印行的《毛泽东救国言论选》，当然那只收入了毛泽东一小部分著作。1942 年出过《毛泽东言论选集》，也只收入了他《论新阶段》《抗日游击战争的战略问题》等五篇著作。

邓拓自从 1942 年“七一”发表了那篇关于“毛泽东主义”的社论之后，就立下宏愿，为毛泽东编一本比较完整的选集。

1944 年年初，中共中央晋察冀分局书记聂荣臻和副书记程子华、刘澜涛决定委托邓拓编选、由《晋察冀日报》出版《毛泽东选集》。经向中共中央宣传委员会（主任毛泽东、副主任王稼祥）请示，获得了同意。

这样，邓拓就着手编选中国第一部《毛泽东选集》。

挑起这一重任的邓拓，那时 32 岁。他是福建福州人氏，本名邓子健。1929 年，他考入上海光华大学政治法律系，翌年加入中国社会科学家联盟，不久加入中共。他曾两度被捕，1937 年春，终于出狱。他在写给友人的信中称：“西方有巨人，吾将往从之。”他前往中国西部，寻觅“巨人”，进入了晋察冀红色区域。从此，他“开拓新的生活”，改名邓拓。

邓拓有着倚马可待的文才，进入红区后，他负责主持《抗敌报》。此报在 1940 年 11 月 7 日（苏联“十月革命节”）改为《晋察冀日报》，邓拓便成为社长兼总编（后来张春桥成为副总编）。作为报社社长，邓拓曾住在河北阜平城南庄附近的马兰村，后来他便取谐音“马南邨”为笔名，为《北京晚报》写专栏文章《燕山夜话》。

邓拓曾写过一首诗《勖报社诸同志》，记述当年办《晋察冀日报》的勃勃

战争年代的邓拓与妻子丁一岚

雄风：

笔阵开边塞，
长年钩剪风。
启明星在望，
抗敌气如虹。
发奋挥毛剑，
奔腾起万雄。
文旗随战鼓，
浩荡入关东。

邓拓敬仰“巨人”毛泽东，悉心收集毛泽东散见于各报刊的著作。正因为这样，当他受命编选《毛泽东选集》时，很快就选出了毛泽东的29篇文章，约50万字，分成5卷：第1卷5篇，关于国家与革命的论著；第2卷11篇，统一战线论著；第3卷3篇，战争与军事论著；第4卷3篇，财政经济论著；第5卷7篇，党的建设论著。

在当时极为艰难的条件下，《晋察冀日报》印刷厂精心排印《毛泽东选集》，邓拓亲自担任校对。

此书第一版印平装本4000册。另外，还印了100册精装本，用红缎或蓝缎做封面，烫上金字，颇有气派。

《毛泽东选集》首页，用铜版精印毛泽东在延安的近照，下印一行字——“中国人民领袖毛泽东同志”。

邓拓为《毛泽东选集》写了《编者的话》：

过去革命斗争的经验教训了我们：要保证中国革命的胜利，全党同志必须彻底地团结在毛泽东思想指导之下。

一切干部、一切党员虚心和细心地学习毛泽东同志的学说，用毛泽东思想武装自己……这是异常迫切的任务。

《毛泽东选集》在1944年5月定稿付排，“七一”就出书了。

《毛泽东选集》第1版4000册很快售罄，不断重印。

1947年3月，中共晋察冀中央局主编新版《毛泽东选集》共6卷，60余万言，由新华书店晋察冀分店发行。前面曾提及的收入遵义会议决议的《毛泽东选集》，则是中共晋冀鲁豫中央局在1948年出版的另一种版本。

《毛泽东选集》的出版，使人们对于毛泽东思想有了全面的、系统的认识。这样，对于毛泽东思想的宣传又进了一步。不过，当此之时，对毛泽东和毛泽东思想的最主要的宣传者，不是王稼祥，不是邓拓，而是刘少奇。

“在毛泽东的旗帜下胜利前进”的中共七大

1945年4月23日下午，延安杨家岭的中央大礼堂一片喜庆气氛。

精心而特殊的会场布置，形象地显示了毛泽东无可争议的领袖地位：主席台正中，以往悬挂马克思像、列宁像的地方，如今高悬毛泽东和朱德的大幅画像。主席台上方，一行红底黄字更为醒目：“在毛泽东的旗帜下胜利前进！”

画像两侧插着24面红旗，象征着中国共产党走过24年不平凡的历程。

两侧的墙上写着“坚持真理”“修正错误”八个大字，后墙上写着“同心同德”四个大字。

中国共产党第七次代表大会在这里开幕。毛泽东已是中国共产党众望所归的领袖，他三次在大会上讲话：一是在开幕式上致题为《两个中国之命运》的开幕词；二是翌日作长篇政治报告《论联合政府》；三是在6月11日致题为《愚公移山》的闭幕词。

中共七大离遵义会议已有10个年头，离中共六大则已经整整17年！

眼下，在杨家岭中央礼堂的长条木靠椅上，坐着700多名代表，代表着121万中共党员——如此众多的中共党员，使中共成为仅次于苏共的世界第二大的共产党。

这时的红色区域，称为解放区，已拥有将近1亿人口——9550万。

军队已不叫“红军”，称为“八路军”“新四军”，共达91万人。此外，还有民兵220万。

今非昔比，跟11年前的广昌之败、湘江惨败不可同日而语。毛泽东赢得了全党的拥护，是因为他领导中共走出了困境，走到了今日的胜利。

在中共七大之前，曾召开了中共六届七中全会，为这次大会作准备。中共六届七中全会是一次破纪录的漫长的会议，从1944年5月21日开始，断断续续，竟开了11个月之久，直至1945年4月20日才结束。

中共六届七中全会开得那么长，是由于中央委员们对中共24年的历史进

毛泽东（左二）与周恩来（左一）在中共七大上交谈

行了仔细讨论。会议期间，由任弼时主持起草了《关于若干历史问题的决议》，这一历史文件经毛泽东精心修改，由全会通过。这份决议，后来作为附录被收入1953年出版的《毛泽东选集》第3卷中。

《关于若干历史问题的决议》长达3万余言，对中共24年来错综复杂的党内斗争作出了结论。用一句话来说，那就是批判了一右三“左”，肯定了毛泽东的路线。

所谓一右三“左”，就是陈独秀的右倾机会主义，瞿秋白的“左”倾盲动主义，李立三的“左”倾冒险主义，王明、博古的“左”倾教条主义、宗派主义。这样，就把遵义会议以前的中共党史进行了概括。决议高度赞扬了“党在奋斗的过程中产生了自己的领袖毛泽东同志”，指出“到了今天，全党已经空前一致地认识了毛泽东同志的路线的正确性，空前自觉地团结在毛泽东的旗帜下了”。

在《关于若干历史问题的决议》中，还对刘少奇单独进行了表扬：“刘少奇同志关于白区工作的目标与思想同样是一个典范。”

正是分清了24年中共党史上的是非曲直，中共七大才得以顺利举行。毛泽东为中共七大定下了八字方针：“团结一致，争取胜利。”

在中共七大上，刘少奇作《关于修改党章的报告》。刘少奇以极为热忱的语言，赞扬了毛泽东，赞扬了毛泽东思想。他的报告中，提到毛泽东的名字达105次：

我们的党，已经是一个有了自己伟大领袖的党。这个领袖，就是我们党和现代中国革命的组织者与领导者——毛泽东同志。我们的毛泽东同志，是我国英勇的无产阶级的杰出代表，是我们伟大民族的优秀传统的杰

1945 年 5 月，刘少奇在中国共产党第七次全国代表大会上作《关于修改党的章程》的报告

出代表。他是天才的创造性的马克思主义者，他将人类这一最高思想——马克思主义的普遍真理与中国革命的具体实践相结合……

我们的毛泽东同志，不仅是中国有史以来最伟大的革命家和政治家，而且是中国有史以来最伟大的理论家和科学家，（他）不但敢于率领全党和全体人民进行翻天覆地的战斗，而且具有最高的理论上的修养和理论上的勇气。他在理论上敢于进行大胆的创造，抛弃马克思主义理论中某些已经过时的、不适合于中国具体环境的个别原理和个别结论，而代之以适合于中国历史环境的新原理和新结论，所以他能成功地进行马克思主义中国化这件艰巨的事业。

刘少奇还指出：

毛泽东思想的生长、发展与成熟，已经有了二十四年的历史，在无数次的千百万人民的剧烈斗争中反复考验过来了，证明它是客观的真理，是唯一正确的救中国的理论与政策。

刘少奇强调：

现在的重要任务，就是动员全党来学习毛泽东思想，宣传毛泽东思想，用毛泽东思想来武装我们的党员和革命的人民，使毛泽东思想变为实际的不可抗御的力量。

中共七大修改了党章，把“毛泽东思想”载入其中：

中国共产党，以马克思列宁主义的理论与中国革命实践之统一的思想——毛泽东思想作为自己一切工作的指针，反对任何教条主义的或经验主义的偏向。

从此，毛泽东思想成为中共的指导思想。

毛泽东在6月19日召开的七届一中全会上，当选为中央委员会主席。根据新党章规定，“中央委员会主席即为中央政治局主席与中央书记处主席”。从此，毛泽东一直担任中共中央委员会主席，直至他去世。

新选出的中共中央书记处，以毛泽东、朱德、刘少奇、周恩来、任弼时为书记。这五人成为中共新的领导核心。其中任弼时因高血压、动脉硬化、糖尿病严重，于1950年10月27日病逝。毛、朱、刘、周这四人核心，一直保持到“文化大革命”前夕——只是后来变成毛、刘、周、朱。他们被称为中共第一代成熟的领袖。领导核心的稳定，保持着党的稳定。

“团结一致，争取胜利”

毛泽东在中共七大致闭幕词时说：“我们开了一个胜利的大会，一个团结的大会。”

在中共七大上，毛泽东受到全党的拥戴，还在于他善于团结同志，即便是犯了严重错误的人。

毛泽东没有对曾经反对过他的人实行“残酷打击，无情斗争”。

毛泽东曾这样说过：

在1942年，我们曾经把解决人民内部矛盾的这种民主的方法具体化为一个公式，叫做“团结—批评—团结”。讲详细一点，就是从团结的愿望出发，经过批评或斗争使矛盾得到解决，从而在新的基础上达到新的团结。按照我们的经验，这是解决人民内部矛盾的一个正确的方法。[1]

毛泽东在党内实行“团结—批评—团结”，这样就使中共七大开成了一个团结的大会。写在会场上的“坚持真理，修正错误，同心同德”十二个大字，正体现了毛泽东的这一思想。

任弼时便是其中的一个。任弼时从反对毛泽东，经过自我批评，成为毛泽东的得力战友。他不仅主持起草了《关于若干历史问题的决议》这样重要的文件，而且成为中共五人领导核心之一。

最为典型的要算是博古。毛泽东是取博古而代之，成为中共领袖的。博古经过自我批评，心悦诚服地在中共七大上发言，拥护毛泽东。

以下是中央档案馆所保存的博古 1945 年 5 月 3 日大会发言的记录。博古如此说：

我个人在这个路线错误中的责任怎么样呢？在上海中央被破坏[2]以后，由老的中央政治局委员指定我做临时中央负责人。当指定我做这个工作的时期，我并没有感到不能担任领导整个党这样的事情。相反的，当时背了相当多的包袱，反对李立三的英雄是一个包袱，李立三把我处分了，四中全会取消了我的处分，这时又洋洋得意，再加上四中全会后我在青年团做了一个时期的工作，少共国际的决议上，说我们的工作有成绩有进步，这又是一个包袱，说我领导团还行，难道就不能领导党？第二没有兢兢业业之心，丝毫没有对革命、对党、对人民有很严重（当时的用语习惯，高度之意）的责任感。做了临时中央负责人以后，更发展自己品质的坏的方面，目空一切，看不起任何人，不请教任何人，觉得我比任何人都高明，要是有人有老子第一的想法，那我就是这样的人，发展了刚愎自用，不愿自我批评，不愿意听人家批评，对于一切错误采取文过饰非的态度。也因为这样，在临时中央到了苏区以后，这个时候我只是在形式上推一推，“请别的同志担负吧！”别的同志说，“还是你来吧！”我说“好，就是我”。（笑声）所以这个时期，我是中央的负总责人，我是这条路线所有一切错误发号施令的司令官，而且这条路线在这个时期所有的各方面的错误，我是赞成的。各种恶果我是最主要负责人，这里没有“之一”，而

[1] 毛泽东：《关于正确处理人民内部矛盾的问题》。
[2] 指向忠发被捕。

是最主要的负责人。

博古说及自己执行“左”倾路线：

在这个时期，白区中反对职工运动中的机会主义，就是反对刘少奇同志的正确路线；苏区中反对罗明路线，实际是反对毛主席在苏区的正确路线和作风，这个斗争扩大到整个中央苏区和周围的各个苏区，有福建的罗明路线，江西的罗明路线，闽赣的罗明路线，湘赣的罗明路线，等等。这时的情形可以说是“教条有功，钦差弹冠相庆；正确有罪，右倾遍于国中”。

博古很坦率地说及自己思想的转变过程：

遵义会议改变领导是正确的、必要的。我不但在遵义会议没有承认这个错误，而且我继续坚持这个错误，保持这个“左”倾机会主义的观点、路线，一直到1935年底1936年初瓦窑堡会议[1]。在这个会议上，我仍然用“左”倾的观点、教条主义的方法，反对民族统一战线。教条告诉我，资产阶级是永远反革命的，决没有可能再来参加革命、参加抗战。这是教条主义坚持到最后，也是我的“左”的错误最后一次。

确实，从那以后，博古与“左”倾教条主义告别之后就坚决站到毛泽东一边。正因为这样，张国焘在反对毛泽东时，称“毛、周、博、洛机会主义路线”，在张国焘自立“党中央”时，宣布开除毛泽东、周恩来、博古、洛甫（张闻天）的职务和党籍。

在1936年，毛泽东派博古作为中共中央代表，和周恩来一起，参加和平解决西安事变的谈判。1937年，博古任中共中央组织部部长，1938年，任中共中央长江局和南方局组织部部长。1941年，创办《解放日报》和新华通讯社，博古被任命为《解放日报》社社长和新华通讯社社长，充分发挥了他的写作、宣传特长。

在中共七大，博古当选中共中央委员。

1946年，博古作为“政协宪法草案审议委员会”中共代表前往重庆参加谈判。4月8日，乘C－47式运输飞机由重庆返回延安。飞机由美军兰奇上尉

[1] 博古原话如此。实际上瓦窑堡会议召开时间为1935年12月17—25日。——编者注

机组驾驶，途经山西兴县东南时，一片阴雨，飞机竟撞在海拔 2000 多公尺的黑茶山上！与博古同时遇难的还有国共谈判中共代表王若飞、新四军军长叶挺夫妇以及出席世界职工大会的解放区职工代表邓发。遇难之日为 4 月 8 日，因此称“四八烈士”。遇难之际，博古年仅 39 岁。

王明在写了那篇《学习毛泽东》之后，其实对毛泽东口服心不服。在延安整风运动中，王明于 1942 年 2 月 27 日致函周恩来，表示对“王明路线”想不通，因为那时他只“当选中委和政治局委员”，“不是这一时期的党的主要负责人”。在 1945 年 4 月 20 日，当《关于若干历史问题的决议》经中共六届七中全会通过时，王明致函任弼时，表示赞同决议。

中共七大期间，王明称病，没有出席会议。经毛泽东亲自提议，仍选举王明为中共中央委员。

在中华人民共和国成立后，王明担任政务院法制委员会副主任。1956 年，王明因病去苏联就医，从此留居苏联。

1974 年 3 月，王明病逝于莫斯科。

顺便提一下那位李德。他曾在延安担任军事学校的教官。当中央革命军事委员会成立军事研究委员会时，他担任委员。1939 年秋，周恩来、邓颖超赴苏，通知他同坐一架飞机飞往莫斯科，从此他离开了中国。

到了苏联，李德受到共产国际的批评，不许他再过问中国事务。

于是李德弃武从文，在苏联外国文学出版社工作。后来，他回到德意志民主共和国定居，主持把《列宁文集》译成德文。1961 年，他当选为德意志民主共和国作家协会第一书记。

1973 年，他写出回忆录《中国纪事》，其中有些内容有史料价值，但对毛泽东仍坚持反对立场。

1974 年 8 月 15 日，李德病逝于东德。

凯丰出席了中共七大。不久，他担任中共中央东北局宣传部部长。沈阳解放后，他担任中共沈阳市委书记。1952 年年底，凯丰调任中共中央宣传部副部长兼中央马

1951 年张闻天担任中华人民共和国驻苏联大使时和夫人刘英在苏联

列学院院长。1955 年 3 月 23 日，凯丰病逝于北京，邓小平主持了追悼大会。

张闻天在中共七大当选为政治局委员。1950 年 1 月，张闻天被任命为中华人民共和国出席联合国安理会首席代表，不久，改任驻苏联特命全权大使，1955 年 1 月回国，任外交部常务副部长。1959 年，他在庐山会议蒙尘，降为中国科学院哲学社会科学部经济研究所特约研究员。晚年，张闻天写了许多富有真知灼见的政治、经济论稿。1976 年 7 月 1 日，张闻天在听了关于中共 55 周年诞辰纪念的新闻广播后，病逝于江苏无锡。

在中共七大召开时，王稼祥因病未出席会议。在选举中央委员时，作为上届中共中央政治局委员的他落选了！毛泽东得知后，特地在大会上为他讲话。毛泽东说，王稼祥在中共六届四中全会前后确实犯过“左”倾路线错误，但是他后来改正了，他促成了遵义会议的召开，在中共六届六中全会上传达共产国际指示，起了很大作用。由于中共中央委员的选举已经结束，毛泽东提议把王稼祥作为“候补中央委员的第一名候选人”。这样，王稼祥当选为中共中央候补委员。在中共七届二中全会上，他递补为中共中央委员。

开国大典上李立三前排（左五）和毛泽东一起站在天安门城楼上

在中华人民共和国成立后，王稼祥是首任驻苏特命全权大使，并任外交部副部长。从 1951 年 2 月起，他长期担任中共中央对外联络部部长。在 1956 年中共八大上，他当选中央委员、书记处书记。在“文化大革命”中，他被指责为提倡“三和一少”的“修正主义路线”。1974 年 1 月，王稼祥病逝于北京。

最出人意料的是，经毛泽东提议，李立三在中共七大被选为中央委员。

李立三几乎成了被遗忘的人物，只是在历数党内的机会主义路线时才使人记起他的名字。

李立三犯了“立三路线”错误，被迫到苏联作“检查”，一“查”就是 15 年！其中，有一年零九个月甚至是在监狱中度过的！

1945年，直至郭沫若访苏，才见到李立三。李立三思念故国，托他带信给中共中央，毛泽东这才知道李立三在苏联的具体情况。

1945年岁末，李立三接到苏共中央联络部的通知，才知道自己在中共七大上仍被选为中共中央委员，并且获准回国工作。这一消息顿时使李立三热泪纵横。

郭沫若

李立三回国后，出任中共首席代表，和国民党方面谈判东北问题。不久，他担任中共中央东北局工委书记。1949年3月，他担任中华全国总工会党组书记。此后，他长期从事全国总工会领导工作。“文化大革命”之初他被造反派指责为“里通外国”（他的夫人李莎是苏联人），于1967年6月22日遭迫害而死。

至于另一位“左”倾机会主义的代表人物瞿秋白，在长征前夕被留在中央苏区。正受肺病困扰的他，1935年4月23日在福建长汀水口乡遭国民党部队包围并被捕，与他同行的何叔衡当场牺牲。6月18日，瞿秋白在福建长汀刑场遭杀害，年仅36岁。

虽然瞿秋白无缘参加中共七大，但是毛泽东在1950年12月31日亲笔为《瞿秋白文集》题词，表达怀念之情：

> 瞿秋白同志死去15年了。在他生前，许多人不了解他，或者反对他，但他为人民工作的勇气并没有挫下来。他在革命困难的年月里坚持了英雄立场，宁愿向刽子手的屠刀走去，不愿屈服。他的这种为人民工作的精神，这种临难不屈的意志和他在文字中保存下来的思想，将永远活着，不会死去。瞿秋白同志是肯用脑子想问题的，他是有思想的。他的遗集的出版，将有益于青年们，有益于人民的事业，特别是在文化事业方面。[1]

至于陈独秀，虽说他犯了严重的右倾错误，而且组织党内反对派，但在

[1]《毛泽东题词墨迹选》，档案出版社1984年版。

毛泽东

1937 年 10 月，曾派代表罗汉要求前来延安，表示赞成中共抗日民族统一战线的主张。毛泽东曾主张团结陈独秀，但受到王明坚决反对。王明诬指陈独秀是“每月拿 300 元津贴的日本间谍”，毛泽东也就无法再跟罗汉谈什么了。但是，毛泽东仍拍电报给在西安的林伯渠，要他转告到达那里的罗汉：“我们不拒绝与过去犯过错误而现在真心悔悟、愿意抗日的人联合，而且竭诚欢迎他们的转变。”但是，毛泽东仍要求陈独秀公开承认错误。最终，此事因陈独秀不愿公开承认错误而作罢。

毛泽东在 1942 年 3 月 30 日向中共中央学习组作《如何研究中共党史》讲话时，仍指出：“陈独秀是五四运动的总司令。现在还不是我们宣传陈独秀历史的时候，将来我们修中国历史，要讲一讲他的功劳。”

由于毛泽东正确地采取“团结—批评—团结”的方针，中共七大达到了他预期的“团结一致，争取胜利”的目的，开成了一个“团结的大会，胜利的大会”，开创了“又有集中又有民主，又有纪律又有自由，又有统一意志又有个人心情舒畅、生动活泼，那样一种政治局面”。

毛泽东在中共七大团结了各“山头”、各派别，算清了中共 24 年来一右三“左”的路线错误的账，使中共以他为核心，“在毛泽东的旗帜下胜利前进”！

此后，仅仅花了 4 年时间，毛泽东就战胜了蒋介石，赢得了中国大陆的解放，登上天安门城楼大声宣告：“中华人民共和国成立了！”

纵观从 1921 年中共成立，到 1949 年中华人民共和国成立，这 28 年间，1935 年的遵义会议恰恰是“中点”：前 14 年，一右三“左”，一连换了陈独秀、瞿秋白、向忠发、李立三、王明、博古六任领袖。自从遵义会议确立了毛泽东的领袖地位，此后 14 年，中共取得了天翻地覆的大胜利。

就这个意义上讲，历史选择了毛泽东！

2013 年 6 月 24 日改定

于上海“沉思斋”